해외견문록2 下(하권)

오이환 지음

지은이 **오이환**

1949년 부산에서 출생하여, 서울대학교 철학과를 졸업하였다. 동 대학원 및 타이완대학 대학원 철학과에서 수학한 후, 교토대학에서 문학석사 및 문학박사 학위를 수여받았다. 1982년 이후 경상국립대학교 철학과에 재직하다가 2015년에 정년퇴직하였으며, 1997년에 사단법인 남명학연구원의 제1회 학술대상을 수상하였고, 제17대 한국동양철학회장을 역임하였다. 주요 저서로는 『남명학파 연구』 2책, 『남명학의 새 연구』 2책, 『남명학의 현장』 5책, 『국토탐방』 4책, 『해외견문록』 2책, 『동아시아의 사상』, 『중국 고대의 천과 그 제사』, 편저로 『남명집 4종』 및 『한국의 사상가 10인—남명 조식—』, 교감으로 『역주 고대일록』 3책, 역서로는 『중국철학사』(가노 나오키 저), 『중국철학사』 5책(가노 나오키 저) 및 『남명집』, 『남명문집』 등이 있다.

해외견문록2 下(하권)

© 오이환, 2025

1판 1쇄 인쇄__2025년 1월 10일
1판 1쇄 발행__2025년 1월 20일

지은이__오이환
펴낸이__홍정표
펴낸곳__글로벌콘텐츠
    등록__제25100-2008-000024호

공급처__(주)글로벌콘텐츠출판그룹
    대표_홍정표 이사_김미미 편집_백찬미 강민욱 홍명지 남혜인 권군오 기획·마케팅_이종훈 홍민지
    주소__서울특별시 강동구 풍성로 87-6
    전화__02) 488-3280 팩스__02) 488-3281
    홈페이지__http://www.gcbook.co.kr
    이메일__edit@gcbook.co.kr

값 35,000원
ISBN 979-11-5852-517-0 04800
    979-11-5852-515-6 04800 (세트)

하

해외견문록 ②

오이환 지음

글로벌콘텐츠

머리말

　이는 나의 일기 중 해외여행과 관련한 부분들을 발췌 편집한 것이다. 나는 일기를 쓰기 시작하기 전 비교적 젊은 시기에 이미 4년 반 정도의 기간을 대만과 일본에서 유학하였고, 유학 이후로도 해외를 나든 적이 전혀 없었던 것은 아니다. 유학 생활의 기록으로서는 1999년에 「주말 나들이」라는 제목으로 『오늘의 동양사상』 제2호에 발표한 것이 있다. 그러나 유람의 현장에서 적은 기록이 남아 있는 것은 이것뿐이다.

　이를 작성할 당시에는 반드시 후일 출판될 것을 예상했던 것은 아니었다. 그러므로 사적인 성격의 내용이 상당히 들어 있다. 이 글의 일부를 읽어본 이 중에는 자신의 소감을 적은 부분이 적다는 의견을 말씀해 주신 분이 있었다. 그것은 아마도 이것이 매일 매일의 일기일 따름이어서, 작성 당시에 시간적 제약이 있었을 뿐 아니라 소감까지 구체적으로 적어나가다가는 분량이 너무 늘어날 것을 우려한 까닭도 있다. 그러나 나로서는 가능한 한 자신의 관점에 따라 보고 들은 내용을 적은 것이라고 생각한다. 그랜드 캐니언이나 요세미티 등의 장소에 대한 기록이 비교적 소략한 것도 그것이 세계적으로 이미 너무 잘 알려져 있어 여행안내서가 아닌 이상 새삼스레 적을 만한 내용이 별로 없다고 판단한 까닭이 아닐까 싶다.

　내가 한 해외여행 중에는 학문적인 용무나 가족 관계에서 나온 것 등 관광의 목적이 아닌 것도 제법 있었지만, 그러한 부분이 반드시 여행기의 흥미를 감소시킬 것이라고 생각지는 않으므로 배제하지 않았다. 나는 반평생을 교직에 몸담아 왔으므로 방학이 있어서 다른 직업보다는 비교적 여행을 할 수 있는 시간적 여유가 있었다. 그래서 여행이 자유화된 이후 꽤 오래 전부터 매년 여름과 겨울의 방학 때마다 한 차례씩 그저 바람 쐬기 위한 목적으로 정기적으로 해외여행을 떠나 왔고, 아마 앞으로도 그럴 것이다.

오늘날은 대체로 가는 곳마다에서 한국인들을 많이 만날 수 있으며, 개중에는 이른바 마니아라고 할 수 있는 사람도 많다. 아마도 해외여행객의 절반 정도는 마니아의 부류에 드는 사람이 아닐까 싶다. 나는 선택이 가능한 한 기왕에 가보지 않은 곳으로 향해 왔으므로, 앞으로는 갈수록 마니아들을 더 많이 만나게 될 것 같다. 그래서 세상에는 해외여행의 경험이 풍부한 사람들이 매우 많은 줄을 알기 때문에 새삼 이런 책을 출간한다는 것이 겸연쩍은 점도 있다. 그러나 나로서는 자신의 페이스와 취향에 따라 선택한 여행을 계속할 따름이며, 그것으로 족하다고 생각한다.

2013년 5월 24일
오이환

2집 머리말

『해외견문록』을 처음 출판했던 2014년 3월로부터 11년 가까운 세월이 흘러 다시 2집을 내게 되었다. 1집 원고의 분량이 1,627KB였는데, 2집의 경우 1,621KB가 된 것이다. 이 역시 나의 일기에서 해당 부분을 발췌 편집한 것으로서 출판을 목적으로 하여 쓰인 글이 아니고, 집필 당시로서는 장래의 출판을 기약할 수도 없었다. 그러므로 독자를 염두에 둔 것이거나 판매 목적의 가이드북이 아닌 사적 기록인 셈이다.

이제 비로소 1집이 된 과거의 책과 비교하여 달라진 점을 들자면, 1집의 경우는 2015년 2월에 있었던 정년퇴직 이전의 기록이었으므로 대부분 방학이나 안식년을 이용한 여행이었던 반면, 2집은 이미 시간의 제약에서 벗어나게 된 점이다. 그러므로 상대적으로 짧은 기간 안에 비슷한 분량의 원고가 모이게 되었고, 앞으로는 그러한 추이가 더해지지 않을까 싶다. 가진 게 시간뿐이어서, 최근에는 거의 매달 한 번 정도 출국하는 셈이 되었으니 말이다. 1집의 경우에는 여행마다 한두 개씩 흑백 사진을 삽입한 바 있으나, 2집에서는 그것도 포기하였다. 본문만으로도 이미 분량이 상당하여 사진을 추가할 만한 지면이 부족할 뿐 아니라, 한두 장의 사진이 본문의 이해도를 그다지 높여준다고도 생각되지 않기 때문이다.

나의 여행 목적지는 대부분 인터넷 사이트를 뒤지거나 해서 스스로 찾아낸 것이라기보다는 아는 여행사 등을 통해서 받고 있는 정보 중 흥미를 끄는 것을 고른 경우가 대부분이다. 그러므로 인연에 따른 것이며, 거의가 패키지인 셈이다. 지인 중에는 오로지 자유여행만을 선호하고 패키지 같은 것에는 한 번도 참여해 본 적 없다는 사람이 제법 있다. 앞으로는 그러한 추세가 더해질 것이라고 한다. 그러나 나이 탓인지 모르지만 우리 내외는 스스로 예습하여 모든 계획을 세우고 사전에 예약하며 몸소 운전하는 것보다는, 그저 몸만 따라가면 되고 계획된 스케줄에 따라 정확하게 움직이는 패키지가 역시 편한 것이다. 이즈음은 더욱 게을러져서 출발하는 날까지 여행지에 대한 공부를 거의 하지 않고, 관련 책자를 구입하거나 이미 수집해 둔 것조차 들춰보지 않는 경우가 많아졌다. 다만 가이드의 설명과 현지에서 보고 들은 내용만으로 그날그날의 일기를 집필하는 것이다. 지도는 가끔씩 구글맵을 이용하는 정도이다. 그리고 여행을 통하여 짧은 기간 동안이나마 일찍이 몰랐던 사람들을 새로 만나게 되는 재미도 나름 있다.

그러므로 이 책은 제목이 의미하는 바와 같이 보고 들은 바에 관한 기록일 따름이다. 그렇다 할지라도 거기에는 무엇을 어떻게 보았는지에 관한 나름의 시각은 반영되어 있을 것이다. 구구한 해석보다는 사실로 하여금 스스로 말하게 한다는 것이 나의 학문적 신조이기도 하다.

2024년 12월 28일
오이환

목차

머리말 ——— 5

■ 2018년 ——————————————————————

돌로미티   12

카리브   37

시카고   71

■ 2019년 ——————————————————————

싱가포르·바탐·조호르바루   96

남부아프리카   121

상해·항주·황산·삼청산   158

캄차카   176

북경·백리협·백석산·고북수진(사마대장성)   203

괌   219

오로라 사냥   239

장보고 유적   270

■ 2020년 ——————————————————————

마닐라 부근   284

■ **2022년** ───────────────────────────────

베트남 북부   304

규슈 북부   322

■ **2023년** ───────────────────────────────

사이판   334

규슈 히코산·오호리공원·사라쿠라산   350

베트남 나트랑·달랏   360

대만   380

프랑스   395

■ **2024년** ───────────────────────────────

와카야마·오사카·나라   424

야쿠시마   436

영국·아일랜드   448

하코다테·아오모리   477

대만 북부   488

몽골 흡수골   500

코타키나발루   519

2018년

2018년

돌로미티

■■■ 2018년 7월 20일 (금) 맑음

해외 트레킹을 전문으로 하는 미국 교포 전석훈 씨의 푸른여행사가 주관하는 '돌로미테 일주 10일' 여행에 참가하기 위해 아내와 함께 개양으로 나가 오전 5시 45분의 거제 발 인천공항 행 대성고속버스를 탔다. 개양 정류장에서 함께 출발하는 신영철 씨를 만났는데, 그는 41세로서 도배를 업으로 하며, 시간적 여유가 있어 티베트 등 오지의 산행을 즐긴다고 한다. 이번 트레킹을 항공 촬영하기 위해 드론을 지참하였는데, 공항에서 통과할 수 있는 배터리 용량 초과로 그의 배터리 두 개는 공항에 도착한 후 내가 운반을 맡았다.

대전통영, 경부고속도로를 경유하여 평소처럼 153번 고속도로를 따라 송산포도휴게소 앞을 지나 서시흥 톨게이트를 통과한 후, 송도에서 인천대교에 올라 10시 10분 무렵 인천국제공항 제2터미널에 도착하였다. F카운트 부근에서 우리들의 샌딩을 맡은 권은숙 씨와 또 한 명의 남자를 만나 티케팅을 하였는데, 그들은 푸른여행사의 직원이 아니라 다만 샌딩 업무를 위촉받아 있을 따름이었다.

신영철 씨가 권 씨로부터 일행 중 2명이 취소하였다는 말을 들었다고 한다. 원래 한국에서의 모객 담당인 진주이마운틴의 정병호 대장은 5월 15일 '이태리돌로미티트레킹' 카톡 방에다 8명을 초대했었는데, 그 중 2명이 7월 17일에 나갔고, 정 씨가 카톡을 통해 보내온 스케줄에 의하면 모집인원은 6명이고, 최소출발은 4명이며, 예약인원은 5명으로서 출발확정이라고 되어 있다. 그러므로 예약한 5명 중 2명이 취소하였다면 남는 사람은 우리 3명뿐이게 된다. 이 상품은 가격이 475만 원에 기간은 7월 20일부터 29일까지이며, 불포함 사항은 현지 가이드·기사 비용 90유로 등으로 되어 있다. 우리 내외는 티케팅을 마친 후, 공항 내의 신세계면세점 인천공항2터미널점 가방 파는 곳에서 Samsonite 트렁크 커버 2개를 $70 즉 79,023원에 구입하였다.

푸른여행사의 e-Ticket Receipt & Itinerary에 의하면, 우리는 오늘 아에로플로트 러시아 항공 SU4031편을 타고서 13시 35분에 서울 인천공항 제2터미널을 출발하여 16시 50분에 모스크바의 쉐레메티예보 공항 D 터미널에 도착하는데, 운항항공사는 대한항공으로 되어 있다. 우리가 실제로 탄 비행기는 대한항공 KE928편이어서 기체와 승무원이 모두 한국 것이었다.

아내와 나는 53E·F석에 앉았는데, 실제로는 14시 18분에 이륙하였고, 모스크바 근처에 다다른 후에도 관제탑으로부터 착륙 허가를 받기까지 근교의 세르기예프포사트 부근 상공을 여러 차례 선회하다가 17시 16분에 착륙하였다. 모스크바 시간은 서울보다 6시간 늦으므로, 실제로는 비행에 9시간 정도 소요된 셈이다.

모스크바에 도착한 후 환승 수속을 밟았는데, 좁다랗고 꼬불꼬불한 미로 같은 통로를 20분 정도 걸어 54게이트로 가서 이탈리아 베니스 행 비행기를 대기하였다. 게이트 부근에 식수대가 있으나 물이 나오지 않으므로, 디스크약을 들기 위해 근처의 매점에서 판매하는 물을 한 통 사려고 했는데, 유로는 받지 않는다고 하므로 신용카드로 결제하였다.

19시 45분에 출발하는 아에로플로트 러시아 항공 SU2422편을 타고서 22시 10분에 종착지인 베니스의 마르코 폴로 국제공항에 도착할 예정이었는데, 실제로는 8시경에 이륙하여 10시 02분에 착륙하였다. 이탈리아 시간은 모스크바보다 또 1시간이 늦으니 3시간 정도 소요된 셈이다. 아에로플로트 항공의 비행기는 한국 것보다 수준이 훨씬 뒤떨어져, 기내의 좌석 앞이나 어느 곳에도 화면이 전혀 없어 여행에 관한 구체적인 정보를 얻을 길이 없었다. 우리 내외는 좌석을 변경하여 신영철 씨에게 30D석을 양보하고서 그와 나란히 30E·F석에 앉았다.

　　입국수속을 마치고서 나오니 공항에 전석훈 씨와 정병호 씨가 마중 나와 있었다. 그들은 다른 한국 팀과 더불어 한 주 쯤 전에 TMB(Tour du Mont Blanc) 트레킹을 마치고서 이리로 이동해 온 것이다. 우리 내외는 그들과 더불어 작년 8월 4일부터 12일까지 TMB를 함께 하였으므로 전 씨와도 이미 구면인 셈이다. 전 씨는 한국의 「영상앨범 산」 프로그램에 알프스 때는 도맡아 나오는 사람이다. 전번의 TMB 때 이번 돌로미티 트래킹도 「영상앨범 산」 팀이 촬영하기로 되어 있다는 말을 들었으나, 지금 분위기로 보아서는 그럴 것 같지 않다. 그들을 만나 물어보니 이번 트레킹의 참가자는 역시 우리 3명 뿐이며, 전 씨의 여행사 사람이 한 명 더 참여할 것이라고 한다. 그들을 만나 손목시계의 한국시간을 보니 오전 5시 35분이었다. 진주에서 출발할 때로부터 치면 하루 24시간을 오로지 이동에만 소비한 셈이다.

　　정병호 씨가 몰고 온 미니밴에 탑승하여 공항 근처 Via Villafranka, 1-30174 Mestre(VE)에 있는 Club Hotel 301호실에 들었다. 4층 건물 중 4층 방이다. 침대 2개로 꽉 차다시피 하는 좁은 방으로서 도무지 공간적 여유가 없는데, 우리가 이번 여행 중 머물 호텔들은 모두 3성급인 모양이니, 대체로 이런 정도일 것이다. 혜초여행사 수준의 돈을 받고서 이런 호텔을 제공할 따름이니, 예약했던 사람들 대부분이 취소한 것은 비용 문제도 있을 듯하다. 그 중 일부는 참가 일자를 변경하여 나중에 올 것이라고 했다.

■■■■ 21 (토) 흐리고 때때로 빗방울 듣다가 저녁 무렵 비 온 후 개임

오늘부터 푸른여행사의 조환규 부장이 합류하였다. 대표인 전석훈 씨는 나보다 6세 연하이니 64세이고, 조 씨는 1969년생이라고 하니 50세로서 나보다 20살 젊다. 그리고 정병호 씨는 49세로서 한양대학교 경영학과 출신이다. 조 씨는 한국외국어대학 용인캠퍼스에 다니다가 1993년도에 北京의 중국중앙민족대학(당시는 학원 즉 단과대학)에 유학하여 사회인류학을 전공하였고, 어학연수 기간 등을 보태면 9~10년 정도 중국에서 생활한 셈이라 중국어가 유창하다. 그러나 귀국하여 자신의 전공에 맞는 직장을 구하지 못하고, 지금은 모태신앙인 가톨릭의 사제가 되려는 생각을 가지고 있다. 전 씨와는 예전에 같이 일한 적이 있었으나, 그만 두고서 다른 일을 하다가 다시 합류하게 된 것이라고 한다. 그들은 TMB 때부터 시작하여 20일간 9인승이지만 12인승으로 개조할 수도 있는 FIAT사의 미니밴을 250만 원에 렌트하였다고 하며, 운전은 정 대장이 맡고 가이드 역할은 전 씨가 한다.

오전 8시에 출발하여 호텔 근처의 Venezia Mestre역에서 Venezia Santa Lucia 역까지 9km 구간 기차를 탔다. 1인당 왕복요금은 1.3유로였다. 우리가 간밤에 잔 메스트레는 베네치아 시 안에 있으면서도 육지에 속하는데, 우리는 이 기차를 타고서 베네치아 섬으로 들어가게 된 것이다. 예전에 처음 베네치아에 왔을 때도 기차를 탔는지 버스를 탔는지는 기억이 분명치 않으나 이 코스로 섬을 빠져나온 바 있었다.

산타 루치아 역에 도착한 다음, 걸어서 시청사 앞을 지나고 다리를 건너서 건너편의 제법 큰 중앙역으로 가 여기서는 버스라고 부르는 배를 탔다. 운하로 이루어진 베네치아 섬에서는 버스도 택시도 모두 배인 것이다. 그럼에도 운하의 바닷물에 쓰레기나 기름의 흔적이 전혀 없고 물이 깨끗해 보이는 점이 과연 관광도시답다. 베네치아 시내의 주요 관광지를 출입할 수 있는 시티패스인 Venezia Unica도 각자 한 장씩 입수하였다.

아내와 나로서는 예전에 이미 한 번 거쳐 간 곳이지만, 우리는 산마르코 정거장에서 하선하여 두칼레 政廳과 산마르코 성당, 그리고 그 앞의 드넓은 아케이드 광장을 다시 한 번 둘러보았고, 유명한 리알토 다리를 건너 베네치

2018년 15

아 섬을 걸어서 종단하여 다시 산타 루치아 역으로 돌아온 다음, 기차를 타고서 출발지인 메스트레 역까지 왔다. 산마르코 성당 앞면의 중간쯤에 보이는 철제 말 네 마리는 십자군 전쟁 때 비잔티움으로부터 가져온 것이며, 나폴레옹이 이탈리아를 정복했을 때 파리로 가져갔다가 그의 몰락 이후 되돌아온 것으로서, 실물은 현재 박물관에 보관되어 있다고 한다.

예전에는 곤돌라를 타기도 했었지만, 걸어서 골목골목을 두루 구경하는 재미도 쏠쏠하였다. 걸어오는 도중 아내와 더불어 1인당 1.5유로씩 하는 화장실에 들르기도 하였고, 이미 거의 다 써 가는 예전에 크로아티아의 두브로브니크에서 샀던 수첩을 대신할 가죽 카버로 된 새 수첩 하나를 17유로 주고서 구입하기도 했으며, 아내가 젤라토 아이스크림을 먹고 싶어 하므로 9유로 주고서 일행 모두에게 그것을 하나씩 선사하기도 했다.

메스트레의 Via Piave, 149에 있는 중국집 華僑飯店에서 점심을 들었는데, 그 집은 입구의 유리창에 한글로 한국의 중국집에서 흔히 먹는 짜장면·짬뽕 등의 메뉴를 적고 "베네치아에서 최고로 맛있는 중국집" "한국인 특별 환영합니다" 등의 문구도 내걸었다. 김치찌개도 나왔는데, 한국과 같은 맛은 아니지만, 나온 음식들이 그런대로 제법 맛있었다. 그 집 앞 유리창에 '溫州風味'라는 문구도 보이는 것으로 미루어 주인이 浙江省 출신인 듯하였다.

점심을 든 다음, 3시간 정도 이동하여 돌로미티의 중심지라고 할 수 있는 코르티나 담페쪼(Cortina d'Ampezzo)로 향했다. A27 고속도로가 있지만 갈 때는 그것을 이용하지 않고 일부러 2차선 정도의 구도로를 탔다. 이 길은 이탈리아의 곡창지대라고 할 수 있는 북부의 롬바르디아 평원을 북상하여 올라가는 것인데, SS13, SS51, SS52 등의 도로를 통해 도중에 Treviso, Belluno 등 다소 큰 도시도 경유한다. 몇 년 전 발칸반도 여행 때 슬로베니아로부터 국경을 건너 이탈리아의 롬바르디아 평원을 가로질러서 A4 고속도로를 따라 베네치아까지 온 적이 있었다. 구도로는 대체로 이 나라의 지방 풍경을 오롯이 감상할 수 있는 한적한 길이었다. 도중에 벨루노 못 미친 곳에 있는 Vittorio Veneto에 멈추었을 때는 아내가 바나나, 길쭉한 토마토, 청포도 등의 과일을 제법 많이 사서 일행과 나누었는데, 과일 값이 아주 싸서

9유로 밖에 하지 않았다.

비토리오 베네토를 지나 Santa Croce 호수 가에 잠시 머물렀고, 벨루노를 지나 목적지에 가까운 지점인 Auronzo 호수에 머물기도 하였다. 우리의 목적지인 돌로미티는 하나의 지역이라기보다는 오스트리아와의 국경에서 가까운 남 티롤 지방에 인접한 구역을 광범위하게 지칭하는 말이다. 이탈리아어 Dolomiti는 영어의 Dolomite에 해당하기 때문에 돌로미테로 발음하기도 하는데, 영어의 돌로마이트는 석회암의 일종인 白雲巖을 가리킨다. 이일대에 백운암으로 이루어진 바위산들이 광범위하게 펼쳐져 있으므로, 그것을 총칭한 말이다.

제1차 세계대전 이전에는 이 지역도 오스트리아 영토에 속했으며, 전쟁 당시 이 지역에서 이탈리아와 오스트리아 간에 치열한 전투가 벌어졌고, 전후에는 승리한 이탈리아의 영토로 할양되었다. 전투가 치열했던 배경에는 이탈리아가 오랫동안 오스트리아의 식민 지배를 받았던 관계도 깔려있다. 1차 대전과 2차 대전에서 모두 이탈리아는 전쟁에서 불리한 처지에 있었으면서도, 승리한 나라들 측에 가담하여 결과적으로는 상당한 이익을 챙겼던 것이다. 남 티롤과 마찬가지로 이 지역에서는 아직도 독일어가 일상생활에서 흔히 사용되며, 오스트리아의 풍속이 농후하게 남아 있다. 헤밍웨이의 소설 『무기여 잘있거라』는 1차 대전 당시 이 지역의 전투 상황을 다룬 것이다.

오후 4시 20분 무렵 코르티나 담페쪼에 도착하였다. Via B. Franchetti, 18에 있는 Villa Neve라는 호텔에 들어 아내와 나는 1층(실제로는 2층)의 20호실을 배정받았다. 이 역시 3층 정도 규모의 3성급인 알프스 식 작은 호텔인데, 방이 넓다고는 할 수 없으나 어제보다 한결 낫고 분위기도 정갈하여 아내나 나나 불만이 없었다.

5시 30분에 로비에서 모여 차를 타고 코르티나의 중심가 쪽으로 이동하였다. 독일의 Frankfurt am Mein을 보통 프랑크푸르트로만 부르듯이 Cortina d'Ampezzo도 보통 코르티나로 불린다. 몽블랑 일대의 샤모니와 마찬가지로 돌로미티 지역의 중심도시인 셈인데, 규모는 샤모니보다 훨씬 작으나 시내를 둘러보니 오히려 더 화려한 면도 있었다. 역시 샤모니와 마찬가지로 1956년도에 제7회 동계올림픽이 열린 곳이다.

정 대장을 따라가 먼저 Via C. Battisti, 12에 있는 Quota 1224라는 스포츠용품점에 들러 한국에서 깜박 잊고 스틱을 가져오지 못한 아내를 위해 새 것을 하나 장만하였다. 그런데 정 대장이 권한 것은 Black Diamond사의 최신식 스틱으로서, 나사를 조아 길이를 조절하는 것이 아니라 스위치 하나를 통해 저절로 부품들이 고정되는 것이었고 가볍기도 하므로, 나도 새로 하나를 구입하였다. 머리띠도 아내 것과 내 것 각각 하나씩을 포함하여 276유로를 지불하고서 차제에 새로운 등산장비를 두 종류 구입한 셈이다. 아내 분의 스틱과 머리띠는 아내 생일이 9월 6일므로, 앞당겨서 생일선물로 프레젠트 하였다.

또한 시내를 걸어가던 중 어느 상점의 앞쪽 벽에 돌로미티 지역의 대형 상세지도 두 장이 게시되어 있는 것을 발견하고서 그 집으로 들어가 그 지도 두 장 모두를 15.7유로에 구입하였다. 그런데 후에 펼쳐보니 그 중 하나는 베네치아 지역까지를 포함하여 지나치게 광범위에 걸친 것이었고, 다른 하나는 코르티나 부근만을 다룬 너무 좁은 범위의 것이었다.

그런 다음, Croda Cafe라는 식당에 들러 스파게티와 피자로 석식을 들었다. 그 무렵에는 이미 비가 그치고 하늘이 맑아지기 시작하였다.

▬▬ 22 (일) 맑음

오전 8시에 출발하여 코르티나의 서북쪽에 위치한 토파나 연봉으로 향했다. 산 중턱 해발 1675m 지점의 Baita Pie' Tofana라는 식당이 있는 곳에 도착하여 하차한 후, 리프트를 타고 올라 Tofana di Rozes(3225m) 봉 아래 2093m의 Duca d'Aosta 산장에서 내렸다. 거기서부터 좀 걸어간 다음 바위 절벽을 타고서 해발 2303m의 Pomedes 산장 아래 2220m 지점인 정상까지 비아 페라타를 통해 올라가는 것이다.

허리와 양 다리에 안전구인 하네스를 착용하고 헬멧을 쓴 후 Via Ferrata에 도전했다. 비아 페라타란 '철의 길'이라는 뜻으로서, 절벽에 설치된 쇠줄에다 하네스의 양쪽 끈에 달린 두 개의 카라비너를 걸고서 쇠줄의 매듭마다에서 그것을 갈아 채우며 절벽 아래로 떨어지지 않도록 안전을 확보하여 암벽을 타고서 서서히 위로 올라가는 것을 말한다. 절벽의 이러한 쇠로 된 설치물은 1800년대 후반부터 시작된 것인데, 1차 세계대전이 일어나자 돌로미티 산군의 전 지역은 이탈리아와 오스트리아군의 가장 치열한 전장으로 변하여 모든 암봉에 비아 페라타 루트가 설치되어 비극적인 전투장이 되었다. 전후에 이 비극의 자리에 좀 더 보강된 등산기술이 접목되어 오늘날 일반인이 암봉의 정상에 설 수 있는 특별한 관광자원으로 발전한 것이다. 비아 페라타에는 6개의 등급이 있다는데, 우리가 오늘 시도한 코스는 그 중 2급이다.

절벽 여기저기서 에델바이스를 비롯한 야생화의 무리를 보았다. 에델바이스는 이처럼 가파르고 높은 데서만 핀다고 하는데, 내가 몽골의 테를지나 키르기스스탄의 해발 3000m가 넘는 고지의 호수 부근에서 본 것은 그냥 야생화로서 평지에 많이 피어 있었다. 일행 중 신영철 씨는 여기저기서 드론을 날려 우리들의 비아 페라타 현장을 촬영하였다. 약 1시간 40분간 비아 페라타를 체험한 후, 산장 아래쪽의 리프트를 지탱하는 쇠기둥 부근에 모여 앉아 푸른여행사 측이 준비해준 반찬들과 밥으로 도시락 점심을 들었다. 이 일대는 겨울철이면 스키장으로 변하며, 여기저기에 설치된 리프트나 곤돌라도 그러한 사람들을 실어 나르기 위한 것이다. 동계올림픽의 현장인 것이다.

점심을 든 다음, 다시 산중턱의 비탈로 난 위태로운 길을 걸어서 건너편 바위 위로 또 한참을 기어오르며 비아 페라타를 시도하였다. 2480m에 있는 Ra Valles 산장에 도착한 후, 곤돌라를 타고 내려와 차를 세워둔 곳으로 걸어서 이동하였다.

돌로미티는 이탈리아 북동부의 산맥으로서 최고봉의 높이는 3343m이다. 2009년 유네스코 세계자연유산에 등록되었는데, 산맥의 이름은 18세기에 이 산맥의 광물을 탐사했던 프랑스의 광물학자 데오다 그라테 드 돌로미외(Deodat Gratet de Dolomieu)에서 유래했다. 벨루노 현, 볼차노 현, 트렌토 현에 걸쳐 있다.

오후에는 차를 타고 이동하여 코르티나의 북동쪽에 있는 트레치메(Tre Cime) 자연공원으로 향했다. 트레 치메는 '세 개의 봉우리'라는 뜻으로서,

돌로미티의 상징처럼 되어 있는 세 개의 거대한 암봉을 뜻한다. 2973m인 Occid., 2999m인 Grande, 2857m인 Piccola가 그것이다. 합하여 Tre Cime di Lavaredo라고 부른다. 그리로 가는 도중 해발 1752m의 Misurina 호수 가에서 잠시 멈추기도 했다가, 해발 2320m의 Auronzo 산장 주차장에서 하차했다. 이 일대에서는 어제 지나온 아우론조 호수가 바라보였다. 차는 거기까지만 들어올 수 있고, 나머지 길은 걸어가야 한다.

우리는 트레치메 봉 뒤편의 Lavaredo 산장(2344)을 거쳐 트레치메를 앞에서 정면으로 바라보는 위치에 있는 2405m의 Locatelli Tre Cime 산장까지 1시간 반 정도를 이동하였다. 여기저기에 잔설이 보이고, 야생화가 지천으로 피어 있었다. 걷는 도중 나는 시종 현기증 비슷한 것을 느꼈는데, 고산이라 그런가보다 하고 생각했지만, 나중에 생각해보니 아마도 아침에 복용한 디스크 약 중의 노란 캡슐 알약 때문인 듯했다. 의사가 이 약이 어지럽고 졸림을 유발하는 효과가 있다면서, 그럴 경우에는 그것을 빼고서 복용하라고 했던 것이다. 이후 돌로미티 지역에서는 이 약을 빼고서 복용하기로 했다.

오후 6시경에 도착하여 산장에서 우리는 2층의 17호실을 배정받았다. 우리 부부 및 정병호, 신영철 씨가 함께 쓰는 침대 방이다. 1층에 식당과 카페가 있고, 3층에는 화장실과 세면대가 있는데, 세면대에서는 온수가 공급되지 않았다. 오늘 보니 아우론조 산장 이후로는 안내판이나 이정표에 독일어가 주를 이루고 이탈리아어는 가끔 보이기도 하지만, 영어는 별로 눈에 띄지 않았다. 식당에서 석식을 들 때도 웨이트리스 아가씨가 英·佛·獨·伊 등 4개 국어 정도는 구사하는 모양이고, 실제로 손님 중에도 여러 나라 말을 하는 사람들이 섞여 있었다. 오늘밤 이 호텔에 머무는 손님 중 우리 외에 또 한 그룹의 한국 사람들이 있었다.

■■■ 23 (월) 맑음

우리 방의 조그만 창문을 통해 유명한 트레치메 봉이 정면으로 바라보인다. 오늘은 식당에서 간단한 조식을 든 후 8시 15분에 출발하여, 산장 왼편의 Cima Una(2698)와 Croda Fiscaline(2675) 봉을 한 바퀴 두르는 코스로 트레킹을 나섰다. 아내와 조환규 부장은 산장에 남아 우리가 돌아오는 지점의 마지막 산장인 Pian di Cengia까지 왕복하여 그 산장에서 점심을 들고서 다시 로카텔리 트레치메 산장으로 돌아왔다. 나머지 4명으로 출발한 지 얼마 안 되어 마모트 두 마리가 길 가의 굴속에서 나타나 사람을 보고서도 별로 두려워하지 않는지 근처를 서성거리는 것을 보았다. 산장 부근의 Laghi dei Piani라는 작은 호수 두 개를 지나 Sasso Veccio 계곡을 따라서 1시간 반 정도 계속 내려온 다음, Bacherntal 계곡을 끼고서 산의 반대쪽 비탈을 따라 한 바퀴 돌아서 오르막길을 계속 타고 올라갔다. 오름길의 도중에 첫 번째로 만난 Comoci 산장에서 토마토 스파게티와 콜라로 점심을 들었다. 이 일대의 산이나 계곡, 또는 산장에는 모두 독일어 이름이 있지만, 편의상 이탈리아어 이름이 있는 한 그것으로 표기한다. 오르내리는 도중에 등산 중인 사람들을 많이 만났는데, 그들 중에도 독일어를 사용하는 사람들이 많았다.

우리가 돌아오는 코스는 101번 길이었는데, Pian di Cengia 산장을 지나 한참 동안 계곡을 따라 내려온 지점에서 만난 호수 주변에도 얼음이 두껍게 남아 있었다. 오후 3시 경 간밤을 묵은 산장에 도착하였다. 어제 차를 세워둔 아우론조 산장까지 돌아오는 길은 어제 지나간 코스를 경유하지 않고 트레치메 봉을 정면으로 마주보며 걷는 105번 길을 취하였다. 그 길은 계곡 아래쪽으로 한참 동안 내려갔다가 다시 한참을 올라오는 등 요철이 심했는데, 계곡 아래편에는 소들을 방목하고 있어 소의 목에 걸린 워낭 소리가 요란하였다. 계곡을 내려오는 도중에 신영철 씨가 산장에다 휴대폰을 두고 왔다면서 조환규 부장과 더불어 왔던 길을 한참동안 뛰어 되돌아갔으나 결국 찾지 못하였다.

5시 10분에 아우론조 산장 주차장에 도착하여 뒤이어 온 신영철 씨 등과도 다시 합류하여, 어제 올라왔던 길을 따라 6시 20분에 Villa Neve 호텔에 도착하였다. 엊그제 묵었던 방을 그대로 다시 배정받아 우리 내외는 다시 20호실에 들었다. 7시 10분까지 로비에 집합하기로 했으나 신영철 씨는 방에서 골아 떨어졌고 조환규 씨도 어디론가 가고 없어, 네 명이 걸어서 이동하여

La Piazzetta라는 식당으로 가서 석식을 들었다. 나는 비프스테이크, 두 명은 돼지갈비구이, 아내는 콩이 들어간 수프를 들었다.

■■■ 24 (화) 맑음

1시간 정도 서쪽으로 이동하여 2105m 높이의 팔자레고 고개를 넘어 베니스와 독일을 잇는 통상로였던 '돌로미티 협곡 가도'를 타고 남부 티롤 볼자노 지역의 2240m 지점인 뽀르도이 고개로 이동하였다. 거기서 서울 양정고등학교 선후배가 된다는 전 대표와 조 부장은 남고, 나머지 네 명은 곤돌라를 타고서 2950m 지점의 마리아 산장까지 올라갔다. 돌로미티의 셀라그룹 산군 중 최고봉인 보에 봉(3152m)에 오르기 위함이다. 셀라 산군은 이 일대의 산군 중 규모가 꽤 큰 것으로서, 산장에 도착하여서는 사방의 전망대에서 360도로 주위 산군들의 거대한 파노라마를 조망할 수 있었다. 산들의 모양이 한국과는 전혀 달라 가파르게 치솟은 암봉들이 실로 절경이라 할 수 밖에 없다. 돌로미티 전체의 최고봉인 눈 덮인 마르몰라다의 푼타 페니아(3342m)도 동남쪽으로 가깝게 바라보였다. 아내는 산장에 남아 쇼핑을 하고 근처를 좀 거닐다가 1시간쯤 후에 곤돌라를 타고서 도로 내려갔고, 나는 정병호 대장과 신영철 씨의 뒤를 따라 등산로를 취했다.

오전 10시경에 출발하여 풀조차 거의 없는 회백색이 주조를 띤 바위산을 계속 걸었다. 비탈길을 내려가 2848m의 Forcella Pordo 산장에 도착한 다음부터는 비교적 평탄한 길이 이어졌다. 백운암은 잘게 쪼개지는 성질이 있는 모양이라 길은 온통 자갈 수준의 잔돌들로 덮여 있고, 군데군데 잔설이 깔려 있었다. 애견을 데리고 온 사람들이 제법 있고, 어린이들도 있었다. 서양 사람들은 이런 높은 곳에서도 반바지와 반팔 차림이 많았다.

우리 일행은 627번 길을 따라 걷다가 가파른 정상 길을 오르기 시작했는데, 나는 숨이 가빠 군데군데 멈추어 휴식을 취했다. 산에 오른 사람들 중 나처럼 숨차 하는 사람은 아무도 없는 듯했다. 해발 3000m 대의 고산인 까닭도 있겠지만, 주로는 젊은 시절의 폐 수술로 말미암아 폐활량이 부족한 탓일 것이다. 정 대장이 나를 따라 보조를 맞추었다. 정상인 Piz Boe에는

Capanna Piz Fassa라는 산장이 있고, 그 옆에 철 십자가와 도자기로 만든 조그만 마리아 상도 있었다. 정 대장이 산장 안으로 나를 데려가 그곳의 로고가 새겨진 동그란 마크를 사고자 하므로, 4.8유로를 지불하고서 하나 사주었다. 그는 각지에서 이런 로고 마크를 수집하여 등산복의 여기저기에다 붙여두고 있다. 올라온 길과는 반대쪽으로 내려가 보아 산장(2871) 부근에서 준비해 간 도시락으로 점심을 든 다음, 다시 627번 길을 취해 곤돌라가 있는 마리아 산장까지 되돌아왔고, 오후 3시에 귀환하였다.

오늘의 숙소가 있는 마르몰라다 산록으로 가는 도중에 카나제이 마을 못 미친 곳의 갈림길에서 시간도 좀 남고하여 반대쪽으로 난 길을 따라 올라가 셀라 산군과 사스룽고 산군의 사이에 위치한 셀라 고개(2244)까지 가보았다. 그 일대에도 케이블카가 보였다.

갔던 길을 도로 내려와 해발 1450m 지점의 제법 큰 마을인 카나제이에 다다른 다음, 마르몰라다 방향 길을 취하여 1681m 지점에 있는 숙소 Villeta Maria에 도착하였다. 자동차 도로에서 좀 떨어진 숲속에 외따로 위치해 있고, 정면의 주차장 가에 트레킹 코스들을 알리는 이정표가 있으며 그리로도 오솔길이 나 있었다. 지붕이 있는 알프스 식 3층 건물인데, 알프스 지역의 건물들이 흔히 그렇듯이 베란다에 화분들이 놓여 있고, 높이 솟은 바위 봉우리를 정면으로 마주하고 있는 고즈넉한 분위기였다. 집 앞의 벽에 'Albergo Villetta Maria/ Ristorante Bar'라고 적혀 있는데, Albergo란 스페인어의 Albergue에 해당하는 말로서 여인숙 정도의 의미가 아닌가 한다. 옆 마당에는 어린이 놀이시설이 있고, 바깥으로 트인 흰색의 커다란 텐트도 두 대 쳐져 있었다. 우리 내외는 1층 112호실을 배정받았는데, 건물 안과 실내는 대부분 나무로 만들어져 있었다. 실내에 취사시설이 있으나 전기가 들어오지 않고, 침대도 나란히 붙은 것 두 개와는 별도로 2층으로 된 나무 침대가 따로 하나 있었다. 일반 호텔에 비해 손색없는 시설이지만, 나중에 알고 보니 이 역시 산장이었다.

여기까지 오는 도중의 산중 도로는 가파른 비탈을 따라 꼬불꼬불 이어져 있고, 울창한 침엽수림으로 뒤덮여 있어 경치가 그저 그만이었다. 산악자전거를 타는 사람들이 많았고, 스포츠 용 오토바이를 탄 사람들도 자주 만났다.

오후 5시 30분에 집합하여 다시 차를 타고서 카나제이 마을보다 좀 더 서쪽에 있는 Campittello di Fassa 마을로 가서 Heidi라는 식당에서 석식을 들었다. 이 일대의 마을들은 모두 파사(Fassa) 계곡에 속해 있다고 한다. 국경에 가까운 까닭인지 지명이 이중삼중으로 다른 나라 말로 적힌 경우가 많아 어리둥절하다. 이를테면 지도 상 선두에 적힌 이름의 경우, Canazei는 Cianacei, Campitello는 Ciampedel, Gruppo del Sella는 Crepes de Sela, Marmolada는 Marmoleda 따위로 적고 있는데, 그것은 아마도 불어인 듯하다. 그러나 이곳에서 왜 이탈리아어도 독일어도 아닌 불어 이름을 선두에 내거는지는 알 수 없다.

오후 6시 30분의 영업 시작 시간까지 반시간 남짓 남아 그 건물 1층의 등산용품점에서 아내는 샌들을 하나 사고, 조 부장은 T셔츠를 샀다. 이 식당은 전 대표가 더러 이용하는 모양이어서 주인과도 서로 알았다. 우리는 오늘의 숙소에서 하루 더 묵으므로, 내일 저녁도 여기서 들게 된다고 한다. 돼지·소·닭고기 요리 중에서 각자 하나씩을 주문했는데, 나는 돼지다리구이를 시켰다. 푸짐하고 맛이 있었다. 종업원 할머니가 디저트 주문을 받기 위해 여러 번 다가왔는데, 아내가 아이스크림을 원한다고 말했음에도 불구하고 전 대표는 끝내 주문하지 않았다.

전석훈 씨는 알프스에 대해 해박한 지식과 경험을 지닌 사람이지만, 금전적으로는 너무 짜다. 그가 「영상앨범 산」의 알프스 관련 프로에 자주 출연한 것은 후배로서 같이 산악 활동을 했던 사람이 KBS의 그 프로에 관여해 있기 때문이라고 한다. 작년의 투르 뒤 몽블랑(TMB) 때 우리가 머문 숙소는 합숙방(도미토리) 수준이었고, 이번은 가격을 듬뿍 올린 대신 숙소가 3성급 수준의 호텔로 한 단계 승급했다. 우리가 카톡으로 받은 스케줄의 불포함 사항에 "식사 때 음료 및 주류 비용과 일정표 상 명시한 조건 중 트레킹 중의 간식"이 포함되어 있는데, 식사 때 각자가 주문한 주류나 음료는 물론 평소 드는 물조차 각자 비용으로 부담하게 한다. 이는 혜초 수준은 고사하고 저가 여행사인 노랑풍선 수준에도 못 미치는 것이다. 그러니 서양 사람들이 버릇으로 드는 애피타이저나 디저트 비용이 과외의 지출임은 말할 것도 없다. 현지 기사와 가이드가 따로 없음에도 불구하고 그 팁 90유로씩을 거두었고, 점심으로 드는 도시락은 조 부장이 직접 만든 것이므로 거의 비용이 들지 않는 것이다. 산장의 숙박비도 예약을 잡기 어려워서 그렇지 비용 자체는 별로 들지 않을 것이다.

밤에 정 대장이 우리 방으로 와서 내일로 예정된 점심 도시락을 우리 부부의 경우만은 원한다면 산장 음식으로 대체할 수도 있다고 하므로 그렇게 하겠노라고 응답했다. 정 대장은 나더러 내일의 마르몰라다 정상 등정에 참여하지 말 것을 적극 권했고, 식사 문제에 대해서도 전 씨에게 그렇게 건의했다고 한다.

전 씨는 매년 그렇듯이 미국 LA나 서울에 있는 자택으로부터 지난달에 유럽의 알프스로 다시 왔는데, 정 대장과 조 부장은 전 씨와 같은 숙소에 들지만 방은 각자 따로 쓰고, 정 대장은 운전을, 조 부장은 음식 등을 담당한다고 한다. 이번의 각자 참가비 중에서 적어도 2백만 원 이상씩이 순이익으로 남지 않을까 싶으나, 참가 인원은 적고 임원이 전체의 절반이어서, 전 씨의 수중에 얼마나 떨어질 지는 의문이다.

한국에 있을 때 臺灣대학 대학원 선배로서 같은 기숙사에 거주했던 金世豪 형이 별세했다는 문자 메시지를 받은 바 있었다. 형은 사학과 대학원에 유학해 있었는데, 당시 뜻밖에도 臺灣대 철학과에서 '오이환사건'이 터졌을 때 유학생 사회가 그 때문에 분열했으나 삼민주의 대학원의 이동삼 형과 함께 적극적으로 나를 옹호해 준 바 있었다. 형은 당시에도 기숙사에서 때때로 휘호를 피력했으나, 뒤에 알고 보니 그는 저명한 서예가인 一中 金忠顯의 수제자 급이라고 한다. 후일 내가 옮겨가 있는 京都대학으로 유학하고자 하므로 그 때문에 그가 말한 동양사학과의 교수를 면담한 바도 있었고, 그 후 실제로 京都에 오기도 했던 모양이나 나는 이미 귀국한 후였기 때문에 서로 만나지는 못했다. 몇 년 전 창녕의 성씨고가에서 있었던 학술회의에서 그를 아는 서예가인 계명대 교수를 만나 그와 한 번 통화한 바 있었고, 그 후 내가 상경한 기회에 안암동에 있는 그가 소유한 빌딩으로 찾아가 잠시 만난 적도 있었다.

7월 21일에 고대 안암병원 장례식장에서 발인이 있었던 모양인데, 그의 갑작스런 사망 소식을 듣고서 영문을 몰라 문자 메시지에 나타난 번호로 두 번 전화를 걸었지만, 하나는 상조회사의 번호였고, 다른 하나는 장례식장 연락처였다. 후자에다 상주의 전화번호를 물어 떠나오기 직전 공항에서 통화를 시도했으나 받는 사람이 없었고, 오늘인 7월 24일에 또다시 가족 명의로 海庭 김세호의 조문객에 대한 인사말이 왔기에 그의 사망 원인을 묻는 문자 메시지를 보냈으나 역시 회답이 없다.

■■■■ 25 (수) 맑음

지금 한국은 연일 불볕더위가 계속되고 있는 모양이다. 숙소의 와이파이가 매우 불안하여, 어젯밤 조 국장이 우리 방으로 와 연결해 주었으나 하룻밤을 자고 났더니 접속이 되지 않았고, 또 어쩌다 되는 듯하더니 근자에 함께 코카서스 3국을 여행했었던 김문기 씨가 바쿠에서 찍은 사진들을 대용량 첨부파일로 부쳐주어 그것을 다운로드 받으려 하다가 또다시 다운되어 이후로는 접속이 되지 않았다. 뒤에 알고 보니 이곳의 와이파이는 Fassa Hotels Group이 공동으로 사용하는 것으로서, 1인당 하루 30MB를 초과하면 더 이상 접속이 되지 않는다고 한다. 이곳이 저가 요금을 받는 산장이기 때문이 아닌가 싶다. 우리가 석식을 드는 하이디 식당에서는 이러한 문제없이 와이파이를 자유로 쓸 수 있는 것이다.

오전 8시 반 경에 외송리의 박문희 장로로부터 잠시 전화가 걸려왔다가 끊어졌고, 10시 50분 무렵에는 공인중개사 안진우 씨가 전화를 걸어왔으나, 박 장로의 경우와 마찬가지로 문자 메시지로 용건을 말해달라는 응답을 보냈다. 아마도 외송의 위쪽 진입로 땅 매입 관계인 모양이다.

8시 30분에 출발하여 마르몰라다 쪽으로 조금 올라간 지점에 있는 페다이아 저수지 가의 페다이아 고개(2054)에 다다랐다. 거기서부터 야생화가 만발한 초원으로 이루어진 가파른 601번 산길을 따라 마르몰라다의 반대쪽에 있는 Sas Ciapel(2557) 봉 쪽으로 오르다가 8부 능선 정도에서 Porta Vescavo 봉 아래의 698번 산길을 따라 45분 정도 걸어서 저수지 쪽으로 내려왔다. 우리가 8부 능선에 다다라 꽃밭에 앉아 쉬고 있을 때 남부 독일에서 온 산악자전거 팀 다섯 명이 뒤따라 올라와 잠시 대화를 나누고 사진을 찍어 주기도 했다. 그쪽 산의 오솔길에는 산악자전거를 타는 사람들이 심심찮게 보였는데, 그들이 탄 자전거 한 대가 천만 원을 호가한다고 한다.

산에서 내려온 다음, 올 때의 도로를 따라서 꼬불꼬불한 산중 길을 다시 얼마 동안 내려가 마르몰라다 산군으로 올라가는 곤돌라의 출발지점인 Malga Ciapela(1450)에 다다랐다. 곤돌라는 여기서 출발하여 Antermoja(2350), Serauta(2950) 정거장에서 각각 한 번씩 갈아탄 후 해발 3265m의 종점인 Punta Rocca에 닿는 것이다. 폰타 로카에 다다르면, 돌로미티의 산군 전체를 동서남북 사방으로 바라볼 수 있는 조망대가 있고, 교황 요한 바오로 2세가 1979년 8월 26일에 이곳을 방문하여 기증한 마돈나의 등신대 입상이 있다.

나는 푼타 로카 역에 도착하여 마르몰라다의 최고봉인 푼타 페니아까지 가는 일행에 끼이고 싶었으나, 조망대에서 바라보니 정상까지의 거리는 어제의 셀라산군 Sas de Pordoi에서부터 최고봉인 Piz Boe까지의 거리와 비슷해 보일 뿐만 아니라 경사도 매우 가팔라 보였다. 그래서 어제도 그러했듯이 고산지대에서는 남보다 더 쉽게 피로를 느끼며 호흡이 가빠지는 터라 포기하고 말았다.

아내와 조 부장을 먼저 식당이 있는 세라우타 정거장까지 내려 보낸 후, 다시금 조망대로 올라가 사방을 한참동안 바라보다가 나도 뒤이어 세라우타 정거장으로 내려왔다. 그곳 식당에서 아내 및 조 국장과 더불어 점심을 든 후, 해발 3000m 지점에 있는 유럽에서 가장 높은 전쟁박물관을 둘러보았다. 정식 이름은 Grande Guerra 즉 大戰박물관인데, 1915년부터 18년까지 있었던 제1차 세계대전에서 오스트리아군이 이탈리아 군을 상대로 벌인 전투를 소개하는 곳이었다. 동영상 다큐멘터리도 상영하는데 모두 무료였다. 박물관을 나서면 건너편 바위산 꼭대기로 위태롭게 걸어 올라가는 길이 있으며, 그 길 가에 대전 당시 실제로 오스트리아군이 파놓은 암굴들이 산재해 있다. 아내는 컨디션이 좋지 않다고 하므로 조 부장과 둘이서 올랐는데, 암굴들을 둘러보며 거의 꼭대기 부근까지 올라갔을 때인 오후 2시 41분에 아내로부터 11시 50분에 정상을 향해 출발했던 일행 3명이 내려왔다면서 돌아오라는 문자메시지가 도착했으므로 되돌아왔다. 곤돌라도 없었던 당시 이 높은 산에 어떻게 물자를 운반해 올라와서 생활했는지, 그리고 여기서 어떻게 전쟁을 수행했는지 모두 의문이었지만, 조 부장의 말에 의하면 이런 높은 곳에서 포를 쏘면 적에게 큰 타격을 가할 수 있다는 것이었다.

세라우타의 기념품 매점 De Benardin Fausto에서 조 부장이 쓰고 있는 것과 거의 같은 모양의 오스트리아제 남 티롤 펠트 모자 하나를 35유로 주고서 구입하였다. 두꺼운 모직이지만 조 부장의 말로는 여름일수록 더욱 시원하다고 한다. 2시간 정도 방수기능도 있다고 한다.

4시 반 무렵 숙소로 돌아와 쉬고 있다가, 6시 15분에 집결하여 어제 석식을 들었던 캄피텔로의 Via Dolomiti, 74에 있는 하이디 식당으로 가서 석식을 들었다. 그 집 1층의 어제 아내가 샌들을 샀던 Sports Emotions에 들러 이번에는 내가 99유로를 지불하고서 푸른색 패딩 재킷 하나를 구입하였다. 집에 패딩이 세 벌 있기는 하지만 하나는 장모로부터 그냥 얻은 것이고, 두 벌은 싸구려라 모두 별로 마음에 들지 않기 때문이다. 오늘 석식은 송어구이로 들었다.

■■ 26 (목) 맑음

8시 반에 출발하여 올 때의 코스를 경유해 코르티나 지구의 서쪽 끄트머리에 위치한 Falzarego 고개(2105m)에 다다랐다. 거기서 전 대표와 조 부장은 차에 남고, 여행객 세 명은 정병호 대장을 따라서 라가주오이 산장(2733)까지 곤돌라를 탔다. 십자가가 서 있는 작은 라가주오이 산(Piccolo Lagazuoi, 2750)의 꼭대기가 건너편으로 바라보이고, 계곡 너머로 큰 라가주오이라고도 부르는 라가주오이 산(2835)이 위치해 있다. 산장의 조망대에서 주변의 경치를 둘러본 후, '오스트리아 산악부대 길'이라는 팻말이 붙은 능선 길을 따라서 십자가 있는 곳까지 걸어가 보았다. 길 도중에 당시의 오스트리아군인 복장을 한 사람이 완전무장한 채 서성거리고 있고, 길 주변에는 여러 가지 번호를 붙인 표들이 세워져 있는데, 그것은 발굴한 장소를 표시하는 것이라고 한다. 그 외에도 작은 돌탑들을 쌓아놓은 것이 여기저기에 많이 보였다. 정상의 십자가에는 못 박힌 예수 상 아래에 독일어와 이탈리아어로 각각 "1915-1918년의 전쟁 때 라가주오이에서 쓰러진 사람들을 기억하며"라고 적힌 나무 팻말이 달려 있었다.

산장으로 돌아온 다음, 우리는 이탈리아군이 파놓은 산중 암굴을 통해 걸어 내려가기 위해 오스트리아군의 FW4 척후 동굴까지 내려갔다가 그쪽이 아님을 알고서 도로 올라와, 산장 바로 아래편으로 난 가파르고 좁다란 길을 따라 걸어 내려갔다. 머리에는 헬멧을 쓰고, 헤드랜턴까지 켠 상태였다. 얼마 후 2017년 6월 20일에 만든 이탈리아군의 동굴 끄트머리에 다다랐고, 그 근처에서부터 인공적으로 바위를 뚫어 만든 동굴이 나타나기 시작했다. 한두 사람이 서서 지나갈 수 있을 정도의 규모였다. 작은 라가주오이 산의 꼭대기를 차지하고 있는 오스트리아군을 공격하기 위해 이탈리아군이 팔자레고 고개에서부터 굴을 파 거의 능선 부근까지 올라온 것인데, 적진에 다다르기 조금 전에 전쟁이 끝나버렸다고 한다. 가파르게 비탈진 굴속에 계단이 만들어져 있고, 군데군데 옆쪽으로도 짧은 동굴을 파 여러 가지 군사 시설들을 배치해 두고 있으며, 바깥을 내다볼 수 있는 구멍도 있었다. 수백 미터에 달하는 Galleria Lagazuoi라고 부르는 이 바위굴을 파 올라가느라고 군인들이 얼마나 수고했을 지를 생각하면 정신이 아득하였다.

아랫부분에서 바위굴을 벗어나 바깥 절벽으로 난 좁다란 길을 따라 평지까지 내려온 다음, 꽃이 만발한 풀밭의 나무 그늘에 앉아 배부 받아온 도시락으로 점심을 들었다. 알프스 일대에서는 풀밭이 있는 곳이면 어디든지 야생화가 만발하여 꽃밭을 이루고 있는 것이다. 한국의 곰배령을 천상의 화원이라 부르며, 너무 많은 사람들이 찾아가므로 인원제한도 한다고 들었지만, 여기서는 그러한 꽃밭과 비교하여 조금도 손색이 없을 듯한 야생화가 만발한 풀밭이 어디든 지천으로 널려있는 것이다.

점심 자리에서 아내로부터 들은 바에 의하면, 우리들은 지금까지 두 차례에 걸친 헬멧 사용료 10유로를 추가로 내야 한다는 것이었다. 우리가 거의 500만 원 정도의 참가비를 냈는데, 그게 무슨 말이냐고 좀 불쾌한 어조로 응답했더니, 정 대장은 자기가 카톡으로 이미 그런 사실을 통지했다는 것이었다. 아내의 말도 그러하므로, 코르티나에서 호텔에 든 후 카톡으로 받은 스케줄을 다시 한 번 점검해보았더니, 거기에는 상품특전 란에 "비아페라타 장비, 무상대여; 헬멧+안전벨트+확보줄2개+확보용 카라비너"라고 적혀 있었다. 그러나 한국에서 우리는 이미 헬멧 이외의 장비를 정 대장을 통해 구입한 바 있었다. 아내는 자기가 정 대장으로부터 받은 카톡 메시지에 그런 내용이 들어 있었다고 하므로 찾아보았더니, 5월 15일자 정 대장의 메시지에 "헬멧은 10유로에 이태리에서 대여해 드립니다."라는 문구가 들어 있기는 했다. 그러나 나로서는 정말 납득하기 어려웠는데, 일단 거둔 10유로를 나중에 호텔에서 되돌려주었다.

다시 차에 올라 코르티나 쪽으로 조금 더 이동한 지점인 Baita Bai de Dones(1889)에 다다라 또다시 리프트를 타고서 해발 2255m에 위치한 Scolattoli 산장까지 올라갔다. 그 근처에 위치한 다섯 봉우리(Cinque Torri, 2252m)를 구경하기 위해서이다. 전 대표만 아래에 남고 다섯 명이 올라갔다. 친퀘토리는 거대한 바위기둥 다섯 개가 허공중에 솟아 있는 것을 말함인데, 원래는 여섯 개였던 것이 그 중 하나가 후에 허물어져 내린 듯 그 잔해가 남아 있었다. 친퀘토리까지 한 바퀴 돌아오는 코스 일대에도 1차 대전 당시 오스트리아군의 군사시설들이 산재해 있었다. 그래서 이러한 전쟁의 잔해들을 총칭하여 현지에서는 露天박물관이라 부르고 있다.

리프트를 타고서 도로 내려온 다음, 다시 차를 타고 이동하여 오후 4시 반 무렵에 코르티나 담페쪼의 Largo delle Poste, 37에 있는 숙소 Hotel Olimpia에 도착하였다. 우리 내외는 이번에는 28호실을 배정받았다. 이 호텔은 3성급으로서 중심가에 위치해 있는데, 입구에 역시 Albergo라는 문구가 눈에 띄었다. 방이 좁고 실내에서는 와이파이 연결이 불안하여 로비로 가서 인터넷을 이용하였다.

6시 반에 로비에 집결하여 바로 옆에 있는 5 Torri라는 식당으로 걸어가서 석식을 들었다. 이곳에서 아주 유명한 집이라 예약 잡기가 어렵다는데, 그래서인지 일본인 단체 손님도 테이블 두 군데를 차지하고 있었다. 나는 이 집의 주 메뉴인 피자와 비프스테이크를 들고, 아내는 샐러드를 들었다.

▬▬ 27 (금) 맑음

오전 8시 10분에 출발하여 다시 베네치아로 향했다. 오늘이 코르티나의 장날이라 거리를 지나면서 주말 장터의 모습을 볼 수 있었다. SS51 도로를 따라 내려가다가 벨루노에서 A27 고속도로에 접어들었다.

가는 도중에 전석훈 대표가 내 옆자리로 와 앉았으므로 그와 좀 대화할 기회가 있었다. 그는 중3 때부터 산악부 활동을 했는데, 건국대 축산과에 입학했으나 전공이 마음에 들지 않아 다른 과의 강의를 주로 수강하였고, AFKN 등을 청취하며 영어공부에 힘을 들였다. 그 덕분에 졸업 후 1981년도에 대한항공에 취직하여 3년을 근무했으나, 에베레스트 등반을 가려 하니 반년간 휴직하지 않으면 안 되므로 대리 때 사표를 내었다. 그 후 히말라야 트레킹을 주로 하는 여행사를 차렸으나 망했고, 다른 여행사에 취직하여 30세에 부장으로 입사하였다. 90년도에 혜초여행사를 창업했는데, 양정고 후배인 지금의 그 여행사 사장에게 넘겨주고서 자신은 91년부터 다시 러시아 관련 여행사를 차려 2000년도까지 하다가 이민을 가게 되었다.

미국에서도 그랜드 캐니언 등의 여행업을 하였는데, 지금의 푸른여행사를 맡게 된 것은, 이 여행사는 보성고 출신으로서 산악활동의 후배였던 김태삼 씨가 93년도에 창업한 것인데, 3년 전 그가 사망한 이후 그 가족의 권유에 따라 인수하게 된 것이라고 한다. 현재 직원은 총 8명이며, 직원이 아니더라도 정 대장처럼 그의 일을 돕는 사람이 전국 각지에 10명 정도 있다고 한다. 그러므로 그는 여행업으로 잔뼈가 굵어졌다고 해도 과언이 아닐 정도로 이 방면에서 오래도록 일해 온 사람인 것이다. 한국의 산악인들은 숫자가 그다지 많지 않아 서로 잘 알고, 일종의 군대식 조직으로서 선후배의 위계질서가 엄격하다. 유명한 산악인 엄홍길 씨도 그의 산악 방면 후배라고 한다.

베네치아 톨게이트에 진입하였을 때 고속도로 사용료는 8.1유로였다. 10

시 30분에 베네치아의 메스트레 역 부근에 있는 지난번의 주차장에 도착하였다. 오후 1시의 밀라노 행 열차를 타기에는 시간이 너무 많이 남았으므로, 아내와 신영철 씨는 그냥 남고 나는 조환규 부장을 따라 다시 한 번 베네치아 섬 구경에 나섰다. 지난번처럼 메스트레 역에서 산타 루치아 역까지 열차를 타고 가서, 역 근처의 지난번보다 한 단계 아래쪽 다리를 건너가서는 그 일대의 골목을 좀 거닐다가 정오 무렵에 돌아왔다. 산타 루치아 역 안에 있는 화장실에도 한 번 들렀는데, 역 구내의 화장실도 1유로의 사용료를 징수하고 있었다.

산타 루치아 역까지 가고 오는 기차 안에서 조 부장과도 좀 대화를 나누어 보았다. 그는 대학에서 물리학을 전공했다고 한다. 한국외대 용인캠퍼스는 이공계와 동유럽어계가 주를 이루는 모양이다. 6개월 다니다가 군대에 갔다 와서 2개월 미만 복학한 후 중국으로 유학을 떠났다. 당시로서는 한국 유학생의 경우 HSK(漢語水平考試)에서 6급 이상의 성적을 얻으면 北京대·청화대 등 어느 대학이나 다 들어갈 수 있었는데, 그는 1년 남짓 언어 공부를 하여 8급의 성적을 받았다. 중국 소수민족에 관심이 많아 그 쪽을 공부해 보고 싶었기 때문에 민족학과 언어학으로 유명하며 소수민족연구 사회과학원이 있는 중앙민족학원에 진학하였다. 4년의 과정을 마치고서 졸업한 후 중국인민대학 석사과정에 입학하여 법대에서 1년 남짓 소수민족 관계를 전공으로 하다가 집안 사정으로 학업을 마치지 못하고, 한국계 핸드폰 회사인 텔슨의 현지 주재원이 되어 浙江省 寧波에서 1년 반, 홍콩에서 1년 남짓 근무했는데, 지금 그 회사는 LG 등 여러 회사로 분할 흡수되어 이미 존재하지 않는다. 지금도 겨울철을 중심으로 1년의 절반 정도는 중국 알리바바 회사 관계의 일을 하고 있다.

그가 푸른여행사에서 일하게 된 것은 중국 관계의 일을 맡기 위해서였지만, 전 대표의 말에 의하면 중국 관광은 워낙 경쟁이 심해서 할수록 적자이므로 이미 손을 뗐고, 중국 관광객을 국내에 유치하는 일도 국내 면세점과 연결하여 커미션을 받아 수익을 챙기는 것이 주지만, 그것도 사드 사태 이후로는 거의 중단된 상태에 있다고 한다.

정오 무렵 메스트레 역과 주차장 부근의 지난번에 들렀던 화교반점에 다시 들러 일행과 함께 점심을 들었다. 그 일대는 일종의 차이나타운인 모양이어서 중국계 상점 등이 많았다.

점심 후 우리는 메스트레 역에서 13시 02분에 출발하는 베네치아 산타 루치아 발 밀라노 중앙역 행 AV9732 특급열차를 탔다. 역에서 정 대장 및 조 부장과 작별하고서 전 대표가 우리와 동행하였는데, 그들 둘은 코르티나로 다시 돌아가 오늘 1박2일 일정의 가족 손님 5명을 맞으며, 30일에는 또 돌로미티 2차 팀이 와서 8월 7일 밀라노에서 일정을 마친다고 한다. 아마도 우리와 함께 오려고 했다가 일정을 늦춘 사람들이 포함된 그룹인 모양이다. 2차 팀은 침낭 카버를 준비해야 한다니 무슨 용도인지 모르겠다. 우리를 이곳으로 인도한 진주의 정병호 씨는 6월 말부터 8월 말까지 약 2개월간 이탈리아에 체재하며 계속 돌로미티 손님들을 맞는 모양이다.

우리는 6번 플랫폼에서 탑승하여 1·2·3·4 좌석에 않는데, 전 대표가 4인석인 3·4좌석을 우리 내외에게 양보해 주어 덕분에 편안한 여행이 되었다. 기차는 도중에 Padova, Verona, Desenzano, Brescia에서 네 번 정거하였는데, 그 중 베로나는 셰익스피어의 작품 『로미오와 줄리엣』의 무대가 된 곳이고, 데센차노는 북부 이탈리아에서 가장 큰 Garda 호수의 남쪽에 위치해 있다. 차창 밖으로 보이는 들판에는 포도와 옥수수 밭이 많았다. 목적지인 밀라노는 Lombardia 주의 주도이다. 우리가 떠나온 후에 코르티나에는 비가 내렸다고 한다.

밀라노 중앙역에 도착한 후 우리는 역 광장 바로 맞은편에 위치한 Piazza Duca D'Aosta 4/6의 Glam Hotel에 들었다. 이 호텔은 4성급인데, 거기에도 Albergo와 Hotel이라는 문구가 함께 보이는 것으로 미루어 Albergo는 스페인어 Albergue와 같은 뜻이 아니라 그냥 호텔을 뜻하는 이탈리아어인 모양이다. 프런트가 있는 0층과 식당이 있는 R층을 포함하여 지상 12층 지하 2층의 빌딩인데, 우리 내외는 6층의 414호실을 배정받았다. 지금까지 묵었던 다른 숙소들보다 시설이 낫고, 무엇보다도 와이파이가 시원시원하게 열리는 점이 좋다. 중앙역 광장에는 흑인들이 많았는데, 그들은 모두 아프리카에서 온 난민들로서 각종 범죄의 온상이 되므로, 경찰이 아닌 군대가 주둔하여 군용차량들을 세워두고서 그들을 통제하고 있었다. 이탈리아는 난민을 받아들이지 않는다고 한다.

방에다 짐을 둔 후 오후 4시 20분에 로비에 모여 중앙역 부근에서 노란 선 지하철을 타고 네 정거장 이동하여 Duomo 역에 내렸다. 지난 번 왔을 때는 전면적인 수리로 말미암아 내부로 들어가 보지 못했던 이 유명한 성당의 외부를 나 혼자 한 바퀴 둘러서 산책한 후, 전 대표가 표를 사 오기를 기다려 우리 일행과 함께 입장하여 천천히 둘러보았다. 이 성당은 13·4세기 무렵부터 시작하여 500년의 세월을 들여 완성한 것이라고 하는데, 지금도 부분적인 수리가 진행되고 있었다. 건물 바깥과 내부가 온통 대리석으로 되어 있었다. 내부로 입장하기 위해서는 반바지나 소매 없는 셔츠를 입은 여자들은 종이로 만든 흰색 겉옷을 사서 걸쳐야만 하고, 남자는 모자를 벗어야 하며, 공항에서처럼 신체와 소지품에 대한 철저한 검색을 받아야 한다.

두오모 성당을 나온 후, 유명한 갤러리아 아케이드를 지나 만나게 되는 광장에서 밀라노에 머문 바 있었던 레오나르도 다 빈치 및 그 제자들의 입상과 광장 가의 도로 건너편에 있는 스칼라극장을 둘러보았다. 도로에는 전차들이 다니고 있었다. 이것들은 첫 번째로 밀라노에 왔을 때 이미 모두 둘러본 곳이고, 당시 가보았던 성에는 들르지 않았다.

다시 지하철을 타고서 호텔로 돌아와 R층의 식당에서 오후 6시 반과 9시에 두 차례 시작되는 석식 중 첫 번째 것을 들었다. 웨이터가 다가와서 술이나 음료를 들겠느냐고 물으므로 물을 달라고 했더니, 나중에 5유로의 청구서가 제시되었다. 체크아웃 할 때 결제하라는 것이었다.

■■■ 28 (토) 맑으나 모스크바는 저녁부터 비

오전 7시에 R층에서 조식을 들고, 7시 30분 무렵 전 대표가 마련해 온 미니밴을 타고서 공항을 향해 출발하였다. A8 고속도로와 SS336 도로를 거쳐 8시 15분에 밀라노의 Malpensa 공항 제1터미널에 도착하였다. 거기서 전 대표와 작별하였다. 그는 어제 도착할 예정이었던 친구를 여기서 맞아 함께 스위스 방면을 여행할 예정이었는데, 그 친구가 음주로 말미암아 예약해 둔 비행기를 놓쳐 오늘 11시에 도착하게 된다고 한다. 정 대장의 카톡에 의하면, 30일에 도착하게 될 돌로미티 팀에게는 기사 및 가이드 팁을 100불로 인상하였다.

B03 게이트로 가서 10시 40분에 모스크바로 출발하는 아에로플로트 항공 SU2417편을 기다렸는데, 아침에 호텔에서 분명 100% 충전해 왔던 스마트폰의 배터리가 완전히 소진되어 0%로 되어 있음을 비로소 발견하였다. 여러 번 재부팅 해보아도 결과는 마찬가지이니, 이 역시 참으로 희한한 일이라 아니 할 수 없다.

우리가 탄 비행기는 실제로는 11시에 이륙하여 착륙할 때는 예정대로 15시 정각에 도착하였다. 시차를 고려하면 3시간을 비행한 것이다. 러시아 비행기의 스튜어디스들은 미소가 없고 사무적이라 다소 고압적이라는 느낌도 주었다.

올 때와 마찬가지로 모스크바의 쉐레메티예보 공항 D터미널에 도착하여 환승 수속을 밟은 후, D28 게이트로 가서 18시 55분에 출발하는 SU4030편를 기다리며 약 4시간의 오랜 대기 시간을 가졌다. 우리는 올 때와 마찬가지로 실제로는 대한항공 KE924편을 이용하며, 내일 오전 9시 40분에 인천공항 제2터미널에 도착하게 된다. 모스크바까지 올 때 우리 내외는 6A·B석, 신영철 씨는 6C석에 앉았고, 서울로 갈 때는 우리 부부는 49C·D, 신 씨는 49F석을 이용하였다. 돌아갈 때도 신 씨의 배터리 2개는 내가 맡았다. 대한항공 비행기는 실제로는 예정보다 한 시간이 늦은 밤 7시 50분에 이륙하였다.

■■■ 29 (일) 맑으나 한국은 찜통더위

우리가 탄 비행기는 모스크바에서 한 시간 늦게 출발하였으나, 거의 예정된 시간과 같은 오전 9시 47분에 인천공항 2터미널에 착륙하였다. 입국수속을 마친 후 4번 홈으로 가서 10시 30분에 출발하는 진주·통영·거제 행 대성고속버스를 탔다. 우리 내외는 10·11석, 신 씨는 복도 건너 우리 옆의 12석에 앉았다.

버스가 출발한 지 얼마 되지 않아 안진우 씨에게 전화를 걸어보았다. 외송의 우리 땅으로 내려오는 위쪽 진입로의 땅 소유자인 약손한의원장 이해영 씨 및 박문희 장로의 사위와 직접 만나 그 땅의 매입 문제를 협의할 예정이었는데 내가 부재중이었으므로, 내일쯤 만나보자는 것이었다. 박문희 장로와는 평당 5만 원에 합의하였고, 이해영 씨는 평당 10만 원을 고집하므로 그 요구를 수용하기로 하였는데, 이렇게 되면 이야기는 원점으로 돌아가 처음부터 새로 협상해야 할 듯하다.

오후 2시 55분에 진주의 개양 정류장에 도착하였다. 거기서 신 씨와 작별하고, 우리 내외는 택시를 타고서 귀가하였다. 회옥이는 교회에 가고 집은 비어 있었다.

카리브

▬▬ 2018년 11월 8일 (목) 비

감기 기운에 있어 어제 밤부터 오프코프라는 연질캡슐의 기침감기약을 하루 세 번 복용하고 있다.

세계 최대의 유람선인 Royal Caribbean 소속 Harmony of the Seas에서 열릴 제11차 북미주 연세대 간호대학 동창 재상봉 행사 참석을 위해 아내와 함께 거제를 출발하여 오후 2시 10분에 진주 개양을 경유하는 대성고속의 인천공항 행 버스를 타고서 떠났다. 차창 밖의 풍경은 가을 단풍이 절정이고, 아직 추수를 마치지 않은 논은 거의 눈에 띄지 않았다. 이번 여행은 아내의 동창회에서 마련한 11월 10일부터 18일까지의 카리브 해 크루즈에 참석하기 위한 것이지만, 그 일정을 마친 다음 옵션으로 플로리다 주 남부의 에버글레이즈 국립공원을 둘러본 후, 우리 내외는 10여 년 만에 시카고에 다시 들러 두 명의 누이와 그 가족들도 상봉할 예정이다. 올해가 내 칠순이라 나의 크루즈 비용은 회옥이가 내고, 항공료는 아내가 부담하며, 두 명의 처남도 찬조금 40만 원을 입금해 주었으므로, 나는 사실상 용돈 정도 외에는 따로 부담할 것이 없다.

비행기는 내일 오전 10시 50분에 출발하는 델타항공으로서, 미국 미시건 주의 디트로이트를 경유하여 같은 날 17시 32분에 플로리다 주의 포트 로더데일에 도착할 예정인데, 아내가 내일 새벽 4시 15분에 출발하여 8시 25분에 닿는 공항버스를 타기보다는 하루 일찍 출발하자고 하므로 오늘의 마지막 공항버스를 타고서 출발하기로 한 것이다. 이번 여행은 일정 등도 모두 아내에게 맡겨두기로 하고 있다.

우리가 탄 버스는 신탄진에서 한 번 정거한 후, 오후 6시 20분에 인천공항

제1터미널에 도착하기로 예정되어 있었지만, 웬일인지 크게 연착하여 8시 8분에 20분쯤 더 걸리는 제2터미널에 도착하였다. 기사의 말에 의하면 도중에 교통사고가 있었고, 이 시간대에는 원래 차가 밀린다고 한다. 그 새 제2터미널을 이용하는 항공사도 더욱 늘어나 우리가 탈 델타항공도 그 중 하나인 모양이다.

제2터미널 지하 1층에 있는 다락휴라는 숙소에 도착하여 330호실을 배정받았다. 이는 워커힐이 운영하는 캡슐호텔인데, 좁지만 실외에 있는 화장실을 공용으로 사용하는 외에는 더블베드와 샤워장, 세면대, 책상 등 있을 것은 대체로 갖춘 것이었다. 예전에 東京에서 혼자 캡슐호텔에 1박한 적이 있었는데, 그것보다는 넓다. 제2터미널 자체가 생긴 지 얼마 되지 않은 것인지라 시설은 모두 현대적이고 깔끔하다. 이 호텔 역시 아내가 인터넷으로 알아보아 예약해 둔 것이다. 숙소 근처의 別味분식이라는 식당에 들러 라면과 김밥으로 이루어진 별미메뉴세트(5,000원)와 꼬치우동(6,500원)으로 간단하게 석식을 들었다.

▬▬▬ 9 (금) 한국은 맑고, 디트로이트는 눈, 플로리다는 여름

아침에 숙소 근처의 한식미담길이라는 식당에 들러 그 중 순두부 전문의 북창동에서 곱창순두부와 황태순두부로 조식(17,500원)을 들었다. 오전 8시 경에 숙소를 체크아웃 하여 3층 출국장으로 올라가 출국수속을 밟았다. 현재 제2여객터미널을 이용하는 항공사는 국내의 대한항공 외에 외국의 10개 항공사로 늘어나 있었다. 델타항공의 체크인카운트에 접근하고자 하니 한국인 아가씨가 꽤 까다롭게 이것저것을 묻고, 카운트에서는 우리 짐을 최종 목적지까지 바로 부치는 것이 아니라 디트로이트에서 일단 찾아 환승 벨트에 새로 올려두어야 한다고 했다. 이 모든 것이 나로서는 처음 경험하는 바이다.

우리가 탑승할 253 게이트 바로 앞에 샘소나이트 가방점이 있어, 거기에 들러 M+ 사이즈의 검은색 트렁크 카버 하나를 $35, 즉 39,231원 주고서 구입하였다. 예전에 사둔 것이 있지만 그것은 내 트렁크의 사이즈보다 작으므로 새로 산 것이다. 그 때 함께 샀던 아내의 카버와 똑같은 것이니, 남들이 보면 부부라고 일부러 그렇게 맞춘 줄로 알겠다.

우리가 탈 비행기는 DL158이며, 내 좌석은 36E(아내는 36F)이다. Seoul Incheon 국제공항 제2터미널에서 이륙한 다음 12시간 47분을 비행하여 Detroit Metro공항에 09시 37분에 도착한 후, E. H. McNamara 터미널에서 DL1704로 환승하여 14시 30분에 이륙하여 25B(25A)석에 앉아 3시간 2분을 더 비행한 후 17시 32분에 Fort Lauderdale 공항에 도착하게 된다. 나는 미국의 50개 주 중 메인, 미시건, 오하이오, 오클라호마의 4개 주를 제외한 나머지 주들은 모두 들르거나 경유했었는데, 이번의 환승도 일단 경유한 것으로 친다면 미시건을 제외한 나머지 3개 주만 못 가본 셈이 된다.

253 게이트에서 함께 갈 아내의 동기인 정덕은 씨와 간호대학 동창회장이기도 한 문경희 씨를 만났다. 편순남 씨는 시어머니의 병세가 위중하여 모든 비용을 지불해두고서도 이틀 전에 취소하였으므로, 비행기 값의 일부인 100만 원을 제외한 나머지 대부분의 돈은 돌려받지 못하게 되었다. 세 명의 동기 중 문경희·편순남 씨는 경기여고 출신이고, 정덕은 씨는 이화여고 출신인데, 편 씨의 남편은 진주교대에서 수학 혹은 물리 교수로 근무하다가 근자에 정년퇴직했고, 정 씨의 남편은 경상대 의대 비뇨기과 교수로서 정년을 1년 남짓 남겨두고 있다. 그녀들은 서울 사람이지만 남편의 직장 관계로 진주에 내려와 살다가 편 씨는 다시 서울로 올라갔으며, 그녀들의 두 남편과 나는 예전에 요리강습을 함께 수강한 바 있었다. 그리고 정 씨는 경상대 간호학과 대학원에 등록하여 아내가 퇴직할 때까지 그 지도교수를 맡은 바도 있다.

탑승한 다음, 우리 앞줄에 앉은 문 회장 옆에 58학번에다 80세인 아내의 선배 고순자 씨와 대학 4년생인 그 손녀딸이 뒤늦게 들어와서 앉았다. 그 선배는 실제 나이보다 꽤 젊어 보이는데, 지금도 일산에서 동두천까지 하루에 4시간 정도 전철을 타고 왕복하면서 요양병원에서 근무하고 있다, 북미주 동창 재상봉 모임에는 벌써 다섯 번째로 참가한다는 것이었다.

북태평양 루트를 통해 디트로이트로 향하는 기나긴 비행 도중 나는 시차

극복을 위해 눈을 좀 붙이려고 했으나 잠이 오지 않아, 평소 항로 채널만 켜 놓던 것과는 달리 좌석 앞에 있는 모니터를 통해 'Poetry in America' 중의 에밀리 디킨슨(첼리스트 요요마도 출연)과 칼 샌드버그 부분, 리카르도 무티가 지휘하는 비엔나 필하모닉의 모차르트 교향곡 25, 39번, 스탈린 사후 베리야 등이 숙청되고 흐루시초프가 집권하기까지를 다룬 미국의 코미디 테러 영화 'The Death of Stalin', 베를린 필하모닉의 'Great Symphonies', 모차르트의 음악을 다룬 'Classical Spotlight' 등을 시청하였다.

Detroit Metro Wayne Co Airport에 도착한 이후 환승 수속을 밟는데, 담당 관리가 우리 내외의 입국절차를 끝낸 다음 무엇 때문인지 우리를 근처에 있는 방으로 데리고 가더니 거기서 기다리라고 하고는 그냥 돌아가 버리는 것이었다. 그 방의 관리에게 무엇 때문에 얼마나 기다려야 하는지를 물었으나 이렇다 할 설명을 해주지 않더니, 한참 후 그냥 나가라고 했다. 황당한 경험이었다. 무엇 때문인지 끝내 듣지 못했으나, 내 짐작으로는 그가 달러를 얼마나 가져왔느냐고 물었을 때 내가 200~300 달러 정도라고 대답한 것을 거짓말이라고 판단한 것이 아닌가 싶었다. 그러나 실제로 나는 근자에 해외여행을 할 때 신용카드로 결제할 수 있을 경우는 대부분 그렇게 하고 현금은 그 정도밖에 소지하지 않는다. 이번에는 방문 기일이 20일로서 좀 길기도 하여 $449를 새로 바꾸고 예전에 쓰다 남은 돈을 조금 더 가져왔을 따름인 것이다.

제일 늦게 짐을 찾아 포트 로더데일로 환승하는 컨베이어 벨트 위에 올려둔 후, 다시 체크인 수속을 밟고서 셔틀 트레인을 타고 South Station으로 이동한 다음, A20 게이트에서 대기하였다. 디트로이트 공항에 착륙할 무렵에는 바깥에 눈이 펄펄 날리고 사방이 하얗더니, 우리가 게이트에서 여러 시간을 대기하고 있는 동안 눈은 비로 변했다. 시카고에 있는 작은누나도 오전 8시 39분에 흰 눈으로 뒤덮인 자기 집 사진 석 장을 카톡으로 보내왔다. 첫눈이라고 한다.

환승을 기다리는 동안 아내가 구내의 면세점에서 스타벅스 사 제품으로서 중국에서 생산된 스테인리스 텀블러를 하나 사다주었다. 내가 물 컵을 가져오지 않았다고 했더니, 그것 대신으로 사용하게 한 것이다. 나의 감기기운은 약을 복용하고 있음에도 불구하고 점점 더 심해져 이제는 기침뿐만 아니라 가래까지 나오므로, 자기 컵을 함께 사용하여 전염될 수 있는 위험을 방지하기 위한 것인 모양이다. 음료수를 4시간 동안 덥게 유지할 수 있는 것인데, 거꾸로 세워두어도 물이 전혀 새지 않는다.

포트 로더데일로 향하는 비행기 안에서는 간단한 음료와 스낵이라고 부르는 과자 종류를 제공할 뿐 따로 식사가 나오지 않았고, 리시버나 슬리퍼 같은 것도 주지 않았다. 그래서 무료한 시간을 보내기 위해 모니터를 통해 음성도 들리지 않는 미국의 TV 채널 10여 개를 이리저리 바꿔가며 시청하다가 눈을 감고서 다시 잠을 청했다. 이즈음 자주 그렇듯이 눈이 쓰려 손수건으로 여러 번 눈 주변을 닦았다. 황반변성의 가능성이 있다 하여 이즈음 그 예방약을 복용하고 있기도 한데, 효과가 있는지 모르겠다. 목적지에 도착할 즈음에는 비행기가 고도를 낮춰가는 까닭에 기압 차이로 양쪽 귀가 꽤 아프더니, 도착한 이후에도 왼쪽 귀의 고막에 문제가 생겼는지 계속 먹먹하였다.

우리가 도착한 곳은 Ft. Lauderdale-Hollywood International Airport인데, 헐리웃이란 포트 로더데일의 남쪽에 있는 지명이다. 포트 로더데일은 우리의 크루즈 배가 출항하고 또한 입항하는 곳인데, 마이애미보다 좀 위쪽에 위치해 있다. 예전에 둘째누나의 장남인 창환이가 이곳에서 근무한 적이 있었다고 들은 바 있다. 내가 가진 2006년도 판 도로지도에 의하면 인구가 158,194명이며, 헐리웃의 인구는 143,213, Miami-Dade 카운티의 인구는 2,332,599명이다. 디트로이트와 이곳 사이에는 시차가 없다.

공항의 짐 찾는 곳에서 시카고에서 온 아내의 선배이자 북미주 동창회 총무인 강민숙 씨를 만났다. 그녀가 목에 건 명찰에 (67)이라고 보이는데, 이는 입학이 아니라 졸업년도를 표시한 것이니, 나보다 좀 연상인 듯하다. 그녀는 또 다른 여성 한 명을 대동해 있었다. 짐을 찾은 다음 공항 밖으로 나와, 아내의 선배와 그 일행들은 호텔의 셔틀 차량을 타고서 다른 호텔로 가고, 우리 부부와 정덕은 씨는 얼마 후에 온 우리가 묵을 호텔의 셔틀차량을 타고서 10분쯤 이동하여 28 S Federal Hwy, Dania Beach에 있는 Hotel Morrison으로 가 우리 내외는 714호실을 배정받았다.

정덕은 씨는 미국 국적 소유자로서, 지미 카터 전 미국 대통령이 백승두 시장 때 진주시 명석면을 방문하여 가난한 사람들에게 집 지어주기 운동을 펼칠 당시 카터 씨와 백 시장 연설의 동시통역을 맡은 바도 있었다고 한다. 지금도 사회봉사 차원으로 진주의 공익기관에서 영어를 가르치는 일을 하고 있다. 그녀는 어릴 때 미국에 있는 한국인 목사 가정에 입양되어 갔다가 후에 한국의 본가로 돌아왔다고 들었다.

방에다 짐을 둔 후, 걸어서 75 N Federal Hwy, Dania에 있는 The Fish Grill이라는 식당으로 가서 석식을 들었다. 호텔 카운트의 흑인 여자 종업원으로부터 소개받은 곳인데, 인기 있는 식당인지 자리가 날 때까지 입구에 서서 한참동안 기다려야 했다. 나는 메뉴를 봐도 잘 모를 뿐 아니라 신경 쓰기도 귀찮아서 주문은 두 명의 여자들에게 맡겨두었는데, 평소 손이 큰 아내가 이브닝 스페셜이라고 하는 $49.95 짜리 Stone Crab 4 pc's With One Side Plus A Soup Or A Salad를 주문하자고 주장하여 그렇게 하고, 그 밖에 수프 둘와 닭고기 샐러드 및 파스타 샐러드, 삶은 고구마 하나 등을 주문하였는데, 음식은 짜기만 하고 별로 먹을 것도 없었다. Stone Crab이란 게의 굵은 엄지발까락 4개를 삶아서 내놓은 것이었는데, 거기에 다른 간단한 음식 하나와 수프나 샐러드가 추가된 것이다. 내가 카드로 지불하였는데, 청구된 $80.88에다 팁 $10을 추가하여 $90.88이었다. 한국 돈 10만 원 정도 되는 것인데, 이 정도면 음식 값이 싼 미국치고는 꽤 고급 요리를 든 셈이다.

호텔로 돌아오는 도중에 한국에 있는 제자 구자익 군으로부터 모처럼 안부전화를 받았다. 이곳 플로리다 주에서는 사람들이 반팔 반바지 차림으로 나다니고 있다. 아열대 기후이므로, 은퇴한 노인들이 여기에다 별장 같은 집을 마련해 두고서 겨울을 지내고는 자기가 평소 살던 곳으로 되돌아가는 경우가 많다고 한다.

호텔의 시설은 그런대로 괜찮은 편이지만, 실내에 마실 물이 전혀 비치되어 있지 않고, 탁자의 조명등 전구가 수명이 다 되어 매우 희미하며, 인터넷이 믿기지 않을 정도로 느렸다. 또한 미국에서는 120볼트 전기를 쓴다는 사실도 새삼 알았다. 만능 어댑터를 가져오지 않았다면 곤란할 번했다.

■■■ 10 (토) 맑음

1층 로비 옆에 있는 식당으로 내려가 조식을 들었다. 미국에서는 숙소의 조식뷔페 메뉴가 다양하지 않고, 콘티넨털이라고 하여 간단한 음식 몇 종류만 제공되는 것이 보통이다. 9시 30분 남짓에 다시 로비로 내려가 정덕은 씨를 만난 다음, 50분쯤에 호텔 셔틀차량을 타고서 10분 남짓 떨어진 거리의 포트 로더데일 항구로 가서 크루즈선 Harmony of the Seas에 승선하였다. 이 일대의 항구에는 크루즈 배들이 여러 척 정박해 있는데, 우리가 탄 것은 그 중에서도 제법 큰 것인 듯하다. 한국에서 인터넷을 통해 등록하여 출력해 온 종이를 제시하니 절차는 순조롭게 진행되었다. 우리 내외에게는 12층의 631호실이 배정되었다. 크루즈에서는 보통 바다 쪽에 면한 방인 Ocean View를 선호하는데, 금년 5월 30일에 동창 크루즈의 서기인 허정도 씨가 우리 등록서류를 받고서 아내에게 보내준 이메일에 의하면, 그 방들은 작년 7월에 이미 매진되었고 내부의 광장 쪽으로 면한 Park View만 가능하다는 것이었다. 그 대신 파크뷰의 방들에는 레드와인 한 병씩이 제공된다.

승선 즉시 Deck 3(3층)에 있는 Conference Center로 찾아가 네 개의 회의실 중 하나인 Jewel Room에 마련된 재상봉 접수처에서 등록하고 크루즈의 순서 등이 기록된 책자와 가방을 배부 받는데, 우리 3명의 것은 먼저 도착한 문경희 회장이 받아갔으므로 나중에 식당에서 그녀로부터 전달받았다. 그 속에 목에다 거는 명찰도 있는데, 내 것에는 앞면에 '(77) 안황란 부군'이라고 쓰여 있었다. 등록한 다음, Deck 16(16층) 船尾에 위치한 Windjammer Marketplace로 가서 뷔페로 점심을 들었다. 이 배는 17층까지 있는데, 그 중 1층과 13층은 빠져 있으니 사실상 15층인 모양이다. 그 속에 온갖 것이 다 있어 배라기보다는 하나의 거대한 빌딩 같은 느낌이 든다. 넓기도 엄청 넓어 어디가 앞이고 어디가 뒤인지 한참동안 혼란스러웠다. 뷔페식당 또한 매우 크고 식단이 다양하였다. 그 대신 시장처럼 붐벼서 빈 좌석을 잡기가 쉽지 않았다.

식사 후 오후 1시 남짓에 Stater Room(선실)으로 가서 우리 방에 도착해 보니 우리 짐이 이미 도착하여 문 앞에 운반되어져 있고, 문 옆에는 ID와 방

Key 그리고 신용카드의 역할까지 겸하는 Sea Pass도 꽂혀 있었다. 크루즈 기간 동안의 모든 비용은 이것으로 결제하는 것이다. 선실 안에는 120·220 볼트를 모두 사용할 수 있는 단자들이 있는데, 이 방에도 물은 비치되어 있지 않았다. 미국의 호텔에서는 물을 돈 내고 사서 마시든지 그렇지 않으면 식당에서 텀블러 같은 데다 받아와야 하는 모양이다.

3시 30분부터 4시까지 모든 승객은 의무적으로 Emergency Drill(비상훈련)에 참가해야 한다. 모이는 장소는 각자의 Sea Pass에 표기되어 있는데, 우리 내외는 5층 광장의 E3으로 가서 직원으로부터 그것에다 Scan을 받은 다음 훈련에 참석하였다. 만약의 경우 발생할 수 있는 비상사태에 대비하기 위한 것으로서, 대부분 화면에 비치는 녹화된 내용을 방영하는 것이었으나, 딱딱하지 않고 유머가 곁들여져 있었다. 입장할 때 스캔을 받지 못하면 다음날 방송을 통해 다시 호출된다.

Emergency Drill이 끝나자 말자 다시 3층 회의실 Jewel 룸으로 가서 동창회의 Cruise Briefing(Orientation)에 참석하였다. 북미주 재상봉 모임은 1987년부터 3년마다 한 번씩 개최되어 온 모양인데, 과거에도 동기들끼리 모여 친목 차원의 크루즈를 한 적은 있었으나, 10차에 걸친 전체모임은 늘 호텔에서 개최하였고, 크루즈로 하는 것은 이번이 처음인 듯하다. 현재의 집행부는 대부분 시카고 지역 회원들이 맡아 있다. 이는 지난번의 밴쿠버 모임 때 그렇게 결정된 모양이며, 3년마다 한 번씩 주관 지역이 달라진다고 한다. 첫 회의 모임도 시카고 지역이 주관하였다. 이번의 제11회 모임에는 회원과 그 부군을 포함하여 총 147명이 참가했는데, 그 중 한국에서 온 사람은 20여 명이고 나머지 대부분은 미국이나 캐나다 등지에 거주하는 교포들인 모양이다. 77년도에 졸업한 사람은 아내의 동기 3명이 전부인데, 오늘 모인 동창 중 가장 막내였다.

배는 4시 30분에 출항하였으나, 원체 큰 배라 운항하고 있다는 느낌이 전혀 없었다. Dinner는 매일 오후 5시 30분에 3층의 American Icon Grill에서 지정된 좌석에 착석하여 전식·메인·후식의 순서로 진행된다. 우리 내외는 216번 테이블에 배정되었는데, 그 좌석에는 우리 외에 뉴저지 주에서 온 부부 두 쌍, 메릴랜드 주에서 온 한 명, 그리고 멀리 호주에서 온 부부 한 쌍이 합석하였다. 이들과는 크루즈를 마칠 때까지 매일 만찬을 함께 들게 된다. 술을 마시지 않는 나는 남자들과 어울리기보다는 맞은편에 앉은 뉴저지 주에서 온 부인 두 명과 더불어 주로 대화를 나누었다. 그 중 한 명은 경남 창녕 출신으로서 경남여고를 졸업하였고, 다른 한 명은 대구 출신인데, 두 사람 다 현 정부의 문재인 대통령과 박원순 서울시장 등을 빨갱이로 지목하고 있었다. 전대협 의장으로서 임수경을 북한에 파견했던 장본인인 임종석 씨는 박원순 씨와의 깊은 인연에 의해 대통령 비서실장으로 발탁되었다고 한다. 5.18 광주사태도 북한의 사주에 의한 것이며, 당시 북한에서 파견되어 왔던 특수부대원 수백 명 중 대부분은 계엄군과의 교전에 의해 사살되고 살아남은 사람이 귀환 도중 문경에서 어떤 여인 한 명과 마주쳐 보안을 위해 그녀를 살해한 적도 있었다고 했다. 이처럼 해외에 있는 교포들은 대체로 국내에 거주하는 사람보다 더 보수적임을 할 수 있다.

아내의 신호에 따라 나는 대화 도중 자리에서 일어나 내 방으로 돌아가서 8시 30분부터 10시까지 4층의 Royal Theater에서 공연될 Broadway Show 'Grease'에 입고 갈 윗옷을 가지러 혼자서 내 방을 찾아갔는데, Sea Pass에 기록된 방 번호 631호실이 당연히 6층에 있을 것이라고 생각하여 그리로 가서 아무리 찾아보아도 630호, 632호는 있어도 631호는 없었다. 근처에서 일하고 있는 종업원에게 물어보니 이 층에는 그 번호의 방이 없고 다른 층일 것이라고 했으나, 그럴 리가 없다고 생각하여 도로 저녁을 든 식당으로 내려가 물어보려고 엘리베이터를 내리니 그 앞에 뉴저지에서 온 대구 출신의 부인이 서 있었다. 그녀가 12층이라고 가르쳐 주어 비로소 제대로 찾아갈 수 있었다.

방에 들른 김에 샤워를 하고, 냉방된 실내의 추위에 대비하여 윗옷을 하나 걸치고서 시작 시간 20분 전쯤에 로열 시어터로 찾아가니, 아내가 1층 좌석에 동기들과 함께 앉아 있다가 나를 보고서 손을 흔들었다. 쇼는 브로드웨이 뮤지컬인데, 예전에 존 트라볼타의 주연인가로 영화화된 적이 있는 동명의 작품과 같은 내용으로서, 미국 Rydell Highschool의 사춘기 남녀 학생들을 다룬 것이었다.

공연이 끝난 다음 밖으로 나와 13일부터 있을 야외활동들의 예약을 하려고 했으나, 광장에 비치된 컴퓨터들로는 제대로 입력이 되지 않아 그 근처의 다른 공연들을 둘러보며 어슬렁거리다가, 가게에서 무료로 제공하는 피자를 시켜 드는 정덕은·문경희 씨와 작별하여 밤 11시쯤에 우리 방으로 돌아왔다.

내일 저녁식사 때는 정장을 해야 한다고 하므로 트렁크에 넣어둔 양복을 꺼내보니 제법 구겨져 있었고, 선내의 인터넷은 유료이므로 하루에 $10이 넘는 돈을 지불하고서 구입해야만 한다. 그것들을 어떻게 처리하면 좋을지 알지 못해 망설이다가 당분간 그냥 버텨보기로 했다.

■■■■ 11 (일) 맑았다가 저녁 무렵 빗방울

우리가 탄 배는 쿠바, 아이티(Haiti)와 바하마 群島 사이의 바다를 지나 이틀째 계속 동남 방향으로 나아가고 있다. 내일이면 도미니카공화국, 푸에르토리코의 북쪽 바다를 지나갈 것이다. 그러나 우리에게 보이는 것은 사방으로 계속 이어지는 짙푸른 색깔의 망망대해일 뿐이다. 가끔씩 배가 조금 흔들려 가벼운 지진이 일어난 느낌 정도는 있다.

16층 뷔페에서 조식을 든 후, 오전 9시부터 10시 30분까지 4층의 Jazz on 4에서 있은 동문회의 개회예배에 참석하였다. 연세대는 미션스쿨이라 공식적인 행사의 처음과 마지막에는 으레 이런 기독교 예배가 있는 모양이다. 시카고 재상봉 행사위원장인 김광자 씨(62)가 재상봉 개회선언을 하고, 시카고 시내에 있는 일리노이대학교(UIC)의 부총장을 지낸 바 있는 시카고 동창회장 이미자(남편 성을 따라 미국에서는 김미자로 부른다) 박사(62)의 사회로 다함께 묵도한 후, 찬송가 79장 '주 하나님 지으신 모든 세계'를 함께 불렀고, 고령자인 황찬길(53) 씨가 기도를 하였다. 요한복음 8장 31절부터 36절까지를 봉독한 다음, 동문인 여자 목사 정화영 씨(64)가 '진리가 너희를 자유케 하리라' 라는 제목의 설교를 하였으며, 최재숙 씨(67)의 남편인 김영수 목사가 축도를 하였다.

11시부터 오후 1시 30분까지는 8층의 Dazzles Lounge에서 총회가 있었다. 위원장 김광자 씨의 개회선언이 있은 다음, 총무인 강민숙(67) 씨가 모인 회원들을 동기별로 점명하였는데, 연세대학교 신학대학 교수로서 대학원장 등 여러 보직을 역임한 한태동 박사와 그 부인으로서 90세인 홍근표 여사(53)가 부부동반 하여 한국으로부터 와서 참석하였다. 홍 여사의 남동생으로서 연세대 해부학과 교수로 정년퇴직한 홍세표 씨도 그 부인 김정실(70) 씨와 함께 왔다. 홍 여사는 박사과정을 늦게 시작하여 아내와 함께 공부했는데, 당시 동학들을 여러 차례 자택으로 초대하여 아내도 한강 가에 위치한 그녀의 멋진 아파트로 여러 번 가 본 적이 있었다고 한다.

　　역시 한국에서 온 김소야자 씨(66)는 정신간호학 전공의 연세대학교 간호대학 명예교수로서 아내의 지도교수였던 사람인데, 아내가 조교를 할 때 연구실을 같이 썼던 인연도 있으며, 경상대 간호대학에 특강을 왔다가 우리 농장에도 들른 적이 있었다. 그리고 성인간호학 전공의 김조자 씨(64)와 소아간호학 전공의 오가실 씨(67, 부군 안경덕)로부터도 수업을 받았는데, 오 씨는 현재 몽골에서 간호대학장으로 자원봉사를 하고 있으며, 동문들을 그리로 데려가 도움을 받고자 한다. 연세대 교수로 있다가 일찍 미국에 들어온 모성간호학 전공의 박주봉 씨(72)도 참석해 있었다.

　　고인을 추모하는 묵념이 있은 다음, 부총무 최신자 씨(67)가 밴쿠버에서 있었던 제10회 재상봉 때의 회의록을 낭독하고 회계보고를 하였으며, 회칙개정위원이 회칙개정도 하였다. 이어서 미국의 시카고, LA, 뉴욕, 워싱턴 D.C. 각 지역과 캐나다 밴쿠버 지역의 지부 보고가 있었다. 한국동창회의 보고를 맡은 총동창회장 문경희 박사는 알고 보니 아내가 뇌경색으로 말미암아 세브란스 병원에 입원하여 언어재활치료를 받고자 2009년 10월 15일에 나와 함께 상경했을 때 그 병원 재활병동의 간호부장으로서 만난 바 있었던 사람인데, 그 후 30여 년 동안의 세브란스 병원 간호사 생활을 마치고서 6년 전부터는 충청도 홍성에 있는 해전간호전문대학의 교수로 부임하여 3년간 학장을 맡은 적도 있었던 모양이다.

　　그녀는 보고의 보조 자료로서 자기가 USB에 저장해 온 동창회 소개 프로

그램을 방영하고자 내 컴퓨터를 빌려달라고 하므로 방으로 가서 가져왔는데, 내가 선상 와이파이에 가입해 있지 않다는 말을 듣고서 김종남 (chongnamlee, 71)씨가 즉석에서 하루 분을 가입하였다. 그러나 보고 도중에 선상 방송이 있어 한참동안 중단했다가 정작 PPT를 사용하려 했을 때는 왠지 스크린과의 연결이 끊어져 결국 사용하지 못하고 말았다. 그러나 그 덕분에 나는 그 컴퓨터로 오늘부터 내일 오전 10시까지 다시금 인터넷을 사용할 수 있게 되었다.

3년 후인 제12회 재상봉 지역 선정이 있었는데, 2021년의 재상봉은 이미 예정되어 있던 대로 LA에서 하는 것으로 발표되었다. 기타 안건으로서 장학회 문제 등에 대한 토론이 있은 다음 광고 및 폐회를 하였다.

3층의 American Icon Grill에서 뷔페식 점심을 든 다음, 오후 4시 30분에 기념사진 촬영을 하기로 되어 있는데, 그 동안 시간이 남아서 나는 방으로 돌아와 일기를 퇴고한 다음, 15층으로 올라가 선상에서 물놀이나 선탠을 하는 사람들과 사방의 바다 풍경을 둘러보며 배 전체를 여러 바퀴 산책하여 돌았고, 6층으로 내려와서는 실외의 Boardwalk에서 조깅 및 걷기 운동 라인을 따라 좀 걸어보았다.

방으로 돌아와 아침에 아내가 헤어드라이어로 주름살을 펴둔 양복을 입고 정장차림을 한 다음 어젯밤 브로드웨이 쇼가 있었던 4층의 로열 시어터로 내려가서 기념사진 촬영을 하였고, 남는 시간을 이용하여 아내와 함께 5층의 가운데 넓은 공간에 마련된 Royal Promenade 및 그 위 8층의 Central Park를 산책해 보았다.

5시 30분부터 다시 3층 American Icon Grill의 지정된 좌석에서 정장차림으로 Formal Dinner를 가졌다. Formal Dinner는 오늘과 17일에 두 차례 있는데, 이 때문에 나는 하복·추동복에다가 정장 및 그것에 맞는 내의와 신발 4켤레까지를 트렁크에 넣어 와야만 했다. 만찬에서는 어제의 좌석에 그대로 앉았는데, 맞은편에 앉은 창녕 출신의 백형의 여사(73)가 오늘도 대화를 주도하였다. 나는 연세대 간호대학 출신은 모두 크리스천인 줄로 알았더니 오늘 그녀는 자신이 불교신자라고 하였다. 그녀의 남편 이충희 씨는 연세대

토목공학과 출신으로서 한국에서 여러 곳의 고속도로 건설 일을 하고 중동에 파견된 적도 있었으나, 미국에 온 이후로는 이탈리안 레스토랑을 운영하기도 하고 일본 음식을 배우기도 했으며 오랫동안 편의점인 Seven 11을 경영하였다. 현재는 이탈리아인 3세와 결혼하여 부부가 다 의사인 보스턴의 큰딸 집에서 거주하며 손주들 네 명을 차에 태워 통학시키는 등 베이비시터의 일을 하고 있다. 그는 요리도 잘 하고 사진 촬영도 보통 수준 이상이어서 다재다능한데, 백 씨는 남편이 돈 버는 일 말고는 다 잘한다고 말하고 있다.

그녀의 동기 3명 중 메릴랜드에서 혼자 온 주영순 씨는 서울 토박이로서 의사 집안의 훌륭한 친정 배경을 가졌는데, 의사와 결혼하여 미국에 왔으나 남편이 미국 의사 자격을 취득하지 못하고 있다가 한국으로 돌아간 이후 한국에서 자기 병원 간호사였던 사람과 동거하여 이미 되돌릴 수 없는 상태에까지 이르러 있으므로 이후 헤어졌고, 미국에서 새 면허를 취득하여 현재는 한의사를 하고 있다. 호주에서 부부동반으로 온 최부옥 씨와 그 남편 이성열 씨는 8년 전에 뉴질랜드로 이민 갔다가 1년 후 호주로 건너가 현재는 시드니에 거주하고 있다. 동기 두 명에 비해 꽤 젊어 보이는데, 실제로는 두 살 연하라고 한다. 대구 출신으로서 뉴저지에 살고 있는 손재선 씨(75)의 남편 박연호 씨는 가벼운 중풍으로 행동이 좀 부자유스러운데, 식사 때 대화에 거의 끼지 않는다.

식사가 끝난 후 잠시 방으로 돌아와 패딩 상의 차림으로 갈아입은 다음, 밤 7시 30분부터 8시 20분까지 4층의 Studio B에서 있은 Ice Show를 관람하였다. 여러 가지 의상으로 바꿔 입으면서 스케이트를 타고 로미오와 줄리엣 등의 스토리로 춤을 추는 것인데, 연기자들의 기술 수준은 높았지만 구경하는 우리 내외는 졸음이 와서 도중에 깜박깜박 졸았다.

■■■ 12 (월) 맑음

간밤에 비가 왔던 탓인지, 아침 식사 도중 바다 위에 무지개가 떴다가 잠시 후 사라졌다.

오전 9시부터 12시까지 8층 Dazzles Lounge에서 동문회의 Social

event-Entertainment 시간을 가졌다. 각 동기별로 장기자랑을 하는 것이다. 77세인 김경자(64) 씨가 사회를 맡았다. 막내인 아내의 동기 세 명은 정덕은 씨가 먼저 세 종류의 마술을 선보이고, 이어서 3명이 아래위로 까만 옷을 입고 머리에는 핑크빛 끈을 두르고서 앞쪽으로 리본 매듭을 지었으며, 치어리더가 드는 붉은색 색실로 된 둥근 타래를 양손에 하나씩 쥐고서 복음 송 '천국의 나라에 땅 사기'에 맞추어 율동을 하였다. 아내 등은 한국에서 준비물을 가져 온데다가 배 안에서도 틈만 나면 모여서 연습을 하였다. 다른 선배들 그룹도 의상 등 준비를 제법 잘 해왔으나 나이 탓에 행동이 좀 어설펐던지, 최종 성적 발표에서 아내 그룹이 1등을 하였다. 상금으로 사회가 500불이라고 발표했으나 실제로는 5불씩을 받았다. 아내는 감기가 낫도록 사우나를 하라면서 그 돈을 내게 주었다.

남편들도 모두 앞으로 나가 줄을 지어 빙빙 돌다가 진행자가 부르는 숫자대로 재빨리 어깨동무하여 원형으로 뭉치기를 하였는데, 나는 두 번째에서 탈락하였다. 최고령자인 한태동 박사는 끝까지 남은 그룹에 들어 1등 상을 받았는데, 그 상금을 아내에게 가져가 무릎을 굽혀 바치는 센스를 보였다.

동문 중에는 국제결혼 한 박은정 씨(66)가 미국인 남편 Jim Keirns 씨와 함께 나와 있고, 1953년에 졸업한 홍근표, 김선, 홍찬길 씨가 가장 연장자였다. 80세 이상인 사람들과 생일이 오늘로부터 한 주 정도 앞뒤인 사람들을 위한 생일케이크도 잘라서 나누어 들었다.

지금까지 복용해 온 감기약이 별로 효과가 없고 상태가 점점 더 심해지는 듯하므로, 오늘부터는 아내가 준비해 온 다른 감기약으로 바꿔 복용하기로 했다. 새 약을 복용한 이후 기침은 별로 줄어드는 것 같지 않으나 담은 별로 나오지 않는다.

3층 American Icon Grill에서 뷔페 대신 앉아서 주문해 먹는 메뉴로 점심을 든 다음, 나는 방으로 돌아와 어제의 일기를 입력하였다. 배 안의 종업원들은 모두 매우 친절하며, 우리 방 담당은 Bobby Alcia라는 이름의 젊은 흑인인데, 그는 나의 성을 기억하고서 복도에서 나와 마주칠 때마다 Mr. Oh 라고 내 이름을 부르며 아는 척을 하고 말을 건네기도 한다.

오늘 저녁식사 때는 우리 테이블에 앉은 사람들이 가장 오랫동안 대화를 계속하였고, 밖으로 나온 다음 센트럴 파크를 함께 산책하며 사진을 찍었다. 거기서 일렉트릭으로 클래식 기타를 연주하는 백인 남자 한 명이 있어, 한참 동안 그의 앞쪽 의자에 앉아 음악을 경청하기도 했다. 배 안에서는 매일 낮부터 깊은 밤까지 이러한 여러 가지 공연 프로그램들이 무료로 제공되고 있으며, 식당에서도 무료로 제공되는 음식이나 음료수가 많고, 개중에는 돈을 지불해야 하는 것도 있다. 그 밖에도 전시회나 게임 등 여러 가지 행사들이 제공되는데, 그 시간과 장소는 매일 방으로 배달되는 Cruise Compass라는 소책자에 자세히 소개되어 있다.

산책을 마친 다음, 우리 만찬 테이블의 일행과 나란히 앉아서 함께 밤 8시 30분부터 9시 20분까지 4·5층의 로열 시어터에서 공연되는 Headliner Show를 구경하였다. 흑인 한 명이 대부분 백인들로 구성된 밴드를 대동하여 계속 지껄이고 노래하며 무대의 아래위를 오르내리면서 관객들과 소통하는 일종의 원맨쇼인데, 만장한 관객들의 반응이 뜨거워 예정시간을 10분 정도 초과하여 마쳤다.

공연이 끝난 다음에도 이충희 씨의 제안에 따라 극장 바깥의 로열 프롬네이드 광장으로 나가 밤 9시 30분부터 10시 15분까지 Muzik Xpress에 의해 진행되는 Harmony High 50's & 60's Dance Party with House Band에 참가하였다. 밴드의 음악과 무대 위 진행자의 율동에 맞추어 적당히 몸을 흔드는 댄스파티인데, 우리 내외는 도중에 빠져나와 9시 50분 무렵 방으로 돌아왔다.

▬▬▬ 13 (화) 맑았다가 오후에 비

아내가 며칠 전 자기 스마트폰으로 선상 와이파이에 가입하였으므로, 오늘부터는 아내의 스마트폰을 이용하여 내 이메일을 열람하고 한국 뉴스도 보기로 했다.

감기는 약을 바꾸었음에도 불구하고 별로 차도가 없다. 담도 전보다 조금 준 것 같기는 하나 나오지 않는 것은 아니다. 아내는 내가 떠나오기 전날 별로 쓸모도 없는 모과를 따느라고 비를 맞으며 오후 내내 무리를 하여 이렇게 되었다고 원망을 하지만, 꼭 그 때문인지 어떤지는 알 수 없다.

어젯밤 공연이 끝날 때 백인 사회자가 오늘부터 현지 시간이 한 시간 빨라진다고 광고하였으므로, 평소보다 한 시간 일찍 16층 뷔페식당으로 올라가 보았지만, 사람들이 거의 없어 어리둥절하였다. 알고 보니 우리의 일정은 여전히 바뀌지 않는 배 안의 시간을 따른다는 것이었다.

뷔페식당에 도착하니, 배는 이미 목적지인 미국령 Virgin Island 중 St. Thomas 섬의 Chalotte Amalie에 도착하여 항구를 향해 서서히 접근해가고 있었다. 버진 아일랜드는 영국령과 미국령으로 나뉘는데, 미국령은 St. Thomas, St. John, St. Croix의 세 개 섬으로 이루어져 있고, 그 외에 소소한 부속 섬들이 있는데, 크기는 세인트존에 이어 이 섬이 두 번째이지만, 主都는 바로 이곳 샬럿 아말리에이다. 항구에는 우리 배를 포함하여 크루즈선이 세 척 정박해 있었다.

카리브 해는 쿠바와 아이티 등 비교적 큰 섬들로 이루어져 동쪽으로 이어지는 大앤틸리스諸島(Greater Antilles)와 남미 베네수엘라 북부로부터 낫 모양의 곡선을 그리며 북쪽 방향으로 이어지는 비교적 작은 섬들의 무리인 小앤틸리스諸島(Lesser Antilles)가 중미 대륙과의 사이에 형성한 바다를 의미하는데, 오늘 우리가 도착한 버진 아일랜드는 대앤틸러스 제도의 동쪽 끝에 위치해 있다. 그 북쪽은 북대서양이다.

버진 아일랜드는 1493년 콜럼버스의 제2차 신세계 항해 때 발견되어 그에 의해 'Las Virgenes'라고 명명된 데서 기인한다. 정확한 명칭은 Santa Ursula y las Once Mil Virgenes로서, '성 우르술라와 그녀의 11,000명 처녀들'인데, 흩어진 섬의 모양이 그에게 성 우르술라와 그녀의 처녀 추종자들에 대한 신화를 연상시켰기 때문이다. 이 섬들은 포르투갈에서부터 불어오는 무역풍의 길목에 위치해 있어, 콜럼버스는 그 바람을 받고서 순항하여 먼저 Santa Cruz를 발견한 다음, 북동 방향으로 항해하여 세인트 토마스 및 세인트 존 섬을 지나가면서 이 섬들을 총칭하여 그렇게 불렀던 것이다.

그 후 수세기 동안 이 섬들은 카리브 해에 들끓는 해적들의 소굴이 되어 오늘날까지 그에 관한 많은 전설들이 전해 내려오고 있다. 해적인 '검은 수염'의 이름이 붙은 1679년에 지어진 성채가 세인트 토마스 섬의 언덕 꼭대기에 남아 있고, 이 섬의 산꼭대기 부근에 16세기의 유명한 영국 해적 프랜시스 드레이크 경의 이름이 붙은 Drake's Seat가 남아 있다. 아마도 그가 이곳에다가 신대륙으로부터 황금보화를 싣고서 유럽으로 돌아가는 스페인 배들을 관찰하는 전망대를 설치했기 때문이라고 한다.

콜럼버스로부터 약 150년 후인 1672년에 세인트 토마스 섬은 덴마크의 영토로 선포되었고, 세인트 크루아 섬은 프랑스 영토가 되었다. 그 무렵이 되면 이 섬들에 기원전 2천년 무렵부터 거주해 왔던 원주민인 아라와 족 등의 인디언은 서양인이 옮겨온 질병에 대한 면역체계가 전혀 없었으므로 거의 멸종되고 말았던 것이다. 덴마크는 그 후 세인트 존 섬도 영토로 편입하였고, 세인트 크루아 섬까지 매입하여 덴마크령 서인도제도를 건설한 후 사탕수수 농사와 무역의 거점으로 삼았으며, 설탕 농장 경영을 위해 흑인노예들을 매입해 들였다. 그러나 1848년에 덴마크가 노예제도의 폐지를 선포하자 농장주들은 자신의 장원을 포기하기 시작하였고, 그 때문에 인구와 경제가 크게 위축되었다. 그러다가 제1차 세계대전 중인 1917년 3월 31일에 미국이 2500만 달러를 지불하고서 덴마크령 서인도제도를 매입하여, 오늘날까지 100여 년 동안 미국의 영토로 편입되어 있는 것이다.

오늘부터 나흘 동안 우리는 매일 다른 나라의 섬들에 상륙하여 옵션으로 선택 관광을 하게 된다. 우리 방에 배달된 '8 NIGHT EASTERN CARIBBEAN-Harmony of the Seas'라는 팸플릿에 의하면 선택 관광의 세목은 Culture & Sightseeing Tours, Active Adventures, Beach Breaks의 세 항목으로 나뉘어 매일 수십 가지씩이 소개되어 있는데, 그 중에서 연세대 동문회에서는 문화·관광여행을 중심으로 매일 서너 가지씩을 추천해 두고 있다. 샬럿 아말리에에서 추천된 것은 3개인데, 우리 팀은 신청이 늦어 그 상품들에 참가할 수 없게 되었으므로, 등록을 도와주는 직원의 추천을 받아 오후 2시부터 2시간 반 동안 진행되는 'Accessible St. Thomas Island Tour'라는 상품을 선택하게 되었다. 이 상품은 성인 1인당

$59로서 다소 비싼 편인데, 다른 팀은 대부분 사방으로 트인 사파리 차를 타는데 비해 냉방된 타를 타고서 섬의 중요한 곳들을 두루 돌아보는 일정이다.

오후 12시 15분까지 해안의 9·10번 차타는 장소에 집결하라는 것이었다. 엘리베이터를 타고서 3층까지 온 다음, 배의 전후로 두 군데 마련되어 있는 출입로(gangway)를 따라서 육지로 내려와, 우리 내외와는 반대쪽 출입로로 내린 정덕은·문경희 씨와 합류하였다. 해안에 내려 보니 바닷물이 닿는 부두의 돌로 만든 축대 근처에 크고 작은 이구아나들이 득실거리고 있었다. 그들은 사람들이 자기네를 해치지 않는다는 것을 알고 있으므로, 아주 느릿느릿 움직이며 여유만만 하였다. 집합 시간이 될 때까지 아내 일행을 따라 부둣가의 시계 및 보석 파는 상점들을 좀 기웃거려 보았다. 내가 손목에 차고 있는 시간을 가리키는 판이 두 개 있는 Dual Time 손목시계의 덮개유리가 떨어져 나가 지난번에 한 번 수리를 한 이후 큰 판의 초침 하나가 부러져 반쯤 달아나 버렸고, 현지시간을 표시하는 작은 판도 시침과 분침의 진행 비율이 좀 어긋나 다소 불편하므로, 차제에 새것을 하나 구입할까 하는 생각도 있어 가격을 물어보니 무려 $1,200, 즉 백 수십만 원을 호가하므로 포기하였다.

우리 팀에 합류한 연대 동문으로는 76년에 졸업한 김용순·고석천 씨 부부가 있었다. 그들도 뉴저지에 살고 있다고 하며, 남편은 나와 동갑인데 정년으로 은퇴한 감리교회 목사라고 했다. 그들은 81년도에 이민 와 미국에 산지가 37년째라고 하니, 이미 반평생 이상의 세월을 미국에서 보낸 셈이다.

기사는 흑인인데, 가이드를 겸하고 있다. 차의 내부 앞면에 '나는 늘 옳다' 등 이상한 문구들을 잔뜩 붙여두고 있었고, 영어 발음이 이상하여 미국 국적인 정덕은 씨도 잘 알아듣지 못하겠다고 했다. 이 일대에는 커다란 허리케인이 자주 닥치든지 섬의 여기저기에 작년에 덮친 허리케인의 피해를 입고서 아직 수리를 못하고 방치한 집이나 시설들이 눈에 띄었다. 샬럿 아말리에 근처에 섬에서 유일한 활주로가 있고, 인구는 2006년 기준으로 52,890명이다. 현재는 이 섬의 주된 수입원이 관광업인 듯하다. 산 위에서 바라보니 우리가 내린 항구에 크루즈 배가 세 척 정박해 있었다. 미국의 부자들 중에는 이 섬의 기후와 경치에 반해 이주해 사는 사람이 많다고 한다. 미국 동부 지방의 해변은 평지인데다 거의가 직선이라 이런 풍치가 없다고 하지만, 한국에서는 흔히 보는 보통의 섬 풍경일 따름이었고, 산꼭대기 부근까지 여기저기에 주택들이 들어서 있었다.

산길을 이리저리 돌아 정상에 다다라 기념품점 바깥의 전망대에서 세계에서 가장 아름다운 해변 10개 중에 꼽힌다는 Magens Bay Beach 등 주변 풍경을 둘러보았다. 아마도 이 부근이 Drake's Seat가 아닌가 싶다. 우리가 기념품점에 들러 40분간 자유 시간을 가지는 동안 조금씩 내리고 있던 비가 엄청난 폭우로 변했다. 그래서 더 이상 바깥 경치를 둘러보는 것도 포기하고서 기념품점 안에서만 시간을 보냈는데, 그 동안 아내는 럼주의 성분이 가미된 초콜릿 등 과자 몇 종류를 $21.15 주고서 구입하였다. 나는 등산용 판초를 가져갔으므로 우중에도 별로 불편할 것이 없었지만, 다른 사람들은 준비 없이 닥친 폭우에 좀 당황했을 것이다. 열대성 스콜인지 얼마 후 비가 그치고 다시 햇볕이 나는가 싶더니 또다시 부슬비가 내리기도 했다. 돌아오는 도중 몇 곳의 전망대에 멈추어 주변의 바다 풍광을 구경했는데, 그 중 한 전망대에서 간단한 기념품을 파는 흑인이 알루미늄 판 같은 걸로 만든 솥 모양의 흰색 악기를 손가락으로 두드려 음악을 연주하는데, 가지각색의 음을 자유자재로 내고 있었다. 오후 1시 40분경에 출발하여 3시 무렵 배로 돌아왔다.

만찬 때에는 아내와 내가 3층 식당에 도착해 보니 우리가 늘 앉던 자리에 이미 다른 사람이 앉아 있고, 호주에서 온 최부옥 씨의 남편 이성열 씨가 우리를 근처의 다른 자리로 안내하였다. 그곳은 오늘 옵션을 함께 했던 김용순·고석천 씨 부부가 김 씨의 동기인 권명순(76)·김득구 씨 내외와 함께 앉아 있는 곳이었다. 그들은 서로 잘 아는 사이인 모양이었다. 식사 후 아내가 5층 매장에서 내 나비넥타이 두 개 한 세트를 사왔다.

밤 7시 30분부터 8시 20분까지 배의 6층 맨 앞부분에 있는 Aqua Theater에서 공연되는 The Fine Line Water Show를 감상하였다. 우리가 도착했을 때는 이미 공연이 시작되어 있었는데, 여자도 더러 끼인 다수의 공연자들이 물 위와 아래, 그리고 공중에서 힘찬 율동으로 갖가지 기교를 선보였다. 한국의 남사당이 하는 것처럼 줄타기도 하고 높은 공중에서도 아슬아슬하게 줄타기를 하며, 배의 앞쪽 마스트 같은 곳에서 줄줄이 뛰어내려 물속으로 다이빙을 하기도 하였다. 무대 자체도 수시로 변화하여 더러는 풀 안의 물이 전혀 없어지기도 하였다. 공연 도중에 튀어 나오는 물이 빈자리가 없어 앞줄에 앉은 우리 내외의 옷을 마구 적시므로 그것을 피하여 두어 번 자리를 옮기기도 하였는데, 하늘에서는 비까지 주룩주룩 내렸다.

■■■ 14 (수) 맑으나 때때로 스콜

뷔페식당 Windjammer Marketplace로 식사하러 올라가니, 어제와 마찬가지로 배는 이미 세인트 키츠와 네비스 두 개의 섬으로 이루어진 독립국 세인트 키츠 네비스 중 보다 큰 세인트 키츠 섬의 주도 바스테르(Basseterre, 현지에서는 바스티어로 발음하고 있었다) 항구에 도착해 있었다. 이 나라는 2015년 현재 총인구가 5만1936명이고 그 중 약 45,000명이 세인트 키츠에 거주하고 있다. 면적은 261㎢이며, 열대해양성 기후로서, 국민소득은 1만3611달러이다. 영연방에 속해 엘리자베스 2세 영국여왕을 원수로 하는 입헌군주국이기도 하다. 이 나라는 이번의 우리 크루즈 중 가장 먼 곳에 위치해 있으며, 내일부터는 다시 돌아가는 코스를 취하게 된다.

1493년 콜럼버스에 의해 점령된 후, 1620년대에 영국과 프랑스가 거의 동시에 진출하여 패권을 다투다가 결국 영국령이 되었으나, 1983년에 독립하였다. 버진 아일랜드와 마찬가지로 인구의 대부분이 흑인으로 구성되어 있고, 그 중 약 80%는 세인트 키츠 섬에 사는데, 인구 만 명도 안 되는 네비스 섬에서는 1700년대 말 미국 재무부장관을 지냈고, 미국 헌법을 제정한 인물이기도 한 알렉산더 해밀턴이 태어났다. 화산섬으로서 토질이 비옥하여 왕년에 사탕수수 플랜테이션이 성행했던 곳이며, 언어는 주로 영어를 쓴다.

우리는 신청이 늦어 비교적 비싼 상품인 Safari Island Drive에 참가하였다. 성인 요금은 어제보다도 비싼 $79인데, 선상시간으로 오전 8시 30분까지 터미널 빌딩의 제2 구역에 집결하여, 8시 45분부터 3시간 동안 사방으로 트인 사파리 차량을 타고서 해안선을 따라 섬을 일주하는 프로이다. 오늘도 어제와 마찬가지로 김용순·고석천 목사 내외가 우리와 동행하게 되었다. 이 섬에는 의외로 일본 차 다음으로 한국 차가 많고, 사파리 차량도 대부분 현대의 1톤 트럭을 개조한 것이었다. 날씨는 화창하였지만, 도중에 두어 차례 스콜이 있어 카버에 싸인 채 객차 양쪽 가에 매달려 있는 비닐차단기를 내려야 했다. 기사는 물론 흑인이며, 가이드를 겸해 있었다.

먼저 바스테르에서 서쪽 방향으로 진행하여 짙푸른 카리브 해를 바라보면서 계속 나아갔다. 길가에 흔히 볼 수 없는 열대식물들이 많고, 사철 내내 노란 꽃을 피우는 식물이 특히 많았다. 이 나라는 뜻밖에도 각종 교회와 학교가 많아 대학교도 여러 개 지나쳤다. 해발 3,792피트의 섬에서 가장 높은 Mt. Liamuiga에는 유네스코 세계유산으로 지정된 Brimstone Hill 성채가 남아 있어 길에서도 바라보였다.

먼저 섬의 서남부에 있는 Caribell Batik이라는 섬유제품을 생산 판매하는 Romney Manor에 들렀다. 카리브 인디언을 학살하고서 유럽인이 진출한 직후인 1626년에 건설된 것으로서, 원래는 카리브 인디언의 왕 Tegreman이 거주하던 곳인데, 그가 실각한 후 미국의 3대 대통령 토머스 제퍼슨의 증조부에 해당하는 사무엘 제퍼슨이 자기 소유로 삼아 이곳에다 자기 저택인 'The Red House'를 건설하고서 사탕수수 플랜테이션을 운영했던 곳이다. 17세기 중엽에 사무엘 제퍼슨은 Wingfield 장원의 일부를 롬니 백작에게 팔았는데, 백작은 그 집 이름을 Romney Manor로 개명하고 장원 이름은 Romney's Estate라고 고쳤으며, 그 후손들이 19세기까지 이 장원을 소유하였다. 현재도 그 저택이 원형대로 보존되어 바틱 섬유제품을 파는 가게로 변모해 있었다. 경내에는 수령 400년 된 Saman 나무도 남아 있다. 여기서 30분 머무르는 동안 아내는 시카고의 누이들에게 선물할 바틱 제품 등받이 카버 두 개를 구입하였다. 거기서 좀 더 나아간 곳의 길가에 사무엘 제퍼슨이 회장으로 있었던 성공회 교회도 눈에 띄었다.

우리는 섬의 서쪽 끄트머리를 돌아 카리브 해와 대서양이 만나는 지점인 Gibbons Hill에서 정차하였고, 화산재로 말미암아 돌이 검은색을 띤 북쪽 대서양 해변의 Black Rocks에서도 정차하였다. 그곳에서 고 목사는 골프를

칠 때 모자가 많이 필요하다면서 5불짜리 캡을 하나 사 썼다. 미국에서는 하나에 15불이라고 하므로, 나도 바스테르 동북쪽의 South East Peninsula 가 시작되는 지점의 전망대에 다다랐을 때 일행 네 명을 위한 야자열매 네 개와 더불어 이 나라의 이름이 새겨진 푸른색 캡 하나를 샀다.

바스테르로 돌아와 터미널 빌딩 안의 인포메이션 센터에 들러 이 섬의 지도와 'Discover St. Kitts'라는 관광안내책자 한 권을 얻은 다음, 오후 1시 경에 귀환하였다. 바스테르 항에도 크루즈 선 두 척이 정박해 있었다.

며칠 전에 찍은 사진에 문제가 있었다면서 오후 4시 30분까지 정장을 하고서 다시 4·5층 로열 시어터로 모이라는 전갈이 있었다. 이번에는 앞쪽 4줄까지로 좁혀 모여 늘어서서 새로 기념사진을 촬영하였다.

저녁식사 때는 다시 예전의 좌석에 앉았는데, 오늘 75년에 졸업한 손재선/박연호 씨 부부의 세 자녀 중 아들이 예일대학을 졸업한 후 하버드 법대에 진학했다는 말을 처음으로 들었다. 딸이 크루즈 때 사용하라고 자기 신용카드를 맡기더라고 하면서 자랑스럽게 꺼내보였다. 그녀는 현재 유대인의 主食인 베이글 빵 파는 가게를 경영하여 제법 성공한 모양이다. 그리고 20년 정도 세븐 일레븐을 경영했다는 이충희 씨로부터 내일 방문할 푸에르토리코가 미국령이라는 말도 비로소 들었다. 나는 중미에 있는 코스타리카가 미국령인 줄로 알았는데, 착각한 것이었다. 뮤지컬 영화 '웨스트사이드 스토리'의 남자 주인공은 푸에르토리코 출신이라고 한다. 이 씨는 같은 테이블의 일행과 더불어 카지노에 들렀다가 다른 사람들은 다들 돈을 잃었는데 자기만 $180을 땄다면서, 부인의 권유에 따라 마르가리타 술을 일행 전부에게 한 잔씩 돌렸다. 그러나 나는 술을 마실 수 없으므로 가지고 있다가 나중에 이 씨에게로 돌려주었다. 3층 후미에 있는 이 식당 American Icon Grill은 배의 안내도에 Main Dining Room이라고 적혀 있다.

밤 8시부터 8시 50분까지 로열 시어터에서 공연된 Columbus Musical을 관람하였다. 영어 대사와 노래를 거의 알아들을 수 없어 아내는 시종 졸았고, 나도 몇 번 졸았다. 새로 바꾼 감기약도 효과가 없어 감기가 더욱 심해진 모양인지, 관람 도중 계속 콜록거렸다. 이제 담도 이전과 마찬가지 정도로 많이 나온다.

▄▄▄ 15 (목) 맑음

일어나니 역시 오늘의 목적지인 푸에르토리코의 수도 산후안(San Juan)
에 도착해 있었다. Puerto Rico는 스페인어로 '풍요로운 항구'라는 뜻이며,
도미니카공화국과 버진 아일랜드 사이에 가로로 놓인 감자 모양의 섬으로
서, 면적은 9,104㎢인데, 산후안은 그 북동부에 위치한 항구도시이다. 大앤
틸리스제도에 속해 있으며, 1493년부터 400년간 스페인의 식민 지배를 받
아 왔으나, 美·西전쟁 이후 1898년부터 미국이 점령하여 군정을 실시해 오
다가 1952년부터 미국의 자치령이 되었다. 미국은 이를 51번째 주로서 편
입하고자 하지만 주민의 다수가 찬성하지 않는다고 한다. 그러므로 미국 시
민으로서의 일반적 권리와 의무는 유지하되 대통령 선거나 상·하원 선거에
투표권을 가지지 못한다. 미국 본토에서는 이 자치령 사람을 상당히 멸시하
고 있는 모양이다.

인구는 2012년 현재 3,690,923명이며, 그 중 150만 명 정도는 대도시에
거주한다. 지금까지 들렀던 다른 섬들과 달리 인구 구성은 백인이 76.2%, 흑
인이 6.9%이며, 영어 대신 대부분 스페인어를 사용한다. GDP는 2013년 현
재 $23,500이다.

배에서 바라본 항구의 모습은 고층건물이 꽤 많고, 공장지대도 눈에 뜨여
다른 선진 국가들과 별로 차이가 없었다. 다른 사람들은 승선하자말자 옵션
관광을 신청하였는데, 우리는 신청이 늦어 오늘 것도 다른 선택지가 없었으
므로 Old and New San Juan이라는 City Tour를 신청하였는데, 고석천 목
사 내외도 우리와 같은 처지라 오늘도 동행하게 되었다. 이 상품은 2시간 반
이 소요되며, 동창회 책자에는 $34이라고 되어 있지만, '8 Night Eastern
Caribbean'에는 $55이라고 보인다. 오전 8시 45분까지 부두가 끝나는 지
점의 오른쪽 방향에서 집결하여 9시부터 출발한다.

우리는 13번 중형버스를 탔고, 기사 겸 가이드는 위스콘신대학교에 유학
했다가 바다가 그리워 되돌아왔다고 하는 현지인 여성인데, 혼혈이 심하여

피부가 약간 까무잡잡하다. 그녀의 영어도 유창하기는 하지만 발음이 좀 이상하여, 고 목사 부부는 절반 정도 밖에 알아듣지 못하겠다고 한다. 그녀도 다소 비만형이라 엉덩이가 꽤 큰데, 이번 여행에서 만나는 미국인 중에는 엄청나게 비만인 사람이 많고, 그래서인지 지팡이나 휠체어 같은 것에 의지하는 사람들이 자주 눈에 띈다. 기름진 음식을 너무 많이 섭취하기 때문이다. 아마도 미국인의 절반 정도는 비만이 아닌가 싶다. 또한 남자나 여자나 몸에 문신을 한 사람이 많다. 고 목사의 말에 의하면 미국의 노인들 중에는 부유한 사람이 많다고 한다. 한국과 달리 성인이 된 이후에는 자식들을 독립시켜 노후 자산을 넉넉히 보유하기 때문일 것이다.

우리는 먼저 신도시 쪽으로 나아가 어느 공원에서 하차하여, 좀 걸어서 빌딩 군에 둘러싸이고 흰 모래사장이 넓게 펼쳐진 해운대 같은 분위기의 해수욕장으로 가보았다. 거기서 현지시간으로 9시 20분까지 20분간 휴게하였다. 대서양 바다에 면한 백사장은 고즈넉하지만 사람이 별로 눈에 띄지 않았다.

거기서 좀 돌아 나와 다음으로는 Constitution 애브뉴에 면한 Capitol Building 앞으로 가서 15분간 휴게하였다. 지사가 업무를 보는 청사인지 의회인지 잘 모르겠는데, 우리가 멈춘 도로 가에는 Theodor Roosevelt로부터 오바마에 이르기까지 역대 미국 대통령들의 동상이 즐비하게 늘어서 있었다. 캐피털 빌딩은 대리석으로 지은 르네상스 양식의 건물인데, 가이드가 자기 스마트폰에 수록된 사진으로 그 내부의 모습도 보여주었다.

다음으로는 구시가 쪽으로 이동하여 스페인이 북부의 바닷가에다 건설한 City Wall과 그것에서 시작하여 San Cristobal 요새로부터 서쪽 끝의 San Felipe Del Morro 요새에 이르기까지 길게 축조된 성벽들을 따라가 바닷가에 커다란 공동묘지가 있는 곳에서 10분간 휴게하였다. 그런 다음 기사 아가씨는 2018년도 판 Old San Juan Areas Urban Guides라는 지도를 한 장씩 나누어준 후, 성터에서 구시가의 San Francisco 거리 입구에 있는 Plaza Colon까지 돌아와 11시 50분에 우리를 하차시켜준 후, 각자 구시가를 산책하다가 배로 귀환하라고 말하고는 돌아가 버렸다.

고 목사 부부와 우리 내외는 San Francisco 거리를 따라 걸어서 구시가의 중심에 있는 De Armas Plaza까지 이르러 벤치에 앉아서 좀 휴식을 취하였다. 그 동안 나는 시청 건물 안으로 들어가 Information Center에 들러 구시가의 상세 지도와 Puerto Rico Places To Go 2018년 여름 판 한 권을 얻었고, 그곳의 중년 여자직원으로부터 무료로 운행하는 트롤리를 타보라는 말을 들었다. 그래서 그 지도에 표시된 트롤리 정류장을 찾아 San Justo St.와 Fortaleza St.의 교차지점까지 걸어가 보았는데, 그 부근에 일하는 사람들에게 물어보아도 대답이 제각각이므로, 다시 아르마스 광장으로 돌아와 시청사 앞에 트롤리 주차장 표시가 있는 것을 발견하고는 거기서 기다리다가 마침내 그 버스를 탔다.

그런데 나는 트롤리라고 하기에 무궤도전차를 말하는 줄로 알았지만, 알고 보니 그런 것은 아니고 트램 비슷한 일반 버스였다. 무료로 운행하는 것이라 그런지 관광객이 아닌 일반 시민이 승객의 대부분이었고, 시설이 낡고 속도도 굼벵이처럼 느렸다. 그 트롤리는 약 반 시간 간격으로 20~30분 정도 설명 없이 구시가만을 돌아다니는 것이라 우리가 이미 가본 곳 이외에 별로 새로운 장소는 보지 못했다. 11시 50분에 하차하여 걸어서 배로 돌아왔다. 오늘 산책 중에 고 목사로부터 일본인인 버클리대학 교수가 썼다는 'Different Mirror'라는 책에 대한 이야기를 들었다. 미국이 그 역사의 초기부터 얼마나 비열하고도 잔인한 방법으로 원주민이나 흑인 노예들을 밀어내고 착취하며 야금야금 영토를 넓혀 오늘과 같은 큰 나라를 만들었는지를 고발하는 내용이라고 한다.

두 번째 Formal Dinner는 토요일이 아니고 오늘이라는 말을 아내로부터 식사 불과 두어 시간 전에야 들었다. 새로 산 나비넥타이를 매어 보려다가 매는법을 몰라 일반 넥타이로 갈아매었는데, 만찬장에서 옆에 앉은 사람들로부터 매는법을 배워 처음으로 착용해보았다. 예전 것처럼 끈으로 둘러매는 것이 아니라 셔츠의 깃에다 꽂는 것이었다. 오늘 만찬에는 샴페인이 제공되었고, 밴드의 생음악 연주와 아울러 식사나 서비스가 좋았는지 등을 묻는 내용의 방송이 있었는데, 참석한 손님들이 그 소리를 듣고서 일제히 흰 냅킨을 머리 위로 흔들어대는 것이었다. 매우 만족스럽다는 표시인 모양이다. 오늘 이충희 씨로부터 들은 바에 의하면, 이 크루즈의 손님 수는 5천 명이며, 최대 6천 명까지 수용할 수 있고, 우리가 만찬을 드는 America Icon Grill만 하더라도 쿡이 29명, 웨이터가 190명이라고 한다. 뷔페식당인 16층의 Windjammer Marketplace도 사방으로 빙 둘러가며 모두 레스토랑이어서 이것보다 규모가 작지는 않을 것이다. 하우스키핑이나 식당 업무 등에 종사하는 사람은 대부분 흑인이고, 아시아계 종업원도 더러 눈에 띈다.

우리 방 담당인 Stateroom Attendant 바비가 며칠 전에 흰 타월로 토끼한 마리를 만들어 우리가 없는 새 침대 위에다 올려두었으므로, 우리가 깜박 잊고서 그 날 팁을 놓지 않은 까닭인가 생각하고서 이후 그 토끼의 손에다가 매일 1달러씩 올려두고 있는데, 그 후 백조 모양의 목이 긴 동물 형상을 만들어두더니, 세 번째로는 다시 원숭이를 만들어 캐비닛 위에 놓아두었다. 오늘 만찬을 마치고서 5층의 로열 프롬네이드를 산책하며 아내나 정덕은·문경희 씨와 더불어 기념사진을 촬영하고서 방으로 돌아와 보니, 그 원숭이를 옷걸이의 바지 매다는 핀에다 꽂아 커튼 위에 걸쳐둔 것이었다. 원숭이가 나무를 타는 형상인데, 센스가 기발하다. 아내는 백형의 씨가 팁을 $5씩 놓는다고 하더라면서 오늘부터는 $2씩 놓기 시작했다.

밤 9시부터 9시 50분까지 4층의 The Attik이라는 방에서 Stand Up Comedy 공연이 있는데, 아내는 전혀 알아듣지 못하겠다면서 자기는 안 가겠다는 것이었다. 나 혼자서 가보니, 공연이 시작되기 전과 마친 후로 사회자 비슷한 멕시코 출신의 비교적 젊은 남자가 나와 잠깐씩 지껄이다가 들어갔고, 흰머리와 흰 수염을 한 백인 남자 및 장발의 백인 남자가 각각 한 명씩 차례로 나와 좁은 무대 위에 혼자 서서 진행하는 코미디였다. 나도 역시 그들의 말을 거의 전혀 알아듣지 못해 관객이 웃어대도 함께 웃어줄 수가 없었다. 비교적 앞줄에 앉은 사람들에게 이런저런 질문을 던지는데, 나에게도 질문이 오지 않을까 싶어 좀 걱정스러웠다. 예정된 시간을 훌쩍 넘겨 10시 5분에야 마쳤다. 이 쇼는 오늘과 토요일에 걸쳐 두 차례 공연되며, 예약한 사람은 자기가 신청한 날짜에 참석하라고 하므로, 우리로서는 야간 무대에서 하는 선상공연 관람은 사실상 오늘로서 마지막인 셈이다.

■■■ 16 (금) 맑음

조식을 들러 16층 뷔페식당에 들렀더니 배는 여전히 항해 중이었다. 식후에 매사 有備無患을 친정집 가훈으로 여기는 아내는 아이티의 라바디에서 우리가 오늘의 옵션으로 선택한 Labadee Historic Walking Tour의 집합 시간인 오전 10시 15분이 되기 훨씬 전부터 나를 재촉하여 두 번이나 갱웨이가 있는 곳까지 내려가 보았지만, 그 시간에 문이 열리지 않았을 뿐 아니라 모인 사람도 별로 없었다. $25인 이 상품은 10시 30분부터 11시 30분까지 한 시간 동안 진행하며, 가이드를 따라 걸으면서 이 섬의 역사 등에 대한 설명을 듣는 것으로 되어 있다.

갱웨이가 열린 후 밖으로 나가 Dragon's Plaza에 있는 부두 입구에 도착하여 Buccaneer's Bay에 있는 집합장소인 인포메이션 센터까지 걸어가 보았더니, 매일 만찬 때 우리 내외와 같은 테이블을 쓰는 사람들이 모두 그리로 모여들었다. 현지 토박이인 피부가 까무잡잡한 중년 남자의 안내를 받아 그의 설명을 들으면서 Barefoot Beach Club, Nellie's Beach를 지나 제일 안쪽에 위치한 Columbus Cove까지 걸어가 보았다.

라바디는 섬이 아니고 아이티의 북부에 위치한 작은 반도이다. 아이티는 쿠바와 푸에르토리코 사이에 위치한 비교적 큰 섬의 서부에 위치해 있다. 이 섬의 동부 약 2/3는 도미니카공화국이고, 서부 약 1/3이 아이티이다. 도미니카공화국 땅은 평지이고, 아이티 땅에는 산지가 많다고 한다. 라바디는 이 섬에서 북대서양에 면한 바닷가에 위치해 있다. 그러니까 우리는 푸에르토리코의 수도 산후안으로부터 이 섬의 북부 바다를 경유하여 오전 10시 가까운 무렵 라바디에 도착한 셈이다.

가이드는 걸어가면서 Neem, Almond 등의 나무에 관해 설명해 주었다. 님은 잎이 미모사처럼 생긴 것이나 제법 큰 나무인데, 암 치료 등 각종 질병에 특효약으로 쓰이는 것이라고 했다. 나는 혹시 감기 치료에도 들으려나 라는 기대에서 쓴 맛이 나는 그 잎을 좀 따서 씹어보았다. 아몬드 나무는 잎이 넓적하고 둥근 것인데, 우리가 흔히 먹는 열매 아몬드를 생산하는 나무가 이렇게 생긴 것인 줄은 비로소 알았다.

이곳은 크리스토퍼 콜럼버스가 1492년 크리스마스 때 쿠바에 이어 신대륙에서 두 번째로 상륙한 곳으로서, 당시 산타 마리아 호가 이곳 히스파니올라 반도 가까이를 항해하고 있었던 것이다. 당시 원주민들은 처음 보는 거대한 배에 깜짝 놀라 그에게 많은 금을 선물했던 것이었다. 그로부터 5세기가 지난 지금 로열 캐리비안 선박회사는 백사장이 많은 이 한적한 반도를 아이티 정부로부터 임대하여 자기네 고객 전용의 열대 피서 및 유락장인 라바디로 변모시킨 것이다.

이 일대는 한 때 스페인이 신대륙으로부터 실어 나르는 보물을 탈취하기 위해 자국 정부로부터 비호를 받는 영국, 프랑스 및 네덜란드 등 해적의 소굴이었으나, 그 해적들이 점차 정착하여 버커니어가 되고 이윽고 농부로 변했는데, 넬리의 해변은 넬리라는 이름의 영국 여인이 버커니어 시대에 이곳에다 무역기지 및 술집을 차리고서 방문하는 배나 선원들을 환대했던 데서 유래하는 것이다. 당시에 배의 입항을 알리기 위한 종탑을 세웠는데, 종은 없어졌으나 돌로 쌓은 탑은 아직도 남아 있었다.

만찬 팀은 콜럼버스灣에 남았지만, 우리 내외는 아내의 동기들이 있는 반도 북부의 Adrenaline Beach로 가서 그들 및 선배 한 명과 어울렸다. 라바디의 전 구간을 셔틀 차량이 5분마다 무료로 운행하면서 각 해변으로 손님들을 실어 나르고, 각종 놀이 시설이나 샤워장, 화장실, 바, 비치용 의자 등도 부족함이 없을 정도로 많이 갖추어져 있었다. 뷔페식 점심은 세 곳에서 무료로 제공되었다. 나는 아내의 권유에 따라 수영복과 선글라스 차림으로 바다에 들어가서 큰 大자로 드러누워 물위에 둥둥 떠 있었다. 기온이나 수온은 해수욕을 하기에 적당할 정도였다. 뜻밖에도 늦가을에 이곳에서 금년 들어 처음이자 마지막으로 해수욕을 하게 된 것이다. 주변에 있는 각종 인종의 사람들도 대부분 수영을 한다기보다는 그냥 물속에서 한가롭게 서성거리고 있었다. 바로 옆에서 백인 남자 하나가 동양계 아가씨를 껴안고서 수시로 키스를 하며 대화를 나누고 있고, 곱슬머리를 묘하게 땋아 내린 흑인 여성들도 많았다. 우리가 노는 해변 바로 앞으로 바다 위에서 하는 것으로는 세계에서 가장 길다는 짚라인이 여러 개 설치되어져 있어, 사람들이 한 번에 $109이나 하는 비싼 비용을 지불하고서 오른쪽 산중턱으로부터 왼쪽 끝의 드래곤 브리스까지 쏜살같이 공중을 날아가고 있었다.

배로 돌아오는 도중 동창회장인 문경희 씨가 아이들이 두세 살 될 무렵에 남편과 사별한 이후 아이들이 성인이 될 때까지 독신으로 지내왔다는 사실을 비로소 알았다. 3년 후인 다음 동창회는 주최는 LA에서 하고, 장소는 서울에서 맡게 될 가능성이 크다고 한다.

방에 도착하여 샤워를 새로 한 후 만찬장으로 나갔고, 식사를 마친 다음 아내는 친구들과 함께 며칠 전 워터 쇼를 보았던 곳으로 무슨 공연을 관람하러 가고 나는 방으로 돌아와 평소보다 좀 이른 밤 8시경에 취침하였다. 우리가 식사하러 간 새 바비가 오늘은 타월로 곰 한 마리를 만들어 침대 위에 올려두었다. 우리 방만 그런 것이 아니라 문경희·정덕은 씨가 머무는 방에도 그런 서비스를 해준다는 것이었다. 낮에는 기침이 별로 심하지 않아 아내가 차도가 있는 듯하다고 말했으나, 침대에 누우니 기침과 가래가 거의 쉴 새 없이 계속되었다.

▅▅▅ 17 (토) 대체로 맑으나 오전 한 때 비

쿠바 북부의 바다를 가로질러 출발지인 포트 로더데일을 향해 돌아가는 마지막 날이다. 아침에 문경희 회장이 우리 방으로 컴퓨터를 빌리러 와서 아내와 더불어 한참 동안 대화를 나누었다. 그녀가 나의 이번 여행기를 자기에게 보내주면 북미주 동창회에도 전달하겠다고 한다는 말을 근자에 아내로부터 들은 바 있으므로, 이메일 주소를 달라고 하면서 내 명함을 주었다.

조식을 마친 후 16층 식당 밖으로 나가 배 전체를 두 바퀴 돌면서 바다 풍경과 유람선 내의 물놀이장들을 둘러보며 산책하였다. 그런 다음 방으로 돌아와서 수영복으로 갈아입고 선글라스를 착용하고는 아내와 함께 15층으로 올라가 타월 두 장을 대여 받았다. 물놀이장들을 가로질러 배의 가장 앞부분 한가운데까지 나아가 비치췌어에다 타월을 깔고서 등을 좀 붙이고 있다가 그 바로 뒤편에 있는 월풀 욕장에 몸을 담갔다. 그 일대는 앞쪽과 양옆으로 바다 전망이 탁 트여 실로 명당이었다.

한참동안 월풀 욕장에 있다가 다시 비치췌어로 가서 오전 내내 거기에 비스듬히 드러누워 바다 풍경을 감상하였다. 물놀이장 여기저기 몇 군데에 설치된 스낵에서는 각종 술이나 음료 등을 무료로 제공하고 있었다. 얼마 후 김용순 씨도 와서 내 옆에 자리 잡았으므로 몇 살 연하인 그녀와 더불어 이런저런 대화를 나누었다. 김 씨는 1남 1녀를 두었는데, 둘 다 결혼하여 아들은 시카고에서 변호사 업을 하고 있고, 딸은 코네티컷 주에 거주하면서 NBC 방송국의 스포츠 관계 일을 하는데, 올림픽 취재를 할 때는 내외가 함께 여행 삼아 따라가서 딸에게 배정된 호텔 방에 머물다 오곤 하며, 근자의 평창 올림픽 때는 한국에도 왔었다고 한다. 그녀 가족은 1981년에 미국으로 건너와서 40년 넘게 뉴저지 주에 살고 있으며, 남편은 감리교회 목사를 정년퇴직하였으나 교회 및 국가에서 주는 연금이 있고, 자신은 미국에 온 이후 간호학의 대학원이라고 할 수 있는 nurse practitioner 과정을 2년간 수료하여 20년 남짓 그 일을 하고 있다.

며칠 전 만찬 테이블을 함께 했던 롱아일랜드 주에 사는 그녀의 동기 권명순 씨 내외도 얼마 후 나타났는데, 권 씨 남편으로부터 5층 로열 프롬네이드에서 T셔츠의 바겐세일을 하고 있다는 말을 듣고서 아내도 그리로 내려가 내 것을 포함하여 T셔츠 네 개를 사왔다. 매일 다른 종류의 물건을 세일한다는데, 하나 사면 $16이나 두 개 이상 사면 하나에 $10씩이라 하니, 다 합쳐도 한국 돈 4만 원 정도에 불과한 셈이다. 그녀들 가족은 모두 남편이 미국으로 유학 와서 학업을 마친 후 미국 사회에 정착하게 된 케이스이다. 우리 만찬 테이블의 손재선 씨 가족도 마찬가지 케이스이다.

점심을 들고는 12층의 우리 방으로 내려와 샤워를 한 다음 옷을 갈아입고서, 오후 2시부터 8층 Dazzles에서 열린 동창회의 폐회식에 참석하였다. 먼저 회원의 남편으로서 장로인 사람이 Formal Dinner 때의 모습을 촬영하여 편집한 것을 스크린을 통해 방영하였는데, 우리 테이블 사진은 촬영 당시 아내가 유료인 줄로 오해하고서 사절하는 바람에 포함되지 못했다. 문경희 씨가 11일 총회 때 방영하려다가 기계적 사정으로 그렇게 하지 못했던 동창회 소식을 담은 USB를 가지고서 내게서 빌려간 노트북컴퓨터를 통해 PPT로 보고하였다. 그런 다음 오가실 교수가 2008년 이래 몽골에서 하고 있는 간호사 양성 사업을 소개하고, 그 남편 안경덕 씨가 몽골제국 시대에까지 이르는 동방교회의 역사에 대해 역시 PPT 자료를 가지고서 강연하였다. 그리고 북미주 동창회의 회계 김종남 씨로부터 동창회 장학회인 NAYNAS Foundation의 간단한 결산보고도 있었다. 2001년도부터 장학금을 수여해 왔으나 2018년도에 마지막 장학금을 수여한 이후 장학회는 종결할 예정이라고 한다. 동방교회의 역사 강연 때 깜박깜박 졸고 있는 나를 보고서 아내가 방으로 돌아가서 쉬라고 하므로, 이후의 폐회 예배에는 참석하지 않았다.

3층의 American Icon에서 있었던 마지막 만찬장에서는 도미하기 이전까지 연대 간호대학의 교수였던 박주봉 씨가 우리 테이블로 건너와서 자기 남편도 海州吳氏라면서 내게 인사말을 하였다. 백형의 씨는 한 주 정도 매일 만찬을 함께 들며 즐거운 시간을 보내다가 이제 헤어진다고 생각하니 눈물이 나려 한다는 말을 하였고, 그 남편인 해병대 의장대 출신의 이충희 씨가 연세대학교 응원가인 연세찬가를 부르면서 일어나 손뼉을 치자 우리 테이블에 앉은 사람들을 비롯하여 주변의 여러 사람들이 따라 하기 시작하였다. 그 때부터 만찬장의 분위기가 한껏 고조되어 연대 동문이 아닌 다른 테이블에서도 노래와 손뼉소리가 울려나오는가 하면 춤을 추기도 하여 와자지껄하였고, 급기야는 5층 유리 난간에서부터 풍선들이 날려 오고 웨이터들도 총출동하여 줄을 이루어 만찬장을 휘젓고 다니고 노래를 부르기도 하므로 손님들은 그에 맞추어 냅킨을 흔들었다. 웨이터들의 얼굴에 즐거움과 웃음이 가득한 것이 그냥 서비스 차원에서 하는 의례적 행동만은 아닌 듯하였다. 며칠 전에 이어 오늘도 엘리베이터 안에서 피아노를 연주하는 사람이 있었다.

■■■ 18 (일) 맑음

7시경에 5층 갱웨이 근처에서 정덕은·문경희 씨를 만나 함께 하선을 시작하였다. 우리 방문 앞에 끼어 있는 우리 내외의 계산서에는 옵션 비용과 1인당 매일 $14씩 청구되는 팁, 그리고 아내가 산 물건·간식·사진 값 및 인터넷 사용료 $139.93 등을 포함하여 총 $967.67로 계산되었다.

그러나 에버글레이즈 국립공원 관광을 위한 버스는 9시에 오기로 되어 있으므로, 7시 15분 무렵부터 2시간 가까이 기다려야 하게 되었다. 천천히 하선해도 안 될 것이 없었지만, 아내가 매사를 이처럼 서두르기 때문이다. 게다가 함께 갈 일행 중 아내와 박사 동기라고 하는 한양대 교수가 어쩐 일인지 너무 늦게 나타나 결국 우리가 탈 버스는 9시 40분에야 출발하였다. 오늘의 옵션 관광을 선택한 우리 일행은 총 22명이며, 한국에서 온 사람들이 대부분인 듯하고, 샌프란시스코와 LA에서 온 사람도 세 명 있었다.

기다리는 동안 문경희 씨가 포멀 디너에서 내가 나비넥타이를 매고서 아내와 함께 찍은 사진을 보여주며 대사 부부 같다고 하면서 누런 봉투를 내밀었는데, 나는 농담으로 여겨 반응하지 않았지만, 얼마 후 아내가 $100을 전하라고 하므로 시킨 대로 하였다. 문 씨는 이번 모임에서 동문 선배들로부터 선우장학회 후원금으로서 3,300불 정도의 돈을 기부 받은 모양이다.

현지 여행사에서는 양 실장이라는 사람이 딸인 루시 양을 데리고 나와 595번 고속도로를 따라서 서쪽으로 20분 정도 이동하여 우리를 Sawgrass Recreation Park라는 곳으로 데리고 갔다. 그 공원은 설립된 지 30년 이상 된 모양인데, The Everglades에 속하기는 하지만, 에버글레이즈 국립공원은 아니고, 그 주변의 Water Conservation Area라고 하는 습지였다. 갈대 비슷한 모양의 풀이 여기저기에 무성한데, Sawgrass란 여기서 자라는 이와 비슷한 종류의 풀을 의미하는 모양이다. 우리는 먼저 '파충류와 야생동물 전시관(Reptile & Wildlife Exhibits)'이라는 곳으로 안내되었는데, 그곳은 일종의 동물원으로서 이 일대에 서식하는 악어·대형 뱀·퓨마·거북 등의 동물들을 가두어둔 곳이었다. 그러나 규모가 작아 별로 감흥은 없었다.

다음으로는 한참을 대기한 후 Airboat라고 하는 배를 타고서 반시간 정도 습지 안을 둘러보았다. 그 배는 뒤편에 커다란 선풍기 같은 모터가 두 개 달려 그 동력으로 추진하는 것인데, 움직이기 시작하면 엄청난 소리가 나서 우리 각자는 승선할 때 양쪽 귀마개를 배부 받았다. 백인 중년 남자 한 명이 뒤쪽 운전석에 타서 우리를 탑승 장소 근처의 습지 속으로 데려가 야생 악어 한 마리를 보여주고, 또한 우리가 잘 모르는 새들이 있는 곳으로 다가가서 비스캐트 같은 모이로 새들을 유인하여 자기 머리 위나 팔뚝 등에 내려앉아 먹이를 받아먹게 하는 것이었다. 검은 깃털에 보다 덩치가 큰 것은 숫놈이고 갈색은 암컷이라고 했다. 에버글레이즈는 옐로스톤, 요세미티와 더불어 미국의 3대 국립공원 중 하나이며, 충청남북도 정도의 광대한 면적을 차지하고 있고, 전체 늪의 면적은 한국의 크기에 필적하는 것이다. 나는 TV를 통해 그곳 생태계의 모습을 몇 번 본 적이 있었으므로 이번 옵션에 대해 상당한 기대를 걸었는데, 이 정도에 불과하니 매우 실망스러웠다.

11시 50분 무렵 관광을 끝내고서 루시와 작별한 후, 양 실장을 따라서 왔던 길을 30분 정도 되돌아가 6997 W. Commercial Blvd, Tamarac에 있는 Chow Time이라는 뷔페식당으로 가서 점심을 들었다. 그곳에는 중국, 미국, 일본, 홍콩 등의 음식물이 있고, 김치 등 한국 음식도 있었다. 휴일 없이 한 주 내내 문을 열며, 매일 250종 이상의 음식을 내놓는다고 한다.

오후 2시 20분 무렵 마이애미 국제공항에 도착하여, 한국으로 돌아가는 사람들을 델타항공 체크인 장소에다 내려준 후 미국 국내를 이동할 사람 다섯 명은 American Airline으로 갔다. 델타항공 앞에서 정덕은·문경희 씨와 작별하였다. 그들은 애틀랜타에서 서울행으로 환승하는 모양이다.

D47 게이트에서 7시 6분부터 시작되는 탑승시간을 기다리며 오늘의 일기를 입력해 두었다. 우리 내외는 마이애미 국제공항에서 AA2457편을 타고서 19시 41분에 이륙하여 3시간 20분을 비행한 후 22시 01분에 시카고 오헤어 공항에 착륙할 예정이었으나 실제로는 좀 더 빨랐다. 시카고 시간은 플로리다보다 한 시간이 늦다. 나의 좌석 번호는 20D인데, 웬일인지 아내는 내 옆자리를 배정받지 못하고 뒤쪽으로 뚝 떨어진 30F에 배당되었다. 그러나 후에 아내가 옆자리에 앉은 중국 젊은이로부터 양보를 받아 그의 자리로 내가 이동해 가서 나란히 앉을 수 있었다. 비행기를 내린 후 출구 쪽으로 걸어가며 중국어로 그와 좀 대화를 나누어 보았는데, 그는 廣東省의 深圳으로부터 미국에 다니러 온 사람이었다. 그는 아내에게 중국 우표와 深圳市의 사

진이 들어 있는 『深圳歡迎您』이라는 책자 하나를 선사하였다.

　비행기 안에서 우리 좌석이 제일 뒤쪽에 가까운지라 남보다 늦게 나왔는데, 도중에 화장실을 들렀다가 짐 찾는 곳으로 가보았더니 아무리 기다려도 우리 트렁크가 나오지 않는 것이었다. 그곳의 담당자에게로 가서 그러한 사정을 말했더니, 우리를 근처의 다른 곳으로 데려가 그곳에 따로 보관되어져 있는 우리 짐을 내어주었다. 주인이 찾아가지를 않으므로 따로 보관해둔 것인 모양이었다.

　오헤어 공항에는 작은누나가 마중 나와 제3 터미널에서 만났다. 누나의 승용차는 예전의 미제 GM 링컨이 아니고 푸른색 일본차 렉서스로 바뀌어 있었다. 오헤어공항은 그새 크게 확장되어 이제는 무료로 대기하는 장소도 마련되어져 있는 모양이다. 고속도로가 아닌 로컬 길로 운행하여 블루밍데일에 있는 누나 집으로 가서 자정이 가까워져 가는 무렵 김치찌개로 늦은 석식을 들었다. 혼자 사는 누나 집은 파리가 앉아도 미끄러질 정도로 깔끔하게 관리되어져 있고, 가구도 더욱 고급스러워졌다. 예전에 우리 내외가 1년 동안 머물렀던 방을 다시 사용하게 되었다.

시카고

■■■ 2018년 11월 19일 (월) 맑음

카리브 해 크루즈의 일기를 정리하여 문경희 회장을 비롯한 지인들에게 이메일로 부쳤다. 그후 다시 한 번 퇴고를 마치고 나니 총 분량이 A4용지 20쪽, 원고지 181.1장이 되었다.

누나는 직장 다닐 때 과도하게 힘을 쓴 탓으로 2년 전부터 왼쪽 엄지손가락의 뿌리 쪽 뼈가 함몰되어 거기에다 꼈다 뺐다 할 수 있는 임시 깁스를 하고 있는데, 12월 14일에 수술을 받을 것이라고 한다.

아침에 꼬리곰탕으로 조식을 든 다음, 우리 내외는 누나를 따라서 184 Salem Court, Bloomindale에 있는 누나 집을 출발하여 예전에 늘 다니던 미첨 그로브 삼림보호구역(Meacham Grove Forest Preserve)으로 산책을 나갔다. 일식집 아바시리 앞의 공터에다 차를 세우고 Maple Lake와 Circle Marsh 사이로 난 Maple Lake Trail을 따라 호수 가를 걸어서 North Central DuPage Regional Trail로 빠져나온 다음, 누나와 그 친구들이 산소통이라고 부르는 Savanna Trail을 한 바퀴 돌아서 Rosedale Rd. 쪽으로 빠져나왔다. 시카고의 날씨는 벌써 초겨울이어서 곳곳에 눈이 남아 있고, 나무들은 이미 잎을 모두 떨구었다. 오늘 기온은 화씨 24도라고 한다. 31도가 섭씨 0도라고 하니 영하의 추위인 것이다.

도중에 반대쪽으로부터 걸어오는 누나 친구 케리 씨 및 김대건 성당의 교우인 페기 씨를 만나 함께 걸었고, 얼마 후 엔지 씨도 와서 합류하였다. 아바시리의 주인인 일본 사람은 이미 죽었고, 그 부인인 한국 여자는 다른 곳에 점포를 내어 옮겨 갔으며, 예전의 식당은 그 종업원이던 사람이 맡아서 경영하고 있다 한다. 큰 클라라 씨의 남편 이하영 씨가 이 공원의 내가 늘 지나다니던 아마존 숲에서 목을 매 자살한 이후로 큰 클라라 씨는 로젤에 있던 집을 팔고서 다른 구역으로 이사하여 이즈음은 누나 등 옛 친구들과 거의 만날 일이 없는 모양이다.

엔지 씨의 차에 동승하여 아바시리 앞으로 돌아와서 누나 차로 바꿔 탄 다음, Armytrail Rd.가 Gary Ave.와 만나는 곳 부근에 있는 쇼핑몰 Bloomingdale Court로 가서 Panora Bread라는 빵집에 들러 커피와 빵을 들며 여섯 명이 둘러앉아 대화를 나누었다. 파노라 빵집은 연쇄점으로서 이곳 말고도 여러 곳에 있다. 케리 씨와 엔지 씨는 누나의 친우로서, 예전에 함께 한국의 우리 농장을 방문하여 하룻밤 잤던 적도 있었다. 우리 내외가 블루밍데일에 1년간 머물며 그들과 자주 만나던 때가 2005년 7월 말로부터 2006년 8월 초순 사이의 약 1년간이었으니, 벌써 12~3년 정도의 세월이 흐른 셈이다.

누나가 동환이 가족을 픽업하러 오헤어 공항으로 가야하므로, 함께 먼저 일어 나 누나 집으로 돌아왔다. 미국 최대의 명절인 추수감사절이 이 달 22일 즉 이번 주 목요일이니, 누나의 세 자녀와 그 가족들이 모두 시카고에 모이게 된 것이다. 평소에는 누나와 장녀인 명아가 캘리포니아 주 LA에 있는 창환이 동환이네에게로 가 호텔에 머물다가 돌아오곤 했었는데, 이번에는 우리 내외가 누나 집을 방문하므로 그 자녀들도 시카고로 모이게 된 것이다. 일부러 그렇게 날짜를 잡은 것은 아니지만, 모처럼 서로 만날 수 있는 절호의 찬스인 셈이다. 누나는 이 집에 산 지 이미 40년이 넘는데, 파키스탄 사람인 의사가 집을 지은 직후 다른 곳으로 옮겨가게 되자 누나 네가 6개월 정도 비어 있던 집을 인수하였고, 그 후 좀 더 확장한 것이다. 지하 1층 지상 2층에다 차고가 딸려 있으며, 앞뒤로 터가 넓고 주위 환경도 공원 등 녹지가 많아 주택지로서는 나무랄 데 없는 곳이다.

얼마 후 동환이 내외와 그들의 두 자녀가 도착하고, 그로부터 또 얼마 후에 창환이가 두 자녀를 데리고서 도착하였다. 그들은 차를 렌트한 모양이며, 동환이는 숙소를 이 근처에, 창환이는 다운타운에다 정했다고 한다. 창환이 아들 규원이와 동환이 아들 규철이의 한국 이름은 조카들의 요청에 따라 내가 지은 것인데, 실제로 만나보기는 그들이 이미 초등학생으로 되어 있는 이번이 처음이다. 창환이의 전처 엘리스는 친정 부모님을 모시고 살기 때문에 아이들이 한국어를 조금 하는 모양인데, 동환이 처 엔지는 한국어를 거의 못하기 때문에 아이들도 자연히 영어로만 말하게 되었다. 그러니 한국에서 온 우리 내외와는 의사소통에 좀 어려움이 있을 수도 있어 더욱 서먹서먹한 것이다.

동환이는 6년 전 UCLA의 MBA 과정을 2년 만에 우등으로 졸업한 후 Fox TV, Google 등의 회사에 근무한 적이 있었으나, 자신의 원래 전공이었던 엔지니어와는 무관한 사업 개발, 협상 전략 등에 관한 업무를 맡았고, 지금은 독립하여 개인적으로 가옥 투자에 관한 일을 한다. 창환이는 미국에서 사귄 지 20년 된 중국인 친구와의 인연으로 한 달에 두 번 정도씩 중국과 홍콩을 오가며 펀드매니저의 일을 하고 있다. 중국에 이처럼 자주 오가는 것은 애들의 양육권 때문이다. 창환이는 이혼한 전처 엘리스와의 사이에 아이들 양육권 관계로 아직도 다툼이 있는 모양인데, 아이들을 키우는 데서 큰 기쁨을 얻으므로 자신의 일과 양립하기 어려움에도 불구하고 매주의 절반을 자기가 아이들을 맡는 권리를 포기하지 않을 생각인 것이다. 두 아이를 데리고서 이미 미국 각지의 명소를 여행한 스마트폰 사진들을 내게 보여주었고, 이번에도 시카고의 시티투어 티켓을 끊어서 다운타운에 머물며 미술관 등에 구경시킨 다음, 명아가 도착하는 수요일에 다시 누나 집으로 온다고 한다.

누나가 창환이와 동환이에게 선물이라면서 봉투 하나씩 건네는 것을 보았다. 나중에 아내로부터 들으니 장남인 창환이에게는 $1,500, 차남인 동환이에게는 $1,000, 동환이의 처 엔지에게 $500을 주었다고 한다. 가족을 데리고서 시카고까지 오고 가는 비용을 누나가 보전해 주는 모양이다.

함께 점심을 들고서 조카와 그 자녀들이 모두 떠난 후, 누나는 이미 사돈 선물을 그들이 받으려 하지 않는다면서 그것을 반환하려고 우리 내외를 데리고서 505 W. Armytrail Rd.에 있는 Costco로 갔다. 창환이 주려고 산 Columbia 제품의 점퍼는 그가 원하지 않으므로 내가 얻었다. 코스코는 예전에 창환이와 더불어 여러 번 들렀던 곳인데, 이런 곳에 와보면 미국이 얼마나 풍요로운 나라인지를 알 수 있다. 드넓은 건물 안에 온갖 물건이 산더미처럼 쌓여 있어, 천정 가까운 높은 곳까지 쌓여 있는 물건을 어떻게 끌어내리나 싶기도 하다. 또한 영수증과 샀던 물건을 가져가면 반환하는데도 아무런 문제가 없다. 거기서 다시 어린 아이들 내의와 식료품 그리고 물 등을 사서 돌아오는 길에 오전에 들렀던 쇼핑 몰 구내에 있는 乳製品 점 Oberweis Dairy에 들러 아이스크림을 들었다. 이곳도 예전에 엔지 씨 내외와 더불어 블루밍데일 시티의 야외 콘서트에 갔다가 돌아오는 밤중에 처음 들렀었고, 그 후에도 아내와 더불어 더러 찾았던 것이다. 이번 방문은 예전에 자주 들렀던 추억의 장소들을 다시금 둘러보는데 의의가 있다고 하겠다.

■■■ 20 (화) 맑음

어제 한국에 있는 제자 김경수 군에게로 이메일을 보내어, 川原 교수에게 그가 원하는 내 책 『남명학의 현장』을 보낸 지로부터 상당한 시일이 지났는데 아직 잘 받았다는 연락이 오지 않으니 船便으로 보냈는지를 물었다. 오늘 그로부터 회답이 와, 보낸 지 사흘 후에 받았다는 연락을 받았고, 그에게 지급해야 할 발표비와 항공료가 연구원의 내부사정으로 말미암아 아직도 지급되지 않고 있는 것이 오히려 마음 쓰인다는 것이었다. 내 토론비도 아직 받지 못했는데, 그 동안 연구원 내에 이런저런 곡절이 있었지만, 무엇보다도 조옥환 사장이 연구원도 자기 개인 회사처럼 생각하여 일체의 경비 지출은 자신의 결제를 거쳐야 한다고 고집하나, 이즈음 그의 건강이 여의치 않고 업무량은 많아 원활한 사무 처리가 이루어지지 않고 있다는 것이었다. 조 사장은 갈수록 남의 말을 듣지 않으며, 이미 90세 가까운 그의 건강이 내년이면 더욱 악화될 것으로 예상된다고 한다.

오전 중 예전에 자주 산책을 다니던 누나 동네 부근의 Westlake Park와 Circle Park를 둘러보았다. 웨스트레이크 공원의 호수에는 살얼음이 끼어 있고, 청둥오리나 캐나다 거위의 무리는 여전하지만, 일 년 중 대부분의 기간 동안 와 있는 백조 네 마리는 보이지 않았다. 백조들의 이름이 적혀 있던 안내판도 눈에 띄지 않아, 혹시 내가 못보고 지나쳤나 싶어 다시 한 바퀴 호숫가를 둘렀지만 역시 없었다. 서클 공원에 대형 야외풀장이 있다는 말을 누나로부터 들었으므로 유심히 살펴보았지만 그것 역시 눈에 띄지 않았다. 나중에 알고 보니 풀장은 공원이 아니라 그것과 붙어 있는 존슨 레크리에이션 센터에 있었다.

김대건성당 부근인 Itasca의 호텔에 머물고 있는 동환이네 가족이 다시 누나 집으로 돌아왔으므로 오후 내내 함께 시간을 보냈다. 동환이와 그의 처 엔지는 다시 나갔다가 엔지는 듀페이지 카운티의 행정 중심인 위튼에 있는 친구 집으로 가서 돌아오지 않았고, 동환이는 밤중에 강성문 씨 집으로 와서 우리와 합류했다가 두 자녀는 어머니 집에 맡겨 두고 혼자 다시 호텔로 가서 잤다. 창환이는 47세, 동환이는 44세라고 한다.

내가 중국에서 사서 아내에게 주어 사용하다가 언젠가 공항에서 압수당하고 만 세라믹 칼에 대한 미련을 아내가 버리지 못하므로, 저녁 무렵 누나와 더불어 셋이서 다시 한 번 코스코로 가서 혹시 팔고 있는지 찾아보았지만 눈에 띄지 않았다. 돌아오는 길에 오늘도 Oberweis Dairy에 들러 통에 든 아이스크림을 사서 돌아와 조카손자들과 함께 들었다.

강성문 씨가 우리 내외를 저녁식사에 초대하여, 누나 및 조카손자들과 함께 다섯 명이 오후 6시까지 200 East Golf Road, Shaumburg에 있는 중국집 Yu's(壯元樓)로 가서 식사를 하며 대화를 나누었고, Algonquin Rd.에 있는 강 씨가 3년쯤 전에 이사한 집으로 가서 집 구경도 하고 차를 마시다가 밤 9시 반쯤에 돌아왔다. 강 씨의 옛 집도 좋았었는데, 단독주택이라 관리하기 힘들어서 이사한 모양이다. 새로 이사한 집은 옛집에서 멀지 않은 곳에 있는 연립주택(Town House)으로서 지하 1층 지상 2층의 꽤 규모가 큰 것인데, 안으로 들어가 보니 재벌 집 같은 분위기였다. 특히 한국에서 지인으로부터 매입해 온 옥돌로 만든 자개 비슷한 무늬의 가구와 병풍이 인상적이었다. 집 바깥은 관리인이 돌보아주고 실내만 주인이 관리하면 되는 모양이다. 미국의 잔디는 한국 것과 달리 겨울이 되어도 푸름을 유지하는 것이 신기했다. 이 훌륭한 저택이 한국 돈으로 환산하자면 5억 원 남짓 되는 가격이라 하니, 미국의 집값이 한국에 비해 얼마나 싼지 알 수 있다.

강성문 씨는 경남 칠서 출신으로서, 미국으로 이민 온 후 작고한 자형과는 같은 성당에 다니면서 호형호제하는 사이였고, 창환이의 대부이기도 하다. 예전에 부부동반 하여 한국에 와 진주의 우리 집에 며칠 간 머물면서 농장에도 다녀간 바 있었고, 딸이 일리노이대학 어버나-샴페인 교의 동창인 한국 젊은이와 결혼하여 한국에 살고 있으므로, 금년에는 그 딸 내외와 함께 진주의 고속버스 터미널 구내식당에서 만난 적도 있었다. 치과기공사로서 성공하였으나 몇 년 전에 은퇴하였고, 이 집 말고 자기 사무실이 들어 있었던 커다란 건물도 소유하고 있다. 내가 시카고에 체류하고 있었을 때는 은퇴한 후 북한에 가서 그곳 사람들을 돕고 싶다고 말하고 있었으나, 지금은 그런 계획을 접었는지 김대건성당의 신도회 부회장으로서 매일 성당에 나가고 있으며, 집안에도 기도실을 따로 마련해 두었을 정도로 독실한 가톨릭 신자이다.

■■■ 21 (수) 맑음

시카고에 도착한 이후 감기 기운이 현저하게 완화되었다. 아직도 기침과 담이 약간 남아 있기는 하나 거의 나은 셈이다.

어제 川原 교수에게 보낸 이메일에 대한 회신이 왔다. 모친이 Pace Maker를 부착하는 수술을 받으므로 고향인 九州까지 갔다 왔는데, 모친에게 약간 치매 기운이 있다는 사실도 알게 되어, 그 충격에 疲勞困憊하여 11월 5일 東京大學 연구실에 내 책이 도착했다는 연락은 받았으나 아직 찾으러 가지 않고 있다고 한다.

아침에 엔지와 동환이가 누나 집으로 와서 애들을 데려갔다.

오늘이 누나 시누이의 첫 기일이므로, 누나·아내와 더불어 오전 10시 반에 1275 N. Arlington Heights Rd. Itasca에 있는 성 김대건 성당(St. Andrew Kim Parish)에서 있은 추모미사에 참석하였다. 시누이 남편인 김영환 씨는 시카고 교민회장을 맡기도 했었던 사람으로서 인품 좋은 분이었는데, 지금은 치매에 걸려 딸인 현숙이가 사는 코네티컷 주에서 차로 두 시간 거리인 롱아일랜드 주의 너싱홈에 들어 있다. 현숙이 남동생 현희(Joseph Kim)가 간·위암 전문의로서 국제결혼 하여 캘리포니아에 살다가 부친은 치매, 모친은 폐암을 앓게 되었을 당시 롱아일랜드로 가 있으면서 부모님을 1년 정도 자기 집에 모셨었는데, 지금은 다시 켄터키 대학병원으로 옮겨가 있다. 김영환 씨의 영국제 고급 버버리코트 한 벌은 현숙이가 집안 물건들을 처분하면서 누나에게 맡겼는데, 누나는 그것도 내게 주었다.

성당의 본당 건물에 1992라는 숫자가 새겨져 있는데, 이 성당의 건립 당시 자형 등의 노력이 컸었다. 동환(John)이도 규철(Andrew)이를 데리고서 미사에 참석하였다. 본당 신부 김지황 바오로 씨는 이전과 마찬가지로 부산 교구에서 파견되어 온 사람으로서, 동환이보다도 나이가 적다고 한다. 스무 명 정도 되는 참례자 가운데 강성문 씨 내외와 누나의 친우인 세실리아 씨도 있었다. 작은누나는 이처럼 친구가 많은데 비하여 두리는 마이크와 더불어 둘이서만 살고 다른 사람과의 교제가 별로 없다고 한다.

성당을 나온 다음, 동환이 부자는 호텔로 돌아가서 가족이 함께 다운타운으로 나들이를 하는 모양이고, 우리 3명은 700 N. River Road, Des Plains에 있는 All Saints Catholic Cemetery로 가서 아버지 묘소를 찾았다. 아버지의 56번 묘소는 Block 9, Section 36에 위치해 있는데, 그 옆의 내가 계모를 위해 매입해 둔 57번 묘소는 여전히 비어 있다. 계모인 서경자 로사 씨는 우리도 모르는 새 쓸쓸하게 죽음을 맞이하여, 그 유해는 국제결혼 하여 North Carolina에 살고 있는 그 여동생의 의사에 의해 화장된 후 양녀가 있는 한국으로 보내졌던 것이다. 그분의 외로운 죽음을 생각하면 늘 가슴이 아프다.

오늘 누나로부터 들은 바에 의하면, 그분은 아버지가 사시던 양로원에서 고혈압으로 말미암아 상태가 좋지 않게 되자 차를 가진 지인에게 부탁하여 Swedish Covenant Hospital로 옮겨졌으나 그곳에서 임종하셨고, 연고자가 없었으므로 일리노이대학 시카고 교(UIC)에 접해 있는 Cook 카운티 병원의 영안실로 옮겨졌다가, 김대건성당의 신부를 통해 작은누나에게 연락이 취해졌던 것이라고 한다. 사망 후 확인해 보니 당시 어머니의 수중에는 $200밖에 남아 있지 않았더라는 것이었다. 장례비용은 누나가 부담하려 했으나 여동생의 요청에 의해 반씩 분담했다고 한다. 오늘 누나는 묘지 사무실로 가서 어머니 분의 무덤을 매각하는 문제를 상의해보자고 했으나, 매입 당시의 비용은 두 기에 $1,500로서 팔아봤자 얼마 되지 않는 것이므로, 나의 의사에 따라 그냥 두어두기로 했다.

모처럼 왔으므로 그 부근에 있는 누나의 시대 식구들 묘소도 두루 둘러보았다. 아버지 묘소의 표석에는 '오수근 / Soo Kun Edward Oh / Lover of Songs / 1919-2002', 오늘 추모미사를 올린 시누이 묘소에는 'Theresa H. Kim / 김근혜 / May 27. 1942-Nov. 21. 2017', 시어머니 묘소에는 'Kyung Ja Chang / 장아네스(경자) / 1913-2000', 자형 묘소에는 'Andrew Choi / 최근화 / Oct. 1. 1939-Aug. 29. 2004'라고 새겨져 있다. 그리고 좀 떨어진 곳에 있는 자형의 누님으로서 최 씨 일가가 미국에 정착할 계기를 마련한 분의 묘소에는 'Sue J. Signorile / 1934-1998', 그 남편인 이탈리아계 미국인의 묘소에는 'Eugene R. Signorile / 1937-2002' 라고 새겨져 있다. 원래 경주최씨인 자형 집안은 불신자였는데, 가톨릭 신자인 자형의 모친이 시집 와서 그 자손 모두를 신자로 만들었을 뿐 아니라, 결과적으로는 며느리인 우리 쪽 집안사람들까지 그렇게 된 것이다.

현숙이가 보관하고 있는 천주교 추모 카드에는 자형 누님의 이름이 Sue "Aloysia" Signorile이고, Apr. 1, 1934에 태어나 Jan. 1, 1998에 작고하였으며, 장례식은 1998년 정월 15일 오전 10시 30분에 아버지와 마찬가지로 Wojciechowski Funeral Home에서 치른 것으로 되어 있다. Aloysia는 아버지의 이름에 붙은 Edward와 마찬가지로 세례명인 모양이다. 그녀의 한국 이름은 최근점으로서, 북한 흥남에서 살다가 6.25 때 피난하여 남한으로 내려와 울산의 피난민수용소에 거주하면서, 모친과 함께 미군부대의 빨래 담당자로서 일하고 있었다. 당시 이미 약혼한 상태였으나, 미군 병사였던 유진 씨가 제대하여 귀국한 후 다시 한국으로 돌아와 그녀를 찾는 일까지 있어 마침내 그와 결혼하게 된 것이라고 한다.

묘소를 떠난 후, 두리가 학생으로서 그 대학 수학 교수였던 마이크와 만난 Oakton Community College의 후문을 지나 묘소로부터 불과 5분 정도 거리인 610-670, JB Plaza에 있는 Glenview의 중부시장(Joong Boo

Market)으로 갔다. 나는 누나가 중부시장이라고 하므로 그저 시카고의 중부에 있는 시장인가보다 라는 정도로 여겼으나, 가보니 한국식품을 전문으로 취급하는 시장으로서 작년에 새로 생긴 것이라고 한다. 한국의 웬만한 슈퍼마켓보다도 훨씬 규모가 컸고, 한국 식품으로서는 거의 구비되지 않은 물건이 없는 듯했다. 진열된 물품 중에 일본 것도 더러 눈에 띄었다. 손바닥보다 큰 조기 열 마리와 횟감, 쌀 등 상당한 양의 장을 보았으나 총액이 $100 즉 한국 돈 십만 원 정도에 불과하였다. 그 주변에 한글 간판을 단 건물들이 제법 눈에 띄었다. 내가 처음 시카고를 방문했던 1994년 무렵에는 한인 타운이 로렌스 거리를 중심으로 형성되어 있었는데, 지금은 꽤 북쪽으로 옮겨져 왔다. 그 시장 2층에 있는 식당(Cafe)에서 아내는 해물순두부($9), 누나는 해물칼국수(10), 나는 고기칼국수(10)로 점심을 들었다.

버지니아 주에 사는 누나(Magdeline)의 장녀 명아(Joanna)와 코네티컷 주에 사는 누나의 조카 현숙(Elizabeth)이가 추수감사절을 맞아 시카고로 와 그 부모 무덤에 도착하여 전화연락 해 왔으므로, 다시금 올 세인츠 가톨릭 공원묘지로 가서 그녀들을 만난 다음 집으로 돌아왔다. 현숙이는 어머니 무덤 앞에서 울었는지 눈가가 젖어 있었다.

밤에 누나의 자녀와 손자, 그리고 현숙이가 모두 누나 집에 모였다. 내일인 추수감사절에 칠면조 구이와 함께 먹을 토핑이라는 음식물을 명아와 현숙이가 다듬고, 아내는 시종 누나의 부엌일을 거들었다. 창환(Dexter)이의 두 자녀 규원(Quintus)이와 은애(Alina)는 서로 외모가 많이 닮았는데, 창환이는 자신의 어릴 때 모습이라고 한다. MIT 출신인 그 모친을 닮았는지 둘 다 두뇌가 비상하여, 규원이는 다니고 있는 초등학교에서 월반을 하였다. 오늘 거실에서 저희들끼리 뛰놀고 있는 중에 창환이의 전처 엘리스로부터 연락이 와 아이들과 I-pad로 화상통화를 하였다. 창환이와 동환이의 자녀들은 하루 종일 아이패드를 갖고 놀고 있으며, 누나도 이즈음 그것으로 TV를 보며 새벽에 운동할 때도 그것을 틀어두고서 따라 한다.

동환이가 규철이 학교에서 수학경시대회를 후원하는 모금을 하고 있다면서 내게도 사인을 하라고 종이를 내밀었다. 무엇인지 잘 모르기는 하지만 명아·현숙이·누나도 사인을 하였으므로, 나도 사인을 하고서 $50을 내었다. 동환이의 딸 신애(Alexandra)는 생김새가 깜찍하여 보는 사람들마다 예쁘다고 감탄하는 모양이다.

함께 앉아있던 내가 밤 9시 취침시간이 되어 좀 꾸벅거리자 다들 각자의 숙소인 호텔로 돌아갔다. 동환이의 두 아이는 할머니를 무척 좋아하여 어제에 이어 오늘도 할머니 방에서 자기를 원했지만, 세면도구를 호텔에 두고서 가져 오지 않았고, 내일은 엔지의 아버지를 만나러 가야 하므로 부득이 부모와 함께 떠났다. 엔지의 부모는 서독에 파견된 광부와 간호사로서 만나 결혼하였지만, 미국으로 건너온 후 이혼하여 아버지는 예전처럼 시카고에 그냥 살고 있고, 어머니는 엔지네 가족이 있는 LA로 가서 산다.

누나가 혼자 살기에는 집이 너무 넓어 강성문 씨의 옛 사업체에서 근무하는 32세 된 아가씨 유소영 씨에게 방을 하나 세 내어 주었는데, 그 모친 홍성은 씨는 전라도 광주 출신의 화가로서 미국·일본·한국 등지에서 개인전을 18회 열었고, 한국과 미국을 오가며 활동하고 있다. 그녀의 큰딸이 재미교포 1.5세와 결혼하여 그들을 초대하여 미국 영주권을 취득할 수 있게 한 것이다. 누나가 금년 9월 17일부터 26일까지 9930 Capitol Dr. Wheeling의 Korean Cultural Center of Chicago KCC Art Gallery에서 열린 그녀의 작품이 실린 『사)아트워크 시카고 교류전』 도록을 보여주었다.

■■■ 22 (목) 맑음

오전 중 혼자서 미첨 그로브를 풀코스로 산책하였다. 아바시리 쪽으로 들어가 North Central DuPage Regional Trail을 따라서 걸어 사바나 트레일을 한 바퀴 돌아 나온 후 Bloomingdale-Roselle Road 위에 걸쳐진 다리를 건너 예전에 누나 집의 애완견인 맥시 및 아내와 더불어 자주 걸었고, 들어갈 때마다 거의 매번 사슴을 만났으며, 아내가 아마존이라고 이름 지어둔 깊은 숲속 길로 모처럼 들어가 보고자 하였는데, 도중에 Spring Brook 시냇물이 가로막고 또한 낙엽이 짙게 깔려 오솔길을 뒤덮어버렸으므로, 두 번이나 시도하다가 결국 포기하고 말았다. 돌아올 때는 Meacham Marsh와

Circle Marsh 옆을 경유하여 공원 입구의 주차장에 도착한 다음, 그곳 게시판의 박스 속에 들어 있는 팸플릿 및 책자들인 〈Meacham Grove〉 〈Linking Neighbors〉〈Directory & Map〉〈Visitors Guide〉〈Fishing Guide〉 등 Forest Preserve District of DuPage County에 관련된 책자들을 집어왔다. 예전에 안식년을 맞아 누나 집에 1년간 머무르고 있었을 때, 이런 책자들을 참조하여 낡은 일제 Camry 승용차를 몰고서 듀페이지 카운티 내의 모든 삼림보호구역들을 방문했고, 쿡 카운티의 경우도 거의 다 커버했던 것이었다.

돌아오니 창환이 가족과 명아 및 현숙이가 이미 와 있었고, 오후에는 동환이 가족도 돌아왔다. 그들과 어울려 있다가 우리 내외는 누나의 권유에 따라 셋이서 다시 한 번 미첨 그로브로 산책을 나가게 되었다. 로젤 로드 쪽 주차장에다 차를 세운 다음, 오전에 걸었던 것과는 반대 방향으로 사바나 트레일 옆을 지나쳐 블루밍데일-로젤 로드 위에 놓인 다리를 지나서 오전에 내가 아마존으로 들어가려 했던 지점에 이르렀다. 그 때 누나로부터 이하영 씨가 목을 매 자살한 지점에 대해 들었다. 내가 오전에 맨 처음 들어가려고 시도하다가 개울을 만났던 장소였다.

이 씨는 당시 부부싸움을 했었던 모양인데, 부인에게 미안하다는 말과 함께 오 교수와 더불어 산책하던 장소에서 자기를 찾으라는 내용의 유서를 남겨두었다. 그래서 당시 케리 씨 등이 경찰과 경찰견을 앞세우고서 이리로 들어와 곧 그를 발견했던 것이다. 그는 이북에서 내려온 실향민으로서 근면 성실하여 미국에서 상당한 재산을 모아 시카고의 부자들이 사는 배링턴에 커다란 저택을 소유하고 살다가 관리하기가 힘들어 집을 줄여서 누나 집 부근의 로젤로 이사와 살았던 것이었다. 그 자녀들은 모두 명문대학을 졸업하여 성공적인 삶을 살아가고 있다. 그러나 부인은 남편을 자신의 미모 등에 비해 부족한 사람으로 여겨 늘 무시하고 있었으며, 그의 사후에는 소리 소문 없이 다른 곳으로 이사해 버렸다고 한다.

우리가 산책에서 돌아오니 두리가 벌써 누나 집에 도착해 있었다. 두리의 승용차는 누나 것과 색깔까지 똑같은데, 두리가 한 해 먼저 구입한 것을 누나가 따라서 샀던 것이다. 그러나 차의 기종 번호는 다르다고 한다. 두리 남편 마이크는 한국 나이로 올해 81세인데, 여전히 건강하다고 한다. 최근에 손가락을 다쳐 혼자서 치료하려고 하다가 오히려 덧나 한쪽 손 전체가 부어오르다시피 하였는데, 그 때문에 두리의 권유로 며칠 전부터 입원하여 토요일까지 병원에 머물게 되었으므로 오늘 함께 오지 못한 것이다.

온 가족이 모여 추수감사절 만찬을 들었고, 이어서 두리가 마련해 온 내 생일 케이크와 레바논 사람이 경영하는 Libanais라는 식당 겸 빵집에서 함께 주문해 온 음식물 두 가지를 곁들여 내 생일 파티도 열었다. 한참 후에 동환이는 졸려 하는 신애를 데리고서 호텔로 돌아갔고, 두리도 돌아가고 창환이도 돌아간 후, 나는 누나 및 조카들과 함께 거실에 남아 있다가 취침 시간인 밤 9시경에 침실로 들었다. 미국의 추수감사절은 날자가 정해져 있는 것이 아니라 매년 11월 셋째 목요일로 정해져 있다는데, 밤 10시 무렵부터 여러 가지 물품을 대폭 할인 판매하는 이른바 블랙 프라이데이가 시작되므로, 동환이 처 엔지(Angie)와 현숙이·명아는 거기에 가보려고 한밤중까지 누나 집에 남아 있는 모양이었다.

▬▬▬ 23 (금) 맑으나 밤에 비

오전에 창환이 아이들인 규원·은애 및 동환이 아이인 규철이를 데리고서 창환이의 현대 SUV 렌트 차량에 동승하여 쿡 카운티의 샴버그에 있는 Busse Forest에 다녀왔다. 커다란 인공 호수를 끼고 있으며, 예전에 몇 번 산책한 적이 있는 광대한 숲이었다. 남쪽 입구 주차장에다 차를 세운 후, 북미대륙에 서식하는 대형 사슴인 엘크가 가두어져 있는 초원을 둘러보고서, 그 일대의 포장된 산책로를 걸으며 야생 흰꼬리사슴을 구경하고자 했지만, 아이들을 대동한 지라 숲속 오솔길로는 들어가지 못하고 조깅이나 산책을 하는 시민들이 지나다니는 다소 넓은 길을 2마일 정도 걸어 들어갔다가 되돌아 나왔기 때문에 사슴은 보지 못했다. 그 대신 큼직한 미국 다람쥐 몇 마리와 opossum 즉 주머니쥐를 보았을 따름이다.

창환이가 아이들을 대하는 것을 보면 실로 감탄할 수밖에 없고, 또한 애틋

한 마음을 금할 수 없다. 아이들도 그런 줄을 알기 때문에 그에게 스스럼없이 장난을 걸고 떨어진 낙엽을 끌어 모아 그에게 던지거나 눈뭉치를 던지면서 장난을 친다. 그는 딸인 은애가 태어난 직후부터 일종의 뇌종양으로 목숨이 위태로운 지경에 이르자 3년 간 자신의 일도 접고서 오로지 딸을 돌보는 일에만 몰두했다. 다행히도 지금 은애는 건강한 모습으로 보통 아이들처럼 즐겁게 뛰놀고 있다. 돌아오는 길에 샴버그의 우드필드 쇼핑몰 근처 상점에 들러 규원이와 은애를 위한 장난감 세트도 샀다.

산책 중에 그로부터 들은 바에 의하면, 그의 전처 엘리스는 부모 특히 나르시스트인 모친에 대한 애착이 각별하며 고집이 보통이 아닌데, 결혼한 이후 LA 근교 Corona에 아직까지 살고 있는 것은 모친이 큰 집에 살기를 원하기 때문이다. 누나는 그 집을 창환이가 돈을 잘 벌었을 때 사준 것으로 알고 있다. 두 사람의 관계가 파탄에 이른 것은 창환이가 그 부모와의 별거를 주장했던 점이 크게 작용했던 모양이다. 그 모친이 근자에 암에 걸리자 엘리스는 연봉이 50만 불 정도나 되는 전업의사의 직장도 버리고 파트타임으로 일하면서 모친을 돌보고 있는 모양이다. 창환이가 아무런 애착이 없는 코로나에 아직까지도 머물러 있는 것은 전적으로 아이들 곁을 떠날 수 없어서이다.

강성문 씨 내외가 내일 조지아 주의 애틀랜타로 여행을 떠나기에 앞서 우리 내외를 다시 정오의 점심 식사에 초대했으므로, 집으로 돌아와 누나의 승용차에 동승하여 샴버그의 1 South Roselle Road에 있는 피자 집 Lou Malnati's로 갔다. 아내가 피자를 먹고 싶어 했기 때문이다. 그 집 피자는 맛있기로 소문이 나서 손님이 많았다. 점심을 든 후 근처 쇼핑몰 구내의 맥도날드 집에 있는 McCafe로 가서 커피를 들며 좀 더 대화를 나누었다. 며칠 전에 들렀던 중부 시장 외에 그것과 비슷한 규모이거나 보다 큰 한국식품점이 두 곳이나 더 있다는 말을 들었으므로, 시카고에 한인 교포가 얼마나 살기에 그토록 큰 시장이 여러 개 들어설 수 있는지를 물어보았더니, 강 씨의 대답은 예전에는 15만 정도였으나 지금은 많이 빠져나가 10만 명 정도에 불과하다는 것이었다. 그러나 한인 외에 다른 동양인이나 서양 사람들도 한국식품을 많이 찾는 모양이다.

강 씨와 동갑인 한국나이 67세로서 같은 김대건 성당 교우인 조규승 씨에 대한 이야기도 좀 더 들었다. 강 씨는 신앙심이 두텁고 교회에 대한 애정이 커서 조 씨가 비숍이라고 부르는 터인 반면, 조 씨는 신앙심은 별로 없으나 사업으로 크게 성공하여 배링턴의 예전에 우리 내외가 초대 받아 가보았던 대저택 부근에 그보다도 더 큰 규모의 저택을 또 하나 장만했다고 한다. 파산한 대우그룹의 남은 재산을 인수받아 사업을 시작했었지만, 지금은 쇼핑몰을 비롯하여 여러 가지 다른 사업으로 손을 뻗치고 있는 모양이다. 이번에 시간이 부족하여 궁전 같은 그의 새 저택에 가보지 못하는 점이 좀 아쉽다.

　돌아오는 길에 월넛 에브뉴에서 좀 더 꼬부라져 들어간 곳에 있는 케리(Kerrie Menotti) 씨 댁으로도 가보았다. 미첨 그로브로부터 그다지 멀지 않은 곳으로서 Ranch라고 하는 단층 주택인데, 케리 씨는 부재중이었으나 예전에 내가 맥스를 데리고서 산책했던 기억이 남아 있는 동네였다. 케리 씨 남편은 이탈리아 계 미국인으로서 예전에 레이크 스트리트 옆의 Spring Creek Reservoir에서 케리 씨가 주선한 피크닉이 열렸을 때 휠체어를 타고 와 나와 같은 테이블에서 잠시 대화를 나눈 바 있었는데 그 후 오래지 않아 작고하였고, 하나 있던 딸 미셸도 결혼하여 미주리 주의 세인트루이스로 가 살고 있으므로, 현재는 이 집에 케리 씨 혼자 있다. 그녀는 매달 기차를 타고서 딸집을 방문하러 간다고 들었다.

　누나 동네의 그로서리인 Caputo's에도 들러 규원이를 위한 딸기 등의 식품을 사서 집으로 돌아왔다. 이탈리아인 Angelo Caputo가 개업한 슈퍼마켓이다. 누나 동네 부근에는 이탈리아인이 많다고 들었다.

　밤 6시에 엔지(Angie Stolpman) 씨 댁 저녁 초대가 있어 누나와 함께 셋이서 가보았다. 이 댁에는 13년 전 우리 내외가 시카고에 1년간 머물 때도 몇 번 초대를 받아 가본 적이 있었는데, 레이크 스트리트에서 아미트레일 로드 쪽으로 꺾어들어 좀 올라가다가 도나 레인으로 접어들어 20m쯤 나아간 곳에 위치해 있다. 엔지 씨 남편 짐은 나보다 몇 살 위인 독일계 미국인으로서 록히드 항공회사의 관제기술자로서 근무했는데, 1990년대에 이르기까지 한국의 수많은 공항 건설에 참여하여 전국을 두루 돌아다닌 바 있었다.

지금은 은퇴하였지만, 무인자동차를 만드는 테슬라(Tesla) 회사에 고용되어 다시 일하고 있다. 엔지 씨에 앞서 케리 씨가 우리 내외를 자택으로 초대했었지만, 시간이 없으므로 요리 세 가지를 장만하여 오늘 엔지 씨 댁으로 와서 합석했다. 엔지 씨 케리 씨가 장만한 서양음식들을 든 다음, 두리가 선물한 케이크로 디저트를 들었고, 우리 부부는 짐이 운전하는 테슬라 자동차에 올라 그 부근 일대를 한 바퀴 돌기도 했다.

그 자동차는 臺灣계 미국인인 큰 딸 사위가 선물하다시피 한 것인데, 그 딸 내외는 근자에 3년간 프랑스에 거주하다가 지금은 스위스의 바젤에서 근무하고 있다. 무인자동차라고 하지만, 전혀 아무것도 안하면 차는 운전자가 졸고 있는 것으로 간주하여 정지해 버린다고 한다. 그 차의 현재 시가는 한국 돈으로 환산하면 6천만 원대였다. 테슬라 자동차회사는 10년 정도 전에 캘리포니아에서 설립되었고, 미국에서는 주로 캘리포니아 사람들이 타고 있으며, 노르웨이에서는 전체 승용차의 40% 정도 비율을 차지하고 있다고 한다. 천정이 모두 유리로 되어 있어 밤하늘의 별을 바라볼 수 있는데 빛은 들어오나 열은 차단하고, 뒤쪽 트렁크가 넓고 앞쪽 보네트 안도 엔진 등의 기계장치가 별로 없으므로 거의 텅 비어 있으며, 전기로 운행하므로 연료비도 거의 들지 않는다.

집으로 돌아오니, 동환이 처 엔지와 명아·현숙이가 와 있었고, 얼마 후 동환이도 아이들을 데리고서 왔다. 창환이 가족까지 포함하여 그들은 명아가 취미인 스키 관계로 회원 가입해 있는 웨스턴 호텔에 머물고 있으며, 내일 각자의 자택으로 돌아간다. 그래서 오늘 밤 누나 집에서 작별인사를 하였다. 동환이 아들 규철이는 할머니와의 이별을 아쉬워하여 눈물을 보였다.

▰▰▰ 24 (토) 흐림

아침에 창환이가 아이들을 데리고서 누나 집으로 왔다. 조식을 들고 좀 머문 다음, 아이들에게 시카고 교외 지역에 있는 숲과 호수의 풍경이 아름다운 먼들라인 신학교를 보여주기 위해 작별하고서 떠났다. 내 짐은 이미 싸서 창환이가 누나 차 트렁크에다 옮겨두었기 때문에 컴퓨터 작업을 할 수도 없어,

창환이네 가족이 떠난 다음 누나로부터 얻은 버버리코트를 걸치고서 혼자서 근처로 산책에 나섰다. 누나네 자녀들이 다닌 Westfield 중학교와 DuJardin 초등학교, 그리고 Johnson Recreation Center를 지나 예전에 우리 내외가 골프 연습하러 자주 들렀던 Bloomingdale Country Club까지 나아갔다가 바람이 차서 주택가를 경유하여 일찌감치 돌아와 누나 집 지하실 소파에 걸터앉아서 대형 화면의 TV를 시청하였다. 그러던 중에 어제 작별하고서 떠났던 동환이 가족이 명아의 차에 동승하여 다시 누나 집으로 와서 우리가 떠나기 직전까지 함께 있다가 먼저 출발하였다.

누나의 차에 타고서 고속도로를 경유하여 9850 N. Milwaukee Ave, Glenview에 있는 샤부야(Shabuya)라고 하는 한국음식점에서 두리를 만나 함께 점심을 들었다. 샤브샤브 전문 식당인 모양이지만, 나와 두리는 우거지국, 누나는 돌솥밥, 아내는 월남국수를 들었다. 거기서 누나와 작별한 다음, 우리 내외는 짐을 두리의 승용차에다 옮겨 싣고서 두리네 집을 향해 출발하였다. 그 일대 밀워키 에브뉴에 중부 마켓 등 한국의 대형 식료품점들이 몰려 있다고 하므로, 소문으로만 듣고 아직 가보지 못한 아씨 마켓, H-Mart도 둘러보았다. 그 중 가장 큰 H-Mart는 밀워키 부근 Niles에 있는데, 한국의 Hi-Mart를 줄인 말이며, 회옥이가 미국에 유학하고 있을 때 이미 생겨 있었다고 한다. 회옥이 말에 의하면, 전두환 전 대통령의 아들 중 한 명이 그 주인이라는 소문이 있다는 것이다. 아씨 마켓의 바깥 간판에는 international food라고 적혀 있었고, H-마트 안으로 들어가 대충 한 바퀴 둘러보았더니 한국 식품이 주지만 역시 외국 물건도 적지 않았다.

두리는 고속도로를 싫어하여 로컬 로드로 주로 다니므로, 내가 예전에 누나 집으로부터 두리 집이나 로욜라대학교로 왕래할 때 자주 다니던 옛길들을 경유하여 에번스턴 근처의 시카고 시 북쪽 끄트머리 Birchwood에 있는 두리 집으로 향했다. 지하1층 지상3층의 붉은 벽돌 건물인 두리네 집은 마이크가 30대 초반 무렵부터 살아온 곳인데, 바깥모습이나 내부가 예전에 비해 하나도 달라지지 않았다는 느낌이었다. 마이크는 독일제 소형 가위로 수염을 자르다가 실수로 손가락을 베었는데, 그것이 곪아서 최근 5일 동안이나 병원에 입원해 있다가 오늘 어두워져 갈 무렵에야 퇴원하여 두리와 함께 집으로 돌아왔다. 그는 체중이 비대하여 배가 나오고 나보다 열한 살이나 손위지만, 여전히 건강한 편이다. 예전에 비해 체중은 다소 줄었으나, 농담과 남에게 선물하기를 즐겨하는 습관은 여전하다. 나는 만나자 말자 그로부터 Nick Yapp의 마릴린 먼로 전기적 사진첩인 『Marilyn』(New York: Fall River Press, 2009)과 털목도리, 털모자, 가죽장갑을 얻었다.

함께 6649 N. Lincoln Ave, Lincolnwood에 있는 원조라고 하는 피자집 Lou Malnati's로 가서 석식을 들었다. 그 집과 옆에 같이 붙어 있는 맥주집은 손님으로 매우 북적거려 빈자리가 날 때까지 복도에서 기다리는 사람들로 복잡하였다. 마이크는 거기서 어제 우리가 강 씨 내외와 함께 들었던 두터운 피자 외에 소시지·토마토가 든 피자 등을 세 개나 시켰고, 나는 콜라를 곁들였다. 먹고 남은 피자는 두리의 대모라고 하는 세탁소 하던 아주머니 집으로 찾아가 한두 박스 전달한 다음, 남는 것은 집으로 가져가 조식으로 들 모양이다.

다시 두리 집 근처까지 돌아온 후, 마이크는 깁스를 한 한쪽 손은 쓰지 않고 남은 한 손만으로 2년 전에 새로 산 SUV Volvo 차를 운전하여 우리를 시카고 중심가로 데려갔다. 크리스마스 장식을 한 다운타운의 모습을 보여주기 위함인데, 전깃불 조명장식은 아직 충분히 갖추어졌다고 할 정도는 아니었다. 피카소의 1964-67년도 작품인 대형 철제조각 'Richard J. Daley Center Monument'가 서 있는 광장에는 독일을 비롯한 세계 각국의 크리스마스 물품들을 판매하는 임시로 세워진 간이상점이 즐비하고 젊은이들로 북적이고 있었다. 그 근처에 프랑스 조각가 Jean Dubuffet의 1969년도 대형 작품 'The Forest'도 서 있다. 다운타운의 명소인 밀레니엄 파크 일대를 경유하여 밤 10시 무렵에 집으로 돌아왔다. 우리 내외는 이번에도 과거에 늘 머물던 3층 전체의 방들을 사용하게 되었다.

▬▬ 25 (일) 흐리고 때때로 비

두리 집에서 와플에다 꿀을 발라 조식을 들었다. 오전 중 1층 거실에서 마이크와 함께 쿠르트 마주르(Kurt Masur)가 지휘하는 뉴욕 필하모닉 오케스트라의 링컨센터 공연으로 베토벤의 교향곡 제2번과 알프레드 브렌들(Alfred Brendel)과의 협연에 의한 베토벤의 피아노 협주곡 제5번 '황제'를 감상하였다. 노드 캐럴라이나 대학 측이 녹화한 것이라고 하는데, 그는 거실의 다른 스피커들과 연결하여 스테레오 효과를 최대로 높이고자 하였지만, 리모컨으로 한참 동안 시도하더니 결국 포기하고 말았다. 예전에는 그렇게 연결하여 나와 함께 음악을 듣곤 했던 것이지만, 나이 탓인가 보다. 그는 엄청난 양의 클래식 레코드를 수집해 있고, 나더러 자기는 CD로 음악을 듣지 않는다고 말하고 있었으나, 이번에 와보니 거실 안에 CD가 가득 찼고, 승용차의 트렁크에도 CD가 든 박스를 비치해두고 있었다. 그는 차를 운전할 때 늘 클래식 음악을 틀어두므로 나도 그를 흉내 내어 이후 한국에서 차의 시동만 걸면 자동적으로 클래식 음악이 울려나오도록 해두고 있는 것이다. 그가 내게 이 음악을 함께 듣자고 한 것은 음악 자체보다도 쿠르트 마주르나 알프레드 브렌들이 연주에 몰입해 있는 모습과 제일 앞줄에 앉은 청중이 음악에 심취해 있는 모습을 보여주기 위함이었다. 그러한 몰입이 인생의 참된 가치라고 말하고 있었다.

거실 벽 한쪽에는 인디언이나 마야 인의 작품인 듯한 갈색의 거칠고 굵은 실로 엮은 작품이 예전부터 걸려 있으므로 그것의 출처에 대해 물었더니, 그가 30대 시절에 사귀던 20대 여성의 작품이라고 했다. 그녀는 블론드 머리와 푸른 눈을 가졌고, 그림·조각·피아노 등에 탁월한 재능을 지니고 있었으며, 당시 대학에서 수학을 가르치던 마이크도 미술가를 지향하고 있었으므로, 둘은 결혼하여 함께 이탈리아에 유학할 계획이었다. 그러나 당뇨를 앓고 있던 마이크의 어머니가 그 병 때문에 장님이 되어 10년 정도를 지내다가 별세하셨는데, 그런 관계로 그 여성은 마이크와의 결혼을 힘들어하여 떠나버렸다는 것이었다. 그의 젊은 시절 사진을 보면 지금의 비만한 모습과는 전혀 다른 핸섬한 남자였다. 그나 작은누나의 장녀인 명아의 비만은 모두 미국의 음식문화가 그렇게 만든 것으로서, 이 나라에는 비만 인구가 엄청나게 많은 것이다.

콘서트 시청을 마친 후 그의 볼보 차에 네 명이 타고서 다운타운의 Art Institute Chicago로 향했다. 가는 도중 동남아시아 물품을 파는 상점들이 즐비한 W. Argyle 거리(고가다리에 'Asia on Argyle'이라는 문구가 보인다)에서 超群茶餐廳이라는 베트남 사람이 경영하는 빵집에 들러 점심 대신으로 먹을 빵들을 좀 사고, 그 부근 N. Sheridan Rd.에 있는 아버지가 사시던 양로원 Castleman Apartment 앞도 지나쳤다. 이 아파트는 약 20층 정도 되는 갈색 빌딩으로서 링컨 파크에 인접해 있다.

마이크는 우리를 아트 인스티튜트의 Modern Wing 입구에다 내려주고는 집으로 돌아갔다. 모던 윙은 내가 귀국한 이후에 새로 생긴 것인데, 과거에 증권거래소가 위치했던 장소인지 그 옆에 'Chicago Stock Exchange Building'이라는 글자가 있는 출입문인 듯한 석조 아치가 남아 있다. 두리를 따라 먼저 Jackson Pollock의 그림 등이 걸려 있는 방으로 들어가서 미국 여류화가 Joan Mitchell(1925-1992)의 1955년도 유화작품 'City Landscape'를 보았다. 대형 추상화인데, 마이크가 신문에선가 이 그림에 관한 글을 읽고 와 보고서는 '이걸로 충분하다'고 말하고서 그냥 돌아갔다는 그림이다.

두리는 과거에 미국의 3대 미술관 중 하나인 아트 인스티튜트의 회원권을 두 개나 가지고 있어 나는 그 중 하나를 빌려 자주 들렀던 것이지만, 지금도 멤버십 카드를 소지하고 있다. 오늘은 Resenstein Hall 특별전시실에서 11월 4일부터 정월 28일까지에 걸쳐 미국 내 처음으로 전시되는 Roser 및 Pamela Weston 부부의 지난 20년 이상에 걸친 개인수집품인 일본 浮世繪를 보러 온 것이다. 두꺼운 圖錄 한 권으로 엮어진 여러 방에 전시된 수많은 작품들을 둘러본 후, 지하 카페에 들러 마련해온 빵과 과일들로 점심을 들고, 두리의 회원권으로 Member Lounge에서 무료로 제공되는 커피 등도 마신 다음, 오후 2시 20분까지 각자 자유 시간을 가지기로 했다. 나는 그동안 浮世繪의 춘화들을 다시 한 번 둘러본 후, 주로 특별전시실에서 Modern American Art, 1900-1950 및 Hairy Who? 1966-1969 등 현대미국의 미술 작품들을 둘러보았고, 그리스 도자기나 로마의 조각들도 좀 구경하였다.

모던 윙 입구 근처의 의자에서 아내와 두리를 다시 만난 후, 아트 인스티튜트 앞의 밀레니엄 파크를 산책하였다. 다운타운의 이 유명한 공원도 내가 돌아간 이후로 꽤 많이 달라져서 아트 인스티튜트의 모던 윙 4층으로부터 야외 음악당인 Jay Pritzker Pavilion과 Harry Theater부근까지 직선으로 된 긴 다리가 이어져 있고, 음악당 앞의 잔디밭 가로부터 미시건 호수 근처까지도 BP Bridge라는 꼬불꼬불한 다리가 이어져 있었다. 이 공원의 거대한 명물 조각인 Cloud Gate에도 다시 한 번 들러보았는데, 그 옆 아래쪽에는 겨울철을 맞아 스케이트장이 마련되고 있었다.

3시에 모던 윙 옆에서 마이크를 다시 만난 다음, 미시건 스트리트를 따라 미시건 호수 가를 달려 4829 N. Broadway Ave.에 있는 銀晶海鮮酒家 (Silver Seafood Restaurant)에 들러 저녁을 들었다. 그곳은 廣東요리 전문의 중국집인데, 손님 중에 베트남 사람이 많아 식단에는 한자·영어와 더불어 베트남어가 적혀 있었다. 거기서 마이크는 삶은 게 요리 등 음식을 너무 많이 주문하여 대부분 남겨서 싸가지고 돌아왔다. 마이크와 두리는 예전에 자주 다니던 시카고 남부의 광동요리 전문 중국집 대신 이곳을 주로 이용한 지 10년 정도 되므로 종업원들과도 서로 잘 알았는데, 종업원을 상대로 계속 실없는 농담을 하고 회옥이 결혼 문제와 관련하여서도 자기 친구에게 중매를 하겠다면서 농담을 하므로 내가 불쾌한 표정을 지었다.

마이크는 'God Bless America!'라는 말을 자주 한다. 하느님이 미국을 축복하셨다는 의미이겠는데, 미국에는 없는 것이 없다는 말도 된다. 아닌 게 아니라 우리는 마이크네 집으로 돌아가는 도중 불이 켜진 인도인·중동인 등 외국인 거리를 계속 지나쳤고, 두리가 내 생일 케이크를 샀던 3300 W. Devon Ave, Lincolnwood의 레바논 식당 겸 빵집 Libanais에도 다시 들렀다. 이 일대에서는 세계의 거의 모든 음식물과 물건들을 살 수 있는 것이다.

집으로 돌아오니 이미 깜깜한 밤중이었지만, 아직 시간은 오후 5시 반 정도 밖에 되지 않았다. 마이크는 거실에서 내게 무슨 그림과 그 설명문을 보여주겠다면서 東京국립미술관의 도록을 계속 뒤적였지만, 결국 해당 내용을 찾지 못하였다. 그는 나이 탓인지 이즈음 자기가 늘 앉는 거실의 안락의자 옆에 나무 지팡이를 놓아두고 있다. 아내가 두리로부터 들은 바에 의하면, 자기가 죽고 난 후 모든 재산은 두리에게 주고, 두리가 죽게 되면 그것을 근처의 고아원에 기부하기로 변호사에게 함께 가서 유언장을 작성했다는 것이다. 이미 67세인 두리는 자신이 죽게 되면 한 줌의 재로 돌아가기를 원하며, 무덤 등 흔적을 남기지 않기를 바란다고 한다. 20년 쯤 근무하던 우체국 공무원으로서의 직장을 그만 둔 이후로 마이크가 세금이 많이 부과되니 연금은 받지 말라고 하면서 월 $1,000 정도의 돈을 주는 모양이다. 26 (월) 간밤에 많은 눈

오전 9시 무렵 두리 집을 출발하여 마이크가 운전하는 볼보 차에 타고서 4명이 함께 오헤어공항으로 향했다. 간밤에 내리던 비가 눈으로 변해 길가에 눈 더미가 쌓여 있고, 도시 전체가 흰 눈으로 덮여 있었다. 그러나 도로에는 소금을 뿌려 제설작업이 이미 끝나 있으므로, 천천히 운행하기만 하면 차량 통행에 지장은 없다. 마이크의 말에 의하면 시카고에는 한 해에 큰 눈이 10번쯤 내리는데, 이번이 그 중 첫 번째라고 한다.

공항으로 가는 도중 마이크의 부모에 대해 질문하여 설명을 좀 들었다. 마이크의 외할아버지는 터키의 어느 도시 시장을 지냈고 꽤 부유하였는데, 터키에서 아르메니아인에 대한 대학살이 있었을 때 형제와 함께 살해당했고, 아직 어렸던 그의 어머니는 다른 누이와 함께 프랑스로 피난하여 가톨릭계 고아원에서 자랐다는 것이었다. 사진 상으로 본 그의 어머니는 체구가 꽤 왜소한 사람이었다. 그의 할아버지는 스페인 사람이지만, 프랑코로 인한 내전 때 가족을 대동하여 푸에르토리코로 망명했다. 그에게는 두 명의 형이 있었지만, 한 명은 알코올 중독자이고, 다른 한 명은 도박 중독자였는데, 모두 작고하였다. 그의 두 형과 아버지는 비밀이 많고 정직하지 못한 사람이었고, 어머니는 정직했다고 한다. 두리도 정직한 점이 좋으며, 그녀에게 돈을 남겨 줄 것이라고 했다.

제5 터미널에 도착하여 차에 남아 있는 마이크와 작별하였고, 대한항공 카운트 부근에서 배웅 나온 경자누나를 만났다. 누나는 이미 반시간 쯤 전

에 도착해 있었다. 우리는 델타항공 DL7862편을 타는 것으로 되어 있지만, 실제로는 대한항공 KE038편을 타게 되는 것이다. 나는 51C, 아내는 51B석을 배정받았다. 체크인 절차를 마치고서, 출국장에서 누나·두리와 작별하였다.

우리는 M4 게이트로 이동하여 11시부터 시작되는 탑승을 기다렸으나 꽤 지연되어 실제로는 11시 30분부터 탑승이 시작되었다. 여행사로부터 받은 승객 여정표나 전자항공권 발행 확인서에 의하면 우리가 탄 비행기는 26일 11시 30분에 출발하여 14시간을 비행한 끝에 27일 16시 30분에 서울 인천국제공항 제2 터미널에 도착하는 것으로 되어 있다. 비행기 안에는 빈 좌석이 많았다. 내가 한국에서 준비해 온 달러는 거의 사용하지 않은 채 그대로 가지고 돌아간다.

■■■ 27 (화) 짙은 미세먼지

26일 12시 52분에 시카고의 오헤어공항을 이륙했다. 한국과의 시차는 15시간이다. 비행기는 북극권을 거쳐 27일 17시 32분에 인천공항 제2터미널에 도착했다. 기내에서 26일자 조선일보를 읽고, 「이탈리아의 지하도시」, 「미국의 위대한 자연유산-요세미티」와 KBS 뉴스9를 시청하였다.

도착하니 이미 밤이었다. 짐을 찾고 나서니 18시 30분에 출발하는 진주·통영·거제 행 공항버스는 이미 매진되었는지 타지 못하고, 부득이 20시에 출발하는 경원고속의 표를 샀다. 제1터미널에서 경상대학교 전 총장 권순기 씨가 탔다. 6일간 우크라이나를 다녀온다고 했다. 우크라이나 대사가 함양 출신으로서 진주고등학교 동기라고 했다. 경상대 스마트팜 관계 인사를 한 명 대동해 가 대사의 도움을 얻어 무슨 계약을 체결한 모양이었다. 러시아 해군이 현지시각 25일 아조프 해의 케르치해협에서 우크라이나 군함 3척을 포격하고 나포한 것에 대한 대응으로서 계엄령이 선포되었다고 한다. 비행기에서 받은 물을 한 통 드렸더니, 답례로 우크라이나에서 산 초콜릿 한 통을 주었다.

8시 고속버스를 기다리면서, 그리고 버스 안에서 시카고 여행기를 두 차례 퇴고했다. A4용지 13쪽, 원고지 117.9장의 분량이 되었다.

자정에 개양에 도착했다. 회옥이가 승용차를 몰고 나오기로 했으나 우리가 좀 일찍 도착했으므로 택시를 타고서 귀가하였다. 여행 짐을 정리하고 그동안 밀린 신문들을 대충 훑어본 후, 샤워를 마치고서 다음날 오전 2시 17분에 취침했다. 이번 여행에서 누나나 두리는 내 외모가 나이 들어 갈수록 아버지를 영락없이 닮아간다고 말하고 있었다.

2019년

2019년

싱가포르·바탐·조호르바루

■■■ 2019년 3월 6일 (수) 오전 중 부슬비 내린 후 오후 내내 지독한 미세먼지

오늘자 「경남일보」를 보니 삼일·상대산악회가 5월 10일부터 14일까지 중국 황산을 간다는 광고가 있었다. 30명 모집인데 현재 예약은 22명이고 8명만 받는다는 것이었다. 목적지는 상해·항주·삼청산·황산으로 되어 있다. 우리 내외는 10월에 있을 산사랑토요산악회의 황산·삼청산 산행을 이미 예약해 두었지만, 그것과 코스는 대략 같은데 일정이 하루 더 많고 참가비는 100만 원으로서 오히려 7만 원이 적으므로, 이것으로 교체하기로 하였다. 이 산악회의 간부들이 우리 내외와 잘 아는 사이인 점도 고려되었다. 오전 9시 무렵 여행의 실무를 맡은 세계여행사 측으로부터 연락이 와 여권 사진과 예약금 1인당 30만 원씩의 입금을 요청했으므로, 前者는 휴대폰 문자메시지로 보내고 60만 원을 송금하였다. 연락해 온 이 여행사의 대표는 우리와 같은 아파트에 사는 모양이다.

정병표 목사로부터 오전 7시 46분에 어제 내가 보낸 성지순례여행기를 읽어본 후 답신이 왔는데, 그 자신이 쓴 「순례자의 이름으로」라는 제목의 성지순례기행문이 첨부되어 있었다. 나보다 10년 전인 2003년 1월 13일부터 23일까지 이스라엘·이집트·로마·런던을 둘러보았는데, A4용지 52쪽, 원고지 354.6장에 이르는 장편이었다. 내가 싱가포르 여행을 다녀온 후 한 번 만나자고 했다.

개양으로 가서 오전 11시 15분 코리아와이드대성의 인천공항 행 고속버스를 탔다. 아내가 일찍 표를 사두어서 앞쪽의 4·5번 좌석을 배정받았다. 집과 승차장에 이어 버스 안에서도 계속 정 목사의 여행기를 읽어 마침내 독파하였다. 아내가 읽어보고 싶어 하므로 정 목사의 메일을 아내와 회옥이에게도 전달하였다. 2004년 3월 10일까지 50회에 걸쳐 예수교장로회의 노회 게시판에 연재한 글이었다.

도중 신탄진휴게소에 20분간 정거했을 때 아내가 사 온 핫도그와 밀감으로 대충 점심을 때웠다. 경부고속도로상의 서평택에서 40번 고속도로로 접어든 후, 예정된 15시 15분보다 좀 늦은 34분에 인천공항 제1터미널에 도착하였다. 인천대교를 지날 때 바다 풍경이 거의 보이지 않았으니, 이처럼 심한 미세먼지는 일찍이 경험한 바 없었다.

공항 3층의 경인문고에서 31,000원 주고서 Just Go 시리즈의 싱가포르 및 말레이시아 여행 가이드북을 각 한 권씩 샀다. 여러 종류가 있었으나 고르기 어려워서 이미 알고 있는 시리즈의 것을 하나씩 집은 것이었다. 책을 사고 있는 동안 아내가 N카운트 맞은편의 노랑풍선 데스크로 가서 배부해 주는 서류와 스티커 등을 받아왔고, 함께 F카운트의 Jin Air로 가서 기계를 통해 발권한 다음, 트렁크 두 개를 탁송하였다. SKT의 국제로밍 데스크로 가서 데이터로밍 무조건 차단 부가서비스를 해지하고서 사흘간 하루에 5,500원씩의 가격으로 WiFi 없이도 무료 통화 및 인터넷을 사용할 수 있는 T 로밍 상품에 가입하였다. 이러한 서비스를 이용해 보기는 이번이 처음이다. 출국 수속을 마친 후 셔틀 트레인을 타고서 이동하여 128번 게이트에 도착하니 오후 4시 40분이었다.

게이트 부근의 하이면 탑승점에 가서 메콤카라이면과 모듬어묵우동+미니카레덮밥으로 간단한 식사(19,500원)를 하고, 같은 점포 안의 빗은 탑승점에서 카페라테(3,500원) 한 잔과 깨강정 같은 과자를 사서 들었다.

게이트 앞 의자에서 여행사로부터 배부 받은 유인물과 오늘 산 가이드북의 내용을 대충 검토해 본 다음, 19시 30분부터 탑승을 시작하였다. 별로 크지 않은 비행기였는데, 우리 내외의 좌석은 35E·F였다.

우리는 LJ095편을 타고서 6일 19시 55분에 인천공항을 출발하여 7일 01시 25분 말레이시아 제2의 도시 조호르바루에 도착할 예정이다. 말레이시아와 싱가포르의 시간은 한국보다 1시간이 늦으니 한국시간으로는 02시 25분인 셈이다. 진에어도 저가항공사이지만, 지난달에 탔던 제주항공과는 달리 기내에서 간단한 식사가 제공되었다. 승무원 대부분이 젊은 남자이고, 블루진 바지를 입고 있는 점이 특이하였다. 그러나 좌석 사이의 간격이 좁은지 내가 의자를 뒤로 젖히니 뒷좌석에서 앞의 탁자에 엎드려 있던 남자가 불만을 표시하므로 도로 세울 수밖에 없었다. 밤새 계속 똑바른 자세로 앉아 있어야 하는 것이 마치 벌 서는 듯하였다. 승무원에게 물어보니 젖혀도 된다고 하므로 나중에는 그렇게 하고서 잠을 청해 보았다.

■■■ 7 (목) 맑음

조호르바루의 세나이 국제공항에 도착하여 말레이시아 가이드 테레사 씨의 영접을 받았다. 그녀는 중년의 현지인인데, 한국어가 꽤 유창하였으나 더러 발음이 좀 이상하였다. 대형버스를 타고서 30분 정도 이동하여 No.18 Jalan Hariman, Taman Century, 80250 Johor Bahru에 있는 Grand Paragon Hotel에 도착하였다. 호텔로 가는 도중 우리 버스의 기사가 앞서 가는 승용차의 뒤에 바짝 따라붙어 꽤 위협적인 운전을 하는 것을 여러 번 보았다. 때로는 길을 비키라고 경적을 울리기도 하였다. 26층 호텔인데, 우리 내외는 16층의 1622호실을 배정받았다.

우리 일행은 18명이며, 연합행사라고 하니 다른 여행사가 모집한 손님도 포함되어 있는 모양이다. 10명 팀 4명 팀이 각각 하나씩에다 2명 팀이 둘인데, 나중에 알고 보니 6명은 내일 인도네시아 바탐에서의 미니 발리 옵션 비용을 이미 지불했다고 하므로, 아마도 4명 팀 하나와 2명 팀 하나가 다른 여행사로부터 합류한 사람들이 아닌가 싶다. 남자는 10명 팀에 넷과 나를 포함하여 모두 5명이고 나머지 13명이 여자인데, 10명 팀은 4명의 여자에다 남자 2명이 친남매이고 나머지 여자 두 명 남자 두 명은 그들의 배우자인 듯하다. 여자 네 명 팀도 중년이고, 여자 두 명 팀은 그보다 훨씬 젊어 보였다.

나만 혼자 샤워를 하고서 오전 3시 반쯤에 취침하였다. 6시 모닝콜로 깨어나 6시 반부터 프런트가 있는 G층 즉 한국식으로 말하자면 1층에서 식사를 한 후, 7시 30분에 출발했다. 싱가포르 가이드인 송은주 씨가 새벽에 국경을 넘어 호텔로 와서 우리와 합류했다. 그녀는 자신을 송 부장으로 불러달라고 했다. 현재 한국나이 53세로서, 일본 회사로부터 발령을 받아 1993년도에 처음 싱가포르로 왔다고 하며, 이미 26년째 싱가포르에 거주하고 있다.

식후에 차를 타고서 약 30분 정도 조호르바루 시내를 둘러보았다. 이 도시는 조호르 주의 주도로서 말레이 반도의 가장 남쪽에 위치해 있어, 섬나라인 싱가포르와는 조호르 해협을 사이에 두고서 서로 접해 있다. 말레이시아에는 13개의 주가 있다고 한다. 다민족 국가로서 인구의 66%를 차지하는 말레이인은 무조건 무슬림이고, 일부다처제에 따라 4명까지 아내를 둘 수 있다. 그 외에 중국계가 26%, 인도계가 8%를 차지하고 있다. 무슬림은 또한 죽으면 매장을 하며, 관을 만들지는 않는다고 한다.

이 도시는 1855년 술탄 아부바카르가 건설하였는데, 이 왕가는 지금도 말레이시아 국내에서 가장 부유한 술탄으로 알려져 있다. 우리는 술탄 아부바카르의 유지에 따라 1892년에 착공하여 1900년에 완공된 아부바카르 모스크(Masjid Sultan Abu Bakar)에도 들렀다. 교회와 비슷한 구조의 빅토리아 양식으로 지어졌으며, 세계적으로도 그 예를 찾아보기 어려울 정도로 아름다운 모스크라고 한다. 이전에는 황금색이었지만, 조호르 왕의 취향에 따라 지금은 흰색과 푸른색으로 도색되어 있다. 2,500명 정도를 수용할 수 있는 거대한 예배당이 있으며, 조호르 해협에 면한 높은 언덕 위에 서 있는데,

지금은 내부 수리 중이라 근처의 다른 건물에서 예배를 보는 모양이다. 우리는 바깥에서 바라보기만 했다.

말레이시아 출국 수속을 마친 다음, 코즈웨이(Cause Way)라고 부르는 약 1,300m 길이의 해협에 놓인 넓은 도로를 건너 싱가포르로 들어가 다시금 입국수속을 밟았다. 출국수속을 마친 다음 테레사와는 작별하고서, 송 부장이 우리를 인솔하였다. 코즈웨이는 차도와 오토바이 전용도로, 그리고 세 개의 커다란 관으로 이루어진 水道로써 구성되어져 있다. 아침 출근 시간이라 그런지 차도의 정체가 심했다. 말레이시아의 국민소득은 $4,500, 싱가포르는 $65,000인데, 그처럼 소득 차이가 크므로 임금 수준도 크게 달라 매일 싱가포르로 출퇴근하는 말레이시아 사람들이 이토록 많은 것이다. 그들은 싱가포르의 공원·식당 등에서 여러 가지 허드렛일을 하는 모양이다. 그리고 싱가포르에는 지하수가 전혀 나지 않고 대부분의 물을 말레이시아로부터 수입하는데, 세 개의 수도관 중 두 개는 그 수입하는 물이 통과하는 것이요, 다른 하나는 싱가포르에서 정제한 물을 오히려 말레이시아 쪽으로 되파는 것이라고 한다. 싱가포르는 음식물도 모두 수입하고 있다.

싱가포르에는 연간 4,000만 명 정도의 관광객이 방문하는데, 입국 때 술과 담배와 껌은 소지가 금지되어 있으므로, 아내는 가져간 껌 두 봉지를 가이드에게 주었다. 그녀에 의하면, 이처럼 방문객이 많으므로 싱가포르의 창이(樟宜)국제공항을 이용하려면 몇 년 전부터 예약해야 하는데, 우리는 그렇게 하지 못했기 때문에 말레이시아에서 1박할 수밖에 없었다는 것이다. 그러나 이러한 가이드의 말이 사실이라고 볼 수 없음은, 노랑풍선에서 싱가포르에만 체재하는 상품도 동시에 팔고 있었는데, 내가 비교해보니 포함된 관광지는 거의 같고 나머지는 전일 자유일정으로 해두고 있을 따름이었으므로, 차라리 이웃한 두 나라를 포함하는 이번 상품을 선택했던 것이다. 이 상품의 이름은 '싱가폴/조호르바루/바탐 5일+미니발리'이다.

싱가포르로 들어가는 도중에 송 부장은 싱가포르 옵션으로서 디스커버리 B 상품을 강하게 추천하여 마침내 그렇게 결정되었다. 디스커버리는 A, B, C, D의 네 개 코스가 있는 모양인데, B코스는 그 중 가장 비싼 1인당 $160로서, 지난번에 김정은이 북미정상회담을 위해 싱가포르를 방문했을 때 선택했었던 것이라고 선전했다. 네 가지 정도가 포함되어 있는 모양인데, 그 중 2층 버스를 타고서 시내 투어 하는 것만 오늘이고, 나머지 세 개는 모레 인도네시아의 바탐 섬으로부터 돌아와서 진행할 모양이다. 불포함 사항으로 되어 있는 가이드 경비 $40을 포함하면 모두 $200이며, 팀 별로 즉시 거두었다. 가이드 경비라고 하는 것도 실제로는 가이드가 차지하는 팁이 아니라 가이드가 거두어서 회사에 바치는 것이라고 했다. 앞으로 방문할 쇼핑 코스도 한국의 여행사 측이 정해주는 대로 가는 것이라고 한다.

옵션 비용을 거두는 과정에서 가이드가 열 명 팀의 남자 대표와 다투었다. 그들 중 가장 연장자인 여자 한 명은 다리가 매우 불편하여 보행이 자유롭지 못하므로 무리할 수 없다면서 과반수인 자기네는 B코스가 아닌 $120 짜리 A코스를 선택하겠다고 했는데, 가이드가 그렇게 해서는 진행할 수 없다면서 승낙하지 않으므로 문제가 생긴 것이었다. 이 가이드는 인상이나 태도가 꽤 사무적이고, 고집도 상당히 세서 손님의 비위를 맞추는 타입이 아닌지라, 그 팀의 좌장이 불친절하다고 음성을 높인 것이었다.

싱가포르는 싱가포르 섬과 그 주변 63개의 작은 섬들로 이루어져 있는데, 면적은 여행사가 배부한 유인물에 의하면 682.7㎢, 어제 산 가이드북에 의하면 697㎢로서 서울시의 약 1.18배 정도이다. 인구는 유인물에는 304만 명, 가이드북에는 2015년 7월 기준으로 약 556만7,301명으로 되어 있다. 원주민인 말레이 민족과 중국, 인도, 인도네시아, 파키스탄, 중동 등에서 온 이민자들에 의해 형성된 다민족국가이다. 정식 명칭은 싱가포르 공화국이다. 13세기에 수마트라를 중심으로 발전한 스리비자야 왕국의 왕자가 현재의 싱가포르 땅에 표류했을 때 사자를 목격하고서, 산스크리트어로 '사자의 도시'라는 뜻인 싱가푸라라고 명명한 데서 이 이름이 비롯되었다고 한다. 130년간 영국의 식민통치를 받았으며, 각 민족에 따른 여러 가지 언어가 있지만 영어를 공용어로 사용하고 있다.

영국에서 실시하는 세계대학평가에서는 과거 영국의 식민지였던 싱가포르와 홍콩의 대학들이 한·중·일 삼국의 명문대학들을 모두 제치고서 매년 아시아 최고 등급을 차지하는데, 내 생각으로는 영국이 케임브리지·옥스퍼드를 내세우는 것과 마찬가지로 자기나라와의 관계에 따른 주관이 많이 들어가 있는 듯하다. 둘 다 영어를 공용어로 삼으므로, 교수진이나 학생에서 세계화의 정도가 높은 점도 크게 반영되었을 것이다.

이 나라는 1년 내내 여름 하나의 계절 뿐으로서, 4월 말에서 9월까지가 가장 덥고, 3월까지가 우기인데, 지금은 1년 중 가장 덥지 않은 쾌적한 시기라고 한다. 도시 안의 건물들은 같은 형식의 것은 건축허가가 나지 않으므로 모두 서로 다르며, 정부의 주택정책으로 말미암아 1세대에 3억 원 정도면 99년간 아파트를 임대받을 수 있으므로 주택 문제가 해결되어져 있다. 주택의 크기는 부모와의 동거 여부 및 자녀수에 따라 결정된다고 한다.

이 나라는 다섯 가지를 크게 내세우는데, 첫째는 Green City로서 도시 전체가 수목이 풍부한 사실상의 공원인 셈이요, 둘째가 Clean City로서 공무원의 청렴도가 세계 최고 수준이며, 셋째가 Fine City로서 공공질서 위반에 대한 벌금이 심한 점이고, 넷째가 Lion City로서 이 나라의 상징인 멀라이언(Merlion) 즉 사자 상이며, 다섯째가 Duty Free City로서 관세가 부과되지 않아 세계 각국의 명품들을 싼 가격으로 구입할 수 있는 점이다. 싱가포르의 오늘을 이룬 주된 수입원은 국제중개무역인 것이다. 예전 식민지 시절에 말레이시아의 믈라카(말라카)나 페낭이 차지하고 있었던 동남아 해상무역 중심도시로서의 성격을 오늘날에는 싱가포르가 차지하고 있는 셈이다.

우리는 오전 중 싱가포르 섬의 서부 지역에 있는 주롱 새 공원(Jurong Birdpark)을 먼저 방문하였다. 주롱이라는 이름은 그 근처에 꽤 큰 주롱 섬이 있는데서 유래한 듯하지만, 이 공원 자체는 싱가포르 본섬에 속해 있다. 한국 정부에서는 이 공원을 필수 관광코스로 정해두고 있어 싱가포르에 오는 한국인은 무조건 들르도록 되어 있다고 한다. 그러므로 구내에 영어·중국어·일본어와 나란히 안내판에 한글이 보인다. 1971년에 세계 최초로 오픈하여 꽤 오랜 역사를 자랑하는 아시아 최대의 조류 공원이다. 20hr의 부지에 아프리카, 남미 열대우림, 호주 아웃백 등지에서 수입한 400종 5,000여 마리(가이드는 9천 마리라고 했다)의 새들이 살고 있다. 공원의 상당 부분이 개방되어 있는 데도 새들이 구내에 머물러 있는 점이 신기하다. 우리는 먼저 사방이 트인 트램에 한 줄 당 세 명씩 타고서 17~19분 정도 구내를 한 바퀴 둘러본 다음, 출발지점으로 되돌아와 각자 자유 시간을 가지다가, 오전 11시부터 반시간 동안 연못원형극장에서 공연되는 All Star Bird Show를 관람하였다.

그런 다음 반시간 정도 대절버스를 타고서 이동하여 6 Fort Canning Road에 있는 Fort Canning Lodge라는 호텔에 부속된 Cafe Lodge에서 현지식 뷔페로 점심을 들었다. 근처에 있는 YWCA가 운영하는 호텔이라고 한다.

식후에는 싱가포르 식물원(Singapore Botanic Garden)을 방문하였다. 한 해에 400만 명 정도가 방문하며, 싱가포르 최초의 유네스코 세계유산으로 지정된 곳이다. 가이드의 안내에 따라 20분 정도 구내를 산책하였는데, 왕포아라는 화교가 유언으로 시에다 땅을 기증하여 영국식 정원으로 꾸며진 곳으로서, 1859년에 오픈하여 이미 160년 정도의 역사를 지니고 있다. 각처의 큰 나무들에는 붙어사는 기생식물이 많았고, 이 식물원의 상징처럼 되어 있는 흰색 정자를 배경으로 기념사진 촬영을 하였으며, 그 부근에서 1981년 싱가포르 국화로 지정된 Vanda Miss Joaquim이라는 명칭의 양란이 만발해 있는 정원도 보았다. 싱가포르의 정원에서 흔히 재배되는 두 종류의 반다를 교배한 것으로서, 그 교배에 성공한 아르메니아인 아그네스 요아킴 부인의 이름을 붙인 것이다. 이 國花 밭은 싱가포르의 국토모양을 본떠 디자인한 것이라고 한다.

식물원을 돌아 나온 다음, 주 정거장에서 대기하고 있다가, 예약해둔 2층 관광버스를 타고서 5km 정도 떨어진 위치에 있는 싱가포르의 명동 Orchard Road 일대를 통과하였다. 덮개가 없는 2층에 올라 한국어 안내방송이 들리는 리시버를 귀에 꽂고서 오차드 로드가 시작되는 오차드 호텔부터 시작하여 시티의 Bras Basan Road를 거쳐 Suntec City에 이르기까지 도시의 중심부를 관통하였다. 이 일대의 토지 가격은 평당 1억 정도라고 하며, 대통령 관저가 있는 이스타나 파크도 지나쳤다. 싱가포르 거리의 특색은 지상에 전신주가 하나도 없는 점이며, 종교의 다양성을 유지하기 위해 각 종교를 상징하는 표지도 일체 없다.

오픈카 관광을 마친 다음 선택 시티에서 하차하여, 대절버스를 타고 이동해 Harbour Front Ferry Terminal로 가서 출국수속을 밟은 다음, 대기하고 있다가 제2 게이트에서 Majestic Dream이라는 고속페리를 타고서 오후 4시 20분에 출항하여 한 시간 후 인도네시아의 Batam 섬에 도착하였다. 터미널로 가는 도중 꼭대기가 긴 배 모양으로 되어 있어 TV를 통해 여러 번 보았던 호텔 Marina Bay Sands를 지나쳤다.

하버프런트는 모레 방문할 Sentosa 섬의 맞은편에 있어 그리로 연결되는 케이블카들이 하늘 위로 계속 지나가고 있었다. 그리고 그 앞바다에는 세계 각국의 무역선들이 수없이 정박해 있었다. 배 안 객실에서 대형 TV를 통해 서양 액션영화를 방영하고 있었는데, 대사는 영어이고 그 자막은 한글뿐이었다.

바탐 섬은 싱가포르에서 가장 가까운 인도네시아 영토로서 Bintan 섬과 더불어 Riau 제도를 이루는데, 싱가포르로부터의 거리는 바탐 쪽이 좀 더 가깝다. 인도네시아는 한국보다 두 시간이 늦으므로 우리는 싱가포르 출발시각과 같은 4시 20분쯤에 도착하였지만, 웬일인지 항구 앞 바다 위에서 계속 지체하고 있다가 40분쯤에 상륙하였다. 여기서는 입국심사장에다 여권을 맡겨두었다가 모레 출국할 때 다시 찾게 된다. 이는 입국 수속에 드는 시간을 줄여주기 위한 것으로서, 한국인 관광객에 대한 특별배려라고 한다.

부두에 안토라는 이름의 현지 가이드가 나왔는데, 그의 한국 이름은 태진아였다. 버스 기사의 이름은 파우잔인데, 안토는 그를 나훈아라고 소개했다. 그리고 보니 안토는 피부가 까무잡잡할 뿐 생김새는 가수 태진아와 좀 닮아 보이기도 했다. 44세라고 한다. 중형 버스를 타고서 반시간쯤 이동하여 호텔로 가는 도중 그는 우리 일행의 요청에 따라 태진아의 노래 '옥경이'와 '사랑은 아무나 하나' 그리고 조용필의 노래 '돌아와요 부산항에'를 불러 주었다. 싱가포르 가이드보다도 한국어가 더 유창한 듯하고, 계속 유머를 터뜨리며 우리를 즐겁게 해주고자 했다. 현지에서의 내일 미니 발리 옵션 비용 $10

도 아내에게 맡겼다. 싱가포르에서는 세계 각국의 차들이 보이고, 개중에는 현대·기아 등 한국 차도 상당한 비중을 차지하였는데, 인도네시아에 와보니 일본 차 일색이었다. 거리에는 동남아 국가들 대부분이 그렇듯이 오토바이의 통행이 많고, 그것 역시 일제 일색이었다.

오늘과 내일 이틀 동안 우리가 묵게 된 호텔은 Ji Ahamad Yani, Muka Kuning에 위치한 15층의 Best Western Premier Panbil이었다. 우리 내외는 619호실을 배정받았다. 이 호텔은 지은 지 얼마 되지 않은 것으로서 내부 시설이 꽤 훌륭하였는데, 로비 층에 양식당 외에 아리랑이라는 이름의 한식 및 일식당도 따로 하나 있었다. 거기서 든 석식은 한식으로서, 밥은 한국과 같은 자포니카 쌀을 사용하고 한국처럼 밥과 반찬을 리필 해주었으며, 맛도 한국 것과 비슷하였다. 호텔 2층에는 수영장·헬스·사우나·노래방 등이 있으며, 노래방을 제외하고는 모두 공짜로 이용할 수 있다고 했다. 그래서 수영복을 준비해 오기는 하였지만, 여행 일기의 입력 때문에 취침할 때까지 방 밖으로 나가지 않았다.

▄▄▄ 8 (금) 맑음

9시 반에 호텔을 출발하여 중형버스로 약 40분 정도 이동하여 원주민 마을로 갔다. 바탐은 면적 415㎢로서 서울의 2/3 정도에 해당하는 비교적 큰 섬이다. 주변의 다섯 개 섬이 연결되어 현재는 면적이 715㎢라고도 한다. 싱가포르에서 동남쪽으로 20km 정도 떨어져 있으며, 인구는 120만 명 정도이고 그 중 20%가 중국인이며, 한국인도 200명 정도 살고 있다. 이곳의 한국 사람들은 대부분 사업을 하고 있다. 싱가포르와 가까운 전략적 위치임에도 불구하고 1971년까지는 개발되지 않았다가, 이후 인도네시아가 원유를 찾아 기지를 세움으로서 발전이 시작되었다. 오늘날에는 산업, 비즈니스뿐만 아니라 관광사업도 함께 육성하고 있다. 그런 까닭에 이웃한 빈탄 섬의 싱가포르에 인접한 북부 지역 거의 전체가 Bintan Beach International Resort로 지정되어 휴양지로서의 역할에 충실한데 비하여, 바탐은 도심과 리조트 라이프로 양분된다.

이 섬에서 가장 인구가 많은 중심 구역을 나고야라고 하는데, 이는 인도네시아가 1941년부터 45년까지 일본의 식민지였던 데서 유래한 이름이다. 섬에는 산이 거의 없고 앞바다에서 석유가 나는 데 비하여, 땅은 황토와 석회질이 많아 지하수를 식수로 쓰기에 적합하지 못하므로 마시는 물 값이 석유보다도 비싸다고 한다. 그리고 아직 전기도 부족하여 단전이 잦은 모양이다. 현재도 개발 중이므로 주민 중에 공장 노동자가 많고, 그 외에 어부와 야자 농사를 짓는 사람이 그 다음으로 많다. 야자열매는 한 달에 한 번씩 4~5개 정도를 수확할 수 있으며, 이 나무는 심은 지 6년이면 다 자라 60년 정도 생존한다. 고구마와 땅콩, 감자, 바나나도 많이 생산된다.

인도네시아의 국명 중 '인도'는 섬, '네시아'는 많다는 뜻이다. 18,108개(가이드는 18,799개라 했고, 인터넷 상으로는 2004년 기준으로 17,504개라고 보인다)의 섬이 있어 세계에서 가장 많은데, 그 중 다섯 개는 자바·칼리만탄(보르네오)·수마트라·술라웨시·파푸아와 같은 큰 섬이고, 300개 정도는 무인도이다. 한국의 22배에 달하는 면적을 지니고 있으며, 화교가 이 나라 경제의 85%를 장악하고 있다. 세계적으로 가장 활발한 화산지대로서 활화산이 119개 있다. 가이드는 인도네시아의 섬들 중 아름답기로는 발리가 최고이며, 바탐은 빈탄에 이어 4번째를 차지한다고 했다. 아마도 관광지로서보다는 휴양지로서의 비중이 그렇다는 뜻인 듯하다. 인구는 2억5천만 명정도로서 세계에서 네 번째로 많으며, 국민의 평균 수명은 남자가 65세, 여자가 70세이다. 국민의 85%가 이슬람교도이므로 돼지고기를 먹지 않고, 개나 뱀 고기도 먹지 않는다. 그러나 들에 뱀과 멧돼지는 많다. 예전에 이슬람 남자는 부인을 4명까지 둘 수 있었으나 지금은 2명까지이며, 이 나라에서 가장 선호하는 직종은 공무원인데, 공무원의 부인은 한 명만으로 제한되어 있다.

원주민 마을에 도착한 후 그 마을 안쪽에 마련된 지붕 있는 목조 무대에서 노란 전통 원피스를 입고 머리 뒤로 노란색의 긴 스카프를 늘어뜨린 젊은 여자 네 명이 추는 민속춤을 관람하였다. 한국 관광객이 많이 오는지 그 여자들을 비롯한 마을의 장사꾼 가운데 한국어를 할 줄 아는 사람들이 제법 있었고,

꽤 유창한 사람도 있었다. 춤을 추는 여자들은 모두 키가 작고 젊어 보여 처녀인 줄로 알았으나, 그 중 한 명은 애가 둘이라고 했다. 그녀들이 춘 두 종류의 춤 중 첫 번째는 결혼식 때 추는 것이라고 했다. 이 나라에서 여자는 15세, 남자는 20세 정도부터 결혼한다. 인도네시아에서는 결혼할 때 여자 쪽이 남자 쪽에 지참금 조로 물소 한 마리나 그에 해당하는 돈 50만 원 정도를 주는 관습이 있다. 마지막 순서로는 그녀들의 권유에 따라 우리 일행 중 여자 네 명이 무대 위로 올라가 그들과 함께 춤을 추었다.

관람한 이후에는 계단 양쪽 아래에 하나씩 비치된 기부금 박스에다 $1이나 한국 돈 1,000원 정도를 넣는 모양이다. 우리 내외는 거기서 야자열매 하나를 $2에 사서 나눠마셨고, 망고스틴 1kg을 $5에 사서 먹어보기도 하였다. 그리고 마을 안의 기념품점에서 물소 가죽으로 만든 샌들 세 개를 $28에 샀다. 회옥이를 포함한 가족 세 명이 각각 하나씩 나누어 가지게 된 셈이다. 아내는 여름용 원피스 하나를 한국 돈 9,000원에 구입하기도 하였다. 바탐의 관광지에서는 한국 돈도 통용된다. 시골인 그 마을의 건물 중에는 시멘트 블록으로 지은 것도 제법 있었다. 블록으로 지은 화장실 입구에 Kusus/Korea라고 누런 마분지에다 적어 벽에 붙여둔 글이 눈에 띄었다.

거기서 15분 정도 이동하여 미니 발리에 도착하였다. 그리로 가는 도로는 아스팔트로 포장되어 있었다. 미니 발리라고 하지만 현지에서는 그런 이름이 전혀 눈에 띄지 않았고, 이는 바탐 섬에 몇 군데 있는 리조트 중 동북부의 농사라는 곳에 있는 투리 비치리조트의 애칭일 따름이다. 이 리조트는 근자에 리모델링을 마쳐 이전보다 더욱 쾌적하고 깨끗한 시설로 여행객을 맞이하고 있는 모양이다. 바다를 향한 140개의 룸과 Suite를 갖추고 있고, 인도네시아·일본·중국·서양 요리를 맛볼 수 있는 7곳의 식당 시설을 갖추고 있으며, 바다 근처의 야외 수영장과 리조트 앞의 전용 해변이 있고, 해양 스포츠도 즐길 수 있다. 바다를 향해 220m를 돌출한 나무 덱 및 그것과 비슷한 덱이 또 한 군데 만들어져 있고, 그 덱에는 몇 군데 바가 설치되어져 있다. 풀에서 수영하는 사람은 모두 서양인이었고, 그 외에 한국의 단체 관광객들이 눈에 띄었다. 이런 곳에 입장료가 있는지 어떤지는 알지 못하지만, 가이드는 정오 무렵 수영장 부근의 요트 클럽 바에서 옵션 비용을 낸 데 대한 답례 인지 우리 일행에게 오렌지주스 한 잔 씩을 대접하였다. 그 바에서는 한국 손님들을 위해 진성 등의 한국 가요를 틀어주었다.

미니 발리에서 5분 정도 이동하여 농사푸라 페리터미널 앞의 Amazon Seafood라는 식당에서 한식으로 점심을 들었다. 바탐에는 어제 우리가 도 착한 중앙터미널 외에도 싱가포르 쪽 바닷가에 몇 군데 소규모 페리터미널 들이 있는데, 그 중 하나인 것이다. 그곳 식당은 나무로 만들어진 진입로를 따라서 한참 걸어 들어간 위치의 바다가 보이지 않는 灣 가에 목조로 지은 것인데, 밥은 물론 반찬이 대부분 한국식이었고, 양념하여 삶은 게 요리 이 외의 것은 한국처럼 리필해주며, 한국의 辛라면이나 소주도 팔고 있었다. 물 론 손님도 대부분 한국 관광객이었다. 바탐에서 참이슬 소주 한 병은 $10, 열대과일 두리안 1kg은 $20이라고 했다. 우리가 식사를 하고 있는 동안 가 이드는 터미널 가에 있는 이슬람 사원으로 가서 반시간 동안 행해지는 정오 예배에 참여하고서 돌아왔다.

식사를 하면서 비로소 알았는데, 우리 내외와 같은 테이블에 앉은 중년 여 성 네 명 팀은 경상도 말을 하고 있었으므로, 어디서 왔는지 물었더니 뜻밖에 도 진주라는 것이었다. 그 중 서로 닮은 두 명은 자매이고, 나머지 두 명은 친구라고 했다. 나중에야 알았지만, 자매 중 동생은 농사를 짓고 언니는 갤 러리아 백화점에서 근무하며, 친구 한 명도 갤러리아의 점원이었다. 나머지 여성 두 명 팀 중 젊은 쪽은 서울말을 하고 있었으나 어린 시절부터 울산에서 살았고 둘 다 울산에 있으며, 김포공항까지 비행기를 타고 왔다. 한 명은 45 세, 또 한 명은 40세인 모양이다. 열 명 팀은 대전에서 왔는데, 가족끼리 적립 금을 모아 1년에 두 번 정도씩 해외여행을 하고 있고, 다들 여유가 있어 이미 모아둔 돈이 많으므로 앞으로는 더 이상 적립하지 않아도 된다고 했다. 다리 가 불편한 사람은 큰언니로서 나보다 두 살 연상이고, 어제 싱가포르 가이드 와 다툰 사람은 큰오빠인 모양이다.

다시 20분 정도 이동하여 나고야 시내로 돌아와서 Komplex Gedung Indonesia Emporium Hall A/ Jl. Jenderal Sudirman, Batam Center에

있는 Coffee Cat Batam이라는 기념품점에 들렀다. 10년째 바탐에 거주하는 한국인이 경영하는 곳인데, 주인의 설명에 의하여 나는 비로소 한국에서 판매되고 있는 커피가 1,800m의 고지대에서 재배되는 Arabica나 500m 지대에서 재배되는 Robusta 둘 중 하나임을 알았다. 그 집에서는 그 두 종류의 커피를 원두로나 손님의 요구에 따라 갈아서 팔고 있으며, 값비싼 사향커피인 루왁도 있었다. 싱가포르를 방문하는 한국인 관광객 중 70~80%가 바탐을 찾는다고 했다. 아내는 거기서 연구원인 회옥이를 돌봐주는 경상대학교 의대 교수 두 명에게 선물한다면서 아라비카 커피 다섯 봉투 들이 두 박스($80)를 구입했고, 나는 말린 히비스커스 꽃차 한 통을 $10 주고서 샀다. 해외여행에서는 카드로 결제할 수 있을 경우 늘 그렇게 하고 있는데, 영수증에 찍힌 인도네시아 가격은 145,000루피아였다. 나는 지난번 여행에서 쓰고 남은 말레이시아 돈과 인도네시아 돈을 가져왔으므로 처음에는 그걸로 지불하고자 했으나, 루피아의 단위가 워낙 크다보니 태진아의 말로는 그 정도로는 모자란다는 것이었다.

태진아에 의하면 가이드에게는 월급이 없으며, 고객이 사실상 정해진 액수를 의무적으로 내는 명목상의 팁과 이런 매장에서 받는 매출액의 5%에 달하는 커미션이 전부라고 한다. 아마도 여행사 측은 이런 커미션으로 자기네가 현지 가이드에게 지불해야 할 비용의 상당 부분을 커버하는 모양이다. 그러고 보면 왜 여행사 측이 옵션과 쇼핑을 일정 중에 포함시키며 또한 가이드들이 고객에게 적극적으로 권유하는지를 이해할 수 있겠다. 해외의 한국 업소들은 이런 식으로 여행사 측과 결탁하지 않고서는 고객을 확보하는 것이 사실상 불가능한 것이다.

태진아는 대학을 졸업했고, 25세의 나이에 23세인 여성과 결혼하여 수마트라에 아내와 두 아들 및 딸 하나를 두고 있으며, 6개월마다 한 번씩 1년에 두 번 귀가하는 것이 전부라고 했다. 월 $100 정도 지불하고서 방을 렌트해서 거주하고 있으며, 바탐에서는 방 두 칸짜리 집 한 채의 가격이 2,000만 원 정도하고, 제일 좋은 집은 1억 정도이다. 디젤오일 1L의 가격이 450원이고, 택시는 없으며 오토바이가 택시의 역할을 하는데, 1km에 $5 정도라고 했다. 바탐의 동북부에는 항나딤(Hang Nadim)국제공항도 있다.

5분 정도 이동하여 차이나타운으로 향했다. 그리로 가는 도중에 보니 시내 여기저기에 한글 간판이 보였다. 한국 관광객이 그만큼 많다는 의미일 것이다. 차이나타운에서는 Mama Vhiara Buta Maitreya라는 이름의 불교 사원에 들렀다. 법당은 3채의 거대한 석조 건물로 이루어져 있고, 그 앞의 홀로 서로 연결되어 나란히 서 있다. 안내판에 彌勒大道主殿(Universal Family Main Hall)이라 보이고 실제로 마당에 미륵불의 조각상이 많았으나, 그 세 채의 법당은 각각 미륵불과 관운장을 모신 關聖寶殿, 석가모니불을 모신 大雄寶殿, 觀音菩薩을 모신 觀音寶殿으로 이루어져 있으며, 석조 벽의 안쪽과 바깥쪽 면에 여러 가지 그림들이 조각되어져 있었다.

거기서 오후 다섯 시까지 20분 동안 자유 시간을 가진 후 다시 집결하여 5분 정도 떨어진 Komp. Penuin Center, Blok OA No. 12-12A에 있는 First Choice라는 상호의 마사지 집에 들렀다. $30을 내고서 한 시간 동안 전신마사지를 받는 것인데, 아내와 나는 이번에도 신청하지 않고 로비에서 여행안내서 등을 읽었다.

마사지를 마친 다음 30분 정도 이동하여 D'STEAM이라는 이름의 Peranakan Live Seafood 전문 식당에서 석식을 들었다. 가이드는 한식과 중국식이 혼합된 음식이라고 하였으나 그것은 전혀 틀린 말로서, 프라나칸이란 말레이인 여자와 중국인 남자가 결혼하여 낳은 자식이나 그 혼혈문화를 일컫는 말이다.

식사를 마친 후 다시 반시간 정도 이동하여 5시 45분에 호텔에 도착했다. 돌아오는 도중에도 태진아는 손님들의 요청에 따라 노래를 부르기 시작하더니, 나중에는 청하지 않아도 계속하여, 노사연의 '만남', '소양강처녀', '사랑했어요', 나훈아의 '영영', 인도네시아 노래, '사랑해' 등 여섯 곡이나 불렀다. 아내가 수고했다고 팁 $10을 주었다.

그의 말에 의하면 인도네시아에서 한국 차의 셰어는 5% 정도인데, 그것은 일본 차의 경우 싼 것부터 비싼 것까지 여러 가지 가격대의 것이 있음에 비하여 한국 차는 일반적으로 가격 수준이 높은데다가 서비스센터가 갖추어져 있지 못하기 때문이라는 것이었다.

■■■ 9 (토) 맑음

오전 6시 무렵 호텔을 출발하여 20분 정도 걸려서 엊그제 도착했던 중앙 페리터미널로 갔다. 7시 10분에 출발하는 Majestic Faith 호를 타고서 Batam Center를 출발하여 싱가포르의 Harbour Front로 향했다. 돌아갈 때의 배속에서도 TV에서 애니메이션 영화를 방영하였는데, 음성은 영어이고 자막은 한글이었다. Majestic은 선박회사의 이름인 모양이다. 하버프런트에서 송 부장의 영접을 받았다. 바탐의 중앙터미널에서부터 아내는 대전팀의 여성 한 명과 더불어 계속 대화를 나누고 있었는데, 아내보다 두 살 위인 그녀가 좋은 신랑감이 있다면서 회옥이의 중매를 서겠다고 한다는 것이다. 그러나 그 신랑감이 가톨릭 신자라고 하니 개신교도가 아닌 사람과는 선도 안 보겠다고 하는 회옥이가 동의할 것 같지 않고, 상대방도 회옥이보다 한 살 아래라고 하니 동의할지 모르겠다. 그 여인은 아내보다 연장자라 그런지 초면임에도 불구하고 반말을 하고 있었다.

싱가포르 시내는 토요일이라 그런지 오늘은 좀 한산하였다. 싱가포르는 제주도보다 작고 서울보다는 크다. 송 부장은 그녀가 이 도시에 온 이래 26년 동안 물가의 변동이 거의 없다고 했다. 그리고 이 나라에서는 여성 인력을 활용하기 위해 1960년대 무렵부터 3시 세 끼 외식하는 문화가 정착되어 있으며, 거주하는 아파트 1층의 식당에서 한 끼 $3 내외의 가격으로 매식할 수 있다는 것이다. 아파트 단지는 1959년에 처음으로 생겼다.

도시의 모습이 전체적으로 아주 깨끗하고, 다운타운에 林立한 고층빌딩들은 제각기 서로 다른 개성을 드러내고 있으므로, 내게는 미국에서도 도심의 건축미가 아름답기로 첫 손 꼽는 시카고의 다운타운과 비슷하다는 느낌이 들었다. 영국의 영향을 받아 연두색 2층 버스가 많고, 도중에 시크교 사원도 지나쳤다. 이슬람은 부인을 네 명까지 둘 수 있지만, 시크교도는 그 반대로서 부인이 오히려 여러 명의 남편을 둘 수 있다. 다민족 국가이므로 영어·중국어·인도어·말레이어가 함께 통용되고 있다.

거리의 택시들은 한국 차가 대부분이었는데, 싱가포르 정부가 100만 대를 수입하였다고 한다. 싱가포르는 대부분의 수입품에 대해 면세조치를 취하지만 담배·술과 더불어 차량에 대해서는 관세를 부과한다. 아마도 대기오염을 방지하기 위해 차량의 수를 제한하려는 의도인 모양인데, 그런 반면 기름은 면세라고 한다.

　미국의 경우처럼 도시 안에 각 민족이 집단적으로 거주하는 차이나타운, 리틀 인디아, 캄퐁 글램이라고 하는 아랍인 거리 등이 있는데, 우리는 먼저 도시를 관통하는 싱가포르강의 남쪽에 위치한 차이나타운에 들러 그곳의 대표적 명소인 佛牙寺를 방문하였다. 420kg의 순금 사리탑에 석가모니 부처님의 이빨을 봉안하였다고 하여 이런 이름을 가졌다. 이곳에 도착할 무렵 송 부장은 우리에게 종이 봉지에 든 믹스 과일주스 하나씩을 나눠주었다. 주된 건물인 佛牙寺 龍華院은 붉은 색 4층 건물인데, 정면 입구에 2008년 5월 17일에 개관식을 거행했다는 내용의 석판이 새겨져 있으니 그리 오래된 절은 아닌 듯싶었다. 당나라 시대의 건축 양식을 본뜬 화려한 외관을 갖추고 있고, 내부에서는 수많은 신도들의 참석 하에 성대한 법회가 열리고 있었다. 옷차림의 제한이 있어 치마 같은 것을 반바지 위에다 두른 서양 남자들이 눈에 띄었다. 부근 여기저기에 牛車水라는 문구가 눈에 띄는데, 이는 이곳 지명으로서, 화교들이 처음 정착할 때 음료수가 귀한 싱가포르에서 소가 끄는 수레로 물을 날랐다는데서 유래한 말이다.

　오늘 우리는 세 군데에서 쇼핑을 한다는데, 그 중 첫 번째로 차이나타운 플라자(唐市購物中心) 빌딩의 지하1층에 있는 잡화점에 들렀다. 잡화점이라고 하므로 나는 무슨 중국 마트인가 생각했으나, 도착해보니 역시 한국인이 경영하는 수입 약품점 하나와 그 옆에 딸린 각종 물품을 파는 상점이었다. 약품점 주인이 설명할 때 사용하는 파워포인트 화면의 첫 부분에 싱가포르는 동서 49km, 남북 27km, 인구 570만이며, 주된 산업은 중개무역, 물류·항만산업, 금융산업, 국제회의 유치, 바이오(생명공학), 의료산업으로서 아시아의 허브로 정착했다고 되어 있었다. 나는 외국 여행 때마다 만나는 약품 따위에는 관심이 없으므로, 그 옆의 작은 상점에서 펜 14개 들이 한 박스를

$25에 구입하였다.

　다음으로는 거기서 1분 거리인 81 Kampong Bahru Road에 있는 曙光 (Wondrous Light)라는 이름의 한국인이 경영하는 독일 Diefuezze나 미국 Kitchenmaid 등 회사 제품인 수입 주방용품점에 들렀다. 내가 들어가기 전 입구의 유리문에 적힌 그 집 주소와 상호 등을 스마트폰으로 찍고 있을 때 송 부장이 밖으로 나와 싫은 소리를 하며 제지하였다. 나는 일기에 적기 위하여 정보가 될 만한 자료를 수집하고 있을 따름이며, 그것이 남에게 무슨 피해를 줄 것 같지도 않으므로 불쾌했지만, 마치 주인 행세를 하며 엊그제도 손님과 승강이를 벌이면서 경찰을 부르겠다고 위협하던 그녀의 성격을 생각하여 참았다. 그녀는 손님들의 일거일동을 주시하고 있는 모양인지, 엊그제 입국수속 할 때는 아내의 트렁크를 먼저 검색대에 올려준 후 내 짐을 그 옆의 다른 검색대에 올리고서 일행이 서있는 곳으로 돌아오니 나를 향해 엄지손까락을 치켜세우며 칭찬하는지라, 왜 그러느냐고 물었더니 젠틀맨이라는 것이었다. 아내는 그 상점에서 접고 펴는 플라스틱 도시락 하나와 냄비 등을 불 위에 올려두고서 음식물을 끓일 때 국물이 넘쳐나지 않도록 뚜껑 한쪽을 받쳐주는 동물 모양의 조그만 지지대 몇 개를 구입하였다.

　두 차례 쇼핑을 마친 다음, 44/46 Tanjong Pagar Road에 있는 食客이라는 식당으로 가서 김치찌개로 점심을 들었다. 이 집은 한국인이 경영하는 곳이 아님에도 불구하고 한국 손님들에게 한국 음식을 제공하는 모양이다. 바깥 채양에 'Korean Style Chicken Restaurant' 'BBK Buffet' 등의 문구가 적혀 있고, 실내의 벽에는 '1박 2일/ 2D 1N Soju Bang/ Korean Restaurant' '숯불구이 Since May 2008'이라는 문구도 눈에 띄었다.

　식후에는 먼저 시청사 부근의 Esplanade 공원으로 가서 차에서 내린 후, 좀 걸어서 그 부근 Marina 저수지 왼편의 열대과일 두리안 두 개를 반으로 뚝 잘라 바닥에 엎어둔 것 같기도 하고, 거대한 파리의 눈을 형상화한 것처럼 보이기도 하는 기묘한 형태의 에스플러네이드로 가서 오후 1시 5분까지 20분 정도 자유 시간을 가졌다. 송 부장은 이 건물을 오페라하우스라고 하였지만, 사실은 콘서트홀과 공연장을 포함해 갤러리·스튜디오·쇼핑몰·식당가·

도서관 등이 들어선 복합문화공간으로서, 2002년에 오픈한 것이다.

　마리나 베이라고도 하는 그 앞의 거대한 저수지는 싱가포르 강과 연결된 담수호로서, 이 나라를 대표하는 관광지는 그 주위에 많이 집결해 있다. 아내와 나는 에스플러네이드 부근 호수 가를 산책하면서, 호수 건너편의 김정은이 방문했던 유명한 호텔 Marina Bay Sands와 그 옆의 연꽃에서 영감을 받았다고 하나 거대한 손가락 같아 보이기도 하는 Art Science Museum, 왼편의 영국 London Eye와 중국 Star of Nanchang을 능가하는 세계에서 가장 높은 원형 관람차인 Singapore Flyer, 그리고 오른편으로 늘어선 고층 빌딩의 숲 등을 바라보았다. 이 나라를 상징하는 아이콘으로서 상반신은 사자 하반신은 물고기 모양을 한 8m 높이의 Merlion 석상이 있는 공원도 바로 근처에 있는데, 입으로부터 호수를 향해 우렁차게 물을 내뿜는 멀라이언은 현재 수리 중이라 그 바깥에 사각형 덮개를 씌워두어 아쉽게도 볼 수 없었다.

　다음으로는 옵션으로서 마리나 베이 샌즈 뒤편에 있는 거대한 식물원 Gardens by the Bay로 이동하였다. 대전 팀은 디스커버리 A 코스를 선택하였기 때문에 그 안으로 들어가지 못하고 밖에서 대기하였고, 그들 중 2명만이 B 코스의 가격을 지불하여 함께 들어갔다. 이 일대는 1963년도부터 30년 동안 바다를 매립하였고, 또한 소금기가 빠지도록 10년을 더 기다려 조성한 것으로서, 2012년에 대중에게 처음 선보인 후 싱가포르 최고의 랜드마크로 급부상한 것이다. 101hr에 달하는 방대한 면적에다 Flower Dome, Cloud Forest라는 두 개의 실내정원과 한 개의 야외정원으로 나뉘는데, 세상에서 희귀하다고 여겨지는 나무들은 다 들여놓았고, '세상에 없는 나무'는 직접 만들었다. '세상에 없는 나무'라 함은 야외정원 내에 있는 18개의 거대한 콘크리트 나무인 슈퍼트리를 말함인데, 그 콘크리트를 감싸고 있는 것은 20종, 16만2,900여 포기의 식물이다. 건물 16층 높이에 이르는 나무 꼭대기에는 식사를 할 수 있는 레스토랑이 있고, 나무 사이로 구름다리가 놓여 있어 공중 산책을 즐길 수 있다.

　우리는 그 중 12개가 모여 있는 슈퍼트리 그로브를 지나 먼저 곡선형 유리 돔으로 된 실내정원 플라워 돔으로 들어갔다. 42개 모양의 유리 3,322장으로 덮여 있는데, 내부에는 중앙광장에 조성된 거대한 플라워 필드 외에 지중해·남미·남아프리카·호주 등 대륙별로 조성된 정원을 만날 수 있다. 특히 京都 伏見의 것을 본뜬 듯한 붉은색 일본 鳥居가 줄지어 늘어선 일본식 정원이 넓고, 어디서 빌려 입은 것인지 일본 着物(기모노) 차림의 여인들이 제법 많이 눈에 띄었으며, 그 안에 일본 물품을 파는 마트 같은 것도 있었다.

거기서 연결된 통로를 따라 2개의 실내정원 중 또 하나인 클라우드 포리스트(雲霧林)로 들어갔다. 그 입구에서 가장 먼저 마주하는 것은 클라우드 마운틴이라 불리는 인공 산에서 떨어지는 35m 낙차의 폭포이다. 기네스북에 올라 있는 것이라고 한다. 그것을 바라본 다음 엘리베이터를 타고서 최상층인 6층으로 이동하여 바깥으로 마리나 베이 일대의 풍광을 바라보았고, 아래로 내려오면서 중간에 조성된 두 개의 산책로를 따라 걷기도 하다가, 마지막에는 에스컬레이터를 타고서 내려왔다. 엊그제 가본 싱가포르 식물원이 아날로그 감성의 원시림이라면, 이곳은 테마파크 같은 느낌을 주는 미래형 정원이었다.

그곳을 떠난 후 싱가포르 섬의 정남쪽으로 500m 떨어져 하버프런트 페리 터미널 맞은편에 위치한 작은 섬 센토사로 이동하였다. 얼마 전 북미회담이 열린 곳이다. 섬 전체가 거대한 테마파크처럼 되어 있다. 섬의 남쪽에는 몇 개의 근사한 비치가 이어져 있고, 골프장도 있으며, 세계적인 테마파크 유니버설 스튜디오와 세계 최대의 아쿠아리움 등이 들어서 있다. 시간이 있다면 한 주 정도는 즐길 거리가 널려있지만, 우리는 그 중에서 37m 높이의 거대한 멀라이언 상을 방문하였다. 싱가포르에는 우리가 조금 전에 가보았으나 수리 중이라 보지 못한 센트럴 멀라이언 외에 6개의 멀라이언이 더 있는데, 이는 그 중 가장 큰 것이다.

먼저 그 안의 1층 룸에서 사자 전설에 관한 애니메이션 영화를 한 편 시청하였다. 13세기에 지금의 인도네시아 수마트라에 있었던 스리비자야 왕국의 왕자 상 닐라 우타마가 배를 타고서 빈탄 섬으로부터 바다를 건너 이곳에 처음 상륙하였을 때 사자를 만났고, 당시 조그만 어촌이었던 데서부터 시작된 나라의 역사를 표현한 것이다. 그러나 학계의 연구에 의하면 아시아에는 일찍이 사자가 서식한 적이 없었다고 하니, 이는 후세에 만들어진 전설일 따름이다. 단편 영화를 보고는 1층에서 엘리베이터를 타고 10층 높이인 해발 60m의 사자 입 부분까지 올라가 주변의 경치를 둘러보았다.

센토사 섬으로 출입하는 데는 하버프런트로부터 육로나 모노레일을 이용하는 방법과 케이블카를 타는 방법이 있는데, 우리는 들어갈 때 Sentosa Boardwalk라는 육로를 경유했고, 나올 때는 Imbiah 전망대 역에서 케이블카를 탔다. 이 케이블카는 꽤 높아 건물 17층에서 15층 사이의 선로를 운행한다.

섬을 나온 다음, 마지막인 세 번째 쇼핑으로서 케이블카를 내린 곳에서 멀지 않은 장소인 27 West Coast Highway #02-09~16에 있는 Lux Latex에 들렀다. 그러나 그곳에서는 아무도 사는 사람이 없었다. 그리로 가는 도중에 송 부장이 호랑이연고의 본사라는 건물을 가리켰다. 세계적으로 널리 알려져 있는 호랑이연고는 싱가포르의 이 회사에서 시작된 것인데, 이 제품은 호랑이와는 아무 상관이 없고 식물을 조합하여 만들어지는 것이며, 보통 피부병의 만병통치약처럼 사용되지만 원래는 벌레 물린 데 바르는 것이라고 한다.

다시 20분 정도 이동하여 싱가포르 시가지의 북부이자 아랍인 거주지 아래쪽에 있는 부기스의 과일시장에 들러 송 부장이 우리 일행에게 열대과일을 대접하였다. 패션프룻·잭프룻·龍眼·망고를 제법 풍성하게 사서 탁자 세 개를 펴 얹고는 일행이 둘러서서 함께 들었다. 이 부근에도 중국인이 많이 사는지 여기저기에 한자가 눈에 띄었다. 그녀는 1997년에 가이드 자격증을 취득했다고 한다.

과일 상점을 나와 5시 45분까지 자유 시간을 가졌을 때, 아내와 나는 그 부근 Bugis Street를 산책하다가 두리안(榴槤) 열매의 알맹이가 든 꾸러미 하나를 $4에 사서 나눠먹기도 했다. 싱가포르 돈으로 5불이라고 했으나 신용카드로는 안 된다고 하므로, 내게는 싱가포르 돈이 없어 달러로 결제해도 되겠느냐고 물었더니 $5를 달라고 했는데, 환율이 맞지 않지 않느냐고 따졌더니 $1을 깎아주었다. 싱가포르 달러와 원화의 환율은 870 대 1 정도이다.

오차드 로드가 명품 거리라면 부기스 일대는 중저가의 물품들을 파는 대표적인 곳으로서, 우리나라의 남대문을 떠올리게 하는 재래시장부터 백화점과 푸드코트를 갖춘 현대식 쇼핑몰까지 선택의 폭이 넓은데, 비교적 젊은 층이 많이 찾는 곳이다.

거기서 5분 정도 이동하여 231 Bain Street #02-01, Bras Basah Compex에 있는 食客이라는 식당으로 가서 싱가포르 특유의 음식인 Steam Boat로 석식을 들었다. 이 집도 점심을 든 같은 이름의 식당과 마찬가지로 BBQ 뷔페를 주된 메뉴로 하는 한국음식 전문점이었다. 닭고기 육수에다 여러 가지 고기와 야채를 넣어 끓이는 일종의 전골이었는데, 1968년도까지 영국군이 주둔할 때 무슨 음식인지 잘 모르는 영국 군인들이 붙인 이름이 그대로 굳어진 것이라고 한다. 지금은 주로 설에 가족이 함께 모였을 때 만들어 먹는 모양이다.

식후에는 옵션으로서 싱가포르에서 가장 유명하다고 할 수 있는 마리나 베이 샌즈로 갔다. 그리로 가는 도중에 보니 도로 한복판에 온몸에다 동전을 걸친 거대한 복돼지 상이 세워져 있었다. 음력설(春節)을 기준으로 한 달간 세워두는 것인데, 올해가 돼지띠라 복돼지 상으로 만든 것이라고 한다. 싱가포르에서는 설 연휴가 한 달간인데, 그것은 중국·말레이·힌두·양력의 신년을 모두 공휴일로 정해 두었기 때문이다.

마리나 베이 샌즈는 최대 52도 기울어진 건물 3개 동 위에 보트 모양의 길쭉한 상층부가 얹혀 있어 이를 두고 '현대판 피사의 사탑'이라고 부르기도 한다. 480m 길이에 폭 80m로서 주로는 2,543개의 객실을 갖춘 호텔이지만, 지하에 카지노가 있고, 옥상에는 최고의 전망을 자랑하는 인피니티 수영장이 있으며, 세계 유명 브랜드가 집결해 있는 쇼핑몰과 미식가들을 위한 각종 레스토랑 등 없는 것이 없다고 할 수 있다. 독일인 모셰 사프디가 디자인하고 우리나라의 쌍용건설이 공사를 맡아 2010년에 완공한 것이다. 우리는 지상 1층에서 엘리베이터를 타고 56층의 전망대 입구까지 30초 만에 단번에 올라갔다.

엘리베이터를 내린 후 표를 체크하는 곳에서 우리 순서를 대기하는 중에 나는 검표원이 서있는 곳 바로 위의 'Sands Skypark'라는 문자를 스마트폰 카메라로 촬영하려 했는데, 송 부장이 다가와서 또 제지하였다. 촬영이 금지되어 있다는 것이었다. 그렇다면 같은 문자가 적힌 근처의 벽면을 가리키며 그것을 촬영하겠다고 했더니 그것도 불가하다고 했다. 검표원들이 전혀 상관하지 않고 또한 촬영을 금지할 이유가 없건만, 다투어볼 가치가 없으므로 스마트폰을 집어넣었다.

스카이파크는 옥상 전체 면적의 2/3 정도를 차지하는 것으로서, 싱가포르 시내를 360도로 조망할 수 있는 전망대이다. 다운타운의 고층빌딩 군과 발아래 펼쳐지는 마리나 베이 및 그 부근의 명소들, 그리고 가든스 바이 더 베이와 바다 풍경이 환상적이었다. 그러나 이 호텔 최고의 아이콘으로서 150m 길이에다 200m 높이에 위치해 세계에서 가장 높은 곳에 조성된 인피니티 수영장은 호텔 투숙객 외의 관광객에게는 개방되어 있지 않았고, 인기 스카이 바 중 하나인 세라비도 바로 곁에 있지만 들어가 보지 못했다.

7시 25분까지 1층의 MCM이라는 상점 앞에서 집결하여, 마지막 옵션 코스인 Singapore River Cruise를 체험하러 떠났다. 이 크루즈는 1987년에 시작된 것으로서, B01 River Valley Road에서 하차하여 Clark Quay Jetty라고 하는 승선장에서 우리 차례를 기다리다가, 한국어 설명이 나오는 유람선을 타고서 싱가포르 강을 따라가 마리나 베이를 한 바퀴 둘러서 돌아오는 코스였다. 선착장에는 G-Max Reverse Bungy라고 하여 유리 캡슐 안에 타고서 시속 200km의 속도로 최고 60m 높이까지 올라가 2개의 줄에 매달려 공중을 날아다니는 경험을 하는 시설물이 있었다.

싱가포르 강은 영국의 테임즈 강을 모방한 것으로서, 강이라고는 하지만 사실은 190년 전에 만들어진 운하이다. 바닷물을 재처리하여 민물로 만들고, 그것을 시민들의 식수원으로 사용하는 것이다. 별로 크지 않은 이 bumboat 유람선은 화교들의 이민선을 모방한 목선으로서 정원이 45명인데, 전기충전 배터리를 사용하여 강물을 오염시킬 우려가 없도록 하였다. 싱가포르 강 일대는 최첨단 마천루가 밀집한 번화가인데, 동시에 그 근처의 키(Quay) 즉 선창이라는 단어가 끝에 붙은 지명이 있는 곳들은 이 도시에서 가장 오래된 구역이며, 그 부근에 올드타운도 있다. 강가에는 음식점이나 술집이 많았다.

우리가 탄 배는 싱가포르 강이 마리나 베이와 만나는 지점 부근에서 팔짱을 낀 채 서 있는 래플스 경의 하얀 석상이 있는 Raffles Landing Site라는 곳을 지나갔다. 래플스 경이 1819년 1월 29일 영국 동인도 회사 대리인의 자격으로 이곳에 상륙한 것을 기념하는 것이므로, 당시에는 이곳이 바닷가였던 셈이다. 래플스 경은 내가 2013년의 인도네시아 여행 때 그가 영국 총독으로서 인도네시아에 부임하여 인도네시아를 대표하는 세계적인 불교 유적 보로부두르 사원을 발견한 사람임을 알고서 『스탬퍼드 래플스의 발자취를 따라서』(Nigel Barley, In The Footsteps Of Stamford Raffles, Singapore: Monsoon Books, 2009)라는 그의 전기를 한 권 사두고서 아직 읽어보지는 못했는데, 이제 알고 보니 그는 오늘날 싱가포르의 초석을 다진 사람이기도 하다. 싱가포르 시내에는 스탬퍼드나 래플스라는 이름이 붙은 거리나 건물명, 공공장소 등이 매우 많다.

우리가 탄 배가 마리나 베이에 접어들었을 때, 때마침 마리나 베이 샌즈 및 그 앞의 지하 2층부터 지상 1층까지에 걸쳐 3,000여 개의 매장을 갖춘 The Shops at Marina Bay Sands 일대에서 매일 밤 15분간에 걸쳐 펼쳐지는 레이저 쇼가 시작되었다. 물과 빛 그리고 음악이 어우러진 환상적인 쇼라고 하여 Wonder Full이라고도 하고 Spectra라고도 한다.

30분간의 유람선 탑승을 끝으로 싱가포르 관광을 모두 마친 셈인데, 배를 탔던 곳으로 되돌아오니 대절버스에 말레이시아 가이드 테레사 씨가 이미 와 대기하고 있고, 싱가포르 가이드 송은주 씨와는 거기서 작별하였다. 송 씨는 기사의 선물이라면서 싱가포르의 상징물인 멀라이언과 관련된 여러 가지 소품들 및 바틱 그림이 있는 접는 우산 등을 소개하였는데, 정말 작별의 선물로 주는 것인 줄 알았으나 나중에 알고 보니 그것들은 각각 하나에 $10 혹은 한국 돈 12,000원으로 판매하는 것이었다. 싱가포르 관광에서 알짜배기는 모두 옵션이었고, 마지막까지 이런 식으로 상술을 발휘한 것이다.

우리는 출국장까지 약 30분을 이동하였고, 다시 Woodlands

Checkpoint와 Johor Bahru Checkpoint에서 각각 하차하여 싱가포르 출국 및 말레이시아 입국 수속을 거친 다음, E14 고속도로를 경유하여 22시 38분에 입국 시의 세나이 국제공항에 도착하였다. 조호르 해협을 건너는 코즈웨이의 중간 지점이 국경이었고, 출국 및 입국 수속을 마친 지점에서부터는 교통의 흐름이 원활하였다.

공항에서 다시 말레이시아 출국수속을 마친 다음 친절한 테레사 씨와 작별하였다. 우리 내외는 공항 구내의 화장실에서 입국할 때 입었던 옷으로 갈아입고는 체크인 한 후, 오랫동안 게이트 바깥의 로비에서 기다렸다. 10일 02시 45분에 출발하는 LJ096편을 타고서 47E·F석에 앉아 조호르바루를 출발하여 10시 10분에 서울 인천국제공항에 도착하게 된다.

▰▰▰ 10 (일) 부슬비

기내에서 제공하는 계란샌드위치와 요플레로 이루어진 스낵에다 4천 원 주고 아메리카노 커피 한 잔을 시켜 들고서 조식을 때웠다. 제대로 된 식사를 하려면 사전에 예약해 두어야 하는 모양이다. 돌아오는 Jin Air 기내에는 여자 승무원이 있었는데, 그들도 모두 블루진 바지 차림이었다. 오전 10시 무렵 인천공항에 착륙했다.

10시 50분발 진주행 버스를 타기 위해 짐을 찾자말자 서둘러 매표소로 가보았지만, 그 버스는 방금 떠났다는 것이었다. 할 수 없이 다음 차인 13시 30분 발 코리아와이드대성의 표를 끊어두고서 공항 화장실로 가 세수와 면도를 하였고, 로비의 충전기에다 컴퓨터와 스마트폰을 연결해두고서 3월 8일자 일기 입력 작업을 계속하였다. 점심은 아내가 사 온 김밥과 물 한 통으로 때웠다. 내려오는 버스 속에서도 입력을 계속하였지만, 9일분의 일기 작성을 시작한 지 얼마 되지 않아 진주에 도착하였다.

17시 40분 무렵 개양의 정촌초등학교 앞에 내려 택시를 타고서 우리 집에 도착한 직후, 집 앞의 얼치기냉면숯불갈비에 들러 돼지양념갈비와 된장찌개 및 비빔냉면으로 석식(43,000원)을 들었다. 교회에 갔던 회옥이는 내가 취침한 직후에야 귀가하였다.

남부아프리카

▰▰ 2019년 4월 13일 (토) 흐림

아내와 함께 회옥이가 운전하는 승용차를 타고서 장대동 시외버스터미널로 가 11시 20분에 출발하는 김해공항 경유 부산 사상 행 영화여객 우등버스를 탔다. 진주에서 김해공항으로 가는 버스는 07:20, 11:20, 14:50, 18:10 등 하루 네 차례 있는데, 우리는 그 중 두 번째 버스를 탄 것이다. 아내가 이미 오래 전에 승차권을 예매해 두었기 때문에 기사 바로 뒤쪽 1·2번 좌석을 배정받았다. 도중 혁신도시에서 정거하여 사람들을 더 태운 다음, 12시 34분에 도착하였다.

오후 3시인 집합시간까지는 꽤 여유가 있으므로, 먼저 집합장소인 국제선 1층 도착장 4게이트의 바깥에 있는 부산미도어묵에 들러 수제유부주머니 우동과 공기밥으로 점심(17,000원)을 들었다. 2층 출국장에 하나뿐인 서점에 들러보았지만, 규모가 아주 작아 남부아프리카 관계의 여행안내서는 없었으며, 식당가인 3층의 SKT 로밍서비스 사무실에도 들렀으나, 우리가 이번에 방문하게 되는 남아프리카 지역은 인터넷 사정이 좋지 않고, 하루 3분의 무료통화서비스는 기본으로 제공된다고 하므로, 시니어 할인요금으로 하루 5,500원 정도 지불해야 하는 별도의 로밍 서비스는 신청하지 않고서 현지 WiFi를 이용하기로 했다. 아내가 출국할 때마다 전화를 걸어 국제로밍에 가입하므로, 인터넷 등을 이용하려면 아내의 휴대폰을 사용할 수도 있다.

이번 여행은 혜초여행사의 부산지점이기도 한 부산시 동래구 온천동 1436-2 성암빌딩 505호에 있는 JM투어가 기획·총괄진행 하는 '남아공+빅폴 아프리카 4개국 9일'인데, 참가자는 20명이고 그 외에 인솔자로서 여행사 대표인 김종민 씨가 동행한다. 행사지원과 현금영수증발급은 하나투어에서 한다. 전 일정 준5성급호텔을 사용하며 노쇼핑·노옵션인데, 대다수가 원할 경우 시간이 허용하는 범위 안에서 선택 관광이 가능하다고 되어 있다. 방문국은 남아프리카공화국·보츠와나·짐바브웨·잠비아 등 아프리카 남부 지역의 네 나라인데, 앞의 두 나라는 무비자이고, 뒤의 두 나라는 통합비자 (Uni Visa) 시행으로 비자 피가 $50이나, 현지 사정에 의해 사전 통보 없이 통합비자 발급이 어려울 수도 있다. 이 경우 각각 비자를 발급받아야 하며 $95~$125로 인상될 수 있다고 한다. 그 외의 불포함 사항으로서 기사/가이드 팁 $90이 있다. 여행요금은 419만원인데, 조기예약·발권으로 389만원으로 할인되었다고 한다. 여행기간은 4월 13일부터 21일까지이다.

이과수·나이아가라와 더불어 세계 3대 폭포의 하나인 빅폴 즉 빅토리아 폭포는 1년 중 수량 차이가 극심한데, 11월부터 3월까지의 우기가 끝나고 건기에 진입하는 4월은 잠베지 강물이 아주 많아 최고의 폭포 경관을 만나게 되며, 기온도 15~29℃라 적당하다고 한다. 남아공 역시 3월까지의 우기가 끝나고서 건기로 접어들며, 4월 중순은 가을 날씨로서 12~24℃ 정도이므로, 이런 점들을 고려하면 지금이 이 지역들을 여행하기에 가장 좋은 시기이다. 나는 과거에 북아프리카의 이집트를 두 번 방문한 적이 있고, 모로코를 방문한 적도 한 번 있었으나, 아프리카의 그 외 지역은 간 바 없었다.

우리는 오후 3시까지 집결하여 티케팅 한 다음, 3번 게이트에서 5시 40분발 Cathay Dragon KA311편을 타고서 약 3시간 30분을 비행한 다음, 20시 05분에 홍콩국제공항 1터미널에 도착하게 된다. 그런 다음 14일 00시 20분에 Cathay Pacific Airway CX747편을 타고서 13시간 10분을 비행하여 같은 날 07시 30분에 요하네스버그의 터미널 8에 착륙할 예정이다.

홍콩국제공항은 홍콩에서 가장 넓은 란터우 섬(爛頭島/大嶼山)의 북쪽에 인접한 첵랍콕(츠례자오, 赤鱲角)섬에 위치해 있다. 부지면적 1,248만㎡로서 1998년에 개항하였고, 공항 개항에 맞춰 공항과 란터우 섬의 둥충(東涌) 지구 및 도심(九龍, 香港 섬)을 연결하는 지하철이 개통되었다.

홍콩 시간은 중국과 같아 한국보다 한 시간이 늦다. 홍콩 행 비행기는 기체의 바깥 면에 港龍航空 Dragonair라고 적혀 있고, 작은 글씨로 香港亞洲國

際都會라 적은 것도 보이니 홍콩 소속이다. 홍콩의 Cathay Pacific(國泰航空公司) 계열사인데, 홍콩이 중국으로 반환되기 전부터 있었던 후자는 주로 장거리를 운행하고, 전자는 중국을 중심으로 비교적 근거리를 운행하는 모양이다.

김종민 씨는 꽤 젊어 보이지만 58년 개띠라고 하니 벌써 62세인 셈이다. 자신의 성의라면서 우리 일행 각자에게 $1짜리 10장이 든 흰 봉투 하나씩을 나눠주었다. 지금까지 해외여행을 제법 해보았지만, 여행사 측에서 고객에게 돈을 나눠준 것은 이번이 처음이다. 일행 중 어느 부인의 말에 의하면, 그는 과거에도 이렇게 돈을 나눠주더라고 한다. 우리 일행은 내 정도 나이로 보이는 커플이 모두 5쌍, 좀 더 젊어 보이는 커플이 한 쌍이며, 그 외의 8명은 모두 여자인데, 개중에는 서울에서 내려온 사람 한 명이 끼인 제법 나이 들어 보이는 부인 네 명 팀이 있고, 그보다 좀 더 젊어 보이는 40~50대 정도의 네 명 팀이 또 하나 있다. 노년 부부 팀 중에는 부산의 남천동·해운대·기장에서 온 사람들이 있는데, 해운대에서 온 부부 중 남편은 대학교수로서 그 부인이 회갑을 맞은 것을 기념하여 이번 여행에 나섰다고 한다.

홍콩까지 가는 동안 우리 내외의 좌석은 47H·J이며, 요하네스버그로 가는 비행기 내에서의 좌석은 68J·K이다. 타고 보니 기내의 제일 끝 좌석이었고, 우리 일행도 모두 주위에 모여 있었다. 비행기 안에서 나는 香港電視臺가 작년에 제작한 「文化長河鐵道行Ⅱ」라는 다큐멘터리 한 편을 시청하였다. 철도 여행을 하며 중국 남부 지방의 풍경과 문화를 소개하는 프로였는데, 廣東語로 방송하고 中語繁體 자막이 나왔다. 우리 내외가 다음 달에 여행할 江西省의 三淸山도 소개되었다.

나는 한 주 전에 이미 여행 짐을 꾸려두었으나, 오늘 출발한 이후에 보니 트렁크 카버를 작은 사이즈의 것으로 잘못 가져왔고, 깜박 잊고서 해외여행용 듀얼타임 손목시계도 챙겨오지 못했다.

홍콩 첵랍콕국제공항의 34번 게이트에서 대기하다가 요하네스버그 행 비행기에 탑승하였다. 홍콩까지 올 때 탔던 비행기보다는 꽤 큰 것이었는데, 기내로 들어가면서 홍콩에서 발행되는 신문 「明報」 오늘자를 한 부 집었다. 홍콩에서는 아직도 대륙의 簡字를 사용하지 않고 臺灣처럼 繁字를 그대로 사용하고 있다. 이 기내에도 홍콩 행 비행기의 경우와 마찬가지로 한국인 스튜어디스가 있고, 좌석 앞 모니터에서는 한국어를 선택할 수 있는 프로도 많다.

Wikipedia에 의하면, 남아프리카공화국은 아프리카대륙 최남단에 위치하였고, 수도는 세 개인데, 프리토리아가 행정수도, 블룸폰테인이 사법수도, 케이프타운이 입법수도이며, 최대도시는 우리가 향하고 있는 요하네스버그이다. 공용어는 영어·아프리칸스 및 각 부족어를 포함하여 모두 11개이며, 1910년에 영국으로부터 독립하여 남아프리카연방을 수립하였고, 면적은 한국의 12배 정도로서 세계에서 25위, 인구는 2016년도 어림으로 5565만 명이며, 1인당 국민소득(GDP)은 $11,300로서 84위이다. 통화는 랜드(ZAR)인데, 달러에 비해 1/14의 가치를 지녔다.

■■■ 14 (일) 맑음

기나긴 비행시간 동안 잠을 청해보다가 모니터를 통해 한국에서 히트 친 영화「보헤미안 랩소디」를 한 편 시청하였다. 2시간 15분 길이이며, 그룹 사운드 Queen의 리드 가수 프레디 머큐리의 생애를 다룬 것인데, 한국어 자막이 있었다. 기내식이 두 번 제공되었으나, 아내는 거의 들지 않았다.

도착한 지 얼마 후 스마트폰을 통해 시간을 보니 한국은 14일 오후 2시 41분인데, 이곳은 같은 날 오전 7시 41분으로서 시간이 거꾸로 흐른 셈이 되었다. 남아공의 시간대는 영국의 그리니치천문대 기준으로 +2이며, 한국에 비해서는 17시간이 늦은 것이다. 공항에서 요하네스버그 가이드인 박광인 씨의 영접을 받아, 바깥에 Springbok Atlas라고 씌어 있는 48인승 대절버스를 탔다. 과거에도 타본 적이 있는 Irizar사 제품이었다. 박 씨는 중년 정도로 보이고, 후리후리한 체격이었다. 그의 가족들이 먼저 이 나라에 정착하였고, 그는 제일 마지막으로 왔다고 한다. 현재 요하네스버그 시의 교외 지역에 살고 있다. 남아공에 한국 사람은 2,500명 정도 거주한다고 했다.

우리가 내린 요하네스버그 공항의 정식이름은 O.R. Tambo국제공항이다. 1952년에 개항할 당시에는 얀 크리스티안 스뮈츠(Jan Christiaan Smuts) 국제공항이었는데, 그(1870~1950)는 남아프리카연방의 2대 및 4대 수상을 지냈고, 제1차 및 제2차 세계대전에서 영국군 육군 원수였던 인물이다. 올리버 탐보(1917~1993)는 넬슨 만델라(1918~2013)의 오랜 동지로서 1967년부터 1991년까지 ANC(African National Congress)의 의장이었고, 만델라를 차기 의장으로 삼아 대통령으로 만든 장본인이었다. 남아공에서는 제1당의 당수가 대통령으로 되는 것이 관례라고 한다. 만델라를 이어서 남아공의 다음 대통령으로 된 사람이 공항 이름을 이렇게 바꾸었다.

우리는 40분 정도 이동하여 123 Rivonia Road, Sandton에 있는 오늘의 숙소 Holiday Inn Santon의 1층 식당에서 조식을 들었다. 그리로 가는 도중 현지 가이드 박광인 씨는 남아공의 역사에 대해 대충 설명해 주었다. 그의 말을 참조하고 또한 이후 내가 조사해 본 바를 종합하면, 남부 아프리카의 원주민은 부시맨 족인데 그들은 너무나도 유순하고 착한 사람들이나 지금 보츠와나에 55,000명, 나미비아에 27,000명, 남아공에 10,000명, 앙골라에 5,000명, 짐바브웨에 1,200명 등 총 9만 명 이하가 생존해 있을 따름이다. 부시맨은 '수풀 속에 사는 사람'이라는 뜻으로서 서양인이 비하의 의미를 내포하여 붙인 이름이고, 정식으로는 산(Saan) 족 혹은 코이산 족이라고 한다.

이 땅에 처음 정착했던 서양인은 네덜란드인으로서, 오늘날 이 나라의 국교가 개신교로 된 것은 그들의 영향이고, 네덜란드어를 중심으로 하여 독자적으로 발전한 아프리칸스(Afrikaans)라는 언어를 만들어내기도 하였다. 현지인의 주식은 옥수수이며, 오늘날까지도 남아공은 농업 생산이 활발하여 아프리카 전체를 먹여 살린다고 할 정도로 농산품의 수출이 왕성하다.

우리 숙소가 있는 샌튼은 요하네스버그의 중심지로서 땅값이 가장 비싼 지역이며, 요하네스버그는 이 나라 경제의 중심으로서 남아공 전체에서 가장 부유하다. 이 나라 경제는 금융업과 광산업 그리고 관광업이 3대 축이다. 금과 다이아몬드가 무진장으로 나서 과거 상당한 기간 동안 이 도시가 세계 다이아몬드 거래의 9할 이상을 차지했을 정도였으나, 현재는 세계 생산액의

66%를 차지하고 있다. 세계 매장량의 절반(어떤 자료에는 세계 2위)을 차지하는 금의 생산은 세계 4위이며, 백금은 세계 1위이다. 다이아몬드는 이 나라에서 Blood Diamond라고 불릴 정도로 인간의 탐욕으로 말미암은 부정적인 면을 많이 가지고 있다. 처음 중부의 오렌지 강 유역에서 야곱이란 이름의 네덜란드인 소년에 의해 20캐럿짜리 다이아가 발견되었으나, 당시 그의 가족은 그 가치를 몰라 집안 거실에다 장식품으로서 비치해 두고 있다가 그것이 무엇인지를 아는 사람의 요청에 따라 그냥 주어버렸는데, 그것이 바로 유레카 즉 샛별이라 불리는 물건이었다.

이후 세실 존 로즈(Cecil John Rhodes, 1853~1902))라는 영국인 광산업자가 킴벌리에서 농장주로부터 땅을 매입하여 1971년 대규모의 다이아몬드 광맥을 발견하였고, 자기에게 땅을 판 그 농장주의 이름을 따서 1888년에 De Beers Consolidated Mines Ltd.라는 회사를 차려 거부가 되었는데, 그 회사는 지금까지도 세계의 다이아몬드 업계에서 가장 유명한 것이다. 그는 이후 다이아몬드광·금광을 비롯하여 철도·전신 사업 등을 경영하여 남아프리카의 경제계를 지배하고 거대한 재산을 모았다. 1880년 이후에는 정계에도 진출하여 아프리카 전체를 영국령으로 만들려는 꿈을 가지고서 1889년에 영국남아프리카회사(BSA)를 설립하고, 다음해 케이프 주 식민지 총독이 되었다. 이집트의 카이로로부터 남아프리카의 케이프타운까지를 연결하려는 아프리카 종단정책(Cape to Cairo Line)이 그것이다. 1887년경부터 중앙아프리카의 무력정복에 착수하여 1894년에 완성, 지금의 잠비아와 짐바브웨 지역에다 자기 이름을 따서 로디지아를 설립하기도 하였으나, 결국 그 꿈을 달성하지 못한 채 49세의 나이로 죽었다. 사후에도 그의 포부에 따라 머리는 카이로로 향하게 한 채 묻혔다. 모교인 옥스퍼드 대학에는 지금도 그가 남긴 로즈 장학금이 유명하다고 한다.

1901년에는 컬러로이라는 사람이 300캐럿짜리 대형 다이아를 발굴하여, 이런저런 우여곡절을 거쳐 그것은 결국 영국 왕실에 귀속하게 되었고, 현재 Star of Africa란 이름의 그 보석에서 잘라낸 것들이 영국 왕관이나 국왕의 홀 등에 부착되어 있다. 그리고 요하네스버그 인근에서 대규모 금광이 발견되어, 1,500m 지하로까지 채굴하여 내려갔고, 현재는 그 중 많은 부분이 물로 채워져 있다.

인구 50만인 네덜란드계 보어인의 땅에서 이처럼 대규모의 다이아와 금광이 발견되자 그것을 탐낸 영국이 제1차 보어전쟁을 일으켰다가 패배하였고, 제2차 전쟁에서는 영국 본토로부터 45만 명의 군대를 파견하여 결국 승리하였다.

우리는 3번 고속도를 따라가다가 도중에 1번 고속도로 접어들었다. 넓은 도로에서 신호를 대기하고 있는 도중 학생 네 명이 도로 한가운데서 춤을 추는 광경을 목격하였다. 이런 식으로 깜짝 쇼를 보여주면서 통행하는 사람들의 잔돈 기부를 받는 것이 이 나라에서는 다반사라고 한다.

호텔로 가는 도중 알렉산드라라는 곳의 흑인 거주 지역을 통과했다. 투옥되기 전까지 만델라의 주된 활동무대는 요하네스버그였는데, 그는 알렉산드라에 거주하면서 변호사 시험에 합격했고 요하네스버스 남쪽의 소웨토에 주로 살았다. 그가 집권한 이후로 많이 개선되었지만 이곳은 여전히 빈민촌이고, 이 나라 경제는 아직도 백인들이 장악하고 있다. 국민의 56%가 빈민이며, 지방에서의 평균 임금은 월 30만 원, 도시지역은 40만 원 정도이다. 부정부패가 심하여 경제는 퇴보하고 있는데, 만델라 집권 당시 달러와의 환율이 7:1이었던 것이 지금은 그 배인 14:1로 떨어져 있다. 흑인들은 오늘 행복하기만 하면 되지 저축할 줄을 모르다고 한다.

남아공은 에티오피아와 더불어 6.25 당시의 UN 참전국이며, 처음으로 직립보행 한 인류의 유골도 요하네스버그 인근 지역에서 발견되었다. 이 나라는 간디의 생애와도 불가분의 관계가 있는데, 그가 영국에서 대학을 졸업한 후 변호사 자격을 얻어 1년 계약으로 처음 남아공에 왔다가 열차의 1등칸에서 인종차별로 말미암아 끌어내려지는 수모를 당한 것이 그의 생애에서 결정적인 轉機가 되었으며, 1895년에 남아공으로 들어와 20년간 거주하다가 제1차 세계대전이 발발한 이후 인도로 돌아갔던 것이다. 한국의 권투선수 홍수환이 동양챔피언이 된지 얼마 되지 않아 더반에서 세계챔피언의 타이틀을 획득한 데에도 백인을 꺾어주기 바라는 흑인들의 열렬한 성원이 도움이 되었다고 한다. 남아공 영토 내에 레소토와 스와질란드라는 독립된 두 왕국이 존재하고 있으며, 이 두 나라를 비롯해 남아공에서는 아직도 일부 다처제가 공공연히 시행되고 있다.

식사를 마친 다음, 다시 한 시간 정도 이동하여 요하네스버그의 북쪽에 있는 Lesedi 민속촌을 보러 갔다. 레세디는 '빛의 장소'라는 의미이다. 이곳은 Zulu·Sotho·Xhosa·Nguni·Pedi 등 다섯 개 부족의 전통가옥과 민속이 보존되어 있는 일종의 관광지이며, 그 외에 Ndebele 족의 이름이 적힌 근대적 분위기의 집도 있었다. 만델라는 코사 부족에 속한 템부 족 족장의 아들로 태어났지만, 아버지가 족장에서 물러나자 어려운 가정형편 속에서 성장하였다. 줄루는 가장 용맹한 부족으로서 영국과의 사이에 있었던 줄루전쟁으로 특히 유명하다. 여기에 그 문화가 보존된 부족들은 아직도 비교적 유력한 족속인 모양이다.

우리는 먼저 입구 부근의 기념품점들을 둘러본 후, 그 옆의 둥그런 건물 안으로 들어가 계단식 좌석에 걸터앉아서 어린 시절에 보았던 활동사진의 화면 같은 가설 스크린을 통해 남아프리카의 역사에 관한 다큐멘터리를 한 편 시청하였다. 그런 다음 각 단체 별로 나뉘어 전통복장을 한 가이드의 안내를 받아 여러 부족들의 마을을 방문하여 원주민과 사진을 찍고 그들의 살림살이를 둘러보았다. 부족 마을에서 권하는 바에 따라 말린 누에를 씹어보기도 하였으며, 벌레를 방지하기 위해 집의 안팎이나 마당의 테이블 등에 소똥을 발라둔 것을 보기도 하였다. 출발 장소로 되돌아와 영화를 보았던 곳보다도 더 큰 다른 건물 안에서 원주민 남녀 집단의 여러 가지 전통무용을 관람하였다. 그들의 춤과 음악은 다이내믹하기 그지없어 선천적으로 흥을 타고났다는 느낌을 주었다. 그곳 식당에서 임팔라·악어 등 현지의 야생동물 고기들이 포함된 보마(Boma)라고 불리는 뷔페로 늦은 점심을 들었다.

호텔로 돌아온 다음 방을 배정받았고, 1시간 50분 정도 휴식을 취한 다음, 다시 차를 타고서 호텔에서 5분 정도 거리에 있는 같은 리보니아路의 넬슨 만델라 광장으로 이동하였다. 호텔은 프런트가 있는 G층 외에 9층까지 있는데, 일행은 모두 2층 방에 들었고, 우리 내외는 219호실을 배정받았다. 만델라 광장은 쇼핑몰인데, 그 중앙에 분수대와 더불어 높이 6m의 만델라 동상이 서 있다. 만델라는 1918년생이므로 지금이 그 백주년에 해당한다. 이 나라에서는 상점이 오후 6시까지만 영업하므로 거기서 오후 6시 30분까지 1시간 정도 자유 시간을 가졌다. 아내와 나는 지하 1층(?) 지상 6층이라고 하는 거대한 쇼핑몰 건물 안으로 걸어 들어가 지하 1층 B11의 잡화점에서 마우스용 작은 전지 세트 하나를 신용카드로 69.9란드에 구입하였고, 같은 층 L50b의 FNB라는 서점에서 중남아프리카 도로지도와 케이프타운 및 그 주변 지역 지도를 각각 하나씩 구입하여 265란드를 결제하였다.

그런 다음 만델라 동상이 있는 곳으로 돌아와, 동상 옆의 Shop 120 1ST Floor에 있는 Wangtai라는 상호의 태국 식당에서 태국식과 아프리카식이 혼합된 퓨전음식으로 석식을 들었다. 인솔자 김종민 씨는 중식 때도 일행에게 맥주와 콜라를 대접하더니, 석식에서도 남아공의 명물 중 하나인 레드와인을 샀다. 우리 내외의 옆자리에 해운대 신시가지에 산다는 김상근 씨 내외와 해운대 신시가지에 살다가 기장으로 이사 간 지 10년쯤 되었으며 건축업을 한다는 한인수 씨 내외가 앉았는데, 김 씨네는 뉴질랜드의 밀포트 트레일과 에베레스트 전망대인 칼라파타르 트레킹을 하고 온 이야기를 하는 것으로 보아 여행 경험이 풍부한 사람이었다. 김상근 씨와 한 씨 부인 이명자 씨는 산악회 회장을 맡은 적도 있었다고 한다. 특히 이명자 씨는 스페인 산티아고 순례 길의 프랑스 코스 전체를 걸었을 뿐 아니라 한 달 동안에 걸쳐 남미 일주를 하고 그 중 사흘 동안 마추픽추 트레일도 답파했다는 것으로 미루어 마니아라고 할 수 있겠다.

김상근 씨를 비롯하여 그 옆에 앉은 나이 든 여성 팀 네 명 중에는 아내와 동갑인 66세가 많았고, 한 씨 부부는 내외가 동갑으로서 64세라고 했다. 김 씨는 수사 업무 34년을 포함하여 총 38년간 경찰공무원으로 근무하다가 2014년에 정년퇴직하고서 석·박사 과정을 졸업하여 국제관계학 박사학위를 취득한 부산 신라대의 국제학부 국제관계학전공 초빙교수가 되어 5년을 더 일하다가 올해 퇴직하였다. 그는 지금도 KY금영그룹의 부회장으로 있다. 술을 좋아하여 한국에서 페트병에다 소주를 담아 다섯 개를 가져왔고,

그에 반해 한 씨는 체질상 전혀 술을 들지 못한다고 했다.

■■■ 15 (월) 맑음

오전 7시 남짓에 호텔을 출발하여, 어제 내린 공항으로 향했다. 티케팅 한 이후 우리 일행 중 이희열 씨의 탑승권 하나가 엉뚱하게도 우리가 이틀 후에 갈 케이프타운 행의 것으로 잘못 발급되었음이 확인되었으므로, 인솔자가 데리고 카운트로 되돌아가서 다시 발급받았다. A25 게이트에서 대기하다가 South African Airways의 SA048편을 타고서 27A·B석에 앉아 요하네스버그를 출발하여 북쪽으로 날아가 12시 20분에 잠비아의 리빙스턴에 있는 Harry Mwaanga Nkumbula 국제공항에 도착하였다. 요하네스버그와 이곳의 시차는 없었다. 빅토리아 폭포에서 가까운 이 일대는 잠비아·짐바브웨·보츠와나·나미비아 네 나라의 국경 지역이다.

도착한 후 입국심사대에서 Uni Visa를 발급받았는데, 두 곳의 데스크에 3명의 경찰관이 배치되어 심사를 하여 시간이 엄청 걸렸다. 친절해 보이는 좀 뚱뚱한 여자 공무원이 몇 개의 줄에 나눠서있는 우리 일행을 직원 한 명이 심사하는 데스크로 모이게 하므로 단체여행자에 대해 편의를 제공하는 줄로 알았으나, 그 옆 심사원이 없는 곳에 따로 줄을 섰던 백인 등이 하나둘 차례로 끼어들기를 하더니, 나중에는 우리를 그리로 가게 했던 여자공무원이 우리 뒤에 서 있던 프랑스인 일행 등도 그쪽 줄로 옮겨가게 하여 새치기를 하게 만들므로 1시간 이상 시간을 끈 끝에 결국 우리는 제일 꼴찌로 심사장을 떠나게 되었다. 새치기에 화가 난 내가 'Please Queue!(줄 서시오)'라고 소리를 지르기도 했으나, 현지의 경찰관이 그들을 방조하므로 아무 소용없었다. 설상가상으로 입국 심사를 마치고서 짐을 찾으려 하니 이희열 씨네 트렁크 하나가 결국 나오지를 않아 그 때문에 또 좀 시간을 끌다가, 결국 짐을 찾지 못한 채 오후 1시 45분이 되어서야 공항을 떠났다.

바깥에 Batoka Safari라고 적혔고, 산양 두 마리가 마주보고서 서로 뿔을 겨누는 그림이 있는 것이 우리의 대절버스인데, 빅토리아 폭포 지역의 현지 가이드는 Brighton이라는 이름을 가진 한국어를 모르는 흑인이고, 기사는 말루스라는 사람이었다. 그러나 그들도 한국 손님들과의 경험을 통해 약간의 한국어 단어를 알고 있기는 했다. 얼마 후 잠베지 강에 걸쳐진 1905년에 개통된 The Victoria Falls Bridge에 도착하여 다리 부근의 양쪽에서 출입국 심사를 마친 다음, 짐바브웨 쪽의 Victoria Falls 마을로 건너왔다.

식당까지 약 30분을 이동하는 도중, 길거리 여기저기에서 쓰레기통을 뒤지는 제법 덩치가 큰 원숭이들이 눈에 띄었다. 요하네스버그 가이드가 말하던 개코원숭이가 아닌가 싶었다. 잠비아는 공용어가 영어이고, 영국 남아프리카회사가 진출하여 그 지배를 받다가 1964년에 독립하였으며, 면적은 39위, 인구는 1547만, 1인당 국민소득은 2015년 현재 $1,722이다. 짐바브웨도 공용어는 영어이며, 인구는 2015년 기준 1422만 명, 2012년도 기준 1인당 명목 국민소득은 $858이나 구매력 평가기준으로는 $549이며, 면적은 한반도의 1.8배에 달한다. 1965년에 백인정권이 영국으로부터의 독립을 선포하여 남로디지아공화국을 성립시켰으나, 오랜 무장투쟁 끝에 1980년 로버트 무가베가 이끄는 짐바브웨공화국이 선포되었다. 둘 다 극빈국이라 할 수 있다.

Victoria Falls Center 옆에 있는 Shearwater Cafe에 도착하여 대구튀김·감자튀김·샐러드로 구성된 늦은 점심을 들었다. 그런 다음 1인당 입장료가 $30인 빅토리아폭포 국립공원에 입장하였다. 빅토리아폭포는 1855년 스코틀랜드인 선교사 겸 탐험가 David Livingston에 의해 발견되었다. 길이 1.7km, 높이는 70에서 108m까지에 달하는데, 현지인들이 모시오아툰야(Mosi-oa-Tunya) 즉 '천둥 치는 연기'라 부르고 있던 이 거대한 폭포를 리빙스턴은 당시 영국여왕의 이름을 따서 Victoria Falls라고 명명하였다. Vic Falls라는 약칭으로 불리기도 한다. 2·3월 최대 수량일 때는 분당 5억 리터의 물이 쏟아지다가 4월 중순부터 11월까지의 건기가 끝날 무렵이면, 수량이 분당 천만 리터로서 50분의 1로 줄어든다고 하는데, 지금은 거의 최대 수량에 가깝다. 각 뷰포인트마다 번호가 매겨져 있는데, 우리는 리빙스턴 동상이 서 있는 1번부터 리빙스턴 섬 전망대인 12번까지 둘러보았다. 어마어마한 물보라로 옷이 흠뻑 젖는다는 설명을 들은 바 있으므로, 비옷·우산을 비롯하여 가방 안의 물건이 젖지 않도록 방수장비를 단단히 차려왔는데, 그 정도는 아니어서 비옷을 입을 필요까지는 없었다. 곳곳에 물보라로 말미암아 전망이 흐린 곳이 많았다. 나는 드디어 나이아가라·이과수를 비롯한 세계 3대 폭포를 모두 둘러보게 되었다. 나이아가라에 비해서는 규모가 훨씬 크며, 세계에서 가장 길고 수량도 풍부한 폭포라고 한다.

리빙스턴의 동상은 그가 이 폭포를 발견한지 100년째인 1955년에 The Federation of Rhodesia and Nyasaland의 Governor-General 즉 총독에 의해 세워진 것으로 동판에 새겨져 있는데, 여기서 말하는 로디지아는 그 북부가 오늘날의 잠비아, 남부는 짐바브웨이며, 니아살란드는 말라위이다.

폭포 구경을 마친 후 유람선을 타고서 잠베지 강에서의 선셋 크루즈를 떠났다. 빅토리아 폭포의 북쪽으로 잠비아와 짐바브웨의 국경을 이룬 잠베지 강을 따라 5km 정도 올라가 커다란 섬을 한 바퀴 돌아서 내려오는 코스였다. 강의 도처에서 두세 마리씩 모여 있는 하마를 보았고, 악어와 강변의 밀림 속에 있는 커다란 새들을 볼 수 있었다. 도중에 강물 위로 붉은 해가 지는 풍경 또한 정말 멋있었다.

어두워진 다음 하선하여 310 Parkway Victoria Falls에 있는 Pariah State라는 레스토랑의 Vic Falls 점에 들러 쇠고기 스테이크로 석식을 들었다. 오늘 저녁의 와인과 음료수는 김상근 씨가 샀다. 석식 중에 알았지만, 오늘 트렁크를 잃어버린 부산 화명동에 사는 이희열 씨와 남천동에 사는 이원준 씨는 경북중·고등학교의 동창으로서 이희열 씨는 부산대학교 지리학과를 정년퇴직했다. 이원준 씨와 동갑인 그 부인 박수자 씨도 관광경영학 교수로서 부산 동명대에서 22년, 부산여대에서 12년을 가르치다가 퇴직하였다. 그녀는 200번 이상 해외여행을 했다는 소문이 있다. 그러고 보면 우리 일행 중 초빙교수라는 이상한 직함을 가진 김상근 씨를 포함시킨다면 남자 세 명과 아내를 포함한 여자 두 명이 교수인 셈이다. 이희열·이원준·박수자 씨는 나보다 한 살 연상이니, 내가 최고령자는 아닌 셈이다.

우리보다 다소 젊어 보이는 고비룡 씨는 밀양의 부자 집 출신으로서, 창원에 있는 「경남신문」의 기자 생활을 30년간 하여 밀양·창녕 지부를 담당하고 있으며, 연봉이 1억 정도로서 인터넷에 이름을 치면 자신에 관한 정보가 많이 뜬다고 말했다. 밀양에서 유치원을 경영하는 그의 부인이 아니고 부산 남천동에 사는 누님 고명숙 씨와 함께 왔다. 그 누님도 아내와 동갑으로서 66세인데, 음악 교사로 근무하다가 퇴직하였고 그 남편 또한 미술 교수라고 한다. 고 씨는 누나보다 10세 연하이다.

인솔자 김종민 씨는 국민은행의 지점장으로 근무하였고, 한국에 신탁 제도를 처음 도입했던 사람이라고 하는데, 9년 전부터 취미인 등산과 여행을 살려 이런 직업으로 전업했다. 나는 JM투어가 자기 이름의 이니셜일 줄로 짐작했었으나, 공식적으로는 'Journey and Mountain'의 이니셜로서 이번 여행에서도 대절버스의 출입문 유리에다 '여행과 산 JM투어'라는 표지를 붙여두었다. 비교적 젊은 여자 그룹 4인 중에는 국민은행 시절 자신의 부하 직원이었던 이도 있다는데, 그들 중에는 국민은행을 퇴직한 사람이 두 명, 아직 근무하고 있는 사람이 두 명이다. 아내와 동갑이 많은 여자 그룹 4명 중 3명은 부산에 사는 친구 사이고, 서울서 내려온 사람은 해외여행을 통해 만난 룸메이트와 마음이 맞아 이번에도 합류한 것이라고 한다.

식후에 A.P.O Box 300 Victoria Falls에 있는 Elephant Hills Resort에 들어 우리 내외는 641호실을 배정받았다. 꼭대기 층인 6층이었으나 프런트 가 4층에 있어 마치 2층 쯤 되는 양 혼란스러웠고, 우리 방으로 찾아가는 통로도 미로 같았다. 밤이라 둘러보지는 못했으나 구내가 꽤 넓어보였다. 우리는 이 호텔에서 이틀을 묵게 된다.

■■■ 16 (화) 맑으나 오후 한 때 비

오전 6시 반부터 식사를 하고 7시 반에 출발하게 되어 있는데, 1층까지 내려가 식당을 찾느라고 한참 동안 애를 먹었다. 알고 보니 식당은 프런트가 있는 4층에 있었다. 호텔 구내가 마치 널찍한 공원 같았다. 빅토리아 폭포에서 300m 밖에 떨어져 있지 않은지라, 폭포에서 피어오르는 물안개가 바라보였다.

오늘은 짐바브웨 국경으로 이동하여 보츠와나로 들어가서 세계 5대 사파리 중 하나이며 코끼리의 개체수가 가장 많다는 초베 국립공원을 둘러보게 된다. 사파리는 스와힐리어로서 사냥하러 떠나는 원정길을 의미한다. 대절 버스를 타고서 1시간 정도 달려 보츠와나와의 국경까지 가는데, 호텔 근처 의 마을 안에 원숭이와 멧돼지들이 어슬렁거리고 있었다. 대절버스는 중국 鄭州에 있는 Yutong사 제품으로서 2017년도 산이었다. 아스팔트 포장도 로가 잠비아국립공원 속으로 나 있는데, 숲속에서 가끔 기린 등 동물들이 보 였다. 대체로 평지인데, 가도 가도 끝없는 밀림 속에 철탑이 두어 번 나타났 다. 고원지대로서 해발고도가 1,100m 정도나 된다고 한다. 짐바브웨 측 Kazungula 국경 검문소에 도착하여 출국 및 입국 수속을 밟았다. 검문소를 지나면 보츠와나의 Kasane 지역이었다.

초베국립공원은 잠베지 강의 지류인 초베 강을 따라 자리 잡은 광활한 생 태공원으로서, 코끼리를 비롯한 대형 야생동물들의 번식지이다. 보츠와나 공화국은 공용어로서 영어와 츠와나어를 사용하며, 1966년에 영국으로부 터 독립하였다. 면적은 46위이며, 인구는 207만 명으로서 147위, 1인당 GDP는 2005년도 어림값으로 $11,410으로서 60위인데, 이처럼 남아공보 다도 국민소득이 높은 이유는 세계 3위의 다이아몬드 생산과 적은 인구 탓이 다. 그렇다고는 하지만 그 부가 심하게 편중되어 있는 것은 아닌지 모르겠 다. 이웃한 나미비아는 보츠와나의 서쪽으로 대서양에 접해 있는 나라이지 만, 보츠와나 북부로도 좁고 길게 영토가 이어져 잠베지 강에까지 닿고 있어 보츠와나의 북동쪽 끄트머리인 이 근처에서 나미비아 땅을 바라볼 수 있는 것이다.

거기서 우리는 버스를 내려 운전석과 조수석을 제외하고서 9인의 좌석이 있는 사방으로 트인 짚 세 대에 나누어 올랐다. 우리 내외는 김상근·한인수 씨 내외와 함께 6인이 탔다. 짚의 한쪽에 사다리 모양의 발 디딤대가 있어 그 리로 오르내리는데, 우리가 탄 것은 일제 닛산이었고 다른 것들도 대부분 토 요타 등 일제였다. 나는 망원경을 가져왔으나 깜박 잊고서 트렁크에 둔 채 그냥 왔고, 김상근 씨 댁에서 가져온 것을 때때로 나누어 사용하였다. 나미 비아 행 A33 도로를 따라가다가 도중에 Sedudu라는 곳에서 비포장 숲길로 접어들었다.

국립공원 안에는 임팔라의 개체수가 가장 많은 듯한데, 사슴처럼 생겼으나 수놈은 구부러진 뿔이 있고, 암놈은 뿔이 없다. 몽구스 가족이나 구루라고 부르는 큰 사슴 등도 보았다. 우리는 도중에 방향을 틀어 강가 쪽으로 나아갔는데, 초베 강가에는 동물들이 아주 많았다. 강가 습지에 하얀색 수련이 수없이 피어 있고, 임팔라를 비롯하여 악어·하마·버펄로·이구아나 등이 우글우글하였다. Kill Fisher라고 하여 벌새처럼 공중에서 날갯짓하며 머물러 있는 새와 Fish Eagle이라 부르는 흰목독수리(물수리?), 기타 이름 모를 새들이 많았다. 다시 숲속으로 돌아오니, 여기저기에 기린과 코끼리의 무리 및 긴 뿔을 가진 짐승도 있었다.

숲속과 강가 탐험을 마친 후 이리로 올 때 통과한 바 있는 카사네의 Chobe Safari Lodge라는 호텔로 돌아와 좀 늦은 점심을 들었다. 프런트로 가서 명함을 달라고 했더니 Under One Botswana Sky—Pom Pom Camp라는 제목의 팸플릿을 한 권 주었는데, 표지 하단에 'Heart of the Okavango'라고 씌어져 있었다. 이곳에서 그다지 멀지 않은 서쪽에 세계 최대의 내륙습지라고 하는 오카방고 삼각주가 있고, 이 호텔도 그 속에 있는 폼폼 캠프의 분점인 모양이었다. 거기서 든 뷔페에는 보마식이 포함되어 있었다. 점심 때 현지 가이드 브라이튼이 내 옆 자리에 앉았으므로 그와 영어로 좀 대화를 나누어보았다. 그는 잠비아 사람이며, 짐바브웨의 독재자 로버트 무가베는 독립 이후 무려 37년간을 내리 통치하다가 2017년에 권좌에서 쫓겨난 모양이다.

식후에 계단을 따라 좀 내려간 곳에 있는 부두에서 오후 1시 반부터 한 시간 반 동안 배를 타고서 그 일대의 초베 강을 둘러보았다. 우리 배의 선장은 빈센트라는 이름의 흑인이었는데, 그도 한국말을 조금 알았다. 하마나 버펄로·악어 등 큰 동물들이 있는 곳에서는 가까이 다가가 한참동안 지켜보았다. 가마우지·흰목독수리·Waterbuck 등도 보았다. 동물들도 사람이 자기네를 해치지 않음을 알기 때문에 피하지 않고 유유히 풀을 뜯고 있었다. 동물의 왕국이라고 할 수 있는 초베국립공원에서 실로 수많은 아프리카 야생동물들을 보았으나, 이른바 Big Five라고 하는 사자·표범·코뿔소·코끼리·버 펄로 등 덩치가 큰 다섯 가지 동물 중 사자·표범·코뿔소는 보지 못했고, 그 밖에 얼룩말도 눈에 띄지 않았다. 사자는 그 영역이 사방 4km 정도라 매우 드물게 분포되어 있기 때문에 사파리에서도 좀처럼 눈에 띄지 않는다고 한 다. 초베국립공원에 머무는 동안 다른 곳으로 보내졌던 우리 일행의 트렁크 하나가 호텔 프런트로 돌아와 있다는 소식을 접했다.

사파리를 마친 후 국경검문소로 다시 돌아와 재차 출국 및 입국 수속을 밟 은 다음, 올 때의 대절버스를 타고서 다시 잠비아국립공원을 경유하여 돌아 왔다. 우리가 사파리에 있는 동안 이쪽에는 소나기가 왔었던 모양으로, 포장 된 도로에 빗물이 흥건했고 하늘에는 쌍무지개가 떴으며, 얼마 후 부슬비가 다시 조금 내리기도 하더니 곧 화창하게 맑아졌다. 곳곳의 땅 위에 개미집들 이 제법 높직하게 솟아있었다.

돌아오는 도중 Sinathankawu Art & Craft Market이라는 곳에 들렀다. 오후 4시 49분부터 5시 반 무렵까지 거기에 머물렀다. 이곳 흑인들은 손재 주가 많아 스스로 정교하게 깎은 나무나 돌 등으로 만든 동물 및 가정용품 등을 전시하여 판매하고 있었다. 일종의 가설시장인 셈인데, 상점 수가 많고 전시된 제품들이 정교하고도 다양하였다. 가격은 정해져 있지 않고 흥정을 해야만 한다. 나는 $25 부르는 것을 인솔자가 $10로 흥정해 둔 가격을 따라 서 그와 똑같은 제품인 하마와 코뿔소 각 한 마리씩의 목각품을 구입하였고, 돌아올 무렵에는 빅 파이브 한 세트를 단돈 $10에 판다는 말을 듣고서 상인 을 따라가 그것을 구입하였다. 아내는 요리도구와 목제 그릇 등 가정용품 몇 종류를 $30에 샀는데, 아무래도 바가지를 쓴 듯하다.

이곳까지 돌아올 때 도로 가에서 바오바브나무를 더러 보았지만, 이 마을 근처에는 여기저기에 바오바브나무가 아주 많았다. 개중에 The Big Tree 라고 하여 수령이 1,000~1,500년이나 되는 거목이 있어서 거기에 차를 멈 추고서 나무를 배경으로 기념촬영을 하였다. 그 부근에도 길가에 펼쳐진 조 각품 노점들이 있었는데, 나는 흥정하여 그들로부터 큼직한 기린 한 마리를 $5에, 손바닥만한 바보바브 열매 두 개를 단돈 $1에 구입하였고, 아내를 도와 목제 사발 두 개를 또한 $5에 구입하였다. 숙소에 거의 도착하여서도 길가에서 개코원숭이 등을 보았다.

오후 5시 50분에 호텔에 도착하여 휴식을 취한 다음, 7시에 다시 집합하여 대절버스를 타고서 제법 이동하여 Mollet Drive, P.O.Box 10, Victoria Falls에 있는 The Victoria Hotel로 가서 석식을 들었다. 이 호텔은 1904년에 영국인들이 만든 이 지역 최고급 호텔로서 이미 120년 정도의 역사를 지녔는데, 호텔 수준은 우리가 묵는 곳과 비슷하지만 특히 그 안쪽 뜰에서 펼쳐지는 뷔페식 레스토랑 Jungle Junction이 유명하여, 거기서 식사를 들기 위해 온 것이다. 이곳 음식에도 보마식이 포함되어 있었다. 식사 중 Drum Show라고 하여 원주민들이 펼치는 다양한 전통무용 공연을 감상하면서 스마트폰 동영상으로 그 모습을 수록하기도 하였다. 가면을 쓰거나 목발 위에 타고 올라서서 하는 공연과 무기를 들고서 싸우는 춤이 많았다. 그 호텔로 가고 오는 도로에는 가로등이 전혀 없었다.

이 일대의 나라들은 남아공보다 더운 곳이므로 나는 어제 오늘 계속 반바지에 반팔 차림으로 나다니고 있으며, 말라리아 약은 가져왔지만 복용하지 않았다. 내일 아침에는 $165 짜리 옵션으로 헬기를 타고서 빅토리아폭포를 내려다보게 되는데, 나를 포함한 10명이 신청하고 겁이 많은 아내는 신청하지 않았다. 15분 정도 헬기를 타는데 20만 원 가까운 가격이니, 오늘 흥정한 물건 값이나 이 나라의 국민소득을 고려한다면 너무 비싸다고 하지 않을 수 없지만, 안보면 후회가 될까 싶어 신청하였다.

■■■ 17 (수) 맑음

오전 6시 반부터 식사를 하고서 헬기 투어를 하는 사람들은 7시에 집합하여 SUV 승용차 두 대에 나눠 타고서 출발하고, 나머지 사람들은 호텔에 남았다. 오늘 보니 호텔 구내에서도 바오바브나무들이 여기저기 눈에 띄었다. 나는 이 나무가 주로 마다가스카르 섬에 서식하고 있는 줄로 알았지 여기서 이렇게 많은 나무들을 만날 줄은 예상치 못했다. 마을 안에서 야생 코끼리 세 마리가 수풀 사이로 어슬렁거리는 것을 보았다. 동남쪽 Hwange 방향으로

10분 정도 이동하여 헬기 타는 곳에 도착하였다.

　나는 김상근 씨 및 건설 관계 자영업을 하는 한인수 씨 내외와 더불어 다섯 명이 함께 헬기를 타고서 먼저 출발하였고, 우리가 돌아온 후에 젊은 여자 그룹 4명과 고 씨 및 인솔자 등 6명이 같은 비행기를 타고서 뒤이어 날았다. 소음 때문에 머리에는 리시버를 착용하였다. 경비행기를 탄 적은 여러 번 있었으나 헬기를 탄 것은 처음이 아닌가 싶다. 공중에서 내려다보니 폭포가 의외로 작아 보이고, 빅토리아폭포 마을 일대가 훤히 바라보였으며 철로가 나 있는 것도 보였다. 현재의 폭포 뒤쪽으로 예전에 폭포가 이동해 온 경로가 지그재그 모양의 절벽으로 이어져 있었다. 이 거대한 폭포는 오랜 세월 동안 땅을 깎으면서 서서히 후퇴하였는데, 현재의 폭포는 여덟 번째 것이라고 한다. 빅토리아 폭포를 중심으로 그 상공을 S자 모양으로 여러 번 선회하였고, 나는 발밑으로 내려다보이는 폭포의 광경을 몇 차례 동영상으로 촬영하였다. 비행장으로 돌아오니, 대기실 로비에서 TV를 통해 우리가 비행기를 타고 내리는 모습과 폭포의 전경 등을 수록한 USB를 틀어 보여주며 $35에 팔고 있었다.

　호텔로 돌아온 후 대절버스에 탑승하여 빅토리아 폭포 다리로 가서 출국 및 잠비아 재입국 수속을 하였다. 이 일대의 흙은 철분이 많아 다소 붉은 색깔을 띠고 있으며, 거리 여기저기에 코끼리 똥이 떨어져 있다. 아내의 말에 의하면, 오늘 아침 우리 방문 앞에 한쪽 팔이 없는 원숭이가 한 마리가 와서 앉아 있더라고 한다.

　잠비아 입국 수속은 현지 가이드인 브라이튼에게 맡겨두고서 우리는 파트리키라는 이름의 다른 흑인 가이드를 따라서 잠비아 쪽 빅토리아 폭포를 보러갔다. 이곳도 입장료가 한화로 25,000원쯤 하는 모양이다. 듣기로는 잠비아 쪽 폭포는 별로 볼 것이 없다기에 우비도 트렁크에 집어넣고서 챙겨오지 않았는데, 실제로 와 보니 전혀 그렇지 않고 짐바브웨 쪽보다도 오히려 훨씬 더 웅장하였다. 파트리키의 말로는 총 1.7km인 빅토리아 폭포 중 1.2km가 잠비아에 속해 있고, 짐바브웨 쪽은 500m에 불과하다는 것이었다. 그 말이 사실인지 아닌지는 확인할 수 없으나, 짐바브웨 쪽은 폭포 사이로 섬인 육지의 면적이 제법 넓게 펼쳐져 있었으나, 잠비아 쪽은 두 나라 폭포의 경계인 리빙스턴 섬에 이르기까지 육지가 없이 폭포로만 이어져 있고, 낙차도 이쪽이 훨씬 더 높았다. 이 폭포가 있는 잠베지 강은 총 길이가 2,700km로서 아프리카에서 나일·콩고·나이자 강에 이어 네 번째로 길다.

잠비아 쪽에도 리빙스턴 박사가 빅토리아 폭포를 발견한 지 150주년을 기념하여 2005년에 세워진 그의 동상이 있었다. 거기에 쓰인 설명문에 의하면, 그는 1851년에 거대한 폭포에 대한 소문을 처음으로 들었고, 그 후 1855년에 이 지역 주민들을 대동하여 탐험에 나섰다. 그는 몇 km 상류에 위치한 Kalai 섬에서 하룻밤을 보낸 후 카누를 타고서 내려와 다음날 아침 폭포로 접근하여 폭포 한 가운데의 절벽 위에 위치한 오늘날 리빙스턴 섬이라 불리는 곳에 상륙하여 이 폭포의 장관을 보았던 것이었다.

우리는 먼저 폭포의 위쪽 잠베지 강가까지 걸어갔다가 되돌아와 폭포의 아래쪽으로 접근하였다. 도중에 우비($2)와 신발($2)을 대여해 주는 곳이 있었으나 그냥 나아갔는데, 칼날 다리(Knife Edge Bridge)라고 하는 다리에 도착하니 물보라가 소나기처럼 쏟아져 내렸다. 우산 하나에 의지하고서 계속 걸어가 입구에서 615m 떨어진 Danger Point까지 나아갔다가 Victoria Falls Bridge 및 과거의 폭포 흔적을 잘 조망할 수 있는 뒤쪽의 전망대들을 거쳐서 되돌아왔다. 아내는 함께 나아가다가 칼날다리 부근에서 뒤쳐져버려, 그 이후로는 나 혼자서 계속 걸었다.

잠비아 쪽 폭포에서 1시간 내지 1시간 반 정도 시간을 보낸 다음, 아바니 호텔 앞에 주차해 있는 대절버스를 타고서 15~20분 정도 이동하여 리빙스턴 공항에 도착하였다. 공항까지 가는 도중의 가로수에도 바오바브나무가 많았다. 공항에서 13시에 출발하는 SA049편을 타고서 약 1시간 45분을 비행한 후 14시 40분에 요하네스버그에 도착할 예정이었는데, 연착하여 실제로는 13시 25분에 이륙하였다. 공항 면세점에서 기린의 목각작품 가격을 물어보았더니 어제 내가 산 것보다도 훨씬 작고 솜씨도 떨어지는 것이 $10이라는 것이었다. 동행한 사람의 말로는 내가 $5에 산 것도 처음에는 $45로 부르고 있었다는 것이다. 우리 내외는 23B·C 석에 앉았다.

요하네스버그에서 SA357편으로 갈아타 17시 05분에 이륙한 후 약 2시간 소요하여 19시 15분에 케이프타운에 도착하였다. 요하네스버그 공항에서 짐을 찾아 새로 부쳐야 했는데, 이번에는 김상근 씨 부인의 트렁크가 나오지 않았다. 이리저리 알아보니 그 짐 하나는 바로 케이프타운으로 부쳐졌다는 것이었다. 아프리카 지역이라 이렇게 사무착오가 많은 모양이다. 이 나라에서는 TIA(This is Africa)라는 자조적인 말이 통용된다고 하는데, 이런 일을 가리키는 말인 듯하다. 우리 내외는 23E 및 22F석을 배정 받아 서로 떨어져 앉았었는데, 일행의 배려로 앞줄에 앉았던 아내가 내 옆의 23F석으로 와 나란히 앉을 수 있었다. 내 옆의 23D석에는 서양인 중년남자가 앉았다. 도착할 무렵 말을 건네 보니 그는 케이프타운에서 대서양 해안선을 따라 40km쯤 북상한 곳인 Langebaan에 사는 광산 엔지니어로서, 리튬 등의 광물을 채굴하는 사람인데, 짐바브웨의 수도인 Harare에 갔다가 케이프타운으로 돌아가는 직항편이 없어 우리처럼 요하네스버그에서 환승한 사람이었다. 귀가하는 도중이라고 했다.

　공항에서 정석호라는 이름을 가진 케이프타운 현지 가이드의 영접을 받았다. 그는 40대 후반 정도의 사람이었다. 그의 안내에 따라 다시 파이저라는 이름의 흑인 기사가 운전하는 44인승 Irizar 버스를 타고서 40분 정도 이동하여 뮐르 포인트(Mouille Point)에 있는 비프스테이크로 유명한 The Hussar Grill이라는 식당으로 갔다. 가는 도중 정 씨는 케이프타운이 세계 3대 미항 중 하나라고 했는데, 내가 알고 있기로는 시드니와 리오 데 자네이로 및 밴쿠버가 3대 미항이며 케이프타운이 그 중 하나라는 말은 처음 들었다. 어쨌거나 나는 그 세계 3대 미항이라는 곳에도 모두 가본 셈이 되었다.

　남아공은 남한 면적의 12배이며, 인구는 5600만, 9개 주가 있으며, 요하네스버그에 인접한 행정수도 프리토리아(Pretoria)에 한국 대사관이 있다. 케이프타운은 요하네스버그에 이어 이 나라에서 두 번째로 큰 도시이며, 3번째는 더반이다. 영국식민지 시절의 수도는 케이프타운이었으며, 당시 보어인들이 세운 오렌지자유공화국의 수도는 블룸폰테인(Bloemfontein), 트란스발공화국의 수도는 프리토리아에 있었다. 이들 보어인의 땅에서 금과 다이아몬드가 발견되자 그것을 탐낸 영국이 2차에 걸친 보어전쟁을 일으켜 결국 그들의 땅까지 병합하였으나, 독립 후 남아프리카공화국이 성립하면서 화해 및 힘의 균형 차원에서 이들 세 곳에다 수도를 분산시켜 두고 있는 것이다.

남아공의 인종은 7가지, 공식 언어는 11개인데, 대부분 원주민 부족의 언어이고, 실질적으로는 영어와 아프리칸스가 중심을 이루고 있다. 아프리칸스는 네덜란드어의 심한 방언처럼 되어 있지만, 300여 년의 세월 동안 이 나라 주민이었던 보어인 및 원주민의 언어가 혼합되어 서서히 형성되어 온 것이다. 지금도 네덜란드 사람들은 따로 배우지 않아도 대충 알아듣는다고 하는데, 그들은 이를 쓰레기 언어라 하여 경멸하는 모양이다. 넬슨 만델라가 연설에서 남아공을 가리켜 여러 인종이 함께 존재하면서 조화롭게 살아간다고 하여 무지개나라로 부른 이래 그런 별칭이 통용되고 있다.

케이프타운이 있는 웨스턴케이프 주의 인구는 670만이며, 케이프타운의 인구는 370만이라고 한다. 요하네스버그 가이드로부터 최대 도시인 그곳의 인구가 300만 정도라고 들은 바 있으므로 이상하여 물어보았더니, 요하네스버그가 최대도시임은 맞다는 것이었다. 교민은 유학생을 포함하여 2,000명 정도라고 했다. 이곳은 남반구에 위치해 있으므로 한국과 반대로 지금이 가을철이며, 6·7·8월이 겨울이고 우기이며, 12월에서 3월 중순까지가 건기이다. 지중해성기후로서 와인산업에 적합하다. 케이프타운의 도시 크기는 경상남도 면적 정도 되고, 달러는 사용할 수 없고 랜드 화만 통용되는데, 소소한 금액까지 카드 결제가 되므로 우리 같은 여행자가 환전할 필요까지는 없다. 남부 아프리카에서 처음으로 생긴 도시라 하여 Mother City로 불리기도 한다.

1964년에 개업한 이 식당에 이미 예약이 되어 있었으나, 다른 손님들이 우리 자리를 차지하고 앉아 아직 음식을 받지도 못하고서 저희들끼리 계속 지껄여대고 있었다. 오후 6시와 8시만 예약이 가능한데, 종업원은 우리가 6시 쪽으로 예약했다고 말하는 모양이지만, 그 시간대는 우리가 아직 도착하지도 않았으니 성립될 수 없는 말이며, 결국 그들이 오버부킹을 했다고 볼 수밖에 없다. 그렇다고 무작정 기다릴 수도 없어, 결국 거기서 5분 정도 이동하여 Mirage Building, Cnr. of Strand & Chiappini Str, De Waterkant에 있는 Cattle Baron이라는 식당으로 옮겨가서 샐러드와 스테이크 그리고 디저트로서 푸딩을 들었다.

식후에 20분 정도 이동하여 케이프타운의 신도시인 Century City의 3 Energy Lane, Bridgways Precinct에 있는 센추리 시티 호텔에 들어, 우리 내외는 315호실을 배정받았다. 우리는 돌아갈 때까지 사흘간을 이 호텔에서 묵게 된다.

■■■ 18 (목) 맑음

오전 9시에 출발하여 케이프타운 제1의 명소인 테이블마운틴으로 향했다. 테이블마운틴은 일기변화가 심해 맑은 날이 매우 드물다고 하는데, 오늘은 다행히도 화창하였다. N1 고속도로를 타고서 시내 방향으로 향했는데, 이 도로는 반대편으로 요하네스버그까지 연결되는 것이라고 한다.

도중에 가이드로부터 이 나라의 역사에 대해 다시 한 번 개략적인 설명을 들었다. 이곳 남부 아프리카의 케이프타운 일대는 해저의 땅이 융기하여 육지가 만들어진 곳이다. 우리가 향하는 테이블마운틴의 정상부가 평평한 것은 그 흔적이다. 요하네스버그 인근에서 최초의 직립원인 오스트랄로피테쿠스의 유골이 발견되었다. 서양인들이 부시맨이라고 부른 코이산 족(코이코이 족과 산 족의 총칭)이 이곳의 원주민이었다.

1488년 포르투갈인 바르톨로메우 디아스(Bartholomeu Dias)가 희망봉을 발견하고 모슬 베이에 상륙하였으며, 9년 뒤인 1497년에 포르투갈인 바스코 다 가마(Vasco Da Gama)가 희망봉을 지나 인도양에 면한 지금의 더반 부근에 일단 멈추었다가 마침내 인도 항로를 발견함으로서 동방으로의 무역로가 개설되었다. 그들이 더반 부근에 상륙한 것이 성탄절이었으므로, 지금도 그 일대는 포르투갈어로 성탄절을 의미하는 나탈 주로 되어 있다. 그러나 그들은 이 지역에 관심을 가지지 않았고, 내륙에 발을 들여 놓지도 않았다.

그 후 네덜란드인 얀 반 리이베예크(Jan van Reibeeck)가 1652년에 배 세 척을 몰고 와 희망봉 근처의 케이프타운에다 희망성을 짓고 동인도회사 사무소를 차리고서 식민지를 개척하였다. 동방항로가 열리자 아프리카 대륙 최남단에 위치한 케이프타운은 선박 수리 및 식량 등 물자의 중간 보급기지로서 크게 번성하게 되었다. 2대 총독 시몬 반 데어 스텔(Simon van der Stel)이 와인 산업을 일으켜 컨스탠시아에다 포도농장을 만들었으나 유럽과 기후가 달라 좋은 포도주를 만들지 못했는데, 때마침 프랑스에서 종교혁명이 일어나 칼뱅주의자인 위그노라 불리는 난민들이 대거 남아프리카에 정착하여 와인 산업을 일으키게 되었다. 네덜란드령 케이프 식민지는 이 때 프랑스와 독일의 신교도 망명자들을 받아들이면서 크게 발전하게 되며, 이들이 정착해 대대손손 살면서 서로 동화되어 유럽계 아프리카인 중 최대 집단인 화란계 백인 아프리칸스의 뿌리가 된다.

테이블마운틴은 최고 높이가 1,085m인데, 해발 363m 지점에서 1,067m까지 곤돌라가 운행된다. 1925년부터 운행을 시작하였으며, 50년대 70년대에 쓰던 것도 현재까지 보관되어 있다고 한다. 이 곤돌라는 바닥이 빙빙 돌아 꼭대기에 닿을 무렵이면 360도 회전을 한 차례 마치므로 가만히 서서 사방의 경관을 바라볼 수 있는데, 이런 것은 전 세계에 3대밖에 없다고 한다. 그 바닥의 아래에는 최대 세 개까지의 물탱크를 장착할 수 있어 바람이 심할 때 곤돌라를 안정시키는 역할을 하고 동시에 상부로까지 물을 운반하며, 쓰고 난 폐수는 다른 탱크에 담아 아래로 운반해 내려온다.

이 산은 얕은 바다에서 융기한 것으로서 최상부가 단단한 석영 사암으로 되어 있어 융기 당시의 평평한 모습을 지금까지도 유지하고 있는 것이다. 가로 길이 3km, 뒤쪽으로 12使徒 봉우리로 불리는 10km의 山塊가 이어져 있는 이 산 일대 전체가 테이블마운틴국립공원으로 지정되어져 있는데, 시내 쪽에서 바라보면 왼편으로부터 Devil's Peak(1,000m), 가장 높고 평평한 Table Mountain, Lion's Head(669), Signal Hill(350)의 네 봉우리가 차례로 바라보인다. 신호 언덕이란 옛날 바다에서 무역선이 들어올 때 주민들에게 물물교환을 위해 준비하라는 신호용 대포를 쏘던 곳이며, 또한 Noon

Gun이라 하여 정오를 알리는 대포를 쏘기도 하던 곳이다. 사자 머리 부근은 근자에 일어난 산불로 말미암아 나무가 전혀 없고 다소 검은 빛으로 변해 있었다. 이 산은 한국의 제주도와 더불어 세계 7대 자연경관(New 7 Wonder of Nature)에 선정되었고, 2004년에 The Cape Floristic Region의 일부로서 유네스코 세계자연유산으로 등재되었다.

산 위에는 다섯 개의 등산로가 있다는데, 우리는 오전 10시 37분부터 11시 45분까지 가장 짧게 테이블마운틴 정상부를 한 바퀴 돌았다. 이 산을 걸어서 오르거나 협곡을 건너서 다른 코스로 가는 사람들도 더러 눈에 띄었다. 가이드의 말에 의하면 오늘과 같은 쾌청한 날씨는 상위 10%에 해당하는 것이라고 한다. 산 위에서는 넬슨 만델라가 27년 동안의 투옥 기간 중 18년을 보냈으며, 거기서 석방되었던 바다 속의 작은 섬 Robben Island가 바라보였다. 지금은 세계유산으로 지정되어져 있는 모양이다. 알 카포네가 수감되었던 샌프란시스코의 알카트라즈 섬을 연상케 하는 곳이었다.

걷는 도중 바위 사이로 피어 있는 연꽃 모양의 이 나라 국화 Protea를 우연히 발견하였다. 정식 국화는 킹 프로티아라는 種이라고 한다. 종착 지점으로서 카페가 있는 Shop at the Top에 이르러서는 그 마당 앞 바위 절벽 위 바위에서 미국 다람쥐처럼 생겼으나 토끼 정도로 큰 동물인 다시 두 마리를 보기도 하였다. 태초부터 있어 왔던 것으로서, 생김새는 전혀 다르지만 코끼리의 친척에 해당하여, 이빨을 들춰보면 상아의 흔적을 볼 수 있다고 한다. 이들은 전혀 사람을 두려워하거나 피하지 않았다.

테이블마운틴을 떠나 다음 방문지인 컨스탠시아 와이너리로 가는 도중에 시그널 힐에서부터 이어지는 완만한 산비탈에 있는 Bo-Kaap이라는 마을에 들렀다. 아프리칸스로 '높은 케이프타운(Above the Cape)'이라는 뜻이라고 한다. 노동자로서 말레이시아 등지로부터 이 나라로 이주해 온 유색인종 이른바 Coloured가 거주하는 곳이다. 따라서 주민은 무슬림이 많다. 그러나 그들은 이제 자기네의 원래 유래지에 대한 애착이 없고, 이 나라의 국민이라는 의식을 지니고 있다. 이들도 역시 원주민인 흑인과 마찬가지로 심한 차별을 받아 백인 이외에는 모두 사는 집을 하얀색으로 칠하도록 의무 지워져 있었는데, 도시 재개발로 말미암아 하루아침에 철거민 신세가 되어 이리로 이주해온 것이다. 1948년부터 시작된 아파르트헤이트가 1992년에 철폐되자 이들은 자기네가 사는 집의 바깥 벽면을 울긋불긋한 색깔로 칠하기 시작하여, 지금은 다른 어느 곳과도 비교할 수 없는 특이한 마을을 이루게 되었다. 마을 벽면에 'Protect Bo Kaap Heritage Status Now!'라는 문구가 적힌 포스터가 여기저기 눈에 띄므로 가이드에게 물어보았더니, 이 마을을 문화재로 지정해 달라는 요구라고 했다.

가이드 정 씨는 가슴에 이 나라의 국기 문양이 들어 간 가이드 허가증을 부착하고 있었다. 내가 가본 다른 나라들에서는 외국인에게 가이드 업을 허락하지 않는다고 들었으므로, 이곳 시민권자냐고 물었더니 그렇지는 않고 영주권으로 취득할 수 있다고 했다. 그는 서울 출신으로서 종로에서 무역업에 종사하였고, 2003년에 남아공으로 처음 한 번 놀러온 적이 있었다. 무역 관계 일로 보스턴이 갔다가 이민에 대한 동경을 품게 되었는데, 2007년에 사업상의 사기를 당해 그 일을 계기로 하여 가족을 설득해 이리로 이민 오게 되었다고 한다. 12년을 거주하는 동안 이민 온 처음 3년간은 케이프타운 제1의 관광지인 Hout Bay에서 아시안 레스토랑을 경영했었는데, 장사는 그런 대로 잘 되는 편이었지만 너무 힘들어서 청산하고 다른 데로 이사하였다. 영어를 익혀볼까 하여 가이드학원에 다닌 것이 뜻하지 않게도 시험에 합격하여 자격증을 취득하게 되었고, 어찌어찌하다 보니 7년째 가이드 생활을 하고 있다. 근자에는 5월 중순부터 7월말까지 북반구의 여름 기간에는 북유럽 핀란드의 수도 헬싱키에서 가이드를 하고 있는데, 올해부터는 다시 발트 3국으로 옮겨볼 생각이라고 했다.

우리가 방문한 Groot Contantia는 1685년에 창립된 이 나라에서 가장 오래된 포도주 농장으로서, 그 광대한 농장 구내에서 식사를 할 수 있고 다섯 가지 포도주도 시음할 수 있다. Groot는 현지에서 후트로 발음하는데 Great라는 뜻이며, 그 인근에 Klein(작은?) Constantia도 있다. 컨스탠시아란 설립 당시의 네덜란드 여왕 이름에서 유래한 말이라고 한다. 우리는 Jonkershuis라는 레스토랑에서 닭 가슴살 요리로 중식을 들었고, 그 구내의 다른 집으로 옮겨 가 와인 시음을 하였다. 우리 일행은 이런 식으로 이번 여행에서 하루 50만 원 정도의 돈을 쓰고 있는 셈이다. 이 나라에서는 와인을 술이 아닌 일종의 음식물로 취급하여 주류인 맥주는 일반 슈퍼에서 팔 수 없지만, 그보다도 도수가 훨씬 높은 와인은 판다고 한다.

농장 안을 통과하는 도로 가에 가로수로 심어진 참나무(도토리나무) 고목들이 누렇게 물들어가고 있어 이곳이 지금 가을임을 실감케 해주었다. 그 길가의 팻말에 Visitor's Route라는 문구가 영어·아프리칸스·코사어로 적혀 있었다. 코사는 케이프타운이 위치한 웨스턴케이프 주에 많이 사는 흑인 부족으로서 만델라가 코사 족 출신이다. 이 참나무들은 350년 전에 포도주 통을 만들기 위해 심어졌던 것이라고 하는데, 유럽과의 날씨 차이 때문에 밀도가 낮으므로, 포도주 통을 만드는 참나무는 프랑스로부터 수입하여 쓴다고 한다. 또한 포도원 가에다 장미를 심어두었는데, 이는 미관상의 이유보다도 장미가 병충해에 민감하므로 그 방지 차원에서 심은 것이라고 한다. 나폴레옹이 앙골라의 서쪽 대서양 상에 있는 세인트헬레나 섬에 유배되었을 당시, 그의 요구에 따라 매일 이곳에서 생산된 와인을 하루 한 병씩 제공했었다고 한다. 당시 케이프타운은 와인을 비롯하여 물과 야채·고기 등 식료품을 국제 무역선에다 비싼 가격으로 공급하여 큰 이익을 남기고 있었는데, 나폴레옹 전쟁으로 1795년 네덜란드 본국이 프랑스 군에 점령당하자 인도 항로를 위협받을 것을 두려워한 영국이 군대를 상륙시켜 뮈젠베르크 전투에서 식민지 민병대를 격파하고 케이프 식민지를 점령하게 된다. 나폴레옹이 연합국에 패한 후 네덜란드 정부는 1814년 영국과 조약을 맺어 케이프식민지를 공식적으로 영국에 넘겨주게 되었다. 이후 1820년의 대대적인 이주를 시작으로 영국인의 이민이 시작되었고 네덜란드어가 영어로 대체되었다. 아울러 영국에서 노예제가 폐지되면서 1833년 케이프 식민지에서의 노예해방 역시 이루어졌다.

케이프 식민지의 네덜란드계 백인들은 영어의 강요와 함께 그들의 농장 운영에 필요한 노예를 박탈당한 데 불만을 품고 1835년부터 약 20년간에 걸쳐 아프리카 내륙으로 대대적인 이주를 시작하게 된다. 물론 전부 이주한 것은 아니었고 많은 수가 남았는데, 케이프 식민지에 남은 네덜란드인들은 Cape Dutch로 불리게 되었고 내륙으로의 이주를 택한 네덜란드 농민들은 Boer라고 불리게 되었다. 보어는 네덜란드어로 '농부'라는 뜻이다. 주로 바닷가를 따라 북쪽으로 이주하여 케이프타운과 비슷한 이미지를 가진 새로운 도시를 더반에다 건설하였다. 그러나 영국은 머지않아 그곳으로부터도 보어인을 축출하고서 1843년 나탈 지역을 합병하였다.

대이주가 일어나기 불과 10년 전, 수많은 군장들이 나누어 다스리고 있던 응구니족의 영역에 샤카라는 대영웅이 등장하여 '줄루'라는 이름 아래 하나의 통일된 왕국을 세웠다. 남부 아프리카의 주류 흑인집단인 반투 계열 엘랑게니족 추장 센장가코나의 서자였던 샤카는 청년 시절 당시의 관습에 따라 같은 반투 계열 응구니족 추장 딩기스와요 휘하의 호위무사로 있었는데, 후일 추장에 즉위했을 때 그는 응구니족과 엘랑게니족을 통합하여 엘랑게니 부족의 다른 이름이었던 줄루를 통일 부족명으로 채택하였다. 당시 그는 1,500명 정도 되는 부족을 영도하였다. 그러나 대대적인 군사개혁을 통한 정복 활동을 계속하여 10년 만에 30,000㎢에 이르는 광대한 영토를 영유하게 되었다. 이로 인하여 땅을 빼앗긴 타 부족들은 결국 다른 지역으로 쫓겨날 수밖에 없어 음페카네라 불리는 아프리카 여러 지역 부족들의 대이동이 시작되었다.

그는 왕국을 수립한 이후 공포정치를 계속하였고, 1827년에 정신적 지주였던 모친 난디가 사망하자 장례식을 위해 소 4,000마리를 도살하고서도 그것을 먹지 못하게 하는가 하면 사방에서 모여든 조문객 6만 중 7천여 명을 무참히 살해하는 등 괴팍한 행동을 하다가, 1828년 40세의 나이로 측근 및 이복형제들에 의해 암살되었다.

비록 샤카는 암살되었지만, 줄루족은 샤카의 정복활동으로 인하여 그 역사를 통틀어 최강의 세력으로 성장해 있었다. 보어인들은 새로이 강력한 군사국가로서 통합된 줄루족과 충돌할 수밖에 없었고, 북상 이후 70년간 남부 아프리카를 피로 물들이는 기나긴 전쟁을 계속하였다. 보어인이 1852년에 건립한 남아프리카공화국(트란스발공화국)과 1854년에 건립한 오렌지자유국 중 전자가 줄루전쟁 직전인 1877년 일시 영국식민지로 강제 병합됨에 따라 1879년에 일어난 줄루전쟁은 영국과 줄루왕국 사이의 전쟁으로 전개되어 결국 줄루왕국의 멸망을 가져왔던 것이다.

1869년 수에즈운하의 개통으로 말미암아 무역 거점으로서 케이프타운의 위상은 크게 약화되었다. 그러던 차에 1867년 오렌지자유국의 킴벌리에서 다이아몬드 富鑛이 발견되자 영국은 그 지방의 할양을 요구하여 1971년 영국령으로 만들었고, 1886년 트란스발의 위트워트스랜드에서 금광이 발견되자, 마침내 영국은 1899년부터 1902년까지 2년 8개월 동안에 걸쳐 또 다시 보어전쟁을 일으켜 마침내 남아프리카 전역을 영국의 식민지로 만들었다. 그리하여 1910년에 오렌지자유주, 트란스발주, 케이프주, 나탈주로 구성된 남아프리카연방이 결성되어 영연방 내에서의 독립자치국가로 되면서, 영국은 백인 인구의 60%를 차지하는 보어인에게 유화정책을 실시하게 되었다. 1948년의 총선에서 보어 계를 중심으로 한 국민당(NP)이 집권하게 되자 흑백분리정책인 아파르트헤이트가 국가정책으로서 확립되어 이후 무려 44년간이나 악명 높은 법이 시행되었다. 분리라는 뜻의 아프리칸스가 곧 아파르트헤이트라고 한다.

아파르트헤이트의 골자는 신체접촉금지법, 금혼법, 통행증으로 요약될 수 있다. 백인들이 전 국토 92%의 땅을 차지하고 흑인은 흑인밀집지역에 거주해야 하며, 백인 지역에 일하러 들어가더라도 오후 5시까지는 그곳을 벗어나야 했다. 그 법을 위반했다는 명목으로 수많은 흑인들이 희생당하게 되자 ANC 산하의 청년연맹을 창설한 바 있었던 넬슨 만델라 등이 주동하여 1960년 요하네스버그 남쪽의 샤프빌 마을에서 통행증을 불태우는 사건이 있었는데, 당시 시위대를 향해 발포하여 69명이 사망하고 수백 명이 부상당하는 사건이 발생했다. 영국이 악명 높은 아파르트헤이트 정책을 비판하자, 1961년 영연방을 탈퇴하고서 남아프리카공화국을 선언하기에 이르렀다. 초등학교 교과서의 반을 아프리칸스어로 바꾸자 이에 항의하는 아이들을 향해 발포하는 사건까지도 소웨토에서 일어났다.

이리하여 흑인들에 의한 테러가 빈발하고 내전상태로 들어가자 마침내

디 클라크 대통령이 1990년에 넬슨 만델라를 석방하고, 그 2년 후에 차별정책을 철폐하였으며, 다시 2년 후에 만델라가 집권하기에 이르렀던 것이다. 만델라는 집권 후 진실과 화해 위원회(TRC)라는 일종의 청문회를 만들었고, 데스몬드 투투가 그 의장을 맡았는데, 누구든지 자신의 범죄적 인종차별 행위를 고백하면 용서해 준다는 것이 그 골자였다. 흑인 측에서 이에 대한 반발이 컸었는데, 결과적으로는 이로 인해 파묻혀 있었던 백인들의 범죄행위가 90% 정도 밝혀졌다고 한다.

차별이 철폐된 오늘날의 남아공은 다른 나라들보다도 오히려 더욱 평등한 사회가 된 듯하다. 그러나 흑인 실업률은 아직도 엄청 높다. 흑인학교는 대부분 무료이지만, 흑인의 대학 졸업자는 드물며, 따라서 실업률도 높은 것이다. 또한 범죄율이 높기 때문에 흑인이나 노동자들이 사용하는 버스나 열차 등을 보통 사람들은 이용하지 않으며, 그들의 밀집지역도 기피하고 있다.

오후 3시 40분에 차량에 탑승하여, 컨스탠시아에서 별로 멀지 않은 곳에 위치한 키르텐보쉬 국립식물원(Kirtenbosch National Botanical Garden)으로 이동하였다. Bosch는 숲이라는 뜻이고, Kirten은 아마도 사람 이름일 것이라고 했다. 대서양에서 반대쪽 테이블마운틴의 Devil's Peak 동쪽 산록에 위치하여 비가 많은 지역인데, 세계 7대 식물원에 든다고 한다. 다 둘러보려면 사흘 정도 걸린다는 광대한 야외식물원을 가이드의 안내에 따라 1시간 정도 산책하였다. 경내에 남부아프리카 흑인 전통예술인 소나라는 조각품이 많았고, 네덜란드 전통인 갈대로 엮은 대치라는 지붕의 건물들이 눈에 띄었으며, 개중에는 황토벽으로 된 집도 있었다. Fynbos라는 식물 종을 많이 모아 놓은 곳도 보았는데, 테이블마운틴이 유네스코에 등재된 것은 이 식물 때문이라는 말이 있다. 멍텅구리라는 이름의 새들도 보았다. 그곳 매점에서 아내는 식물무늬가 잔뜩 그려진 비옷을 한 벌 샀다.

거기서 5시 10분에 집결하여 15분 정도 걸려 오늘의 마지막 방문지인 워터프런트로 이동하는 도중 케이프타운대학교를 지나갔다. 가이드의 말로는 아프리카 최고의 명문대학이라는데, 입학하기는 어렵지 않아도 졸업생 비율이 20% 정도라고 했다. 특히 의대가 유명하여, 세계 최초로 심장이식 수

술을 시행한 곳이기도 하다.

워터프런트는 지금은 동네 이름처럼 되어 있는데, 네덜란드인이 처음으로 들어왔던 곳이다. 그 일대에 항만 시설이 집결해 있고, 또한 번화가이기도 하다. 여기저기서 흑인들이 음악을 연주하며 춤을 추고 있고, 그 주위로 사람들이 모여 있으며, 어떤 흑인이 온몸과 옷을 은빛으로 칠하여 마치 조각인 듯 사람들의 시선을 끄는 곳도 있었다. 1992년에 설립되었다는 Victoria Wharf라는 상가 건물의 제4 출입구에서 5시 45분부터 6시 반까지 지유시간을 가졌다. 우리 내외는 상가 안을 산책하다가 R74 주고 본젤라토 아이스크림을 사서 하나씩 핥아먹으며, 왔던 길을 되돌아가 노벨평화상공원을 다시 한 번 방문하였다. TV 등을 통해 여러 번 보았던 이 나라가 배출한 네 명의 노벨평화상 수상자의 동상이 서있는 곳이다. 1960년도 수상자 Albert Lututu, 1984년도의 Desmond Tutu, 1993년도 공동수상자 F. W. De Klerk와 Nelson Mandela가 그들인데, 이들 중 데 클라크만이 백인이다. 바닥의 석판에는 그들의 말 중 한 문구씩을 이 나라의 11개 공식 언어로써 차례로 새겨두었다.

워터프런트는 월드컵경기장 인근에 위치해 있는데, 내일이 보름이라 크고 둥근 달이 휘영청 밝았다. 케이프타운의 야경은 점점이 박힌 무수한 불빛이 아름답다 하여 Golden Powder로 불린다고 한다. Stadium on Main Centre Ground Floor, Claremont에 있는 노래방을 겸한 한식당 Korean Kitchen에서 석식을 들었다. 이곳 클레어몬트 일대는 한인들이 가장 많이 거주하는 구역이다. 현지 재료들로만 만들었을 터인데도, 홍어무침인 줄로 알았던 것이 연어였던 점을 제외하면 모두 한국에서 든 것과 다름없었다. 케이프타운에는 한식점이 세 곳 있는데, 서양인이 경영하는 곳을 포함하여 다른 데서는 이처럼 제대로 된 한식을 맛볼 수 없다고 한다. 부산에서 생산되는 대선소주도 따로 주문하여 밥상에 올랐다.

■■■ 19 (금) 맑으나 저녁부터 비

오전 8시 반에 출발하여 어제의 케이프타운 시내관광에 이어 근교 지역인 케이프 반도 투어를 떠났다. 이 일대의 여러 지역들은 1998년에 Cape Peninsula 국립공원으로 지정되었다가 2004년에 Table Mountain 국립공원으로 이름이 바뀌었다. 두 시간 거리인 희망봉까지 가는 도중 여기저기의 명소들에 멈추어서 둘러보게 된다. 희망봉은 대서양과 인도양 두 바다 및 두 개의 해류가 만나는 아프리카 최남단에 위치해 있어 파도가 거센 날이 많으므로 원래는 폭풍의 곶으로 불리었는데, 포르투갈 국왕 마누엘 1세의 지시에 의해 지금 이름으로 바뀌었다. 이 일대에서 선박 23척이 난파되었다고 한다. 보통 희망봉으로 번역되지만 정확하게는 희망의 곶(Cape of Good Hope)이다. 실제로는 거기서 70km 정도 떨어진 지점인 거짓만(False Bay) 건너편 아굴하스(Agulhas)가 최남단이지만, 일반적으로 희망봉이 그렇게 널리 알려져 있고, 관광객도 모두 이리로 찾아온다. 거짓만은 항해하는 선박들이 대양인 줄로 착각하고서 이 넓은 灣으로 잘못 들어온다 하여 그런 이름이 붙었다. 오늘의 최고기온은 19℃로 예상된다고 한다.

우리는 시내의 명소들을 두루 거쳐서 해안 길로 나아갔다. 오늘은 Good Friday라 하여 일요일인 부활절을 끼고서 월요일까지 나흘간 이어지는 공휴일이라 시내에 사람들이 별로 많지 않았다. 시청 등이 있는 중심가에 테이블마운틴을 처음으로 발견한 바르톨로메우 디아스의 동상이 있고, 거리의 가운데에 Evergreen이라 하여 사철 푸른 나무들이 심어진 널찍한 공터가 있으며, 그 양쪽으로 넓은 차도가 나 있었다. 한국전쟁과 제2차 세계대전 참전을 기념하는 동상도 볼 수 있었다. 시내의 상당 부분은 매립지라고 한다. 1659년에 완성된 희망성을 지나 Coloured가 거주하다 재건축으로 말미암아 보캅 쪽으로 쫓겨났던 District 6을 거쳐서, 입법수도의 중심기구인 국회의사당과 Company Garden이라 부르는 동인도회사의 농원에서 일하던 노예들이 거주하던 곳도 지났고, 데스몬드 투투 대주교가 사목하던 성 조지 성당도 지나갔다.

다시 워터프런트를 거쳐서 아파트 지구인 Green Point와 Sea Point, Clifton Beach를 지나 부자들의 별장 동네 Camps Bay의 전망대인 Maiden's Cove에서 잠시 휴식을 취했다. 캠프스 베이의 긴 백사장 일대는 그 뒤편에 정면으로 바라보이는 12사도 봉우리들을 배경으로 하여 海霧가 적당히 끼어 절경을 이루고 있었다. 그 일대의 해안에는 다시마가 웃자라 수면 위로 떠올라 있는 광경이 끝없이 펼쳐져 있었다. 다시마가 많다는 것은 그것을 먹고 사는 전복도 그 일대에 무수히 많다는 것을 의미하지만, 허가 없이 채취하는 것은 금지되어 있다. 미국이나 다른 유럽 국가들과 마찬가지로 이 나라에서도 낚시나 채취는 돈을 내고서 허가증을 받아 제한된 범위 내에서만 행할 수 있다. 해변의 바위에 조그만 점들이 반짝이는 것은 텅스텐 성분이 포함되어 있기 때문이라고 한다.

누디스트들이 모이는 Nude Beach 부근을 통과하여, 가이드가 이민 온후 처음 3년간을 살았다는 Hout Bay에 이르러, Calypso라는 이름의 배를 타고서 바위들로 이루어진 듀어커 섬(Duiker Island)으로 다가가 수천 마리의 물개들을 바라보았다. 이 때문에 물개 섬(Seal Island)으로 통칭된다. 가이드는 2천여 마리라고 했는데, 우리 스케줄에는 최대 5천 마리라고 되어 있고, 아내의 말로는 Naver에도 5천 마리로 나와 있다고 했다. 그 중 10%정도는 바다표범이라고 한다. 근처로 가니 냄새가 꽤 심했다. 돌아오는 도중에는 수십 마리의 돌고래 떼를 만나 그들이 다이빙하며 헤엄치는 모습을 보느라고 코스를 좀 둘렀다. 배에 탈 때는 백인 여성 하나가 어린 딸아이를 데리고 줄을 서서 오를 순서를 기다리는 모습이 눈에 띄었지만, 승선하고 보니 보이는 사람은 흑인과 인도인뿐이었다. 내 근처에 서있는 인도인 가족 중 아버지 되는 젊은 사람에게 물어보았더니 뱅갈로르에서 왔다고 했다. 후트 베이의 앞산 중턱에 성이 하나 있는데, 어떤 부자가 자기 아내를 위해 지은 것이나 그들은 후에 이혼하였고, 최후로 주인이 된 사람은 미국 가수 마이클 잭슨이며, 그가 죽은 이후로는 거의 방치되어 있다. Hout Bay는 영어로 Wood Bay라는 뜻인데, 미국 배우 레오나르도 디카프리오의 별장도 이곳에 있다고 한다.

후트 베이를 떠난 다음, 풍치지구로 유명한 Chapman's Peak Drive로 접어들었다. 해안 절벽 위로 총 11km 114개의 커브길이 이어지는 곳인데, 20세기 초에 이 길을 만드느라고 2천여 명의 건설사고가 났었다고 한다. 2

차선 도로의 노폭이 좁아 버스는 일방통행을 할 수 밖에 없으므로, 돌아올 때는 이 길을 경유하지 못한다. 이 일대의 바다에는 남방고래라 하여 세계에서 가장 큰 고래가 출몰한다고 하며, 상어 출몰지역임을 표시하는 까만 깃발도 도로 가에서 눈에 띄었다. Koeel Bay의 전망대에 멈추어 바다 건너편 Hout Bay Harbour의 보초봉(The Sentinel, 330.8m)이라는 산봉우리를 바라보았다. 원래 군사 요새가 있었던 곳인 모양인데, 미국의 여류 방송인 오프라 윈프리가 이 산을 사서 무슨 개발행위를 하려다가 주민들의 거센 반대로 결국 중단하고 말았다는 곳이다.

누드훅(Noordhoek)이라는 마을을 지나 대서양 해변 길을 벗어나 좁은 반도를 가로질러 인도양에 면한 Fish Hoek 마을에 이르러 해수욕장 가의 Beach Front, RO. Box 22401에 있는 The Galley라는 식당에 들러 랍스터를 메인 메뉴로 하여 점심을 들었다. 전식으로서 수프와 샐러드, 후식으로서 커피와 아이스크림이 나왔다. 이 지방에서 생산되는 바다가재는 Rock Lobster라고 하는 종인 모양이다. 해수욕장에는 할머니 한 사람이 수영복 차림으로 가을의 차가운 바닷물 속에 들어가 있었다.

점심 후 오후 2시까지 차량에 탑승하여 Simon's Town이라는 제법 큰 마을 부근에 있는 Boulders의 펭귄 서식지를 방문하였다. 사이먼즈 타운은 남아공을 대표하는 해군기지인데, 네덜란드의 두 번째 총독 Simon van der Stel의 이름을 딴 것이다. 가이드는 그가 이 마을을 만들었다고 했다. 보울더스도 테이블마운틴국립공원에 속해 있다. 남아프리카국립공원(South African National Parks)을 상징하는 쿠드라고 하는 산양의 뿔이 꼬인 두 개골 아이콘이 있는 곳으로부터 해변 마을을 따라 500m쯤 걸어 들어간 곳에 이 지역의 펭귄 서식처 중 일반에게 공개된 보울더스 해변이 있었다. 그곳은 통로에다 나무 덱을 설치하여 펭귄 무리를 바라볼 수만 있도록 만들어두었다.

키가 1m 정도 되며 지방층이 두꺼운 남극의 황제펭귄을 제외하고서 다른 곳에 서식하는 펭귄은 모두 체구가 작은데, 이곳의 아프리카 펭귄 (Spheniscus demersus)은 가슴 부분에 까만 줄무늬가 있는 점이 특징이다. 1910년에 약 150만 마리로 추정되는 아프리카 펭귄이 서식하고 있었으나, 20세기 말에는 그 약 10%만이 살아남았다. 식용으로 펭귄 알을 무작정 수확하고 비료로 쓰는 鳥糞石 구아노를 채취한 까닭이다. 여기서도 한 때 멸종되었다가 1982년 난파선을 통해 들어온 두 쌍 네 마리를 지극정성으로 보호하여 100여 마리로 증식하였고, 지금은 2,200마리로까지 증식해 있는 것이다. 아직도 멸종위기동물로 등록되어 있으므로 일부 구간만을 개방하여 보호하고 있다. 펭귄이 걸을 때 뒤뚱거리는 것은 몸의 반이 다리이지만, 뱃살로 뒤덮여 있기 때문이라고 한다.

건너편에 '노아의 방주'라고 하는 작고 납작한 바위섬이 있는 펭귄 서식지를 떠난 다음, 머지않아 우리는 희망봉자연보호구역으로 접어들었다. 반도 최남단의 제법 광대한 구역인데, 황량한 벌판 같은 느낌이 들었다. 보울더스에서 그 끄트머리인 희망봉까지는 40분 거리이다. 통과하는 도중 인도양에 면한 왼편 바닷가의 1497년 바스코 다 가마가 상륙한 지점(266m)에 그것을 기념하여 1947년에 세워진 다 가마 기념비(Da Gama Monument)가 바라보이고, 도로 가의 오른편으로 바르톨로메우 디아스를 기념하는 Dias Cross도 지나쳤다. 2015년에 발생한 화재로 까맣게 그을린 관목들이 있는 곳을 지나쳤고, 검은 색 야생 타조 수컷 두 마리도 보았다. 암컷은 갈색이라고 한다.

마침내 희망봉에 도착하여 3시 40분부터 4시까지 자유 시간을 가졌다. 아프리카 대륙의 남서쪽 끝 지점이라는 표지판이 서있고, 그 뒤편으로 바라보이는 파도가 부딪치는 바위 절벽이 희망봉이었다. 그 언덕 뒤편에 디아스가 상륙했다고 하는 작은 모래사장으로 이루어진 디아스 해변이 있다. 대서양과 인도양 두 대양이 만나는 지점은 이 일대 100km 정도에 걸쳐 있다. 거기서부터 동쪽으로 좀 떨어진 곳에 작은 산꼭대기에 등대가 서있는 Cape Point가 있다.

우리는 케이프 포인트 쪽으로 이동하여 다시금 4시 30분부터 5시 10분까지 자유 시간을 가졌다. 거기서 어슬렁거리는 개코원숭이(Baboon)들을 보았고, 그 동물이 위험하며 먹이를 보고서 달려든다고 쓰인 주의 표지도 보았다. 거기서 푸니쿨라라고 하는 트램을 타고서 3분 만에 케이프 포인트의 정상 249m 지점에 있는 역사적 등대까지 올라갔다. 이 푸니쿨라는 Flying Dutchman이라는 애칭을 갖고 있는데, 이는 1641년에 바타비아 즉 지금의 자카르타로부터 네덜란드로 돌아가다가 이곳에서 폭풍을 만난 네덜란드인 선장 헨드릭 반 데어 데켄의 유령 전설과 관련이 있다.

우리가 푸니쿨라 정거장에서 순서를 대기하고 있을 무렵부터 부슬비가 내리기 시작하더니 시간이 지날수록 점차 빗발이 굵어졌다. 정상의 하얀 철제 등대는 1860년부터 1919년까지 가동하였는데, 67km 떨어진 선박에서도 식별이 가능한 강력한 빛을 가지고 있었으나 이곳의 변덕심한 기후 때문에 자주 구름과 안개에 가려 제대로 역할을 못하다가, 1911년에 이곳을 통과하던 포르투갈 선박 Lusitania호가 좌초되어 침몰한 사건이 있자 그 아래쪽 해발 87m 지점의 Dias Point에다 새 등대를 세웠으므로, 지금 이 등대는 역사적 유물이 되었다. 우리 일행 중 절반 정도는 푸니쿨라를 타고 내려가고 나와 아내 등은 계단을 따라 내려가 현재의 등대가 서있는 곳을 바라본 후, 다시 올라와 길을 따라 한참 걸어서 아래쪽 정거장까지 내려왔다. 눈으로 보기에는 이 케이프 포인트가 반도의 끄트머리로서 가장 남쪽인 듯하지만, 가이드의 말에 의하면 실제로는 희망봉 쪽이 정남향으로서 더 남쪽에 위치해 있다고 한다.

비가 내리는 가운데 오후 5시 30분에 출발하여 두 시간 정도 걸려 케이프타운으로 돌아왔다. 귀로에는 점심을 들었던 피시 호크보다 좀 더 위쪽인 Muisenberg까지 인도양 쪽 해변 길을 따라 올라와, M3 도로에 접어들어 내륙을 관통하여 케이프타운대학교와 월드컵 경기장을 지나서 워터프런트에 도착하였다. 빅토리아 워프 안의 City Grill이라는 레스토랑에서 비프스테이크로 석식을 들었는데, 나는 이곳에 도착한 첫날에 이어 오늘도 레어 미디엄으로 구운 것을 주문하였다.

▰▰ 20 (토) 맑음

새벽 5시 반에 호텔을 출발하여 버스 안에서 도시락으로 조식을 들면서 케이프타운 국제공항까지 약 20분을 달렸다. 다음 달에 이 나라의 대통령 선거가 있는지라, 거리에 그 광고판들이 눈에 띄었다. 돌아올 때는 케이프타운에서 요하네스버그까지와 요하네스버그에서 홍콩까지, 그리고 홍콩에서 부산까지 세 번 비행기를 갈아타는데, 티켓은 모두 South Africa Airways의 것으로 되어 있으나, 실제로는 요하네스버그까지만 그러하고 나머지는 올 때와 마찬가지로 Cathay Pacific Airway와 Cathay Dragon의 비행기를 이용하였다.

07시 30분에 SA314편을 타고서 케이프타운을 출발하여 약 1시간 55분을 비행한 끝에 9시 25분에 요하네스버그에 도착하였다. 나는 22B, 아내는 18A 석을 배정받았으나, 일행의 양보로 22A·B석에 나란히 앉을 수 있었다. CX748편으로 갈아타고서 12시 45분에 요하네스버그를 출발하여 67C·D 석에 앉아 약 12시간 25분을 비행하게 되었는데, 시차로 말미암아 비행 도중에 이미 하루가 지났다. 중식과 석식은 모두 기내식으로 해결하였다. 비행 중에 다니엘 바렌보임이 연주하는 바르톡의 피아노협주곡 제1번을 시청하였다.

■■■ 21 (일) 맑음

12시 05분에 홍콩에 도착하였다. 12시 10분에 출발하는 부산행 비행기로 갈아타게 되어 있었으나, 무슨 까닭인지 홍콩국제공항에서 대거 연착·취소 사태가 발생하여 우리는 오후 3시 25분에야 비로소 이륙할 수 있었다. 기다리는 시간 동안 나는 계속 여행 중의 일기를 입력하였다.

김종민 대표가 자기가 1인당 만 원씩 보조해 줄 테니 각자 점심을 들라고 하므로, 우리 내외는 공항 안의 Shop 7E181 Departures East Hall 7/F Terminal 1에 있는 莆田美饌이라는 식당에서 福建海鮮滷麵과 廈門沙茶麵을 시켜 들었다.(196 홍콩 달러) 김종민 씨가 항공권 보여주면서 딜레이라고 말하면 식비 약 25%를 할인해 준다고 뒤늦게 카톡으로 알려왔으나 우리는 이미 카드로 결제한 후라 돌려받지 못했고, 부산에 도착한 이후에도 진주로 오는 버스를 타기에 바빠 점심 값 만 원씩은 돌려받지 못했다. 홍콩에서 이륙한 직후 바다에 긴 다리가 이어져 있는 것이 내려다 보였는데, 홍콩에서 마카오를 거쳐 중국 대륙으로 연결된다던 새 다리가 아닌가 싶었다.

7시 17분에 부산국제공항에 도착하여 일행과 작별인사를 제대로 나눌 여유도 없이 도착장 제4 게이트로 가서 8시 10분발 진주행 버스를 탔고, 9시 40분에 귀가하였다.

상해·항주·황산·삼청산

■■ 2019년 5월 10일 (금) 맑음

㈜세계항공여행사의 '상해·항주·황산·삼청산 4박5일' 여행에 참가하기 위해 아내와 함께 오후 2시까지 시청 맞은편 육교 밑으로 나갔다. 나는 삼일산악회를 통해 참가하게 된 것이지만, 다른 산악회 등을 통해 참가한 사람도 있으므로, 현지 피켓명은 진주산악회로 하는 모양이다. 우리 일행은 총 28명이며, 인솔자인 여행사 대표이사 류청 씨를 포함하면 29명이 된다. 류 씨는 우리 내외와 같은 현대성우트리팰리스에 살며, 같은 B동의 305호실에 거주하는 사람이다. 57세이며, 1990년부터 여행업을 시작하여 29년의 경력이 있다고 한다. 일행은 대부분 나이가 제법 많고 나보다 연장자도 여럿이며, 최고령자는 80세이다. 나는 이번 여행에서 黃山·三淸山 등반을 위해 등산복 두 벌을 챙겨온 외에는 이번 주 외출할 때 입던 옷차림 그대로 길을 나섰다. 포켓이 많은 조끼 하나를 추가로 걸쳤는데, 뒤에 살펴보니 안쪽 주머니에 원래부터 트인 조그만 구멍이 있어 그 주머니에 넣어온 메모용 붉은 펜을 떠나자말자 흘려버리고 말았다.

대절버스를 타고서 15시 30분 무렵 부산 김해공항에 도착하여 출국수속을 밟았다. 김해로 가는 도중 인솔자는 공동경비 1인당 5만 원씩을 거두었다. 이번 여행에는 기사·가이드 팁도 없어 참가비 100만 원으로 모두 커버되는 줄로 알았으나, 대표 격인 김삼영 삼일산악회 고문의 말로는 공동경비 중에 그것도 포함되어 있다고 한다.

공항에서 114로 전화를 걸어 SKT의 T로밍 한중일 패스에 가입했다. 종일 중국에 머무는 11일부터 13일까지 사흘간만 가입하려고 했으나, 전화 받은 여직원의 말에 의하면 그럴 경우 하루에 약 만 원씩으로서, 오늘 오후 4시부터 귀국한 이후인 15일 오후 4시까지 닷새 동안을 25,000원에 가입하는 편이 오히려 득이라고 하므로 그렇게 하도록 했다. 별로 전화를 쓸 일은 없으나, 현지에서 매번 WiFi에 접속하기도 번거롭기 때문이다.

우리는 10번 게이트에서 대기하다가, 上海航空公司와 같은 계열사인 中國東方航空의 FM830편을 타고서 17시 50분에 부산을 출발하여 19시에 上海에 도착하게 된다. 중국 시간은 한국보다 1시간 늦으므로, 스케줄에 의하면 2시간 10분이 소요되는 셈이다. 나는 54K석을, 아내는 앞 줄 복도 건너편인 53A석을 배정받았으나, 이륙 전에 일행과 바꾸어 내 옆의 54J석으로 옮겨왔다. 비행기는 정시에 이륙하였는데, 기내 방송에 의하면 1시간 45분쯤 걸릴 예정이라고 하더니 결국 그보다 더 빠른 18시 20분에 上海 浦東국제공항에 착륙했다. 그러나 셔틀버스를 타고서 제1터미널 건물까지 이동하는 데도 시간이 꽤 걸려 결국 19시 무렵에야 도착한 셈이 되었다.

나는 상해·항주 등은 이미 여러 번 가보았고, 황산에도 1997년 가족을 대동하여 한국의 동양철학자들과 함께 山東省 鄒城에서 열린 제2차 韓中孟子學術研討會에 참석한 다음, 陝西省 咸陽에서 열리는 中韓儒釋道三教關係學術研討會에 참가하러 가다가 일행과 함께 올랐던 적이 있었다. 그러나 이후 책자를 통해 황산의 西海大峽谷에 관한 것을 여러 번 읽었으므로, 이번에는 그것을 보러 다시 한 번 가는 셈이다.

浦東공항에서 박영화라는 이름의 비교적 젊어 보이는 남자 현지가이드로부터 영접을 받았다. 그는 연변조선족자치주의 시골에서 태어나 연길시로 이주한 교포 3세로서 본관지 밀양 출신인 그의 조부가 일제 때 중국으로 이주했다고 한다. 연변에서 고교 교사 생활을 3년 동안 했었는데, 당시 월급이 한국 돈 6만 원 정도여서 다른 교포들처럼 한국으로 돈 벌러 나가려다 수속이 까다로워 실패하였고, 결국 가이드로 전업한지 18년 됐으며, 만족하고 있다는 것이었다. 러시아에도 몇 년간 거주한 적이 있는 모양이다. 한국으로 나간 중국 교포는 50만 명 정도 된다고 한다. 지금은 한국 나가기가 엄청 수월해져 해마다 몇 차례씩 지인의 결혼식 등에 참석하러 한국에 들어가는데, 한 번 수속하면 5년 비자를 받을 수 있다고 한다. 우리가 앞으로 나흘 동안 계속 이용할 대절버스는 宇通客車에서 생산한 39인승 새로 나온 리무진으로서, 기사는 黃山 사람이라고 하며, 차량 바깥 면에도 黃山貨實旅游汽車運輸有限公司라는 회사명이 적혀 있다.

가이드의 말에 의하면, 上海는 중국 최대의 도시로서 인구가 3천만이고 외지인을 포함하면 3800만 정도 되며, 면적은 서울의 9배 반이라는 것이다. 그 다음인 北京과 重慶의 인구는 2천만 정도라고 했다. 그러나 내가 알기로는 중국 최대의 인구를 가진 도시는 重慶이다. 상해는 겨울에도 기온이 영하로 내려가는 일이 없으나, 여름철은 무척 무덥다.

1시간 정도 이동하여 상해의 중심가로 나아갔다. 南浦大橋를 건너 黃浦江 오른편인 浦西지구의 十六鋪 제2부두에서 유람선을 탔다. 太湖에서 발원하여 113km를 흘러 장강 하구로 들어가는 황포강을 경계로 하여 상해시는 구시가지인 포서지구와 서울의 강남처럼 신개발지인 포동지구로 나뉜다. 十六鋪는 外灘에서 얼마 떨어지지 않은 곳이었다. 밤 9시 35분에 출항하여 10시 20분에 하선하기까지 약 50분간 중심가 일대의 야경을 둘러보는 코스였다. 상해에 오면 外灘에서 야경을 바라보는 일정은 거의 빠지지 않았던 듯한데, 이번처럼 유람선을 탄 것은 처음이다. 내가 처음 중국에 왔던 당시와 비교하면 실로 天壤之差라고 할 정도로 상해의 모습이 달라졌다. 처음 보는 빌딩들이 많고, 東方明珠塔 부근에 세계에서 두 번째로 높은 632m의 上海타워를 비롯하여 492m 높이의 上海세계금융센터 등 100층이 넘는 고층빌딩이 두 개 눈에 띄었다. 지금은 홍콩이나 싱가포르와 비교해도 뒤지지 않을 정도로서, 중국을 대표하는 국제도시로 변모해 있는 것이다. 상해에는 고가도로가 매우 많은데, 지금은 해마다 승용차의 숫자가 기하급수적으로 늘어나므로 그럼에도 불구하고 교통정체가 심하다고 한다. 상해 시민은 이제 집집마다 거의 승용차를 보유할 정도가 된 모양이다.

유람선 관광을 마친 다음, 다시 버스를 타고 이동하여 어느 빌딩 지하 1층에 있는 香滿閣이라는 이름의 다소 허름한 느낌이 드는 식당에서 매우 늦은 석식을 들었다. 식사를 마친 후 上海市 寶山區 水産路 2659號에 있는 오늘의 숙소 金倉永華大酒店(Golden Rich Hotel)에 도착했을 때는 12시 10분이었다. 지상 24층 지하 3층 건물인데, 우리 내외는 730호실에 들었다.

▬▬ 11 (토) 맑음

간밤에 샤워를 마치고서 오전 1시 무렵 취침하였는데, 일기 입력을 위해 평소보다 한 시간 이른 오전 4시에 기상하였으니, 세 시간 정도 밖에 눈을 붙이지 못한 셈이다. 이즈음 해외여행 중 나는 늘 이 시간에 일어난다. 중국 정부는 무슨 까닭인지 페이스북을 차단시켜 두고 있으므로 호텔 WiFi를 사용해야 하는 컴퓨터로는 접속하지 못하나, 내가 한국에서 가입해 온 스마트폰의 T로밍으로는 평소처럼 그것을 열어볼 수 있다.

오전 5시 반에 모닝콜이 있었고, 6시 반부터 호텔 3층의 식당에서 조식을 든 다음, 7시 반에 출발하여 다음 목적지인 杭州로 향했다. 이번 여행 중 우리는 매일 이러한 일정으로 움직이게 된다. 내가 1992년 12월 처음 중국으로 와서 상해에서 2박한 다음 항주로 향했는데, 당시 비행기를 타기로 예정되어 있었으나 문제가 생겨 결국 완공한 지 얼마 되지 않은 고속도로를 이용하여 약 4시간 만에 도착하게 되었다. 오늘 우리가 이용하게 된 G60 滬昆高速의 滬杭노선은 당시의 그 루트이겠는데, 왕복 8차선으로 확장되어 있고, 250km를 3시간 동안 달리게 된다고 하며, 인상 또한 전혀 달랐다. 한국 돈과 중국 인민폐의 환율은 현재 180 대 1 정도 된다고 한다.

항주에 도착하기까지 계속 광활한 평원지대를 통과하는데, 가이드의 말로는 중국은 胡錦濤 정권 이래로 약 10억 명에 달하는 농민 인구를 우대하는 정책을 펼쳐 현재 전체 국민 중 농민들이 국가로부터 가장 많은 혜택을 많이 받고 있으며, 농민 호구를 취득하기도 어렵다고 한다. 전체 국민 중 한족의 비율은 92%이며, 민족 간의 차별은 전혀 없고 오히려 소수민족이 우대를 받는 경우가 많다. 도중에 상해 최대라고 하는 전시장 건물 군을 지났고, 농촌 지역에서도 건물은 모두 다층 주택이었다. 기후 관계로 1층에서는 사람이 살지 않는다. 모든 토지는 국가 소유이며, 건물은 개인이 소유할 수 있다고 한다.

중간 지점인 嘉興의 휴게소에서 한 번 쉬었는데, 휴게소의 모습은 한국과 별반 다르지 않으나 담배를 피우는 사람들이 엄청 많고, 휴게소 매점에서 술도 팔더라고 한다.

浙江省의 省都인 항주의 인구는 800만이며, 면적은 서울 정도라고 한다. 미세먼지가 좀 끼어 있고, 아내 등은 시내에서 에스컬레이터가 설치된 육교도 보았다고 했다. 시내에 플러터너스 고목 가로수가 많았다. 시내의 교통정체가 심하여 우리는 예정보다도 꽤 늦은 11시 10분 무렵에야 西湖 주차장에 도착하였고, 울창한 수림 속을 한참 동안 걸어가 서호 남서쪽의 花港觀魚에 도착하여 2층 유람선을 탔다. 화항관어란 남송시기에 이름이 정해진 서호 10경 중 하나이다. 10경 중 다른 하나인 斷橋殘雪의 단교는 유명한 이야기 〈白蛇傳〉에서 주인공인 許仙과 白娘子가 처음 만난 장소이다. 유명한 蘇堤·白堤 등을 바라보며 서호를 한 바퀴 유람하고서 원래 출항했던 장소로 되돌아오는 코스였다. 아내는 1층에 머물러 있고, 나는 2층으로 올라가 船尾의 긴 의자 끄트머리에 걸터앉아서 사방의 풍광을 바라보았다. 서호에 올 때마다 거의 매번 유람선을 탔으니, 이번이 몇 번째나 되는지 모르겠다. 그래도 늘 새로운 느낌을 준다. 인민폐 1元 권 뒷면에 중국의 명소인 서호 그림이 들어 있다. 중국도 이제는 소득수준이 높아져 관광 다니는 사람이 많은데, 중국인 단체관광객들은 모자나 旗袍 등의 복장, 때로는 양산을 통일하여 자기네 그룹을 표시하는 팀이 꽤 있다. 서호는 2011년 유네스코 세계유산에 등록되었다.

서호 관광을 마친 후 버스를 타고서 30분 정도 이동하여 杭州市 西湖區 轉塘假道 江涵路의 宋城 東北門 출구에서 남쪽으로 150m 지점에 있는 宋景園 餐廳이라는 식당에서 점심을 들었다. 宋城이란 곳에는 처음 와보는데, 錢塘江 옆의 之江路를 따라서 유명한 13층 六和塔을 지나 한참을 나아간 곳에 있는, 항주가 南宋의 수도였음에 포인트를 둔 일종의 테마파크였다. 중식에서 항주 명물인 東坡肉과 거지닭이라고 하는 닭 요리도 나왔다. 동파육은 전번에 宋載邵 교수 팀과 더불어 왔을 때 먹었던 것과는 모양이 꽤 달라 끈으로 싸매두었다. 송성은 꽤 드넓은 곳으로서 내부에 일곱 개의 극장이 있는데, 우리는 그 중 1호 劇院에서 15시 30분부터 한 시간 동안 공연되는 宋城千古

情이라는 가무 쇼를 보기로 되어 있다. 그곳 극장들에서는 앞에 중국 각지의 지명 등이 붙은 千古情이라는 쇼가 여러 가지 있고, 그 밖에 다른 이름의 것들도 공연한다. 송성천고정은 그것들 중에서도 대표적인 것으로서, 송성을 방문하는 관광객은 1년에 천만 명이 넘고, 이 쇼는 하루에만도 1·2 극장에서 여덟 번 공연되며, 총 관람객 수는 8천만 명인가 된다는 것이다. 쇼가 시작되기 전의 소개 화면에서 얼핏 본 이 천문학적인 숫자가 과연 정확한 것인지 의심이 든다. 출발 전 모임 때 우리가 여행사로부터 배부 받은 소책자에는 천고정의 관객이 500만 명을 돌파하였다고 적고 있어 차이가 너무 크다.

공연이 시작되기 전 오후 2시 15분부터 3시까지 자유 시간을 가졌는데, 아내와 나는 사람들로 북적대는 민속촌 거리를 걷다가 귀 후비개 두 개 한 세트를 50元 주고서 샀다. 송성천고정의 내용은 항주 북쪽 18km 거리의 余杭區 良渚鎭에서 발견된 중국 最古의 良渚신석기문화, 남송의 궁정, 岳飛, 西施 등 항주와 관련이 있는 인물들, 白蛇 전설 등을 소재로 하였고, 개중에는 한국 관광객을 염두에 두었는지 한복 차림 여인들의 장고·부채춤 같은 것도 포함되어 있었다. 수시로 영상을 사용하여 벽면 등까지도 무대의 일부로 끌어들임으로서 쇼를 한층 더 거대하게 보이도록 배려하였다. 이 쇼에는 300명 정도의 인원이 동원된다고 한다.

송성가무쇼를 관람한 다음 버스를 타고서 이동하여 서호와 항주 시내 사이의 吳山 꼭대기에 있는 높이 41.6m, 7층짜리 누각인 城隍閣에 올라 주위의 풍광을 둘러보았고, 그 옆에 있는 명초의 인물 周新을 모신 성황묘에도 들어가 보았다. 明의 成祖 永樂帝 때 浙江按察使로 부임하여 많은 공을 세웠으나 참소를 입어 죽임을 당한 사람을 후일 成祖 자신의 명에 의해 성황신으로 모신 곳인데, 이 廟가 유명하므로 오산 자체를 성황산으로 부르기도 한다.

그리로 들어가고 나오는 도중 淸河坊이라는 유명한 재래시장을 통과하게 되는데, 나는 나오다가 항주 명물인 龍井茶 한 통을 29元 주고서 샀다. 上城區 河坊街 中山中路에 위치한 청하방에서 南宋皇城小鎭이라는 안내판도 보였다. 현재 항주에서 유일하게 비교적 보존이 잘 되어 있는 옛 도시로서, 남송 시기 항주의 정치문화중심이자 상업밀집지역인 것이다. 중국 사람치고서 이곳을 모르는 이가 없다고 할 정도로 널리 알려진 곳이다.

항주시를 떠나 드넓은 전당강에 걸쳐진 긴 다리를 건너니 광활한 신도시가 펼쳐졌다. 江干區에 위치한 개발지로서, 항주의 맨해튼이라 불릴 정도로 현대적인 도시의 기개가 느껴지는 곳이다. G320, G25, G56 고속도로를 차례로 경유하여 다음 목적지인 黃山市로 향했다.

도중의 臨安市 玲瓏高速 출입구에 있는 天目農家에 들러 늦은 석식을 들었다. 임안은 항주시의 서남부에 위치하며, 항주에 처음 도읍한 唐末 五代十國 시기의 십국 중 하나인 吳越國을 세운 錢鏐의 고향이자 도교의 宗師 張道陵의 고향이기도 하고, 이곳에 前漢 시기 불교 유적지이자 명승지이기도 한 天目山이 있다.

오늘의 숙박지인 黃山高爾夫 5號樓에 도착하니 22시 49분이었다. 지상 6층 지하 1층 건물로서, 우리 내외는 2층의 5227호실을 배정받았다. 安徽省 黃山市 屯溪區 迎賓大道 78號인데, 330만 평에 달하는 광대한 黃山雨潤度假區 내의 한국인이 소유주로 되어 있는 골프장에 부속된 숙박시설 중 하나이다. 골프장 내의 호텔 전체는 700가구 정도를 수용할 수 있는 모양이다. 골프장만 하더라도 그 규모가 너무 커서 과연 이것이 모두 한국사람 소유일까 라는 의심이 든다. 오늘도 밤 11시 47분에야 취침하였다. 우리는 이 호텔에서 이틀을 묵게 된다.

■■■ 12 (일) 대체로 맑으나 밤부터 비

어제처럼 오전 6시 반에 숙소에서 100m 쯤 떨어져 있는 翠庭壯元食院이라는 식당으로 걸어가서 조식을 들었다. 골프장 구내에 있는 6개 식당 중 하나로서, 이는 黃山雨潤涵月樓酒店에 속해 있는 모양이다. 이 골프장은 카트를 포함한 필드비가 한국인에게는 5만 원이고 캐디 비가 1만 원인데, 중국인에게는 필드비가 15만 원이라고 한다. 중국에서는 아직 골프가 그다지 보급되어 있지 않고, 돈 있는 사람들의 사치스런 놀이 정도로 인식되어 있다.

7시 반에 출발하여 먼저 골프장 구내의 水視界란 곳에 있는 Cypress House(柏木之家)라는 이름의 골프투어전문매장에 들렀다. 이는 재일교포가 소유주인 MO&OM(Momo Germanium)이라는 기업으로서, 편백나무와 게르마늄 제품을 판매하는 곳이었다. 골프장의 정식 이름이 黃山松柏高爾夫鄕村俱樂部(Huangshan Pine Golf & Country Club)인 모양이니, 柏木之家라 함은 골프장 이름에서 취한 상호가 아닌가 싶다. 대표이사라고 하는 백영춘 씨가 나와서 오늘의 첫 손님에게 꽤 오랫동안 장황한 설명을 했는데, 66세인 그는 부산 사람으로서 서울에서 20년 가까이 한의원을 경영하고 있는 한의사라고 자신을 소개했다. 설명을 마친 후 2천만 원 가까이 하는 아주 비싼 기계라는 것으로써 각자의 혈관 상황을 체크해 주었는데, 아내는 이 진찰을 받고서 그의 말에 홀딱 넘어가 무려 166만 원을 지불하고서 나의 게르마늄 팔찌, 자신의 게르마늄 목걸이, 피톤치드 액, 편백나무를 구슬처럼 깎아 엮은 깔개 두 개 등을 샀다.

게르마늄 팔찌는 38만 원짜리였는데, 사지 말라고 여러 번 충고한 내게 12월의 생일선물을 미리 앞당겨서 사준 것이다. 원형의 흰색 게르마늄 원석 네 알과 검은 흑요석 알들을 끈으로 엮은 것으로서, 같은 팔찌를 차고 있는 가이드의 말에 의하면 다른 제품들은 게르마늄을 다른 물질과 섞어서 팔찌로 만드는데 비해 이것은 원석을 그대로 사용했으므로 열 배 이상의 효과가 있다는 것이다. 게르마늄은 혈액순환에 도움을 주는 물질이라고 하나, 인터넷으로 조회해 보면 그런 설에 회의적인 사람도 있다.

매장을 나온 다음, 2시간 반 거리에 있는 오늘의 목적지 三淸山으로 향했다. 도중에 황산시내의 新安江을 건너갔다. 安徽省 남부에 위치한 황산시의 춘추 시대 이름은 屯溪였으며, 이후 역대로 여러 차례 개명되었다가 송대 이후로는 계속 徽州라고 불려왔고, 1987년부터 황산시로 되었다. 현재 屯溪區·黃山區·徽州區·歙縣·休寧·祁門·黟縣으로 구성되어져 있는데, 총인구는 15만 정도이다. 시내에 흰 벽에다 기와지붕을 한 3층 정도로 된 이 지방 특유의 가옥들이 즐비하고, 이러한 가옥들은 삼청산에 도착할 때까지 계속 보였다.

왕복 6차선인 G56 杭瑞高速을 따라 계속 서쪽으로 나아가 皖贛톨게이트 즉 安徽省과 江西省의 경계를 지나 강서성 지경으로 들어간 다음, 도중의 婺

源北 휴게소에서 한 번 정거하였다. 朱子의 본적지이자 청대 고증학자 江永의 출신지인 무원 북쪽에 위치한 것이다. 무원은 주자 당시에는 徽州 즉 지금의 황산시에 속해 있었다가 후대에 강서성으로 편입되었다. 이 일대에까지 휘주식 가옥들이 많은 것은 그런 점과 관계가 있다. 주자는 글 속에서 자신이 新安 사람임을 늘 강조하였는데, 新安은 晉代 이래로 휘주 歙縣의 古名이었다. 흡현은 지금의 황산시 소재지인 둔계구에서 동북쪽으로 30km 떨어진 곳으로서, 원래 徽州府의 소재지였던 곳이다. 주자는 福建省의 자기가 거주한 방 마루에다 紫陽書室이라는 현판을 걸었는데, 이 또한 그 부친 朱松이 흡현의 紫陽山에서 공부했던 사실을 잊지 않기 위함이었다.

그곳을 통과한 지 얼마 후에 우리는 S26 德婺고속으로 접어들었고, 三淸山IC에서 왕복 2차선인 S308 및 S202 省道로 접어들어, 오전 11시 57분에 삼청산의 金沙 케이블카 터미널 아래쪽 도로 가에 있는 金沙農家라는 식당에 들러 점심을 들었다.

식후에 30분 정도 더 이동하여 삼청산 環山公路를 반 바퀴 돌아 남쪽의 外雙溪협곡으로 들어간 다음, 곤돌라를 타고서 2,426m를 올라 해발 1,249m 지점에 다다랐다. 최고봉인 玉京峯은 1,819.9m이다. 삼청산은 玉京·玉虛·玉華 세 봉우리가 우뚝 솟은 모양이 도교에서 말하는 玉淸·上淸·太淸 세 仙境 중의 최고신들이 산꼭대기에 늘어서 앉아 있는 모습 같다 하여 이런 이름이 붙었다. 대부분 화강암인 기암괴석으로 이루어져 있으며, 예로부터 '天下第一仙山'으로 불리는 곳인데, 2008년에 유네스코 세계자연유산으로 지정되었고 세계지질공원으로도 지정되어 있다. 삼청산은 江西省 上饒市에 속해 있으며, 상요시 경내에서 朱子의 玉山講義로 유명한 玉山縣과 德興市의 접경에 위치해 있다. 그리고 상요시의 북부에 무원이 있고, 남쪽 鉛山 부근에는 주자와 육상산 사이의 논쟁으로 유명한 鵝湖도 위치해 있어, 이 일대는 여러 모로 주자와 관련이 깊은 곳이다.

도중에 葛洪獻丹이라는 이름의 바위를 지났다. 그 설명문에 의하면 東晉의 저명한 도교학자이자 도교 丹鼎派의 창시인 중 하나인 抱朴子 葛洪(281~364)이 357년부터 361년까지 삼청산에 오두막집을 짓고서 煉丹하여 이 산의 開山鼻祖가 되었다고 적혀 있었다. 버스에서 내린 후부터 곤돌라 터미널까지, 그리고 곤돌라에서 내린 후부터 고개 마루인 禹皇頂(1,556m)까지 계속 걸어 올라간 다음, 거기서부터는 내리막길을 취했다. 우리는 南淸園景區에서 觀音賞曲(觀音聽琵琶)과 더불어 삼청산의 3대 절경에 포함되는 높이 128m의 뾰족한 바위 봉우리 巨蟒出山과 86m로서 앉아 있는 여인의 옆모습을 닮은 東方女神(女神峰)을 지나, 해발 1,299m 지점에서 다시 곤돌라를 타고 2,400m를 내려와, 오를 때와는 반대편인 점심을 든 바 있는 金沙 구역에 다다랐다. 곤돌라에서 내린 후부터 다시 탈 때까지 2시간 반 정도 등반한 셈이 된다.

삼청산에 설치된 케이블카는 우리가 오르내릴 때 이용한 이 두 군데가 전부이다. 모든 등산로에는 콘크리트로 만든 계단이나 통행로 또는 잔도가 놓여 있어 흙을 밟을 일은 별로 없었다. 길가에는 콘크리트로 나무처럼 만든 난간이나 벽면을 따라서 긴 지붕처럼 공중에 튀어나오도록 만들어져 있는 것들도 있었다. 길바닥은 모두 콘크리트에다 잔돌을 섞거나 콘크리트를 일부러 쪼아서 마치 자연석을 다듬은 것처럼 보이게 만들어두었다.

나는 올라갈 때 5元 주고서 삼청산 안내 지도를 한 장 샀고, 내려와서는 10元 주고서 앞면에 실로 된 붉은 별이 있는 국방색 모자를 하나 샀다. 또한 내려올 때 곤돌라를 타면서 찍은 기념사진을 한국 돈 4천 원 주고서 하나 구입하였다. 중국의 관광지에서는 인민폐·달러·한국 돈이 모두 통용된다. 오후 4시 45분에 대절버스를 타고서 출발하여, 황산시에 도착하기 직전 休寧 휴게소에서 한 번 정거했을 때는 8元 주고서 중국식 찹쌀밥인 嘉興粽子를 하나 사서 맛보았다.

휴녕휴게소에서 이 縣이 송대의 1217년으로부터 청대의 1880년에 이르기까지 科擧의 壯元 19명을 배출하여 전국에서 첫 번째를 차지한다는 내용을 돌에 새긴 것을 보았다. 이 휴녕은 청대 고증학의 양대 계파 중 하나인 皖派를 창시한 戴震의 고향이기도 한 것이다. 皖은 安徽省을 의미하며, 그 라이벌인 吳派의 吳는 江蘇省 蘇州를 의미한다. 우리는 이번 여행을 통해 上海·浙江·安徽·江西 등 네 개의 직할시 혹은 성을 경유하게 되었으며, 이곳들은 모두 '강남 갔던 제비가 돌아온다.'고 한 중국의 강남지방에 속한다.

황산시로 돌아온 다음 먼저 齊雲大道 8號 紅杉樹酒店에 있는 舒心足浴이라는 마사지업소에 들러 1시간 동안 전신마사지를 받았다. 나는 이런 마사지를 별로 즐기지 않지만 이미 지불한 비용 속에 포함되어 있는지라 참여하였다. 이번에는 별로 통증을 느끼지 않았다. 마사지 후에 그 집 앞 노점에서 열대과일인 망고와 망고스틴 2만 원어치를 샀는데, 그 직후에 인솔자가 잘라서 흰 플라스틱 케이스에 담아둔 망고를 사서 1인당 한 통씩 나눠주는 지라, 받아둔 망고와 방금 산 망고스틴은 버스 속에서 다 들고, 우리가 산 망고는 다음에 들기로 했다. 그런 다음 황산시의 중심 구역인 屯溪區의 黃龍大酒店 옆 西海路 12-1號에 있는 한국인이 경영하는 韓江이라는 식당에 들러 돼지삼겹살 무한 리필과 黃山松이라는 중국 白酒를 무한 리필 하는 석식을 들었다. 밤 9시 58분에 호텔로 돌아와 10시 41분에 취침하였다.

가이드의 말에 의하면 중국에서는 이미 물건을 살 때 현찰이 전혀 필요 없고 모두 핸드폰으로 결제한다고 하며, 승용차는 대부분 외제이고 버스와 트럭은 모두 국산이라고 한다.

■■■ 13 (월) 비 오다가 오전 중에 그치고 흐림

비가 내리는 가운데 호텔을 체크아웃 하여, 골프 카트에 나눠 타고서 3호관 호텔로 차례로 이동하였다. 1호관 옆에 있는 3호관의 뷔페식당이 가장 메뉴가 풍부하다고 하여 거기서 조식을 들기로 한 것이다.

오늘 비는 일기예보에 의하면 오전 11시 30분까지만 온다고 하므로 그 동안 기념품점 등에서 시간을 보내기로 하였다. 황산시내에서 또 여러 번 신안강을 건너거나 바라보며 이동하여 독일 Mifile(邁菲勒) 사의 수입 주방용품을 파는 건물로 들어가서 그곳 1층의 방을 빌려서 영업하는 죽제품 점포에 들렀다. 벽면에 瑞竹炭業이라는 글자가 눈에 띄며, 한국인이 경영하는 곳이다. 아내는 거기서 회옥이를 위한 머리 수건과 행주 및 키친타월 206元 어치를 구입하였다.

황산시내에서 북쪽으로 69km 떨어진 그 경내의 황산풍경명승구로 가기 위해 屯溪西IC에서 G3 京台고속에 올랐다. 왕복 4차선이었다. 다행히도 비는 그쳤다. 차창 밖으로 바라보이는 산들에는 대나무 숲이 많았고, 집들은 2·3층으로 된 徽州式 가옥이 대부분이었다. 휘주 가옥의 특색은 바깥이 흰 벽면으로 되어 있고, 짧은 기와지붕들을 올렸는데, 벽면이 그 지붕과 높이가 거의 같거나 오히려 더 높게 직선으로 뻗어 올라가 있는 점이다. 가이드의 말로는 도둑을 방지하기 위한 것이라고 하지만 정확한 이유는 알 수 없고, 이러한 가옥이 이 일대에만 있는 것이 아니라 어제 삼청산 갈 때 본 바로는 강서성의 이웃한 지역까지도 대부분 이런 집들이었다.

黃山景區의 西門에 해당하는 甘棠IC에서 빠져나와 11시 4분에 甘棠鎭 읍내의 相王食府라는 식당에 도착하여 점심을 들었다. 왕복 2차선인 X036 縣道를 따라가 湯口에 있는 黃山風景區 北大門 주차장을 거쳐서 12시 6분에 太平케이블카 터미널에 도착하였다. 황산 경내의 도로 가 산들에는 가히 대나무의 바다라고 할 수 있을 정도로 대숲이 광대하였다. 나는 1997년 8월 2일에 가족과 함께 南京에서 최신형 관광열차를 타고와 황산에 오른 바 있었는데, 이미 22년 전의 일이 되었다.

가이드의 말에 의하면 황산의 모습은 10년 전과 엄청난 차이가 있으며, 예로부터 '五岳에서 돌아오면 다른 산을 보지 않고, 황산에서 돌아오면 오악을 보지 않는다(五岳歸來不看山, 黃山歸來不看岳)'고 하여 중국 제일의 명산으로 일러지는 이곳에 지금은 하루 3만 명 정도가 등산을 한다고 한다. 古名은 黟山 즉 검은 산이었는데, 날씨가 맑았던 당시에 보니 산 전체가 아닌 게 아니라 거무튀튀한 화강암으로 뒤덮여 있었다. 당 현종이 黃帝 軒轅氏가 이산에서 약물을 채취해 丹藥을 제조하여 도를 얻어 승천했다는 전설에 따라 이름을 황산으로 바꾸도록 명했다고 한다. 규모는 남북으로 약 40km, 동서로 약 30km이다. 세계자연유산·문화유산 및 세계지질공원으로 등록되어져 있다.

우리는 해발 800m 지점의 西海大峽谷 북쪽 松谷庵 터미널까지 차를 타고 올라간 다음, 곤돌라로 갈아타고서 太平索道를 따라 다시 800m 고도를 더 올라가서 12시 41분에 月霞 터미널에서 하차하였다. 곤돌라를 대기하는 동안 아래쪽 터미널에서 황산 안내도를 5元 주고서 다시 한 장 샀다. 곤돌라 안에서는 중국어·영어·한국어의 순서로 안내방송이 나오고 있었다. 영어는 세계 공통어이니 당연히 포함되는 것으로 본다면, 외국인으로서는 한국 사람이 가장 많이 방문함을 의미할 터이다.

곤돌라를 타기 전까지는 사방의 풍경이 꽤 또렷했었는데, 올라갈수록 운무가 앞을 가려 먼 곳을 조망할 수가 없었다. 그나마 비가 오지 않는 것만도 천만다행으로 여겨야 할 것이다. 곤돌라를 내려서 250m 정도 나아가면 서해대협곡의 북쪽 입구인 排雲亭(樓)이 있고, 거기서부터 골짜기를 따라 계속 걸어 내려가 一環·二環을 지나서 마침내 3km 떨어진 골짜기 아래에 다다르면 모노레일의 排雲溪 터미널에 다다르게 된다. 環이라 함은 도중에 오르막길과 내리막길이 갈라져서 마치 가락지 모양으로 원을 그리는 구역이라 하여 붙여진 이름이다. 그러나 구름 때문에 황산을 대표하는 서해대협곡의 절경을 제대로 감상할 수는 없었고, 다만 아래로 내려갈수록 시야가 좀 더 넓게 트이는 정도였다. 그렇다 할지라도 황산은 원래 안개로 유명한 곳이니, 운무 사이로 보이는 바위 봉우리의 동양화 같은 풍경은 곳곳에서 즐길 수 있었다.

모노레일이라 하지만 레일이 두 개여서 사실은 서양에서 말하는 푸니쿨라라고 하는 편이 적절하겠다. 영어로는 Telpher라고 적혀 있었다. 그것을 타고서 길이 892m, 고도차 497m를 평균 34도 기울기로 올라 天海 터미널까지 다다른 다음, 걸어서 白雲賓館에 이르렀고, 자기도 모르는 사이에 서해대협곡의 남쪽 입구인 鰲魚峰을 지나쳤다. 보통 배운정에서부터 여기까지를 서해대협곡이라 부르는 모양이다. 이어서 一線天이라고 하는 좁고 긴 암벽 틈을 빠져나가 蓮花亭에 다다랐다.

그곳 갈림길에서 아내는 가이드 및 대부분의 일행을 따라 玉屛 케이블카의 위쪽 터미널 방향으로 내려가고, 나는 좀 망설이다가 몇몇 일행의 뒤를 좇아 정상인 蓮華峰(1864.8m)으로 향했다. 가파르기 이를 데 없는 계단을 따라 오르다가 도중에 몇 번 포기하려고도 했으나 마침내 거의 2km 거리인 정상에 도달하였다. 이쪽으로는 오는 사람이 매우 드물었다. 우리 일행은 모두 11명이 정상을 밟았다. 바위로 이루어진 정상에서는 안개 때문에 주위의 풍경은 아무것도 보이지 않았고, 2007년에 만들어진 어른 어깨 정도 높이의 정상석이 세워져 있었다. 같은 시각에 오른 중국인 아가씨 두 명에게 부탁하여 정상석에다 한쪽 팔을 올리고서 기념사진을 몇 장 찍었다.

연화정까지 되돌아온 다음, 다시 1.5km 거리를 서둘러 내려와서 옥병 케이블카의 위쪽 터미널에 도착하니, 먼저 간 일행이 우리가 도착하기까지 거기서 기다리고 있었다. 나는 예전에 왔을 때 황산의 명물인 迎客松을 본 듯하므로 다시 한 번 찾아보고자 했으나 도중에 눈에 띄지 않았는데, 뒤에 알고 보니 그것은 터미널에 도착하기 1km 전의 玉屛樓賓館에서 안쪽 방향으로 조금 들어간 곳에 있어 우리가 통과한 길에서는 보이지 않는다는 것이었다. 천해로부터 옥병루까지는 두 시간 반 거리이다.

옥병 케이블카는 8인승이어서 우리가 보통 케이블카라 부르는 것과 같았다. 내가 탄 것에는 아내와 나 그리고 우리 일행인 남자 한 명 외에 노년의 중국인 내외까지 모두 다섯 명이 앉아서 온천 터미널까지 내려왔다. 외국인이 끼어들었으므로 우리 일행은 함께 타기를 꺼려했던 것이다. 우리 부부의 건너편에 앉은 중국인 내외 중 남편은 내가 어제 산 것과 모양은 똑같으나 다소 검은 빛깔의 모자를 쓰고 있었으므로, 한참 후에 말을 걸어 그 모자가 군인용이 아니냐고 물어보았다. 그렇지는 않고, 말하자면 國共合作 시절의 八路軍 모자와 모양은 비슷한데, 그 당시의 軍帽에는 별이 아닌 다른 문장이 있었다는 것이다. 그들은 瀋陽에서 왔으며, 2년 전에 한국을 방문한 적도 있었다고 했다.

온천 터미널에서 화장실에 들렀다가 그곳 매점에서 麻餠이라고 하는 月餠 모양으로 생긴 깨가 든 떡을 10元 주고 하나 사서 아내와 둘이서 나누어 들었다. 승합버스를 타고서 G205 도로를 따라 한참 동안 이동하여 湯口 터미널에 도착하여 대절버스로 갈아탔다. 후에 내가 쓴 『해외견문록』 파일을 조회해보니, 예전에 처음 황산에 올랐을 때는 온천 마을을 경유하여 동쪽의 白雲寺 터미널로 가서 雲谷 곤돌라를 탔었고, 白鵝峰 터미널에서 내린 다음 그 부근의 北海賓館에서 점심을 들었다. 그런 다음 우리 가족은 정상인 연화봉 아래를 거쳐 오늘 우리가 탄 옥병 터미널에서 다시 케이블카를 타고 도중의 慈

光閣에서 내렸으니, 온천구역까지는 걸어 내려왔던 모양이다. 당시와 달리 지금은 황산의 등산로도 삼청산과 마찬가지로 모두 시멘트나 돌로 포장이 되어 있고, 케이블카 노선도 더 연장되어 온천구역까지 바로 내려올 수 있게 된 것이다. 올라갔을 때의 雲谷索道도 근자에는 이미 다른 것으로 교체된 모양이다. 어쨌든 예전에 탔던 것까지 포함하면 나는 이제 황산에 설치된 케이블카는 모든 타본 셈이며, 주요 등산로도 대부분 걸어본 셈이 되었다.

당시에는 서해대협곡에 푸니쿨라가 설치되어 있지 않았고 지금처럼 등산로도 잘 닦여 있지 않았으므로, 그 깊은 골짜기를 방문하는 사람은 거의 없었던 것이다. 개혁개방 이후인 1979년 등소평의 지시에 의해 20여 년에 걸쳐 약 14만 개의 돌계단을 완공하여 2001년에 일반인에게 공개되었다. 황산에다 이런 관광시설 공사를 하는 데는 30년의 세월이 걸렸다고 한다. 이 위험하고 높은 산 위로 인부들이 일일이 등짐을 져서 재료들을 날랐고, 왕복하며 공사를 했었다고 하니, 인건비가 무척 싸고 노동력이 남아도는 중국에서나 가능한 일이라고 하겠다.

휴녕현과 둔계IC를 경유하여 황산시로 돌아온 다음, 오후 5시 43분에 秀水豪園 79-80號에 있는 발마사지 업소 韓羅山足道에 도착하였다. 예정에는 없었으나 인솔자의 서비스로 1인당 2만 원씩으로 45분간 하는 발마사지를 한 번 더 받게 된 것이다. 어제는 가이드가 일률적으로 3천 원의 팁을 주라고 말했으나, 오늘은 2천 원씩만 주라고 했다. 원래 이런 업소에 팁 문화가 없었는데, 한국인들이 와서 팁을 주기 시작했고, 어떤 사람은 만 원 정도를 팁으로 내미는 사람도 있어 형평성이 맞지 않으므로, 그 액수를 통일하기로 한 것이다. 황산시에서 단체손님을 받는 마사지 업소는 어제 간 곳과 이곳 밖에 없다는데, 손님은 거의 다 한국 관광객이었다. 그래서 상호도 한라산이라 정한 모양이다. 따라서 종업원들도 발음이 이상하여 알아듣기 어렵기는 하지만 기본적으로 필요한 한국어를 조금 말할 수 있다.

우리가 안내된 방에서는 한참을 기다려도 종업원이 다른 손님들을 상대하느라고 바빠서 오지를 않으므로, 나는 불쾌하여 밖으로 나와 버렸다. 나는 유독 한국인들이 어째서 이토록 마사지를 좋아하는지 이해할 수 없다. 마사지를 마친 다음, 다시 10분 정도 이동하여 屯溪區 奕棋鎭 龍井新村 50號에 있는 吃普堂이라는 곳으로 가서 그곳 식당에서 김치찌개전골로 석식을 들었다. 식후에 식당 옆에 벽을 터놓고서 잇달아 있는 普爾茶 매장에 들러, 우리 내외는 그곳에서 최고급인 사각형 보이차 한 덩이를 중국 돈 1,200元 즉 남자 주인이 170대 1로 계산하여 한국 돈 204,000원이라고 한 액수를 신용카드로 지불하고서 샀다. 조금 전 마사지 업소의 1층 로비에서 우리 일행이 나오기를 기다리며 가이드와 대화하던 도중 황산 명물인 毛峰茶를 샀으면 하는데 기회가 없다고 말했더니, 이 업소에다 말하여 자기가 사는 가격으로 판매하도록 해주겠다고 말했으므로, 그를 믿고서 가격을 흥정하지는 않았다. 그러나 모봉차는 없다고 하므로 이 가계의 전문인 보이차를 사기로 한 것이다.

영수증을 받아보니 상호명이 BAI MU ZHI JIA라고 되어 있으므로 무슨 뜻인지 물어보았더니, 어제 아침 우리가 게르마늄과 편백 제품을 샀던 바로 그 Cypress House(柏木之家)였다. 그 업소에 부속된 매점인 모양이었다. 벽에 걸린 영업허가증에 의하면, 이 업소의 주인은 崔貞淑이라는 사람으로서, 금년 3월 22일자로 영업허가를 받았다. 그녀는 吉林省 출신의 교포였다. 서비스로 자그마하고 보다 값이 싼 사각형의 보이차 한 덩이와 차를 우려내는 유리 주전자 하나도 얻었다. 우리 일행 중 다른 사람들은 거기서 하나에 3~4만 원 정도하는 둥근 모양의 보다 저렴한 보이차 덩이를 구입하는 이가 몇 명 있었다.

밤 8시에 그곳을 떠나 밤길을 달려 다시 항주로 향했다. 일행 중 복도 건너편의 내 옆 자리에 앉은 남자 하나는 도중의 龍崗 휴게소에 정거했을 때 내가 화장실에 다녀오고 보니, 석식 때 과음하여 그 새 버스 안 복도에다 토해 놓기도 하였다. 휴게소의 네온사인에 CICO 浙江交通集團이라는 문자가 보였는데, 중국에서는 이런 고속버스 휴게소의 운영을 대부분 사기업에다 맡겨두고 있는 모양이다. 도중에 가이드가 한 말로는 중국의 농민 호적을 가진 사람들은 근래 들어 한 달에 한국 돈 20만 원 정도를 정부로부터 지급받으며, 의료보험 혜택도 누리게 되었다고 한다.

11시 35분에 항주의 **拱康路** 100호에 있는 오늘의 숙소 Merchant Marco Polo Garden Hotel(馬可·波羅花園酒店)에 도착하였다. 지상 23층 지하 2층의 빌딩인데, 우리 내외는 20층의 2021호실을 배정받았다. 샤워를 한 후 12시 50분에 취침하였다.

■■■ 14 (화) 맑음

오전 7시 반에 호텔을 출발하여 상해 浦東국제공항으로 향했다. 도중에 고속열차의 高架 노선이 한참동안 이어져 있는 것을 보았다. 중국은 이제 전국 각지가 시속 300km 이상으로 달리는 고속열차로 연결되어져 있어, 상해에서 북경까지 5시간이면 갈 수 있다. 도중의 楓涇 톨게이트 옆 휴게소에서 잠시 정거한 다음 다시 출발했을 때, 가이드는 차 안에서 기사를 대신하여 황산 특산인 徽州 대추를 팔았다. 알이 굵고 씨를 뺀 것인데, 다섯 봉지에 2만 원으로 하여 두 박스 남짓 팔았다.

상해시로 접어들어 閔浦大橋를 지나 S1 迎賓고속으로 접어든 다음, 공항 도착을 5분 정도 남겨둔 지점에서 제1工業小區路인 옆길로 접어들어 10시 25분에 연변농협 상해지점에 도착하였다. 입구에 한글로 그린마트·귀국선물이라고도 써 두었듯이 중국 방문을 마치고 귀국하는 한국 사람들을 상대로 하여 연변 지역에서 생산된 농산물을 위시한 각종 물건들을 판매하는 일종의 슈퍼마켓이었다. 거기서 아내는 잣과 옥수수 가루를 486元 어치 샀다. 공항 도착을 조금 남겨둔 시점의 차 안에서 우리 대표가 가이드에게 기사·가이드 팁으로서 공동경비 중 20만 원을 전달하였다.

浦東공항은 양자강이 황해를 만난 지점 바로 아래쪽의 황해 가에 위치해 있다. 체크인 한 후 209게이트에서 탑승을 기다리다가 아내의 말에 따라 그 옆 매점에서 물을 한 통 사려고 했는데, 종업원이 20元이라고 하므로 너무 비싸지 않느냐고 했더니 수입품이어서 그렇다는 것이었다. 중국산으로 바꾸어 8元에 하나 구입했지만, 이 역시 예전에 비해서는 꽤 비싸졌다는 느낌이었다. 돌아오는 비행기는 탑승권에 中國東方航空이라 찍혀 있으나 실제로 탄 기체에는 上海航空으로 적혀 있었다. 승무원에게 물어보았더니 후자는 전자의 자회사라는 것이었다. 우리 내외는 FM829편의 45B·C석에 나란히 앉아 13시 55분에 상해를 출발한 후 16시 22분에 부산 김해공항에 착륙하였다. 호텔 뷔페로 조식을 많이 든 데다 공항으로 오는 차 안에서 엊그제 사둔 망고를 처분하기 위해 여덟 알 중 일곱 알을 아내와 나누어 들었으므로, 기내식은 들지 않았다. 다른 이에게서 받은 복숭아 큰 것 한 알은 그냥 차 안에 놓아두었다.

대륙고속관광의 28인승 우등리무진을 타고서 김해공항 입구 대저고등학교 정문 앞의 공항로811번가길 51에 있는 이가네찌개만찬에서 김치찌개(7,000원)로 석식을 든 다음, 오후 6시 반 무렵 진주에 도착하였다. 우리가 이번 여행에 동참한 ㈜세계항공여행은 모두투어시청점을 겸하고 있었다. 돌아오는 도중에 인솔자가 보고한 바에 의하면, 우리가 추가로 낸 공동경비 5만 원은 쓰고서 12만 원이 남았는데, 그 돈을 보태어 다음 주인 22일 수요일 19시에 동진주교회 앞 복개도로에 있는 유명한찜에서 해단식 모임을 가진다고 한다. 나는 선약이 있어서 참석하지 못한다고 카톡으로 통지하였다.

캄차카

■■■ 2019년 8월 9일 (금) 맑음

아내와 함께 택시를 타고서 개양으로 나가, 거제를 출발하여 14시 10분에 도착하는 코리아와이드대성 리무진을 타고서 인천국제공항으로 향했다. 개양에서 대기하는 동안 114로 전화를 걸어 내일 오전 9시부터 돌아오는 날인 17일 오전 9시까지 7일 동안 29,000원 짜리 T로밍에 가입하였다. 통영대전, 경부고속도로를 경유하여 북상하였다. 보통은 서평택에서 경부고속도로를 벗어나 인천공항 쪽으로 향하게 되는데, 오늘은 웬일인지 계속 북상하여 서울 톨게이트를 지난 다음, 일산 쪽으로 향하는 100번 고속도로에 접어들어 청계·물왕·고잔 톨게이트를 경유하여 인천공항 전용도로에 접어들었다. 개양의 정거장에 게시된 바로는 4시간 후인 16시 10분에 인천공항 제1터미널에 도착하게 되고, 버스 안에 게시된 바로는 4시간 30분이 걸린다고 하였으니 16시 40분이면 도착하게 되는데, 실제로는 17시 14분에 도착하였으니 5시간 넘게 걸린 셈이다.

우리 내외가 이번에 참가하는 러시아의 캄차카반도 트레킹은 가격이 429만 원으로서 팁 $80은 별도인데, 원래는 8월 9일부터 18일까지였으나 나중에 받은 스케줄에 중간 경유지인 하바롭스크에서의 하루 일정이 온통 빠지고서 블라디보스토크를 경유하여 캄차카반도에 드나들며, 17일에 귀국하는 것으로 변경되어 있다. 나로서는 2004년 7월에 시베리아횡단열차를 타면서 블라디보스토크에 1박하여 이미 한 번 둘러본 바 있었으므로, 차제에 블라디보스토크와 더불어 러시아 극동 지방의 양대 도시 중 하나인 하바롭스크 일대를 둘러보는 것에 기대를 걸고 있었는데, 적지 않게 실망스럽다. 결과적으로 여행사 측은 이렇게 함으로서 하루 분의 요금을 인상한 셈이 된다.

스케줄에 의하면 오늘 20시 30분에 인천공항 1터미널 3층 5번 출입구 안에서 모이기로 되어 있었는데, 이번 여행을 주관하는 산울림트레킹의 배영하 대표로부터 며칠 전에 전화가 걸려왔고 또한 문자 메시지도 와서, 자기가 알프스 3대 미봉 트레킹에서 막 돌아오고 보니 인천공항이 매우 붐비더라고 하면서 한 시간 앞당겨 19시 30분에 만나자는 것이었다. 그 시간 가까이 되자, 이번 여행에 동참하게 된 아내의 진주여중고 동기동창이자 대한간호학회장인 가톨릭대학의 김희승 교수 내외가 먼저 나타났다.

김희승 교수의 부친 김상철 씨는 예전에 진주농전의 학장을 지냈고, 모친 김정희 씨는 장모와 동갑인 86세이며, 아내와 마찬가지로 경남수필문학회의 회원이자 시조시인이기도 하다. 그 부친은 현재 93세의 고령이신데, 돌보아드리고 있는 조카의 말에 의하면 약간 치매 기운이 있다가 근자에는 밤에 환청이 들려 서재에서 책장 유리를 손으로 쳐 동맥을 다쳐서 심한 출혈을 하신 듯하다. 방안에서 문을 잠가두고 있었으므로 다른 방에서 깊이 잠들었던 모친이 다음날 아침에야 발견하고서 경상대학병원으로 옮겨 동맥을 꿰매는 수술을 받았는데, 경과가 좋아 병원 측에서 퇴원하라고 하여 그렇게 하였으나, 그 이후 갈수록 상태가 악화되고 있다 한다. 그래서 김 교수는 이번 여행에 참가할지 말지 고민하고 있었다는데, 출발 날짜가 임박하여 결국 참가하기로 결정하였으나 아버지가 위독해지면 여행 도중에 귀국할 수도 있다고 한다.

서울대 출신으로서, 결혼 직후 아내와 함께 프랑스에 4년간 유학했던 김 교수의 남편 정태진 씨는 진주 까꼬실(鬼谷)이 본거지인 農圃 鄭文孚의 후손 海州鄭氏로서, 진양호의 건설로 말미암아 침수되기 전의 까꼬실 마을에서 19살까지 자라다가 상경하였다. 지질학 중 지화학 분야가 전공으로서, 대전의 대덕연구단지에서 연구원 생활을 하다가 61세로 정년퇴직한 후, 경상대 지리교육과에서 3년간 강의를 맡은 바도 있었다. 과거에 러시아 석유의 국내 수입을 위한 예비조사차 석유 탐사를 위해 1994~95년에 걸쳐 2차례 러시아로 와서 시베리아에 3개월간 머문 적이 있었다고 한다.

그들 부부는 프랑스에 유학했을 때 처음은 리옹에서 어학을 공부하여 파리 1대학에 입학하였고, 마지막의 박사학위는 아비뇽에서 취득했다. 김희승 교수는 정년을 1년 반 정도 남겨두고 있는데, 대한간호학회장의 임기는 2년으로서 금년 연말까지이다. 그 전에 그녀는 부회장으로서, 차기 회장의 직무를 이미 2년간 수행했었다. 김 교수는 남편을 따라 프랑스로 유학을 떠나기 전까지 경남간호전문대학에서 아내와 함께 1년간 근무한 인연도 있다.

　　정 씨는 1954년생으로서 아내와 동갑이니 나보다 다섯 살이 적고, 김 교수는 1955년생이라고 한다. 정 씨는 경남고등학교를 졸업하였고, 사진에 취미를 붙인지 10년쯤 되는데, 이제는 김 교수도 동참하여 매년 두 번 정도씩 해외여행을 다니고, 국내 여러 곳으로도 사진 촬영을 위해 함께 다닌다.

　　이번 여행을 중개한 이마운틴의 정병호 대장은 며칠 전까지만 해도 유럽 알프스 가이드 중이라 그것을 마치고 난 후 바로 캄차카로 와서 내일 공항에서 우리와 합류할 예정이었는데, 배영하 씨의 말에 의하면 가이드 중 산에서 넘어지는 다른 사람을 도우려다 다리를 다쳐 캄차카로는 오지 못하고 바로 귀국하였다고 한다. 인솔자인 배 씨는 1951년생이라 하니, 올해 69세로서 나보다 두 살이 적다. 면도를 잘 하지 않는지 흰 수염이 더부룩하고, 피부는 햇볕에 새까맣게 그을려 있다. 그 나이에 트레킹 여행사를 운영하면서 이런 하드 스케줄을 소화하는 것을 보면 체력이 대단하다고 하겠다. 그러나 아내의 말에 의하면 눈에는 잘 띄지 않지만 보청기를 끼고 있는 모양이다.

　　배 씨는 우리 내외에게 두 사람의 짐을 트렁크 하나 정도로 줄여오라는 말을 두어 번이나 하므로 아내가 9일간의 여행이니 그럴 수 없노라고 잘랐다는데, 오늘 티케팅 하면서 보니, 우리 내외나 김 교수 내외의 경우 트렁크 하나 초과분의 짐 값 85,000원씩을 추가로 지불하고 있었다. 우리는 S7 Airlines라는 러시아 항공사의 비행기를 타게 되는데, 아마도 저가항공사인 모양이다. 아내의 말에 의하면 이 비행기는 북한 상공을 통과하므로 한국 항공사를 이용하는 것보다 시간이 꽤 단축된다고 한다. 게이트 부근의 사누끼보레라는 상점에서 나는 사누끼가쓰오우동, 아내는 소고기덮밥으로 석식(17,000원)을 때웠다.

우리는 오늘 S7 6274편을 타고서 22시 40분에 47게이트에서 인천공항을 출발하여 2시간 50분을 비행한 후 내일 01시 45분에 블라디보스토크 크네비치 공항에 도착하게 된다. 거기서 1시간 30분을 대기하고서 S7 6215편으로 환승하여 03시 20분에 5게이트에서 블라디보스토크를 출발하여 3시간 10분을 비행한 후 08시 40분에 캄차카의 중심도시인 페트로파블롭스크 캄차츠키의 엘리조보 공항에 도착할 예정이다. 내 좌석은 각각 22F, 28C이다. 블라디보스토크는 한국보다 1시간이 빠르고, 페트로파블롭스크 캄차츠키는 블라디보스토크보다도 다시 2시간이 빠르다고 한다.

▰▰▰ 10 (토) 맑음

페트로파블롭스크의 엘리조보 공항에서 현지 가이드 장용택 씨의 영접을 받았다. 러시아 캄차카 주의 면적은 46만4300㎢로서 독일과 베네룩스 3국의 면적을 합한 것보다 크다. 그 안에 팔라나를 주도로 하는 까략 자치주도 포함되어 있는 모양이다. 인구는 2017년 현재 31만4700명으로서, 그 중 24만5600명이 도시 지역에 거주한다. 러시아인이 79%, 우크라이나인이 3.5%, 벨라루스인이 0.58%, 소수민족인 까략(Koryak)·이텔맨(Itelmen)·에벤(Even)·축치(Chukchi)·알류트(Aleut) 족 등이 4.36%를 차지한다. 수도인 모스크바로부터 페트로파블롭스크 캄차츠키까지의 거리는 6,773km로서, 비행기로 8시간 25분이 걸린다. 그 관문인 엘리조보 공항은 3층 건물 한 채로서, 진주의 사천공항 정도인 듯하였다. 엘리조보는 또한 캄차카 주에서 두 번째로 큰 도시이기도 하다.

긴 콘센트 같은 둥근 지붕의 단층 건물에서 짐을 찾아, 벤츠의 Sprinter SUV 차량에 일행이 타고 짐은 다른 차에 실어서 공항을 출발하여 약 20km 동남쪽에 있는 페트로파블롭스크 캄차츠키로 이동하였다. 오늘 우리가 투숙하는 곳은 이 도시에 4개 있는 호텔 중 가장 좋다는 아바차 호텔인데, 우리 내외는 5층 건물 중 4층의 429호실을 배정받았다.

우리 일행은 인솔자인 산울림트레킹의 배영하 대표를 포함하여 모두 13명이다. 원래는 15명이 참가할 예정이었는데, 오지 못한 두 명의 남자는 여섯 명 팀의 일행이었다. 그 중 한 명이 최근 직립성저혈압으로 쓰러졌고, 다른 한 명 역시 피치 못할 사정이 있어 취소한 것이라고 한다. 여섯 명 팀은 시누이·올케 부부 및 그들과 사업을 같이 하며 사장이라 불리는 친구 부부 한 쌍이 끼어 대세를 이루었고, 그 다음은 진주에 뿌리를 둔 우리 팀 부부 두 쌍이며, 혼자 온 중년 남녀가 각각 한 명씩 있다. 일행 중 아마도 내가 가장 고령인 듯하다.

현지 가이드 장 씨는 19살 때까지 중국 黑龍江省 牧丹江市 동남쪽의 러시아 접경인 東寧에 살다가 러시아로 건너온 지 22년째 된다는 조선족으로서 47세이며, 러시아에서 고려인 여성을 만나 결혼하였는데, 그 자식은 한국말을 하지 못한다고 한다. 조부는 원래 연해주에 살았는데, 스탈린이 고려인을 중앙아시아로 이주시킬 무렵 중국 琿春으로 건너가, 부친은 거기서 태어났다. 그러므로 그는 중국어 조선어 러시아어에 모두 능통하다.

아바차 호텔에는 오후 2시 이후부터 들어갈 수 있으므로, 우리 짐을 그곳 1층의 방 한 칸에다 모아둔 후 간편한 차림으로 출발하여 페트로파블롭스크의 서북쪽인 엘리조보 공항에서 다시 서북쪽으로 한참 더 떨어진 곳에 있는 카이느란이라는 이름의 소수민족 마을로 이동하였다. 캄차카는 8월인 지금이 여름으로서 관광의 최고 성수기라고 하는데, 기온은 예상했던 것보다도 훨씬 더 낮아 가을 날씨를 방불케 한다. 그러므로 다들 입고 온 여름옷을 벗고서 좀 더 두꺼운 옷들을 꺼내 입었다. 가이드의 말에 의하면, 그동안은 날씨가 좀 좋지 못했으나 우리가 머무는 동안 계속 맑을 것이라고 한다. 그러나 14일은 구름 낀 날씨에다 비가 올 것이라는 일기예보도 있다.

우리는 먼저 시내의 아바차灣 가에 있는 레닌광장에 들렀다. V. I. 레닌의 동상이 서 있기 때문에 가이드는 이렇게 불렀지만, 정확하게는 극장광장인 모양이다. 그 부근에 1854년 6척의 군함을 이끌고서 쳐들어와 페트로파블롭스크 캄차츠키를 점령하고자 한 영국과 프랑스 연합함대를 격퇴시킨 러시아의 아브로라 호와 당시의 용사들을 기념하는 탑도 서 있었다.

소수민족 마을로 가는 도중 어느 슈퍼마켓 마당 건너편에 있는 매점에 들러 고로케 비슷한 커다란 빵과 커피로 그 집 마당에 선채로 아침 요기를 하였다. 엘리조보에 있는 러시아의 最東端임을 표시하는 기념탑에도 들렀다. 돌로 쌓은 탑의 기단 위에 캄차카라고 쓴 철제 표지가 크게 내걸려 있고, 그 위의 두 번째 단에 "러시아는 여기서부터 시작한다"라는 문구가 붙어 있으며, 탑의 꼭대기에는 금속제 불곰 두 마리가 올라가 있고, 그 중 앞에 선 한 마리는 입에 연어를 물고 있다. 캄차카의 상징물로서 꽤 유명한 것인 모양이다. 또한 그 곁에 세계 각 도시로의 방향과 거리를 나타내는 이정표가 있는데, 서울까지의 거리는 3,004km라고 적혀 있었다. 이 일대에는 '20km' '23km' 등 거리 수로 마을 이름을 나타내는 곳도 적지 않다. 이러한 킬로 수 계산의 기점이 되는 곳은 페트로파블롭스크 캄차츠키 시의 레닌광장이다. 그리고 건너편에 꼭대기가 구름에 가려진 까라까스 산, 아바차 산 등이 바라보이고, 예전에 시베리아 횡단열차를 탔을 때 가는 곳마다에서 보았던 것처럼 들판은 온통 야생화 천지였다. 시베리아의 여름은 짧으므로, 이 시기에 온갖 풀들이 일제히 꽃을 피우는 것이다. 그러나 그 종류는 그다지 많지 않다. 가는 곳마다 자작나무 숲도 무척 많았다.

오늘의 목적지인 카이느란 마을은 그 일대의 들판이 온통 꽃밭이고, 건너편 숲속에는 불곰들이 어슬렁거리므로 함부로 들어가서는 안 된다고 했다. 마을 한 모퉁이에 데려와서 키운 지 10년 된다는 불곰 한 마리가 쇠로 된 우리 안에서 사육사가 건네주는 먹을 것을 받아먹고 있었다. 또한 그곳에서는 썰매 개를 100마리 정도 키우고 있고, 우리 안에 독수리도 한 마리 들어있었다. 겨울철이 되면 그 개들이 끄는 썰매를 몰고서 1,500km나 떨어진 영하 50℃ 정도 되는 지역으로 달려가 경주에 참여하기도 하는 모양이다. 올해는 강물의 온도가 높아져 연어가 적으므로 곰들이 농장 안으로 들어오는 일이 자주 있다는데, 그럴 경우에도 개들이 짖어대어 그 사실을 알려준다. 관광객도 겨울철이면 개썰매 타기 놀이를 즐길 수 있는데, 이즈음은 모스크바나 상트페테르부르크 같은 머나먼 곳에서도 이곳 캄차카까지 관광 오는 사람들이 많아지고 있다 한다.

우리는 마을 안의 나무로 짓고 사방이 트인 공연장에서 이곳 주인이라고 하는 백인 여자의 설명을 들은 후, 소녀들과 아시아인의 얼굴을 한 중년 남녀

한 쌍이 어울린 민속춤과 노래 공연을 관람하고, 마지막으로는 그들과 어울려 함께 춤을 추기도 하였다. 샤먼의 북과 같은 가죽 북에다 뒷면에 십자로 된 실끈을 달아서 손에 잡고, 그 실에는 작은 방울 몇 개를 단 것도 있었다. 이 마을은 다섯 개의 소수민족 중 카리아키 즉 까락 족이 주를 이루는 모양인데, 공연하는 소녀들 중에는 백인의 얼굴을 한 아이들이 훨씬 더 많았다. 혼혈이 심하기 때문인데, 고려인도 장차 그렇게 될 것이라고 한다. 이들은 순록을 키우거나 물고기를 잡아 생활하는 사람들이 많아, 춤의 내용에도 순록 춤, 순록 가죽을 다루어 옷을 만드는 춤, 地震 춤, 물고기 춤, 기러기 춤, 물오리와 사냥꾼, 가면 춤 등이 있었고, 새소리를 흉내 내는 노래가 특히 많았다. 공연 도중에 한국의 큰누나로부터 전화가 걸려와 잠시 통화하기도 하였다.

이들이 입고 있는 동물 가죽으로 만든 전통 옷을 입고서 생활하는 부족들이 부근에 지금도 많다고 한다. 공연장 옆에는 인디언 텐트 같은 것이 하나 쳐져 있어 공연이 끝난 후 그 안으로 들어가 공연을 주도한 중년 아주머니가 프라이팬에다 기름을 쳐서 구워주는 빵을 맛보고, 그녀로부터 자기네 소수민족의 문화에 대한 이런저런 이야기를 들었다. 이런 텐트는 순록을 방목하는 유목민들이 주로 치는 것이며, 이것은 베로 만들었지만 원래는 순록 가죽을 덮는다. 정착민들은 半 지하에서 생활하며, 그 위에다 텐트를 친다고 했다. 이들은 물고기나 연어, 바다사자까지도 발효시켜서 먹는 식습관이 있고, 죽어서는 화장을 하고, 死者에게는 하얀 순록 가죽의 수의를 입히며, 장례 시에도 울지 않고 오히려 웃고 춤추면서 고인을 보내는 풍습이 있다.

이 일대는 겨울에 영하 45~50℃까지 내려가며, 여름에는 영상 30℃를 넘어 화상을 당할 정도로 기온 차이가 심하다. 그녀는 대학에서 역사와 춤을 전공했다고 한다. 이들 소수민족은 지금은 대부분 고유 언어를 망각하고서 러시아어를 사용하고 있다. 근처의 목조 가옥에서 러시아 손님들이 식사를 마친 다음, 우리와 중국 관광객이 들어가 훈제 연어와 연어 국 등으로 늦은 점심을 들었다.

페트로파블롭스크로 돌아와서는 호텔 부근의 長城飯店이라는 식당까지 걸어가서 대게 삶은 것과 중국음식으로 석식을 들었는데, 나중에 알고 보니 그 식당은 현지 가이드 장 씨의 소유였다. 우리가 묵은 호텔의 객실에는 밤 7~8시에 한 시간 동안만 온수를 제공하는데, 그나마도 너무 미지근해 아내와 나는 모두 매일 하는 샤워를 걸렀다.

■■■ 11 (일) 맑음

큰 짐은 어제처럼 호텔 1층 방에다 보관해두고서 아침 6시 반에 호텔을 출발하여, 서북 방향으로 2시간 정도(153km) 이동하여 말키(현지에서는 이렇게 부르고 있고 말킨스카야라고도 하는데, 구글 지도에는 말카로 나타난다) 지역의 비스트라야 강(빠른 강)으로 갔다. 배부 받은 도시락으로 이동하는 도중 차 안에서 조식을 들었는데, 거의 도착해 갈 무렵 도중의 휴게소에 들러 어제처럼 또 커피 한 잔과 배 대표가 사주는 고로케 같은 큰 빵을 들었다. 커피 값을 지불하기 위해 가지고 있는 동전을 전부 꺼내어 프런트에 올려두고서 종업원으로 하여금 알아서 가져가게 했으나 한 웅큼 쯤 되는 동전 전부로도 커피 한 잔 값에서 좀 모자란다는 것이었다.

여기 와서 보니 도로 위를 달리는 승용차는 거의 다 일제였으나 버스는 대우 차였고, 휴게소의 바깥벽에 한국제품인 맥심 커피와 롯데 초코파이 사진도 눈에 띄었다. 서양에서 대부분 그러하듯이, 이곳도 도로를 달리는 차들은 대낮에도 헤드라이트를 켜두고 있다.

래프팅 용 고무보트 세 대에 다섯 명 정도씩 나눠 타고서, 가운데에 앉아 양손으로 노를 젓는 러시아인 젊은 사공이 물길을 잡아주는 대로 하류로 이동하면서 3시간 정도 휠 낚시를 하였다. 우리 배에 탄 사공은 드미트리라는 이름의 캄차카 사람이었다. 배마다 한 명씩 러시아인 사공이 타고, 장 씨네 여행사를 통해 온 중국인 남자 손님 한 명도 끼었다.

나중에 대화해 보고서 알았지만, 그 사람은 沈愛德이라는 이름의 1955년 생으로서, 여행 마니아였다. 아버지의 고향인 上海가 본적지이고, 본인은 天津에서 태어났으며, 北京에서 전기 및 설비 등의 일을 하다가 퇴직했는데, 전화번호는 3901030115라고 했다. 캄차카에는 작년에 부인과 함께 와서 9일간 여행한 이후 이번이 두 번째이며, 7월 27일에 와서 15일간 여기저기를 돌아다니다가, 오늘 저녁 가이드 장 씨와 더불어 페트로파블롭스크로 돌아가 내일 북경으로 귀환하는 모양이다. 지금까지 세계 45개국을 여행하였고, 한국도 짧은 기간 서울 등지를 방문한 적이 있었으며, 우리 내외가 가기 한 달 전인 금년 3월에 빅토리아 폭포를 비롯한 남아프리카 4개국도 둘러본 모양이다.

오늘 장 씨 외에 조선족 가이드가 한 명 더 추가되었는데, 그는 劉英哲이라는 사람으로서 흑룡강성의 성도인 하얼빈에서 태어나 북경에서 19년간 여행업을 하였고, 지금은 이곳으로 와 장 씨와 동업하고 있다. 2년 전에 한 번 왔다 갔고, 이번에 다시 온지 한 달 반 정도 되었다고 한다. 러시아에서는 중국인의 취업비자를 허락하지 않으므로, 3개월 비자를 받아 중국과 러시아를 왕복하고 있다. 북경에서는 首都공항 부근의 望京이라는 한국인 거주 지역에 거처와 가족이 있다. 沈愛德 씨도 望京 지구에 살며, 유 씨 친구의 아버지라고 한다.

유 씨는 장 씨보다 한 살이 더 많은데 여행업에 경험이 적은 장 씨를 돕기 위해 청을 받아 온 것이다. 그는 업무상의 일로 한국을 100번도 넘게 왕래하였고, 중국에 오는 한국인, 한국으로 가는 중국인 관광객을 모두 취급하였으며, 2013년부터 2014년 사이에는 한국에 여행사를 차려 중국 손님을 유치하기도 했었는데, 사드 사태 이후로 한국 관광은 더 이상 활기를 찾지 못하여 이제 방향을 돌려보고자 하는 것이라고 한다. 개인적 취미로 한국의 주요 산들에 거의 다 올라보았다고 한다. 한국 손님들을 안내하여 중국의 명산들도 많이 올랐는데, 그 때문에 무리를 하여 젊은 나이에 벌써 다리 관절의 연골이 닳아 등산의 오르막길은 문제없으나 내려올 때 다소 비틀거리며 어려워한다.

비스트라야 강은 매우 맑고, 숲과 산과 쾌청한 하늘이 어우러진 주변의 경치가 수려하였다. 나로서는 미국 시카고에서 1년간 머무를 때인 2006년 5월 23일과 24일에 이하영 방순민 씨를 따라 위스콘신 주의 프리먼으로 가 화이트 배스 낚시를 해본 이후로 릴낚시는 두 번째인 듯하다. 얕은 강바닥에서 연어들이 상류를 향해 거슬러 오르는 모습이 꽤 많이 눈에 띄었으나 낚아

올리기는 쉬운 일이 아니었다. 강가의 모래톱에 내려서 쉬고 있을 무렵 정씨가 먼저 한쪽 팔만한 크기의 커다란 개 연어 한 마리를 낚아 올렸고, 다른 배에서는 송어 두 마리를 잡았으며, 내 낚시에도 뒤늦게 점박이 물고기가 한 마리 걸렸으나 손바닥 정도 크기에 불과한 지라 도로 놓아주었고, 그 이후로도 커다란 물고기가 또 한 마리 걸려든 듯 릴을 감기 어려울 지경이었으나 결국 놓쳐버리고 말았다. 미끼는 쓰지 않고 프라이로 물고기를 유인하는 방식이었다. 중국 三淸山에서 산 정면에 붉은 별 하나가 수놓아진 국방색 모자를 배를 타다가 바람에 날려 강물에 빠트려 잃고 말았다.

우리는 3시간 정도 낚시를 하다가 말키 부근의 강변에 도착하여 그곳 식당에서 연어 수프 등으로 점심을 들었다. 점심 메뉴에는 메밀밥도 나왔다. 식후에 차를 타고서 말키로 이동하여 호텔(?)에서 1박 하게 되었다. 두 채로 이루어지고 작은 바냐 하나가 딸린 목조 2층 건물로서, 지붕은 금속제 재료를 써서 붉은 칠을 하였다. 러시아식 사우나인 바냐 건물에서는 따뜻한 물이 나온다고 하나, 이 숙소의 다른 방은 그렇지 않았다. 우리가 식사를 위해 기다리는 도중에 혼자 온 남자가 내게 말을 걸어와 해외여행 관계의 책을 쓴 사실을 물으므로 좀 대화를 나누었는데, 뒤에 알고 보니 그는 이화여대 의대 분자의과학 교실에서 약리학을 전공하는 오세관 교수였다. 海州吳氏로서 나보다는 항렬이 한 세대 낮았다. 그러고 보면 우리 손님 일행 12명 중에 교수 등이 다섯 명이나 된다.

저녁 식사는 잡아온 물고기로써 여섯 명 팀 중 남녀 세 명이 요리를 담당하여 다른 건물 1층 발코니에 둘러앉아서 함께 들었다. 식사 자리에는 그 건물 관리인인 러시아인 중년여자 한 명도 어울렸다. 러시아인 남자 여행객들로부터 맥주 다섯 병과 고래껍질 비계 부분 한 덩이 등 다른 음식물도 얻었는데, 후자는 잘라서 다른 음식들과 함께 나눠 먹었다. 요리한 사람 중 남자 한 명은 한식·일식·복어요리의 자격증을 갖고 있으며, 실제로 10여 년간 그 방면의 영업을 한 적도 있었다고 한다. 그 자리의 안쪽 끄트머리에 있는 작은 테이블에 따로 앉은 중국인 沈씨는 나처럼 술을 들지 않으며, 혼자 라면을 드는 것으로 충분하다고 하다가 우리가 나누어준 반찬을 좀 들기도 하였는데, 식사를 마친 후 먼저 자리를 떠서 장 씨가 운전하는 승용차를 타고서 페트로파블롭스크로 출발하였다.

우리가 든 제일 큰 건물의 1층 출입문 앞에 제법 큰 목욕탕처럼 생긴 둥그런 노천 온천욕장이 있으나, 그런 사실을 모르고서 수영복을 트렁크에 넣어 두고 가져오지 않았으므로, 온천욕은 포기하고서 식사 자리에 계속 앉아 일행과 대화를 나누었다. 그동안 가이드를 따라서 산책을 다녀온 아내와 김 교수로부터 근처의 숲속 다리 밑에 근사한 노천온천이 있어 러시아인 남녀들이 목욕하고 있다는 말을 듣고서 정 선생과 함께 가보았으나, 숲속에서 그곳을 찾지 못해 다른 길로 헤매다가 그냥 돌아왔다. 그 숲의 강에도 연어가 지천이어서 들어가 손으로도 건저 올릴 수 있을 듯하였다.

말키는 주도인 페트로파블롭스크 캄차츠키로부터 125km 거리에 있는 휴양지이다. 캄차카는 화산지대라 간헐천·온천호수·진흙탕 등 온천이 150곳이 넘는데, 말키의 중심 마을에서 동쪽으로 5km 떨어져 있는 이곳의 온천은 그 중에서도 클류춉카 강가의 작은 돌들 가운데에 여섯 군데에 걸쳐 수심 얕게 노천으로 있어 찬 강물과 섞이는 것으로서, 꽤 유명한 곳인 모양이다.

우리는 처음에 숙소 2층의 크게는 둘 작게는 네 개로 나뉜 큰방에 들어 우리 부부와 김 교수 부부가 각각 작은방 하나씩을 차지하기로 했다가, 나중에는 여자 세 명과 가이드 및 인솔자가 끼인 남자 네 명이 각각 두 명씩 다른 방을 사용하기로 했다. 이곳은 후진 곳이라 호텔에서도 WiFi가 되지 않고, 스마트폰으로도 인터넷을 사용할 수 없다.

▬▬ 12 (월) 맑음

아침에 방을 나와 근처를 좀 산책해 보려다가 숙소 앞 온천욕탕에 들어 있는 러시아 젊은이 3명이 아침 일찍부터 떠들썩하더니 나더러도 자꾸만 들어오라고 하므로, 방금 갈아입은 속옷을 벗고서 팬츠만 입은 채로 들어가 보았다. 꽤 깊어서 발꿈치를 들어야 얼굴을 물 위로 내밀 수 있을 정도였다. 얼마 후 근처를 지나던 아내가 내가 부르자 다들 식사를 하고 있다면서 어서 나오라고 하므로, 다시 옷을 주워 입고서 어제 석식을 들었던 작은 건물 1층의 발코니로 갔다.

오전 8시 50분에 말키의 호텔을 출발하여 페트로파블롭스크 캄차츠키로 향했다. 이 길은 2차선 아스팔트 포장도로인데, 이런 좋은 길은 다 합쳐봐야 300km 정도에 불과하고 캄차카의 나머지 지방에는 사실상 도로가 없고 방향만 있다. 자동차의 대부분이 외국 중고품을 수입한 것이므로, 운전대가 좌우에 달린 것이 다 있다. 가이드 장 씨의 말에 의하면, 승용차의 90%가 일제이고, 버스는 거의 다 한국제이다.

캄차카는 러시아 해군의 베링(Vitus Bering, 1681~1741)이라는 사람이 발견하여 지금의 주도인 페트로파블롭스크 캄차츠키를 건설하였으므로, 캄차카반도 건너편의 북태평양 쪽 바다 윗부분을 그의 이름을 따서 베링 해라고 한다. 그 이전 明末의 崇禎帝 무렵 중국 문헌에서는 이 땅이 流鬼國이라고 기록되어 있다. 淸代에는 누르하치 때부터 사할린이 그 영토에 편입되어 있어 그 일대를 모두 女眞이라고 불렀다. 러시아가 이 땅을 점령하자 아시아 인종인 원주민족들을 몰살하여 지금은 그 숫자가 그다지 많지 않다. 총 인구는 31만 명 남짓인데, 주도인 페트로파블롭스크 캄차츠키에 18만, 공항이 있는 엘리조보에 4만 명이 거주하는 등 대부분이 기후가 상대적으로 온난한 남쪽 지방에 집중되었으며, 북부는 불곰의 영역으로 되어 있다. 구소련 시절에는 이 지역이 잠수함 기지로 되어 있어 74년 동안 개방하지 않았다가 머지않은 과거에 먼저 내국인에게 개방했으며, 1981년부터 외국인에게도 개방되었다.

2시간 정도 이동하여 아바차 호텔에 도착하여 짐을 찾은 다음, 다시 가이드 장 씨의 長城飯店에 들러 우리를 다음 목적지인 아바차 화산 기슭까지 싣고 갈 까마즈라고 하는 특수 차량이 도착할 때까지 1시간 반 정도 대기하면서 중국음식과 밥을 들며 맥주도 마셨다. 나는 술 대신 콜라로 했다. 아침 8시에 조식을 들고 11시 반 무렵에 중식을 든 셈이다.

엊그제 석식 때 서빙을 하던 나이 들어 보이는 부인은 장 씨의 장모인데, 러시아 말밖에 할 줄 모르는 모양이며, 장 씨의 아들 學男 군은 16살인데 러시아어와 중국어를 할 수 있다. 그 식당 입구에 그림과 함께 중국어로 野性東

方旅游公社라고 쓰인 안내판이 보이므로 나는 장 씨의 여행사인 줄로 알았으나, 그것은 장 씨의 조카가 맡아 주로 중국인 손님을 취급하는 것이고, 장 씨와 유 씨는 한국인 상대의 여행업을 하고 있다. 그 식당은 이 도시에서 하나뿐인 중국음식점이라 장사가 쏠쏠하게 잘 된다고 한다. 이 도시에 도착해서야 비로소 다시 인터넷을 이용할 수 있게 되었다.

마침내 까마스가 도착하여 오후 1시 5분에 출발할 수 있었다. 키르기스스탄에서 타본 차량과 대체로 같은 것이지만, 커다란 바퀴가 여섯 개나 달린 국방색 차량으로서 트럭 정도 크기인 점이 달랐다. 트렁크 등 큰 짐은 꼭대기에 올리고서 카버를 덮고 그 위에다 그물망을 씌워 고정하였다. 이렇게 하여 앞으로 며칠 동안 이동할 모양이다. 장 씨는 여기에 남고 우리 일행에게는 어제에 이어 유 씨가 가이드 역할을 맡으며, 장 씨의 아들과 조카 친구라고 하는 배가 불룩하게 나오고 턱 끝에 짧고 뭉툭한 수염이 있는 젊은이가 동행하게 되었다. 그 젊은이는 한국에 나가 5년 정도 거주했으므로 한국어가 유창하였고, 장 씨의 아들과는 중국어로 대화하고 있었다.

아바차 화산 입구까지는 포장도로를 따라 한 시간, 길 없는 길을 따라서 다시 한 시간 정도 북쪽으로 더 나아가야 한다. 비포장 길은 인위적으로 개설한 것이 아니라 산에서 이따금씩 흘러내리는 강물이 만든 길로서 폭이 넓어졌다 좁아졌다 하고 통행로도 높아졌다 낮아졌다 하며, 물에 휩쓸려 뿌리째 뽑힌 나무들이나 그 둥치들, 그리고 돌들이 여기저기에 돌출되어 있다. 아바차 화산은 주도에서 가장 가까운 편임에도 불구하고 이러하니 다른 곳은 말할 필요가 없으며, 사정이 이러하므로 특수 차량이 아니고서는 통행할 수 없는 것이다.

아침부터 도로 건너편 골짜기에 눈 덮인 산들이 여기저기 보이더니, 다가갈수록 아바차 화산과 그 옆의 까라까스 화산이 가까이에 선명하게 나타났다. 캄차카에는 휴화산 및 사화산이 300개 정도 있으며, 현재 활동 중인 화산은 30개이다. 아마도 세계 최대의 화산 밀집지대일 것이다. 그 중 가장 높은 것은 클류쳅스카야 화산으로서 해발 4,850m이다.

아바차 화산 아래에 있는 Kamchatintour라는 여행사가 운영하는 산장

촌에 도착하여 컨테이너 모양의 지붕 없는 철제 건물 10호동에 들게 되었다. 이 역시 내부가 두 칸으로 나뉘어져 있고, 한 칸에 상하 두 개씩인 침대가 도합 네 개 들어있다. 우리와 김 교수 내외는 그 중 한 칸에 함께 들게 되었다. 내부 공간이 비좁아 화장실은 물론 세면대도 없다.

얼마 후 바깥에 바비큐가 준비되었다고 하므로 9호동 앞으로 가서 일행과 함께 어울렸다. 돼지갈비와 어린 닭고기를 나무 불 위의 석쇠에다 굽고 맥주를 곁들인 자리였다. 근처에 키 작은 나무가 더러 있고 돌들이 많은데, 마멋의 일종인 작은 동물이 자주 오락가락 했다.

인솔자인 배 씨와도 오늘 식사 자리에서 꽤 오랫동안 대화를 나누었다. 그는 말수가 많은 편인데, 19살 무렵부터 등산을 시작하여 50년 경력을 가지고 있다 한다. 1975년에 서울에서 산울림산악회를 만들었고, 2007년부터는 산울림트레킹으로 전환하여 주로 외국으로 나다니고 있다. 산악회 시절에는 백두대간을 7번 종주하였고, 설악산의 龍牙長城 루트도 자기가 개척했노라고 했다. 고산등반을 하다가 잘못되었는지 눈에는 잘 띄지 않지만 양쪽 귀에 모두 보청기를 달고 있다.

오늘은 시간이 남아 근처에 바라보이는 쌍봉낙타 등처럼 생긴 낙타봉까지 2시간 반 코스를 다녀오자는 말도 있었으나, 내일을 위해 힘을 비축하는 편이 낫다는 배 씨의 의견에 따라 그냥 산장에서 쉬기로 했다. 7시 40분에 산장의 중심 건물로 가서 햄버그스테이크로 아주 간단한 석식을 들었고, 커피도 한 잔 타마셨다. 내일은 새벽 5시 반에 조식을 들고서 6시에 출발한다. 아바차 산정으로 오르는 도중에 또 하나의 낙타봉이 있어, 정상까지의 10~12시간 코스가 무리인 사람은 거기까지만 다녀오는 편이 좋다고 한다. 아내와 김 교수 내외도 도중에 돌아올 모양이므로, 왼쪽 무릎이 좋지 못한 나도 그렇게 할지 모르겠다.

■■■ 13 (화) 맑으나 오후 한 때 비

우리 일행 모두에다 인솔자 배 씨와 가이드 유 씨, 그리고 장 씨의 아들과 조카 친구가 참여하여 새벽에 함께 아바차 산으로 출발하였다. 등산로 입구에 전면에는 러시아어, 후면에 영어로 쓰인 안내판이 서 있고, 그 부근에 산에서 조난당해 죽은 사람들을 위해 돌을 쌓아 만든 추모비도 너덧 개 서 있었다. 안내판에 의하면 해발 2,741m인 아바차 화산(Avachinskaya Sopka Vol.)은 활화산으로서 캄차카에서 가장 활동적인 화산 중 하나이며, 또한 가장 많은 사람들이 찾는 화산 중 하나이기도 하다. 1996년에 날리체보 자연공원의 일부로서 '캄차카의 화산군'이라는 이름으로 유네스코 세계유산 목록에 올랐다. 1991년에 마지막 대폭발이 일어나 크레이터에 용암구덩이가 형성되었으며, 2001년의 폭발로는 가스가 뿜어져 나와 용암구덩이를 두 부분으로 나누었다. 1945년의 폭발 이래로 아바차 화산에서는 연속적으로 화산활동이 일어나고 있다. 그래서 원래는 옆에 있는 까라까스 화산(Koryakskaya Sopka Vol., 3,456m)보다도 훨씬 높은 화산이었으나, 지금은 오히려 까라까스보다 715m나 낮아졌다. 우리가 이번 여행에서 탐방하게 되는 화산들은 모두 유네스코 세계유산에 등록되어 있는 것들이다.

나는 오를 때 제일 뒤에 쳐졌으므로, 후미를 맡은 장 씨의 아들 및 조카 친구와 좀 대화를 나누어보았다. 장 씨의 아들은 금년 6월에 러시아의 고등학교를 졸업하였고, 8월 26일에는 하얼빈化工대학에 무시험으로 입학하게 된다. 그 대학을 제1지망으로 선택했었다고 한다. 고려인인 그의 모친과 외할머니도 러시아어 밖에 하지 못하는데, 집에서 아버지가 중국어를 가르쳐 주어 최근 1~2년 사이에 중국어 능력이 부쩍 는 모양이다. 그러나 한국어는 별로 쓸모가 없기 때문에 배우지 못했다.

조카의 친구는 28세로서, 불과 반 달 전에 장 씨의 고향인 東寧으로부터 왔다. 그는 한국어도 능숙하게 구사하는데, 아버지가 나가 있는 한국으로 가 5년간 생활한 적이 있기 때문이다. 당시 그는 나이가 어려 취업 비자를 받지 못했기 때문에 4년 반 정도는 아버지가 계신 울산에 함께 있었고, 안산에도 좀 거주했다고 한다. 그들 둘은 각각 아내와 김희승 교수의 배낭을 받아서 메고 가다가, 조카 친구는 배낭을 맨 채 일찌감치 하산하였고, 아들도 뒤이어 배낭을 맨 채 하산했으므로, 그녀들이 배부 받은 도시락 등이 그 안에 들어 있었으나 쓸모없게 되고 말았다.

산에서는 페트로파블롭스크 인근의 아바차 만이 바라보였다. 유 씨의 말에 의하면, 이는 세계에서 두 번째로 수심이 깊은 내륙해라고 한다. 그래서 그곳에 잠수함 기지가 설치된 것이다. 내가 겨울에는 얼지 않느냐고 말했더니 그의 대답은 이곳 기후가 온난하여 겨울에도 얼지 않는다는 것이었다. 그러나 러시아에 不凍港이 있다는 말은 일찍이 듣지 못했다.

아내와 김 교수 내외 그리고 이화여대의 오 교수 등은 오르는 도중 해발 1,900m 지점에서 포기하고 내려갔다. 오 교수는 미국 미시시피 주에서 Ph.D.를 취득하느라고 6년, 그 후 3년의 포스트닥터 생활을 했으며, 이화여대에 부임한지는 20년이 된다. 부인이 약국을 경영하여 경제적으로는 여유가 있는 모양이다. 젊어 보이지만 1960년생으로서 내년이면 회갑이며, 세 자녀를 두었다. 그는 근자에 아이슬란드를 다녀와 거기서 산 캡을 쓰고 다니는데, 땀에 절어 앞창의 일부가 변색되어 있다. 장차 세계여행기를 써보고 싶어 하는 모양이다. 산울림트레킹의 해외여행에는 파타고니아·알프스 3대 미봉·아이슬란드에 이어 이번으로 네 번째 참가했다.

나머지 대부분의 일행도 중도에 포기하였으며, 아바차 분화구를 내려다볼 수 있는 낙타등 전망대까지 올라간 사람은 인솔자 배 씨와 가이드 유 씨, 혼자 온 중년 여자, 6명 팀 중 친구로서 중국을 주로 하여 세계 각지에서 대리석을 수입해 와 국내에 공급 및 시공 사업을 하므로 중국어를 좀 아는 남자, 그리고 나뿐이었다. 그는 같이 온 남매 부부와 더불어 동업하고 있다. 전망대에서는 짙은 안개로 말미암아 분화구를 내려다 볼 수 없었고, 건너편의 산 능선이 가끔씩 희끄무레하게 보이다가 다시 사라져 버리는 정도였다. 그래서 그 쯤해서 나도 유 씨를 따라 내려오고, 나머지 3명만이 정상으로 향했다.

내려오는 도중에 아직 하산하지 않은 일행을 몇 명 만났다. 아바차 산은 산장 근처에 키 작은 나무들이 조금 보이지만, 올라갈수록 바위와 모래 그리고 작은 빙하를 이룬 얼음과 약간의 풀 외에는 이렇다 할 것이 없이 황량하였다. 초입에 건너야 하는 개울은 둑의 흙 아래 부분이 온통 얼음이었다. 올라갈수록 바위와 풀도 사라지고 오직 모래와 눈 그리고 안개만이 남았다. 이따금 빗방울도 약간 떨어졌다.

러시아 사람들도 꽤 많이 오르고 있었는데, 나와 잠시 대화를 나눈 사람들은 예카테린부르크와 블라디보스토크에서 왔다고 했다. 일본에서 온 단체관광객 20~30명도 있었다. 그들은 각지에서 모집해 온 사람들이었다. 러시아 사람들은 대체로 등산복을 입지 않고 평상복 차림이었는데, 개중에는 얼룩덜룩한 국방색 군복을 입은 사람들도 제법 있었다. 그들은 다들 친절하였다.

나는 혼자서 내려오다가 산장에 거의 도착해 갈 무렵 풀밭에 주저앉아서 혼자 주변 경치를 바라보며 도시락을 들었고, 근처의 개울에서 흐르는 물로 양치질을 한 후 오후 2시 4분에 하산을 완료하였다. 개울물은 빙산의 얼음이 녹은 것이라 흙 성분이 많아 탁하였다. 산길샘에 의하면, 오늘의 고도는 최고지점이 2080, 최저지점이 888m였다. 산에서 내려다보니 아바차·까라까스·낙타등(1,230) 산들에 둘러싸인 그 골짜기에는 우리가 묵은 것 외에도 산장 군락이 세 군데 쯤 더 있었고, 여기저기에 텐트를 칠 수 있는 야영장이나 방갈로 같은 시설도 있었다. 가이드 유 씨의 말에 의하면 이것들은 대부분 2년 이내에 지어진 것이라고 하니, 러시아에 관광 바람이 분 것도 최근의 일인 모양이다.

정상으로 간 사람들은 오후 5시 35분에야 비를 쫄딱 맞고서 모두 도착하였다. 안개가 점점 더 아래로 펴져 내려오다가 일시 걷히는가 싶더니, 비가 오기 시작하여 마침내 소나기로 되었고, 머지않아 그치고서 다시 맑은 날씨가 되었다. 우리가 그곳을 출발하여 되돌아오는 도중에 차창 밖으로 바라보니 산 바깥에는 비가 온 흔적이 전혀 없었다. 그리고 안개와 구름이 비로 되어 쏟아진 까닭인지 떠나온 아바차 화산의 전용이 뚜렷하게 나타나고 그 곁에 무지개도 하나 쳐져 있었다. 길 아닌 강물 길을 따라오다가 차를 세워 방금 다녀온 아바차 산을 배경으로 단체 사진을 찍었다.

엘리조보와 캄차카만 사이에 있는 Kamchatsky krai, Elizovsky rayon, ul. Shosseinaya, d.64의 2층인 게스트하우스 '아브로라'에 들어 1층의 6호실을 배정받았다. 러시아어 아브로라는 '비행기'라는 뜻인데, 근처에 엘리조보 공항이 있어 이런 이름이 붙었는가 싶다. 방이 꽤 넓고 깨끗하며, 수도에서 따뜻한 온천수가 늘 나온다. 우리는 여기서 내일까지 이틀을 머문다. 근처에 있는 우즈베키스탄 레스토랑 '카라반'에 들러 돼지고기 스테이크를 주 메뉴로 한 석식을 들고서, 밤 9시가 지난 시각에 호텔까지 걸어서 돌아왔다. 식사 중에 마주앉은 정 선생에게 물어서 들었는데, 그는 세계에서 가장 추운 곳인 오이먀콘이 있는 사하공화국의 야쿠티아에서 여름과 겨울 두 차례 근무하였는데, 겨울에는 영하 45도 정도이고 여름에는 영상 35도 정도의 혹독한 기후였다고 한다. 그는 키릴 문자도 그런대로 읽을 줄 알았다.

▬▬▬ 14 (수) 아침에 비 오다가 개임

5시 30분에 숙소 지하층에서 식사를 하고, 6시에 까마즈를 타고서 출발하였다. 오늘은 남쪽으로 3시간 반쯤 이동하여 특별자연보호구역인 빠라툰카 리조트의 고렐리 화산에 오른 다음, 돌아오는 길에 온천마을인 빠라툰카에 들러 온천욕을 하게 된다. 대학 입학을 위해 조만간 중국으로 가게 될 장 씨의 아들은 따라오고, 조카 친구라는 청년은 동행하지 않았다.

R475 포장도로를 따라 남쪽으로 한참동안 내려가다가 오른쪽 비포장 길로 접어들었다. 길가는 온통 숲과 야생화 천지였다. 도중에 자이킨 클류치(銀泉)라는 약수터에서 잠간 주차하였고, 산길로 접어들어 조망이 좋은 빌류친스키 고개에서 다시 한 번 주차하였다. 그 바로 건너편에 어제 갔던 아바차·까라까스 화산과 더불어 페트로파블롭스크 캄차츠키에서 바라보인다는 2,175m 높이의 빌류친스키 화산이 위용을 드러내고 있었다. 이 화산은 과거 3천 년 동안 폭발하지 않았다. 그 고개에서 사방 360도로 골짜기에 눈과 얼음이 덮여 있는 산들이 펼쳐져 있다. 재작년 7월에 배 대표가 왔을 때는 고렐리 화산 일대가 눈으로 뒤덮여 있어서 걸어 오를 수가 없으므로, 업자가 대여해 주는 스노모빌을 타고서 고렐리 화산 분화구 주변을 돌았었다고 하니, 불과 한 달 전까지만 하더라도 이 일대의 풍경은 눈에 뒤덮여 있었을 것이다.

9시 53분에야 고렐리 화산의 기슭에 도착하여 등산을 시작하였다. 6시에 숙소를 출발하여 여기까지 오는데 편도에 약 4시간이 걸린 셈인데, 비포장

산길이라 차가 속도를 낼 수 없었던 것이다. 등산을 시작하기 직전까지 바깥에는 약간 비가 내리고 있었으므로 다들 우의를 꺼내 입고서 오르기 시작했는데, 비는 그친 듯하므로 얼마 후 다시 벗었다. 등산로 가의 상당 부분에 맑은 시냇물이 흐르고 있었다. 마셔도 좋은 물이라고 한다.

어제는 말도 없이 도중에 탈락한 사람이 대부분이었으므로, 배 대장이 오늘은 어제보다 쉬운 코스이므로 함께 완주하자고 아침에 독려한 바 있었으나, 6인 팀 중 여동생의 남편 되는 사람이 평소에는 등산도 많이 하는 편이지만 한 주 전에 허리 수술을 하여 그 부부가 뒤로 쳐졌고, 대리석 업을 하는 친구의 부인도 도중에 포기하고서 내려오기 시작하였다. 정 교수 내외도 포기할 듯하다가 마음을 고쳐먹고서 다시 오르기 시작했다. 나는 왼쪽 무릎이 조금 시큰거리기는 하지만, 걷지 못할 정도는 아니므로 일행의 뒤를 따라 부지런히 올라갔다.

오늘도 오르내리는 길에서 등산객들을 제법 많이 만났는데, 오늘 보니 러시아 사람들도 등산복이나 운동복을 입은 사람이 많았고, 특히 수도인 모스크바에서 온 사람들의 복장이 세련되어 보였다. 러시아 사람들은 주저앉을 때의 깔개를 끈에 매어 허리나 엉덩이에다 붙이고서 걷거나 머리 등에 붙여서 햇빛 가리개로 이용하기도 하였다. 방수등산복을 입은 단체 열댓 명 정도가 반대편 방향에서 걸어오므로 어디서 왔느냐고 물었더니, 뮌헨과 프랑크푸르트 등 독일 여러 곳과 오스트리아, 스위스에서 왔다고 했다.

고렐리 화산은 영어로는 'Volcano Burnt'라고 하였으니, '불탄 화산'이라는 뜻이다. 크게 보아 최고봉 쪽과 그 반대쪽에 두 개의 크레이터가 있는데, 전자는 분화구와 그 주변에서 지금은 마그마나 유황 가스가 분출되지 않는 상태이고, 후자에는 분화구의 연못 두 개에 각각 녹색과 흰색의 물이 고여 있고 유황 가스가 계속 분출되고 있으므로, 우리는 후자 쪽으로 접근하였다. 그러나 오늘도 정상 부근에 안개가 자욱하여, 크레이터 가장자리에 올라서니 발 아래로 깎아지른 절벽이 내려다보일 뿐 활화산의 모습은 찾아볼 수 없었다. 다소 내리막길로 내려서자 비로소 따뜻한 기운과 더불어 유황 냄새를 맡을 수 있었다.

한참을 더 나아가자 다행히도 안개는 서서히 걷히면서 머지않아 이 화산과 주변 풍경을 모두 바라볼 수 있게 되었다. 분화구는 두 군데로 나뉘어져 안쪽 것에는 흰 물이 고인 작은 연못과 더불어 바깥벽들에서 유황 가스를 내뿜고 있었고, 바깥쪽 것에는 녹색 물이 고인 그보다 훨씬 큰 호수가 형성되어 있었다. 그 풍경을 다 둘러보고 사진도 찍고 난 후, 갔던 길로 도로 돌아왔다. 도중에 포기하고서 내려간 줄로 알았던 세 명도 그 후 천천히 다시 올라와 분화구를 보았다고 한다.

오후 3시 12분에 하산을 완료하였다. 5시간 19분이 소요되었고, 도상거리로는 9.98km, 오르내림을 포함한 총 거리로는 10.23km를 걸었으며, 고도는 1,811m와 1,028m 사이를 오르내린 것으로 산길샘에 나타나 있다. 고렐리 정상의 높이는 1,828m이다.

하산 후에 주차장 부근의 나무 벤치와 탁자에 흩어져 앉아 준비해간 한식 도시락으로 점심을 들었다. 돌아오는 길에 R475 포장도로 근처의 숲속에 있는 빠라툰카 온천에 들렀다. 빠라툰카는 이 일대 전체의 지역 이름이고, 우리가 들른 곳은 그 중 니즈니예 빠라툰스키예(Nizhnye Paratunskye) 즉 **低地** 빠라툰카라는 곳으로서 여러 온천장이 들어서 있는 곳인데, 가이드 유 씨의 말로는 이 부근 역시 2년 전까지만 하더라도 허허벌판이었다고 한다. 우리가 든 온천은 널따란 호수 가에 위치해 있고, 아마도 규모 면에서 가장 큰 것인 듯하였다. 옷을 벗고서 안으로 들어가면, 노천으로 온수 풀장과 월풀 목욕탕, 그리고 파이프 모양의 꼬불꼬불한 미끄럼틀 등이 있었다. 수영장의 깊이는 말키의 호텔 앞에 있던 온천과 같은 정도로서 한국사람 기준으로는 너무 깊고 수온도 다소 미지근했다. 그래서 우리 일행은 대부분 수온이 보다 높고 깊이도 얕은 월풀 목욕탕에서 오후 7시 15분부터 8시 30분까지의 목욕 시간을 보냈다.

숙소 있는 곳으로 돌아와 어제 석식을 들었던 카라반 레스토랑에서 다시 석식을 든 다음, 밤 9시 반 무렵에 걸어서 호텔로 돌아왔다. 이곳은 한국보다도 낮이 훨씬 길어, 그 시간 무렵에야 비로소 어두워지기 시작한다.

이번 여행에서 나는 카톡으로 받은 스케줄에 적힌 준비물품에 따라 봄가을 옷 두 벌씩과 여름 옷 한 벌, 겨울 옷 한 벌을 준비해 왔고, 겨울 등반을 위한 아이젠·스패츠, 그리고 수통·접는 의자 등을 준비해 왔으나, 복장은 봄·여름 것이면 충분하고, 가져온 장비들도 쓸 데 없는 것이 많았다. T-로밍을 해왔으나, 시골 지역이라 인터넷 사정이 좋지 않으므로, 그것 역시 돈만 낭비한 셈이 되었다. 이메일도 그 사이 경상대 측이 3개월 만에 한 번씩 비밀 번호를 바꾸도록 방침을 개정하여 한 번도 열어보지 못했다.

인솔자 배 씨는 알고 보니 20년 전부터 머리염색을 하고 있었다. 이틀 전에 들렀던 말키는 이곳의 대표적인 식용수 생산지이기도 하여, 우리가 마시는 광천수는 페트병에 대부분 말키 아니면 불칸 즉 화산이라는 상표명이 기재되어 있다. 또한 식용수로는 탄산수가 꽤 많았다.

■■■ 15 (목) 흐리다가 나중에 개임

간밤에는 어제의 일기를 입력하느라고 오늘 오전 1시 반 남짓까지 취침하지 못했다.

아바차 만 선상 크루즈를 떠나는 날이다. 오전 5시 반에 기상하여 6시부터 숙소의 지하1층에서 조식을 든 다음, 7시에 호텔을 체크아웃 하였다. 페트로파블롭스크 캄차츠키 시내로 돌아와 중국집 長城飯店에다 짐을 맡긴 다음, 레닌광장을 지나서 아바차만 가의 어느 선착장으로 갔고, 거기서 장 씨를 만난 다음 유 씨와 함께 푸트니크라는 이름의 우리들 전용 소형 유람선에 탔다. 그 일대의 유람선은 눈에 띄는 것 모두가 일제 중고였는데, 우리 배 역시 新潟 船籍의 레테르가 붙어 있는 14인승이었다. 스마트폰의 일기예보에 의하면, 오늘 페트로파블롭스크 캄차츠키의 기온은 섭씨 15도에서 11도 사이이며, 체감온도는 11도이고, 흐린 날이다. 러시아의 상트페테르부르크 인근에서 방사능 사고가 난 모양이어서, 스마트폰에 재난경고 메시지가 잇달아 왔다.

선상의 1층 방에는 커피 등의 음료수와 먹을 것들이 차려져 있고, 배는 2층까지 있는데, 나는 주로 꼭대기의 갑판으로 나가 그곳에도 마련되어 있으나 사용하지는 않는 조타석 곁의 의자에 걸터앉아 바다 풍경을 바라보며 시간을 보냈다. 우리 배 이외에도 유람선들이 제법 보였다. 바다 속 또는 가의 기이한 바위 절벽이나 봉우리들에는 갈매기 떼가 수없이 날아다니거나 앉아 있고, 난생 처음으로 범고래 가족 대여섯 마리가 유유히 물속과 물위를 유영하고 있는 장면을 보았으며, 아이슬란드 등지에 많다고 하는 머리가 하얗고 두터운 부리가 분홍색인 퍼핀이라는 새도 무리지어 날아다니거나 물위에 떠 있으며, 바위섬에 물개들이 모여 있거나 해안 절벽 아래 바위에 거대한 체구의 바다사자 한 마리가 기대 있는 모습도 보았다.

아바차 만을 벗어나 북태평양 구역으로까지 나아가 바다낚시를 시도해 보았다. 알류산 열도도 이 부근에 있고, 러시아 군의 KAL기 격추사건이 일어난 곳 역시 여기서 멀지 않다고 한다. 1층 갑판에서 준비된 릴낚시에다 연어조각 미끼를 끼운 다음, 줄을 바다 밑바닥까지 내려놓고서 도다리나 넙치 즉 광어 등을 낚는 것이었다. 제법 잘 물리는 편이어서 초짜인 나도 세 마리나 낚아 올렸는데, 마지막 한 마리는 감아올린 후 러시아인 선원이 바늘에서 떼 내려고 하다가 실수로 놓쳐버리고 말았다. 얼마 후 낚시 놀이는 파하고서 1층 선실에 둘러앉아 러시아 여자가 회를 떠준 물고기들을 초장이나 겨자간장에다 찍어 안주로 들며 술을 마셨다. 우리가 오늘 잡은 생선은 양이 제법 되겠지만, 그 여자는 일부를 회로 만들어 내놓았을 따름이고 팁을 주자 몇 접시 더 내고는 끝이었다. 그 다음은 1층 후미의 갑판으로 나가 갓 찐 대게를 들었다.

아내는 멀미 기운이 있다면서 배 안에서 아무것도 먹지 않았는데, 1시 41분 무렵에 배를 탔던 항구로 귀환할 무렵 가이드의 말을 듣고서 게를 네 마리나 주문하였다. 진주에서 한 마리에 12만 원이나 하는 것을 여기서는 단돈 만 원 밖에 안한다는 것이 이유였지만, 나중에 알고 보니 그것은 터무니없는 말로서, 한 마리에 $65 즉 한화로 8만 원 정도 하는 것이었다. 나는 먹지 않을 테니 한 마리만 주문하라고 타일렀건만 아내는 막무가내로 자기가 다 먹겠다는 것이었다. 나중에 다른 사람의 말을 듣고서 값이 만만치 않음을 깨닫고 2마리로 줄이기는 했지만, 그래도 16만 원 정도의 가격이므로 너무 과하여 나는 먹지 않기로 작정하였다. 가이드 유 씨는 이것 외에 러시아의 자연산

2019년 197

웅담도 선전하여 주문을 받고 있었다. 배에서 내릴 무렵 다른 사람의 스마트폰을 통하여 문재인 대통령의 8.15 경축사를 좀 들어보았다.

페트로파블롭스크 캄차츠키 시내로 돌아온 후, 오후 2시 14분부터 3시까지 해산물시장을 둘러보았다. 해산물시장이라고는 하지만 재래시장이 아니고, 이 도시에서 가장 크다는 마트의 1층에 있는 해산물 코너였다. 말렸거나 훈제 연어, 생선 알, 치즈 등이 많았지만, 우리 내외는 그런 해산물이나 다른 식품류에 별로 흥미가 없어, 기념품점에 들러 며칠 전에 잃어버린 것을 대신할 캡을 하나 샀을 따름이다. 푸른 바탕에다 앞면에 흰색의 키릴 대문자로 캄차카라 새겨지고, 이곳 산과 강, 구름의 풍경과 불곰 한 마리도 새겨진 것이었는데, 450루블 즉 한화로는 9천 원 정도의 가격이었다. 정병호 씨는 루블을 준비해 오라고 했지만 진주에서는 루블화로 환전해 주는 곳이 없었고, 캄차카에 도착한 이래로 돈을 쓴 것은 이번이 처음이며, 그것도 신용카드로써 결제하였다. 그곳 식품점에는 각종 김치를 파는 가게들도 있었는데, 영어로 Korean Salads라 쓰고 한글로는 '한국어 샐러드'라 번역해 두었으니 실소를 금할 수 없었다. 시장을 나왔어도 아직 시간이 많이 남았으므로, 이 도시의 풍경을 한 눈에 조망할 수 있는 시내 아바차만 가의 니콜스카야 언덕으로 올라가보았다. 중턱까지는 차로 올라가다가 다소 큰 차의 규모 때문에 도중부터 내려서 걸어 올랐는데, 정상에 방송송신탑으로 보이는 철제 시설물들이 서 있었다. 그 부근 숲속의 덱 산책로를 걸으며 가장 높은 곳의 전망대에서 발 아래로 펼쳐진 아바차만을 조망하고 시내의 풍경을 둘러보았다. 이곳에서 가이드 유 씨로부터 들은 바에 의하면, 캄차카에서 일본차의 비중은 80%이고, 나머지 19%가 한국 차이며, 독일 등 서양 차의 비중은 1% 정도라고 했다. 그러나 이는 그의 어림짐작일 뿐일 것이다.

산에서 내려온 후 다시 장성반점에 들러 저녁식사와 술을 들고, 뒤이어 오늘 산 게 요리를 맛보았다. 아내나 나나 모두 배에서 먹었던 것과 같은 대게일 줄로 예상하였으나 나온 것은 엄청난 볼륨의 킹크랩이었다. 다른 사람들은 거의 다 두 사람당 한 마리씩 신청하였는데, 아내만이 두 마리를 신청하였고, 아내는 그 중 하나도 다 들지 못할 형편이었으므로, 부득이 내가 거들어

한 마리를 들었다. 맛은 있었으나, 아내는 평소 식사량이 적으므로 절반 가까이 남겼다.

석식을 마친 다음, 넉 대의 차량에 짐과 사람들이 나누어 타고서 다시 레닌 광장과 '러시아는 여기서부터 시작된다'고 쓰인 돌탑 있는 곳을 지나 공항이 있는 엘리조보 시의 st. Vitaly Kruchina 38A에 있는 4층의 Yu Hotel로 가서 우리 내외는 207호실을 배정받았다. 7시 15분에 도착하였는데, 이 호텔의 시설은 지금까지 캄차카에서 묵었던 다른 숙소들보다 나은 편이었으나, 프런트가 있는 로비에서 문제없이 연결되는 인터넷이 방안에서는 터지지 않아 프런트의 직원이 내 방까지 올라오기도 하였다. 그러나 결과는 마찬가지였으므로, 결국 내일 고쳐주겠다고 말하고서 그냥 돌아갔다. 우리는 이 호텔에서 돌아갈 때까지 이틀을 머물게 된다. 뒤에 들으니 이 호텔은 한국인이 투자하여 설립한 것으로서, 인기가 있어 예약 잡기가 쉽지 않다고 한다. 그러고 보면 Yu는 한국인의 성 같기도 하다.

아바차 호텔에서 러시아어 판 『Kamchatka Explorer: Kamchatka tourism & visitor guide』 한권을 집어 왔었는데, 이 호텔에서 그 영문판 (Petropavlovsk-Kamchatsky, Kamchatsky puteshestvennik No.11, 2018)을 입수한 것은 성과였다. 프런트 옆의 기념품 판매대에 캄차카 관광 안내서의 영어·러시아어·중국어판도 각각 한 권씩 비치되어 있는 것을 보고서 그 중 영문판을 사고자 했지만, 신용카드나 달러로는 안 되고 루블로밖에 결제할 수 없다고 하며, 내가 가진 루블의 가치로는 그 가격을 커버할 수 없으므로 결국 포기하였다.

▬▬ 16 (금) 쾌청

오전 7시에 앞머리는 국방색이나 몸체가 오렌지색인 새로운 까마즈를 타고서 엊그제 올랐던 고렐리 화산보다도 더 남쪽에 있는 유즈노-캄차츠키(남부 캄차카) 자연공원의 무트놉스키 화산(2,323m)으로 향했다. 장 씨의 아들 대신 오늘은 반팔 셔츠에 반바지 차림을 한 조카 친구가 동행하였다. 도시락을 받아 차 안에서 아침식사를 때웠다.

고렐리까지는 엊그제와 같은 코스를 경유하게 되며, 도중에 銀泉과 커다란 木장승 세 개가 서 있는 빌류친스키 고개에 머물러 휴식을 취한 것도 같았다. 그러나 고렐리 화산의 주차장을 바라보면서 왼쪽 방향으로 직진하면, 그 다음부터는 길이 없는 산 속의 황량한 벌판에 접어드는데, 달나라에 온 듯 식물은 없고 돌과 얼음만이 계속되는 기이한 풍경이 펼쳐졌다. 그러한 곳에도 사람의 자취는 여기저기 눈에 띄어, 언덕 위에 텐트를 치거나 집을 지어놓은 곳도 있고, 다른 까마즈와 三稜社의 Delica 등 일제 사륜구동 차량들의 통행도 이어졌다.

　　오전 11시 35분에 무트놉스키 화산 입구에 도착하여 등산을 시작했다. 완만한 비탈길이 이어지고 좀 굴곡도 있으나 걸어야 하는 코스는 비교적 짧았다. 스케줄에 아이젠과 스틱이 필요하다고 적혀 있고 산의 높이도 제법 되므로, 출발할 때 겨울등산복 바지를 착용하고 아이젠·스패츠·헤드랜턴·버프 등이 든 주머니도 챙겨 갔지만, 눈이 굳어서 얼음으로 된 길을 걸어야 하는 경우가 많기는 하여도 스틱으로 이럭저럭 커버할 수 있었다.

　　무트놉스키 화산은 크레이터가 터져 있어서 등산로가 그대로 그 안으로 이어져 여기저기 유황가스가 뿜어져 나오는 분화구 바로 옆까지 접근할 수 있다. 분화구는 꽤 광범위하게 펼쳐져 있고, 유황가스를 맡으면 기침이 나는 것을 참을 수 없었다. 분화구 위의 빙하로부터 맑은 물이 흘러내리는 시내가 있고, 다른 한 쪽에는 그보다 더 많은 양의 탁한 진흙물이 흐르는 시내도 있어, 아래에서 서로 만나 터널처럼 뚫린 빙하의 아래 부분을 통과하게 된다. 배 대표의 말에 의하면, 분화구의 위치와 모양은 올 때마다 바뀐다고 한다.

　　돌아오는 도중에 러시아 말로 '위험 협곡(Opasnyi Canyon)'이라는 곳에 들렀다. 용암의 흐름으로 말미암은 듯 그랜드캐니언 같은 거대하고 검은 협곡이 깊게 패여 길게 이어져 있고, 수십 미터 높이의 폭포도 두어 군데 떨어지고 있는 곳이었다. 갔던 길을 따라서 오후 2시 40분에 까마즈가 있는 곳으로 되돌아와, 차에 싣고 온 탁자와 의자를 펼쳐두고서 다시 도시락으로 점심을 들었다. 오늘 산행에는 3시간 5분이 소요되었고, 도상거리 6.36km, 총 거리 6.56km, 그리고 고도는 1,183m에서 1,513m 사이를 오르내린 것으로 되어 있다.

돌아오는 길에 다시 한 번 銀泉에서 멈춘 다음, 오후 8시 무렵 호텔에 도착하였다. 방안에다 짐을 둔 후 8시 10분에 집합하여, 걸어서 5분 정도 거리에 있는 19a 비탈리야 크루치느 율리차에 있는 長城飯店으로 이동하여 석식을 들었다. 장 씨가 페트로파블롭스크 캄차츠키 시에서 운영하는 식당과 같은 이름이므로 양복 차림의 장 씨에게 물어보았더니, 처음에 2호점으로서 낸 것이기는 하지만, 그 이후 서로 분리하여 현재 주인은 러시아사람이라고 한다. 장 씨의 식당보다도 맛이 좋고, 2층으로 된 실내의 인테리어도 깔끔하였다.

식사 후 돌아오는 길에 호텔 바로 옆에 있는 마트에 들러 쇼핑을 하였다. 엘리조보에서는 가장 큰 것이라 하지만, 한국 기준으로 보면 좀 큰 슈퍼마켓 정도의 규모였다. 술을 마시지 않으니 별로 살 것도 없어, 아내가 간식거리로서 비스킷 종류와 과일을 좀 구입했을 따름이다. 그곳에도 맥심과 테이스터스 초이스 등 한국 커피들이 진열된 코너가 있었다.

호텔로 돌아와 컴퓨터를 켜보니, 인터넷이 안 되는 것은 어제와 마찬가지였다. 어제 수리해 놓겠다고 한 것은 헛말이 되었다.

▰▰ 17 (토) 캄차카는 맑으나 블라디보스토크는 비, 한국 일부도 한 때 비

오전 7시에 호텔을 출발하여 몇 대의 승용차에 짐과 더불어 나눠 타고서 엘리조보 공항으로 향했다. 장 씨도 나왔는데, 이번 여행 중 가이드 장 씨는 페트로파블롭스크 캄차츠키와 말키에서의 일부 일정에만 참여하고 그 외 지역은 대부분 유 씨가 맡았다.

1번 게이트에서 10시 발 S7 6216편을 타고서 11시 30분에 블라디보스토크에 도착한 후, 환승하여 2번 게이트에서 다시 13시 35분발 S7 6271편을 타고서 14시 50분에 인천국제공항에 도착하였다. 나의 좌석은 모두 제일 뒷줄이었다.

짐을 찾고 난 후 나로서는 일행과 작별인사를 나눌 여유도 없이 재촉하는 아내를 따라 황급히 밖으로 나가 보았으나 13시 30분 제1터미널 발 진주 경유 거제 행 공항버스가 아직 대기 중이었음에도 불구하고 그것으로 바꿔 탈 수는 없고, 이미 표를 예매해둔 바대로 15시 발 19시 10분 진주 도착 경원버스를 탈 수 밖에 없었다. 기다리는 동안 진주행 버스 탑승 장소인 11번 출구 부근의 본죽&비빔밥까페에 들러 점심 겸 저녁으로 해물뚝배기(9,500원)를 한 그릇 들었다.

돌아오는 차 안에서 정병호 씨에게 전화를 걸어보았더니 다친 발은 거의 나았고, 조만간에 한 번 연락하겠노라고 했다. 버스는 예정보다도 10분 일찍 개양의 정촌초등학교 앞 정류장에 도착했으므로, 택시를 타고서 밤 9시 10분경에 귀가했다.

북경·백리협·백석산·고북수진(사마대장성)

▄▄▄ 2019년 8월 24일 (토) 맑음

　지리산여행사의 '북경 백석산 백리협 고북수진(사마대장성) 4일' 여행에 참여하기 위해 아내와 함께 택시를 타고서 시청 건너편 육교 밑으로 가서 오전 5시에 출발하는 봉고차를 탔다. 일행은 기사 외에 총 11명이었다. 대부분 내 또래의 나이 든 사람들로서 시누이올케를 포함한 부부 네 쌍에다 시누이올케 부부를 따라 온 여자 한 명 그리고 함께 온 남자 두 명이 포함되어 있었다. 나보다 연장자는 3명으로서 78·77세 부부와 74세의 남자가 있었다.

　6시 30분경 김해공항 국제선 2층 출국장에서 샌딩 담당자인 김재신 부장을 만나, 그로부터 맡겨두었던 여권과 비자를 받고서 체크인 하였다. 우리 부부는 최근 캄차카에 다녀오느라고 남들보다 늦게 여권을 제출할 수밖에 없었으므로 개인비자를 받는다고 여행사 대표인 강덕문 씨로부터 들은 바 있었는데, 실제로 받은 것은 다른 사람들과 마찬가지인 단체비자여서 우리 부부는 그 중 3·4번이었다.

　3번 게이트에서 08시 30분에 출발하는 아시아나항공의 OZ313편을 타고 부산공항을 출발하여 09시 55분에 북경 首都공항에 도착하였다. 중국 시간은 한국보다 한 시간 늦다. 우리 부부의 좌석은 24B·C였다. 首都국제공항이 확대 개편된 이후로 착륙해보기는 아마도 처음이 아닌가 싶다. 1988년 12월에 처음 중국 땅을 밟아 1989년 1월 6일에 이 공항을 출발하여 귀국한 이래로 이곳을 이용한 적은 여러 번 있었지만, 이처럼 현대화된 시설은 처음 보는 듯하다. 착륙한 이후 셔틀 열차를 타고서 한참 이동한 다음에야 짐을 찾았다.

　수도국제공항에서 馬國華라는 이름의 조선족 현지 가이드로부터 영접을 받았다. 그는 40대 중반 정도로 보이는 남자로서, 할아버지가 1924년에 경상북도로부터 하얼빈으로 이주해 온 것이라고 했다. 하얼빈이라고 했지만 그가 실제로 태어나고 자란 곳은 거기서 동북 방향으로 상당히 떨어져 웬만한 지도에 나타나지도 않는 新興이라는 시골의 조선족 동네로서 300호 정도가 사는 곳이라고 한다. 安凱客車 회사가 만든 北京龍脈溫泉療養院 소속의 푸른색 버스를 대동해 왔고, 비교적 젊어 보이는 중국인 기사는 嚴씨였다. 가이드는 북경의 인구가 2400만으로서 면적은 서울의 27배이고, 전체 중국 인구는 15억이며 총 면적은 한국의 96.4배, 그리고 북경지역의 한국어 가이드 수는 400명 정도라고 했다. 그는 11살 된 큰딸과 3개월 된 둘째딸을 두고 있다.

40분 정도 이동하여 北京市 朝陽區 北辰西路 一號院 中科院內 北門에 있는 奧北天香餐飮有限公司의 北餐廳으로 가서 오리구이 즉 烤鴨 등이 포함된 점심을 들었다. 이곳은 中國科學院 구내에 있는 식당인 모양이다. 식후에 서남쪽 방향으로 3시간 정도 이동하여 오늘의 첫 방문지인 北京市 남부 房山區에 인접해 있는 河北省 保定市 野三坡風景區의 百里峽으로 향했다. 도중에 중일전쟁의 발단이 된 蘆溝橋를 지났고, 北京猿人이 발견된 周口店 근처, 그리고 내가 1999년 8월 5일에 방문한 적이 있는 淸東陵과 더불어 청조의 兩大 황실 묘역인 淸西陵 부근과 武內義雄 교수가 일제시기의 중국 유학 중에 방문했었던 唐代의 道德經을 새긴 비석이 있는 易縣 부근, 十渡鎭과 三坡鎭을 지났다. G5 京昆高速과 G95 首都環線高速을 경유하여, 淶水 휴게소에 잠시 머문 후 15시 47분에 百里峽에 도착했다.

북경은 燕山山脈과 太行山脈이 서로 만나는 지점의 평야에 위치해 있는데, 북부의 연산산맥에 비해 서남부의 태항산맥은 주로 바위로 이루어져 있어 큰 나무가 별로 없다. 백리협이 있는 야삼파풍경구는 태항산맥의 북단에 위치해 있다. 풍경구가 上·中·下 三段으로 구분된다 하여 野三坡라는 이름이 붙었고, 꽤 광범위에 걸쳐 있다.

백리협 입구에 번지점프 하는 데가 있었다. 요금은 300元 즉 한국 돈으로 6만 원에 가깝다고 한다. 百里峽은 海棠峪·十懸峽·蝎子溝의 세 부분으로 이루어지는데, 레바논의 페트라를 연상케 하는 바위 협곡의 총 길이가 100리가 넘는다 하여 백리협으로 불린다. 전체 길이는 52.5㎞인데, 한국의 백리는 40㎞인데 비해 중국의 경우는 50㎞이다. 원래는 해당욕과 십현협을 연결하는 케이블카가 놓여 있었는데, 시설의 노후화로 말미암아 내년에 교체공사를 하기 위해 현재는 운행을 중지해 두고 있으므로, 지금은 총 길이 1,200m, 고도 270m, 상하 2,947개의 나무 계단을 통해서만 서로 왕래할 수 있다. 그러므로 우리 일행은 비교적 가파른 돌계단들로 이루어진 海棠峪 계곡을 왕복하는 데서 그쳤고, 아내는 그것도 도중에 포기하고서 초입의 老虎嘴 부근에서 되돌아가고 나만 혼자 나무 계단이 시작되는 지점까지 올랐다. 돌로 된 통행로 가에는 계곡물이 흐르는 작은 시내를 만들어두었다. 입구로부터 걷기 시작하는 지점까지는 電動車를 타고 왕복하였는데, 왕복요금은 25元이었다.

백리협은 내일 방문할 白石山과 더불어 房山유네스코세계지질공원의 일부이며, 周口店과 북경 사람들이 놀러가는 곳으로서 이름난 十渡도 거기에 포함되어 있다. 35억년 이래의 완전한 지층 서열을 보존하고 있어, '地質百科大全'이라고 호칭되는 곳이다.

백리협을 떠난 후, 백석산이 있는 淶源縣까지 다시 서남쪽 방향으로 2시간 반 정도를 더 이동하였다. 省道 등을 따라가다가 紫荊關에서 S10 張石고속에 올라 밤 8시 무렵 河北省 保定市 淶源에 도착하였다. 중국의 고속도로는 보통 양쪽 끝 지점의 지명 첫 자를 합성한 명칭으로 되어 있다. 白石山 高速南行 800에 있는 海撈火焗店이라는 상호의 조선족이 경영하는 개업한 지 얼마 되지 않은 식당에서 석식을 들고, 거기서 15분 정도 이동한 거리에 있는 鑫源養生足道라는 업소에서 經絡 위주의 발 마사지를 받은 후, 華中白石山溫泉度假區에 있는 華中假日溫泉酒店에 들어 우리 내외는 3층의 8336호실을 배정받았다. 가이드는 마사지의 팁으로서 한국 돈 2~3,000원이나 인민폐로 10元 정도를 주면 된다고 하였는데, 나는 중국 돈을 줄까말까 망설이다가, 결국 그보다 가치가 좀 더 높은 한국 돈 2,000원을 주었다. 호텔 호실 첫 머리의 8자는 중국인이 선호하는 숫자라서 그냥 붙은 모양이다. 호텔 로비에 『華中小鎭』이라는 제목의 팸플릿이 비치되어 있고, 淶源縣의 거리에 '華中'이라는 명칭이 들어간 플래카드도 자주 보이는 것으로 보아, 화중은 이 지역의 지명이 아닌가 싶다. 호텔의 시설이 꽤 훌륭하였는데, 그 이름이 의미하는 바대로 온천지인가 싶어 모처럼 샤워가 아닌 탕에 들어 목욕을 하였다.

■■■ 25 (일) 맑음

아침에 호텔 구내의 좀 떨어진 위치에 있는 百渡食府라는 이름의 별도 건물에서 조식을 들었다. 8시에 호텔을 출발하여 바로 근처에 있는 백석산의 東門으로 가서 표를 끊은 후, 한참을 이동하여 西門으로 가서 翠屛峰 케이블카를 탔다. 동문 쪽에서 오르는 것보다는 등산로가 대체로 내리막길이라 걷기 쉽다고 하여 일부러 서문으로 간 것이다.

내가 가진 북경의 中國地圖出版社가 編著하여 2012년 1월에 초판 발행되고 2014년 9월에 수정된 2015년판 『走遍中國』이라는 제목의 777쪽 짜리 여행 가이드북에 중국의 웬만한 관광지는 빠짐없이 수록되어 있는데, 이 책에서 어제 방문했던 백리협은 하북성 保定의 '野三坡' 항목에 "주요한 관광지로는 백리협" 등이 있다고 하였고, 백석산에 대해서도 보정의 '淶源凉城' 항목에 "雄險奇幻한 백석산국가지질공원" 등이 있다고 하였을 따름으로서, 그 소개가 너무나 간단하다. 얼마 전 러시아의 캄차카반도 여행에서 만났던 가이드 劉 씨에게 물어보니 백석산이 관광지로서 개발된 지는 10년 정도 된다고 하였는데, 그 때문인지 이 책을 편찬하던 당시로서는 백리협이나 백석산을 찾는 중국인이 별로 많지 않았던 모양이다. 북경으로부터 200㎞ 떨어진 거리에 있는 이곳은 지면이 상승하여 독특한 기후를 형성하고 있는데, 1년 중 가장 더운 달에도 평균 기온이 21.7℃ 밖에 되지 않으므로, '天然冷藏庫'라 하여 '凉城'이라 불리는 것이다. 백석산 풍경구의 면적은 어제 들렀던 야삼파 풍경구에 비하면 비교가 되지 않을 정도로 작다.

백석산은 '太行의 머리'라고 불리어 태항산맥의 북쪽 끄트머리에 위치해 있으며, 백색의 대리석이 많기 때문에 이런 이름이 붙었다. 이탈리아의 돌로미티와 같은 白雲石이 주조를 이루었는데, 그것이 지각변동을 통해 표면이 대리석으로 변한 부분이 많은 모양이다. 최고봉인 佛光頂은 2,099m이다. 2015년 5월에 갔었던 태항산맥과 대체로 비슷한 모습의 바위로 구성된 산인데, 奇·雄·險·幻·秀라고 하는 산악 경치의 다섯 가지 특색을 갖추었기 때문에 '中國奇山'이라 불린다.

우리는 능선까지 올라간 지점에서 케이블카를 내려 기암절벽의 허리에 둘러진 시멘트로 만든 棧道를 따라서 동문 쪽으로 나아갔다. 백석산에는 몇 가지 코스가 있으나, 우리는 서문의 취병봉 케이블카 위쪽 터미널에서 동문의 祥雲門 케이블카 아래편 터미널 가에 있는 대형버스 주차장까지 대략 해발 1,900m 지점에 위치한 비교적 평탄한 棧道를 따라 계속 나아갔다. 백석산에 관광객이 오기 시작한 것은 이 잔도가 건설되고서부터일 것이다. 도중에 雙雄石玻璃棧道라고 하여 2014년에 건설된 95m 길이에다 폭 2m인 중국에서 가장 높은 유리로 만든 잔도가 있는데, 우리가 거기까지 가는 도중에 바라본 바로는 그곳 여기저기에 사람들이 있는 것 같았지만, 막상 도착하고 보니 그 입구가 열쇄로 채워져 있어 통행할 수 없었다. 그 유리 잔도가 끝나는 지점의 쇄사슬로 채워진 철문에 붙어 있는 게시판을 보니, 落石이 있어서 안전 확보를 위해 통행을 차단한다는 것이었다. 정상인 불광정까지 오르려면 수많은 계단을 거쳐야 하는데, 시간 관계로 생략했다. 대략 2시간 정도 걸은 듯하다.

일반 관광객들이 이용하는 버스를 타고서 산길을 한참 휘돌아 내려와 주차장에 대기하고 있는 우리들의 대절버스로 옮겨 탔다. 그 버스를 타고서 래원 읍내로 오면서보니 백석산 부근의 산 위에도 만리장성의 허물어진 遺墟들이 바라보였다. 가이드는 秦代의 것이라고 하였으나, 별로 학식이 없을 그의 말을 믿을 수는 없다.

래원 읍내의 어제 저녁 식사를 들었던 식당에 다시 들러 餃子 즉 물만두를 중심으로 한 점심을 들었다. 조선족이 경영하는 식당이라 그러한지 반찬 중에 김치·된장·생채소도 나왔다. 어떤 젊은 남자가 2층의 우리 방에 들어와 한국어와 중국어를 번갈아가며 이런저런 말을 하므로 이제부터 또 한 사람의 가이드가 붙는가 싶었는데, 우리 가이드 마 씨에게 물어보니 그렇지는 않고 이 식당의 무슨 직책을 맡은 사람인데, 여러 사람이 함께 투자하여 공동으로 식당을 경영한다는 것이었다.

오후 1시경에 출발하여 淶源南 IC에서 S10 張石고속에 올라 3시간 반 정도 걸려 북경으로 돌아왔다. 寶石 휴게소에서 잠시 정거한 후 북경에 도착하니 교통 정체가 심했다. 북경 시내에는 7개의 순환도로가 있는데, 다섯 번째까지는 북경의 내부이고, 그 밖은 외곽지대에 속한다. 내부로 들어올수록 집값이 비싸져 보통의 봉급생활자로서는 아무리 저축해도 그곳에다 집을 장만한다는 것은 엄두도 내지 못할 형편이라고 한다. 예전에는 집값이 별로 비싸지 않았었는데, 북경올림픽을 치른 후부터 급속도로 상승하여 현재는 북경 내부의 땅값 한 평이 인민폐로 9~10만 元, 즉 한화로는 1,800만 원 정도를 호가한다. 멀지 않은 과거보다도 수십 배나 오른 셈이다.

중국의 평수는 한국과 달라 가로 세로 각 1m를 한 평으로 치니, 가로 세로 각 1.82m로 하여 3.3㎡를 한 평으로 치는 한국 평수에 비하면 훨씬 더 비싼 편이다. 중국에서 토지는 국가 재산이나 그 위의 건물은 개인이 소유하여 매매할 수 있으며, 70년 동안 소유권을 주고 국가에서 별도의 개발 계획이 없다면 다시 50년을 연장해 주며, 그 기간이 지나면 또다시 30년까지 연장할 수 있다. 국가가 개발하기 위해 집을 매입할 때는 시중 시세보다도 더 쳐주는 경향이 있기 때문에, 시민들로서는 은근히 개발을 기다리는 정황이라고 한다.

오후 4시 45분 무렵 天壇 부근의 天壇內東里 5號에 있는 金莖貢茶行이라는 상호의 보이차 매장에 들렀다. 그곳은 내부가 꽤 넓고 고급스러웠는데, 설명하는 조선족 아가씨는 보이차가 마치 만병통치약이나 되는 것처럼 교묘하게 선전했다. 아내는 나를 위하여 간에 좋다는 三七花라는 식물 말린 것을 사고 싶어 했으나 나의 만류로 포기하였고, 그러고도 결국 100元을 지불하고서 밤 가루로 만들었다는 茶食 두 케이스를 구입하였다. 처음에 나와서 설명하던 아가씨는 일행 중 우리 내외를 포함하여 두 명씩 세 팀을 복도 건너편 다른 방으로 차례로 불러들여 甘言利說로 구입을 권유하였지만, 결국 그 이상은 사지 않았다.

우리는 몰랐지만, 이번 여행에서 쇼핑을 두 번 하도록 되어 있다는데, 일행 중 어떤 사람이 쇼핑을 가지 않을 수 없느냐고 물었더니, 가이드의 대답은 $30을 추가로 내면 가지 않을 수 있고, 그 쪽이 자기로서도 더 편하다는 것이었다. 여행사 측은 쇼핑이나 옵션을 통해 현지 가이드에게 자기네가 지급하지 않은 수당 부분을 보태주고서 여행 상품의 가격을 낮추는 것이다. 가이드가 데려가는 곳들은 일반 기념품점이 아니고 대부분 같은 한국인이 경영하거나 혹은 조선족 종업원을 고용해 있는 곳으로서, 여행비 총액에 맞먹거나 그것을 초과할 정도로 고액의 물건들을 파는 곳인데, 현지 점포들은 고객의 매입 대금 중 일정 부분(아마도 5%)을 가이드에게 리베이트 해주는 것이다. 그러므로 고객은 쇼핑 장소에 들어가면 일정 시간이 지나기 전까지는 임의로 거기를 떠날 수 없도록 되어 있는 모양이다. 노 쇼핑 노 옵션의 패키지 상품을 파는 여행사들은 결국 회사 측이 가이드에게 지불하는 비용 이상으로 요금을 올려 받고 있는 것이다. 이것이 패키지 상품의 커다란 단점이다. 패키지란 짐짝이란 뜻이니, 여행자는 자신의 의지나 好不好와 관계없이 현지 가이드가 데려가는 곳으로 무조건 따라갈 수밖에 없는 것이다. 한국의 여행사 측은 스케줄에 적힌 것 외에는 현지의 구체적 일정 대부분을 현지 여행사에다 맡겨두고 있는 셈이다.

그곳을 나온 다음, 東城區 體育館路 10호에 있는 7天酒店 天壇東門지하철역점의 식당에 들러 석식을 들었고, 이어서 北京歡樂谷에 있는 華僑城大劇院으로 가서 유명한 가무쇼「金面王朝」를 관람하였다. 하루 세 차례 공연하는데, 우리는 그 중 오후 7시 30분부터 8시 30분까지의 마지막 공연을 본 것이다. 이 공연은 매우 인기 있는 것으로서, 우리가 그곳에 도착한 것은 2회째 공연이 끝나갈 무렵이었는데, 그것을 보고 있는 단체 손님을 태우러 온 대절버스들이 바깥 도로 가에 기나긴 장사진을 치고서 대기하고 있으므로, 우리는 그 일대를 한 바퀴 돌아 다시 왔을 때에야 비로소 주차할 공간을 얻을 수 있었다.

이는 四川省 成都평원 북부의 廣漢市 서쪽에 있는 三星堆에서 발굴된 청동기 유물들에서 힌트를 얻은 것으로서, 북경올림픽이 있었던 2008년경부터 시작된 모양인데, 오늘 공연은 제5,710회째였다. 공연장의 2층 로비와 그 건너편 실내 공간은 삼성퇴의 출토품 약 100점을 원형 크기로 모조한 것들을 전시한 三星堆概念博物館으로 꾸며져 있었다. 우리 내외는 杭州에서 宋城 가무쇼를 본 이후 또 한 편의 유명한 중국 가무 쇼를 구경한 셈이다. 필수옵션으로서 가격은 $50, 즉 15,000원 정도이고, 앞면의 C석에 착석하였다. 가무 쇼라고 하지만 서양의 뮤지컬과는 전혀 달라 노래나 대사가 별로 없고, 중국의 것들은 대부분 관객의 시선을 압도하는 대규모의 스펙터클한 액션이거나 서커스에 가까운 것이다.

공연이 파한 후 약 50분 정도 이동하여 9시 20분 무렵 北京市 북동쪽 수도국제공항을 지난 교외지역인 順義區 高麗營于庄에 있는 春暉園溫泉度假酒店에 도착하여, 우리 내외는 1층의 8128호실을 배정받았다. 드넓은 공원 같은 부지에다 어제보다 더 호화로운 시설을 갖춘 호텔이었다. 배정받은 방 안에는 샤워장 외에 널찍한 온천욕장도 있어 나는 목욕탕을 아내는 샤워를 이용하였다.

■■■ 26 (월) 흐림

6시 30분부터 조식이 시작된다고 하므로 아내와 함께 식당이 있는 건물을 찾아 나섰는데, 숙소로부터 꽤 떨어진 위치의 春暉園國際會議中心이라는 건물 안에 들어 있어, 도중에 여러 번 묻고서야 비로소 찾아갈 수 있었다.

원래 산악인이었던 강덕문 씨의 여행사를 통해 온 우리 일행은 나이는 많아도 대부분 산꾼들이어서, 다섯 명 팀의 78세 된 최고 연장자는 무슨 산악회의 회장을 맡아 있는지 회장이라는 호칭으로 불리며, 그의 배낭에는 진주 중고등학교 동문 산악회의 리본을 붙여 있다. 77세인 그 부인도 남편과 함께 백두대간을 종주한 베테랑이다. 처남으로 보이는 사람은 대장이라 불리는 것으로 보아 산행대장을 맡은 모양이다. 그 팀 중의 여자 세 명이 한 방을 사용하며, 남자 두 명이 또한 같은 방을 쓴다. 우리 외에 부부로 온 한 쌍도 역시 등산 경력이 풍부하며, 남편은 중등학교의 교장으로서 정년퇴직 하였다. 남자 두 명으로 온 팀은 도동에 있는 신흥화학에 근무하는데, 둘은 등산친구로서 보다 나이 적은 사람이 그 회사의 전무이고 74세인 사람은 평사원이다.

9시에 호텔을 출발하여, 교통 혼잡으로 정체가 심한 북경의 고속도로를 한 시간 반 정도 이동하여 수도의 중심인 자금성 부근 지하철 北海北역 앞에서 내려, 什刹海 호수 부근의 前海西街 甲14에 있는 자전거인력거 출발 장소에 도착하였다. 우리는 여기서 한 차에 두 명씩 탑승할 수 있는 자전거인력거에 올라 북경의 전통가옥인 四合院 건물들이 많이 남아 있는 근처의 거리 즉 胡同을 한 바퀴 돌 예정인 것이다. 짧으면 5~10분 길면 20분 정도 걸린다고 하는데, 이를 위해 역시 필수옵션 비용 $20을 지불하였다. 한국으로 치자면 한옥마을 순례인 셈이다.

십찰해는 커다란 호수로서, 도로 건너편에 이웃해 있는 중국 공산당 고위 간부들의 거주지인 北海와 마찬가지로 대운하의 일부였다. 좁고 긴 前海·後海·西海 호수의 중심에 해당한다. 북경 內城 중 옛 특색과 전통적인 면모를 가장 많이 보여주는 명승지이자 주거지역이다. 그곳은 예전에 방문한 적이 있는 鼓樓 부근에 위치해 있는데, 그 근처에 宋慶齡·郭沫若 등 유명 인사들의 옛 저택과 골목, 그리고 恭王府 등 청조 황족의 거주지가 남아 있다. 자전거인력거 타는 곳 바로 근처에 있는 곽말약의 故居는 현재 그를 기념하는 박물관으로 되어 있다. 그리고 예전의 시계가 일반인에게 보급되지 않았던 시절 북경 시민들에게 시간을 알려주던 고루 근처에 鍾樓도 위치해 있다. 前海西街는 원래 강 물길의 하류에 속해 몇 개의 다리가 놓여 있었는데, 해방 후 복개하여 아스팔트 도로를 개설하였고, 1965년 이후 현재의 이름으로 불리고 있다. 그 17호가 恭親王府이고, 18호가 곽말약 고거이다.

인력거의 뒷면에는 붉은색 베에 北京什刹海古韵風情胡同文化發展有限公司라는 회사명이 쓰여 있고, 인력거 군들은 중국식의 검은색 하의에다 흰색 반팔 상의의 유니폼을 입고 있다. 바로 곁에서 서로 기다랗게 늘어서 손님을 대기하고 있어도 각자에게 할당된 구역이 있어, 타인의 영역을 침범하여 손님을 태울 수는 없는 모양이다. 나는 예전에 TV를 통해 이 인력거꾼을 본 적이 있었으므로 한 번 타보고 싶었는데, 뜻밖에도 이번 여행에서 그 바람을 이루게 되었다. 우리는 가이드의 말에 따라, 2인용 수레 한 대에 한국 돈 2천 원씩의 팁을 지불하였다. 중국의 관광지에서는 지금도 대부분 한국 돈이 통용되고 있다. 그리고 어제 본 「금면왕조」 쇼의 자막에도 중국어 영어와 더불어 한국어 설명문이 비치고 있었고, 대부분의 관광지 안내판에서도 한글을 볼 수 있다. 그만큼 한국 관광객이 많이 온다는 뜻이다.

　우리는 인력거에서 내린 후, 地安門西大街 도로를 건너 北海公園 북문 버스 정거장에서 대절버스를 기다려 탔다. 그리하여 다시 S11 京承고속을 따라 北五環(북부 제5 순환도로) 부근의 紅碼頭國際葡萄酒城 빌딩 2층인 北苑東路 19호의 韓京苑이라는 한국 불고기집에 들러 삼겹살구이로 점심을 들었다. 북경 거리를 이동하면서 보니, 다른 나라들에 비해 일본차의 비중이 현저히 적어 한국 차의 셰어와 비슷하였다. 양국 간의 불행했던 近代史로 말미암은 국민감정 때문이 아닌가 싶었다. 북경의 택시는 대부분 현대 차이고, 그 밖의 한국 승용차도 많다.

　중국은 도로망은 물론이고 도시 내의 구석구석에다 CCTV를 설치하여 국민의 일거수일투족을 감시하고, 인터넷에서는 페이스북도 차단해 두고 있다. 이러한 것들은 범죄 예방 차원도 있겠지만, 주로는 다민족 국가로서 소수민족의 독립의지를 차단하고자 하는 정치적 목적에서 나온 것이다. 구소련의 해체와 같은 사태를 미연에 방지하고자 하는 것이다. 이러한 사정은 北京·上海·廣州·深圳과 같은 4대 핵심도시에서 더욱 엄중한 듯하다. 나는 호텔의 WiFi를 이용해야 하는 컴퓨터에서는 페이스북에 접속할 수 없지만, 한국에서 T로밍 해온 스마트폰을 통해서는 그러한 구애를 받지 않는다.

　거리에 과거 시민의 주된 교통수단이었던 자전거는 있기는 해도 그 수가 매우 적고, 버스 두 대를 연결한 트롤리버스나 전기를 사용하지 않는 같은 모양의 버스도 종종 눈에 띈다. 가로수는 대부분 회화나무(선비나무)이고, 그렇지 않은 곳에도 회화나무가 많이 있으며, 노란 빛이 도는 황금회화나무도 많다. 이유는 모르지만 중국 사람들은 이 나무를 특별히 선호하는 모양이다. 북경에서는 중국의 다른 데서 별로 보지 못했던 자장면집도 종종 눈에 띈다.

점심을 든 후, 반시간 정도 이동하여 역시 北五環 부근의 海淀區에 있는 앞면의 입구 지붕 위에 '龍脈千禧'라는 커다란 간판이 걸린 전통식 건물 안의 옥과 진주 제품을 파는 중예공예국제회사라는 한국 점포에 들러 두 번째 쇼핑을 하였다. '龍脈'이란 글자는 우리 대절버스의 바깥 면에도 적혀 있으니 같은 계열사가 아닌지 모르겠다. 그 매장 내부에는 피슈(貔貅)라고 하여 큰 입으로 금은보화를 삼키기만 하고 항문이 없어 배설하지 않아 부의 상징으로 되어 있는 전설상의 동물 크고 작은 것이 옥으로 만들어져 여기저기에 비치되어 있고 소형의 것 등을 판매하기도 하며, 게르마늄 제품을 파는 재일교포 회사 MOMO·KENTA의 북경지부도 겸해 있었다. 아내는 거기서도 옥가루로 만든 화장품 9만 원짜리 한 박스와 진주 목걸이 만 원짜리 하나를 사고, 흰색 옥 고리 두 개와 그것을 목에 매달 수 있는 쇠줄 두 개는 공짜로 얻었다. 중국은 사드 사태 이후로 한국 기업에 대한 조건을 갈수록 엄하게 하고 사업하는 사람들에게 개인 비자도 잘 내주지 않으므로, 삼성에 이어 LG도 조만간 베트남으로 이전할 계획이며, 이 업체도 내년 중에 베트남의 다낭으로 옮길 것이라고 했다. 중국은 국내 경제가 성장해 갈수록 자국에 진출한 외국 기업들에 대해 배짱을 내밀고 있는 모양이다.

그곳을 떠난 후, 북경에서의 마지막 일정으로서 頤和園으로 이동하였다. 나는 이화원에 몇 번째 방문하는지 모르겠으나, 어쨌든 여러 번 방문한 중에서도 이번처럼 사람들이 많이 밀린 것은 보지 못하였다. 문자 그대로 인산인해라 복잡한 시장판을 방불케 할 정도로 북새통이었다. 이 역시 중국 경제가 성장한 까닭인지도 모르겠다. 가이드가 매표소에서 어떻게 교섭했는지 모르지만, 우리는 입장권을 사지 않고서 여권만 제시하고 들어갈 수 있었다. 우리는 거기서 한 시간 정도 머물 예정이었으므로, 長廊이 시작되는 곳에서 昆明湖를 바라보고는 그 호수 가의 좁은 통로를 따라서 그냥 돌아 나왔다.

이화원은 海淀區 新建宮門路 19호에 있으며, 圓明園과 더불어 乾隆 15년 (1750)에 건설한 淸代 皇家의 화원 및 行宮이었다. 당시 이름은 淸漪園이었는데, 1860년 英·佛연합군의 북경 침공 때 원명원과 더불어 焚毁되었고, 光緖 12년(1886)에 서태후가 해군의 예산을 전용하여 확대 재건하였으며,

1888년에 이화원으로 개명하였다. 서태후는 당시로서는 장수인 74세까지 생존하면서 오랜 동안 청말 정치의 실권을 장악하였는데, 만년의 대부분 시간을 여기서 垂簾聽政 하였다. 그리하여 1900년에 이화원은 의화단사건으로 말미암아 다시금 8국 연합군에 의해 엄중한 파괴를 입었던 것이다.

이화원을 떠난 후 동북 방향으로 약 2시간 이동하여 북경시의 동북쪽 끄트머리 密雲區에 위치하여 河北省과의 경계를 이룬 古北水鎭으로 이동하였다. 하북성은 수도 북경을 둘러싸고 있어서 우리나라의 경기도 정도에 해당한다고 볼 수 있는데, 우리는 이번 여행에서 그 서쪽 끄트머리인 山西省과의 접경 부근으로 갔다가 다시 정반대 방향인 북경의 동북쪽 끄트머리까지 이동하게 되었다. S11 京承고속을 따라갔는데, 이는 G45 廣大고속 중의 일부 구간에 해당한다. 京承은 북경과 청조의 여름 별궁 避暑山莊이 있는 熱河 즉 承德을 연결한다는 뜻이고, 廣大는 아마도 廣州와 大連을 연결한다는 뜻이 아닌가 싶다.

燕巖 朴趾源의 『熱河日記』에 북경에서 열하로 가는 조선 사신단의 행정을 그린 「漠北行程錄」이 실려 있고, 특히 24권 「山莊雜記」에 한밤중인 三更에 古北口를 통과하는 대목인 '夜出古北口記'가 실려 있다. 滄江 金澤榮은 1890년에 『열하일기』의 명문장을 발췌한 『燕巖集』을 발간하면서, 이 글에 대해 "조선 5천 년 이래 최고의 명문장"으로 평가했었다고 한다. 古北口는 唐代 이래로 내려오는 고북수진 지역의 원래 이름으로서, 거기에 고북구장성이라 하여 오늘날의 司馬台長城에 관한 상세한 기록이 있는 것이다. 이곳의 행정 명칭은 지금도 古北口鎭이다.

가이드는 고북수진이 1997년에 건설되었다고 한 모양인데, 그 말이 의심스러운 것은 내가 가진 『周遍中國』에 '司馬台長城'과 '古北口長城旅游區'에 관한 항목이 있으나, 古北水鎭에 관해서는 일언반구의 언급도 없기 때문이다. 뒤에 알아보니 이는 2010년부터 건설을 시작하였으므로, 완공된 지 그리 오래지 않은 것이다. 고북수진이란 이름의 관광지는 北京市 密雲區의 옛 이름인 密雲縣과 중국청년여행주식회사 및 烏鎭관광개발회사가 거금을 들여 공동으로 투자하여 인위적으로 건설한 마을이다. 중국 강남의 대표적 물의 고장으로서 江蘇省 蘇州市와 浙江省 湖州市·嘉興市의 접경에 있는 烏鎭의 모습과 중국 華北지방의 건축 스타일을 융합한 것으로서, 고북구에 만들어졌으므로 古北水鎭이라 명명한 것이다. 鎭은 중국의 행정단위로서 縣 아래에 있으니, 우리나라로 치자면 面 소재지 정도에 해당하는 셈이다.

우리는 오후 6시 무렵 고북수진에 도착하여, 그 입구의 바깥인 北京市 密雲區 古北口鎭 司馬台에 위치한 호텔 水鎭大酒店에 들었다. 우리 내외는 3층의 3030호실을 배정받았다. 이 호텔은 꽤 큰 규모로서, 미로처럼 꼬불꼬불한 복도 구조를 갖고 있어 방을 찾아가기가 쉽지 않은데, 그 수준은 간밤에 묵었던 호텔보다 나으면 나았지 못하지는 않은 듯하다. 방에다 짐을 갖다놓은 후 다시 나와, 저녁식사를 겸하여 고북수진과 사마대장성의 구경에 나섰다. 호텔 프런트에서 얼굴 사진을 촬영해두면 입장권을 소지하지 않아도 언제 그리고 몇 번이라도 출입이 가능하다고 하므로 그렇게 했다. 스케줄상으로 오늘은 고북수진만 구경하고, 사마대장성은 내일 가기로 되어 있는데, 가이드는 이곳의 야경이 특히 유명하다면서 오늘 한꺼번에 두르자고 한 것이다. 내가 한국에서 배부 받은 스케줄과 다르다고 했더니, 그는 내일 다시 오면 된다고 말했으나, 알아보니 사마대장성으로 올라가는 케이블카는 입장권을 다시 사야하고 시간상으로도 맞지 않으니 그것은 헛말이었다.

고북수진의 입구 부근에 세워진 커다란 돌에 "중국 장성은 세계에서 최고이고, 사마대장성은 또한 중국 장성의 최고라고 할 수 있다"는 문구가 새겨져 있다. 이는 중국의 저명한 장성 전문가인 羅哲文 교수가 평가한 말이다. 이 장성은 1987년에 유네스코 세계유산으로 등록되었고, 2012년에 영국의 『타임스』 신문은 "지구상에서 놓치고 지나갈 수 없는 25곳의 풍경 중 으뜸"으로 이 장성을 꼽았다. 사마대장성은 명대 洪武 초년에 건설한 것으로서 險·奇·特으로 저명한 것인데, 현재까지 명대 장성의 원래 모습을 보존하고 있는 것으로서는 유일한 것이다.

고북수진은 남송 시대의 도시 모습을 복원한 杭州의 宋城과 비슷한 것인데, 그 규모가 더욱 크고 풍치가 더욱 아름답다. 곳곳에 물이 흘러가고 있어, 따로 돈을 내면 배를 타고서 마을 전체를 유람할 수도 있다. 그러나 송성과 마찬가지로 내부에는 온통 영업하는 상점들뿐이고, 여관을 제외하고서 주민이 머물러 거주하지는 않는다. 우리는 한참을 걸어간 곳에 있는 古關火鍋店이라는 식당에 들러 샤브샤브 요리로 석식을 들었다.

식후에 또 얼마간 더 걸어가 케이블카를 타고서 사마대장성 위쪽 터미널까지 올라갔다. 터미널에서부터 불 켜진 장성의 아래로 난 경사진 길을 따라 650m를 걸어 내려가 관광객이 출입할 수 있는 10개의 망루 중 다섯 번째와 여섯 번째 것 사이에서 장성으로 진입하였다. 그러나 이미 밤이라 장성의 풍경을 멀리까지 조망할 수는 없었고, 발 아래로 고북수진의 야경이 바라보이지만 소문처럼 그렇게 감동적인 것은 아니었다. 더구나 문제는 이미 밤이라 위험하다면서 관리인이 그곳 두 망루 사이를 제외하고서 다른 곳으로는 더 나아갈 수 없도록 통행을 차단하는 데 있었다. 별 수 없이 위쪽 터미널까지 도로 돌아가서, 다시 케이블카를 타고 내려와, 걸어서 다시 한 번 고북수진 마을을 끝에서 끝까지 통과하여 밤 9시 50분쯤 호텔로 돌아올 수밖에 없었다. 돌아올 때는 관광객이 이미 거의 빠져나간 터라, 낮에 보았던 것처럼 붐비지 않고 한결 고즈넉하였다. 마을 중간쯤에 위치한 광장 가의 높이 솟은 무대에서는 京劇 공연이 행해지고 있었다.

■■■ 27 (화) 중국은 맑으나 한국은 흐리고 곳에 따라 부슬비

아침 7시경 1층 식당에서 조식을 든 후, 아내와 둘이서 다시 한 번 고북수진으로 들어가 한 바퀴 산책하였다. 도중에 永順染坊이라고 하는 염색하는 집에 들러보기도 하였다. 이른 시간이라 그런지 마당이 넓고 2층으로 된 넓은 집 안에 아무도 눈에 띄지 않고, 여기저기에 곱게 무늬를 놓아 염색한 천들만이 길게 늘어뜨려 널려 있었다. 어제 저녁을 든 식당에서 좀 더 올라간 지점의 강 건너편 언덕 위 전망대에 올라 설악산의 공룡능선처럼 우뚝우뚝한 험한 산 능선에 구축된 사마대장성과 그 망루들 모습을 조망한 다음, 간밤에 가이드로부터 얻어둔 차표를 가지고서 어제 식사를 했던 샤브샤브 식당 부근의 日月島 정거장에서 전동차를 타고 종점인 호텔 부근의 游客服務中心까지 돌아왔다.

인터넷을 통해 이 달 중 한·중·일 삼국 외상회담이 열렸던 장소가 바로 이곳 고북수진임을 알았으므로, 혹시 우리가 머물고 있는 호텔이 아닌가 싶어 산책을 떠나기 전 프런트로 가서 문의해 보았으나, 남자 직원의 대답은 자기네 회사 구역임은 맞지만 구체적 장소는 알려줄 수 없다는 것이었는데, 돌아와서 다시 들러 다른 남자 직원에게 물었더니 이곳이 아니고 고북수진 안의 古北之光溫泉度假酒店·烏鎭會精品酒店·望京樓精品酒店의 세 곳이었음을 알려주었다. 나는 고북수진 안에서는 장사하는 집들 외의 다른 건물을 별로 보지 못했으므로, 호텔은 입구 바깥쪽에 위치한 이곳뿐인 줄로 알았으나 그렇지 않았다.

10시 5분에 호텔을 출발하여 북경 시내로 돌아온 후, 沙峪站IC에서 北六環 쪽으로 빠져나가 順義區 天竺鎭 天柱東路 潤通大廈B座에 있는 廚禾食府라는 이름의 식당에서 정오 무렵 점심을 들었다. 이곳에서 수도국제공항은 멀지 않다. 구글맵으로 조회해 보면 비행장은 通州區와 順義區의 접경에 위치해 있는데, 순의 쪽에 크게 치우쳐 있으므로 아마도 순의구에 속할 것이다.

식후에 공항으로 이동하여 체크인 수속을 하고 가이드 마 씨와 작별하였다. 그는 북경 시내로 들어오는 교통편이 정체로 막힐 것을 염려하여 고북수진에서 좀 일찍 출발했노라고 미안하다면서 변명하고 있었지만, 비행기 출발시간이 17시 10분이라 이렇게 시간이 많이 남는다면 스케줄대로 오늘 사마대장성을 보는 편이 나았겠다는 생각도 들었다. 그러나 호텔을 떠나기 전 차창 밖으로도 사마대장성의 遠景이 바라보였으므로 크게 미련은 없다.

E15 게이트에서 탑승이 시작될 때까지 나는 공항 내의 電源에서 가까운 의자에 앉아 어제의 일기 입력을 계속하였다. 우리는 아시아나 항공의 OZ314편으로 북경을 출발하여 20시 30분에 부산김해국제공항에 도착하였는데, 기내에서 아내는 또 면세상품인 영양크림과 립스틱을 6만 원어치 구입하였다. 부산으로 오는 기내에는 손님이 별로 없어 좌석이 텅텅 비어 있었다.

기내식으로 석식을 때웠고, 도착한 후 떠날 때의 봉고차를 다른 기사가 몰고 와 그것을 타고서 밤 10시경에 귀가하였다. 김해공항에 도착하니 우리 일행 중 가장 연장자의 트렁크 바퀴가 하나 달아나고 쇠줄이 튀어나와 트렁크가 망가져 있었으므로, 그는 공항 내의 항공사로 찾아가 보상을 약속받았다고 했다. 그런데 진주에 도착해 보니 쌤소나이트 제품인 나의 작은 트렁크도 짚에 채워둔 열쇠가 그 고리와 더불어 흔적도 없이 사라져 버려, 손으로 짚을 열어젖히고서 내부의 물건을 꺼낼 수밖에 없었다. 이미 공항을 떠나왔으니, 나의 경우는 아시아나항공 측에다 보상을 요구할 수도 없게 되었다. 공항 직원들이 짐을 마구 던진다는 말을 들은 바 있었는데, 그것은 사실인 모양이다. 트렁크가 망가진 것은 2013년 7월의 기독교 성지순례 여행 때 이집트 카이로의 호텔을 떠날 당시 이래로 이번이 두 번째이다.

괌

■■ 2019년 10월 27일 (일) 맑으나 쌀쌀함

아내와 더불어 장대동 시외버스터미널로 가서 오후 6시 10분발 김해공항을 경유하여 부산 사상터미널까지 가는 우등버스를 타고 출발하였다. 함안군 산인 부근의 교통정체가 심하여 8시 무렵에야 도착하였다. 국제선 3층의 풍경마루라는 한식당에서 나는 궁중불고기반상, 아내는 조기구이반상으로 석식(33,000원)을 들었다.

식후에 예약해둔 Air Sky Hotel로 전화를 걸어, 보내온 8인승 벤을 타고서 공항 부근인 부산시 강서구 대저2동 3148-9에 있는 호텔에 도착하여, 10층 건물 중 708호실을 배정받았다. 숙박비 68,037원은 신용카드를 통해 10월 23일자로 이미 Agoda에 결제되어 있다. 보통 수준의 호텔인데, 더블베드였다.

■■ 28 (월) 맑음

오전 5시에 호텔을 체크아웃 하여 어제의 벤을 타고서 김해공항 국제선으로 향했다. 모두투어 진주지점인 ㈜세계항공여행사를 통해 신청하여 '[깜놀깨] 괌 웨스틴 오션뷰 4일' 여행을 떠나게 된 것이다. 성인 1인당 890,600원의 가격인데, 웬일인지 며칠 전에 그 중 1인당 8만 원씩은 돌려받았다.

5시 반에 공항 3층 왼쪽의 할리스 커피숍 앞에 있는 모두투어 데스크에서 확정서와 티켓, 짐꼬리표 등을 받고, 모두투어의 마일리지 적립요청도 하였다. 우리가 탈 비행기는 진에어의 LJ647편으로서, 08시에 김해공항을 출발하여 13시에 괌에 도착하게 된다. 소요시간은 4시간이지만 괌의 시간이 한국보다 1시간 빠른 것이다. 좌석번호는 35A·B였다.

출국수속을 마친 후 10번 게이트의 위치를 확인하고서, 그 부근에 있는 본 까스델리(Deli Cafe)에 들러 나는 알래스칸어묵우동과 아메리카노 핫 커피, 아내는 전복죽, 그리고 생수 두 병으로 조식(21,400원)을 들었다. 진에어는 저가항공사이므로 기내에서 아무것도 제공하지 않을 줄로 알고서 미리 식사를 한 것이지만, 간단한 스낵 도시락이 배부되었다. 그러나 나는 과식을 피하기 위해 기내식은 들지 않았다. 예전에 진에어를 탔을 때는 기내의 남녀 승무원들이 모두 블루진 차림이었으나, 오늘은 검은색 유니폼을 입고 있었다.

　괌은 필리핀 동쪽의 태평양 상 동경 144°47′, 북위 13°28′에 위치해 있으며, 마리아나군도의 중심이자 미크로네시아에서 가장 큰 섬이다. 북쪽으로 200km 떨어진 곳에 위치한 사이판과 더불어 미국 자치령이다. 괌의 크기는 제주도의 1/3, 거제도 정도(544㎢)로서 동서로 6~14km, 남북으로 48km이다. 이름은 티모르어 '구아한(Guahan)'에서 왔는데, '구(gu)'는 물을 가리킨다. 가장 깊은 곳이 1만m가 넘는 세계 최고 수심의 마리아나해구가 바로 인근에 있는 것이다.

　괌은 산호초로 싸인 수려한 경치로 사이판과 더불어 손꼽히는 관광지이다. 인구가 17만 명 정도인데, 관광객은 2016년 현재 153만 명이 다녀갔다. 괌 관광청에 따르면 관광객의 85%가 일본인(74.5만 명)과 한국인(54.5만 명)이다. 한인은 7,000여 명이 살고 있다. 언어는 영어(38.3%)와 차모로어(22.2%), 필리핀어(22.2%) 등을 사용한다. 영어를 사용하는 데다 달러화를 쓰고 거리 표지가 미국식이어서, '작은 미국'이라고 할 수 있다. 2005년도의 구매력 평가 기준 GDP(PPP)는 $15,000이다. 연평균 기온이 26℃이나 주간에는 30℃ 이상이며, 습도가 80%에 이른다,

　원주민인 차모로 족은 4,000년 전 인도네시아에서 건너와, 유럽인이 들어오기 이전에도 약 10만 이상의 인구가 이미 질서 있는 사회를 형성하고 높은 수준의 문화를 지니고 있었다. 그러나 필리핀과 비슷한 경우로서 1521년 마젤란이 이 섬을 발견한 이후, 1565년엔 스페인 식민지로 편입되었다. 스페인이 330년간 식민통치하였으므로 그 영향이 가장 크며, 주민의 85%가

가톨릭인 배경이다.

1898년 미국·스페인 전쟁에서 승리한 미국이 필리핀과 마찬가지로 괌 등 마리아나군도의 남쪽 섬들을 차지했다. 그러다 1941년 태평양전쟁 때 일본군이 진주만 공습 후 바로 괌을 공략해 3년 반 정도 지배하였으나 1944년 미국이 다시 탈환하였고, 1950년에 괌 자치령이 공포되었다. 미국이 스페인과의 전쟁에 의해 양도받은 스페인의 옛 식민지로는 필리핀·괌·푸에르토리코·버진아일랜드 등이 있다.

괌 북쪽의 비행기로 약 반 시간 걸리는 거리에 화산섬 사이판이 있다. 괌의 1/5(115㎢) 크기에 인구는 약 7만 명이다. 원주민은 괌과 같은 차모로 인과 18세기 초에 들어온 카롤리니아 족이다. 1890년대 이후 반세기 동안 지배자가 '스페인→독일→일본→미국으로 바뀌는 수난의 연속이었다. 1944년 6월의 치열했던 사이판 전투 때 괌과 사이판에 끌려온 한인 징용자도 무수히 희생되었다.

괌은 미국의 태평양 전략 요충지이다. 7함대와 사드가 배치되어 있고, 필리핀에서 옮겨온 공군 전략자산이 집중 포진해 있다. 1962년 미국 신탁통치령의 행정중심이 사이판으로 옮겨질 때까지 괌이 그 중심을 이루었다.

괌에 도착하여 섬의 중북부에 위치한 아가냐 국제공항에서 입국수속을 할 때, 나는 ESTA(Electronic System for Travel Authorization) 허가 승인이 있어 비교적 간단히 마칠 수 있었지만, 아내는 작년 11월에 카리브해 크루즈를 위해 미국에 입국할 때 나와 함께 그 수속을 했음에도 불구하고, 최근 중국에 들어가려다가 회교권 나라들에 입국한 기록이 있어 여권을 새로 발급받았기 때문인지 ESTA가 확인되지 않아 따로 비자면제신청서를 제출해야 했다.

입국장을 나와서 우측에 위치한 모두투어(Mode Tour) 데스크에서 녹색 셔츠를 입은 담당 가이드 배원석 씨를 만났다. 중년 정도의 나이로 보이는 사람으로서, 미국 이름은 Esmond K. Bae(약칭 에디)인데, 그가 몰고 있는 포드 차 벤에 그 이름이 적혀 있는 것으로 보아 모두투어 괌 지점의 대표인 모양이다. 이번에 그가 인솔할 손님은 우리 내외를 포함하여 모두 12명이지만, 오후 1시 비행기로 도착한 사람은 우리뿐이고 나머지 사람들은 입국하는 날짜와 시간도 머무는 호텔도 식사 포함 여부와 옵션도 제각각이어서 사실상 패키지여행의 일행이라고 보기 어렵다. 이번 여행은 패키지라고 하지만 내일 오전에 함께 우리 숙소 부근인 투몬 만과 그 아래쪽에 인접한 하갓냐(Hagatna) 만 지구의 명소 세 곳을 둘러보는 것 외에는 모두가 옵션인 것이다.

우리가 한국의 모두투어로부터 배부 받은 스케줄 뒷면에 13개의 선택관광이 나열되어 있고, 아내가 따로 인터넷을 통해 조사해 온 것들도 있지만, 현지 가이드는 또 괌 여행의 선택관광 베스트 9라고 하는 표를 마련해 두었다. 우리 내외는 그 중에서 내일 오후 6시 무렵부터 8시 40분까지 이어질 타오타오 타시 비치 디너쇼(성인 $80)와 모레 오전 8시 45분부터 12시 40분 무렵까지 계속될 정글 리버 투어(성인 $70)를 예약하였다.

그가 운전하는 15인승 벤에 탑승하여 함께 호텔로 향하는 도중에 모두투어 사무실이 있는 곳에서 정차하여, 그 부근의 Jamaican Grill이라는 식당에 들러 돼지갈비구이와 닭고기로 구성된 점심을 들었다. 숙소는 괌의 호텔들이 대부분 밀집해 있는 Tumon 지구의 105 Gun Beach Road에 위치한 The Westin Resort이다. 5성급 호텔인데, 체크인이 시작되는 오후 3시까지 반시간 정도 로비에서 대기하다가 우리가 배정받은 방은 21층 빌딩 중 14층인 1418로서, 해수욕장을 겸한 바다가 바라보이는 끝에서 두 번째 방이었다. 방 키 등에는 Marriott Bonvoy라고 적혀 있다. 미국은 110V 전기를 쓰기 때문에 한국에서 가져온 220V용 전기제품을 사용하기 위해서는 따로 멀티어댑터를 부착해야만 한다. 호텔 방 화장실에 그것이 하나 비치되어 있었다. 우리 내외는 돌아갈 때까지 이 호텔에서 3박을 하게 된다.

방 안에서 조금 휴식을 취한 다음, 밖으로 나가 Red Guahan Shuttle 또는 Tumon Shuttle이라고 하는, 아래 절반은 붉은 색이고 창문으로부터 위쪽 절반은 녹색인데다 중간에 노란 선이 둘러진 버스를 타보았다. 관광버스처럼 생겼지만 그렇지는 않고, 투몬 일대를 한 바퀴 두르면서 24개의 정류장을 경유하는 일반버스인데, 한 번 탑승하는데 1인당 $4이었다. 정원은 46인으로서 의자가 나무로 되어 있고, Guam Premier Outlet까지 가는 남행선과 Micronesia Mall까지 가는 북행선으로 이루어져 있다. 기사는 원주민으로 보이는 Sablan이라는 사람이었는데, 멈추는 정거장마다에서 손에 잡은 마이크로 안내를 하며, 직접 표를 팔거나 패스 승차권을 확인하기도 하고 있었다. 차 안의 안내문은 일어·영어·한국어 순의 3개 국어로 되어 있었다. 실제로 버스 손님 중에 일본어를 하는 사람이 더러 있었고, 기사도 손님에게 일본어로 말하는 경우가 있었다.

웬일인지 힐튼호텔 정거장에서 차가 고장을 일으켜 다른 버스로 갈아타야 했다. 쇼핑을 위해 이용하는 손님이 많은지 쇼핑몰 정거장에서 대부분의 손님들이 타고 내렸다. 돌아올 때는 도심지에서 정체될 경우가 많아, 가이드와 약속한 시간인 오후 6시 반의 5분 전에야 나머지 몇 개 정거장들은 생략하고서 가까스로 힐턴 호텔까지 돌아올 수 있었다. 이 차를 가이드는 트롤리버스라고 불렀고, 실제로 차 안에 Trolley T-19라고 쓰인 글도 보았다. 트롤리버스는 전기로 가는 줄로만 알고 있었던 나에게는 좀 혼란스러웠다.

가이드를 따라 Holiday Resort & Spa 건물의 M Floor에 있는 서울정이라는 한식당에 들러 소고기 샤브샤브로 석식을 들었다. 오후 2시 비행기로 도착한 서울 잠실에 산다는 젊은 한 쌍도 동행하였다. 식후에 우리 호텔 부근 1296 Pale San Vistores Rd.에 있는 T Galleria에 들러 그 1층에 있는 SKT 사무실로 찾아가보았으나, 이미 영업을 마친 시간이었다. 괌에서는 SKT 휴대폰으로 무료 통화가 가능하고 인터넷에도 접속할 수 있다는 문자 메시지를 받고서 휴대폰을 통해 그것에 가입했으나, 웬일인지 'baro 원패스 300 이용 중 1일 9,900원(VAT 포함)'이라는 메시지가 뜨므로 문의해 보러 간 것이었다. 그 부근에서 우연히 가이드가 $250 정도 든다고 했던 남부 투어를 $150에 할 수 있다는 정보를 접하고서, 한인택시 기사 김만식 씨에게 계약금 $20을 지불해두고서 모레 오후에 이용하겠다고 일러두었다. 5시간 정도 괌 섬의 남부 지방 명소들을 둘러보는 상품이다. 가이드의 벤을 타고서 웨스틴 호텔로 돌아와, 그 1층에 있는 Von Voyage라는 상호의 잡화점에서 $94 주고 독일제 Birkenstock 제품의 암갈색 가죽 샌들을 하나 구입하였다.

가이드의 말에 의하면, 괌 섬의 1/5이 미군부대로서 공군·해군·육군은 물론이고 머지않아 해병대까지 들어올 예정이라고 한다. 주민의 37.1%가 원주민인 차모르 족이고, 필리핀에서 이주해 온 사람이 26.3%이며, 태평양 다른 섬들 출신의 이주민이 11.3% 등이다. 괌에 오는 관광객은 가족 동반이 많은 모양이다. 중국 관광객은 10% 정도인데 그나마 臺灣과 홍콩 사람이 대부분이고, 중국 본토로부터 오려면 비자를 발급받아야 하는데다 그 수속절차가 상당히 까다로운 모양이다.

■■■ 29 (화) 종일 개었다가 부슬비 내렸다가

조식 후 아내와 더불어 호텔 1층의 식당 밖에 있는 비치로 나가보았다. 바닷물 빛깔은 에메랄드 색과 검은 색 등 여러 가지가 있는데, 이는 햇빛이 잘 비치는 곳과 구름에 가려 그림자가 진 곳의 차이 때문에 그렇다. 물결은 해변에서 약 200~300m 떨어진 곳까지만 밀려오고 그보다 안쪽은 잠잠한데, 이는 산호초에 막혀 그 이상으로는 들어오지 못하는 것이다. 바다색이 에메랄드 빛깔을 띠는 것은 수중의 플랑크톤 함량이 적당하고 산호초가 풍부하기 때문이다. 이 일대는 호주에 이어 세계에서 두 번째로 산호초가 풍부한 지역이라고 한다. 수중에는 300여 종의 어류가 서식하고 있어 해양생물의 보고이다. 이곳에 하나 있는 괌 대학은 해양생물학으로 유명하다고 한다.

웨스틴 호텔 소속의 해변에 모래사장 안쪽으로 크고 작은 여러 가지 풀장이 있고, 개중에는 따뜻한 물인 곳과 온수 월풀 수영장도 있으며, 지붕이나 덮개가 있는 의자와 그렇지 않은 의자들이 놓여 있다. 지붕이 있는 의자는 특별한 자격을 가진 고객만 사용할 수 있는 것이라고 직원이 말한 바 있지만, 사람이 많이 몰릴 때나 그럴까 평소에는 그냥 텅 비어 있었다. 주변에 야자나무 등 열대 식물들도 무성하게 자라 있고 석양을 바라보며 바비큐 파티를 즐길 수 있는 연회장도 마련되어 있었다. 비치에서 아침 하늘에 뜬 무지개를 보았다. 괌에서는 맑은 날에도 수시로 부슬비가 내리다가 곧 그치기 때문에 우산을 준비해 오기는 했어도 사용할 필요는 없을 듯하다.

프런트 부근의 로비에서 집어든 오늘자 「교민신문(Korean Comunity

News)」의 1면 톱에, "괌 관광청(GVB)이 2019 회계연도 괌 방문자 수가 163만 명으로 역대 최고의 한 해가 되었다고 발표했다."는 내용의 뉴스가 나와 있었다. 가이드의 말에 의하면 괌의 현재 인구는 17만3천 명인데, 매달 14만 명 이상의 관광객이 입국하며, 비행기는 하루에 19대가 들어온다고 한다. 관광객 수는 매년 신기록을 갱신하고 있는데, 관광이 이 섬의 최대 수입원이며 그것 이외에 이렇다 할 산업은 없는 것이다.

조식 후 9시 15분에 가이드를 만나 괌 아일랜드 관광에 나섰다. 3분 정도 떨어진 거리의 롯데호텔에서 어제 만났던 커플이 타고 왔고, 웨스틴 호텔에서 우리를 태운 다음, 태국계 호텔로서 투몬 지구에서는 가장 새로 생긴 것이라는 두싯타니(Dushit Thani) 호텔로 가서 6명을 더 태우고, 마지막으로 하이야트 리전시 호텔에서 2명을 태웠다. 우리 외에는 모두 젊은 커플들이며, 개중에는 임신한 여자도 있었다. 괌의 관광객 중에는 유난히도 임신한 젊은 여인이 자주 눈에 띈다. 가이드는 괌에서 37년을 생활한 사람으로서 가장 베테랑이라고 자신을 소개했다.

투몬의 왼쪽에 타무닝(Tamuning)이라는 구역이 있는데, 어제 셔틀 버스의 남쪽 반환점이었던 괌 프리미어 아울렛이 거기에 위치해 있으므로, 그곳까지도 이미 다녀온 셈이다. 어제 거기서 대부분의 승객들이 내리고 또한 많은 손님이 새로 탔는데, 그 아울렛의 고객 중에는 한국 사람이 가장 많다고 한다. 그 중에도 특히 나로서는 이름도 처음 들어보는 타미 제품 매장이 인기인 모양이다.

우리는 오늘 관광의 첫 목적지로서 타무닝에서 남쪽으로 좀 더 내려간 지점에 있는 하갓냐(Hagatna) 지역에서 먼저 바닷가의 파세오 공원(Paseo de Susana Park)에 들를 예정이었는데, 그 일대는 현재 도로공사 중으로서 통행이 금지되었으므로, 대신 부근에 있는 또 하나의 목적지인 아프간 전망대(Fort Apugan)에 먼저 올랐다. 스페인이 수도 배후의 방비를 위해 만든 것으로서, 산타 아구에다 요새(Fort Santa Agueda)라고도 불리는 곳이다. 1800년에 이 요새를 구축했던 스페인 총독이 그 부인인 도나 아구에다 알카미노의 이름을 붙였던 것이다.

하갓냐는 스페인 식민지배 시절 이래로 오늘날에 이르기까지 늘 괌의 수도로서 번영해 왔다. 마리아나 제도에 속하는 13개 섬 전체의 중심도 괌에 있는 것이다. 다소 높은 위치인 아프간 전망대에서 하갓냐로부터 투몬에까지 이르는 해변의 도시 구역 일대와 넓은 바다를 조망하였고, 특별히 달다는 이 섬의 야자열매를 하나 사서 그 주스를 마신 다음, 상인이 껍질을 토막 내어 흰색 속을 파내어 주는 것을 양념에 찍어서 먹어 보기도 하였다. 마치 생선회의 맛 같았다.

아프간 전망대에서 조금 내려온 지점에 있는 스페인 광장(Plaza de Espana)은 스페인 총독의 궁전이 위치했던 곳이라고 하며, 거기에 스페인이 식민지 수도에다 처음으로 세웠던 아가냐 대성당(Dulce Nombre de Maria Cathedral-Basilica)이 아직도 남아 있다. 우리는 파세오 공원 대신 이곳에 들렀다. 어제 내린 국제공항의 이름에도 붙어 있는 아가냐(Agana)는 하갓냐의 다른 이름인데, 얼마 전부터 차모로어 古名인 하갓냐를 공식적인 명칭으로서 사용하고 있다. 하갓냐는 '피'를 의미하는 '하가'에서 유래한다고 일러진다. 스페인 광장 일대에 교황 요한 바오로 2세의 동상이 서 있고, 지금은 원래의 위치에서 다소 옮겨진 자리에 재건되어져 있는 스페인 통치 시대의 야외음악당이었던 키오스코(Kiosko) 건물도 눈에 띄었다.

스페인 광장 부근에서 입구에 노란색 창살이 달린 동굴을 보았다. 2차 대전 당시 일본군이 사용하던 곳이라고 한다. 도처에 이러한 전쟁의 흔적들이 늘려 있는데, 일본인 관광객은 그것을 보고서 반성하기보다는 과거의 영광에 대한 향수를 느끼는 모양이다.

다음 순서로 투몬 지구까지 되돌아와 그 북쪽 끄트머리에 위치한 사랑의 절벽(Two Lovers Point)에 들렀다. 거기서 11시 20분까지 약 20분간 머물렀는데, 우리 내외는 한인 상점에서 망고 스무디를 사서 맛보면서 걸어보았다. 이곳은 옛날 막강한 세력을 가졌던 차모로 족 추장이 자기 큰 딸에게 스페인 장교와의 결혼을 명령하자, 그녀는 부친의 명을 따르지 않고서 자신이 택한 차모로 족 청년과 결혼하기를 원했고, 부친이 허락하지 않자 두 연인은 카누를 타고서 몰래 섬을 탈출하고자 이곳 바위 절벽에까지 도달했는데, 바로 그 순간 스페인 병사들이 나타났으므로 그들은 서로의 머리카락을 묶어 연결하고서 깎아지른 높은 절벽에서 떨어져 자살했다는 것이다.

다소 추상적인 느낌이 드는 그 두 연인의 커다란 금속제 입상이 세워져 있고, 그들이 뛰어내렸다는 바위 절벽 꼭대기에는 콘크리트 정자가 만들어져 있어서 그곳까지 들어가려면 입장료를 지불해야 한다. 공원의 한쪽에 끈을 흔들어 칠 수 있는 사랑의 종과 수많은 연인들이 매달아 놓은 사랑의 언약을 적은 하트 모양의 색색 나무 쪽지들도 눈에 띄었다. 종소리가 쉴 새 없이 울리고 있으므로, 아내의 요구에 따라 노년의 우리도 영원한 사랑을 이루어준다는 그 종을 울려보았다.

관광을 모두 마친 다음, 일정에 포함되어 있는 두 차례의 쇼핑에 나섰다. 먼저 어제 갔었던 3층 건물의 T 갤러리아에 들렀다. 우리 내외는 쇼핑은 하지 않고서 광대한 매장 안을 미로처럼 헤매 다니면서 에스컬레이터를 타고 간신히 1층 출구 부근에 있는 SKT 사무실에 도착하였으나, 때마침 점심시간이라 유리문이 닫혀 있었다. 그 옆에서 어제 남부 투어 예약금을 지불했었던 Miki 택시기사를 다시 만나, 우리 일행 중 잠실에서 온 젊은 내외도 동행할 뜻을 전했으나, 그는 그럴 경우 요금을 $200 달라고 요구하므로 이럭저럭 깎아서 한 팀 당 $90씩으로 하고 내일 오후 2시부터 7시까지 투어를 하는 것으로 약정했다.

다음 쇼핑 장소는 모두투어 사무실이 있는 빨간 셔틀버스 14번 정류장인 PIC(Pacific Island Club, 太平洋島度假村) 맞은편의 건물 1층에 있는 한인 잡화점 Latte Store였다. 우리 내외는 거기서 물 10병을 샀다. 괌 여행에서는 패키지 손님들에게 식수를 제공하지 않고, 호텔에서도 첫날에 작은 페트병 두 개를 무료로 제공할 뿐 그 이후로는 없다고 하므로, 돌아갈 때까지 사용할 수 있도록 여유 있게 구입한 것이다. 그곳에서는 면세 가격으로 각종 소소한 물품이나 선물들을 구입할 수 있는데, 괌의 쇼핑은 지정된 장소까지 데려다 줄 뿐 따로 설명을 하거나 구입을 요구하지 않아 부담감이 없었다. 쇼핑을 마친 다음 다른 일행들은 거기서 제각기 따로 떠나고, 잠실에서 온 부부와 우리 내외만이 사무라이(侍)라고 하는 현지화 된 일식당에 들러 돼지갈비·닭고기·왕새우와 채소 등으로 구성된 철판구이로 다소 늦은 중식을 들었다. 2006년에 개업한 식당이었다.

식사를 마친 다음, 나는 SKT 사무소 앞에 내려달라고 하여 혼자서 세 번째로 그곳에 들러 마침내 한국인 여자 직원을 만났다. 그러나 내 전화기가 무슨 까닭인지 불통이어서 로밍고객센터와 연결할 수 없었으므로, 호텔로 돌아와 아내의 휴대폰으로 연락하여 마침내 한국의 고객센터와 연락을 취할 수 있었다. 이미 이틀간 사용한 것으로 되어 있는 요금제 상품은 취소하고서, 새로 무료인 〈T괌사이판 국내처럼〉에 가입하였다.

오늘 오후는 호텔의 비치로 나가 해수욕을 해보기로 하였으나, 휴대폰 관계로 이미 상당한 시간을 소비하였고, 아내는 피곤하다면서 침대에 누워 쉬기를 원하므로, 아직 비어 있는 마지막 날 오전 시간으로 미루고서 나도 방안에서 일기 작성을 계속하였다.

오후 5시 25분에 호텔에서 전용버스를 타고서 빨간 셔틀버스의 마지막 24번 주차장 The Beach 옆에 있는 Tao Tao Tasi Beach Dinner Show 공연장으로 향했다. 타몬 만의 바다 전체를 조망할 수 있는 널따란 해변에 마련된 툭 터인 공간이었다. 거기서 먼저 뷔페 스타일의 바비큐를 비롯한 석식과 후식을 들고서 밤 8시 40분 무렵까지 계속되는 차모로인 민속춤을 관람하였다. 로맨틱한 남국의 저녁노을과 바다를 기대했었지만, 아쉽게도 노을은 별로 없었다.

시작 전에 어린이들이 무대로 올라가 차모로인 남녀의 인도에 따라 함께 춤을 추고, 어른들도 무대 한쪽으로 올라가 차모로 복장을 하고서 원주민과 함께 기념사진을 찍었으며, 공연 도중에도 수시로 관객을 무대로 불러 올려 함께 즉석 공연을 펼치기도 하였다. 셔틀버스는 4대가 동원되었는데, 우리 내외는 그 중 3번 버스를 타고서 왕복하였다. 한국에서 저녁을 굶어가며 근자에 계속해온 다이어트가 이곳에 온 후 연일 포식하여 도로아미타불이 되어 버렸다.

■■■ 30 (수) 대체로 맑으나 밤에 비

오늘은 호텔 조식 후 전 일정 자유시간 또는 선택관광이었다.

오전 8시 40분에 프런트 층 로비에서 가이드를 만난 후, 그의 전송을 받으면서 예약해 둔 옵션인 정글 리버 투어에 참가하기 위해 우리 호텔로 온 전용버스를 탔다. 여러 여행사를 통해 온 사람들이 섞여 있으며, 우리 호텔을 경유한 이후로도 다른 호텔들에 들러 손님들을 계속 태웠다. 승객은 모두 한국 사람인데, 어린이를 동반한 가족이 많았다.

인솔자는 이강돈 실장이라고 자신을 소개한 중년 혹은 노년의 남자였는데, 그는 반쯤 대머리인 머리카락을 박박 밀었고, 피부가 원주민 수준으로 까무잡잡하며, 블루진 바지를 잘라 반바지로 만들어 입었는데 자른 곳의 실밥들이 터져 나왔으며, 반팔 셔츠를 입은 한쪽 팔 상부에 온통 문신을 하고 한쪽 귀에는 귀걸이를 달았으며, 게르마늄 팔찌 같은 것도 찼다. 가는 도중 내내 귀에 건 마이크로 안내를 하는데, 한국말은 유창하지만 말씨가 빠른데다 발음이 똑똑하지 못하여 알아듣기 어려운 대목이 많았다. 이민 온지 27년째라고 했다.

가는 곳은 괌 섬 동남부의 탈로포포라는 곳이었다. 우리는 서쪽의 필리핀 해협 쪽 해안선을 떠라가다가 섬을 가로질러 동쪽의 태평양 연안 쪽 바닷가로 나와 그쪽 길을 따라서 계속 내려갔다. 30분 정도 이동하는 모양이다. 그는 괌에는 21개의 동네가 있는데, 그 중 투몬 인근의 타무닝이 제일 크다고 했으나, 나중에 돌아와 우리 가이드 배 씨에게 그 말을 했더니 그렇지 않고 북부 데데도의 인구가 가장 많다는 것이었다. 지금부터 3월까지가 괌에서는 여행하기에 최적의 날씨라고 하는데, 한국으로 치자면 초가을 날씨 정도에 해당한다. 이 일대의 바다는 대부분의 태풍이 시작되는 지역에 해당하며, 수시로 스콜 성의 스쳐가는 비가 내려 오늘 아침에도 무지개가 떴다.

괌에 일본 관광객이 오기 시작한 것은 1960년대 후반 무렵부터이며 당시로서는 그들이 대부분이었는데, 그 새 한국 관광객이 점차로 늘어 지금은 오히려 한국이 45%, 일본이 41% 정도로서 형세가 역전되어 있다고 한다. 하갓냐 부근에서 최초로 원주민을 통일한 추장의 동상을 지나쳤다. 등신대라고 하는데, 2.8m 높이였다. 차모로인은 원래 이처럼 키가 큰 민족인데, 오랜 세월 동안 스페인 사람이나 이주민들과의 혼혈이 진행되어 지금은 그렇지 않은 것이다.

차모로인은 정부의 보조금을 받아 부유한 편으로서 관리직 외에는 거의 일을 하지 않으므로, 호텔의 종업원을 비롯하여 잡일은 거의 다 필리핀인과 주변 섬들로부터의 이주민이 맡아 있다. 섬 안에 대중교통수단이 거의 없어 이동은 대부분 자가용 승용차를 이용하므로 차량의 대수가 20만 대 이상으로서 인구 숫자를 초과해 있다. 렌터카를 제외하고는 차 안에 내비게이션이 장착되어 있지 않다. 이주민들이 각종 범죄를 저지르기도 하는데, 특히 남의 차량 유리창을 파괴하고서 절도 행위를 저지르는 일이 많은 모양이다. 그러나 전체적으로 볼 때는 치안이 잘 유지되어 안전한 편이다.

괌은 미국 내의 유일한 準州자치령으로서, 대통령 투표권이 없는 것을 제외하고는 미국 시민과 동등한 자격을 가진다. 이 씨의 말에 의하면 한국 교민은 5,000명 이하라고 하는데, 건설교통회사의 직원으로서 건너온 사람들이거나, 무역업에 종사하는 사람들, 장사를 하는 사람들 등이며, 서비스업에 종사하는 사람은 적다고 한다. 이 섬 슈퍼마켓의 60% 이상은 한국인이 경영하고 있다.

사실인지 어떤지 확인할 수 없으나, 그의 말에 의한다면 괌의 원어인 구아한은 '우리는 가지고 있다'는 뜻이다. 온갖 것이 풍족하다는 의미이다. 마젤란이 세계 탐험 도중 서태평양에서 최초로 기착한 섬이 바로 괌이며, 처음 그들은 원주민으로부터 환대를 받았으나 떠날 생각을 하지 않고서 눌러앉아 여러 가지 악행을 저지르므로 마침내 쫓겨나게 되었는데, 마젤란 일행이 도망가다가 발견한 곳이 바로 필리핀이라는 것이다.

오늘 우리가 리버 투어를 하게 된 탈레포포 강은 괌에서 가장 긴 강이다. 도중에 우굼 강과 합류하는데, 현지의 지도에서는 우리가 통과하는 곳 일대를 Valley of Latte라고 하였다. 라테는 마리아나 제도에 거주해 온 고대 차모로인 문화의 일부로서, 서기 1100년부터 1700년까지에 걸쳐 차모로 인에 의해 만들어져 마을의 주요한 건물의 받침돌로 사용된 것이다. 두 개의 돌을 붙여 이루어졌고, 상부의 돌은 커피 컵 모양으로 구부러져 있는데, 한 건물에 세 쌍에서 일곱 쌍까지의 기둥들이 평행 두 열로 나란히 배열되어 깊숙이 내려온 지붕 등의 몸체를 지탱하고 있고, 크기는 건물에 따라 달라서 1m에 못 미치는 것부터 6m에 이르는 것까지 있다. 1600년 이후 스페인이 괌에 入植함에 따라 자취를 감춘 것이다. 이 계곡의 차모로 부락에 그 유적들이 남아 있으므로 그런 이름이 붙여진 것이다.

우리가 탄 배에는 원주민인 선장과 선원 한 명씩이 탑승하였다. 모터 배를 타고서 얼마간 강을 거슬러 올랐는데, 강 양쪽은 각종 열대 수목으로 밀림을 이루었다. 물속에 꽁치 종류의 작은 물고기들과 커다란 메기가 많고, 강가에는 맹그로브 숲에서 주로 서식하는 땅게들이 구멍을 뚫고서 나와 있으며, 나무 가지에는 이구아나가 올라가 있었다. 이 씨가 준비해 온 식빵 부스러기를 던져주고 어린이들에게도 나누어 주면서 던져보라고 하니, 그러한 생물들이 우글거리며 모여들어 그것을 받아먹었다.

우리는 강폭이 현저히 좁아져 나뭇가지가 강 속으로 드리운 지점에서 뱃머리를 돌려 돌아 나와 Latte Dock라는 곳에서 착륙하였다. 원주민 복장으로 아랫도리에 일본 훈도시 같은 것 하나만을 걸친 청년이 하나 나타나더니 우리를 영접하며 받아들이는 의식을 치렀다. 내려 보니 거기가 역사마을로서 잔디밭 위에 원주민의 주거 하나가 서 있고, 한쪽 구석에 라테 스톤들이 널려 있으며, 그 일대에는 히비스커스와 노니·빵나무 등 온갖 열대 식물들이 색색의 꽃을 피우거나 열매를 맺고 있어 일종의 식물원을 이루기도 하였다.

Nature Trail이라는 밀림 속 오솔길을 따라서 그곳을 지나 Pago Dock이라는 곳에 도착하여, 그곳 강가의 휴게소 같은 원주민 집에서 코코넛 밀크 등을 제공받고 여인들이 야자 잎으로 만든 각종 모자나 도구들을 선물로 받았으며, 우리 배의 조수가 나무 막대로 불을 일으키는 시연을 해보이고, 일행 중 한 사람이 그것을 따라해 보기도 하였다.

거기서 좀 더 걸어가 Nipa Dock이라는 곳에 닿았는데, 거기에는 사슴이나 멧돼지 등 각종 야생동물들을 우리에 가두어 두어 일종의 동물원 구실을 하고 있고, 몸이 홀쭉한 야생 닭들도 주변을 걸어 다니고 있었다. 거기서 나는 Carabao라고 하는 물소를 타보는 체험을 하였다. 이 물소들은 지금은 농사에 이용하지 않고 식용으로 쓰지도 않으므로, 이처럼 관광객이 올라타서 사진을 찍는 용도 정도로만 키우고 있다고 한다. 거기서 나는 미군으로서 한국에 와 여러 해를 주둔하며 남한 여러 곳을 돌아다녔다는 원주민 노인 한 명을 보았다. 원주민들은 과거에 카누 만들기의 기술자였다고 하는데, 지금은 용도가 별로 없어 더 이상 만들지 않는 모양이다.

그곳을 떠난 후, 우리는 태평양 가의 4번 도로를 따라서 북상하다가, 10번 도로로 접어들어 괌 종합대학이 있는 망길라오를 거쳤고, 다시 16번 도로로 접어들어 국제공항이 있는 바리가다를 지나서, 우리 내외는 웨스틴 호텔 인근의 롯데호텔에서 하차하였다.

그곳 로비에서 잠시 기다렸다가 오후 1시 무렵에 우리 가이드 배 씨 및 그 호텔에 머무는 잠실에서 온 박성호 씨 내외와 재회하였다. 박 씨 내외는 모두 40대의 직장인인데, 최근에 결혼하여 신혼여행 차 4박5일 일정으로 온 것이었다. 배 씨를 따라 투몬의 Holiday Plaza 건너편에 있는 龍興이라는 上海식 가족요리 전문 중국집으로 가서 점심을 들었다. 식후에 배 씨는 다른 용무가 있어 떠나고, 우리는 배 씨가 마련해 준 승용차를 타고서 오후 2시 무렵에 웨스틴 호텔로 돌아와 한인택시회사인 Miki택시 기사 김만식 씨를 만났다. 함께 남부투어를 떠나기로 예약되어 있는 것이다.

미키택시는 괌의 원조 한인택시회사로서 160대 정도의 개인택시들이 모인 일종의 택시 조합인 모양인데, 이후 이런저런 소형 택시회사들이 난립하여 지금은 순수한 한인택시라고도 부르기 어려운 상태인 모양이다. 김 씨는 이민 온 지 30년 정도 되었다고 한다. 처음에는 한국회사로부터 파견되어 미국 본토에서 근무하였는데, 그곳에서 더 이상 근무할 수 없게 된 즈음에 괌의 미군이 군속을 모집한다는 광고를 보고서 지원하여 잘 알지도 못하는 이곳으로 오게 되었고, 2~3년 전 미군에서도 연령 관계로 해고되어 택시 업에 뛰어들게 되었다. 이곳에는 부부 두 사람만 거주하고, 자녀 두 명은 한국 등 다른 곳에 나가있다고 한다.

그는 택시 업에 종사한 지 얼마 되지 않았음에도 불구하고 그 새 일본인 손님이 택시에 놓고 내린 $7,000을 찾아서 돌려주어 현지의 신문과 TV 등에 떠들썩하게 보도되었고, 괌의 관광청과 괌의 일본 관광청 지사에 사진이 게시되어져 있다고 한다. 당시의 TV 대담 장면 동영상을 휴대폰으로 보여주었다. 그 일로 받은 포상금은 적십자사에 기부하였다고 한다. 그 뿐 아니라 여권을 잃은 한국 아가씨의 여권을 되찾을 수 있도록 적극 도와주었을 뿐 아니라, 공항에서 가방을 잃은 사람을 돕기 위해 택시비도 받지 않고서 여러 곳을 함께 돌아다녔고 자기 돈으로 $100의 여비까지 주었는데, 결국 가방을 찾지는 못했지만 나중에 다른 사람을 통하여 $400의 사례금을 전달받기도 하였다.

우리는 먼저 사랑의 절벽으로 갔으나, 그곳은 우리가 어제 이미 들렀던 곳이기 때문에 내리지는 않고서 차를 되돌렸다. 그곳에도 땅속 깊이 파인 커다란 동굴이 있는데, 예전에는 그 동굴 안에 물이 있어 일본군이 수천 명의 원주민을 수장시킨 장소라고 한다. 일본군은 괌 곳곳에다 수많은 군사용 인공 동굴들을 팠으며, 그 과정에서 징용된 한국인들의 희생이 컸던 것이다.

우리는 다음 순서로 어제 들르지 못했던 하갓냐의 파세오 공원에 가보았다. 그곳은 바닷가의 전망 좋은 풍치지구로서 해변에 뉴욕의 것과 같은 모양이나 크기가 등신대 정도로 작은 자유의 여신상이 서 있었다. 또한 그 부근의 차모로마을과 마을 안의 야시장이 열린다는 장소를 둘러보았다. 차모로마을의 집들은 콘크리트로 이루어졌고 색깔이 서로 비슷할 뿐 모양도 일반 양옥과 별로 다를 바 없었으므로, 왜 여기에다 차모로마을이라는 이름을 붙였는지 의문이었다. 그 근처에 유명한 낚시 포인트도 있었다.

다음으로 스페인 광장에 다시 들러, 어제 밖에서 바라보기만 했었던 대성당 안으로 들어가 보았다. 그곳 성모마리아대성당의 정면 계단 위에 하얀 탑이 높게 세워져 있고 꼭대기에 성모상이 올려있는데, 그것은 스페인에서 제작되어 괌으로 운반해 오던 도중 섬 남단의 메리조 부근에서 풍랑으로 침몰되어 120년간 바다 속에 수장되어 있다가 어떤 어부에 의해 끌어올려진 것이라고 한다. 또한 성당 내부의 제단 바닥에는 산 안토니오 신부의 무덤이 있는데, 스페인 광장에서 수많은 원주민이 처형되었으나, 이 신부의 제지로 더 이상의 그러한 잔악한 행위가 중단되었던 것이다. 총독 궁전 터 광장에 있는 커다란 나무가 바로 그러한 처형이 상습적으로 이루어졌던 곳이라고 한다.

성당의 맞은편에는 괌 의회가 있고, 그 부근에 차모로 박물관도 있는데, 입장료를 받고는 있으나 아직 완공된 것은 아닌 모양이다. 하갓냐에 주지사의 관저가 있고, 부근에 지사 집무공관도 있으며, 집무공관 정면에 초대 지사의 동상이 서 있었다. 그는 부정행위로 말미암아 자살한 사람이라고 했다. 괌 準州의 지사는 임기 2년이며 선거에서 뽑히기만 하면 무제한으로 연임할 수 있다. 현재의 지사는 여자라고 했다. 주지사 집무공관이 있는 장소인 아델럽 곶은 1941년 이래로 일본군 사령관의 대저택과 그 주변에 일본군 병사들의 주거가 늘어서 있었던 모양이다. 이러한 여러 건축물들은 하갓냐 일대가 스페인 지배 시절 이래 오늘날에 이르기까지 괌의 행정 수도임을 의미하는 것이다.

지사 집무공관의 앞뒤로 태평양전쟁을 기념하는 동상 조각물들이 있으며, 하갓냐에 해군병원이 있고, 거기서 좀 더 아래로 내려간 지점인 아산에 현충원에 해당하는 전몰자의 공동묘지도 있었다. 아산에 피쉬아이 마린파크라는 곳이 있는데, 그곳은 어제 박성호 씨 내외가 스쿠버다이빙을 한 곳이었다. 또한 아산에 한국인이 만들었다는 화력발전소가 있으며, 그 부근에 운하 모양의 협곡으로 들어온 바닷물 빛깔이 아름다워 에메랄드 벨리라고 불리는 장소도 있다. 유튜브 등을 통해 전파되었는지 한국 관광객들만 찾아오는 장소이고, 주변에 야생 닭들이 서성거리고 있었다.

1번 도로를 따라 아산에서 좀 더 내려가면 괌의 대형 해군기지가 위치한 피티가 있다. 지도를 보면 좁고 길게 뻗은 산호초 환초가 커다란 만들을 방파제처럼 둘러싸고 있어 천혜의 군항임을 알 수 있다. 공군의 본부가 위치한 곳이 최근 김정은이 공격하겠다고 협박한 섬의 북쪽 끝 리티디안 포인트 부근의 앤더슨 공군기지이며, 해군은 여기이고, 육군의 중심은 투몬 부근인 중부의 바리가다에 있다. 또한 이 근처에 미사일과 잠수함 기지도 있는 모양이다. 아산에서 피티를 거쳐 아갓에 이르는 이곳 1·2번 도로 일대는 태평양 전쟁을 기념하기 위한 태평양역사국립공원으로 지정되어 있다.

해군 기지의 입구 부근에 태평양 전쟁 박물관인 T. Stell Newman Visitor Center가 있어 그 안을 대충 한번 둘러보았고, 그 부근에 일본군의 2인승 소형 잠수함도 전시되어 있었다. 우리는 그곳 카페에서 박성호 씨가 사주는 아이스티 등을 들면서 잠시 휴식하였다.

아갓과 우마탁의 경계 부근에서 세티灣 전망대에 올라 주변 풍경을 둘러보았고, 아갓에서는 마린 크루즈라는 돌고래 투어를 시작하는 곳인 선착장을 지나쳤다. 우마탁 만에 이르러서는 포르투갈 탐험가 페르디난드 마젤란이 1521년에 최초로 상륙했던 지점임을 표시하는 기념비와 더불어 상륙하여 머물렀던 현장을 바라보았다. 당시 차모로인은 마젤란 일행에게 먹을 것과 마실 물을 제공하고, 그것 대신으로 마젤란 일행이 타고 있던 범선으로부터 보트를 빼앗았다. 여기에 노한 마젤란은 집들에 불을 지르고 마을사람들을 학살하며 괌을 '도둑의 섬'이라고 이름 지었던 것이다. 마젤란은 이후 필리핀의 세부에 상륙하였다가 그곳에서 원주민에 의해 살해되었다.

이후 1565년에는 스페인인이 괌에 상륙하여 스페인 영지로 선언하고 십자가를 세웠고, 1668년에는 스페인이 괌을 점령하였으며, 1689년까지 반항하는 차모로인을 다섯 지구에 분산시켰는데, 당시 우마탁은 그 중 하나였다. 1700년대에 이르러 태평양 지역에의 진출이 시작되자 우마탁은 물의 보급에 중요한 포인트가 되어 항의 입구와 강둑에 요새가 건설되어 괌 경제의 중심지 역할을 하였으나, 1800년대에 스페인이 태평양 항해를 중단하게 되자 그 전성기도 끝나게 되었다.

우마탁에서 대포 세 대가 배치되어 있는 언덕 위의 솔레다드(Nuestra de la Soledad, 고독한 성모) 요새에 올라 마을의 전경을 바라보았다. 1565년부터 약 250년간 스페인의 가리온船이 멕시코의 아카풀코로부터 필리핀의 마닐라까지 매년 왕복하고 있었는데, 가리온 선이 긴 항해 도중 연료와 식료를 보급하기 위해 정박했던 유일한 장소가 바로 우마탁이었다. 1680년으로부터 1810년에 걸쳐 스페인은 우마탁에다 네 개의 요새를 건설하여 정박 중인 배를 해적이나 무장선으로부터 보호하였다. 또한 스페인 총독의 지시에 따라 괌에다 4개의 요새를 건설하였는데, 그 중 마지막으로 이룩된 것이 이 '고독한 성모' 요새였다. 멕시코의 동란으로 말미암아 1815년을 시점으로 하여 아카풀코·마닐라 간의 가리온 선 운항이 중지되었으므로, 이후 이곳은 황폐한 상태로 방치되어 있었다가, 제2차 세계대전 후 공원화 한 것이다. 우마탁은 현재 과거의 영광을 연상케 하는 것이 거의 없는 한적한 시골 마을이었다. 미국에서는 본토의 노숙자들이 겨울철에 얼어 죽지 않도록 따뜻한 곳으로 옮겨 버리는 경우가 있는데, 우마탁도 그러한 장소 중 하나라고 한다.

우마탁에서 조금 더 내려간 곳에 섬의 남쪽 끝 마을인 메리조가 있다. 그 건너편에 가로로 길게 늘어선 코코스 섬이 있고, 그쪽 방향으로 바다를 향해 좁고 길게 뻗은 콘크리트 선착장 하나와 보다 더 좁고 길며 나무로 만들어진 선착장이 두 개 있는데, 이곳 역시 인터넷을 통해 널리 알려져 한국인 신혼부부 몇 쌍이 나무선착장에서 포즈를 잡으며 기념사진을 찍고 있었다. 그 부근의 조그만 공원에는 이곳에서 끌어올려져 지금은 아가냐 대성당 입구에 안치된 성모마리아 상의 모조품이 서 있었다. 한국 밀양의 사명대사 비석처럼 이 성모상도 큰 태풍이나 지진이 있기 전에 이따금씩 눈물을 흘린다고 한다.

메리조에서부터는 4번 도로를 따라서 북상 길에 접어들었는데, 갈수록 어둠이 짙어졌다. 원래 동쪽의 태평양 해안에는 구경할 만한 것이 별로 없다고 하는데, 밤이 되니 다른 곳에 더 들를 이유도 없어 곧바로 북상하였다. 이나라한에 있는 탈로포포 폭포가 유명한 모양인데, 그 폭포 부근에서 32년 동안 땅굴을 파고 생활한 일본군 패잔병 요코이(橫井)가 발견되어 일본의 국민적 영웅이 되었을 뿐 아니라, 나도 언론에서 그 보도를 접한 기억이 생생하다. 요코이는 그 후 일본의 국회의원이 되기도 했었던 모양이다. 오전에 왔었던 탈로포포 강의 입구도 지나쳤지만, 그 무렵에는 이미 깜깜한 밤이었다.

오전에 돌아갔던 코스를 따라 오후 7시 5분 전에 웨스틴 호텔에 도착하여 가이드 배 씨를 다시 만나고, 친절하고 착한 기사 김 씨와는 작별하였다. 배 씨를 따라 다소 한적하면서도 한국 교민들이 많이 살고 있는 하몬 지구에 다다라, K 마트 부근에 있는 Hamon Park Lord의 오늘(Onul)이라는 한식당에 들러 소불고기를 주로 한 석식을 들었고, 우리 내외가 머무는 웨스틴 호텔로 돌아와 로비에서 박성호 씨 내외와 더불어 기념사진을 찍고서 작별하였다.

■■■ 31 (목) 맑음

조식 후 웨스틴 호텔의 전용 비치에서 아내와 더불어 선글라스를 쓰고 발에는 간편한 샌들을 신고서 한 시간 정도 해수욕을 하였다. 긴 타월을 하나씩 집어와 그늘을 만드는 덮개가 있는 긴 의자에다 펼쳐두고서 바다 속으로 들어가 보았다. 아내는 엊그제 라테 마트에서 쇼핑을 했을 때 이즈음 유행이라고 하는 온몸을 덮는 수영복을 사와서 입었고 머리에 수영 모자도 쓰고 있었다.

모래톱과 바다 밑은 산호 부스러기로 이루어져 있는 지라 온통 하얗고, 밑바닥까지 투명하였다. 나는 아내의 만류에도 불구하고 경사가 아주 완만한 바다 속으로 천천히 걸어 들어가 150m 정도 지점까지 나아가 보았는데, 그럼에도 불구하고 물은 내 어깨 정도까지 밖에 올라오지 않았다. 그 정도 지점에서는 투몬 만 주변의 호텔들을 한 눈에 조망할 수 있었다. 背泳으로 천천히 모래톱까지 돌아와, 크고 작은 여러 풀장들에도 들어가 보았다. 헤엄쳐 오는 동안 맑은 하늘에는 여기저기에 나비가 떠돌고, 간혹 작은 새도 날아가고 있었다. 방으로 돌아온 이후 세 시간 정도 어제의 일기를 입력하였다.

12시 10분에 호텔 로비에서 가이드 배 씨를 만나 체크아웃 하였다. 그의 벤에 타고서 공항으로 가서 차를 내린 후, 주차한 장소에서 그와 작별하고 체크인에 들어갔다. 우리는 7번 게이트에서 LJ648편을 타고서 47E·F 석에 앉아 올 때보다도 반시간이 짧은 3시간 30분을 비행하여 18시 05분에 김해공항에 도착하기로 되어 있었는데, 실제로는 그보다도 반시간 정도 더 빠른 5시 38분에 착륙하였다. 그러므로 비행에 3시간 정도가 소요된 셈이다. 아내는 8시 10분에 출발하는 버스표를 사두었기 때문에, 시간이 많이 남아 국제선 3층 식당가의 오색면전에 들러 능이사골국수·콩국수·녹두전으로 석식(29,000원)을 들었다.

어제 오전 4시 20분에 미국의 작은누나가 카톡으로 테네시 주의 스모키 마운틴 여행 사진들을 보내왔는데, 두리와 강성문 씨 내외 등이 동행하고 있었다. 괌에서 오늘인 할로윈을 위한 장식물들을 많이 보았는데, 그 사진에도 단풍에 물든 숲과 더불어 여기저기에 할로윈 호박 장식물들이 보였다. 이는 아일랜드에서 유래한 것이지만, 지금은 미국의 대표적 축제 중 하나로 되어 있다.

공항을 경유하는 우등버스는 예정된 시간보다 꽤 늦게 도착하였다. 갈 때와 마찬가지로 돌아올 때도 1·2번 좌석에 앉아 집에는 8시 51분에 도착하였다.

오로라 사냥

▰▰▰ 2019년 12월 14일 (토) 맑음

혜초여행사의 신상품 '북극열차+러시아 무르만스크 9일(KE)' 패키지에 참여하기 위해 아내와 함께 깜깜할 때 집을 나서 카카오 택시를 불러 타고서, 거제·통영을 경유하여 05시 45분에 진주 개양에 도착하는 인천국제공항 행 코리아와이드 대성 리무진 버스를 탔다. 늘 그런 것처럼 만사에 有備無患이 신조인 아내가 꽤 앞서 매표해 두었기 때문에 우리 내외의 좌석은 기사 바로 뒤편인 1·2번이었다. 이번 팀은 부산 지점이 별도로 모객 한 것이기 때문에 요금은 같은 368만 원이지만 서울 혜초여행사가 공지한 상품 내용에 비해 모스크바 하루 일정이 더 있으며, 총 참가인원은 14명이라고 들었다. 부산 서 출발하는 사람들은 국내선 비행기를 타고서 인천으로 온다.

개양 정류장에서 대기하는 중에 그곳 GS24 편의점에 들러 만약의 경우에 대비하여 치약과 칫솔 세트 및 볼펜(알고 보니 연필) 하나를 추가로 사고, 아 메리카노 커피 큰 컵 하나도 사서 마셨다. 그런데 탑승할 때 짐칸에다 캐리어 를 싣다가 그리된 것인지, 사두고서 한 번도 사용하지 않았다가 이번에 처음 으로 가져나온 겨울용 장갑 한 짝이 윗도리 포켓에서 떨어져 사라져버리고 말았으므로, 도중에 금산의 인삼랜드 휴게소에 한 번 정거했을 때 15,000원 주고서 새 것을 하나 샀다.

버스 안에서는 스마트폰으로 그동안 내가 사용한 적이 없었던 You Tube 에 접속하여 시험 삼아 그 내용을 좀 훑어보았고, 다운로드 받아둔 이후 아직 회원가입도 하지 않은 상태인 국내외 여행 도우미 앱 Expedia에도 등록하 였다. 그리고 114로 전화를 걸어 한국시간 기준 12월 14일 22시부터 12월 21일 22시까지 총 7일간 SKT baro의 3GB 데이터로밍(29,000원)에도 가입해두었다.

이 버스는 10시 05분에 인천공항 제2터미널에 도착하게 되어 있는데, 7~8분 정도 늦었으나 거의 비슷한 시각에 도착하였다. 3층 출국장 구내의 신한은행 카운트에 들러 신용카드로 30만 원 정도를 인출하여 러시아 루블로 환전하고자 하였는데, 뜻밖에도 내 비자 신한카드에 하자가 있어 출금이 안 된다고 하므로 현금 298,368원으로 14,400루블을 샀다. 환전소 직원의 말로는 이 카드로써 지불하는 데는 문제가 없으리라는 것이었다. 환율은 스마트폰으로 확인해둔 18.8보다는 좀 비싼 20.72였다. 그 외에도 예전에 쓰고 남은 루블이 조금 있고, 만약의 경우에 대비하여 달러도 충분할 정도로 가져간다. 그리고 신용카드도 비자와 마스터로 2개를 가져가니, 현금은 이 정도면 충분하리라고 본다.

3층 H 카운트 부근의 혜초여행사 미팅 테이블로 가서 스케줄과 탑승권 등을 받았다. 나는 해외여행을 자주 하는 편이지만 항공권 마일리지를 사용해 본 적이 한 번도 없었으므로, 대한항공 카운트로 가서 아내와 나의 적립된 마일리지로 좌석을 업그레이드 해 줄 수 있느냐고 물었더니, 단체여행이라 불가하다는 대답이었다. 단독으로 여행하는 일은 거의 없으므로, 결국 마일리지는 사용해 보지도 못하고서 기한이 지나 늘 자동 소멸되고 마는 셈이다. 출국수속을 마치고 261게이트로 가서 대기하다가 13시 05분에 출발하는 대한항공 KE923편을 탔다. 탑승이 시작될 무렵에 인솔자이며 JM투어의 대표이기도 한 김종민 혜초여행 지점장이 부산에서 출발한 일행 7명을 데리고서 나타났다. 그들과 달리 게이트에 따로 나온 사람들도 있었다. 우리 내외는 31G·H석을 배정받았다. 금년 4월의 남아프리카 여행 이후 두 번째로 만나 구면인 김 씨는 이번에도 팁용으로 한 사람 당 $1짜리 10장이 든 돈 봉투 하나씩과 물티슈 한 갑씩을 나눠주었다.

이번 여행에 참가한 사람들은 부부 4쌍에다 미혼 여성 3명, 기혼 여성 3명이며, 김 씨를 포함하면 15명이 된다. 김 씨의 말에 의하면 평균 연령은 60대 정도라고 한다. 서울서 참가한 키 작은 할머니 한 명은 여행 마니아로서 혜초여행사의 VIP 고객이라는데, 나중에 확인해 보니 2017년 1월에 나와 함께 인도의 라자스탄 주와 아잔타·엘로라 석굴 등지 여행을 함께 한 바 있는 홍현옥 씨였다. 그 외의 다른 이는 모두 김종민 씨가 모집한 사람들인데, 울산의 현대자동차를 정년퇴직한 박 선생 내외, 김해시 진례면에서 군수공장을 경영하는 김 회장 내외, 부산시 강서구 녹산에서 전기제품을 생산하는 이 회장 내외, 미혼 여성 3명은 서울의 같은 직장에서 근무하는 친구 사이이며, 부산 남천동과 마산에서 온 부인 각 1명 등이 있었다.

우리가 이번에 여행하는 모스크바 및 무르만스크 일대의 표준시각은 한국보다 6시간이 늦은데, 이 비행기는 약 9시간 50분을 비행한 후 16시 55분에 모스크바의 셰레메티예보 국제공항 D 터미널에 도착하였다. 기내 좌석 앞의 모니터를 통해 보니, 인천을 이륙한 비행기는 北京과 이르쿠츠크 상공을 경유하여 시베리아 일대를 긴 타원형 곡선을 그리면서 비행하고 있었다.

입국 수속을 마친 후 짐 찾는 곳으로 나오니, 현지의 쓰루 가이드 키릴 에르마코브 씨가 짐에 붙은 태그를 보고서 우리들의 캐리어를 찾아 이미 한 군데에다 모아두었다. 그는 한국어가 대단히 유창하였다. 외아들로서 모스크바대학에서 역사학을 전공한 후, 젊은 시절인 1997년 이래 한국에 유학 와서 8년간 거주한 바 있었다고 한다. 경희대·연세대·서강대에서 어학연수를 한 후, 고려대 대학원에서 한국중세사 전공으로 박사과정까지 수료하였으며, 석사 학위 소지자로서 42세인데 아직 미혼이다. 모스크바에서 태어나 현재도 모스크바에 거주하고 있으며, 우리가 무르만스크에서 국내선 비행기를 타고 모스크바로 돌아올 때 공항까지 전송해 주기로 되어 있다. 그는 성격이 매우 자상하였다.

그는 다소 큰 밴 한 대를 대동하여 마중 나왔는데, 좌석이 빈틈없이 꽉 차고 좁은 복도에까지 캐리어를 놓아두어야 할 정도였다. 김종민 씨의 말로는 애초의 약속과 다르다는 것인데, 그는 시내의 복잡한 교통상황 때문에 작은 차를 가지고 나왔다고 변명하였고, 석식 장소에 도착하니 큰 버스가 이미 와서 대기하고 있어 그것으로 갈아타게 되었다. 모스크바 시내까지 한 시간 반 정도 이동하였는데, 과연 공항에서 시내로 들어가는 도로의 교통정체가 심하였고, 시내에서도 대로가 아닌 뒷길은 차가 밀려 버스가 통행할 만한 상황이 못 되었다. 모스크바의 택시는 한국제가 대세라고 한다. 현대·기아 차가 제법 자주 눈에 띄었다. 러시아의 승용차는 대부분 스틱이다.

뜻밖에도 모스크바의 기온은 한국과 비슷하여, 진주·산청의 현재 기온이 0℃인데 비해 모스크바는 영하 1도였다. 서울보다도 따뜻한 셈이다. 무르만스크 일대도 근자에 기온이 꽤 높아졌다고 한다. 여행 마니아인 홍 여사는 오로라로 유명한 캐나다의 옐로나이프나 우리 내외가 근자에 다녀온 러시아의 캄차카까지도 갔다 왔다는데, 옐로나이프의 기온은 영하 30~40도 정도였다고 한다. 옐로나이프는 캐나다 중북부 그레이트슬레이브 湖의 북부에 위치해 있는데 비해 모스크바나 무르만스크는 유라시아 대륙의 서쪽 끄트머리쯤에 위치해 있어 해양성 기후의 영향을 받는다고 한다. 무르만스크 일대의 오로라 헌팅은 국내 여행사로서는 혜초가 처음 개발한 것이며, 그 중에서도 우리는 혜초의 첫 팀이라고 한다. 러시아의 서쪽 끝인 무르만스크의 현재 인구는 29만2천 명 정도인데, 북극권 최대의 도시라고 한다.

모스크바 일대는 위도가 꽤 높으므로, 이즈음은 오후 4시 경에 어두워져서 오전 9시에서 10시 사이에 점차로 밝아진다. 우리가 공항에 착륙했을 때는 이미 밤이었다. 이처럼 밤이 길므로 우울증에 걸릴 가능성도 있어, 시내는 조명으로 거의 대낮처럼 밝았다. 크리스마스가 가까워서 그런지 중심가의 도로변에는 가로수 모양으로 조명이 된 장식물들이 줄줄이 늘어서 있고, 대형 크리스마스트리도 눈에 띄었다. 우리는 7시 반 무렵에 마야콥스키 공연장 부근인 트리움팔나야大路, 4/31번지에 있는 빌딩 1층의 카페 차이콥스키라는 식당에 도착하여, 닭고기가 포함된 전식에다 대구 요리 주식에 커피 등 음료수와 초콜릿을 씌운 빵 같은 과자로 이루어진 후식을 들었다. 인솔자가 산 조지아 산 SUANI라는 병맥주도 나왔다.

식사를 마친 후 대절버스를 타고서 모스크바에 남아 있는 스탈린 양식의 고층건물 7개 중 하나라고 하는 외무성 빌딩 앞을 지나서 기차역으로 이동하였다. 스탈린 시대에 만들었다는 고리키 공원도 지나쳤다. 오늘 김종민 씨로부터 들은 바에 의하면, 혜초여행사 상품은 가격이 다소 비싼 대신 옵션이나 쇼핑이 없지만, 일반 여행사의 현지 가이드들은 쇼핑 때 업소로부터 자기가 인도한 관광객의 매입 총액 중 30~40%에 해당하는 금액을 커미션으로 받는다고 한다. 이는 내가 지난 3월의 싱가포르 등지 여행 때 인도네시아인 현지 가이드로부터 들은 5%보다 엄청나게 높은 액수이므로 거의 믿기지 않을 정도이다. 실상이 그러하다면 여행객이 현지 업체로부터 어느 정도의 바가지를 쓰고 있는지는 짐작하고도 남는다. 기차역에 도착하여 9번 플랫폼에서 벨고로드-무르만스크 열차의 4인실 침대칸인 제일 마지막 24번 차량에 올라 우리 내외는 3호실을 배정받았다. 우리 내외는 원래 이 방을 김종민 씨와 함께 쓰게 되어 있었는데, 3호실에 도착해보니 비교적 젊은 러시아 여인이 아들로 짐작되는 소년을 대동하고서 아래 층 침대 하나를 차지해 있었다. 창가의 작은 탁자 아래에 전기를 꽂는 콘센트가 두 개 설치되어 있으나 그것에도 그들의 전기기구가 꽂혀 있었다. 1층의 긴 의자는 등받이를 떼어내 아래로 접으면 침대로 변하는데, 그 위쪽의 벽면에 고정된 부분을 열면 그 안에도 소소한 물건들을 집어넣거나 걸 수 있는 수납공간이 있다. 의자 아래의 큰 짐을 넣어둘 공간에 캐리어가 들어가지 않아 어찌하면 좋을지 몰랐다. 둘러보니 출입문 위쪽 천정 아래에도 수납공간이 있어 거기에 든 이들 모자의 짐을 빼내고 나니 그럭저럭 트렁크 세 개를 가로로 꽂아 넣을 수가 있었다. 얼마 후 그들 모자는 다른 칸으로 옮겨가고, 우리 일행 중 러시아 남자들이 있는 방에 배정된 부산 남천동에 사는 중년 주부 한 명이 우리 칸으로 옮겨와서 2층 침대를 사용하게 되었다. 15만 원을 더 내고서 두 명이 한 칸을 다 쓰는 부부 두 팀도 있는 모양이다.

우리는 21시 42분에 북극열차에 탑승하여 모스크바를 출발한 후, 약 34시간 17분을 이동하여 아빠찌뜨이로 향할 예정이다. 그 중 모스크바에서부터 다음날 07시 20분에 도착할 예정인 상트페테르부르크까지 구간에는 야간열차라 그러한지 식당 칸이 없다고 한다. 처음에는 실내의 난방이 잘 되어 더우므로 이불은 덮지 않고서 러닝셔츠 바람으로 이불 카버인 하얀 천 하나로 배만 덮고서 1층 침대에 누웠는데, 한밤중에 난방이 꺼져 다소 기온이 내려갔으므로, 벗어 걸어둔 상의를 꺼내 입고 침대 밑에 넣어둔 이불도 꺼내 덮었다. 우리 내외는 2004년 7월에도 시베리아 횡단열차를 타고서 이르쿠

츠크로부터 모스크바의 야로슬라블 역으로 와, 15일 밤 23시에 같은 역에서 모스크바 발 야간열차를 타고 출발하여 7시간 40분 걸려 상트페테르부르크의 모스크바 역까지 이동한 바 있었다.

■■■ 15 (일) 흐림

아직도 어두울 무렵인 07시 19분에 상트페테르부르크 역에 도착하였다. 모스크바에는 기차역이 9개, 상트페테르부르크에는 4개가 있다는데, 이번에 우리는 모스크바의 쿠르스크 역을 출발하여 상트페테르부르크의 라도즈스키 역에 도착하였다. 여기서 우리는 두 시간 반 정도 정차하였다가 다른 열차에 연결하여 09시 50분에 출발하고, 다음 날 07시 59분에 아빠찌뜨이 역에 도착하여 무르만스크 현지 가이드와 미팅하게 된다. 그러므로 이번에 정거한 동안 가이드를 따라서 驛舍 바깥으로 나가 시간을 보내다가 돌아오게 되었다.

우리가 탄 24번 차량은 역사 안에 머물러 있다가 11번 플랫폼 레일에서 16호 열차에 접속하게 되므로, 짐은 열차 안에 그대로 둔 채 귀중품만 몸에 지니고서 밖으로 나갔다. 시간 관계로 멀리 나가지는 못하고, 먼저 역 입구 근처의 건물 2층에 있는 스낵 식당에 들러 햄버거로 조식을 들고자 하였는데, 그곳이 아직 문을 열지 않았으므로 이웃 건물 지하 1층에 있는 마트에 들러 쇼핑을 하게 되었다. 시베리아 횡단열차를 탔을 때는 도중의 정거하는 역마다에 상인들이 플랫폼까지 들어와 여러 가지 식료품 등으로 좌판을 벌이고 있었는데, 오늘 우리가 나아갈 코스는 대부분 인터넷도 되지 않는 시골 지역이라, 열차 안에서 요기 거리로 들 음식물을 좀 구입하고자 한 것이다. 아내 및 룸메이트인 부산 아주머니가 식료품을 골라 손에 드는 바구니에다 담았고, 내가 시험 삼아 신한카드로 결제하고자 하였는데, 인천공항 환전소 직원의 말과 달리 그 카드로는 지불도 되지 않았으므로, 농협의 bc 마스터카드로 결제하였다. 우리가 산 물건들의 총액은 876.21 루블이었다.

다음으로는 조금 전에 들렀다가 개점이 되지 않아 그냥 돌아온 킹버거 식당에 다시 들렀다. 거기서 소고기와 닭고기 햄버거 세트를 두 개 샀다. 킹사이즈의 콜라 두 컵과 감자튀김, 그리고 감자튀김을 찍어먹을 액체 형 치즈가 따라 나왔는데, 그 대금 568루블도 bc카드로 결제하였다. 그러므로 환전해 온 루블 지폐는 한 푼도 쓸 필요가 없었던 것이다. 그 식당에서 음식물을 내주는 예쁘장한 젊은 여직원은 양쪽 팔 전체와 목에다 온통 문신을 하고 있었다.

러시아에서는 푸틴 정권이 들어선 후 5~6년 전부터 일종의 금주법이 실시되고 있다는데, 일반 상점에서 주류는 오전 8시부터 오후 11시까지로 판매 시간을 한정하고 있다. 그러나 역사 구내의 매점에서는 그 시간이 아니더라도 주류를 구입할 수 있는 모양이다. 러시아에 술꾼이 많다는 소문은 일찍부터 들은 바 있으며, 옐친 전 대통령도 음주벽으로 유명한데, 그런 까닭으로 이런 법이 제정된 모양이다.

역 구내로 돌아와 우리 차량이 연결될 때까지 로비의 의자에서 대기하는 동안 화장실에 다녀오고자 했지만, 구내 화장실은 한 번 사용하는데 50루블의 돈을 받고 있었다. 가이드 키릴 씨가 우리 단체의 명단을 들고 가 그곳 여자 직원들에게 설명하니 비로소 무료입장이 허락되었다. 이곳은 웬일인지 여자 화장실과 남자 화장실이 서로 꽤 떨어진 위치에 따로 있었으므로, 키릴 씨는 나를 데리고서 남자 화장실까지 안내해 가 또다시 중년의 여자 직원에게 한참 동안 설명해야 했다. 열차 안과 바깥의 화장실에는 모두 용무를 마친 휴지를 버리는 쓰레기통이 따로 마련되어져 있었다.

마침내 우리의 입장이 가능해져 11번 플랫폼으로 들어가 보았더니, 16호 열차는 정거해 있는데 우리 차량은 아직 연결되어 있지 않았다. 얼마 후 우리 차량을 포함한 4인 칸 차량 두 대가 들어와 그 중 한 량이 연결되었다. 나머지 대부분의 차량은 6인 칸으로서 복도와의 사이에 벽이나 미닫이문이 설치되어 있지 않고, 좌우로 상하 3칸씩 침대가 배열되어져 있으며, 짐을 둘 장소도 별로 없는 모양이었다. 말하자면 과거 중국의 硬臥와 軟臥 칸 차이 그대로인 것이다. 중국은 이제 전국 방방곡곡을 수 시간 안에 연결하는 고속열차가 통해 있으므로, 臥鋪 칸이 별로 필요치도 않을 듯하다.

우리가 든 3호실 1층에는 얼마 후 루스끼 또이라고 하는 치와와 비슷하게 생긴 종류의 애견을 동반한 러시아 여인이 들어와 차지하였으므로, 아내는 그 침대를 내주고서 다시 2층으로 올라갔다. 그 개는 주인에게 고분고분 순종하고 있었지만, 내가 무심코 탁자를 덮은 테이블보를 정돈하고자 손을 내밀었더니 갑작이 위협하는 소리를 내며 내 오른쪽 손가락 몇 개를 가볍게 깨물었다. 그런 까닭도 있는지 이후 주인은 그 개에게 수시로 입마개를 씌웠다.

러시아 여자가 정오에 점심을 들기 시작하므로, 우리도 아침에 마트에서 장보아 온 음식물과 룸메이트가 한국에서 가져온 미역이 든 라면으로 식사를 하였다. 인솔자 김 씨와 홍현옥 씨 그리고 부부 한 쌍은 식당 칸으로 가서 점심을 든 모양이다. 아내와 룸메이트가 식후에 여러 6인실 차량들을 지나 식당 칸까지 구경 갔다가 돌아왔는데, 벽이 없이 복도로 개방된 6인 칸에서는 악취가 꽤 심하더라고 했다.

바깥 풍경은 시베리아 횡단열차 때와 마찬가지로 넓고 넓은 평원 위로 자작나무 숲 등이 계속 이어지고, 땅에는 흰 눈도 조금 덮여 있었다. 단조롭기 짝이 없는 풍경이다. 14시 30분부터 15시 04분까지 스비르 라는 역에서 30분 남짓 정거하였다. 바깥으로 나가보니 플랫폼 여기저기에 상인들이 보이는데, 빨갛고 자잘한 열매들을 팔거나 그것으로 담근 술 같은 액체, 훈제한 각종 생선, 캔 맥주, 아이스크림, 털실로 짠 숄 같은 것들을 팔고 있었다. 이 나라 말을 모르니 물건 값을 물어볼 수도 없고 별로 필요치도 않아 그냥 눈요기만 하였다. 긴 열차의 제일 앞쪽까지 걸어갔다가 되돌아오는 길에 식당 칸 부근에서 '모스크바-무르만스크'라고 쓴 열차 바깥면의 글자 사진을 찍으려 했더니, 바깥에 나와 서 있는 빨간 베레모를 쓴 제복 차림의 여자들이 찍어서는 안 된다고 목소리로 제지하였다. 금지할 이유가 없을 것 같은데 무엇 때문에 그러는지 이해할 수 없었다.

가이드 키릴 씨와 인솔자 김 씨가 상인으로부터 물건들을 좀 사와서 각방의 일행에게 나눠주었다. 우리 방이 받은 훈제생선의 이름은 쥐노래미라고 하며, 붉은 열매는 크랜베리, 노란 열매는 진들딸기라고 했다. 크랜베리를 제외하고는 생소한 이름들인데, 빨간 열매를 입에 넣어 씹어보니 맛이 꽤 강

했고, 한 방의 러시아 여자도 그냥 먹어선 안 된다는 뜻인지 자기가 가진 차 팩을 꺼내 보이며 무어라고 설명했으나 알아들을 수가 없었다. 나중에 꿀을 쳐서 좀 더 들었고, 훈제생선은 석식 대신으로 그 절반을 들었다. 스비르 역은 인구가 100명 정도 밖에 안 된다는데, 견인차량을 교체하는 까닭에 반시간이나 머무는 것이었다. 식당 칸 앞쪽에도 4인 칸인 듯 복도와 차단된 차량이 몇 량 더 있고, 뒤쪽으로는 우리 차량 한 대가 제일 끝이었다.

오후에 열차가 다시 움직일 무렵에는 이미 날이 좀 어두워졌고, 4시가 되자 차창 밖은 밤처럼 깜깜하였다. 상트페테르부르크를 떠난 이후로 도중의 열차 안에서 인터넷이 전혀 되지 않으므로 구글 맵으로 현 위치 주변의 지도를 띄울 수 없으며 한 방의 러시아 여인과 통역기로 대화하는 것도 불가하므로, T로밍을 해온 것이 아무 소용없었다. 114로 몇 차례 전화를 걸어 그런 사정을 말하고자 했으나 통화는 도중에 번번이 끊어졌고, 얼마 후 현지 통신사가 잠시 바뀌는가 싶더니 MTS RUS로 되돌아왔는데, 그래도 인터넷이 안 되기는 마찬가지였다. 16시 44분부터 17시 14분까지 다시 30분 동안 페트로자보드스크 파싸지르스키 역에서 열차가 멈췄을 때 우리 방의 러시아 여자는 개에게 옷을 입혀 끌고 내렸다가 산책을 하고 왔는지 한참 후에 다시 탔다. 이 도시의 인구는 28만 정도라고 한다. 이미 캄캄한 밤이어서 우리 일행 중에는 밖으로 나가는 사람이 없었다. 가이드의 말에 의하면, 내일 무르만스크의 기온은 영하 2도이며, 눈이 약간 내릴 것이라고 한다.

■■■ 16 (월) 흐리고 때때로 눈발

여행 3일차. 열차 안에서 연속하여 두 밤을 잤다. 어제 너무 일찍 취침하여 더 이상 잠이 오지 않으므로, 밤 2시쯤에 기상하였다. 오전에 우리가 하차할 아빠찌뜨이 역은 그 이름의 의미가 燐灰石이라고 한다. 아빠찌뜨가 광물 이름이고 도시 이름은 그 복수형인 것이다. 광업으로 유명하여 이곳에서 생산 가공되는 주된 광물의 이름이 그대로 지명이 된 것이니, 백운암이라는 뜻인 이탈리아 알프스의 지명 돌로미티와 유사하다고 하겠다.

스마트폰의 기상 서비스 지명을 수동으로 무르만스크로 바꾸었더니, 오전 5시 현재 기온은 −2도이고, 최고 −1도 최저 −4도에 체감기온은 −3도이며, 흐린 날이라고 나타났다. 강수확률은 40%라고 한다. 내일도 흐리고 강수확률이 40%이며, 모레 이후 토요일까지는 계속 비가 오는 것으로 되어 있다. 날씨가 받쳐주지 않으니 우리가 모스크바로 떠나기 전날인 목요일까지 오로라를 볼 확률은 낮지 않겠나 싶다. 06시 13분 칸달락샤 역에 도착하여 15분간 정거했을 때 우리 칸의 개를 동반한 러시아 여자가 하차하고, 곧 이어서 다른 러시아인 젊은 여자가 들어왔다. 무르만스크 쪽으로 나아갈수록 차창 밖의 눈은 더 많이 쌓여 있는 듯했다.

오전 8시 무렵이라고 하지만 어두컴컴한 중에 아빠찌뜨이 역에 내리니 발렌틴이라는 이름의 젊은 남자 현지 가이드가 대절버스와 함께 마중 나와 있었다. 우리는 모스크바로부터 이곳까지 1,635km를 달려온 것이다. 캐리어는 포터에게 맡기고 작은 배낭과 열차 안에서 먹고 남은 식료품만 챙겨서 차에 올랐다. 사방은 눈 천지였다. 이 일대에서는 지난 주 내내 강설이 있었다고 한다. 약 40분쯤 이동하여 조식을 들 장소로 향했다. 차 속에서 발렌틴이 러시아어로 하는 말을 키릴이 통역하였다. 키릴 씨는 2000년 무렵부터 부정기적으로 가이드 업에 종사해 왔다고 한다.

그들에게서 콜라 반도라는 말이 자주 나왔는데, 이는 스칸디나비아 반도의 북쪽 끄트머리 지역 전체를 의미한다. 북극권의 경계선인 북위 66도의 북부에 위치한 콜라 반도에는 약 10만 개의 하천과 호수가 있다고 한다. 세계에서 가장 넓은 국토를 지닌 러시아에서도 서북단에 위치한 무르만스크는 제정 러시아의 마지막 해인 1916년에 건설된 도시로서, 인간이 거주할 수 있는 북방의 끝 정도에 해당하는 곳이다. 북극권을 포함하는 나라들에서 두 번째로 큰 노르웨이의 트롬쇠 인구가 2만 정도인데 비해 30만이면 압도적으로 큰 도시인 셈이다. 환경이 열악한 북극권에 위치한 만큼 러시아의 다른 지역에 비해 수당 등의 지급률이 높아 생활편의지수는 전국 1위인 상트페테르부르크에 이어 11위 정도라고 하는데, 그럼에도 불구하고 구소련 시대에는 50만 정도였던 인구가 점점 빠져나가는 추세에 있다.

멕시코 만류의 영향으로 한겨울에도 영상 4도 정도의 수온을 유지하는 콜라 만에 위치한 부동항이다. 개항 당시에는 로마노프 왕가의 이름을 따 '로마노프 나 무르마네'(북방의 로마노프)라고 명명되었으나, 1917년에 발생한 혁명 후 현재의 이름으로 바뀌어졌다. 무르만이란 북쪽 사람이라는 둥 부족의 이름이라는 둥 여러 가지 설이 있다. 군항으로서 건설되어, 냉전 시기에는 군사물자의 보급 등에 중요한 역할을 담당하였다.

아빠찌뜨이는 인구 56,000명으로서 러시아의 북극권에서 무르만스크 다음 가는 도시이다. 이 일대에서는 12월 1일부터 1월 11일까지 약 40일간 해가 뜨지 않는 극야현상이 나타나는데, 오전 11시쯤에 낮이 되고 오후 1시쯤이면 밤으로 접어드는 것으로서, 해가 지평선 위로 떠오르지 않기 때문에 그 여광으로 하여 점점 더 밝아지고 어두워질 따름인 것이다. 동지에 가까운 현재가 바로 그 기간에 속하며, 동지로 다가갈수록 낮은 점점 더 짧아진다. 또한 하지 가까운 무렵이 되면 이와 정반대로 한 번 떠오른 해가 늘 지지 않는 Midnight Lights(백야) 현상도 약 40일간 지속되는 것이다. 이러한 현상은 위도 상 북극점 쪽으로 다가갈수록 그 기간이 더욱 길어져, 북극 부근인 경우 6개월 정도 지속된다.

아빠찌뜨(Apatite)란 그리스어로 속인다는 뜻인데, 인회석이 다른 광물과 잘 헷갈리게 만들기 때문에 이런 이름이 붙었다. 우리가 점심을 들 장소인 키롭스크는 인구 26,000명으로서 아빠찌뜨이에서 동북 방향으로 20km 정도 떨어진 곳인데, 콜라반도의 중심에 위치한 곳으로서, 그곳에는 약 100년 전부터 사람이 살았다. 히비니(히비느) 산군에 둘러싸인 도시인데, 이 산에서 인회석 등의 광물이 산출되는 것이다. 아빠찌뜨이라는 도시 이름은 1996년에 정해진 것으로서, 주민의 대부분이 히비니 산에서 채굴된 광물의 選鑛 공장이나 연구소에 근무한다. 연구소에서는 지질학이 중심을 이루지만 오로라 같은 것을 연구하기도 한다. 포사그로라는 대기업이 그러한 광업과 연구의 중심축을 이루고 있다. 인회석은 3대 비료의 하나인 인을 추출하는 광물인데, 동물의 사료로 이용되기도 한다.

정상의 높이가 해발 1,200m인 히비니 산군은 4억 년 전 마그마에 의해 형성된 것으로서, 지금도 그 높이가 조금씩 높아지고 있다. 1880년부터

1920년 사이에 핀란드 및 러시아의 지질학자가 이 산의 광물에 주목하여 연구를 시작하였다. 세르게이 키롭은 저명한 공산주의 혁명가로서 이곳의 인회석 연구가 시작되던 당시 공산당 레닌그라드(지금의 상트페테르부르크) 지부장이었다. 당시 이 지역은 행정구역상 레닌그라드에 속해 있었고, 공산당 지부장인 그가 광산의 개발을 적극 지원하였으므로, 지명에 그의 이름이 붙었다. '스크'는 별로 뜻이 없고, 그저 어미에 해당한다. 키롭은 후에 암살당했는데, 스탈린의 청부살인이라고도 일러지고 있다. 당시 광산의 총책임자는 20대의 젊은이였으며, 그 역시 스탈린에 의한 숙청이 절정에 이르렀던 1937년에 처형되었다. 광산의 개발에는 주로 정치범 등 유형수들을 동원하여 강제노동을 시켰던 것이다.

우리는 아빠찌뜨이 시를 가로질러 키롭스크로 나아가는 도중 도로 가에서 러시아의 최북단 지역에 존재한다는 라마교 불탑을 바라보았다. 아빠찌뜨이와 키롭스크는 이웃해 있지만, 기후는 서로 크게 다르다고 한다. 키롭스크는 1935년에 산사태로 90명이 사망하는 사건이 발생했을 정도로 기후 조건이 좋지 않다. 그 때문에 아빠찌뜨이가 선광업의 중심지로 되었는지도 모르겠다.

시가지에는 모스크바와 마찬가지로 크리스마스 장식물로 보이는 것들이 많았지만, 주로는 크리스마스가 아니라 러시아 정교가 채택한 율리우스력의 신년을 축하하는 것이라고 한다. 그레고리력인 양력과는 13일 정도 차이가 나는 모양이다. 그러나 일반 러시아 사회에서는 우리와 마찬가지로 그레고리력을 사용하고 있다. 러시아 정교는 이 나라의 국교처럼 인식되어져 있으나, 독실한 신자는 천만 명 정도에 불과하고 국민의 대부분은 종교가 없다. 그 밖에 이슬람교나 라마불교 등을 믿는 사람도 많은 것이다.

우리는 행정구역 상 무르만스크에 속하는 키롭스크의 보타니체스키 사드 거리 29번지에 있는 티르바스라는 이름의 호텔 겸 종합 위락시설에 도착하여, 호텔 부속식당에서 조식을 들었다. 샐러드 전식에다 새우·광어 등의 해산물이 들어간 스프가 나오고, 주 메뉴는 대구였다. 인솔자가 산 화이트와인도 나왔다. 그 부근의 산지에는 '큰 숲(볼쇼이 부드뱌브르)'이라는 이름의 스키 리조트도 바라보였다.

식당이나 공공시설물에 들어갈 때는 이곳 매너에 따라 코트 등 두터운 겉옷은 입구 부근의 보관하는 장소에다 맡기도록 되어 있다. 키롭스크로 진입하는 도로의 오른쪽에 사미 족 언어로 '산 속의 호수'라는 이름을 지닌 커다란 호수가 있는데, 그 위로 차가 지나다닐 수 있을 정도로 두꺼운 얼음이 꽁꽁 얼어 눈으로 덮여 있었다. 11시 반 가장 밝을 무렵인데도 거리를 달리는 차들은 모두 헤드라이트를 켰고, 곳곳에 가로등도 밝혀져 있었다.

식후에 먼저 키롭스크의 레닌대로 4A번지에 있는 암석박물관에 들렀다. 이 역시 포사그로 회사가 지원하는 박물관이었다. 키롭스크에서부터는 예카테리나라는 이름의 이 지역 여행사 젊은 여사장도 나와서 우리와 동행하였다. 박물관은 우체국을 개조한 3층 건물인데 그 부근에 1930년대에 지어진 스탈린 양식의 건물들이 눈에 띄었다. 아리나라는 이름의 동양인 비슷한 외모를 지닌 여성이 나와 안내를 맡았다. 그 1층 로비에 평창 동계올림픽을 기념하는 물건들도 전시되어져 있고, 3층에는 몽골에서 유래했다는 신선로의 일종인 사모바르 전시관도 있었다. 약 500종의 광물을 전시하고 있는데, 그 중 약 100종은 이곳에만 있는 것이라고 한다. 이곳 광산은 내년이면 개발한 지 88주년을 맞는다. 노천 채굴장도 있으며, 인회석 외에 요업이나 유리의 원료로 사용되는 霞石(Nepheline)도 주요 생산물 중 하나이다. 키롭스크는 50여 편의 국내외 영화를 촬영한 장소이기도 한 모양이다.

박물관을 나온 후 점심을 든 장소 부근으로 돌아가, '북방의 빛'이라는 이름의 스포츠 센터에서 히비니 산 스노모빌 사파리 투어를 하였다. '북방의 빛'이란 오로라를 의미하는 모양이다. 건물 2층에서 그곳이 제공하는 상하가 하나로 연결된 방한복과 장화·장갑 및 헬멧으로 갈아입고서 한 시간 반 정도 눈 위를 달렸다. 운전법은 매우 간단한지 관계자로부터 즉석에서 간단한 설명을 듣고서 雪上車를 모는 사람들이 제법 있었는데, 나는 겁이 많은 아내 때문에 설상차가 끄는 덮개 달린 두 번째 썰매 안에 둘이서 함께 앉았다.

돌아온 후 10~15분 정도 이동하여 포사그로 본사 부근에 있는 페레치라는 식당으로 가서 점심을 들었다. 광어 구이와 감자 퓨레가 나오고 똠얌꿈이라는 태국 스프도 나왔다. 페레치는 고추라는 뜻이며, 벽에 붙은 상호 아래에 빨간 고추가 그려져 있었는데, 똠얌꿍 같은 매운 음식을 주로 취급한다는 뜻인가 싶다. 식사를 마치니 오후 3시 28분인데, 벌써 꽤 어두워져 있었고 때때로 눈발도 날렸다. E165 즉 R-21 도로를 따라 3시간 정도 이동하여 무르만스크로 향했다. 이 도로가 놓여 있는 길은 대체로 상트페테르부르크에서 무르만스크로 통하는 철로의 위치와 일치한다.

한밤중에 무르만스크 시에 도착하여 레닌大路 82번지에 있는 아지무트라는 호텔에 들었다. 2층이 프런트이고 3층 없이 17층까지 있는 호텔인데, 이 도시에서 가장 고급이라고 하나 4성급이었다. 3층은 없는 것이 아니라, 객실이 아니고 직원용으로 사용되는 것이다. 그 부근에 위도 상 가장 높은 곳에 있다는 맥도널드 점이 바라보였다. 맥도널드뿐만 아니라 킹버거・KFC 등의 이름이 적힌 광고탑도 근처에 있었다. 아내와 나는 1402호실을 배정받았다. 우리는 무르만스크를 떠날 때까지 이 호텔에서 3박을 하게 된다.

아빠찌뜨이에 도착한 이후부터 비로소 인터넷이 터졌다. 오후 7시 50분에 프런트의 로비에 집합한 후 얼마간 이동하여 툰드라는 이름의 식당에서 석식을 들었는데, 우하라는 이름의 연어 스프가 나오고, 순록 스테이크가 주 메뉴였다. 바게트 빵과 북방의 늪지에서 자란다는 진들딸기 주스도 상에 올랐고, 3천 평이나 되는 공장을 두 개 가지고 있다는 김 회장이 레드와인을 샀다.

식후에 벤츠의 밴으로 갈아타고서 무르만스키 시의 북쪽으로 오로라 사냥을 나갔다. 드미트리라는 이름의 키 크고 잘 생긴 젊은이가 안내를 맡았다. 무르만스크 주변 곳곳에 오로라를 관찰할 수 있는 포인트가 있어, 북극 최대의 교량이라고 하는 3km의 긴 다리도 건너며 세 군데로 장소를 옮겨 다녀 보았지만, 구름이 낀 데다 때때로 눈발까지 날려 결국 오로라를 보지 못하고서 자정 무렵 호텔로 돌아왔다. 이동하다가 밤중에 송유관처럼 생긴 관이 눈에 뜨였는데, 이는 난방용 스팀이 지나가는 것이라고 한다. 러시아의 아파트는 대부분 중앙난방을 실시하고 있다.

오로라는 그 세계 3대 출현지 중 하나인 무르만스키 일대에 항상 나타나지만 햇빛이나 밝은 빛이 없는 곳에서만 볼 수 있다. 오로라는 태양에서 발생하는 지자기 폭풍이 지구 상공의 대기와 충돌하여 발생하는 것으로서 북극과 남극 일대에서만 관찰할 수 있는데, 그것은 지구 자체가 일종의 자석이기 때문이다. 무르만스크는 북극점까지 2,300km 떨어져 있으며, 북위 65도에서 70도 사이의 이른바 오로라 벨트에 해당한다. 더구나 이 정도의 위도 상에는 육지보다도 바다가 많으므로, 오로라 관찰에 있어서 무르만스크의 위치는 더욱 중요한 것이다. 오로라는 우주에서 가장 잘 관측할 수 있다고 한다. 오늘은 오로라를 관찰할 수 있는 지수가 1.5이나 내일은 2.0으로서 보다 가능성이 높은 모양이다. 그러나 북극 일대는 날씨가 워낙 변덕스러우니 운이 좋아야 하는 것이다.

▰▰▰ 17 (화) 흐림

오전 7시부터 시작되는 호텔의 조식을 들고서 8시 30분에 출발하였다. 우리 내외가 키릴 씨를 따라서 2층 로비로 내려가 몇 명이 모여 대기하고 있는 동안, 대부분의 일행은 이미 벤츠 버스에 탑승해 있었다. 오늘 우리는 약 3시간 반을 이동하여 무르만스크의 동쪽 바렌츠 해변에 있는 어촌마을 테리베르카를 보고서 돌아오기로 되어 있다. 콜라 반도의 북쪽에 위치한 바렌츠 해는 멕시코 만류의 영향으로 겨울에도 얼지 않으나 그보다도 위도가 낮고 테리베르카의 동쪽에서 콜라반도의 해변을 따라 내륙으로 깊숙이 들어와 있는 白海는 그 영향을 받지 않으므로 오히려 언다고 한다. 이것들을 포함한 북극 지방의 바다 전체를 러시아에서는 북극해양(Ocean)이라고 부르고 있다.

우리가 어두컴컴한 가운데 무르만스크 시내를 통과하니, 출근하는 사람들인 듯 버스 정거장에서 대기하거나 거리를 걷고 있는 사람들이 제법 보였다. 러시아에서는 오전 9시부터 오후 6시까지가 근무시간이라고 한다. 거리에 전기로 운행하는 트롤리버스도 제법 눈에 띄었다. 우리는 정오 무렵에 천명 정도의 주민이 사는 북극의 한적한 어촌 마을 테리베르카에 도착하여 그 옛 마을이 있는 바닷가에서 2시간 정도 시간을 보내다가 오후 3시경에 점심을 들고서 돌아올 예정인 것이다. 대절버스에는 어제와 마찬가지로 여행사의 여사장이 타고 로컬 가이드인 나탈리아라는 젊은 여성도 탔다.

무르만스크에서 테리베르카까지는 140km 거리인데, 그 중 약 100km는 아스팔트로 포장이 되어 있고, 나머지는 비포장 상태이다. 그러나 비포장 구간도 겨울철에는 눈이 다져진 얼음으로 말미암아 포장된 것과 거의 다름없는 상태가 유지된다. 이 도로를 지나다니는 차량들은 스노타이어라고 하여 바퀴에 쇠못 같은 징들이 많이 박혀 있고, 타이어의 고무에도 접착성을 강화하는 특수 장치가 되어 있어 제동이 잘 되므로, 체인을 장착하지 않아도 눈길을 평지와 다름없이 달릴 수 있다. 기사의 이름은 안톤이다.

북극권의 나무는 북쪽으로 갈수록 점점 더 높이가 낮아지고, 마침내는 거의 나무가 없는 상태에까지 이른다. 이처럼 나무들의 키가 낮아지는 것은 북극에 부는 폭풍처럼 강한 바람 때문이기도 하고, 또한 땅이 툰드라 지대의 영구동토층으로 되어 있어 거의 눈과 얼음뿐이고 흙이 없기 때문이기도 하다. 폭풍은 2월에서 4월 사이에 주로 분다고 한다.

북극 지방의 어촌인 테리베르카에는 16세기 무렵부터 사람이 살았다는데, 구소련 시대엔 인구가 5천 명 정도였던 것이 지금은 천 명 정도에 불과할 정도로 이곳 역시 무르만스크와 마찬가지로 인구감소가 심각한 상황이다. 생선을 잡거나 유제품 가공이 주업이었는데, 지금은 관광으로 산업이 바뀌고 있다. 1980년대 말에 비로소 도로가 건설되었고, 그 이전에는 바다를 통해서만 통행이 가능한 곳이었다.

이곳은 2014년에 제작된 「레비아판(한국명: 리바이어든)」이라는 러시아 영화의 주된 배경이 되어 유명해졌는데, 이 영화는 러시아 소규모 도시의 현실을 비관적으로 묘사한 것으로서, 칸 영화제에서 여러 상을 수상하였고, 아카데미영화제에서도 여러 부문이 추천에 올랐다. 구약성서에 나오는 괴수를 국가에 비유한 것으로서, 영국 철학자 토머스 홉스의 主著 제목이 되기도 했던 것이다.

가는 도중에 오른쪽으로 빠지는 옆길을 지나쳤는데, 이는 군사용 폐쇄도시로 향하는 길이다. 북극권에는 군사적으로나 연구 목적으로 사람이 거주하는 곳이 더러 있지만, 민간인이 살며 또한 출입할 수 있는 곳으로는 이 일대에서 테리베르카가 가장 북부의 끝자락 마을인 셈이다. 구소련 말기에 이 일대에 가스가 매장되어 있음을 확인하였으나, 그 채취를 위한 공사는 하다 말다를 반복하여 아직까지도 지지부진한 상태이다.

지나는 도중 호수 가에 어촌 같은 집들이 눈에 띄었는데, 사람이 상주하는 것이 아니라 주말이면 취미로 낚시하는 사람들이 와서 사용하는 것이라고 한다. 도로 부근에 풍력발전소의 불빛도 바라보였고, 도로 가 계곡에 군사용 활주로로 사용되는 길이 눈으로 덮여 있었다. 지나가는 도로의 주변 풍경이 대낮에도 어두컴컴하고 사방으로 바라보이는 것은 온통 눈뿐이라, 일행 중 여성 몇 명은 그러한 풍경에 황홀하다면서 감탄을 금치 못하고 있었다. 스마트폰 상으로는 무르만스크의 현재 기온이 영하 4도이지만, 버스 안에 장착된 기계에는 바깥 기온이 영하 1도로 나타나 있었다. 그러나 바깥으로 나가면 체감 온도는 매우 낮은 것이다.

도중의 갈림길이 있는 곳에서 잠시 차를 멈추어 기념촬영을 하였다. 그곳의 두 갈래 길에 각각 테리베르카까지 남은 거리가 42km라고 쓰인 이정표가 서 있었다. 그 중 테리베르카 방향으로 나아가는 길의 이정표에는 관광객이 붙인 딱지가 덕지덕지하여 거의 표지판의 글을 읽을 수 없는 수준이었다. 여기서부터는 테리베르카까지 약 1시간 정도 비포장도로가 이어지는 것이다. 이 일대 사람들이 즐기는 오락 중 하나로는 스노케이팅이라고 하여 평평한 눈벌판 위를 바람이 끄는 스케이트로 달리는 것도 있다.

현재의 위도는 69도인데, 66.5도부터가 북극권인 모양이다. 도로의 양쪽으로 눈금 같은 것이 페인트로 표시된 쇠막대기들이 계속 꽂혀 있는데, 내가 일본 여행 중에 들은 바로는 이런 쇠막대기는 눈이 많이 내려도 도로를 확인할 수 있도록 하는 것이라고 했다. 눈이 가장 많이 쌓이는 2월의 적설량은 3m 이상이라고 한다.

어두컴컴하던 바깥 풍경이 11시 가까이 되자 주위를 꽤 멀리까지 뚜렷이 판별할 수 있을 정도로 밝아졌다. 그러나 여전히 흐린 듯 칙칙한 날씨인데, 로컬가이드의 말로는 이 정도면 평범한 맑음이라고 한다. 우리는 도중에 한국의 성황당처럼 길가 여기저기에 소원을 비는 돌들을 꽂아둔 장소에 이르러 다시 한 번 정거했다. 한국의 성황당이나 몽골의 어워처럼 높지는 않고 그 대신 분포 면적이 꽤 넓은데, 눈이 녹으면 이 역시 땅 위에 제법 솟아 있는 편이라고 한다.

예정보다도 한 시간 정도 빨리 테리베르카에 도착하여 버스에서 내린 후, 눈밭 속으로 난 길을 따라 걸어 마을 속으로 들어갔다. 주민의 모습은 거의 보이지 않고, 폐가처럼 퇴색하고 고즈넉한 집들이 드문드문 늘어서 있을 따름이었다. 그러나 빈 집은 아닌지 안으로 불빛이 보이는 경우가 많고, 평범한 민가처럼 보이는 단층 집 지붕 위로 러시아 정교의 십자가가 서 있는 경우도 있었다. 우리는 눈이 수북하고 울퉁불퉁하여 꽤 걷기 힘든 길을 제법 한참 동안 걸어 들어가 Recreation Center Northern Lights라는 이름의 그 동네에서는 제일로 커 보이는 집 안으로 들어갔다. 석호 비슷해 보이는 바다의 가에 위치한 통나무로 지은 단층집인데, 우리가 점심을 들기로 한 곳이다.

낮이 짧으므로, 그 집에서 아메리칸 커피를 한 잔 마신 후 일행과 함께 바닷가로 나가 해수욕장처럼 완만한 곡선을 이룬 해안의 모래톱을 좌우로 방향을 바꿔가며 한참동안 걸었다. 바닷물 속에 바다표범이 꽤 많이 살고 있어 여기저기서 수면 위로 머리를 치켜들었다. 산책을 마친 후 오후 1시 반 무렵 식당 겸 카페로 돌아와 점심을 들었다. 부대찌개 같은 스프에다 연어스테이크가 나왔고, 후식으로서 녹차와 커피를 마셨다. 우리가 식사를 하고 있는 중에 관광객들이 계속 들어와 마침내 식당 안은 거의 빈자리를 찾아보기 어려울 정도로 되었다. 중국인 젊은이들이 대부분이었다.

3시경에 그곳을 출발하여 바닷가의 언덕 건너편으로 넘어가서 새로 생긴 마을을 둘러보았다. 호수를 낀 마을로서, 그곳에는 다층 콘크리트 건물들이 제법 있고, 3층으로 된 학교도 있었다. 러시아에서는 11학년까지가 의무교육으로서 대부분 같은 학교에서 계속 다닌다. 열을 공급하는 배관이 눈에 뜨이고 길가에 스노모빌들도 제법 있었다. 키릴의 말에 의하면 러시아의 작년도 1인당 국민소득(GDP)은 $29,000이었다고 한다. 새 마을을 한 바퀴 돌아나온 후, 무르만스크까지 오는 차 안에서 나는 눈을 감고 계속 잠을 잤다. 돌아오는 시간도 예상했던 것보다 한 시간 정도 단축되었다. 무르만스크는 제

2차 세계대전 당시 볼고그라드(스탈린그라드) 다음으로 독일군의 맹렬한 비행기 공습을 받은 도시였으며, 미국과 영국 등의 원조 물품이 소련으로 들어오는 주된 루트이기도 하였다.

호텔로 돌아온 후, 키릴 씨가 우리 방으로 와 내 컴퓨터의 인터넷 연결 상태를 확인하여 문제를 해결해주고, 직원을 불러서 출입문의 고장도 수리해주었다. 노트북컴퓨터에서 인터넷 연결이 되지 않은 것은 처음 방을 배정할 때 우리 부부에게는 1401호실이 배정되었다가 그 후 1402호실로 변경된 까닭에 내 성을 입력해도 기계가 인식하지 못한 까닭이었다. 출입문이 순조롭게 잠기지 않는 문제는 조작 미스인 줄로 알았던 것이 알고 보니 기계 상의 고장이었다.

8시에 로비에서 다시 모여 호텔 앞 도로 건너편 레닌대로 69번지 빌딩의 4층에 있는 라운지 카페 테라사(테라스?)로 가서 석식을 들었다. 바깥 기온은 영하 3도이나 체감온도는 영하 7도 정도 된다고 한다. 그 건물 5층은 같은 이름의 바였다. 메뉴는 킹 크랩 스프에다 크랜베리 주스, 과일이나 채소 열매 삶은 것에다 감자 삶은 것이 나오고, 소고기 스테이크가 주 메뉴였다. 나는 가장 덜 익힌 고기로 들었다.

석식을 마친 후 어제와 마찬가지로 밴츠 밴을 타고서 30분 정도 이동하여 이번에는 무르만스크 시의 남쪽 교외로 나가 이틀째 오로라 헌팅을 하였다. 헌팅이라 함은 오로라의 광경을 잘 보기 위해 여기저기로 장소를 옮기는 것을 말함인데, 오늘은 남부의 콜라 마을에서 오른편으로 난 세레브리안스카야라는 도로를 따라 두 군데로 이동하였다. 처음 도착한 장소에는 우리들에 뒤이어 중국인 단체관광객을 태운 버스가 여러 대 왔다. 오늘은 날씨가 꽤 맑아 지평선쯤에 휘영청 밝은 달도 보이고 하늘에 별들도 반짝이므로 드디어 오로라를 볼 수 있을 것으로 기대했지만, 육안으로는 희미하고 사진을 찍으면 보다 선명할 정도의 작은 오로라 두어 개가 한동안 나타났을 뿐 제대로 된 것은 보지 못했다. 오로라는 여명이라는 뜻이다. 여행사의 여사장에다 드미트리와 현지 가이드 및 안톤이라는 이름의 사진기사까지 동행하였으나 결과는 실망스러웠다. 자정이 지나서 12시 45분 무렵 호텔로 돌아왔다.

■■■ 18 (목) 대체로 맑음

　10시 30분에 호텔을 떠나 세계 최초의 원자력 쇄빙선 레닌 호 박물관을 참관하러 갔다. 여행사 여사장 예카테리나와 미모의 로컬 가이드 나탈리아도 동행하였다. 레닌 호는 무르만스크 항의 여객 터미널 뒤편 부두에 정박해 있는데, 터미널 앞에 공원처럼 조성된 드넓은 공간의 한쪽 모서리에 '항만도시 무르만스크/북위 68° 58′ 22.3″ /동경 33° 05′ 07.4″'라고 양각으로 표시된 금속 표지판이 세워져 있었다. 항구의 저쪽 편 부두에는 석탄 등을 운반하는 크레인들이 무리를 지어 늘어서 있었다.

　우리는 순서를 기다렸다가 중국 관광객 팀에 뒤이어 레닌 호에 올라, 턱수염을 기른 데다 머리를 묶어 뒤쪽으로 길게 늘어뜨리고 군복인지 마도로스 복인지 모를 제복 차림을 한 남자 안내원을 따라 다니며 선내를 두루 참관하였다. 이 쇄빙선은 1959년에 건조되어 1989년까지 30년간 운항하다가 2005년부터는 이곳에 항구적으로 정박하여 박물관의 역할을 하고 있다. 원자력을 이용한 쇄빙선을 만든 나라는 지금까지 러시아뿐이며, 다른 나라들은 대부분 중유를 사용한다. 레닌 호 이후로 러시아는 10척 정도의 원자력 쇄빙선을 더 만들었는데, 이제는 새로운 배들에게 현역의 자리를 물려주고서 이 배는 말하자면 은퇴해 있는 셈이다. 러시아의 북극 일대에는 군사 및 연구 시설들이 점재해 있는데, 지금은 이 북극해가 수에즈 운하를 경유하는 코스를 대체할 세계적 물류의 루트로서 또한 중요시되고 있다.

　이 항만은 제1차 세계대전 중 군사적 목적에서 무르만스크 시의 설립에 1년 앞서 건설된 것이다. 항만의 건설 이후 물류를 위한 철도의 필요성이 대두하여, 지금도 꼬박 하루가 소요되는 상트페테르부르크까지 구간의 철도를 월 평균 1만 명, 경우에 따라서는 17만 명의 인원을 동원하여 거의 1년 만에 완성했던 것이다. 노동력으로는 죄수를 비롯하여 네 종류의 사람들이 동원되었는데, 그 중 약 만 명의 중국인도 포함되어 있었으며, 그런 까닭에 당시 이 도시에는 차이나타운도 존재했었다고 한다. 말하자면 이 항만의 건설은 무르만스크 시 탄생의 모태가 된 셈이다. 당시로서는 정연한 계획도시로서 건설되기 시작하였으나, 이듬해인 1917년에 러시아혁명이 발발하여 로마노프 왕조 자체가 붕괴된 까닭에, 이후 그 계획이 흐지부지된 측면이 있다. 무르만스크는 부동항이므로, 쇄빙선을 비롯한 러시아 북극활동의 중심 기지로 되어 있는 셈이다.

레닌 호 참관을 마친 다음, 레닌대로 52번지에 있는 Gray Goose라는 라운지 카페로 이동해 가서 점심을 들었다. 보르슈라고 부르는 홍당무 스프와 돼지비계·돼지삼겹살·소파·연어 알 등을 빵에 얹어 먹는 음식이 나오고, 주 메뉴는 닭고기 떡갈비였다.

식후에 어젯밤 오로라 헌팅을 하러 갔던 길을 따라 콜라 부근까지 남쪽으로 내려갔다가 다시 다른 길로 북상하여 올라가는 도중에 있는 오로라 파크에 들러 개썰매와 순록 썰매를 체험하였다. 이곳의 정식 명칭은 '북방의 빛- 극지방 활동 공원'이었다. 그 안에서 스노모빌 체험을 하는 중국 廣州에서 온 관광객들을 만났다. 廣州에서 온 중국인들은 간밤에 오로라 헌팅을 한 장소에서도 만난 바 있었는데, 꽤 대규모 단체인 듯했다. 우리가 엊그제 키롭스크에서 스노모빌 체험을 했던 레크리에이션 센터 건물에도 'Northern Lights'라는 영어 문구가 눈에 띄었으므로, 이것은 아마도 그곳과 같은 업체가 운영하는 것이 아닌가 싶다.

이곳을 사미 족이 운영하는지 어떤지는 잘 모르겠지만, 내가 애초에 사미 족 마을을 방문하는 줄로 알았던 것은 예상이 완전히 빗나갔다. 사미 족은 스칸디나비아반도 일대 세 나라의 극지방에 거주할 뿐 아니라, 그 숫자가 상대적으로 적기는 하지만 러시아에도 있다. 사미 족은 북극권의 숲속에 살면서 순록 유목 생활을 하고 있다. 순록은 의식주 등 그들의 생활에 필요한 거의 모든 물자를 제공하므로 그들에게는 숭배의 대상이며, 그들은 모계사회에다 一妻多夫制의 문화를 유지하고 있다.

이곳은 극지체험 활동을 하는 일종의 테마파크로서, 도로변의 비교적 한정된 공간 안에서 관광객을 상대로 사업을 하고 있다. 여섯 마리의 시베리안 허스키 개가 끄는 썰매에다 2인1조의 관광객을 태워 순서대로 건너편 눈밭까지 한 차례씩 다녀오게 하는가 하면, 순록 두 마리가 끄는 썰매에 한 사람씩 타고서 둥근 원을 그린 눈밭 코스를 한 바퀴 둘러오는 것이 전부였다. 그리고 철제 울타리를 친 공간 안으로 들어가 작은 숲속에서 몇 마리의 순록을 만져보거나 함께 사진을 찍을 수 있도록 배려하였다. 허스키나 순록은 나의 선입견과 달리 매우 순하고 호기심 많은 동물이라고 한다. 썰매 체험을 마치고서 휴게실에 들어가 쉬고 있을 때, 나탈리아가 우리 손님들과 함께 춤을 추기도 했다. 그녀는 영어를 구사할 수 있고, 꽤 쾌활한 성격이었다.

오후 4시 28분에 호텔로 돌아와, 일행은 각자의 방에서 휴식을 취했다. 나는 일기 입력 때문에 간밤에 별로 수면을 취하지 못해 매우 피곤하므로 두 시간 정도 잤다.

휴식을 취한 후 7시 50분에 다시 모여 16일 저녁을 들었던 툰드라 식당으로 다시 가서 바게트 빵과 게살을 주로 한 해산물 모둠, 크랜베리 주스, 그리고 가리비 크림스프에다 커피나 차로 석식을 들었다. 늘 유쾌한 할머니 홍 여사는 컨디션이 좋지 못한지 저녁 식사와 오늘의 오로라 헌팅에는 빠졌다. 식당 안에서는 크리스마스 캐럴이 들려오고 실내와 창밖으로 크리스마스를 연상케 하는 등불 장식이 화려했다. 우리의 이번 러시아 방문은 타이밍이 절묘한 듯하다. 게다가 한낮의 세 시간 정도가 좀 밝을 뿐 나머지는 종일 밤이라고 할 수 있는 극야인 것이다.

예카테리나와 드미트리에다 사진 기사를 포함한 일행이 벤츠 밴을 타고서 어제 두 차례 오로라 헌팅을 했던 장소들을 지나 테리베르카 방향으로 1시간 정도 이동하여 무르만스크와 테리베르카의 중간 지점 정도에 해당하는 세베로모르스크 3이라는 장소에서 오로라 헌팅을 하고, 거기서 얼마간 더 나아가 2차 헌팅을 하였다. 식당에서는 창밖으로 성근 눈발도 조금 눈에 띄었으므로 오늘도 가망이 없는 게 아닐까 싶었는데, 하차하고 보니 웬걸 하늘에 별들이 찬란하고 양쪽 두 군데로 오로라가 길게 뻗어 있는 모습이 선명했다. 오로라 지수로는 첫날이 1.5, 둘째 날이 2, 그리고 오늘은 4개피라고 한다.

TV를 통해 여러 번 보았던 것과 달리 하늘의 오로라는 구름과 비슷한 흰색이고, 사진으로 촬영하면 푸른빛을 띠는 것이었다. 그리고 하늘 위로 커튼을 두른 듯 요동치는 것이 아니라 여기저기에 모습을 바꾼 채 나타났다가는 머지않아 사라지기도 하고 또 다른 모습으로 변하기도 하는 것이다. 오늘은 그런 모습의 오로라가 하늘에 가득하여 헌팅은 대성공이었다. 커튼처럼 움직이는 것은 추운 날씨에 특히 그러하다고 한다. 오늘의 바깥 날씨는 영하 4도 정도였는데, 사진을 찍고자 장갑을 벗고 있으면 곧 손이 시려왔다. 기사가 전문적인 솜씨로 차례차례로 우리 일행의 개별 사진과 단체 사진을 촬영하여 주었고, 일행도 제각기 카메라나 휴대폰으로 오로라를 촬영하였다. 그러나 어찌된 셈인지 나를 포함한 몇 사람의 스마트폰 카메라로는 밤하늘의 오로라 모습이 전혀 잡히지 않았다.

이미 시간이 늦은데다 핀란드 쪽에서 눈이 이동해 오고 있다고 하므로, 밤 12시 반쯤에 호텔로 귀환하였다.

■■■ 19 (금) 맑음

9시 30분에 호텔을 체크아웃 하여, 제2차 세계대전 당시 독일군의 공격에서 무르만스크를 수호하다가 숨진 무명용사들을 추모하는 '알료샤'라고 부르는 높이 40m의 거대한 콘크리트 석상이 있는 언덕으로 향했다. 상트페테르부르크의 마트에서 산 음식물들 중 남은 것은 냉장고 안에 그대로 놓아두었다. 예카테리나와 나탈리아가 동행하였다.

알료샤는 1974년에 무르만스크 항구와 시가지가 한눈에 내려다보이는 위치에 세워진 것인데, 이곳은 2차 대전 당시에 대공포 기지가 있었던 곳이라고 한다. 알료샤는 이러한 기념물로서는 가장 전투가 치열했던 볼고고라드(옛 스탈린그라드)에 있는 것 다음으로 전국에서 두 번째로 높은 것이라고 하니, 이러한 사실만 보더라도 당시 이 도시에서의 전투가 어느 정도였던 지를 짐작할 수 있다.

우리가 도착하여 완만한 언덕길을 걸어 올라가고 있을 때, 어두컴컴한 가운데 포클레인 차량 한 대가 제설작업을 하고 있었다. 나로서는 그 차를 피해서 눈밭에 가까운 갓길로 걷노라고 했는데, 뒤쪽에서 경적 소리가 요란하여 아내의 고함소리에 되돌아보니 포클레인이 저만치서 나를 향해 곧바로 돌진하고 있어 깜짝 놀랐다. 나탈리아는 그 기사가 무례하다면서 나를 위로하였다. 그녀는 이곳 출신인데, 2년간 영국과 미국에서 연수 생활을 한 바 있어 영어가 꽤 유창하다.

알료샤는 2차 대전 중 한 병사에 의해 개선된 갈리쉬니코프 총이 나오기 이전의 구식 총을 오른쪽 어깨에다 메고서 항구 쪽을 응시하며 서 있다. 그 발 앞에는 러시아의 어느 도시에나 다 있는 것이지만 영원히 꺼지지 않는 불이라고 하는 가스 불이 타오르고 있다. 제2차 세계대전 기간 중 러시아에서는 4년간에 민간인을 포함하여 2천7백만 명이나 희생되었으므로, 이 전쟁은 아직도 러시아인의 가슴 속에 깊이 새겨져 있으며, 1월 1일부터 8일까지인 구정 축제와 더불어 소련 군대가 독일의 국회의사당 건물에다 소련 국기를 꽂은 날인 5월 9일 승전일은 이 나라 최대의 명절로 되어 있다. 입상 뒤편으로는 국기가 내려진 것을 상징하는 직선 모양의 비스듬한 건축물이 있고, 도시 쪽 하늘을 향해 대공포 한 대가 놓여 있으며, 그 부근 길가에 당시 치열한 전투가 벌어졌던 영웅도시들의 이름을 새긴 석판이 나란히 배열되어져 있다.

시내를 거의 빠져나와 약 1시간 거리에 있는 공항으로 향하는 도중 눈과 얼음에 덮인 호수를 지나쳤는데, 그 호수에서는 한겨울에도 얼음을 깨고서 물에 들어가 수영하는 사람들이 있다고 한다. 무르만스크 공항은 콜라 부근을 지나 남쪽으로 한참 더 내려간 지점에 있었다. 11시 4분에 이 국내선 공항에 도착하니 아직도 새벽 6시 정도인 듯한 느낌이 들었다. 거기서 키릴 등 러시아 여행사 측 사람들과 작별하였다.

우리는 13시 10분에 출발하는 SU1321 편을 타고서 약 2시간 20분을 비행하여 15시 30분에 모스크바의 셰레메티에보 공항 국내선 B 터미널에 도착하였다. 우리 내외는 22A·23E 석을 배정받았으나 일행끼리 좌석을 재조정하여 나란히 앉을 수 있었다. 모스크바에는 네 개의 공항이 있는데, 셰레메티에보 공항이 그 중 가장 큰 것이라고 한다. 비행기에서 내려 셔틀버스를 타니, 좌석에 앉아 있던 뚱뚱한 체격의 중국인 아가씨가 내게 자리를 양보하며 한국말로 '앉으세요.'라고 하였다.

공항에는 서동재라는 이름의 모스크바 현지 가이드가 26~7년째 모스크바에 거주하고 있다는 이반이라는 이름의 러시아인과 함께 중국 宇通 회사의 버스를 대동하고서 나와 있었다. 비교적 젊은 나이로 보이는 서 씨는 7년 전에 유학 와 모스크바국립대 동시통역과를 졸업한 지 2년차라고 하며, 불과 3개월 전에 러시아 여성과 결혼하였다.

모스크바 시내까지 1시간 정도 이동하였는데, 오늘 모스크바는 영상 2도에서 4도 사이라고 하지만, 바람이 불고 체감온도는 꽤 쌀쌀하였다. 덥기만하여 불편했던 방한복이 비로소 효과를 발하였다. 그러나 예년이면 이 시기의 모스크바 날씨는 영하 20도 정도이므로, 올해는 '핑크빛 겨울'이라 불리고 있다. 오후 4시가 지났음에도 불구하고 모스크바는 아직도 낮이라 무르만스크와의 차이를 실감할 수 있었다. 날씨뿐만 아니라 연말 거리의 등불장식도 올해가 최고로 화려하다고 한다.

그러나 거리의 교통체증은 실로 심각하였다. 모스크바는 교통체증에서 매년 세계 1위에서 3위 사이를 오르내린다고 하며, 이뿐만 아니라 음주·흡연·도박·이혼율에서도 세계 1위를 차지하고 있다. 이혼율은 65%이다. 모스크바는 서울의 4배 정도 면적을 차지하고 있으며, 인구 1천만 정도, 지하철 이용객도 하루 천만 명이라고 한다. 거리에 투박한 모양의 러시아산 주글리 승용차가 더러 눈에 띄었고, 승용차는 대부분 세차를 하지 않아 먼지가 덕지덕지 묻은 것이 많았다. 현대·기아 차의 점유율은 30% 정도라고 한다. 현대차·LG·삼성·BTS와 더불어 러시아에서 한국산 도시락과 컵라면·초코파이도 인기 품목인데, 현지에서는 그것들이 한국 제품임을 모르는 사람이 많은 모양이다. 우리가 한물 간 번화가라고 할 수 있는 아르바트 거리로 향하는 도중에 롯데 호텔과 그 대규모 쇼핑몰도 지나쳤다.

도심지에서 며칠 전 석식을 들었던 식당 건물을 지나쳤고, 과거에 시베리아 횡단열차를 타고 와서 아내와 함께 한 번 걸은 적이 있었던 아르바트 거리는 알고 보니 모스크바대학 다음으로 두 번째로 높은 스탈린양식 건물인 외무성 빌딩의 바로 옆에서부터 시작되고 있었다. 우리는 4~5번째로 큰 스탈린식 건물로서 현재는 호텔로 사용되는 빌딩도 지나쳤다.

2km쯤 되는 보행자 거리 아르바트에서 30분 정도 산책하는 시간을 가졌다. 엄청나게 넓은 맥도널드 점에 들러 화장실을 다녀왔고, 푸시킨 부부가

살던 집과 한국인 3세인 전설적 가수 빅토르 최의 기념벽도 둘러보았으며, 기념품점들 중 한 곳에 들러 사향쥐의 털로 만들었다는 갈색 모자를 흥정해 보기도 하였는데, 20만 원이 넘는 고가라 포기하였다.

차량이 통행하는 신 아르바트 거리로 빠져나와 대절버스를 기다리는데, 교통정체로 말미암아 언제 도착할지 알 수 없으므로 대중교통 수단인 버스를 이용하고자 하였으나, 그것 역시 한참을 기다려도 한 대도 나타나지 않았다. 그럭저럭 도착한 대절버스를 타고서 거기서 얼마 떨어져 있지 않은 마호바야 거리 8번지의 코루마라는 식당으로 가서 석식을 들었다. 나는 기내에서 제공된 중식을 들지 않았으나 별로 시장기를 느끼지 않았다. 바깥벽의 상호 아래에 유명한 코사크 족장 탈라스 불바의 초상이 그려져 있는 그 식당은 알고 보니 우크라이나 식당이었다. 내가 젊었을 때 율 브리너, 토니 커티스, 크리스티네 카우프만이 주연을 맡은 1962년도 미국 영화 「대장 부리바」를 보고서 감명을 받은 기억이 지금도 선명한데, 이 영화는 우크라이나 태생 러시아 작가 고골의 원작소설을 영화화한 것이었다.

종업원이 인조 나무열매로 월계관처럼 엮은 모자를 쓰고 울긋불긋한 전통복장을 하고서 손님들 테이블을 돌며 노래를 부르고 춤도 추며 테이블 손님과 함께 합창을 하기도 하는 곳이었다. 빈자리가 없을 정도로 가득 찬 좌석이 꽤 시끌벅적한 것으로 보아 유명한 식당인 듯하였다. 거기서 우리는 마요네즈를 무친 샐러드에다 무슨 스테이크 요리를 들었고, 후식으로서 차나 커피와 파이도 나왔다.

식당을 나온 다음 쌀쌀한 밤거리를 걸어 그 부근의 붉은 광장으로 향하였다. 연말이라 예전에 들렀을 때와는 전혀 다른 분위기로서, 도처에 전기 장식이 화려하고, 국영인 굼 백화점 건물의 외벽도 온통 등불로 치장되어 있었다. 그리고 붉은 광장은 전체가 온갖 메리고라운드와 임시로 만들어진 상점들로 가득하였다. 아내와 나는 성 바실리성당과 레닌 묘, 크렘린 외벽, 역사박물관 등을 한 바퀴 돌면서 산책하였고, 굼 백화점 1층의 루이비통 점포 앞에서 일행을 다시 만나 버스가 대기하고 있는 곳으로 이동하였다.

볼쇼이 극장 앞과 구 KGB 본부건물 부근을 지나서 15분 정도 이동하여 슈세브스키 발 거리 74번지에 있는 19층 호텔 홀리데이 인 슈세브스키에 도착하여 아내와 나는 418호실을 배정받았다.

■■■ 20 (금) 맑음

8시 40분에 호텔을 체크아웃 하여, 다시 붉은 광장과 크렘린 궁으로 향하였다. 기사와 버스가 바뀌었다. 이반이 가이드 명패가 달린 목걸이를 착용해 있는 것으로 보아, 러시아에서도 유럽 여러 나라들과 마찬가지로 외국인 단체 여행객에게는 반드시 러시아인 가이드가 동행하도록 규정되어 있는 모양이었다. 그는 유럽 여러 나라의 언어에 능통하며 가이드 경험이 풍부한데, 앞으로는 한국 가이드도 잘 할 수 있도록 노력해 보겠다는 것이었다. 한국에도 다녀간 적이 있다고 했다. 볼쇼이극장 등이 있는 극장광장에서 하차하여 기념사진을 찍고, 그 앞의 칼 마르크스 동상 등을 둘러본 후, 걸어서 붉은 광장으로 이동하였다.

붉은 광장 입구인 부활의문 왼편에 있는, 내가 역사박물관으로 알고 있는 붉은 벽돌건물을 가이드 서 씨는 大조국전쟁박물관이라고 했다. 나폴레옹의 침략과 관련된 내용을 전시하고 있다는 것이다. 그러나 나중에 가이드북을 참조해 보니 정식 명칭은 역시 국립역사박물관이며, 전시 내용 또한 혁명 이후를 제외한 러시아의 전 역사에 관련된 것들이다. 부활의문 반대쪽에 있는 건물은 모스크바국립대학교의 전신이라고 했다. 모스크바대학은 1775년 이곳에서 철학·법학·의학의 3개 학부로 출발했으며, 이후 부근의 마호바야 거리에 새 캠퍼스를 지어 옮겼다가, 1953년부터는 다시 참새 언덕에 있는 지금의 캠퍼스로 이전하였다. 1680년에 지어진 유서 깊은 건물인 부활의문도 스탈린 때 행사를 위한 전차가 통과할 수 있도록 파괴하였다가 1996년에 재건된 것이다.

부활의문을 들어서면 왼편에 굼 백화점과 거리 하나를 사이에 두고 서 있는 러시아정교의 카잔성당으로 들어가 아침예배 모습을 지켜보았다. 이 성당은 雷帝라고 불리는 유릭 왕조의 마지막 황제 이반 4세가 카잔한국을 정복하여 합병한 것을 기념하여 지은 것이다. 스탈린 때 파괴되었다가 그의 사후 첫 번째로 복원된 것이다. 크렘린 건너편에 있는 러시아에서 가장 큰 구세주그리스도성당은 나폴레옹 전쟁의 승리를 기념하여 지어진 것으로서, 이 역시 카잔성당과 마찬가지로 스탈린 때 파괴되었다가 두 번째로 복원된 것이다. 15,000명을 수용할 수 있는 규모의 구세주그리스도성당은 1995년까지만 해도 대형 야외수영장으로 변해 있었다고 한다.

러시아 역사는 869년 지금의 우크라이나에 세워진 키예프공국으로부터 시작되었다. 그보다 훨씬 후인 1147년에 모스크바공국이 탄생하였으며, 이 모두를 합하여 루스민족이라고 부른다. 키예프공국은 몽골의 침략에 맞서 싸우다가 철저히 파괴되었고, 일찌감치 몽골에 항복했던 모스크바공국이 그 대신 강성해지기 시작하였다. 240년간의 몽골 식민지배 시기를 거쳐 이반 3세 때 독립하였고, 목책으로 만들어져 있었던 크렘린 요새를 돌로 쌓아 오늘의 성곽이 있게 되는 기초를 만들었다. 우크라이나와 러시아는 이처럼 불가분의 관계가 있으므로, 1948년 흐루시초프 때 러시아 영토인 크림반도를 우크라이나에게 선물로 주었던 것이며, 우크라이나가 독립한 이후인 오늘날 그 영유권을 둘러싸고서 양국 간에 분쟁이 있는 것은 이러한 역사를 배경으로 하고 있음을 오늘 비로소 알았다.

우리는 간밤에 아내와 함께 둘러본 레닌 묘 앞에 이르렀다. 레닌의 시신을 박제하여 보존한 곳으로서, 중국의 毛澤東이나 베트남의 胡志明, 북한의 김일성 등 공산권 지도자들의 시신을 모두 이와 같은 방식으로 보관하는 것은 소련의 경우를 모방한 것이다. 스탈린도 사후 레닌 묘에 함께 안장되었다가 흐루시초프 정권 때 들어내어 그 뒤편의 땅속에다 묻었으며, 역대 공산당 서기장들의 시신도 흉상과 함께 그 일대에 나란히 묻혀 있다.

성 바실리성당도 카잔성당과 마찬가지로 폭군으로 유명한 이반 4세(이반 대제)가 카잔 정복을 기념하여 16세기 중엽에 세운 것으로서, 예전에 왔을 때는 입장료를 내고서 안에까지 들어간 본 바 있었다. 그 앞에는 이반 4세의 사망 이후 침공해 와 1612년에 크렘린을 점령했던 폴란드와 리투아니아 연합군에 대해 의용군을 조직해 싸웠던 시민 미닌과 포자르스키 공의 동상이 서 있다.

붉은 광장을 되돌아 나와 독·소 전쟁과 6.25 때의 소련군 총사령관이었던 주코프 장군의 기마상을 바라보았고, 영원히 꺼지지 않는 불꽃과 그 위병 교대 행진, 그리고 19세기 중엽에 크렘린의 밑에 벽을 따라 흐르는 네그리나 강을 매립하여 조성한 알렉산드로프 공원과 로마노프 왕조 역대 황제들의 이름이 새겨진 기념비 등을 둘러보았다.

오전 10시부터 크렘린 궁의 입장이 시작되므로 그 시각까지 입구 주변에서 좀 서성거렸다. 가는 곳마다 관광객은 온통 중국인들이었다. 세계유산으로 지정된 크렘린 궁의 입장은 유료였는데, 예전과 달리 검색이 꽤 엄격하였다. 과거 총 대주교가 출입하였으며 또한 나폴레옹이 진입하였다는 삼위일체 망루 아래의 문을 통해 입장하였다. 지금은 이 문이 크렘린 궁의 입구처럼 사용되고 있으므로, 과거에 왔을 때도 이리로 들어갔었다. 성탑을 들어서면 첫 번째로 만나는, 1961년에 현대식으로 지어진 대회궁전은 국제회의장을 겸한 6천 석 규모의 공연장을 포함하여 있고, 푸틴이 이혼을 발표하여 더욱 유명해진 곳이기도 하다. 이후 푸틴은 이른바 돌싱(돌아온 싱글)로서 지금까지 독신으로 지낸다고 한다. 그 건물의 전면 꼭대기에는 동로마제국 문장에서 유래하는 로마노프 왕조의 쌍두독수리 문장이 올려다보였다.

우리는 나폴레옹 군대로부터 포획한 대포들을 바깥에 전시해둔 병기고를 지나, 가장 큰 것으로서 기네스북에 오른 로마노프 왕조의 전시용 대포를 거쳐, 삼각형으로 된 대통령궁을 바라보면서 성당광장에 이르렀다. 그곳에 모여 있는 여러 개의 사원들 중 유일하게 공개된 대표적 사원인 우스펜스키(성모승천)성당의 내부로 들어가 보았다. 이곳의 사원들 중 가장 오래된 것이고, 역대 황제들이 대관식을 올렸던 곳이며, 대주교들의 무덤이 있는 곳이기도 하다. 한 번도 사용해 보지 못한 채 화재 때 방화용 찬물을 끼얹어 깨지고 말았다는, 이 역시 세계 최대라고 하는 황제의 종을 끝으로 크렘린 구경을 모두 마쳤다. 황제가 출입하는 곳이었다는 구세주망루 밑의 문을 통해 붉은 광장 쪽으로 나오기 전에, 황제의 종 맞은편에 세워진 120년 된 삼나무로서 무게가 10톤이며, 높이가 34m라는 대형 크리스마스트리를 바라보았다.

크렘린을 떠난 다음, 마지막으로 크렘린의 정남쪽 모스크바 강 건너편 라브루쉰스키 10번지에 있는 국립트레치야코프미술관을 방문하였다. 이번에 방문하는 모스크바의 다른 명소들은 모두 과거에 이미 들른 바 있었으나, 이곳은 처음이다. 섬유산업을 필두로 하여 부동산·무역 등으로 19세기 러시아의 대재벌이 된 파벨 미하일로비치 트레치야코프(1832~1898)가 1856년이래로 수집한 미술품들을 자택에 설립한 화랑에다 보관하여 일반인에게 무료로 공개하고 있다가, 그 형 세르게이 미하일로비치 트레치야코프로부터 상속 받은 국내외 화가의 작품 컬렉션 및 자신의 사설 미술관을 함께 1892년에 모스크바 시에다 기증함으로써 발족한 미술관이다. 당초 총 1,897점의 미술품을 기증했던 것인데, 시립을 거쳐 1918년에 국유화된 이래로 1925년에 외국 작가의 회화작품은 서구미술관으로 양도하고, 현재에 이르기까지 러시아 화가의 작품을 주로 하여 13만 점 이상을 소장하고 있다. 전시 공간은 파벨 가족이 실제로 거주했던 이곳 구관을 포함하여 그다지 멀지 않은 거리에 있는 두 신관에 분산되어 있다. 상트페테르부르크의 에르미타주 미술관과 더불어 러시아를 대표하는 문화시설 중 하나이다. 나는 여기서 톨스토이·도스토옙스키·고골·푸시킨 등의 초상화도 보았는데, 대부분 이미 눈에 익은 것들이었다. 그곳 기념품점에서 600루블을 지불하고서 일어판 『트레치야코프미술관—가이드북』(상트페테르부르크, 청동의 기사, 2003 초판, 2016 제7판, 136쪽) 한 권을 샀다. 나는 이번 여행에서 결제할 때 모두 신용카드를 사용했으므로, 환전해 온 루블은 결국 한 푼도 쓰지 않았다.

그곳 부속식당에서 마요네즈를 버무린 샐러드 및 닭고기 스프 전식에다 소고기 다짐과 쌀밥으로 된 주식, 푸딩과 커피 및 차로 이루어진 후식으로 점심을 든 다음, 공항으로 향했다. 모스크바 강을 따라가다가 크렘린 궁 바깥의 성 바실리성당 쪽으로 이어지는 대모스크바강 다리를 건너는데, 도로의 병목구간도 있어 교통정체가 극심하였다. 모스크바 강은 11월 말부터 다음해 4월까지 언다는데, 올해는 아직도 결빙하지 않았다. 공항까지의 거리는 40km 정도인데, 시내의 교통정체로 말미암아 1시간 반 정도 걸렸다.

가이드 서 씨는 가는 도중 자기 스마트폰에 저장된 음악으로 러시아에서 개발된 테트리스 게임에 관련된 민요, 카투샤, 백만 송이의 장미 등 내 귀에 익숙한 러시아 노래들과 제2차 세계대전 때 사망한 사람들을 추모하는 노래로서 한국에서도 '모래시계'라는 제목으로 소개되었다는 '백학', 그리고 차이콥스키의 발레음악 등을 틀어주었다. 그는 예전에 LG에서 근무한 적이 있었다고 하며, '서가네 국제부부'라는 명칭의 유튜브를 개설해 있다고도 했다. 크렘린 궁 부근에 서 있는 키예프 대공의 동상을 지나쳤는데, 그는 988년에 동로마(비잔틴)제국의 수도 콘스탄티노플로 사절단을 파견하여 그리스정교를 수입하여 러시아정교의 기틀을 마련한 사람이라고 한다.

세레메티에보 국제공항 D터미널에 도착하여 대한항공 카운트에서 수속을 밟아 18시 35분에 출발하는 KE0924편에 탑승하였다. 내일 09시 40분에 인천국제공항 제2터미널에 도착할 예정의 비행기다. 탑승수속 중 내 트렁크가 컨베이어 벨트에서 떨어져 한쪽 모서리에 처박힌 것을 직원은 인식하지 못했으나 내가 발견하여 직원에게 말해 다시 벨트로 올렸고, 탑승장을 22게이트로 배정받았다가 후에 25게이트로 바뀌는 해프닝도 있었다. 기내에서 나는 43E석을 배정받았는데, 북극열차에서 룸메이트였던 이효숙 씨가 배려해 주어 몇 줄 앞에 있는 아내의 좌석 37D 옆의 그녀 좌석인 37E로 바꾸었다.

■■■ 21 (토) 흐림

아내가 진주로 내려가는 버스를 13시 10분 것으로 예매해 두었는데, 인천공항의 출입국 심사가 간편화되어 10시 15분쯤에 이미 짐을 찾아 밖으로 나왔으므로, 그 앞인 10시 30분 버스로 바꾸어 탔다. 마침 빈 좌석이 있어 다행이었다.

15시쯤 진주 개양에 도착하여 택시를 타고서 집으로 돌아왔다. 회옥이는 친구 결혼식에 참석하러 상경하였다가 내가 취침한 후에 돌아왔다. 내 논문 「黃老 思想의 淵源」이 실린 한국중국학회의 기관지 『중국학보』 제90집(2019. 11)이 별쇄본 20부와 함께 우송되어와 있었다.

16시 44분에 박문희 씨에게 지난 1년분의 수도 비용 분담금 10만 원을 송금하였고, 일기의 두 번째 퇴고를 끝내고서 19시 11분에 지인들에게 이메일 첨부파일로 보냈다.

장보고 유적

■■■ 2019년 12월 29일 (일) 흐리다가 오후부터 비

강종문 씨가 운영하는 산악회 더조은사람들의 '중국 석도훼리 성경산+적산트레킹&장보고유적지+새해 서해일출 감상' 3박 4일 투어에 참여하기 위해 오후 1시 전까지 집합장소인 신안동 운동장 1문 앞으로 갔다. 참가인원은 강 대장 내외를 포함하여 10명뿐인지라 전용버스가 아니라 15인승 밴 한 대가 대기하고 있었다. 강 대장 내외를 제외하고는 모두 낯선 남자들이었다. 일행 중 한 명은 하동에서 타기로 되어 있는지라, 통영대전·남해고속도로를 경유하여 섬진강 가의 19번 국도를 따라 올라가 악양 입구 도로가에서 그 사람을 태웠다. 섬진강변을 따라 계속 북상하다가 순천완주고속도로에 접속하여 남원에서 한 번 휴게한 다음, 상관IC에서 17번 국도로 빠져 전주 쪽으로 향하다가 다시 21번 국도에 올라 군산으로 향하였다. 15시 50분 무렵 군산시 임해로 378-14에 있는 군산항국제여객터미널에 도착하였다.

그곳은 群山과 중국 山東반도의 끝자락 石島를 연결하는 석도국제훼리 (주)의 新石島明珠(New Shidao Pearl) 호가 하루에 한 번씩 내왕하는 곳이다. 이 배는 한중합작으로 운항하는 것이라고 한다. 나는 1999년 7월에 동서인 황 서방네 가족 네 명 및 우리 가족 3명이 함께 天津-仁川 간을 여객선 天仁2호를 타고서 왕래한 바 있었다. 이 배는 그것보다도 새것이고 또한 규모도 보다 커보였다.

터미널에 도착해 보니 CS투어의 직원이 나와 우리 팀을 포함하여 전국에서 모집한 사람들에게 중국 단체비자 번호표 및 배표 등을 나눠주면서 설명을 하는 것으로 보아, 우리도 거기에 합류하여 가게 된 모양이다. 그런데 CS투어 측이 나눠준 스케줄에는 우리가 내일 탐방하기로 되어 있는 聖經山에

관한 내용이 전혀 없고 그 대신 威海의 선고령을 방문하게 되어 있으며, 우리
는 威海市를 모레 둘러보기로 하였으나 CS 측에서는 주로 내일 방문하는 것
으로 되어 있어 상당한 차이가 있으므로 좀 어리둥절하였다. 우리는 내일 하
선한 후에 3호 차량에 타게 되어 있으므로, 이 스케줄과는 달리 따로 움직이
는 것이 아닐까 싶다. 성경산은 그 산 꼭대기의 巨石에 노자도덕경 全文이 새
겨져 있으므로 이런 이름이 붙은 것이다. 이는 이미 천 년의 역사를 지닌 것
이라고 한다. 文登區에서 20km 서쪽에 있는 산으로서 威海 일대의 명승지
중 하나인데, 선고령이란 내가 가진 중국여행안내서 『走遍中國』 2015년도
판에 보이지 않는다.

　17시 무렵에 승선하였는데, 중국인 보따리장수들이 승객의 대부분인 듯
했다. 5층은 식당·면세점·편의점·게임룸·노래방 등이 있는 곳이고, 6·7·8
층이 객실이며, 9층에는 관제실이 있는지라 선원들만 출입할 수 있게 되어
있다. 6·7층은 주로 6인 침대, 10인 다다미, 17인 다다미로 이루어진 3등실
이고, 8층에 VIP·Royal·1등·2등실이 모여 있는데, 중국인들은 대부분 6·
7층에 들었다. 아내가 원하므로 며칠 전 강 대장에게 전화를 걸어 우리 내외
는 2인용인 로열 칸을 쓰고 싶다고 말해 두었으나, 강 대장은 애초의 스케줄
에 적혀 있었던 6인실이 아니라 4인실 3개를 예약하였다고 하면서, 그 중 창
가에 위치한 1등실인 8613, 8615호실은 각각 4인이 쓰고, 창문이 없는 2등
실인 8616호실을 우리 내외에게 배정하였다. 로열실은 왕복 요금이
360,000원, 1등실은 306,000원, 2등실은 270,000원, 3등실은 234,000
원으로 되어 있다. 우리가 낸 여행경비는 1인당 460,000원이다.

　배는 CS 측의 스케줄에는 20시, 강대장이 문자메시지로 보내준 스케줄에
는 21시에 군산국제터미널을 출발하는 것으로 되어 있는데, 실제로는 예정
대로 18시에 출항하였다. 객실의 끄트머리 갑판으로 나가 보다 작은 배 한
척이 우리 배의 선미에다 줄을 연결하여 바다 속으로 끌어내는 광경을 어두
운 가운데 비를 맞으면서 좀 지켜보았다.

■■■ 30 (월) 대체로 맑았다가 오후부터 눈발과 강추위

아침에 강 대장의 방에 들러 CS 측의 스케줄이 강 대장이 보내준 스케줄 내용과 다름을 말했더니, 성경산 일대에는 근자에 눈이 많이 내려 중국 측이 출입을 막고 있으므로, CS 측 스케줄에 적힌 대로 움직일 수밖에 없다는 것이었다. 실제로 강 대장은 지난 26일에 보내온 문자메시지에서 "석도에는 눈이 많이 내렸다라고 합니다. 장갑, 모자, 아이젠, 스틱 등…준비하시면 편리합니다."라고 적은 바 있었으므로, 이번에 올 때 그가 말한 바대로 준비했던 것이다. 그러나 석도 항에 도착해 보니 눈은 흔적도 없었다. 내가 선고령은 중국의 관광안내서에도 나타나 있지 않더라고 했더니, 강 대장의 대답은 꽤 유명한 곳이며 자기네가 2월 27일부터 3월 1일까지 이곳을 두 번째로 방문할 예정인데, 그 때는 선고령이 성경산을 대신하여 방문지에 포함되어 있다는 것이었다.

CS 측 스케줄에는 07시부터 하선한다고 적혀 있으나, 석도국제훼리주식회사의 운항 스케줄에는 9시에 하선하는 것으로 되어 있으며, 실제로 9시 15분부터 하선이 시작되었다. 하선 후 셔틀버스를 타고서 이동하여 입국수속을 하는데, 중국인들은 한국의 인천공항에서처럼 여권과 오른쪽 검지손가락을 자동인식 기계에다 대면 곧바로 승인되는데 비해 외국인인 우리는 단체 팀별 번호 순서에 따라 줄을 서서 한참을 기다려야 했고, 양쪽 손 전체 손가락의 지문 인식을 하는 등 훨씬 더 복잡한 절차를 거치지 않으면 안 되었다. 우리 일행은 CS의 연합 팀에 포함되어 입국 수속을 밟았다. 중국인들은 제각기 짐이 가득 든 커다란 가방을 하나씩 등에 짊어지거나 손으로 끌고서 들어가고 있었다.

CS투어를 통해 온 한국관광객은 모두 116명이라고 하는데, 대절버스 세 대를 동원하였다. 그 중 우리는 3호차에 탔는데, 현지 가이드를 제외하고서 39명이었다. 개중에는 청주에서 온 단체 10명도 포함되어 있었다. 우리 차에 배정된 가이드는 高勳이라는 사람인데, 길림성 연변조선족자치주 용정 출신으로서, 34세인데 아직 미혼이라고 한다. 또한 CS의 명찰을 목에 건 이은석이라는 이름의 인솔자도 한 명 탔다. 버스는 중국의 亞星客車 회사가 만든 것으로서 魯K96800이라는 번호판을 달았는데, 짐칸이 아주 커서 좌석으로 올라가기가 마치 2층 버스를 타는 듯한 느낌이었다. 魯는 山東省, K는 威海市를 의미하는 것으로서, 위해시는 산동성 내에서 省都인 濟南이 A라면 알파벳 순서로 K에 해당하는 순위의 크기임을 의미하는 것이다. 省內에서의 경제적 위치는 7~8위 정도라고 한다. 山東은 太行山脈의 동쪽에 위치한다는 뜻이요, 山西省은 그 서쪽임을 뜻한다. 산동성의 크기는 한국의 1.5배, 인구는 1억 명 정도라고 한다.

石島는 예상했던 것보다 꽤 큰 도시였다. 정식 명칭은 山東省 榮成市 石島 開發區로 되어 있어, 근자에 새로 개발된 구역임을 알 수 있다. 이 일대나 원래 방문할 예정이었던 文登 서쪽의 성경산 및 내일 방문할 赤山도 모두 위해시에 속해 있는데, 위해시는 1986년에 이웃한 煙台市로부터 독립하였으며, 이후 무역으로 크게 번성하고 있는 모양이다. 위해시의 인구는 300만 정도인데, 가이드에게 물어보니 시내의 인구는 70만 정도이나 주변에 環翠區 및 옛날 文登市였던 文登區를 거느리고 있고, 榮成市 및 그것에 부속된 이곳 석도항, 乳山市 등도 그 권역에 들어 있으므로, 다 합치면 그 정도라는 것이었다.

위해는 胶東반도의 동쪽 끝에 위치해 있으며, 明 永樂 원년(1403)에 왜구의 노략질을 방어하기 위해 威海衛를 설치한 데서 비롯하였다. 청조에 들어와서는 중국 최초의 근대식 해군이었던 北洋水師의 大本營이 威海灣 입구의 劉公島에 설치되었고, 1894년 청일전쟁 때 威海衛 전투가 바로 이곳에서 벌어졌다.

입국 수속을 마친 후 약 15분 정도 이동하여 점심을 들 식당으로 갔다. 石島灣을 따라가는데, 해변에 바지락 캐는 아주머니들이 많았다. 식당은 석도만 건너편의 바닷가인 海景路에 위치한 4성급 호텔 赤山大酒店의 1층에 위치해 있는데, 엄청나게 넓은 곳이었다. 너무 커서 그런지 텅 빈 느낌의 식당에 음식이 운반되는 시간이 꽤 느려, 우리 일행 여러 사람이 식사가 끝난 줄로 알고서 자리를 뜬 이후에도 두 접시가 더 나왔다.

식후에 한 시간 정도 이동하여 다음 목적지인 위해시의 海上公園으로 향했다. 고속도로를 이용하지 않고 최단거리인 省道 S301, S303을 경유했는데, 도중에 石島가 속해 있는 영성시 부근을 통과한듯하다. 수많은 풍력발전기가 돌아가는 단지가 그 부근에 있었다.

해상공원은 위해시 남부 경제기술개발구의 皇冠社區 동쪽 해안에 위치한 것으로서, 약 700m에 달하는 길이에 간조 시에는 80~100m, 만조 시에는 20~40m의 드넓은 모래사장을 갖춘 곳이었다. 중심 공원과 奇石苑, 모래사장의 세 부분으로 이루어져 있는데, 모두 근자에 정비된 것으로서, 입구의 표지석은 1999년 9월에 세워진 것이었다. 그 앞 濱海大道와 皇冠北路가 만나는 지점에 있는 優秀示苑住宅小區 앞에도 또한 1999년 중국 건설부에 의해 조성되었다는 표지석이 눈에 띄는 것으로 보아, 이 공원도 그 무렵에 함께 조성된 것이 아닌가 싶었다. 그러므로『走遍中國』에 보이는 威海國際海水浴場과는 다른 장소인지도 모르겠다. 이곳에서 오후 1시 10분까지 20분 정도 자유 시간을 가졌다.

그곳에서 다음 목적지인 仙姑頂까지 30~40분 정도 이동하였다. CS투어의 스케줄에 "중국 위해 최고 관광지 선고령 트레킹 및 선고정 관광"이라고 적혀 있어 선고정이 하나의 정자인 것으로 오해되기 쉬우나, 이는 오류이고 정식 명칭이 선고령이 아니라 선고정이었다. 입구의 안내판에 "遼漢雙碑의 記載에 의하면, 선고정은 1007(大宋 景德 4년)에 기원하여, '千年海上仙山-仙姑頂'으로 일컬어졌다"고 적혀 있으나,『주편중국』에 보이지 않는 것으로 미루어 별로 유명하지 않았던 곳인 듯한데, 2006년부터 4억 인민폐와 2,600톤의 세계 희귀 옥석인 수옥을 투자하여 3년에 걸쳐 정교하게 건축한 것으로서, 관광지 전체가 옥을 주제로 하였으며, 옥 조각 보유량이 가장 많고 크기도 제일 큰 것으로 되어 있다. 위해시의 뒤편에 위치한 해발 375m의 주로 바위로 이루어진 야산을 따라서 산기슭으로부터 정상에 이르기까지 조성된 것인데, 그 중 건축물로서 가장 큰 것인 중간 지점의 玉仙宮에는 매년 음력 3월 15일에 거행되는 廟會가 27회째를 맞이한다는 플래카드가 내걸려 있었다.

경내에 100여 개의 대형 옥 조각품들이 옥선궁으로 올라가는 계단의 주변에 늘어서 있는데. 그 중 '仙姑采藥'이라는 제목의 대형 조각품에 적힌 설명에 의하면, 仙姑는 수행하여 득도하기 전에 남편이 해난 사고로 목숨을 잃자 갖은 고생을 하며 집안을 지탱하였고, 시부모를 효성스럽게 모셨으며 정절을 지켰는데, 전염병이 유행하여 큰 재난이 닥치자 자신의 안위를 돌보지 않고서 산속으로 들어가 약초를 캐서 향리의 사람들을 구제하여 마침내 瘟神을 물리쳤으므로, 上天이 감동하여 그녀에게 신선의 지위를 내리고서 백성을 위해 더욱더 재앙을 소멸하고 복을 기원하도록 했다는 것이다. 옥선궁 안에 있는 선고옥상은 높이가 8.8m, 중량은 약 300톤으로서, 현재 세계 최대의 옥 조각상이라고 한다.

옥선궁을 향해 계단을 올라가는 도중에 뜻밖에도 위에서부터 내려오는 진주 비경마운틴의 대표 정상규 군을 만났다. 그는 경상대 영문과 출신으로서 나보다 10세 연하인데, 예전에 백두대간 구간 종주를 함께 하였고, 그 밖에도 함께 산행한 경우가 많다. 언제부터인가 나를 형님이라고 부르고 있다. 어제 왔었던 모양인데, 돌아갈 때는 같은 배를 타게 될 것이라고 했다. 그도 성경산에 오르려고 했는데, 눈으로 말미암아 못 가게 되었다는 말을 했다. 그러나 우리 가이드가 하는 말로는 근자에 이 일대에 눈이 내린 적은 없었다고 하니, 무슨 까닭인지 여행사 측이 거짓 정보를 흘린 모양이다. 점심 후 강대장이 CS 측에다 말하여 우리 팀만 따로 성경산을 등반할 수 있도록 배려해 달라고 요청한 바 있었으나, 단체 패키지라 그렇게 할 수 없다는 대답을 들었다는 것이다.

선고정에서 오후 1시 반부터 3시 반까지 자유 시간을 가졌는데, 가끔씩 내리던 눈발이 그 때부터 좀 더 강해져서, 밤이 되자 거리에 눈이 쌓이기 시작하고 강추위가 동반하였다. 北京 등 중국의 중원지대에 일제히 내리는 눈이라고 한다.

선고정을 끝으로 오늘 관광을 마치고서, 옵션으로서 90분 동안의 마사지를 받을 사람들은 도중에 내리고, 나머지 사람들은 바로 威海市 經區 華夏路 51號에 있는 錦江都城威海高鐵站酒店(Metropolo Jinjiang Hotels)로 향했다. 마사지 요금은 한화로 4만 원, 달러로 $35, 인민폐로는 260元이라고 했다. 우리 내외는 바로 호텔로 가서 8층의 809호실을 배정받았다. 11층 빌딩인데, 시설이 아담하여 아내가 만족스러워 했다. 주소에 적힌 經區란 경제기술개발구의 준말이니, 이곳 역시 신개발구인 셈이다.

5시 40분까지 1층 로비에 모여 10분 정도 떨어진 거리에 있는 경제기술개발구 上海路 101號B座에 있는 Kyriad(凱里亞德) 호텔로 이동하여 그 4층 尊系文化發展有限公司의 宴會廳에 배설된 식당에서 석식을 들었다. 널따란 연회장 안에 CS투어의 손님들만으로 가득했는데, 우리보다도 하루 이틀 앞서 온 사람들도 함께 식사를 하는 까닭이었다. 우리 가이드가 몽고 술이 담긴 가죽 케이스 속의 쇠로 된 커다랗고 넙적한 술병을 들고 다니며 손님들에게 따라주고 있었다. 카이리아드 호텔은 프랑스 루블 호텔 그룹의 계열사라고 한다. 위해는 중국에서도 깨끗하기로 손꼽히는 도시라고 하는데, 그것은 결국 도시의 많은 부분이 이처럼 새로 개발된 구역이기 때문인 듯하다.

우리 일행 중 다섯 명은 친구 사이인 남자 네 명에다 두 달 전에 군대를 제대한 그 아들 한 명이 끼어 있는 셈이다. 그들은 35년 만에 초등학교 동창을 만났다면서 그쪽 테이블로 옮겨가서 식사를 했다. 그러나 나중에 알고 보니 동창이 아니라 간밤에 페리 5층 노래방에서 우연히 만난 같은 3호차의 여성들이었다. 우리 내외와 같은 테이블에 앉은 사람은 강 대장 부부 외에는 하동 악양에서 탔던 손병남 씨 한 사람인데, 손 씨는 과거 여러 차례 강대장과 함께 산행을 했고, 한 살 아래인 정상규 군과도 잘 아는 사이였다. 그는 58년 개띠로서 하동군 악양면 악양서로 364에 거주하는 사람인데, 30정보(90만 평) 되는 자기 산에서 나는 자연산 송이버섯 및 대봉감·대봉곶감 등 농산물을 생산 판매하고 있으며, 그 부인은 악양면사무소 앞에서 솔봉식당을 경영한다고 한다. 식성이 까다로워 향이 짙다 하여 중국 음식을 잘 들지 못하고, 중국술도 너무 독하다면서 좋아하지 않았다.

■■■■ 31 (화) 맑음

오전 8시에 호텔을 출발하여 위해시의 구시가지로 향했다. 눈은 그쳤으나 바깥에는 간밤에 내린 눈이 제법 쌓여 있어 땅바닥이 미끄러웠다. 30분 정도 이동하여 바다 건너편으로 劉公島가 바라보이는 해변의 행복공원에 도착하였다. 유공도는 漢나라의 후예들이 피난 와서 살게 되었으므로 이런 이름이 붙었다고 한다. 가이드 고 군의 말로는 이 섬이 北洋水師의 대본영이었을 당시에는 전 세계 4대 해군 기지 중 하나였다는 것이다.

그리로 가는 도중의 버스 속에서 고 군은 깨, 어제 마신 것과 같은 몽골 술, 목이버섯, 보이차 등을 홍보하여 주문을 받았고, 기사로부터 부탁받았다면서 山東産 대추의 주문도 받았다. 산동성에서는 1년에 2모작이 가능하며, 江南에서는 3모작을 한다는데, 산동의 과일로서는 사과·포도 다음으로 대추가 많이 생산된다는 것이다. 그는 주문을 받은 다음, 버스가 이동하는 동안 그 상품들을 준비할 상인에게 스마트폰의 문자 메시지로 통보하고 있었다.

구시가지의 모습은 고층건물이 상대적으로 적고, 중국의 다른 도시들과 별로 달라 보이지 않았다. 위해시의 여기저기에 한글 간판들이 적지 않게 눈에 띄는데, 이는 한국에서 가장 가까운 산동반도의 주요도시인 威海·煙台·青島 등에 한국 기업이 많이 진출해 있고, 한국 사람의 왕래 또한 많은 탓인가 보다. 유공도는 현재 國家5A級風景名勝區로 지정되어 있으며, 그 안에 甲午(淸日)전쟁기념관이 있으나, 행복공원에서 바라보기에는 평범한 섬과 별로 다를 바가 없다. 행복공원 또는 幸福門공원은 시 중심부의 威海灣 가에 위치해 있는데, 길이가 1,566m이고 점유면적은 20만㎡이다. 북쪽으로부터 남쪽으로 海韵·海閣·海賦·海情·海翔의 5대 풍경구로 나뉘어져 있는데, 우리는 행복문이 있는 海韵 구로부터 입장하였다. 공원 안에 금속제 조각품들이 많아 마치 조각공원에 온 것 같은 느낌이 들고, 그 가운데에 직사각형의 엄청나게 큰 문과 그 건너편 바닷가에 행복과 관련된 별난 모양의 한자들을 陽刻으로 새긴 원형의 거대한 금속판이 있는데, 그 문을 지나가면 온갖 소원이 이루어지고 행복이 찾아온다는 것이다. 공원 안에 바닷가를 따라서 綠道라고 하는 2.3km에 이르는 산책로가 조성되어져 있는데, 이 길은 위해시 구역 녹도 1호선의 일부이며, 행복공원 아래쪽으로는 威海공원·悅海공원·등대·海上공원·九龍灣공원·九龍灣해수욕장 등이 계속 이어져 있다.

오전 8시 반부터 50분까지 행복공원에서 자유 시간을 가진 후, 이동하여 그 부근의 시청 옆을 지나서 시청 뒤편 통일로 409-1에 있는 威海市工業和信息化發展中心 건물의 마당 건너편에 있는 허름한 짝퉁 상점에 들렀다. 골프용품·등산용품 등 잡다한 물건들을 팔고 있었지만, 마음에 드는 이렇다 할 물품은 없었다. 일찌감치 바깥으로 나왔다가 대절버스를 기다리는 동안 추위를 피하여 도로가에 있는 각종 중국술을 판매하는 상점 안으로 우르르 몰려 들어갔는데, 손병남 씨는 거기서 나의 통역으로 중국 10대 名酒의 하나인 汾酒 한 병을 한국 돈 6만 원으로 구입하였다.

스케줄에 명시되어 있는 옵션 한 차례와 쇼핑 한 차례를 모두 마치고서, 다시 1시간 반 정도 이동하여 점심을 들기로 되어 있는 石島로 향했다. 석도의 원래 명칭은 榮成市 石島鎭으로서 영성시에 속한 하나의 행정단위였는데, 그리로 가는 도중 다시 영성시 부근을 지나쳤지만, 내가 보기에 영성시는 별로 발전이 없는데 비해 오늘날의 석도만 일대는 영성시의 규모를 능가하고 있는 듯하였다. 우리는 석도의 黃海中路 219號에 있는 天都大酒店에서 점심을 들었다. 그 호텔의 명함 뒷면에 赤山大酒店이라고 적힌 것으로 보아, 어제 점심을 들었던 적산대주점 계열인 듯했다.

우리가 점심을 든 곳은 오늘의 주된 관광지인 赤山風景區에 인접한 곳이었다. 赤山은 해발 369m의 야트막한 산으로서 주로 바위로 이루어진 것처럼 보였는데, 張保皐가 세운 유명한 절 赤山法華院이 위치한 곳이다. 삼면을 산이 둘러싸고서 정면으로 石島港을 바라보는 중간지점이며, 석도항의 당시 이름 또한 赤山浦였다. 적산포는 당시 동북아시아의 주요 무역항 중 하나였다고 한다. 장보고는 자신의 해상무역 근거지를 이곳에다 마련하였고, 또한 무역의 번영을 보우하고 불교를 통해 인심을 결집하기 위해 법화원을 세웠던 것이었다. 적산법화원이 세워진 이후로 일본 천태종의 제3대 宗師가 된 圓仁이 前後 세 차례에 걸쳐 2년 9개월 동안 이곳에 머물렀고, 그의 유명한 저서 『入唐求法巡禮行記』에 당시의 일을 상세히 기술함으로서 후세에 널리 알려지게 된 것이다. 이 천년고찰은 여러 차례의 우여곡절을 겪어 오다가 중일 전쟁이 끝나기 조금 전에 戰火로 말미암아 사라져 버렸던 것을 70여 년 후인 1980년대에 榮成市 인민정부가 이 책의 기록에 따라 원래의 위치를 고증하여 적산법화원을 중건하였고, 2002년부터 3년에 걸쳐 山東斥山水産集團有限公司가 인민폐 3억 원을 들여 12.8㎢의 면적에다 50㎞의 길을 닦고 그 밖의 여러 시설물들을 건설하여 2005년에 오늘날의 석도적산풍경명승구를 이룩하였던 것이다.

산길을 오르내리는 電動車가 있어 그 요금은 한국 돈 7,000원, $6, 인민폐로는 40元이라고 하는데, 우리 내외는 운동 삼아 걷기로 했다. 거기서 12시 반부터 오후 2시 반까지 두 시간 동안 자유 시간을 가졌다. 나는 제일 꼭대기의 赤山明神에서부터 시작하여 내려오면서 張保皐傳記館, 赤山法華院 등 세 곳만 둘러보고, 시간 관계상 나머지는 생략하기로 했다. 금년 8월 16일에 전 UN사무총장 潘基文 씨 내외도 이곳을 방문하여, 당시의 사진들이 여러 곳에 게시되어 있었다.

적산명신은 赤山 紅門洞에서 나왔다고 하는 바다의 신인데, 진시황이 천하를 통일한 후 동쪽으로 成山을 순수하다가 큰 병에 걸렸을 때 李斯의 건의에 따라 이 신에게 기도하여 나았다고 하며, 圓仁이 일본으로 돌아가는 도중 바다에서 여러 차례 劫難을 당했을 때도 이 신의 도움으로 안전할 수 있었으므로, 이를 천태종을 보호하는 신으로 모셨고, 그 제자들이 京都에다 赤山禪院을 세웠다고 한다. 현재의 神像은 2005년 4월 28일에 開光한 것으로서 男神의 좌상으로 되어 있는데, 銅으로 만든 것으로는 세계 최대라고 한다. 그곳에서 석도만의 전경을 내려다 볼 수 있었다.

장보고전기관은 장보고(790?~841)의 일생을 소개하는 곳으로서, 다섯 개의 전시실을 갖추었고, 뜰에는 금속으로 만든 장보고의 입상이 서 있다. 그는 신라 사람으로서, 소년 시절에 당나라로 들어가 807년에 徐州의 武寧軍에 참가하여 혁혁한 전공을 세웠으므로, 30여 세의 장년에 小將으로 승진하였고, 824년에 적산에다 법화원을 건립하였으며, 828년에 귀국하여 고향 완도에다 淸海鎭을 설립하고서 그 大使가 되어, 신라인 노예의 매매를 禁

絶하고 해적을 소탕하며 해상국제무역에 종사했던 것이다.

장보고는 무령군에서 같은 신라인인 鄭年과 함께 두각을 드러냈는데, 韓人系 절도사인 李師道의 반란을 평정하는 데 큰 공을 세운 후 각자 뜻한 바 있어, 정년은 무령군을 떠나고 장보고는 적산을 중심으로 무역사업에 종사하여 큰 부를 축적하였으며, 이곳에다 법화원을 세워 신라인의 구심점으로 삼았던 것이었다. 당시의 법화원은 승려가 많을 때는 40여 명에 달하였고, 법회 시에 250여 명의 신도가 모였으며, 겨울에는 法華經을 강송하고 여름에는 金光明經을 강송하여 산동반도에서 영향력이 컸다고 한다. 장보고는 법화원을 건립하는 동시에 매년 쌀 5백석을 수확할 수 있는 장원을 마련하여 사찰의 일상 비용에 충당하였으며, 매년 8월 15일 한가위 때는 신라인들이 사원에 모여들어 노래하고 춤추면서 명절을 보냈다고 한다. 그러다가 唐 武宗 會昌 연간인 842~848년의 法難 때 적산법화원도 훼멸을 당했던 것이었다.

적산을 떠난 후 10분 남짓 이동하여 부두로 향했다. 올 때는 별로 주목하지 않았으나, 오늘 보니 항만에 크레인이 제법 여러 대 설치되어 있었다. 출국 시에는 관광객 670명 이상을 포함하여 상인 등 약 1,200명이 모여들어 북새통을 이루었다. 출국 수속은 비교적 간단하여 여권 사진을 본인의 얼굴과 대조한 후 통과시키므로 시간이 많이 걸리지는 않았다. 귀국할 때의 배는 출국할 때의 것과 다르다는 말을 들은 듯한데, 9층 제어실 꼭대기의 난간에 올 때와 같은 '新石島明珠'가 아니라 '群山明珠'라는 글자가 보였다. 그러나 배의 규모나 구조는 똑같았다. 나는 이 페리가 한중합작인 줄로 알고 있었으나, 강 대장의 말로는 한국사람 소유이며 그 주인은 마산에 산다는 것이었다. 그래서 그런지 식당의 메뉴는 모두 한국음식이며, 한국에서 만든 배인지 승강기도 현대 제품이었다.

탑승한 이후 우리가 배정받은 방의 열쇠를 다른 사람이 이미 가져가버리는 등 약간의 혼란이 있었으나, 올 때의 방에 그대로 들어가기로 결정되어 얼마 후 수습되었다. 내가 받은 표에는 1등실 8615-03으로 적혀 있었으나, 강 대장의 조정에 의해 올 때와 마찬가지로 2등실 8616호실을 아내와 나 두 사람이 사용하게 되었다. 밤바다에 파도가 2m 정도 일어 배가 제법 일렁거렸다.

2020년

2020년

■■■ 2020년 1월 1일 (수) 맑음

새해가 되어 나는 보통나이로 72세, 아내는 67세, 회옥이는 35세가 되었다.

7시 43분에 일출이 있다 하여 8층 옥상의 갑판으로 올라가보았으나, 구름이 끼어 일출은 보지 못했다. 5층 식당으로 내려가 조식을 드는데, 새해 떡국이 포함되어 있었다.

9시 15분에서 30분 사이에 하선이 시작되었다. 승객이 많으므로 식사할 때나 하선할 때 선내 방송으로 호명된 단체의 순서에 따라야 하는데, 우리들에 앞서 비경의 이름이 불리는 것으로 보아 만나지는 못했지만 정상규 군도이 배에 타 있음을 짐작할 수 있었다.

입국 수속을 마치고서 밖으로 나오니, 광장에 대기하고 있는 수많은 버스들에 앞서 앞쪽 구석에 올 때의 밴이 눈에 띄는지라, 우리 내외가 제일 먼저 올랐다. 모두 다 타기를 기다려, 강대장의 스케줄에 적힌 바에 따라 출발하여 선유도 트레킹에 나섰다. 트레킹이라고는 하지만, 그저 차에 탄 채로 고군산군도 일대를 한 번 둘러오는 것이었다. 세계 최장이라고 하는 새만금방조제를 따라가, 신시도·무녀도·선유도를 차례로 거쳐서 차도가 끝나는 지점인 장자도에까지 들어갔다가, 종점에서 커피를 한 잔씩 사마시고 우리 내외와 몇 사람은 아내가 산 호떡도 나눠 들었다.

갔던 길을 되돌아 나와, 점심을 들기로 한 남원으로 향했다. 전주 외곽을 경유하여 남원시에 도착한 후, 요천로 1417(천거동)에 있는 원회관에 들러 추어탕백반을 들었다. 남원은 미꾸라지 요리로 유명한 고장이라 다들 맛있게 먹었는데, 아내는 맵다면서 거의 입을 대지 않고 밥과 반찬만 들었다.

식후에 서남원IC에서 순천완주고속도로에 오른 다음, 화엄사IC에서 19번 국도로 빠져나와 섬진강 갓길을 상류에서부터 따라 내려왔다. 악양에 다시금 손병남 씨를 내려준 후, 남해고속도로에 올라 대전통영고속도로를 경유하여 진주로 돌아와서, 출발장소인 신안동 운동장 1문 앞에서 일행과 헤어졌다. 카카오택시를 불러 타고서 오후 3시 15분에 귀가하였다.

마닐라 부근

■■■ 2020년 1월 8일 (수) 맑음

하나투어의 '마닐라 3박4일, 푸닝, 팍상한 폭포' 패키지여행에 참가하기 위해 아내와 함께 장대동 시외버스 터미널로 가서 14시 50분에 출발하는 대한여객의 김해공항 행 28인승 우등버스를 탔다. 평소의 옷차림에다 신발만 운동화처럼 목이 짧은 등산화로 바꿔 신고 나왔다. 인터넷으로 조회해 보면 2017년 당시에는 공항버스가 하루 6번 있었는데, 2019년 8월 22일부터 하루 4번으로 준 모양이다. 우리 내외는 1인석인 3번·6번 좌석에 앞뒤로 앉았다.

20시 30분에 출발하는 필리핀항공(Philippine Airlines)의 PR419편을 타고서 4시간 5분을 비행하여 23시 35분에 마닐라 공항 제2터미널에 도착하게 되는데, 김해공항에서의 대기시간이 너무 길므로 무료함을 달래기 위해 어제 우송되어 온 『계간 철학과 현실』 123호(2019 겨울)도 한 권 수화물 배낭에다 집어넣었다. 필리핀 시간은 중국과 마찬가지로 한국보다 한 시간이 늦다.

1시간 20분 남짓 걸려 김해공항 2층 국제선에 도착하여, 먼저 구내의 성원서점에 들러 백주희 지음 『인조이 필리핀』(파주, 〈주〉넥서스, 2010 초판, 2019 5판 5쇄)을 한 권 샀다.(16,000원) 3층 오른편의 하나투어 데스크로 가서 확정된 스케줄과 전자항공권 발행확인서 등을 받았다. 그것을 가지고서 필리핀항공 카운트로 가서 티케팅을 하고, 출국수속을 하여 5번 게이트에서 탑승을 기다렸다. 우리 내외는 32J·H석을 배정받았다. 티케팅 하면서 보니 마닐라로 가는 승객 중에는 골프 가방을 들었거니, 다이빙 클럽의 유니폼을 입은 사람들이 태반이었다.

이번 여행의 참가비는 성인 1,069,000원이다. 나는 같은 아파트에 사는 모두투어 진주지사장이기도 한 ㈜세계항공여행사의 대표 류청 씨를 통해 신청하였으나, 그가 주선해 준 것은 하나투어의 상품이었다. 얼마 전 러시아여행 때 혜초여행사 부산지사장이기도 한 JM투어의 대표 김종민 씨로부터 들은 바로는 하나투어·모두투어는 한국에서 1·2위 가는 큰 여행사들이라고 한다.

마닐라 공항에 마중 나온 현지가이드의 이름은 최성규 씨였다. 그는 이곳에서는 에탄(Ethan)이라는 영어 이름을 쓴다고 한다. '강력한' '신조 있는' 등의 의미를 지녔는데, 「죽은 시인의 사회」라는 나도 본 적이 있는 헐리웃 영화의 등장인물 이름에서 취한 것이라고 했다. 마닐라 공항에서 대구에서 온 중년남자 5명 팀과 합류했다. 그들은 친구 사이인 모양이고, 두 명은 친형제였다. 가이드를 제외하면 총 인원은 7명이어서, 15인승 차량으로 움직이는 모양이다. 공항 밖 환전소에서 나는 $100을 필리핀 돈 5,050페소로 바꾸었고, 아내는 $130을 바꾸었다. 페소는 과거에 스페인의 식민 지배를 받은 남미 여러 나라에서도 사용하는 화폐 단위이다. 마닐라의 현재 기온은 27℃이다. 가이드의 말에 의하면 마닐라 시에 거주하는 한국 교민만 해도 30만 정도라고 한다.(그러나 네이버에 위하면 2014년도 기준 필리핀에 거주하는 한국 교민의 총수는 89,037명이며, 9월 12일에 발생한 마닐라 남쪽 65km 지점의 탈(Taal) 화산 폭발에 관한 조선일보 보도에 의하면 필리핀 교민은 85,000명이다)

■■■ 9 (목) 맑음

40분 정도 이동하여 One Rizal Park 0913에 있는 5성급 The Manila Hotel에 들었다. 내일이 가톨릭 국가인 이 나라의 무슨 큰 축제일이라, 자정이 훨씬 넘은 시각임에도 불구하고 거리의 교통 정체가 심하였고, 우리가 머물 마닐라호텔 부근은 人山人海이며, 많은 사람들이 맨발이었다. 이 호텔 부근에서 주된 행사가 있는지, 그 일대는 줄을 쳐서 경찰이 진입을 차단하고 있으므로, 줄 바깥에다 차를 세운 후 캐리어를 끌고 한참을 걸어서 호텔로 접근하였다. 가이드도 이런 경험은 처음이라고 했다. 우리 내외는 1003호실을 배정받았다. 17층 빌딩의 10층이다. 새벽 2시경에 방에 들었다. 우리는 이 호텔에서 한국으로 돌아갈 때까지 3박을 할 예정이다. 필리핀의 호텔에서는 손님에게서 보증금을 받아두는 제도가 있는 모양이어서, 나는 신용카드로 4,000페소를 결제하였다. 체크아웃 할 때 호텔 측에 지불해야 할 금액이 있으면 그것으로 결제하고, 별일 없으면 되돌려 받는 모양이다.

뒤에 알고 보니 간밤에 우리 일행이 만난 행사는 블랙나사렛축제라고 불리는 것으로서, 스페인에서 십자가를 맨 예수상을 운반해 오던 배가 화재를 만났으나, 그 배에 실린 예수상은 색깔이 검게 변했을 뿐 타지 않았다고 한다. 이후 그 기적을 계기로 이 나라의 대표적인 가톨릭 축제가 된 모양인데, 1월 8일 리잘광장을 중심으로 하여 전국에서 800만 정도의 인파가 몰린다고 한다.

밤새 바깥 거리에서 사람들이 웅성거리는 소리가 들리더니, 아침에 일어나 창밖을 내다보니 바닷가 항구였다. 오른편으로 크레인들이 많이 보이고 컨테이너 박스도 산적해 있었다. 1층의 구내식당에 들어가 보니 메뉴가 마치 한국의 결혼식장 뷔페식당처럼 다양하였다. 『인조이 필리핀』에 의하면, "노무현 전 대통령이 마닐라 방문 시 묵게 되어 유명해진 마닐라호텔은 오래된 전통을 자랑하는 마닐라 대표급 호텔이다. 총 500개의 객실을 보유하고 있으며 주변 환경을 녹지대로 꾸며놓았다. 1912년도에 지어져 거의 100년의 역사를 가지고 있는 호텔로 전반적으로 중후한 느낌의 무게감 있는 호텔이다. 그러나 오랜 세월이 말해주듯이 조금은 낙후된 듯 보이는 시설과 밋밋한 야외 풀장이 실망감을 안겨주기도 한다."고 되어 있다.

2018년도 기준으로 필리핀의 인구는 1억850만 명으로서, 그 중 마닐라에서 차로 2~3시간 거리까지를 포함한 수도권 지역의 인구는 3천만 명 이상이며, 7개의 시와 10개 자치구로 구성된 메트로 마닐라(광역 마닐라)의 인구는 1500만 정도로서, 인구밀도로는 세계 4위, 서울이 5위라고 한다. 그러나 출생신고를 하지 않은 사람이 많아 정확한 인구를 파악하기는 어렵다. 수도권의 면적은 8,118㎢, 메트로 마닐라의 면적은 614㎢이다,

메트로 마닐라에서 핵심이 되는 지역은 구도심인 마닐라 시티에 속하는 말라테와 그 동남쪽에 위치해 서울로 치자면 강남에 해당하는 신생도시 마카티이다. 마닐라호텔은 말라테 중에서도 마닐라 시티 투어의 대상인 구역에 위치해 있어, 우리가 마지막 날 들를 리잘공원, 산티아고 요새 그리고 산 아구스틴 성당이 모두 이 근처에 있다. 협의의 마닐라인 마닐라 시티는 마닐라 만이라고 하는 항구에 알맞은 지형으로 이루어져 있어, 스페인 식민지 시대부터 필리핀의 중심지였다. 마닐라라는 명칭의 유래는 마닐라의 중심을 동서로 흐르는 파시그 강(Pasig River)에 '니라'라고 하는 식물이 많이 있는데, '니라가 있는 곳'이라는 의미의 '마이 니라'가 '마닐라'로 변했다고 한다.

필리핀은 7,107개의 섬으로 이루어진 나라로서 인도네시아 다음으로 세계에서 두 번째로 섬이 많은데, 그 중 2천 개 정도의 섬에 이름이 있고, 880여 개가 사람이 거주하는 有人島이다. 국토 면적은 300,420㎢로서, 남한의 3배, 한반도의 1.4배이다. 다양한 소수민족으로 구성되어 있으나 대부분 말레이계이며, 공용어는 타갈로그어와 영어 둘을 사용하나 스페인어의 잔재도 많이 남아 있다. 전체 국토는 마닐라가 속해 있는 루손 섬, 보라카이·세부·보홀·팔라완 등 이 나라를 대표하는 유명 휴양지가 산재해 있는 비사야스 제도, 그리고 남부의 민다나오 섬 등 3개 지역으로 나뉜다.

식민지배의 역사가 약 400년인데, 그 중 스페인의 통치가 327년, 일본이 3년, 미국이 48년이었다. 종교는 가톨릭이 83%, 개신교가 9~10%, 이슬람이 5%, 불교가 3%이다. 가톨릭의 영향으로 이혼·낙태가 금지되어 있으므로, 14~20세 안에 1~2명의 자녀를 출산할 정도로 조혼에다 출산율이 높아 평균 연령은 23.8세이며, 그래서 태반이나 알부민이 이 나라의 특산품으로서 유명하다고 한다. 교육열과 교육수준이 높아, 국민영웅 호세 리잘이 졸업한 산토 토마스 대학 등 300~400년의 역사를 지닌 유서 깊은 대학과 필리핀 대학 등 명문대학들이 있고, 의료수준도 높은 편이다. 1인당 GDP는 가이드의 말로는 $3,300로서 한국의 1/10 정도이다.(2012년 어림값으로 $4,300로서 세계에서 134위라는 것과 2015년도에 $2,951라는 통계도 보았다) 그러나 1980년대까지만 해도 한국보다 소득수준이 높았으며, 아시아에서는 일본 다음, 세계에서도 10위권에 들 정도로(?) 잘 사는 나라였다고 한다. 한국의 통일벼는 필리핀 쌀을 가져와 변종 개량한 것이었고, 장충체육관·경부고속도로를 건설하는 데도 이 나라의 도움이 있었다고 한다.

대통령은 6년 단임제이며, 국회는 상·하 양원제를 채택해 있다. 계절은 1년 내내 여름뿐인데 우기와 건기로 나뉘며, 1월에서 5월까지가 건기로서 지금이 그 시작이다. 수출품은 노니, 코코넛, 바나나, 파인애플, 남양진주, 참치 등이 대표적이나 향신료는 없으며, 수입품으로는 석유(이 나라에서는 석유가 산출된다), 일본 자동차, 미국이나 중국제 가공제조업 제품인데, 수입이 수출을 초과하며, 지금은 관광업으로 먹고산다고 할 정도이다.(이상 필리핀에 관한 일반 정보는 주로 가이드의 말)

일정표 상으로는 오늘 마닐라 남쪽 근교에 있는 팍상한 폭포로 갈 예정이었으나, 아침에 가이드가 호텔로 와서 하는 말로는 팍상한은 오늘 그 전체를 둘러볼 수 없으므로, 내일로 예정된 마닐라 북부 교외의 푸닝 온천으로 바꾸어야겠다는 것이었다. 이 나라 관광청에서 현장의 상황에 따라 그 때 그 때 지시를 내리므로 가이드로서도 예측하기가 어려운 모양이다. 게다가 수도인데도 불구하고 스마트폰의 통화는 물론 인터넷이나 문자메시지도 안 되어 기사 측과 연락을 취하기 어려우므로, 오전 10시 가까이 되어서야 출발할 수 있었다.

호텔 로비에서 대기하는 중에 다섯 명 팀 중 동생 되는 사람과 잠시 대화하여 보았는데, 그들 다섯 명 중 네 명은 영남대의 직원으로서 66년생 말띠에 55세 동갑이며 영남대 동기동창이고, 동생인 이강호 씨는 닭띠로서 52세인데, 3개 건설회사의 사장 및 부사장이고, 포항과 대구에 빌딩을 소유하고 있으며, 함양 등 세 군데의 고속도로휴게소에도 점포가 있고, 경산시승마협회 회장이었다. 동창들은 매달 5만 원씩 회비를 적립하여 2년에 한 번 정도씩 함께 해외여행을 하는 것인데, 중국의 張家界에 이어 이번이 두 번째로 나온 것이라고 한다.

밖으로 나가보니 간밤의 축제 인파는 흔적도 없이 사라졌다. 스마트폰에서 카카오톡을 제외한 다른 기능이 전혀 안 되는 것은 폭파 등 보안상의 위험이 있어 경찰이 차단했기 때문이라고 한다. 리잘공원이 바로 근처에 있고, 간밤에 차를 내려 걷기 시작했던 지점은 미국대사관 앞이었다. 미국대사관 부근에서는 사진이나 비디오 촬영을 금지하고 있었다.

오늘 우리가 가기로 된 푸닝은 1991년의 피나투보 화산 폭발로 말미암아 미국 공군기지가 철수했던 클라크 인근으로서, 그 근처에 미국의 해군기지 인 수빅 만도 위치해 있다. 바로 그 피나투보 화산 기슭에다 한국인이 온천 및 모래찜질과 머드팩 시설을 개발한 것이다. 기사는 제이알이라는 이름의 비교적 젊어 보이는 현지인이었다. 그가 몰고 있는 밴은 나로서는 처음 보는 로고를 지녔으므로, 물어보니 중국제 포톤 차라고 한다. 그러한 로고를 가진 차량이 일본차나 한국차 정도는 아니지만 거리에 더러 보였다. 두 시간 정도 면 푸닝까지 이동할 수 있다지만, 마닐라는 교통체증이 매우 심한 곳이라, 실제로 얼마나 시간이 걸릴 지는 닥쳐 보아야 아는 것이라고 한다.

실제로 시내의 교통 체증은 극심하여, 상당한 시간 동안 우리는 거의 오지 도가지도 못한 채 시내에서 시간만 보내고 있었다. 거리에 보이는 글자는 모 두 영어이고, 현지인끼리 쓰는 말은 대부분 타갈로그어 인듯하였다. 거리에 버스나 택시가 전혀 없는 것은 아니지만 매우 드물고, 일반 대중의 택시에 해당하는 것은 트라이시클(Tricycle)이라고 하는 오토바이 옆에 조그맣고 덮개 있는 손님석이 달린 것이며, 버스를 대신하는 대중교통수단은 지프니 라고 부르는 길쭉한 외관에다 길이는 제각각이며, 외관이 울긋불긋 독특한 데다 내부에는 양쪽 옆에 세로로 한 줄씩 기다란 손님석이 설치되어 있는 차 량이었다. 트라이시클의 손님석은 한 사람이 앉으면 적당할 듯하지만 대부 분의 경우 여러 명이 앉아 있고, 그 뒤에 서서 매달리거나 운전사 뒤쪽의 오 토바이 좌석에도 사람들이 앉으며, 지프니도 손님이 차량 뒤 바깥에 매달려 서서 가는 경우가 많았다. 트라이시클은 인도의 릭샤나 과거 중국의 빵차라 고 불리던 마스다와 비슷하고, 지프니는 동남아에서 흔히 보는 툭툭이를 개 조한 것인 듯하였다. 사람들의 운전이 매우 거칠어 끼어들기가 심하므로 너 무 아슬아슬하여 깜짝 놀랄 일이 많지만, 그래도 사고율은 한국보다도 오히 려 낮은 편이라고 한다.

이럭저럭 교외지역으로 접어드니 탁 트인 벌판이 시원하였다. 멀리 어렴 풋이 산이 보이기는 하지만 대부분 一望無際의 들판이었다. 가이드는 제주도 한림에 살다가 월드컵 경기장 부근인 신서귀포로 이주한 사람으로서, 20대 시절에는 캐나다의 밴쿠버에 몇 년간 거주했던 적도 있었다고 한다. 한국으로 돌아와 어떤 기업에서 입찰 담당 일을 했고, 헬스 트레이너의 직업을 가진 적도 있었는데, 여행을 좋아하여 필리핀에 와서 세 번째로 이런 직업을 가진 지 5년 이상 된 모양이다. 한국에는 중학 교사인 아내가 초등학생인 자녀 둘을 데리고서 살고 있다.

클라크에 도착하니 Clark International Airport라는 곳이 눈에 띄었는데, 아마도 예전에 미국 공군기지가 있었던 장소가 아닌가 싶었다. 목적지인 Puning Hot Spring and Restaurant은 클라크에서 E4 도로를 따라 얼마쯤 더 나아간 곳인 Angeles, Pampanga에 위치해 있었다. 피나투보 화산의 산기슭이었다. 이 지역은 아이타 족(Aetas)이라고 하는 어린아이처럼 키가 작고 까무잡잡한 피부를 가진 종족이 거주하는 곳이었다. 그곳 베이스캠프에서 간단한 뷔페식 점심을 든 후, 거기서 제공하는 목욕용 의복으로 갈아입고 타월을 하나씩 받고는 짚 모양이지만 옆으로나 천정이 트이고 바퀴가 높은 사파리 차량 비슷한 사륜구동 특수차에 타고서, 헬멧을 착용하고는 먼지가 펄펄 날리는 비포장도로를 덜컹거리면서 한참 동안 올라갔다. 주변에 화산재가 쌓인 흙이 지천이었고 숲도 꽤 있었다.

20~25분쯤 후에 도착한 곳은 Pinatubo산 중턱의 Sacobia강이라고 하는 온천 샘에서 흘러나오는 물로써 이루어진 12개의 노천탕이 있는 시설이었다. 수온은 섭씨 40도에서 70도 사이라고 하지만 뜨겁지는 않고 오히려 좀 미지근하다는 느낌이었다. 우리 내외는 여러 개의 돌 축대 사이에 산재해 있는 온천탕들 중 위쪽 탕에서 작은 폭포수가 떨어지는 탕에 둘이서 들었다. 도중에 탕을 나와 혼자서 주변을 좀 둘러보았는데, 제일 꼭대기에 이 나라 스타일의 지붕이 휘어진 정자 같은 것이 하나 있고, 그 가운데에 '顯妣 晉州 姜氏之神位'라고 쓴 위패가 모셔져 있었다. 아마도 주인의 모친이 아닌가 싶었다. 목욕을 마친 후 그 시설 안의 상점에서 우리 일행과 더불어 온천수에

삶은 달걀도 하나 들어보았다.

되돌아 내려오는 도중에 모래찜질과 머드팩을 하는 장소에 들렀다. 반팔 상의를 갈아입고서 원주민이 만들어준 모래 구덩이 속으로 들어가 누워 있으니 내 몸 여기저기서 부정기적으로 맥박이 띄는 것이 마치 안마를 받고 있는 듯한 느낌이 들었다. 원주민 여자가 모래 위로 올라가 서서 발바닥으로 팔다리를 밟아주고, 머드팩을 한 얼굴과 목에는 커다란 부채로 계속 바람을 불어 보내주고 있었다. 점심을 든 곳으로 내려와 샤워를 하고서 옷을 갈아입었다.

돌아오는 길은 교통의 흐름이 비교적 원활하였다. 마닐라로 돌아오는 도중 클라크 부근의 어느 거리에서 우리 차 기사가 불법으로 유턴을 하다가 교통경찰에게 적발되었다. 그러나 기사가 차에서 내려 한참 동안 대화한 끝에 결국 500페소의 뇌물과 담배 한 갑으로 이럭저럭 무마되었다. 정식으로 벌금 처리되면 딱지를 떼고 2,500페소를 물어야 하는 모양인데, 뇌물로 준 500페소만 하더라도 현지 여행사에 고용된 이 기사의 일당에 해당하는 금액이다. 이 나라에서는 가정부·보모·기사의 월급이 제각기 한국 돈 20만 원 수준이라고 한다.

마닐라 시내로 돌아와서는 밤 7시 무렵 Manila Film Center Amazing Building에 있는 Leega(李家)라는 한식당에 들러 전골 스타일의 소불고기 정식으로 석식을 들었다.

그리고는 La Spa Mer라는 마사지 업소에 들렀다. 1시간 전신 마사지는 이번 상품에 스페셜로 포함된 것인데, 가이드는 1시간 마사지가 $40 짜리인데 비해 $20을 더 지불하면 2시간 서비스를 받을 수 있다면서 필리핀의 마사지는 동남아 최고라고 하면서 적극 추천하였다. 나는 마사지 같은데 별로 흥미가 없어서 처음에는 안한다고 했으나, 다들 그렇게 하는 모양이어서 나도 $20을 추가로 지불하였다. 아내와 나는 독방에 들었고, 나는 좀 체격이 있고 중년 정도로 보이는 아주머니로부터 서비스를 받았는데, 꽤 노련한 사람이어서 이번 마사지는 별로 아프지도 않고 마음에 들었다. 팁 $4을 주었다.

마사지를 마친 다음 한길 가의 청과물 상점으로 이동해 가서 아내가 좋아하는 망고를 좀 구입하였고, 그 곁에 있는 수산시장도 둘러보았다.

마지막으로 마닐라 베이 하버 스퀘어라는 곳으로 가서 요트 정박장 부근에 있는 Dencio's라고 하는 바깥으로 트인 카페에 들러 가이드가 사주는 아시아 3대 맥주의 하나라고 하는 성 미카엘 대천사맥주(San Miguel Pale Pilsen)를 작은 병으로 하나씩 들었다. 1890년에 창업한 맥주회사인데, 나는 들지 않았지만 일행의 말로는 톡 쏘는 맛이 없어 한국인의 입맛에는 그저 밋밋했다고 한다. 이것이 일정표에 적힌 마닐라 베이 관광의 전부였다. 가이드의 말로는 이 일대의 해변 전체가 마닐라 베이라는 것이었다. 하버 스퀘어는 그 중에서도 비교적 경치가 좋으면서 카페나 음식점이 주로 모여 있는 구역이다.

오늘 나는 푸닝으로 가는 도중의 휴게소 상점이나 마닐라 시내의 7-Eleven 편의점에서 각각 큰 페트병에 든 식수 두 통씩을 사느라고 54페소와 102페소를 지불한 것 외에는 아직 환전해둔 돈을 쓸 기회가 없었다.

▬▬ 10 (금) 대체로 맑으나 때때로 부슬비

오늘은 8시에 출발하여 마닐라 남쪽 교외 약 2시간 반 거리에 있는 팍상한(Pagsanjan) 폭포를 보러 가는 날이다. 그리로 가는 도중 니노이 아퀴노 국제공항을 통과하였고, 그 부근에서 마닐라의 강남이라고 하는 마카티 구역을 바라보았다. 고층건물들이 밀집해 있는 꽤 넓은 구역인데, 서울보다도 고층건물이 더 많다는 말도 있다. 필리핀의 부유층이 거주하는 별천지인 것이다.

가이드의 말에 의하면, 필리핀은 여아선호 사상이 강하며, 여성이 생활력이 강해 가족의 생계를 책임지는 경우가 많아, 동남아시아에서 흔히 있는 모계사회 중 하나라고 한다. 미혼모 율이 세계 최고라고도 했다.

가는 도중 그는 이 나라의 역사에 대해서도 대충 설명하였다. 그의 말과 내가 조사해 본 바를 종합하여 이 나라 역사의 아웃라인을 정리해 보면, 필리핀은 서양인 마젤란이 이곳에 도착하기까지 족장이 지배하는 바랑가이라고 하는 체제를 이루고서 살았다. 바랑가이는 대개 30~100가구 정도로 구성되어 있었는데, 지역에 따라서는 2,000명 이상이 포함된 바랑가이도 존재했다고 한다. 바랑가이에는 다투라고 하는 지배자가 존재했다. 그리고 남부 민다나오에는 14세기부터 이슬람 왕국이 성립되어 이 지역의 무역을 통제하기도 하였다.

포르투갈인 마젤란이 스페인 왕실의 후원을 얻어 1519년 5척의 배와 270명의 선원을 대동하여 스페인을 출항하였고, 최초로 세계 일주를 하여 천신만고 끝에 1521년 세부에 도착하였다. 그는 세부 섬에다 가톨릭을 전파하는 데 대체로는 성공하였지만, 그 옆에 위치한 조그만 막탄 섬의 촌장 라푸라푸가 이 새로운 종교를 받아들이기를 거부하므로, 그를 무력으로 정복하기 위해 세부의 부족과 연합하여 전투를 벌이던 중에 전사하였다. 그 후 스페인으로 돌아가던 마젤란 함대는 몰루카 제도에서 마침내 당시 스페인의 궁극적 목적이었던 향신료를 발견하였다. 스페인의 식민지배 기간 동안 마닐라는 멕시코 아카풀코와의 무역 연결점이 되었으며, 1543년 멕시코 총감 비아로고스가 스페인 국왕 펠리페 2세의 이름을 따서 이곳을 필리피나스라고 명명한 것이 필리핀이라는 이름의 유래가 되었다.

327년간에 걸친 스페인의 식민통치를 일관한 3대 정책이 있었는데, 그것은 원주민을 가톨릭으로 개종시키는 종교정책과 다민족 혼혈국가로 만든 혼혈정책, 그리고 도박과 술로써 남성을 우민화 시키는 정책이었다. 그 결과 백인과 원주민의 혼혈인 메스티소가 이 나라에서는 상류층을 이루게 되었고, 남성이 노예화함에 따라 점차 모계사회로 바뀌어져 갔다. 태국과 마찬가지로 이 나라에도 남성이 여성화한 게이가 아주 많다고 한다.

19세기에 들어 필리핀의 결집된 민족주의는 외세에 대한 강한 반발을 외부로 표출하였는데, 호세 리잘(Jose P. Rizal)이 대표적인 인물이었다. 그는 1892년 필리핀민족동맹을 결성하여 사회개혁을 시도하였다가 카티푸난(Katipunan)이 일으킨 폭동에 연루된 혐의로 체포되어 1896년 식민당국에 의해 처형당했다. 지정학적으로 아시아의 중심에 위치한 이 나라에서는 결국 혁명이 일어나 1898년 6월 12일 스페인으로부터의 독립을 선언하였다. 짧은 기간 동안 유지된 필리핀 제1공화국이 성립한 것이다.

그러나 같은 해에 미국-스페인 전쟁에서 스페인이 패하게 되자, 스페인은 2,000만 달러를 받고서 필리핀·괌 등의 지배권을 미국으로 넘겨주었다. 뒤이어 필리핀-미국 전쟁이 일어났고, 필리핀은 초대 대통령이 된 에밀리오 아기날도 장군의 지휘 아래 격렬하게 저항하였으나 결국 60여만 명에 달하는 많은 희생자를 내고서 굴복하여 필리핀 제1 공화국은 붕괴하였다. 전쟁이후 미국의 새로운 식민지배가 시작되었고, 필리핀의 정치 및 행정체계는 급속한 변화를 맞이하게 되었다. 미국의 통치는 군정·민정·자치령 시기를 차례로 거쳤는데, 1935년부터 46년까지 미국의 보호 아래 수립된 필리핀자치령(Commonwealth of the Philippines)의 초대 및 제2대 대통령이 된 마누엘 L, 케손은 영어를 상용어로 삼는 정책을 채택하여 오늘날에까지 이어지고 있다.

카츠라-태프트 조약을 통해 미국은 일본의 한국 영유를, 일본은 미국의 필리핀 점유를 서로 인정하였지만, 1941년 진주만을 공격한 일본은 1942년 1월 마닐라를 점령하여 이후 1945년까지 3년간 일본의 식민지로 되었다. 제2차 세계대전 중인 1945년 2월 미군이 마닐라로 돌입하자 시가전 과정에서 일본군은 민간인에게 약탈·강간을 자행하고, 125,000명에 달하는 필리핀 민간인을 학살하였다고 한다. 이 과정에서 마닐라에 있는 건물의 30%가 파괴되었다.

일본이 패망한 다음해인 1946년 7월 4일 필리핀은 미국으로부터 독립을 승인 받아 4세기에 걸친 외세의 시달림에서 드디어 해방되었다. 미국의 경제 원조 등에 힘입어 1950년대부터 1970년대까지 한동안 아시아에서 일본 다음으로 경제사정이 좋은 나라가 되기도 하였으나, 마르코스 정권의 독재와 부패, 과도한 빈부격차로 말미암아 결국 경제적으로 몰락하게 되었다. 독립 이후에도 미국에 대한 경제적 의존이 지속된 가운데, 지금까지도 수빅 만에 미국의 해군기지가 자리 잡고 있는 것이다. 필리핀에는 다른 나라에 비해 K-Pop 등 한국의 대중문화가 늦게 들어왔는데, 이것 역시 미국 문화의 영향이 그만큼 뿌리 깊었기 때문이라고 한다.

팍상한으로 가는 도중 우리는 긴 장례행렬을 보기도 하였고, 경찰차 두 대가 양쪽에 앞장서서 길을 틔워가며 민간인 차량 한 대를 호위해 가는 광경을 보기도 하였다. 필리핀에서 이런 모습은 흔한 것이라고 한다.

팍상한 폭포는 마닐라에서 남동쪽으로 100km 정도 떨어진 곳인 라구나 주 카빈티의 붐붕안 강에 위치해 있으며, 세계 7대 절경의 하나라고 한다. 〈지옥의 묵시록〉 〈플래툰〉 등 미국 영화의 촬영지로 사용된 곳이기도 하다. 본래 이름은 마그다피오 폭포인데 팍상한 지역에 있다 하여 일반적으로 팍상한 강·팍상한 폭포로 불리며, 높이는 91m이다. 900m 아래쪽에서 방카라고 불리는 길쭉한 카누를 타고서 바위 절벽으로 이루어진 깊은 계곡을 지나 한 시간 남짓 강을 거슬러 올라가면 나온다. 이후 대나무 뗏목을 타고 폭포 밑까지 가서 그 뒤쪽에 있는 악마의 동굴에 들어가면 쏟아져 내리는 물줄기가 바로 눈앞에 펼쳐진다.

우리는 Pagsanjan Falls Lodge and Summer Resort라는 곳에 도착하여 구명조끼와 헬멧을 착용한 후 방카에 탔다. 나는 100페소 주고서 비닐비옷 하나를 사서 입고 그 위에다 구명조끼를 걸쳤다. 한 사람이 앉으면 빠듯할 정도로 좁은 카누인데, 내 앞에는 아내가 바싹 붙어 앉았고, 카누의 앞뒤 쪽 끄트머리에는 남자 사공이 한 명씩 탔다. 방카는 한 동안 모터보트에 줄을 연결하여 나아가다가 얼마 후 강폭이 좁아져 바위가 많이 드러난 곳에서부터는 앞뒤로 노를 저어 나아가되 앞쪽에 앉은 사공이 주로 방향을 잡았다. 카누는 물길이 넓지 않은 곳을 택하여 앞으로 나아갔는데, 앞의 사공이 배에서 내려 바위들 위로 배를 끌어올릴 경우가 많았다. 1996년 7월 3일 중국 三峽의 小小三峽에서 급류타기 했을 때의 풍경이나 상황과 비슷하였고, 2013년 1월 20일 회옥이와 더불어 발리의 아융 강에서 래프팅 했을 때의 주변풍경과는 더욱 흡사하였다.

바위 절벽 위로부터 크고 작은 폭포들이 곳곳에서 떨어졌고, 바위 사이로 대나무 장대들이 걸쳐져 있어서 카누는 때때로 그 위를 통과하기도 하였다. 마침내 강의 끄트머리에 위치한 팍상한 폭포에 도달하였는데, 못의 이쪽 편 기슭에 내려서 바라보면 폭포가 웅장하기는 하나 도중에 꺾어져 대부분 바위에 가려진 까닭인지 그다지 높아 보이지는 않았다. 못에 대나무 뗏목 한

척이 놓여 있었지만, 그것을 타고서 동굴까지 들어가려면 온통 폭포 물을 뒤집어써야 할 터이므로 그렇게 하지는 않았다. 돌아올 때는 비교적 물길이 넓은 곳을 취하여 빠르고도 수월하게 내려왔다. 가이드는 사공에게 팁을 $2씩 주라고 하였으나, 우리 내외는 환전해둔 돈을 소비하기 위해 각각 100페소씩 주었다. 가이드에게 물어 본 바 대로이기는 하나, 대충 한국 돈 2천 원 정도에 해당하는 금액이니 그들의 수고에 비하면 참으로 약소한 액수였다.

옷을 갈아입은 후 그곳 로지의 식당에서 점심을 들었다. 젊은 여성 두 명이 손님들 테이블을 돌면서 스마트폰의 반주에 맞추어 노래를 불러주는데, 한국 가요도 곧잘 불렀다. 이곳에서도 관광객의 대부분은 한국 사람인 듯하였다.

돌아올 때는 교통의 흐름이 원활하여 예상보다도 훨씬 빨리 마닐라에 도착하였다. 가이드는 다음 스케줄인 오후 7시의 오카다 호텔 분수 쇼 시간에 맞추기 위함인지, 우리 일행이 모두 필요치 않다고 말했음에도 불구하고 어젯밤에 들렀던 청과물 상점으로 다시 우리를 데리고 갔다. 두리안을 과일의 왕이라고 선전하면서 맛보라고 권하였고, 또한 마닐라에서 두리안을 파는 집은 이곳밖에 없다고 하였다.(그럴 리야 있겠는가!) 상점 사람이 아직 익지 않았다고 말함에도 불구하고 그가 억지로 껍질을 열도록 해서 내가 그 대금 1,092페소를 지불하고서 일행과 나눠먹었고, 5명 팀도 보다 작은 것을 하나 사는데, 역시 덜 익어서 두리안의 고약한 냄새가 전혀 나지 않았다. 아내가 코코넛 주스를 먹고 싶다고 하므로, 40페소 주고 그것도 하나 사서 둘이 나눠마셨다.

간밤에 들렀던 이가 레스토랑으로 다시 가서 이번에는 돼지삼겹살로 석식을 들었다. 그런 다음 오늘의 마지막 일정인 오카다 호텔 분수 쇼를 보러갔다. 2017년에 오픈한 마닐라 최대의 일본계 호텔인데, 그 1층은 온통 카지노 도박장인 것이 미국의 라스베이거스를 본뜬 것 같았다. 가이드의 다음 손님은 이 호텔에 묵는다고 했다. 호텔 정면에 있는 The Fountain이라는 커다란 인공호수에서 저녁 7시부터 30분 간격으로 4번 정도 분수 쇼가 진행되는 모양인데, 우리는 그 중 첫 번째 것을 보러 온 것이다. 호텔 입구에는 경찰인 듯한 복장을 하고서 무장한 사람들이 늘어서 검문검색이 삼엄하였다. 필리핀에서는 미국과 마찬가지로 일반인에게도 무기 소지가 허용된다고 한다. 우리는 반시간 정도 앞서 입장하여 카지노를 한 바퀴 둘러본 다음 분수 쇼를 구경하였다. 클래식 아리아 한 곡과 한참 사이를 두고서 팝송 한 곡을 방송하는 동안 호텔 건물의 꼭대기 층 높이까지 물을 뿜어 올리며 화려한 조명과 어우러져 한동안 환상적인 경관이 펼쳐졌으나, 음악과 더불어 금방 끝나버렸다.

호텔로 돌아오는 도중에 가이드는 다섯 명 팀 중의 네 명과 더불어 도중에 차를 내리고, 우리 내외를 포함한 3명만이 한글 간판이 많은 좁은 도로들을 경유하여 비교적 이른 시간에 숙소로 돌아왔다. 도중에 내린 사람들은 마닐라에서의 마지막 밤을 기념하여 한 잔 하러 간 모양이었다.

■■■ 11 (토) 맑음

8시 남짓에 호텔을 체크아웃 하여 마닐라 시내 투어를 나섰다. 먼저 마닐라호텔에서 걸어서 5분 정도의 마주 보이는 장소에 위치한 리잘 공원에 들렀다. 이곳은 필리핀의 영웅이자 독립운동가인 호세 리잘(Jose Rizal, 1861~1896, 스페인어 발음으로는 리살이지만 필리핀 현지에서는 영어의 영향인지 리잘로 불린다) 박사가 처형된 장소로서 유명하며, 그의 동상과 기념비 및 假墓가 있는 장소이기도 하다. 그는 35세의 젊은 나이로 죽었으나, 가이드의 말로는 필리핀에서 우리나라의 세종대왕 정도 위치에 있는 사람이라는 것이었다. 53헥타르 규모의 광대한 부지에 길고 드넓은 잔디밭이 조성되어져 있고 그 양쪽 옆으로 숲이 우거져 있으며, 이와 접하여 유료로 입장할 수 있는 중국공원이나 일본공원도 이웃해 있다고 한다. 동상 가의 숲은 예전에는 노숙자들의 숙소로 사용되었다고 하나, 지금은 그런 흔적이 없이 깔끔하였다.

리잘은 루손 섬 칼람바의 부유한 지주 집안에서 태어난 스페인계 메스티소로서, 아테네오 데 마닐라 대학과 부유한 집 자제들이 다니는 명문학교인 산토 토마스 대학을 졸업하였다. 1882년 스페인의 마드리드 대학에 유학하여 의학을 공부하는 한편, 필리핀 식민지의 개혁을 요구하는 언론활동에 참여하였다. 스페인에 체류하는 필리핀 사람들에게 보내는 편지글 형식의『동포들에게』를 발표하여 계몽운동을 이끌었고, 1886년 26세 때 발표한 첫 소설『나에게 손대지 말라』와『체제전복』(1891)으로 개혁운동의 대변자로서 위치를 굳혔다. 이로 인해 스페인 정부는 그를 필리핀으로 추방하였다.

추방 이후 리잘은 본격적인 혁명 및 독립운동을 시작했다. 1892년부터 마닐라에서 필리핀민족동맹을 조직하여 독립운동을 지휘하다가, 1896년 10월 쿠바로 가던 중 스페인에서 체포되어 민다나오의 다피탄으로 유배되었다. 1896년 민족주의 비밀결사단체인 카티푸난이 일으킨 폭동에 연루되었다는 혐의로 체포되어 마닐라로 압송된 후 산티아고 요새에 수감되어 있다가 그 해 12월 30일 군법에 의해 공개 총살형을 당하였다. 필리핀혁명(1896~1902)과 필리핀 민족운동은 그의 죽음으로부터 영향 받은바 컸고, 그는 이후 독립운동의 아버지로 추앙받아, 오늘날 그가 죽은 날이 국가기념일로 지정되었을 뿐 아니라, 1페소 동전에 그의 초상이 들어가 있고, 州의 지명과 국립경기장에도 그의 이름이 붙어있을 정도이다. 가이드의 말에 의하면 그는 유배지에서 의사·발명가·사업가·교육가 등 6가지 직업을 가졌을 정도로 다재다능했으며, 유학 시기에 스페인뿐만 아니라 독일 등지로도 광범위하여 여행하여 내외국인 동지들을 두고 있었다고 한다.

다음으로는 리잘공원 근처의 북쪽에 위치한 인트라무로스로 향했다. Intramuros란 '벽의 안쪽'이라는 뜻을 가진 라틴어로서, 스페인이 건설한 구시가지이다. 마닐라 중심부를 흐르는 파시그 강의 남쪽 제방을 따라 16세기 말에 건설한 성벽도시인데, 성벽의 길이는 약 4.5km, 내부 면적은 약 67.26헥타르이다. 전체적으로 중세 스페인의 모습을 보는 듯한 느낌인데, 도시 안에는 거주지·교회·학교·정부청사 등이 있었고, 외부인의 출입을 철저히 통제하여 1898년 미국에 점령당할 때까지 번성하였으며, 일본 점령 하에서는 일본군 사령부가 위치했던 장소이기도 하다. 그리하여 1945년 일본군에 대한 미국의 포격으로 대부분 파손되었는데, 1979년 대통령령을 제정하여 인트라무로스를 중요한 사적지와 관광지로서 복구하기로 결정하였다. 산 아구스틴 교회, 마닐라 대성당, 산티아고 요새 등이 대표적인 관광지이다.

우리는 구 스페인총독부와 마닐라대성당 앞 길거리에서 '칼레사(Calesa)'라고 부르는 마차로 갈아탔다. 가이드가 마차를 타보라고 적극 권장하므로, 어제 그에게 각자 $10씩을 주었는데, 그가 마부에게 실제로 얼마를 전달하는지는 모를 일이다. 아내와 나는 둘이서 6인승 마차 한 대를 탔다. 마부는 한국어 단어들을 꽤 많이 알고 있어서 약 1시간 정도 성내를 둘러보는 동안 곳곳마다 한국어로 설명을 하였는데, 일본에 대해서는 '일본 놈들' '개새끼' '씨팔놈' '학살 10만 명' 등의 표현을 거듭해 쓰며 혐오감을 표현하였다.

먼저 카사 마닐라(Casa Manila) 박물관에 들렀다. 19세기 필리핀의 대저택을 재연출한 이곳은 당시 상류층의 생활과 문화를 엿볼 수 있도록 꾸며져 있다. 스페인 점령 당시의 고풍스런 분위기였지만, 입구 윗면의 돌에 1981이라는 숫자가 양각으로 새겨진 것으로 미루어 근자에 복원한 것인 모양이다.

다음으로는 산 아구스틴 성당(Church of San Agustin)을 지나갔다. 필리핀에서 가장 유명한 성당으로서, 1571년에 창립되었고, 현재의 건물은 1587년부터 1607년까지에 걸쳐 건축된 것으로서 사도 바울에게 바쳐진 것이다. 필리핀에 남아 있는 석조 교회로서 가장 오래된 것이기도 한데, 가톨릭 오거스틴 수도회(The Order of St. Augustine)의 중심으로서, 여러 지진과 전란에도 불구하고 450년 후인 오늘날까지 원형을 유지하고 있는 유일한 예이며, 1993년에 유네스코 세계문화유산으로 지정되었다.

성안 곳곳에 정원과 감옥 그리고 대학들이 산재해 있었다. 성안을 한 바퀴 두르고서 원래의 위치로 돌아온 다음, 우리는 마닐라 대성당(The Cathedral of Manila) 안으로 들어가 보았다. 성모 마리아에게 바쳐진 것으로서 1581년에 지어진 최초의 성당인데, 총 일곱 번에 걸쳐 태풍과 화재, 지진, 전쟁 등으로 부분 수리하거나 다시 지어진 아픔이 있는 곳이다. 현재의 건물은 1956년에서 58년에 걸쳐 여덟 번째로 지어진 것이다.

그런 다음 밴을 타고서 다시 산 아구스틴 성당으로 가서 오전 10시부터 반

시간 동안 자유 시간을 가졌다. 우리 내외는 5명 팀 중 한 명과 함께 1인당 200페소의 입장료를 내고서 성당 안으로 들어가 가운데에 넓은 마당을 두고서 사각형으로 사방을 둘러싼 커다란 성당 건물의 1·2층에 마련된 박물관을 두루 둘러보았다. 꽤 많은 물건과 그림들이 전시되어 있고, 건물 안쪽으로는 드넓은 정원도 있었다.

박물관을 나온 다음, 마지막으로 근처의 산티아고 요새(Fort Santiago)로 이동하였다. 파식 강어귀에 자리 잡은 스페인 점령 시기의 군사 요충지이다. 여기서도 10시 10분부터 20분간 자유 시간을 가졌다. 우리 내외는 이번에도 1인당 75페소의 입장료를 내고서 안으로 들어가 보았다. 1571년에 목조로 건설된 요새가 중국 해적에 의해 불태워진 이후 1590~93년에 걸쳐 벽돌로 재건된 것으로서, 스페인·영국·미국·일본 네 개 나라의 군사요새로서 차례로 사용된 것이다. 마닐라는 7년 전쟁 중인 1762~68년 동안 영국군에 의해 점령된 적도 있었던 것이다. 현재의 것은 1982~84년에 걸쳐 수리 재건된 것이었다.

내부는 꽤 넓었다. 안쪽에 스페인 식민지였던 나라의 주요도시에는 대부분 하나씩 있는 무기의 광장(Plaza de Amas)도 있는데, 그곳에 1953년에 세워진 호세 리잘의 기념비가 있다. 라자 슐레이만 극장(Rajah Sulayman Theater)이라는 것도 있는데, 원래는 18세기에 병영 겸 사관생도 교육장으로서 만들어진 것이며, 그 안의 기도실은 호세 리잘이 처형되기 전 마지막 밤을 보낸 곳이었다. 2차 대전 중에 파괴된 폐허를 1967년에 노천극장으로 전환한 곳이다. 리잘이 처형장으로 끌려갔던 動線을 1996년에 포장도로 위에다 발자국으로 표시해 둔 곳도 있었다.

아내와 나는 요새 끄트머리의 강을 향해 반원형으로 돌출된, 스페인어로 '반쪽 오렌지'라는 이름을 지녔고 현재 국보로 지정되어 있는 2층 전망대에까지 올라갔다가, 한쪽 성벽 위를 걸어서 들어왔던 방향으로 되돌아 나왔다. 도중의 건물 2층 매점에서 『Jose Rizal: Miscellaneous Correspondence』라는 책이 여러 권 전시되어 있는 것을 발견하고서 한 권 샀다. 2011년에 National Historical Commission of the Philippines에서 발행한 것인데, 378페이지의 책이 130페소로서 믿기지 않을 정도로 가격이 쌌다. 리잘의 서간집으로서, 스페인어로 적힌 원문을 영어로 번역한 것이었다. 그는 생시에 스페인어로만 글을 썼다고 한다.

관광을 모두 끝낸 다음, 일정표에 적힌 대로 두 군데 쇼핑을 갔다. 일정표에는 '마닐라의 다양한 쇼핑센터'라고 하여 '신세계' '마난산' '묘향산' '지프니' 네 곳을 열거하였으므로, 그곳에서 쓰고 남은 페소를 소비할 수 있을 줄로 알았지만, 가이드가 데려간 곳은 역시나 한국인이 경영하는 점포들로서 고가의 제품을 파는 곳이었다.

가이드는 우리 차가 평소 닫혀 있는 철제 대문을 지나 커다란 정원의 안쪽에 위치한 첫 번째 점포 앞에 도착한 이후에도 아직 설명이 끝나지 않았는지 차 안에서 한참 동안 내리지 않고서 한 달에 55,000원, 6개월분이 $610이라는 알부민과 7개월분이 $710이라는 태반 제품을 적극 선전하더니, 마침내 우리 각자에서 주문서를 한 장씩 나눠주고서 매장 안으로 인도하였다. 매장 안에서도 그가 한참을 설명한 후에 남자 주인이 다시 설명을 하였는데, 한국에서처럼 할부 판매도 가능한 상품들이었다. 그 매점 안에는 각종 약품 외에도 진주나 게르마늄 제품 등 여러 가지 물건을 팔고 있었는데, 우리 일행 중 사는 사람이 아무도 없었다. 그랬더니 일행이 밖으로 나왔을 때 그는 체면을 구겼다면서 노골적으로 불만을 표시하는 것이었다. 그는 다섯 명 팀에게 반말을 하고 있었는데, 그가 연상인지도 모르지만 간밤의 술자리에서 다소 격의가 없어진 탓인가 싶었다. 아내의 말에 의하면, 그는 술자리에 어울리느라고 간밤에는 1시간 밖에 수면을 취하지 못했다고 하더라는 것이며, 또한 그는 술도 들지 않더라는 것이었다.

두 번째로 들른 다소 소소한 물건을 파는 'B Handicrafts'라는 점포에서 아내는 $40을 지불하고서 검은 색의 나무(黑檀?)로 만든 효자손 두 개와 밥주걱 하나를 샀다. 그런 다음 Maru(마루)라고 하는 한국식당으로 가서 순두부찌개로 점심을 들었다. 대구시 수성구 출신의 나이든 아주머니가 주인이었는데, 다섯 명 팀 대부분도 수성구에 산다고 했다. 마닐라시내에서는 여기저기에 한글 간판들이 눈에 띄었는데, 그 식당 부근에도 한글 간판이 보였다.

식후에 마닐라공항 제2터미널로 가서 출국수속을 밟았다. 공항 건물 안에 들어가려면 여권과 전자항공권을 제시해야 하므로, 가이드와 기사는 우리를 내려준 후 곧바로 돌아갔다. 우리는 7번 게이트에서 14시 55분에 출발하는 필리핀항공 PR418편을 타고서 19시 35분에 부산국제공항에 도착하였다. 기내에 빈 좌석이 많아 우리 내외는 39G·E석을 배정받았지만, 앞쪽 끄트머리의 좌석 앞 공간이 보다 넓은 자리로 옮겨가 앉았다. 아내는 기내 면세품으로서 방수용 배낭 등 몇 가지를 구입하였다.

김해공항에서 진주로 돌아오는 리무진은 20시 10분 것이 막차라 우리는 그 표를 예매해 두었으므로, 도착한 후 반시간 정도 밖에 여유가 없어 그 시간에 맞출 수 있을지 걱정스러웠지만, 의외로 입국수속과 짐 찾는데 별로 시간이 걸리지 않아 1층의 4번 게이트 앞에서 꽤 오랫동안 대기하다가, 밤 9시 45분에 귀가하였다. 환전해둔 돈은 절반 가까운 2,158페소가 남았다. 그러나 나는 쓰고 남은 각국의 돈을 모아두는 취미도 있으므로 괜찮다.

2022년

2022년

베트남 북부

■■■ 2022년 10월 30일 (일) 대체로 맑으나 베트남 산악지대는 안개

MBC여성산악회의 베트남 사파/하노이/닌빈 5일 여행에 참가하여 아내와 함께 오전 6시가 되기 전에 집을 나서 승용차를 몰고 가좌동의 진주 MBC로 갔다. 엠비씨네 지하주차장에다 차를 세우고서 MBC 앞으로 나가보았지만, 대절버스는 기사가 시간을 착각하여 6시 30분 출발 시간 가까이 되어서야 나타났다. 코로나19 팬데믹으로 말미암아 해외여행을 떠나보는 것은 2020년 1월 8일부터 11일까지 필리핀의 마닐라 일대를 다녀온 이후 거의 3년만이다. 인솔자는 2015년 5월에 있었던 중국 太行山脈 여행 때의 유동훈 이사이며, 참가자는 그를 제외하고서 30명이다. 그는 한 달에 한 번 정도씩 여성산악회를 인솔하여 전국 여기저기로 산행이나 트레킹을 다니는 모양이며, 근자에 설악산에도 다녀왔다고 한다. 태항산맥에 함께 갔던 때로부터 이미 꽤 세월이 흘렀음에도 불구하고, 그 여행 직후에 내가 이메일로 여행기를 부쳐주었기 때문인지 그는 아직도 나를 잘 기억하고 있다. 일행 중 그 외에는 아는 사람이 없었는데, 여행을 출발한지 얼마 후 아내와 진주여고 동기인 최정옥 씨 부부가 있어 상대방이 아내를 알아보고서 말을 건네 왔다.

이번 우리 여행의 실무는 진주시 남강로673번길 16, 2층 202호에 있는 ㈜미래투어에서 맡았다. 그런데 그 여행사의 이상녕 부장이 지난 20일에 있었던 설명회에 참가하지 않은 사람들에게 등기우편으로 발송한 자료는 무슨 이유에서인지 우리 집의 경우 반송되었으며, 그 후 일반우편으로 다시 보내달라고 말해두었으나 출발하는 날인 오늘까지도 입수되지 않았고, 카톡으로 받은 것이 전부일 따름이다.

8시경에 김해공항에 도착하여 출국수속을 밟았다. 2층의 베트남항공 카운트에서 작은 트렁크를 탁송한 후, 1층으로 내려가 SKT 카운트에 들러 국제로밍 건을 문의해 보았는데, 나의 경우 예전에 신청해둔 통화로밍이 아직도 유효하나 데이터로밍은 되어 있지 않다면서, 가장 금액이 적은 29,000원짜리를 권하는 것이었다. 아내는 그것에 가입했으나, 나는 과거의 해외여행에서 인터넷 사용에 불편을 느꼈던 기억이 없고, 유동훈 이사도 자기는 원패스로 등록해두었으므로 나갈 때마다 새로 로밍을 신청하지는 않는다고 하므로, 나도 그럴 줄로 알고서 따로 돈을 내고 데이터로밍을 신청하지는 않았다. 그러나 막상 나가보니 당장에 카톡부터가 불통이라 크게 불편하였고, 사파의 호텔에 도착한 이후에야 와이파이를 이용할 수 있었다.

모처럼 해외에 나가는 지라, 국내와 해외의 시간을 함께 표시하는 여행용 손목시계의 배터리도 다 소모되어 진주MBC 부근의 편의점에 들러서 새 배터리 한 세트를 구입하기는 했으나, 그것을 시계에다 장착할 방법이 없어 결국 이번 여행에서는 무용지물이 되고 말았다. 그러나 스마트폰에 국내와 외국 현지의 시간이 나란히 표시되므로 별로 불편할 것은 없었다.

티케팅을 마친 후, 게이트 부근의 Angel-in-us 커피숍에서 샌드위치 빵과 과일 세트 및 오렌지주스 한 병을 사서 아내와 함께 조식으로 들었고, 기내에서도 식사가 제공되었다. 오늘 새벽에 TV를 틀어보니, 간밤의 서울 이태원에서 있었던 핼로윈 데이 행사에 참가했던 젊은이들이 대규모로 압사하고 부상당한 뉴스가 계속 방영되고 있는데, 김해공항의 게이트 앞에서 본 바로는 147명 사망에 76명 부상이라는 것이었지만, 앞으로 더 늘어날 전망이다.

7번 게이트에서 Vietnam Airline의 VN427편 40K석에 타고서 10시 30분에 김해공항을 출발하였다. 중국의 연해 지방 상공을 경유하여 12시 36분에 하노이의 로이바이국제공항에 착륙하였다. 베트남 시간은 한국보다 두 시간이 느리다. 김해공항 대합실에서와 기내에서 집에서 가져온 책인 Just go 해외여행 가이드북 『베트남·앙코르와트』(서울, 시공사, 2003)와 서울대학교 동양사학과 교수 유인선의 『새로 쓴 베트남의 역사』(서울, 도서출판 이산, 2002)를 좀 뒤적여보았다. 후자를 통하여 베트남이 지금의 하노이(河內)에 수도를 둔 것은 唐末에 신라의 최치원이 부하로서 섬겼던 高騈이 安南절도사로 부임해 있을 때부터였다는 것, 그리고 베트남의 현재 국경이 확정된 것을 나는 프랑스 식민통치의 결과인 줄로 알고 있었지만, 하노이 왕조의 남진정책이 1070년 이후로 계속되어 마지막 응우엔(阮) 왕조 때인 1757년에 이르러서임을 비로소 확인하였다.

공항에서 현지가이드 최형규 씨와 베트남인 가이드 추에니의 영접을 받았다. 최 씨는 자신을 하나투어 가이드라고 소개하였다. 후에 알고 보니 ㈜미래항공여행사는 하나투어의 공식인증예약센터였다. 1975년생 토끼띠로서 48세인데, 현재 독신이나 23살 된 아들이 있다. 8년째 베트남에 거주하고 있으며, 머리카락을 짧게 깎았고 배가 좀 나왔다. 추에니는 박장 출신으로서 딸 둘을 두었다고 하며, 대학에서 토목공학을 전공했으나 그쪽 일이 자신의 기질과 맞지 않아 한국인 투어의 가이드로 전업했고, 한국말도 좀 하는 모양이다.

공항에 딸린 MEMOS라는 식당에서 쌀국수와 중국의 油條 비슷하나 좀 더 짧게 자른 빵을 국수 국물에다 적셔서 점심을 들었다. 식후에 대절버스를 타고 오늘의 최종 목적지인 베트남 북부의 관광도시 사파까지 4시간 반에서 다섯 시간 정도를 달렸다. 70번 고속도로를 따라 올라갔다. 중국 운남성 河口와 홍강에 놓인 다리 하나를 사이에 두고 있는 접경도시 라오까이를 경유해 가는 것으로 되어 있는데, 그 부근에 도착했을 때는 이미 깜깜해진 이후였다. 라오까이와는 도중의 갈림길에서 길이 갈라지고, 라오까이의 반대편인 사파 방향으로 좀 더 나아가면 2차선 꼬불꼬불한 국도가 이어졌다.

고속도로 상의 두 번째로 멈춘 휴게소에서 $2 주고서 야자열매 하나를 사서 아내와 그 주스를 나누어 마셨다. 하노이에서 서북 방향으로 나아가는 도중에는 거의가 평야지대였으나, 점차로 산들이 나타나고 안개가 끼어 주변이 흐려졌다. 일부러 태운 것인 듯 도중의 산중턱이나 도로 부근에 불이 번져나가는 모습이 두 번 눈에 띄었고, 깜깜해진 국도 상에서 오토바이 두 대가 충돌하는 교통사고가 벌어져 공안경찰들이 출동해 있는 모습도 보았다. 대도시보다는 시골길에서 오히려 교통사고가 더 자주 발생한다고 한다.

밤 7시 15분이 지나서 사파에 도착하였다. 베트남 가이드북에는 하노이 이북의 산악지역 중에서 사파에 가장 많은 페이지를 할당하고 있었으므로 나는 제일 큰 도시인가 하고 생각했으나, 알고 보니 이는 라오까이 성에 속한 하나의 읍으로서, 라오까이 시는 인구가 13만 정도인데 비해 사파는 66,000명 정도라고 한다. 고산지대라 체감 기온은 진주보다도 더 낮았다. 그러므로 프랑스 식민통치 시대에는 프랑스인의 별장들이 있었다고 하며, 여러 소수민족이 살고, 동남아 최고의 산인 해발 3,143m의 판시판 산에 인접해 있다. 2016년에 판시판 산에 오르는 케이블카가 완공되면서부터 더욱 더 관광도시다운 면모를 갖추게 된 모양이다.

금년부터는 읍내에서 대형차량이 통행하지 못하게 되었으므로, 우리 일행은 네 대의 전동차에 분승하여 식당으로 향하였다. 여기서는 전동차가 승합버스의 역할을 하고 있는 것이다. 007-Muong Hoa-Sapa-Lao Cai에 있는 Casa Italia Pizza(Nha Hang) 레스토랑이라는 곳인데, 거기서 철갑상어 튀김 등이 나오는 음식으로 늦은 석식을 들었다. 식후에 다시 전동차를 타고서 So 044 Ngu Chi Son, Sa Pa, Lao Cai에 있는 Khach San Muong Thanh Sapa 호텔로 이동하여, 우리 내외는 318호실을 배정받았다. 호텔에 도착한 이후 비로소 비밀번호를 입력하여 와이파이에 연결할 수가 있었다. 베트남에서는 이미 국민의 90% 정도가 마스크를 벗었다고 하므로, 나도 사파로 오는 45인승 대절버스에 타고서부터 마스크를 벗었다.

베트남사회주의인민공화국은 현재 중국·북한·쿠바·라오스와 함께 세계에 5개만 남아 있는 사회주의국가 중 하나이며, 인구는 9863만 명, 면적은 한반도의 1.5배이다. 등록된 오토바이 수가 5천만 대라고 하니, 거의 모든 국민이 소유하고 있는 셈이어서 웬만한 거리는 오토바이로 커버한다. 경제는 자유화되어 연평균 경제성장률이 7%에 이르며, 국민의 평균연령은 30세 정도이다. 상류층 26%가 국부의 50%를 차지하고 있다고 하니, 빈부의 차이가 심한 편이다. 그리고 아직도 협궤열차에다 철로가 대부분 단선인 등 인프라 분야에서 해결해야 할 문제는 많다. 언어는 6성조여서 매우 배우기 어려우며, 현재의 문자는 알렉산드로 드로라고 하는 프랑스인 예수회 신부가 알파벳을 이용하여 만든 것이다. 베트남 문자의 아래 위에 붙은 여러 가지 부호들은 성조를 나타내는 것이다.

54개의 소수민족으로 구성되어 있는데, 그 중 킨 족이 80%를 차지하고 있고, 참파 민족이 10% 정도이다. 58개의 성으로 이루어져 있고, 하노이·하이퐁·다낭·컨터·호치민이 5대도시이다. 국토가 남북으로 좁고 길게 뻗어 있으므로, 기후의 차이도 크고 사람들의 기질과 방언도 많이 다르다. 그 중 하노이를 비롯한 북쪽 지방은 대체로 사람들의 기질이 강하고, 사계절이 분명하며, 현재는 가을이다. 사람들이 小食을 하여 대체로 날씬한 편이다. 평균 소득은 연 $4,000 정도 되는 모양이다. 초등학교까지만 의무교육이고, 천년간 중국의 지배를 받아 중국에 대한 국민감정이 좋지 않으며, 그래서 그런지 세계에서 드물게도 차이나타운이 없는 나라이다. 중국·프랑스·미국 등 강대국들을 상대로 수많은 독립전쟁을 하여 오늘날의 국가를 이루었으므로 자부심이 강한 나라이고, 1975년에 미국과 그리고 1979년에 중국과를 마지막으로 기나긴 전쟁을 마침내 끝내었다.

쌀 수출이 세계에서 5위이고, 북부는 2모작, 남부는 4모작이 가능하지만 지력보존을 위해 정부는 3모작을 권장한다. 용과의 수출이 세계 1위, 커피 수출은 세계 2위이다. $1이 24,000동이고, 10월 19일 현재 한국 돈과의 환율은 100동이 살 때 6.52원, 팔 때 5.16원이다. 땅은 국가소유이며, 땅과 집은 국가가 임대해 주는 형식이다. 그럼에도 불구하고 부동산 투자가 가장 유리한 재산증식의 수단으로 간주되고 있다.

모계사회의 전통이 강하여 여자가 생활력이 강하며, 대부분의 육체노동도 여자가 주로 감당한다. 화장실은 아직도 유료이지만, 무료화장실도 제법 있다. 또한 흡연에 관대한 편이다. 태국은 일본의 문화나 제품에 경도된 경향이 강하지만, 베트남은 멀지않은 과거에 서로 전쟁이 있었음에도 불구하고 한국에 대한 호감도가 크며, 거리에서 눈에 띄는 차들도 한국제품이 가장 많은 듯하다. 우리가 이번에 대절한 45인승 버스도 현대차이다. 베트남에 대한 외국 투자도 한국이 가장 많다. 그래서인지 이 나라의 제2외국어 중 하나로서 한국어가 들어가 있다. 아오자이는 프랑스 유학을 다녀온 여성이 만든 것으로서 그 역사가 그다지 오래지 않으며, 속바지를 반드시 입어야만 정장이 되는 것이라고 한다.

■■■ 31 (월) 맑음

오전 6시 30분 무렵 1층 뷔페식당이 문 열기를 기다려 조식을 든 다음, 29인승과 19인승 버스 두 대에 분승하여 9시에 오늘의 첫 목적지인 깟깟마을을 향해 출발하였다. 깟깟은 고양이라는 뜻이라고 한다. 사파에 인접해 있는 곳이었다. 깟깟마을은 19세기 중반 베트남 소수민족 중 하나인 흐몽 족에 의해 형성되었다. 꽤 깊은 협곡을 따라 마을이 이어져 있는데, 지금은 좀 지나치다 싶을 정도로 상업화되어 온통 기념품 가게와 카페 등이 연달아 있다. 상점들 중에는 어제 가이드 최형규 씨가 이 지방의 우수한 제품으로 소개한 물건들 중 하나인 육포를 파는 곳이 많았고, 관광객들에게 양념장에 찍어 시식해 볼 수 있게 하였다. 골짜기를 다 내려가면 냇물이 흐르고, 근처에 제법 폭이 넓은 폭포수가 쏟아지고 있으며, 폭포 근처의 꽤 넓은 상점 마당에서 전통 복장을 한 젊은 남자가 전통 악기를 연주하거나 남녀의 민속무용 공연이 이어졌다. 상점들 중에는 검은 색 복장을 한 여인네가 이곳 특산품들을 생산하고 있는 모습도 여기저기 눈에 띈다.

개울까지 내려갈 때와는 반대편 언덕길을 계속 올라가니 산 중턱의 주차장에 우리가 타고 온 버스 두 대가 주차해 있었다. 그 차에 탑승하여 사파의 가톨릭성당인 노트르담 사원 맞은편에 있는 SUN PLAZA 건물의 사파 역 앞에 도착하였다. 판시판 산으로 가는 트램을 타는 곳이다. 트램의 종착지인 호앙리엔 역에 도착하여, 그곳에 있는 반삼 레스토랑에서 뷔페식으로 점심을 들었다. 식당이 꽤 크고 온갖 요리가 다 있지만 커피는 눈에 띄지 않았다. 알고 보니 식당 가운데에 있는 카운트에서 판매하고 있었다. 세계 2위의 커피 생산국인 베트남의 커다란 뷔페식당에서 커피를 유료로 제공한다는 것이 좀 이해가 되지 않았다.

이 식당에는 트램 승차권으로 입장할 수가 있는데, 이것들은 모두 판시판 케이블카를 설치한 Sun World Pansipan Legend가 운영하는 곳이기 때문이다. 식후에 에스컬레이터를 타고서 그 건물의 두 층 더 높은 꼭대기로 올라가 그곳의 불교사원과 주변 풍광을 조망하였다. 거기서 내려오는 도중에 한 층 아래의 카운트에 들러 Sun World 그룹의 팸플릿을 하나 집어 왔다. Sun 그룹은 베트남의 유수한 재벌 중 하나로서, 이곳 말고도 예전에 내가 타본 적이 있는 다낭의 바나힐 케이블카, 다낭의 아시아 파크, 하롱, 푸꾸옥, 타이닌의 바덴 산, 하이퐁의 깟바 등에도 Sun World 위락시설들을 운영하고 있다. 베트남 최대의 재벌은 Vin 그룹이라고 한다.

식후에 발 아래로 다랑이논들이 펼쳐진 산골짜기 위의 공중으로 스무 명 남짓의 인원이 앉을 수 있는 꽤 큰 케이블카를 타고서 계속 위로 올라갔고, 케이블카를 내린 후에는 절 등을 지나며 이어지는 계단을 따라서 한참 걸어 올라간 다음 가도꾸엔 역에서 푸니쿨라라고 불리는 가파른 경사를 오르는 또 다른 트램을 타고서 정상 부근까지 갔다. 케이블카의 도중부터 사방에 안개가 자욱하여 지척을 분간할 수 없더니, 케이블카를 내리니 안개뿐만 아니라 바람까지 불어와 제법 매서운 겨울 추위가 닥쳤다. 마침 아내가 가져온 여분의 보온 점퍼와 귀를 가릴 수 있는 모자 및 장갑 등이 있어 그것들을 착용하니 그런대로 견딜만하였다. 판시판 케이블카는 총 운행거리 6,292m, 고도차 1,410m로서 세계에서 가장 길고 큰 고도차로서 기네스북에 올라 있다고 한다.

아내는 자꾸만 뒤처지더니 결국 유 이사의 부축을 받으며 정상 바로 아래까지 올라와서는 그곳에 있는 Cafe du Soleil 즉 '태양의 카페'라는 곳에 머물러 더 이상 오르려고 하지 않았다. 판시판 정상에는 높다란 기둥이 있는 탑 모양과 두 개로 서로 마주 보고 있는 삼각형 모양, 그리고 그 부근의 바위 위에 또 하나의 정상비가 서 있었다. 대충 기념사진을 찍고 난 다음 카페로 내려가 아내에게 몇 발짝만 더 올라가면 정상이니 함께 가보자고 여러 번 권했으나 요지부동이었다. 현지 가이드 최 씨의 말로는 자기가 올 때마다 판시판 산은 늘 안개에 덮여 있었다는 것이다.

올라갔던 코스로 마지막인 무용호아 역까지 내려온 다음, 트램을 처음 탔던 사파 읍내의 노트르담 성당 부근에서 자유 시간을 가졌다. 그 성당과 사파 역 사이에 축구장 모양의 제법 커다란 운동장이 있고 그 주위로 계단식 돌의자가 설치되어져 있는데, 평소 이곳에서 소수민족들의 야시장이 열리지만 간밤에는 무슨 까닭인지 열리지 않았다고 한다. 노트르담성당은 1926년에 착공하여 1935년에 낙성하였으며, 1995년과 2007년에 중건하였다. 성당 뒤편 나무 밑의 성모상 아래에 프랑스인으로 보이는 두 명의 서양 선교사 묘지가 있었다.

그곳을 떠난 다음 다시 전동차를 타고서 이동하여 커다란 호수 가에 있는 주차장으로 가 45인승 대절버스에 탑승하였고, 그것을 타고서 시골길을 12km 정도 이동하여 탁박폭포로 갔다. 해발 2,200m의 로수이퉁 산봉우리에서부터 100m 길이의 제법 거대한 폭포가 넓게 펼쳐져서 떨어져 여러 개의 단을 이루며 아래로 흘러내리는 것인데, 하늘에서 보면 흰색의 용처럼 보인다 하여 실버 폭포라고도 불린다. 베트남 건국 신화에 의하면, 이 나라는 용왕의 아들과 산신의 딸이 결혼하여 낳은 100명의 아들 중 장남인 락농꿘이 세운 것이라 하니 용의 나라이며, 용과 관련한 전설이 많다. 등산로를 따라 2km 정도 올라 폭포의 꼭대기까지 가볼 수도 있으나, 아무도 원하는 사람이 없어 쳐다보고만 말았다.

다시 사파 읍내로 돌아온 다음 재래시장에 들러보았다. 별로 볼만한 것이나 사고 싶은 물건은 없었고, 나는 거기서 $3을 지불하고서 꽃차 한 봉지를 샀다. 여기저기서 자주 눈에 띄던 것인데, 자연에서 채취한 것이니 한국으로 가져가 기회 닿는 대로 끓여서 마셔볼까 해서이다. 그러나 일종의 식품인지라 김해공항에서 통과될 수 있을지 모르겠다.

023, Dong Loi road에 있는 Indigo Restaurant & Bar로 가서 석식을 들었다. 만찬 메뉴도 괜찮았지만, 거기서는 소수민족의 전통복장을 한 키가 작은 젊은 남자 하나가 대금처럼 생긴 대나무 피리를 가지고 나와 녹음한 것 중에서 자신이 선택한 반주에 맞추어 여러 가지 음악을 연주하였다. 연주 솜씨가 꽤 훌륭하여 일행 중 아내를 비롯한 여러 명이 손뼉을 치고 호응하였고, 팁 통에다 달러를 연달아 집어넣어 주며, 중년 남자 하나는 나가서 음악에 맞춰 춤을 추기도 하자, 그는 신이 나서 연주를 계속하였다. 일행 중 오늘이 생일인 젊은 여성이 있어서, 그 여성에게 보내는 생일축하 곡을 끝으로 그 자리를 떴다.

식당 바깥의 거리에는 공중에 등불들이 주렁주렁 매달려 있어서 제법 분위기가 있었고, 일행 중 마사지를 받으러 가는 사람 10여 명을 제외한 나머지는 좀 일찌감치 호텔로 돌아왔다. 이번 우리의 여행은 노 옵션 노 쇼핑인데, 마사지는 원하는 사람들이 있었던 것이다. 대절버스의 앞 유리창에 "NO쇼핑/NO가이드기사경비"라고 적혀 있으므로, 유 이사에게 물어보니 과연 가이드비도 우리가 한국에서 낸 비용 속에 모두 포함되어 있다는 것이었다.

⬤ 11월

▬▬ 11월 1일 (화) 맑음

오전 8시 30분에 호텔을 출발하여 어제처럼 두 대의 소형버스에 나누어 타고서 함롱산 전망대로 향했다. 알고 보니 노트르담 성당 뒤편에 있는 해발 1,888m의 산으로서, 정상에서 사파 읍내 전체뿐만 아니라 판시판 산을 비롯한 주위의 산들까지 조망할 수 있는 곳이었다. 오르내리는 도중에 울퉁불퉁 기묘한 모양의 바위들을 통과하였다. 입구에서 입장료를 받고 있었는데,

그래서인지 산길이 깨끗하게 잘 정비되어 있고, 샐비어나 메리골드, 장미 등 여러 가지 꽃들이 핀 널찍한 정원도 있어 공원 같은 분위기였다. 올라가는 도중에 아내는 숨이 가쁘다면서 오늘도 혼자서 중턱의 넓은 꽃밭 정원이 있는 Rose Garden Center에 머물렀다.

꼭대기 근처에서 길은 Heaven Gate와 Cloud Yard의 두 방향으로 갈라졌는데, 우리는 후자를 택하여 정자가 있는 정상에까지 올랐다. 그 부근의 바위 사이에서 유 이사가 내 사진을 찍을 때 그로부터 들었는데, 이번 여행의 참가자 중 내가 가장 연장자라는 것이었다. 판시판 산은 어제보다 선명하였으나 역시 정상 부근을 구름이 조금 가리고 있었다. 거기서는 어제 트램을 타고 올라간 철로와 점심을 든 건물까지도 조망할 수 있었다.

산에서 내려오자 아침에 우리를 태워 왔던 두 대의 소형버스 중 29인승 한 대가 약속시간에 늦었으므로, 결국 뒤늦게 온 그 버스를 타지 않고서 네 대의 전동차에 분승하여 커다란 호수 가의 주차장으로 가서 45인승 대절버스에 올랐다. 오늘은 우리 일행 중 버스 안에서 마스크를 쓴 사람이 전혀 없었다.

엊그제 밤에 통과했던 길을 따라서 다랑논이 펼쳐진 산속의 꼬불꼬불한 2차선 국도를 따라 서서히 내려가 약 한 시간 후인 11시 10분 무렵 라오까이 시내에 도착하여 강가의 식당에서 월남 쌈과 볶음밥으로 점심을 들었다. 이곳의 월남 쌈은 여태까지 먹어본 것과는 달리 쌀로 만든 노란색 쌈을 사각형으로 작게 잘랐고, 물에 적혀 부드럽게 하지 않고서 그냥 딱딱한 채로 음식물을 넣어 春卷처럼 돌돌 말아서 먹는 것이었다. 오늘 들은 바로는 라오까이 시의 인구는 12만6천 명 정도라고 한다. 그보다도 훨씬 규모가 작은 사파는 행정구역 상 縣에 속한다.

라오까이 시를 출발하여 다시 고속도로를 타고서 하노이로 이동하였다. 고속도로라고는 하지만 대체로 4차선이나 군데군데 2차선인 부분도 있었다. 돌아올 때도 역시 두 군데의 휴게소에서 정거하였는데, 두 번째 휴게소에서 오늘도 다시 아내가 원하는 야자열매를 사고자 했다. 이번에는 나 혼자서 젊은 여자 상인에게 다가가 영어로 가격을 물으니 '호비'라고 대답하는 것 같았다. 무슨 뜻인지 알 수가 없어 다시 물으니 손가락 네 개를 펼쳐 보이므로 예전에 쓰고 남은 베트남 돈 중에서 가장 단위가 큰 5만 동 짜리 지폐 하나를 꺼내어 보이니 아니라고 거절하는 것이었다. 20만 동이 한국 돈 만 원에 해당한다고 하므로 4만 동이면 2천 원, 40만 동은 2만 원에 해당하는데, 손가락 네 개가 만약 40만 동이라는 뜻이라면 예상 외로 너무 비싼 셈이다. 첫 날 갈 때는 야자 하나에 $2을 지불하였으니, 48,000동 즉 2천 원 남짓을 준 셈이다. 어쨌든 야자열매는 포기하고 말았다.

하루 종일 달려 하노이로 돌아오는데, 도중에 평지에다 쓴 무덤들이 자주 눈에 띄었다. 공동묘지도 있고, 단독 혹은 가족묘나 일가묘로 보이는 것도 있는데, 하나같이 다층집 모양으로서 멀리서 보면 한국의 작은 돌탑을 연상케 하였고, 대체로 나지막한 담장을 둘러쳐두고 있었다. 베트남 사람들은 무덤을 죽은 이가 사는 집으로 생각한다고 한다.

마침내 하노이에 도착하여 紅江에 걸쳐진 긴 탕롱(昇龍)대교를 통과하였다. LG대교로도 불린다. 홍강은 중국에서 발원하여 1,200km를 흘러 통킹 만으로 들어간다. 햇빛에 비치면 강물이 붉게 물든다 하여 이런 이름이 붙었다고 한다. 이 강 가에 자리한 하노이는 행정수도로서, 현재 호적상 인구는 800만 정도 되지만, 호적 없이 상주하는 사람들도 있으므로 사실상은 천만 도시로서 서울보다도 인구가 많다고 한다. 신도시와 구도시로 나뉘는데, 내일 방문할 닌빈이 18세기 후반의 단명했던 떠이썬(西山) 왕조 때 잠시 수도가 된 적이 있고, 마지막인 응우옌(阮) 왕조가 중부의 후에에 수도를 둔 것을 제외하면, 천 년 이상 베트남의 수도 자리를 지키고 있다. 땅만 파면 물이 나오므로 물의 도시라고 불리며, 300개 이상의 호수를 가지고 있다. 4시부터가 퇴근시간이라고 하는데, 오토바이 천국으로서 인도로도 오토바이가 통행하고 있었다. 신호등이나 건널목이 별로 없고 사람들이 제각기 자기 편할 대로 통행하므로 무질서의 극치이다. 도중에 한국의 대우그룹이 세운 대우 스마트시티를 지나치기도 했고, 롯데백화점도 눈에 띄었다. 동남아에서는 롯데를 일본 기업으로 알고 있다고 한다. 롯데전망대가 있는 건물이 한 때는 하노이에서 가장 높은 빌딩이었는데, 그 후 한국의 경남그룹이 세운 빌딩에 밀렸고, 그 후는 다시 베트남의 빈 그룹이 지은 81층 빌딩이 최고층을 자랑하므로, 현재는 세 번째로 되어 있다. 이 도시에는 미딩한인지역도 있다.

오후 5시 45분 무렵 BT1-3 duong Nguyen Xuan Khoat, P. Xuan Tao 에 있는 Gourmet Weasel Coffee에 도착하였다. 한국인이 운영하는 커피 전문매장인데, 이 역시 일행 중 원하는 사람이 있어 들르게 된 곳이다. 아내 는 거기서 $110 어치의 커피를 샀다. 그곳을 나온 다음, 다시 30분 정도 이 동하여 So 4 Tran Kim Xuyen-Yan Hoa-Cau Giay에 위치한 역시 한국 인이 운영하는 Meatking Family BBQ에 들러 무한 리필 돼지불고기로 석 식을 들었다. 우리 내외는 중·노년 부부 그룹 다섯 쌍의 자리에 앉았는데, 그 좌석에서 어떤 사람이 보드카와 맥주를 샀으나 술을 끊은 지 이미 오래인 나 에게는 소용이 없었다. 다른 자리에도 아내의 진주여고 동기를 비롯한 부부 팀들이 있는 모양이니, 이번 여행에는 부부동반한 사람들이 제법 많다. 그 건물 2층은 Kims Coffee이며, 이 식당은 김영민이라는 사람이 2008년에 개업한 곳이다.

식사를 마친 다음, Lo CC2, Bac Linh Dam, Hoang Mai, Ha Noi에 있 는 Moung Thanh Grand Ha Noi Hotel에 들러, 우리 내외는 1809호실을 배정받았다. 19층 빌딩의 18층이다. 사파에서 머문 무엉탄 호텔과 같은 계 열인 모양이다. 그래서 그런지 내부 구조가 비슷한데, 목욕실에 샴푸와 샤워 젤이 비치되어 있지 않은 점이 달랐다.

■■■ 2 (수) 맑음

여행 4일차이자 사실상 마지막 날이다. 6시에 2층 식당이 문을 열기를 기 다려 조식을 들고서 7시에 출발하였다. 우리가 머문 호텔은 하노이(河內) 시 의 河東郡에 속해 있다고 한다. 먼저 베트남 정치의 중심무대인 바딘광장으 로 향했다. 바딘광장으로 가는 도중에 우리가 탄 버스가 다른 버스 한 대와 더불어 오토바이와 자동차의 홍수를 이룬 도심에서 신호등도 없이 서서히 유턴하는 광경을 목격하였다. 그런가 하면 러시아워에 밀려 서서히 나아가 는 우리 버스의 바로 앞을 다른 버스가 갑자기 끼어들어 아슬아슬하게 가로 질러 커브를 돌아 지나가는 모습도 보았다. 다른 나라에서라면 상상할 수 없을 정도로 위험천만한 사태이지만, 다행히 이렇다 할 사고는 없었고, 이것이 수도 하노이의 일상인 것이다. 베트남인들은 일찍 결혼하고 이혼율도 높은 모양이다.

바딘이란 베트남 중부에 있는 한 縣인데, 抗佛운동이 거세게 일어났던 곳인 모양이다. 이 광장을 따로 호치민 광장, 랑박, 푸지엘 광장이라 부르기도 한다. 1945년 9월 2일에 호치민이 독립선언문을 낭독한 장소라고 한다. 내가 2004년 1월에 처음 베트남을 방문했을 때도 들른 바 있었는데, 그 때는 비교적 자유로이 출입할 수 있었으나 오늘은 호치민의 靈廟에 입장할 수 있는 날이어서 그런지, 영묘 참배자 외에는 일반인의 출입이 차단되고 흰 제복을 입은 군인들과 공안들이 곳곳에 배치되어 자못 경계가 삼엄하였다. 영묘 뒤쪽 한참 떨어진 곳에 있는 출입문으로부터 유치원생이나 초등학생 정도의 어린이들이 줄을 서서 재잘거리며 시계 반대방향으로 둥그렇게 긴 행렬을 이루면서 입장하고 있었다. 우리도 소지품 검사를 마친 후 입장하게 되었는데, 현지 가이드의 가슴에 비스듬히 두른 작은 가방에서 라이터 하나가 발견된지라 그는 여성 공안들에 의해 입장을 거부당하였다.

호치민의 미라는 밀랍인형을 방불케 하였다. 생시의 모습 같지는 않았다. 영묘를 나온 다음, 식민 시대에 프랑스령이었던 베트남·라오스·캄보디아 세 나라의 총독 관저였던 황금빛 주석궁을 배경으로 사진을 찍었다. 바로크 양식으로 지어진 이 건물은 세계에서 가장 아름다운 대통령궁 2위에 선정된 바 있었다고 하며, 그 근처에 흰색의 총리 관저도 눈에 띄었다. 그러나 호치민은 주석과 서기장을 겸임하였음에도 불구하고 주석궁에 머물지 않고 이를 개방하였으며, 현재는 영빈관으로 사용되고 있다. 그 자신 실제로는 직원의 숙사에 거주하였다고 한다.

제법 큰 떠이 호수 주변에 위치한 호치민이 1954년부터 58년까지 거주했던 54호 2층 건물과 2층 누각 형태의 58호 목조건물, 호수에서 조금 떨어졌으며 호치민이 실제로 사망한 장소라고 하는 단층의 68호 건물, 그리고 방공호가 딸린 조그만 대피용 건물 등을 차례로 둘러보았다. 54호 건물의 내부에는 호치민의 일생을 소개한 사진들이 벽과 천정에 가득 붙어있는 작은 방이 있고, 외부로 트인 곳에는 소련의 흐루시초프 서기장이 선물한 승용차 두 대 및 프랑스 교민이 선물한 것이라는 푸조 승용차 한 대가 나란히 전시되어 있었다. 58호 건물은 소수민족 전통양식의 2층 목조인데, 사방으로 트인 1층에서는 작전회의를 하고 2층은 집무실로 사용되었다. 방공호가 딸린 건물 앞에는 미군이 남긴 폭탄 껍데기를 이용한 기다란 종이 하나 매달려 있다. 가이드의 말에 의하면 베트남 전쟁 당시 미군은 베트남 국민 1인당 30발 이상의 폭탄을 퍼부었다고 하는데, 베트남 국민의 수가 1억 가까이 됨을 고려하면 믿기 어려운 말이라 하겠다.

　호치민(胡志明)은 1890년에 응우엔 왕조의 하급관리였다가 후에 낙향하여 시골에 한문서당을 연 아버지의 아들로 태어나, 고학으로 프랑스 등지를 유학하였고, 코민테른이 식민지 해방을 돕는다고 믿어 이른 나이에 사회주의의 지도자가 되었으나, 그 자신은 한평생 민족주의자로 자처하였다고 한다. 평생 검소한 생활을 하였고, 1일 2식을 하였으며, 베트남 국민들로부터는 박호(호 아저씨)로 불리고 있다. 1975년 4월 30일에 베트남전쟁이 종결되기 전인 1969년 9월 3일에 죽었는데, 지금은 자신의 유언과 달리 신격화되어 있다.

　호치민의 생가라고 하지만 사실은 집무장소인 이곳을 방문하는 데 1인당 4만 동의 입장료를 받고 있었다. 나무들에 커다란 자몽 열매가 주렁주렁 매달린 호수 가의 정원을 둘러서 바깥으로 나오면, 이 나라의 국보 1호인 한기둥사원(Mot Cot, 一柱寺, 獨柱寺)이 있다. 1049년 리(李)왕조의 리타이통(李太宗, 재위 1028~1054) 황제가 건립한 사원이다. 하나의 굵은 기둥 위에 세워진 사원의 독특한 양식 때문에 이런 이름으로 불린다. 전승에 따르면, 후사를 이을 아들이 없던 리타이통이 꿈에 관세음보살을 만나 연꽃 위에서 사내아이를 건네받았는데, 이후 새 왕비를 맞은 황제는 곧 아들을 얻게 되었고, 이에 대한 감사의 표시로 꿈에 본 연꽃 모양을 딴 사원을 건축하였다고 한다. 정사각형 형태의 이 사원은 팔작 기와지붕이 덮고 있으며, 가파른 계단을 올라가면 불당 안에 황금색 관음보살이 안치되어 있다. 수 세기에 걸쳐 사원은 훼손과 복원을 거듭하였으며, 현재의 사원은 1954년 프랑스 식민정부가 파괴한 것을 1956년에 복원한 것이다. 2015년에 경내 보수공사를 마쳐 규모는 크지 않지만 깔끔한 모습으로 재단장했다. 그러므로 법당으로 올라가는 계단이나 건물을 받치고 있는 굵다란 기둥이 모두 시멘트로 되어 있다. 현지인에게는 아기를 점지해 주는 곳으로도 이름이 높다.

그곳을 나오면 흰색으로 지은 커다란 호치민박물관이 있고, 기념품점들이 늘어서 있다. 기념품점에서는 호치민의 사진과 함께 고 응우엔 지압 장군의 사진들이 제법 많이 눈에 띈다. 그는 프랑스 교육을 받았으며, 디엔비엔푸 전투를 승리로 이끌어 프랑스로부터 독립을 쟁취하는데 결정적 공로가 있었으며, 3성 장군을 거쳐 국방부 장관도 역임한 인물인데, 이 나라에서 호치민 다음으로 인기가 있는 사람인 모양이다. 그도 평소 검소한 생활을 했었다고 한다.

일주사를 끝으로 호치민시의 관광을 끝내고서, 남쪽으로 두 시간 반을 이동하여 닌빈省의 번롱으로 향했다. Duong Van Long-Gia Van-Gia Vien-Ninh Binh에 있는 Chim To Dan이라는 식당에 들러 염소불고기로 점심을 들었다. 염소불고기라 하지만, 다른 고기반찬들과 함께 염소고기도 한 접시 나왔다는 정도이고, 어제 점심으로 든 쌀국수와 비슷하나 그것을 싸는 쌈이 흰색인 것도 나왔다. 이 식당의 손님들은 모두 한국인이었다.

그 식당에서 비로소 어제 야자열매를 사려 했을 때의 의문이 풀렸다. 가이드 최 씨에게 어제 지불하려 했던 5만 동 지폐를 꺼내 보이면서, 혹시 이 돈이 바뀐 것은 아닌지 물었더니, 그 돈은 10년이나 20년쯤 전에 이미 防水 종이로 된 다른 지폐로 바뀌었다는 것이다. 나는 2017년 4월에도 다낭을 비롯한 베트남 중부 지방 여행을 한 바 있었지만, 그렇다면 이 돈은 2004년의 첫 번째 여행 때 받아둔 것이었던 셈이다. 최 씨가 베트남인 가이드 추에니에게 말하여 내가 가진 5만 동 권 1장과 2만 동 권 한 장을 현재 통용되는 2만 동 권 석 장과 1만 동 권 1장으로 교환해 주었다. 1만 동 이하 작은 단위의 지폐는 바뀌지 않았다고 한다.

차를 타고서 이동하는 도중에 부산혜초여행사로부터 문자메시지를 받았는데, '사파 판시판 닌빈 6일'이라 하여 이번의 우리 여행과 내용은 똑같으나 날자만 하루 더 긴 상품이 189만 원이라는 것이다, 우리의 이번 상품은 133만 원이니, 56만 원이 더 비싼 것이다. 게다가 서울의 혜초여행사로부터 이메일로 받은 바에 의하면, '베트남 북부 자연기행 7일'이라는 상품은 269만 원인데, 우리의 여행 코스와 같으며 다만 하롱베이 하나가 추가되고 사파에서 깟깟마을 외의 다른 소수민족 마을을 하나 더 방문하는 것으로 되어 있다. 그러고서 무려 두 배가 넘는 가격을 받는 것이다. 내가 그동안 비교적 자주 이용해왔던 혜초여행사는 대충 이런 식이다.

번롱(Van Long)에서는 높다란 제방 아래의 강으로 이동하여, 일행과 함께 우리 내외는 두 명씩이 한 명의 뱃사공이 노를 젓는 삼판이라고 하는 나룻배 같은 것을 탔다. TV를 통해 발로 노를 젓는 닌빈의 삼판 모습도 몇 번 보았는데, 오늘은 그런 식으로 노를 젓지 않았다. 뱃사공은 여자와 남자가 반반 정도 있다. 베트남에서는 남녀의 차별이 거의 없고, 공사장의 인부들도 오히려 여자가 더 자주 눈에 띄는 것이다. 한 시간이나 한 시간 10분 정도 배를 타고, 바위 동굴 안에서 배를 돌려 되돌아오는데, 주변 산의 카르스트 지형이 기이하여 중국의 桂林과 비슷하므로, 닌빈은 육지의 하롱베이라고 불린다. 수로의 양쪽 가로 갈대숲이 우거지고, 여기저기에 수련도 몽우리를 맺어 있으며, 물 위로는 부레옥잠이 둥둥 떠다니고, 물 아래에는 가늘고 긴 수초가 나부끼고 있다. 팁으로 사공에게 한 사람당 $1씩을 주었다. 거기서 한국인 단체 여행객들을 보았는데, 가이드의 말로는 코로나 때문에 아직은 관광이 활성화되지 못하여 이곳까지 한국의 그룹 여행객이 찾아올 정도는 아니고, 이들은 인터넷 여행사가 조직한 팀이리라는 것이었다.

번롱에서 항무아까지 다시 20~30분 정도를 이동하였다. 동굴이 있는 500개의 가파른 바위 계단을 올라 꼭대기 전망대에서 카르스트 지형의 산들이 펼쳐진 전원 풍경을 바라보기 위함이다. 정상에는 역시 정자와 함께 바위 위로 용이 구비치는 모습을 한 시멘트 조각이 있었다. 이곳에서도 발아래의 계곡을 흐르는 강으로 삼판 배를 탄 여행객들의 모습을 볼 수 있었다. 항무아에서 마주치는 관광객은 대부분 서양 사람이었다. 그들이 어떻게 알고서 여기까지 이처럼 많이 찾아오는지 좀 신기하였다. 아내는 오늘도 바위 계단을 오르지 않고서 아래쪽 평지의 공원을 한 바퀴 산책했다는 것이었다. 하산한 후 35,000동 주고 야자열매 하나를 사서 아내와 함께 그 주스를 빨아 마셨다.

닌빈에서의 마지막 목적지인 자비엔 현에 있는 바이딘 사원까지 다시금 20~30분을 이동하였다. 바이딘 사원은 700헥타르의 동남아에서 가장 큰 사원단지로, 유네스코세계문화유산에 등재되어 있다. 바이딘 사원은 그다지 높지 않은 바이딘 산 아래에 위치한 것으로서, 1136년에 지은 옛 바이딘 사원과 2010년에 완공된 신 바이딘 사원을 포함하고 있으며, 아직도 확장 중이라고 한다. 워낙 규모가 커서 대부분의 사람들은 입구에서 유료 전동차를 타고 한 바퀴 두르는 방법을 취한다. 전동차를 내리면 산 아래에서 위로 올라가며 3개의 커다란 전각이 차례로 자리해 있는데, 첫 번째는 千手千眼觀世音菩薩을 모셨고, 두 번째는 석가모니불, 세 번째는 석가불(현재)·약사불(과거)·아미타불(미래)의 삼세불상을 모신 삼세불전이다. 우리는 두 번째인 석가불전까지만 걸어 올라갔다가 되돌아 내려와 다시 전동차를 탔다. 전각 외에도 1km 길이의 회랑에 늘어선 500개의 석조 아라한 상들이 있는데, 그들의 무릎 등은 수많은 참배객들이 어루만져서 검고 반질반질하게 변색되어 있다. 뭐니 뭐니 해도 바이딘 사원의 하이라이트는 12층 높이의 대형 불탑인데, 불탑 안에 석가의 사리가 모셔져 있다고 한다. 엘리베이터를 타고서 그 탑의 전망대에 오르면, 사원단지 전체와 그 일대를 둘러싼 카르스트 지형의 풍경을 두루 둘러볼 수 있다고 한다. 그러나 이처럼 거창한 규모임에도 불구하고, 건물의 대형 현판들에 적힌 한자 글씨는 너무나 졸렬하였다.

석양에 물든 저녁하늘과 불이 켜진 12층 불탑의 전경을 바라보며 하노이로 되돌아왔다. 돌아올 때는 의외로 러시아워에 교통이 막히지 않았다. Bt1, 15Khu Doan Ngoai Giao, P.Xuan Dinh, Q.Bak Tu Liem, Ha Noi에 있는 한정식점 율&미소에 들러 김치찌개로 석식을 들었다.

닌빈으로 가는 도중의 길가에서는 한국에서처럼 농민들이 길가에다 나락을 펴놓고서 말리는 모습을 자주 보았고, 건물 벽에 페인트로 가라오케라고 쓰인 글자들도 자주 눈에 띄었다. 진주의 번화가에서도 베트남 노래방이 제법 많은데, 베트남인도 노래 부르기를 꽤 즐기는 모양이다.

식후에 공항으로 이동하여 출국수속을 하였다. 현지가이드 최 씨와는 공항에 도착한 직후 작별하였는데, 그는 내일 또 다른 손님들을 모시고 사파로 떠난다고 한다. 베트남인 가이드 추에니가 공항 안까지 들어와 티케팅을 도와주었다. 우리의 탑승권에는 22번 게이트에서 출발한다고 적혀 있으나, 내가 화장실에 들어가 반바지 반팔 차림을 벗고서 한국 기후에 적합한 옷으로 갈아입는 동안 아내가 전화로 연락해온 바에 의하면 27번 게이트로 바뀌었다는 것이다. 23시 30분경까지 게이트 앞 의자에서 일기를 입력하고 있다가, 기내로 들어가서는 40K석에 아내와 나란히 앉아, 이륙한 후 나온 기내식을 든 다음 잠을 청했다. 우리는 VN426편을 타고서 11월 3일 0시 30분에 하노이를 출발하여 올 때보다 한 시간 짧은 3시간 40분이 소요된 후 06시 10분에 김해공항에 도착하게 된다. 공항의 게이트 앞 매점에서 물 한 통을 사고 나니 베트남 돈은 22,000동이 남았다.

규슈 북부

12월

■■■■ 2022년 12월 6일 (화) 맑음

카타르 월드컵 2022 16강전 중 한국과 브라질의 경기 마지막 부분을 잠시 시청하였는데, 한국은 전반전에서 네 골을 먹고 후반전에서 한 골을 만회하여 1 대 4로 패했다.

모두투어의 '후쿠오카/유후인/벳부/이토시마 3일' 여행에 참가하기 위해 오전 9시 반 무렵 진주의 집을 출발하여 승용차를 몰고서 김해공항으로 향했다. 10시 50분 무렵 부산 강서구 대저 강서로811번길 34에 있는 김해공항 우현주차장(대저2동 우체국 앞)에 도착하여 차를 맡긴 다음, 그곳 봉고차에 탑승하여 김해공항 국제선 1층 2게이트 앞에서 내렸다. 우현주차장의 하루 요금은 6,000원이라고 한다.

11시 50분에 공항 1층 4번 게이트 안쪽에서 모두투어의 스루가이드 이희경 씨와 만나기로 되어 있다. 상품가가 399,000원인 이번 여행의 참가인원은 39명인데, 인원이 많으므로 일본에 도착하여서는 45인승 대형버스로 이동하며, 숙소는 福岡市 博多驛 부근에 있는 Sutton 호텔 하카타 시티에 16명, 그 부근의 야오지 하카타 호텔에 21명이 분산하여 이틀간 투숙하기로 되어 있다.

먼저 공항 1층의 SKT 데스크로 가서 데이터로밍을 하였다. 29,000원으로 7일간 데이터 3GB와 음성통화 및 문자를 무료로 사용할 수 있는 상품을 구입하였다. 나는 출국할 때마다 자동으로 통화 및 데이터를 사용할 수 있는 로밍을 원하였지만, 그것은 하루에 9,000원씩의 요금을 매일 물어야 한다는 것이므로 포기하였다.

이희경 씨는 키가 작은 편이고 부산 사투리를 사용하는 여성이었다. 일본어가 아주 유창하였다. 로밍을 마치고서 그녀를 만날 무렵에 모르는 사람으로부터 전화가 걸려왔다. 나중에 문자가 온 것을 보니 주식회사 이림컴퍼니라는 곳인데, SKT 고객을 위해 계약을 유지해 달라는 뜻으로 싼 가격에 고급 사양의 휴대폰을 공급한다는 것이므로 일단 승낙하였다. 그러나 휴대폰 값은 싸지만 처음 4개월간 기기 값을 포함하여 11만 원이 넘는 요금이 적용되고, 그 이후부터는 계약 조건에 따라 가격이 변경될 수 있다는 것이었다. 나중에 좀 더 생각해 보니 나는 현재 기기 값을 포함하여 매달 기본요금 48,000원 정도를 물고 있는데, 4개월이 지나가도 그 정도로까지 요금이 다운되지는 않을 듯하여 후쿠오카에 도착한 직후 내 쪽에서 전화를 걸어 물어보았는데, 가장 싼 가격이 7만 원대라고 하므로 취소하였다.

짐을 부친 다음 김해공항의 3층 식당가에서 돈가스 카레라이스와 돌솥비빔밥으로 점심을 들었다. 출국수속을 한 후 1번 게이트에서 대기하다가, 에어부산의 BX146편을 타고서 14시 20분에 출발하여 15시 12분에 일본 후쿠오카 공항에 도착하였다. 아내와 나는 09A·B석에 앉았다.

일본에 도착해 보니 예전과 달리 입국 수속이 아주 복잡하고 혼잡스러웠다. 지그재그로 길게 줄을 서서 수속을 밟는데, 공항의 여자 안내원이 스피커에 대고서 하는 말로는 Visit Japan Web의 QR코드가 없는 사람은 일본 입국이 불가능하다는 것이었다. 그것이 있어도 푸른색과 노란색의 QR코드 색깔별로 수속절차가 다른 모양이고, 그런가 하면 또 따로 영문 백신접종증명서를 요구하기도 하였으며, 예전처럼 입국카드와 세관신고서도 제출해야 하는 데다, 지문과 얼굴인식까지 거쳐야 했다.

이럭저럭 입국절차를 마치고 나니 이미 저녁 무렵이었다. 대절버스를 타고서 후쿠오카 시내를 가로질러 福岡縣 糸島市 櫻井二見浦(사쿠라이후타미가우라)에 있는 夫婦岩을 보러 갔다. 이토시마는 내가 가진 1/20만 『JAF全日本로드서비스』(東京, JAF출판사, 1999)에는 糸島郡이라고 적혀 있는데, 여행사 측이 카톡으로 보내준 상품설명서에는 市로 되어 있다. 부부암은 일종의 神社로서, 하얀 石製 도리이(鳥居)와 그 건너편으로 바라보이는 바다 속에 두 개의 바위가 나란히 서 있고, 이 부부바위를 서로 이어주는 금줄의 무게가 1톤이라고 한다. 매년 사쿠라이 신사에서 금줄을 교체해주며 축제도 함께 연다는 것이다. 일정표 상으로는 이토시마 해안카페거리에도 들르는 것으로 되어 있지만, 이미 날이 어두워졌으므로 바로 후쿠오카 시내로 돌아왔다.

우리 내외가 배정받은 숙소는 福岡市 博多區 博多驛前 4丁目 9番 2號에 있는 八百治博多호텔로서, 13층 건물 중 10층 1017호실이었다. 1층은 八百治湯이라는 이름의 온천욕장, 2층은 프런트·카페 겸 레스토랑·회의실 등이고, 6층부터가 객실이었다.

참가비 중에 첫날의 석식은 포함되어 있지 않으므로, 방에다 짐을 둔 후 가이드를 따라 밖으로 나가, 博多驛 筑紫口 밖의 골목 입구에 있는 博多一幸舍 식당에 들러 차슈라면과 하카타세트A로 석식(2,180엔)을 들었다. 하카타 역은 보통의 驛舍와는 달리 커다란 빌딩으로 되어 있는데, 그 앞의 널따란 광장에 지금 크리스마스 조명 장식과 더불어 크리스마스 마켓이 열려 있고, 공연도 행해지고 있었다. 博多라면이 유명하다는 말을 들은 적이 있으므로 한 번 먹어보고자 이 식당에 들어간 것인데, 이 집은 泡系라면의 원조라고 자부하고 있음에도 불구하고 음식이 짠데다 라면에 찰기가 없고 설익은 듯하여, 아내나 나나 실망을 금치 못했다. 우리에게 배정된 좌석은 벽면을 향해 앉도록 되어 있는데, 앞의 탁자에 각 나라 말로 된 메뉴화면이 있고, 언어를 선택한 후 그것을 터치하면 그 안에 또 사진과 함께 여러 가지 메뉴를 소개하는 식이었다. 일본 돈과 한국 돈의 환율이 현재 9.5 대 1 정도인데, 가이드의 말에 의하면 일본 돈의 시세가 과거에 비해 40% 정도 떨어져 있는 셈이라고 한다.

■■■ 7 (수) 대체로 흐림

아침 6시 반에 2층 식당이 문 열기를 기다려 들어가 뷔페식으로 식사를 하였고, 7시 45분에 2층 프런트 앞에 집결하여 셔틀호텔로 이동하여 대절버스를 탔다. 가이드의 말에 의하면 후쿠오카 시의 인구는 33만 명 정도라고 하니 진주와 비슷한 셈이다. 그럼에도 九州에서는 가장 큰 도시인 것이다. 시내에서 자전거들이 대부분 인도로 통행하고 있고, 벨 소리도 거의 울리지 않기 때문에 꽤 위험해 보였다.

오늘은 먼저 후쿠오카 시내의 후쿠오카 타워와 모모치 해변에 들렀다가, 大分縣에 있는 由(湯)布院과 別府 두 온천지대를 둘러보기로 되어 있다. 모모치 해변으로 가는 도중에 가이드 이희경 씨가 가이드 팁을 1인당 3천 엔 씩 거두었다. 그런데 그녀의 말에 의하면 이 돈은 자기 것이 아니라 여행사로 들어가는 것이라고 한다. 눈 감고 아웅하기인 셈이다.

모모치 해변의 정식 이름은 시사이드모모치海濱공원(百道濱)이다. 개폐식 지붕으로 유명한 운동장인 福岡돔과 그 앞의 힐튼호텔에 인접해 있고, 1989년 아시아태평양박람회를 기념하여 지었다는 284m 높이의 福岡타워가 바로 뒤쪽에 위치해 있다. 2.5km 길이의 해변인데, 어제 들렀던 이토시마는 서핑의 명소인 반면 이곳은 해수욕장으로서 유명하다고 한다. 그런데 길고 아름다운 이곳 모래사장은 다른 곳으로부터 모래를 날라 와 조성한 것이라고 하니, 인공의 비치인 셈이다. 그리고 후쿠오카 돔의 지붕을 한 번 개폐하는 데는 천만 원 정도의 비용이 든다고 한다.

이곳 후쿠오카 타워 부근에서 하차하여 모모치 해변의 중심부로 접근하면, 정면에 마리존이라는 이름의 결혼식장이 있다. 교회라고 한다. 그러고 보면 교회 건물 같기도 한데, 십자가나 기독교를 상징하는 물건은 하나도 보이지 않고, 그 정문은 굳게 닫혀 있으며, 거기에 海中道 마린월드 행 고속선 탑승장이라고 적힌 게시물 두 개가 걸려 있을 따름이다. 일본은 현재 개신교도가 3% 정도이고, 불교도가 7% 미만이며, 90% 정도는 자신의 종교를 신도라고 표명한다고 한다. 그럼에도 결혼식은 기독교식으로, 장례식은 불교식으로 치르는 것이 유행인 것이다. 왼쪽 멀리 어제 다녀온 이토시마가 바라보이고, 정면으로는 漢代에 중국으로부터 보내져 온 '漢의 倭王' 金印이 발견되었던 志賀島가 보인다.

9시 10분 무렵 모모치 해변을 떠난 이후, 高架도로를 통해 九州자동차도로에 올라 天神 방향으로 나아갔다. 도중의 항구에서 나도 예전에 몇 번 탄 적이 있는 부산으로 가는 여객선 카멜리아 호가 정박해 있는 것을 보았다.

후쿠오카 공항 옆을 지나 太宰府 방향으로 나아가 멀지 않아 大分자동차도에 접어들었다. 九州자동차도로와 마찬가지로 왕복 4차선 고속도로인 셈이다. 후쿠오카를 출발해서부터 그 길을 따라 오늘의 두 번째 목적지인 유후인까지 한 시간 반 정도를 달렸다.

나는 1993년 10월 1일에 熊本縣의 阿蘇山을 둘러본 후 阿蘇九重국립공원의 산 능선을 따라가는 야마나미하이웨이를 통해 오이타 현의 벳부로 넘어간 바 있었다. 당시에도 도중에 흰 온천 수증기가 무럭무럭 피어오르는 산중 마을을 여러 개 지났고, 그 중 하나가 유후인이었을 터이지만, 당시로서는 유후인의 존재를 알지 못했다. 유후인은 벳부에 비해 훨씬 작은 마을이지만, 온천지로서는 일본인이 가장 선호하는 곳이라고 한다. 온천이나 숙박비 등도 벳부에 비해 일반적으로 훨씬 비싼 모양이다.

유후인에 도착한 후 맨 먼저 긴린코(金鱗湖)에 들렀다. 由布岳(1584m, 豊後富士) 아래에 위치한 호수인데, 유후인을 대표하는 관광지이다. 내가 예상했던 것보다 훨씬 작았다. 호수 안에는 비단잉어가 눈에 띄었고, 건너편에 天祖神社도 있다. 그 신사 앞에 둥치가 굵은 삼나무 두 그루가 서 있어 그 아래쪽에 금줄을 쳐놓았다. 그리고 호수 북쪽에 下湯이라는 이름의 초가(갈대)지붕을 한 온천욕장도 있었다. 옛날에는 金鱗湖를 호수라 부르지 않고, 由布岳 아래에 있는 연못이라 하여 岳下池(다켄시탄이케)라고 했다. 明治17년(1884)에 오이타의 유학자 毛利空桑(모리구소)이 연못가의 갈대지붕을 한 노천온천인 岳下湯, 통칭 下湯(시탄유)에서 호수를 바라보고 있으니, 물고기가 수면에 날아올라 그 비늘이 때마침 석양에 비치어 금빛으로 반짝이는 모습을 보고서 '金鱗湖'라고 명명하였다고 한다.

우리 내외는 호수를 한 바퀴 두른 후, 하나(花)요리라는 일본식 과자 집에 들러 抹茶와 宇治金時라는 이름의 단팥죽 등을 곁들인 아이스크림을 사먹고, 유리제품과 오르골을 파는 상점에서는 나무젓가락도 몇 개 샀고, 다케모토 스토아라는 이름의 길가 자그만 상점에서 밀감과 당근, 벌꿀제품 상점에서는 벌꿀소프트를, 湯抨堂이라는 상점에서 카레 빵를 사서 들기도 하였으며, 목각제품들도 좀 구입하였다. 그렇게 하여 오전 10시 45분부터 12시 30

분까지 유후인에서의 자유 시간을 보낸 다음, 다시 대절버스에 올라 유후인 마을 안 年輪이라는 식당에 들러 토반야키라는 이름의 돼지불고기로 점심을 들었다. 우리가 든 점심은 1인당 1300엔짜리라고 한다.

유후인은 미야자키 하야오의 『센과 치히로』라는 작품의 배경이 된 곳이라고 하며, 경관 보존을 위해 고도 11m 이상, 넓이 천 평 이상의 토지를 사용한 건축물은 짓지 못하도록 규제되어 있다. 유후인까지의 고속도로 통행료는 8000엔이었으며, 유후인에서 벳부까지 차로 약 30분 걸리는 거리는 예전에 통과한 바 있는 지방도를 경유하였다. 우리 일행 중에 2명 한 팀인 커플은 10쌍이라고 한다. 연령층이 제각각이고, 한국의 여러 곳에서 온 사람들이 모였다.

由布岳도 그렇지만, 벳부로 가는 도중의 산들 중에는 나무가 거의 없고 풀만 자라 있는 부분이 더러 있는데, 그러한 산들은 땅바닥에 화산재가 쌓여 있기 때문이라고 한다. 벳부로 가는 도중에 가이드는 일본에 남녀 혼탕이 있는 것은 온천의 元湯을 보호하기 위해서라는 말을 하였는데, 그 말의 정확한 의미를 잘 모르겠다. 아마도 원탕의 물을 아끼기 위한 것이라는 뜻이 아닐까 싶다.

벳부에 도착한 후 먼저 유노하나(湯花)에 들렀다. 그러나 유노하나란 入浴劑로서 사용되는 明礬의 이름이고, 이 온천마을의 정식 명칭은 유노사토(湯里)이다. 江戶시대로부터 이어져 오는 유노하나의 製造地로서 유명한 곳이다. 이 명반은 무좀을 비롯한 피부병들과 각종 질병에 잘 듣는 일종의 만병통치약이라고 한다. 땅 위에다 ㅅ 자 모양의 초가지붕을 덮고 그 안의 땅바닥 아래에 栗石을 깐 다음, 그 아래에서 뿜어져 올라오는 온천의 噴氣를 바다을 덮은 靑粘土 위에서 맺히도록 하여 채취하는 모양이다. 그 마을에는 ㅅ자형 초가지붕을 한 가족탕들도 마련되어 있었고, 원탕을 비롯하여 大露天岩 욕장도 있는 모양이다. 거기서 오후 2시 반까지 30분 정도 체류하였다.

다음으로는 좀 더 산 아래쪽으로 내려가 벳부에 있는 여러 지옥들 중 가마도(부엌)지옥에 들렀다. 그 구역 안에 번지수를 매긴 여러 개의 원탕들이 있는데, 푸른색의 원탕은 섭씨 102도 정도, 붉은색의 원탕은 95도 정도이며 그 깊이는 2m 정도라고 했다. 거기서 오후 2시 37분부터 3시 15분까지 체류하는 동안 온천수를 마셔보기도 하고 足浴 체험도 했다.

규슈 지역은 최근 1주일 새 갑자기 추워졌다고 하는데, 그렇다고 하여 기온이 영하로까지 내려가는 것은 아니므로 곳곳의 거리와 집안 정원에 꽃들이 피어 있고, 심지어는 나뭇잎에 단풍이 든 것 같지도 않았다.

가마도 지옥을 떠난 다음, 예전에 와서 하룻밤 숙박한 바 있었던 스기노이(杉乃井)온천으로 이동하였다. 스기노이 온천은 온천도시인 벳부에서도 가장 규모가 큰 것인데, 산중턱에 위치해 있어 온천을 하면서 벳부 만의 바다 풍경을 조망할 수 있다. 다섯 개 정도 되는 건물들마다 각각 온천탕이 있는데, 우리는 그 중에서 두 번째로 규모가 크다는 棚湯(다나유)에 들어가 3시 40분부터 5시 30분까지 온천욕을 했다. 실내와 노천에 여러 종류의 온천탕이 있고, 사우나도 있으며 냉탕도 있다. 스기노이 온천은 근년에 리모델링을 한 후 온천욕이나 숙박비의 가격이 상당히 높아진 모양이다.

스기노이 온천을 떠난 후 벳부 시내 변두리 지역의 勢吉이라는 식당에 들러 스시와 우동, 텐푸라와 가라아게 등이 나오는 定食으로 석식을 들었다. 거기서 나오다가 입구에서 330엔을 지불하고서 사탕 한 봉지도 샀다. 예전에 일본에 왔을 때는 대부분의 상점에서 신용카드를 받지 않았었는데, 지금은 그런 상점이 거의 없었고, 액수가 너무 적은 데도 신용카드를 사용하기가 미안하여 일부러 현금을 지불하기도 하였다. 현금으로 지불할 경우에는 상품 가격 외에 부가세가 추가되므로 잔돈을 주고받아야 하는 점이 번거롭다.

벳부에서 후쿠오카까지는 1시간 40~50분 정도가 소요된다고 한다. 출발 직후에 가이드로부터 일본과 관련된 자신의 과거 이력에 대한 설명을 좀 들은 다음, 후쿠오카 시내의 숙소에 도착하기 반시간 전쯤까지 차 안의 불을 끄고서 눈을 부쳤다. 밤 8시 30분 무렵 호텔에 도착하였다.

가이드로부터 들은 바에 의하면, 그녀는 부산 중심가인 부평동의 목욕탕집 딸로 태어나 공대에 진학하였는데, 도중에 휴학하고서 일본어를 배워 20대 초반의 젊은 나이에 한 번 만에 관광통역사 시험에 합격하여 전국 최연소에다 1등의 성적으로 자격증을 땄고, 1990년대 초반부터 일본으로 건너가 오전에는 학교에 다니고 오후에는 아르바이트를 하였다. 아르바이트로 목욕탕 일을 하면서 그 집 주인의 도움을 받아 한국식 김을 만들어 판매하여 크게 성공을 거두었다. 그러나 이를 시기한 이웃 목욕탕 주인의 고발로 식품위생법 위반으로 경찰에 적발되어 투옥될 뻔 하였는데, 주변 지인의 도움으로 다행히 풀려나 한국으로 돌아온 이후부터는 국내에서 다년간 일본인 관광객 상대의 가이드 일을 하기도 하였다고 한다. 이렇게 생활한 지가 이미 20년이 넘었으므로 그녀의 일본어는 매우 유창하지만, 일본 역사에 대한 지식이나 상식 면에서는 다소 모자라는 점이 있었다. 이럭저럭 그녀도 이미 중년의 나이에 접어들었다.

■■■ 8 (목) 맑음

어제처럼 오전 7시 45분에 집결하여 셔틀호텔까지 걸어서 이동한 후 대절버스를 탔다. 오늘은 오전 중 다자이후(太宰府)를 방문하기로 되어 있다. 반시간 남짓 이동하는 도중 가이드에게 그녀가 첫날 후쿠오카시의 인구를 33만 명이라 한 것은 혹시 330만 명의 착오가 아닌지 물어보았다. 그녀의 설명에 아무래도 납득이 가지 않기 때문이다. 그랬더니 그녀는 좀 당황한 기색으로 조회해보는 모양이더니, 얼마 후 후쿠오카 시의 면적이 338만㎥이고, 인구는 150만 명이라고 정정하였다. 그러면 그렇지! 후쿠오카에서 사흘을 머무는 동안 우리 일행은 그 도시의 중심가에서 숙박한 셈이다.

나는 2000년 1월 11일에 향토문화사랑회의 일본 속 한국사 유적 탐방에 가족과 함께 동참해 渡日하여, 그 첫날 太宰府를 방문한 적이 있었다. 20년 남짓 만에 다시 방문하게 되었다. 이곳은 예전 왕조 시대에 九州 전체를 관할하는 중앙정부의 관청이 있었던 곳, 요즘 식으로 말하자면 도청이 500년 정도 존재했던 곳인 셈이다. 901년에 당시의 右大臣이었던 스가와라노 미치자네(菅原道眞)가 이곳을 다스리는 太宰權帥로 좌천되어 내려왔고 그 후 이곳에서 죽자, 그의 怨靈이 수도 京都에다 갖가지 불상사를 초래했다고 믿은 조정은 그를 수상 직인 太政大臣으로 追贈하고 天滿大自在天神(天神님)으로 숭앙하게 됨에 따라, 그는 이후 학문의 신이 되고 이곳은 明治시대 이래로 전국 天滿宮의 總本山으로 된 것이다.

우리는 8시 50분경에 太宰府의 天滿宮 입구 대형버스 주차장에 맨 먼저 도착하여, 10시 무렵까지 이 일대에 머물렀다. 한참동안 걸어서 상점가를 지나고 돌로 만든 몇 개의 鳥居를 통과하여 마침내 菅原道眞의 歌碑가 서 있는 신사 입구에 도착하였다. 가비의 설명문에 의하면, 菅原이 京都를 떠나면서 紅梅殿의 매화에게 석별의 정을 담아 이 노래를 부르자, 매화는 公을 사모하여 하룻밤 만에 京都에서 太宰府까지 飛來하여 오늘날 本殿 오른편에 서있는 神木인 '飛梅'가 되었다는 것이다. 경내에 엄청나게 둥치가 굵은 녹나무 등의 고목이 많았다.

경내를 두루 둘러보고서 돌아 나오는 도중, 입구의 太宰府선물안내소라는 곳에 들러 아내는 선물용으로 손수건 다섯 장을 샀고, 또한 그 부근의 甘木屋이라는 상점에서 이곳 명물인 '梅枝瓶'도 하나 사서 나누어 먹었다.

후쿠오카로 돌아올 때 오늘도 부두에 정박해 있는 카멜리아 호를 보았다. 코로나 사태 이후로 이 배는 승객을 태우지 않고 화물만 운송한다고 한다.

도착한 다음 페리부두 제2 터미널 근처에 있는 福岡면세점에 들렀다. 일본관광공사(Japan Tourism Corporation)가 운영하는 곳인데, 내부의 손님은 한국 관광객이 대부분이고 종업원 상당수가 한국어를 이해하는 데다 실내에 한글 설명문이 가득한 것으로 보아, 과거에도 일본의 다른 도시들에서 몇 번 들른 적이 있었던 재일교포가 운영한다는 점포가 아닐까 싶었다. 가이드가 이곳에 도착하기 전 차 안에서 손님들에게 권할 만한 상품들에 대해 오랫동안 설명하고 있었던 것으로 보아, 판매 실적에 따라 리베이트를 받는 모양이었다. 10시 34분부터 11시 10분까지 머물렀는데, 아내는 여기서도 우산 등 몇 가지 물건들 23,050엔어치를 구입하였다.

그런 다음 다시금 이동하여 LaLaport라는 데에 또 한 군데 들렀다. 금년에 오픈한 곳이라는데, 5층까지 있는 일종의 대형 마트였다. 나는 아내와 함께 돌아다니다가 얼마 후 헤어져 혼자서 1·2층을 둘러보았고, 걸어 다니다 보니 다리가 피곤하여 그쯤해서 1층의 집합 장소로 돌아왔다. 이곳에서는 12시부터 1시 무렵까지 머물렀는데, 아내는 여기서도 물건들을 잔뜩 사서 면세점에서 산 것을 포함하여 짐 보따리가 두 개 늘었다. 그 건물의 한쪽 끄트머리 바깥에 어린이용 장난감인 건담이라는 인물의 대형 로봇이 서 있는데, 꽤 인기가 있는 모양이었다.

일본에서는 아직 어디를 가도 사람들이 실내외를 막론하고 대부분 마스크를 쓰고 있다. 숙소의 레스토랑에서는 마스크를 착용하지 않은 사람에게 직원이 마스크를 갖다 줄 뿐 아니라 음식물을 집을 때 1회용 비닐장갑도 착용해야 했다. 그리고 후쿠오카 시내에서는 버스 두 대를 연결한 BRT라는 이름의 전기차가 운행하고 있는 것도 보았다.

라라포트를 떠난 다음, 'WEST 맛의 거리 麥野본점'에 있는 불고기식당에 들러 점심을 들었다. 웨스트 계열의 중화반점·카페·우동·불고기집이 한데 모여 있는 곳이었다.

식후에 15분 정도 이동하여 후쿠오카국제공항에 도착한 후 출국수속을 밟았다. 우리 내외는 에어부산 BX145호에 탑승하여 22B·C석을 배정받았다. 같은 열의 A석에 탑승객이 없어 좌석을 좀 넓게 사용하였다. 올 때와 마찬가지로 에어부산이라고 하지만 기체는 아시아나항공의 것이고, 공항의 데스크에서 업무를 보는 종업원들 제복도 아시아나 항공의 것인 듯하였다. 기내에 탑승한 스튜어디스의 넥타이는 다르므로 그녀들은 아마도 에어부산의 직원인 듯했다. 우리는 16시 10분에 후쿠오카를 출발하여 17시 05분에 부산에 도착하는 것으로 되어 있는데, 실제로는 16시 15분에 이륙하여 54분에 착륙했다. 후쿠오카와 부산 간의 여객기는 유네스코가 인정한 국제선 최단거리 노선이라고 한다.

한국의 공항에서도 Q-코드라고 하는 검역시스템을 운영하고 있었는데, 우리 내외는 일본에서 네이버를 통해 미리 그것의 필요항목들을 작성하여 휴대폰에 저장해두었기 때문에 입국심사 때 아주 간단히 통과하였다. 짐 찾는 곳에서 가이드 이 씨와 작별 인사를 나누었다. 그녀에게는 고등학교에 다니는 아들이 있고, 부평동에 사시는 친정어머니가 올해 70세라고 한다.

우현주차장에다 전화를 걸어 국제선 1층 2게이트 부근에서 그 회사의 차량에 탑승하여 주차장으로 이동하여 우리 승용차에 탔다. 그곳 직원(주인?)

은 처음 내게 21,000원의 요금을 요구하므로 일단 신용카드로 결제하였다가. 하루 분의 요금이 6000원 아니냐고 물었더니 그제야 모두투어의 고객이라고 왜 미리 말해주지 않았느냐면서 3000원을 할인하면서 현금결제를 요구하였다. 또한 모두투어의 손님에게는 서비스로 물 한 통을 제공한다고 들었다고 했더니, 물도 하나 주었다.

우리 차를 운전하여 밤길을 달려서 7시쯤에 귀가하였다. 짐정리를 하고 샤워를 마친 다음, KBS 뉴스9를 시청하고서 취침하였다.

2023년

2023년

사이판

2023년 1월 14일 (토) 부슬비

　아내와 함께 택시를 타고 개양의 나그네김밥 앞으로 가서 통영에서 출발하여 11시 15분에 진주를 경유하는 인천공항 행 코리아와이드대성 고속버스를 탔다. 코로나19 이후 작년 7월 14일부터 공항버스가 다시 운행하게 되었지만, 하루 한 편 밖에 없어 지난주에 우리가 와서 예매했을 때는 좌석이 이미 거의 매진되어 두 개 밖에 남아 있지 않았으므로, 아내는 20번 나는 제일 끝의 28번 좌석에 떨어져 앉게 되었다. 오후 4시 무렵 인천공항 제1터미널에 도착했으니, 5시간 가까이 걸린 셈이다. 고속버스 안에서 구글맵을 다운로드 받았다. 예전에 다운로드해둔 것은 오프라인지도인 모양인데, 클릭하고서 아무리 오래 기다려도 계속 "지도 준비 중…잠시만 기다려주십시오"라는 메시지만 뜨므로, GPS 네비게이션을 새로 하나 다운로드한 것이다. 이 것이면 세계 어디에서나 지도를 참조할 수 있을 듯하다.

로밍을 위해 공항 3층의 SKT 카운트에 들렀더니, 사이판과 괌은 따로 로밍하지 않고도 국내에서와 같이 휴대폰을 사용할 수 있다는 것이었다. 지난번 괌 여행 때의 경우는 잘 기억나지 않지만, 아마도 이런 경우는 처음이 아닌가 싶다. 17시 30분에 3층 N카운트에서 노랑풍선여행사 측과 미팅하기로 예정되어 있었으나 일찍 가서 직원으로부터 관계 서류를 전달받았고, E카운트의 티웨이(t'way)항공으로 가서 키오스크에서 티켓을 출력한 후 짐을 탁송하였으며, 이어서 출국수속을 밟았다. 짐 검사 과정에서 뜻밖에도 수화물 배낭 속에 든 치약이 체크되어 부피가 크다 하여 압수당하였다.

　　셔틀열차를 타고서 105게이트로 이동하여 탑승을 대기하였다. 우리는 20시 45분에 출발하는 TW307편을 타고서 3E·5E 석에 앉아 다음날 02시 15분에 사이판의 하파다이공항에 도착하게 된다. 사이판 시각은 한국보다 한 시간이 빠르니 4시간 반 정도 소요되는 셈이다. 5E석에 앉은 아내가 자기 옆에 앉은 젊은 동양인 여성에게 말하여 그 사람이 나와 자리를 맞바꾸게 되었다. 마침 3E·5E 석의 옆자리가 모두 비어 있어 제법 편안한 여행을 하게 되었다. 티웨이항공은 저가 항공사인지 기내의 음식물과 음료수는 모두 돈을 내고 주문한 사람에게만 제공되고 있었다. 우리 내외는 고속버스를 타고 오는 도중 진안의 인삼랜드 휴게소에서 스낵과 아메리카노 커피로 점심 요기를 하였고, 인천공항의 게이트 앞 매점에서 또한 샌드위치와 커피 및 물을 사서 석식으로 들었다.

▬▬▬ 15 (일) 밤부터 오전까지 때때로 부슬비 내리다가 오후는 개임

　　상륙 전 기장의 기내 방송으로는 오늘 현재 사이판의 기온이 25℃라고 하니, 한국으로 말하자면 한여름 날씨인 것이다. 국내에서 ESTA와 영문 백신접종증명서를 발급받아둔 까닭인지 사이판 입국 수속은 간단히 끝났다. 백신접종증명서는 노랑풍선여행사 안내데스크에서 보자고 하였을 뿐 사이판에 입국할 때는 그런 말이 없었다. 사이판에서는 현재 마스크 착용도 의무가 아니다.

　　세관신고서와 공항 안에서 CNMI라는 문구가 자주 눈에 띄었는데, 나중

에 알고 보니 이는 Commonwealth of Northern Mariana Islands의 약
자로서 번역하면 북마리아나제도연방이 된다. 북마리아나제도라는 말은 포
르투갈의 탐험가 마젤란이 처음 명명한 것이라고 한다. 그 이후 350년간 이
제도는 스페인의 식민지였다가 후에 매각되어 1899년부터 1914년까지 독
일령이 되었고, 1차 세계대전이 발발한 1914년 이후 1944년까지는 일본이
이 땅을 점유했다가, 제2차 세계대전 중인 1944년 7월 미군에 빼앗겨 이후
미국의 통치령으로 된 것이다. 지금은 남쪽의 가장 큰 섬인 괌에는 따로 행정
청이 설치되어져 있고, 그 외의 여러 섬들을 합쳐 북마리아나제도연방이라
고 부르며, 그 수도가 사이판인 것이다. 괌은 일찍부터 미국의 정식 영토로
편입되었고, 사이판은 2009년 11월에 미연방에 편입되었다. 사이판은 면
적이 115.39㎢로서 제주도의 1/9 정도인데, 최고점은 473m, 남북 길이
22km, 동서 길이는 3~8km이다.

나는 어려서부터 태평양전쟁 중 과달카날과 사이판에서의 일본군 玉碎라
는 말을 종종 들었다. 그 때문에 2019년 10월 27일부터 31일까지 괌을 방문
한 이후 이번에 사이판에까지 오게 된 것이다. 과달카날은 솔로몬제도에서
가장 큰 섬으로서 면적은 5,336㎢이며, 영국령이었다가 1978년 솔로몬제
도가 독립한 후 그 수도가 위치하게 되었다. 북마리아나제도는 비행기로 일
본 본토까지 1시간 반 정도 밖에 걸리지 않는 거리에 있으므로, 일본으로서
는 결코 포기해서는 안 되는 땅이었다. 이 지역을 미군에 빼앗김으로 말미암
아 일본 본토가 공습으로 불바다가 되고, 히로시마와 나가사키에 떨어진 두
발의 원자폭탄도 사이판 바로 옆에 있는 비슷한 면적의 티니안 섬에서 출격
했던 비행기가 떨어뜨린 것이었다. 티니안의 인구는 4,500명 정도인데, 그
중 절반 정도가 한국인의 후예라고 한다. 티니안에는 비행기 활주로가 7군
데 있는데, 그것들 모두가 일제시기에 끌려온 한국인에 의해 건설된 것이다.

사이판 주민의 다수가 차모로족, 캐롤리니안족, 필리핀인이며, 종교는 가
톨릭이고, 언어는 차모로어와 영어를 사용한다. 인구는 5만 명 정도인데, 한
국인은 1,000명에서 1,500명 정도가 살고 있다고 한다. 열대성기후로서 연
평균 기온은 26~28℃이고, 평균 강우량은 1,800㎜이다. 주민은 서남쪽 해

안에 집중되어 있는데, 가라판(Garapan)에 이어 다음으로 큰 마을이 그 아래쪽에 위치하며 우리가 머물 월드리조트가 위치해 있는 수수페(Susupe)이다. 섬의 동쪽 지역에는 절벽이 많아 항구가 형성되기 어렵고, 따라서 인구도 적은 대신 자연이 잘 보존되어 있으며, 골프장도 대부분 그쪽에 집중되어 있다.

사이판 공항에서 가이드 김기영 씨의 마중을 받았다. 그는 얼굴색이 까만 중년 남자인데, 1992년에 이곳으로 와 31년째 체류하고 있다고 한다. 결혼도 이곳에서 하였고, 네 자녀 가운데 아들 두 명은 미국 본토의 대학에 유학가 있는 모양이다. 그는 사이판에서 가장 큰 마을인 가라판에 살고 있다.

사이판국제공항은 섬의 남쪽 끄트머리에 위치해 있는데, 우리 호텔까지 차로 10분 정도 걸린다. 월드 리조트는 아마도 사이판에서 가장 크고 비싼 호텔인 모양인데, 일본인이 경영할 때에는 다이아몬드라 했다가 한국의 한화그룹이 인수하여 개명했으며, 작년에 한화가 다른 사업 관계로 자금이 필요하여 매각했고, 지금은 한국의 어느 펀드 회사가 인수해 있는 모양이다. 그래서 그런지 미국·한국·북마리아나연방 기가 나란히 걸려 있고, 호텔 경내를 비롯하여 근처 어디에나 한국어가 눈에 띤다. 방 출입카드의 카버에는 'No. 1 Family Hotel in the Pacific'이라고 적혀 있다.

우리 내외는 520호실을 배정받아, 샤워를 한 후 조식이 시작되는 오전 7시까지 취침하였다. 10층 건물의 5층이다. 일어나서 보니 창문 밖 가득히 필리핀 해가 펼쳐져 있어 경치가 수려하였다. 9시에 호텔 앞에서 다시 가이드를 만나 그가 운전하는 포드 승합차에 우리 일행 10명이 타고서 북쪽으로 이동하였다. 가라판을 지나 북으로 올라갈수록 인구가 더욱더 희박해지는데, 첫 번째 방문지인 만세절벽은 섬의 북쪽 끄트머리에 위치해 있다. 도로를 따라 북쪽으로 한참 동안 전봇대가 이어지다가 마침내 끊어졌는데, 그 전봇대는 길상사라는 한국인이 세운 절에 전력을 공급하기 위한 것이라고 한다. 그 절의 주지는 비구니인데, 이 섬에서 죽은 한국인의 영혼을 위로하기 위해 절을 세웠다는 것이다.

만세절벽이란 섬이 함락될 무렵 일본 군인들이 자결한 齋藤義次 육군중장

의 "살아서 포로가 되는 치욕을 당하지 말라"는 유훈에 따라 '천황폐하만세'
를 외치며 바위절벽 아래 바다로 몸을 던져 죽었다고 하여 이런 이름이 붙었
다. 현장에 '戰歿殉難者慰靈塔'이 서 있고, 平成 17년 6월 28일 천황 내외가
이곳을 방문했을 때 지은 和歌를 새긴 것을 비롯하여 수많은 일본인들이 세
운 비석이나 안내판들이 남아 있었다. 절벽 반대쪽 건너편으로 자살절벽이
라 불리는 바위로 된 산봉우리가 바라보였는데, 당시 일본 여인들이 몸을 던
져 죽은 장소라고 한다.

　돌아오는 길에 새섬(Bird Island)에도 들렀다. 바위 절벽으로 이루어진
灣의 한가운데 바다에 떠있는 바위섬으로서 평소 각종 새들이 많아 이런 이
름이 붙었다는데, 우리가 방문했을 때는 새가 보이지 않았으며 이는 새들이
모여드는 시간이 아니기 때문이라고 한다.

　마지막으로, 돌아오는 길에 그 부근에 있는 태평양한국인추념평화탑에
들렀다. 이용택이라는 사람의 주도에 의해 만들어진 것이었다. 1977년 북
마리아나제도연방의 티니안 시에서 일본 제국주의 시대에 징병·징용·보국
대·위안부 등으로 끌려와 희생된 우리 동포의 유해 5천여 구를 수습하여 한
국 천안시 소재 망향의동산에 안장한 일을 시작으로 하여 해외 희생동포 추
념 사업회가 매년 추념식을 거행해 오고 있는데, 이 비석은 1981년에 세워
진 것이다. 북마리아나제도에서는 티니안이나 사이판 같은 섬 하나 전체를
가리켜 시라고 부르며 시장도 있다. 건립취지문에 "200만 명이 태평양 여러
곳으로 끌려가 처참하게 혹사당하다가 억울하게 희생"되었다고 적혀 있다.
이곳에도 여러 한인 개인과 단체들이 세운 비석들이 건립되어져 있었다. 추
념탑 부근에 일본군 최후사령부가 있었던 모양으로서, 그 일대의 도로가에
대포들이 진열되어 있고, 그 옆에는 일본어로 적힌 비석들도 세워져있는 것
이 눈에 띄었다.

　올라갈 때는 가라판 읍내의 비치로드를 경유했었는데, 돌아올 때는 그 위
쪽의 미들로드를 통과하였다. 이 둘이 사이판 섬의 서부 대부분을 종단하는
주도로이다. 우리 내외는 가이드 김기영 씨에게 옵션으로서 그가 카톡을 통
해 추천한 여러 가지 상품 중 마나가하 섬 투어, 선셋 크루즈, 정글 투어(동부

관광), 별빛 투어의 네 개를 예약해 두었다. 가이드 팁까지 포함해 총 $230인데, 이를 1,300대 1의 환율로 계산하면 한국 돈 299,000원에 해당하는 것이다.

호텔로 돌아온 후, 아내와 함께 도로 건너편 Joeten Commercial BLDG. Unit 101 Beachroad에 있는 ZOOM CAFE에 들러 황태탕과 닭날개튀김으로 점심을 들었고, 조텐쇼핑센터 안의 커다란 마트에 들러 장을 좀 보아서 돌아왔다. 인천공항 SK telecom 데스크에서는 사이판의 주요 맛집이나 매점 중 제휴가 되어 있는 점포들의 목록을 주었고, 이 조텐하파데이(조텐은 이 지역 원주민 사업가의 이름, 하파 데이Hafa Adai는 스페인어로 안녕하세요.) 쇼핑센터도 그 중에 포함되어 있어 상시 10%의 할인 혜택을 준다고 하므로 그것을 요구하였으나, 직원의 말로는 T 멤버십 바코드가 있어야 한다는 것이었다.

그냥 호텔로 돌아와 수영복으로 갈아입고서 호텔 경내 워터파크의 여섯 개 물놀이장들과 그 앞 해변으로 나가보았다. 햇볕이 매우 강해 자칫하면 피부를 상할 우려가 있을 뿐 아니라, 거기서 노는 사람들 대부분이 어린이나 젊은이들이었으므로 그 일대를 좀 산책하다가 오후 2시 무렵에 그냥 돌아왔다. 사이판 서쪽 해안의 바다 안쪽에는 산호초가 길게 형성되어져 있어 파도를 막아주므로, 물결은 늘 잔잔하다.

애초에는 사이판에 도착하면 사람들이 주로 거주하는 가라판과 수수페 일대를 좀 산책하고, 하루 정도는 차를 렌트하여 섬을 한 바퀴 둘러볼까 하였으나, 섬이 좁아서 오늘 다녀온 것 외에 별로 돌아다닐 만한 곳도 없을 뿐 아니라, 오늘 보니 위의 두 마을도 그저 그런 시골 읍내 정도에 불과하며, 도로에는 인도가 없이 차도뿐인데다가 햇볕도 강해 모두 포기하였다. 그러니 옵션뿐인 내일 이후로는 옵션이 끝나고 나면 호텔에서 멍때리고 있는 것밖에 딱히 할 만한 일이 없는 것이다. 도로를 건널 때는 신호등 버튼을 눌러두어야 신호가 바뀐다.

저녁 식사는 낮에 식당에서 남겨온 닭날개살 일부와 마트에서 사 온 과자 및 오렌지 등으로 실내에서 간단히 해결하였다. 이 호텔은 서비스가 다른 곳과 좀 달라 객실 쓰레기나 사용한 수건은 객실 내의 비닐봉투나 세탁가방에 넣어 문밖으로 내 놓아야 하며, 실내 청소도 오전 9시에서 오후 4시 사이에 프런트 데스크에다 요청하거나 전화를 걸어 연락해두어야 한다. 그리고 실내에 메모지 같은 것도 없고, 화장실의 컵은 종이로 만든 것이다. 물도 처음 들어올 때 한 명당 하루 한 통씩 방안에다 한꺼번에 비치해 둔 후, 그보다 더 소비하는 것은 스스로 구입해서 쓰도록 한다.

■■■ 16 (월) 대체로 맑으나 때와 장소에 따라 부슬비

호텔 1층 레스토랑에서 뷔페식 조식을 든 후, 8시 10분에 1층 로비에서 가이드 김 씨를 만났다. 우리 내외 두 명이 어제의 노랑풍선 전용차를 타고서 가라판 북쪽 캐피털 힐인가 하는 곳으로 가서 마나가하 섬으로 들어가는 유람선을 탔다. 부두로 가는 차 안에서 나와 아내는 가이드에게 옵션 및 가이드 팁 총액 $230씩을 건넸고, 나는 추가로 $55 하는 그로또 스노클링을 신청하여 그 할인 비용 $50과 마나가하 섬의 환경세 $10 및 스노클링을 위한 水鏡 대여비용 $3을 추가로 주었다. 이로써 계산은 모두 끝난 것이다. 구명조끼 하나는 김 씨가 차의 짐칸에 실려 있는 것을 무료로 빌려 주었다.

배에 탄 손님들은 100% 한국인이었다. 아내가 네이버를 통해 알아본 바에 의하면, 일본에서는 한 주에 비행기 한 대가 사이판으로 들어오며, 중국은 입국을 제한하고 있고, 한국만 매일 항공기가 왕래하므로, 오늘날 사이판은 한국인 천지인 것이다. 어린이가 포함된 가족동반이 많았다.

마나가하 섬은 가라판 서북쪽에 빤히 바라보이는 조그만 섬으로서, 배로 15분 정도면 도착할 수 있다. 과거에는 이 섬을 군함도라 불렀다고 한다. 일본 측으로서는 사이판의 1차 방어선이었기 때문이다. 상륙 후 부두 근처에 있는 장비대여 매점 앞 휴게소 탁자에다 배낭 등을 벗어놓고 아내와 둘이서 섬을 한 바퀴 산책하였다. 야자수와 龍樹를 비롯한 열대 나무들이 무성하고 해변의 모래는 산호초가 부서진 것으로서 희고 밀가루처럼 잘고 부드러우며, 바다 역시 코발트빛이고 해변으로부터 멀어질수록 짙은 푸른색이 되었다.

아내는 원래 수영을 못할 뿐 아니라 심박동기 교체 이후 반년 간 의사가 안정하라고 했다 하여 육지에 남고, 나만 혼자 바다에 들어가 스노클링을 했다. 스노클링을 한 것은 예전에 멕시코의 칸쿤에서 한 번 경험한 이후 두 번째이다. 물밑에는 산호초로 된 모래와 바위들이 손에 잡힐 듯 가까워 보이지만, 팔을 뻗어보면 눈에 보이는 것보다 멀고, 물속에 작은 열대어들이 제법 많았다. 근자에는 해파리도 출몰하고 있는 모양이다. 섬의 표지나 안내판에는 영어·일본어·한국어·중국어·러시아어의 5개 국어가 차례로 적혀 있다. 사이판에서 눈에 띄는 승용차들은 대부분 토요타를 비롯한 일제이고, 드문드문 미제와 한국제도 있다.

한 번 물에 들어갔다가 나온 이후 휴게소 근처의 매점에서 코코넛주스 두 개 및 라면과 떡볶이에다 달걀 하나가 통으로 들어간 라볶이 두 개를 시켜들고서 그것으로 점심을 때웠다. 처음 아내는 8시 40분의 배로 들어가 12시 40분의 마지막 배로 나오자고 하더니, 조그만 섬에 별로 즐길 거리가 많지 않으므로, 다시 한 번 섬을 두르고 내가 한 번 더 스노클링을 하고서 나온 후, 한 시간을 앞당겨 11시 40분의 배를 타고서 뭍으로 돌아왔다. 마나가하 섬에 들어가 있을 때는 대체로 맑았으나 하늘에 쌍무지개가 떴었는데, 호텔로 돌아오는 도중 스콜 같은 소나기를 만났다. 이 섬의 날씨는 원래 이처럼 변덕스럽다고 한다. 같은 섬 안에서도 시간과 장소에 따라 변화무쌍인 것이다.

마나가하 섬 투어를 마치고 호텔로 돌아오는 중에 보니까 비치로드의 도로 가에 포장된 인도가 눈에 띄었다. 그 길을 걸어보리라 마음먹고서 오후 늦게 호텔을 출발하여 북쪽 방향으로 걸어갔더니, 길은 보이다 말다 하다가 수수페를 벗어나 구알로라이 및 가라판 구역에 들어서면서부터 비로소 뚜렷해졌다. 호텔에 비치된 관광안내 지도에는 우리 호텔이 수수페에 위치한 것으로 되어 있는데, 공항에서인가 본 다른 지도에는 그 옆에 산안토니오라는 곳도 있어 가이드에게 물어보았더니, 우리 호텔이 있는 곳이 산안토니오라는 것이었다. 보도는 차량이 통과할 수 있을 정도로 꽤 넓은데, 도중에 나무 벤치와 시멘트로 만든 탁자 및 쉼터도 여러 군데 설치되어져 있고, 태평양전쟁의 전적지 표지판도 몇 개 눈에 띄었으며, 대포와 벙커 그리고 탱크도 전시되어 있었다. 길 끝머리에 'Governor Froilan C. Tenorio, Beach Road Pathway'라고 양각으로 적힌 시멘트 탑이 눈에 띄는 것으로 미루어 그 사람이 지사를 하던 시기에 이 보도가 만들어진 것이 아닌가 싶었다. 보도는 시멘트로 포장되어 있고, 차도와 해안 사이로 구불구불 이어져 있으며, 때로는 두 갈래로 나뉘었다가 다시 합쳐지기도 하였다. 후에 가이드에게 물어보니, 이 길은 인도가 아니라 주민들의 운동을 위해 만들어진 것이라고 했다.

전적지 표지판들에 적힌 내용을 종합해 보면, 이곳 가라판 지역의 해변이 1944년 6월 15일 미국 해군이 수륙양용 차량으로 상륙한 지점이었다. 미군의 합동상륙작전에 맞서기 위해 일본군은 가라판 지역 해변에다 세 개의 방위요새를 지었는데, 대부분의 요새는 미군의 공격이 있기 몇 달 전, 건설자재의 공급이 한창 부족하던 시기에 지어졌으며, 몇몇 요새에는 미군이 상륙했을 때 무기들이 부족하였다. 마리아나 제도에서 패하면서 일본군 사령관들은 펠렐리우, 이오지마(硫黃島) 그리고 오키나와(沖繩) 전투에서는 持久戰으로 작전을 변경하였다.

이 부근 레드비치의 夜襲에서 약 1,000명의 일본군 보병이 미군 해병대에 대하여 44대의 전차와 더불어 강력한 반격을 가했다. 이는 태평양 전쟁에 있어서 최초의 대규모 전차를 동원한 전투였다. 다음날 새벽 해병대는 31대의 전차가 전장에서 연소되어 있는 것을 목격하였고, 미군 제2해병사단은 이 이틀간의 상륙거점 전투에서 3,500명의 부상자가 발생하였다. 해병대가 이곳에 상륙하기 전 사흘 동안 500척으로 구성된 군함의 일부인 전함·重巡양함·구축함에서 해안지역과 오지를 겨냥하여 대포로 공격하였고, 200기 이상의 군용기가 상륙하기 전에 사이판 섬에다 총격과 포격을 가하였다.

가라판 부두의 북쪽에는 南貿 부두라는 곳이 있어 지금도 그 시설의 일부가 남아 있는데, 南洋貿易주식회사의 유물이다. 南貿는 일본 통치시절 미크로네시아의 개발과 착취를 주도했던 세 개의 일본 기업 중 하나였다.

가라판의 중심부에 도착했을 때 손목시계를 보니 이미 오후 6시였다. 7시 10분에 호텔 로비에 집결하여 별빛투어를 떠나기로 되어 있으므로, 시간이

촉박하여 그쯤해서 발길을 돌려 갔던 길을 되돌아왔다. 도중에 이미 밤이 되어 사방이 깜깜해지고 비는 내리다 그쳤다가를 반복하며, 신고 간 샌들은 익숙지 못하여 발의 피부를 상하게 하므로 신다가 벗었다가를 반복하였다. 호텔에 남아 있는 아내가 처음에는 카톡으로 대단하다고 칭찬하더니 깜깜하고 비가 내리는 밤에도 돌아오지를 않으므로 불안하여 계속 카톡과 전화를 보내며 가이드에게 연락하여 그의 차를 타고서 돌아오라고 재촉하였다. 발걸음을 재촉하였으나 밤 7시 15분이 되어서야 비로소 도착하였다. 만보기의 걸음 수로는 24,860보를 기록하였다. 별빛투어는 일기가 불순하여 수요일로 연기되었다.

■■ 17 (화) 맑음

모처럼 날씨가 활짝 개었다. 원래는 지금이 건기로서 비가 오지 않을 때이지만, 지구온난화로 말미암은 기상이변으로 근자에 계속 비가 많이 내리는 것이라고 한다.

오전 9시에 호텔 로비에서 우리 가이드를 만나 정글투어(동부관광)를 위해 다른 가이드에게 인계되었다. 요금은 1인당 $50이다. 사륜구동의 9인승 SUV 포드 차량 안에는 다른 호텔에서 온 여자 4명이 이미 타고 있었는데, 세 명은 중년이고 그 중 한 명은 아직 미혼의 딸이었다. 차를 몰고 온 사람은 스킨스쿠버를 위해 세계 각지를 떠돌아다니다가 자녀교육 때문에 이곳에 정착하였으며, 밀림지역의 가이드 일 외에 미들로드 가에 자기 점포도 가지고 있다. 현재는 부인과 자녀들이 모두 한국에 살고 있으므로 혼자 지낸지 오래 되며, 개 한 마리를 키우고 있다.

우리는 비치로드에서 미들로드를 경유하여 사이판 최고봉인 해발 493m의 타포차우 산에 올랐다. 호텔 등 이 섬의 주된 수입원인 관광업을 위한 시설이 별로 없는 미들로드 가에는 대부분 원주민이 살며, 그곳의 상권은 한국인이 쥐고 있다. 일본이 미국에 패배하여 이 땅을 내어준 이후로도 미국 측과의 협상에 의해 상권은 일본인이 계속 쥐고 있었는데, 버블로 인하여 장기간 일본 경제가 침체된 이후 대부분 철수하였으며, 그 배턴을 한인들이 넘겨받았다. 코로나 이전에는 중국 관광객이 가장 많았고, 중국인의 경제적 침투도 컸었다. 지금은 중국인의 자취를 찾아보기 힘들지만 중국 업소들은 아직도 남아 있어 중국인의 무비자 입국이 재개되기를 기다리고 있다. 기사의 말로는 현재 사이판에 거주하고 있는 한국인은 2300명이라는 것이었다.

산의 아래쪽 부분은 주로 가난한 사람들이 살며, 높은 곳으로 올라갈수록 300평 정도의 넓은 택지를 소유한 부자들이 거주한다. 산기슭의 단층 주택 단지들은 국가가 제공한 것인데, 원주민은 자녀가 많을수록 사회복지 지원금도 많아지므로 출산율이 높으며, 음식도 고기가 위주인데다 운동을 하지 않으므로 살찐 사람이 많다. 자연이 풍요로워 굶어죽을 일은 없으므로 열심히 일할 필요가 없고, 알코올 중독으로 말미암아 일찍 세상을 뜨는 사람도 많다고 한다. 산 속의 전봇대는 모두 목재였으며, 가옥들에 울타리가 없었다. 비포장도로를 따라가다가 숲속으로 희미하게나마 길이 이어진 곳이 있으면 그 안쪽에 틀림없이 원주민이 살고 있다는 것이다.

타포차우 산에서는 사이판 섬의 사방을 둘러볼 수 있었다. 사이판에 이웃한 키니안 섬과 로타 섬도 바라보이고, 남쪽 끝에 국제공항의 활주로가 있으며, 서쪽 필리핀 해 연안을 둘러싼 산호초의 선도 뚜렷이 바라보였다. 이 섬의 인구밀집 지역은 이 산호초 안쪽 해변인데, 원래는 화산의 용암이 흘러내려가 바다 속에 길게 형성된 띠 위에 산호초가 서식하여 파도를 막아주므로, 그 안쪽은 잔잔한 바다를 이룬 것이다. 동쪽의 태평양 연안에는 그런 곳이 없고, 바로 앞으로 수심 만 미터가 넘는 세계최고의 마리아나 海淵이 펼쳐져 있어 사람이 함부로 드나들 수 없는 것이다. 그래서 동부지역에는 원주민만이 살고 있고, 원시림이 펼쳐져 있으며, 비포장도로가 많은 것이다.

타포차우 산의 정상에는 높다란 철제 방송탑 같은 것이 서 있고, 그 아래에 1987년 부활절에 낙성된 예수의 하얀 등신대 입상이 있으며, 주변 전망대에 태평양전쟁 때의 사이판 전투를 설명하는 안내판이 네 개 세워져 있었다.

그 안내판들에 의하면, 이 섬을 지키기 위해 40,000명 이상의 일본군이 목숨을 잃었으며, 공격하는 미군은 5,000명 이상이 전사하였다. 1944년 봄에 일본군지휘관들은 사이판 섬의 해안을 연구하여 최종방어진지를 구축하여 그곳에다 병력을 집결시켰다. 일본군 수비대는 서쪽의 필리핀 해를 순시 중인 일본군 제1이동함대가 반격을 지원하기 위해 올 때까지 미군을 묶어둘 계획을 세웠다. 미군은 섬에서 제일 중요한 장소가 평야에 위치한 공항임을 확인하고, 1944년 6월 15일 오전 8시 43분, 8,000명의 미 해병대 제2·제4 사단이 해안을 공격하였고, 32시간 후 수천 명에 달하는 제27 육군사단 보병들이 해안에 상륙중인 해병대를 뒤이었다. 미군의 전투명령은 공항을 확보하고, 고지를 점거한 후, 일본군을 북방으로 몰아넣어 섬을 횡단한 후 계속 진행하는 것이었다. 지금의 사이판 국제공항은 당시의 군용 활주로를 이용한 것이다.

정상 아래에 있는 찰란카노아 부근의 미군 침략 해안으로부터 타포차우 산 정상에 이르기까지 미 해병대는 일본군과 열흘간 치열한 전투를 계속하여 제8해병연대의 소대가 마침내 정상을 탈취하였으며, 일본군은 산기슭 근처에서 격심한 전투를 감행하였으나 해병대가 정상에 도착했을 때는 아무도 거기에 없었다. 이 고지를 확보하는 것은 이 지점으로부터 군의 동향을 감시할 수 있고, 사이판 섬 전역에 포격을 지시할 수 있어 전략적으로 매우 유리하였던 것이다. 침략이 시작된 지 25일 후 미군 사령관은 사이판 섬 점령을 선언하였지만, 일본병 중에는 정상 아래의 밀림으로 전투를 이어가 大場榮이 지휘하는 1사단은 미 점령군에 대해 다시금 17개월간의 게릴라전을 펼치다가, 1945년 12월 1일 大場과 잔존병 46명이 마침내 항복하였던 것이다.

정상을 떠난 후, 다음으로는 중북부의 제프리 해안으로 갔다. 밀림 속 차한 대가 간신히 통과할 수 있는 숲속을 한참동안 나아간 후 마침내 악어 모양 같기도 하고 그 끄트머리는 남녀의 얼굴 모양 같기도 한 바위가 양쪽에 버티고 선 바닷가 바위절벽에 이르렀다. 민물 개울이 바다와 만나는 지점이었다. 그 바로 건너편이 마리아나 해연이라고 한다.

그곳을 떠난 후, 다음으로는 그 부근 킹피셔 골프장 근처의 원주민 농장에 들렀다. 부근 길가에서 제초작업을 하고 있는 농장주를 만났는데, 그는 사이판의 유력한 집안으로서 부지사를 지낸 사람이며 그 부인은 최근 상원의원에 당선되었다고 한다. 그럼에도 불구하고 권위의식 없이 일상적인 농사일을 계속하고 있는 것이 인상 깊었다. 농장에서 야자를 비롯한 각종 열대과일을 대접받았고, 우리 내외는 그것으로 오늘 점심을 때웠다.

마지막으로 조금 남쪽으로 내려온 지점의 산타 루데스 성당(Santa Lourdes Shrine)에 들렀다. 이곳은 가톨릭 신자가 75% 정도 되는 사이판 섬에서 성지로 간주되는 곳이라고 한다. 사이판은 토질에 석회성분이 많아 지하수를 그냥 마실 수가 없는데, 섬에서 유일하게 그냥 마실 수 있는 물이 흘러나오는 곳이라고도 했다. 넝쿨식물들이 흘러내린 바위 벼랑의 자연적으로 형성된 커다란 감실 두 개 속에 성모상과 십자가가 각각 모셔져 있고, 그 앞에 열 명 전후의 사람 들어갈 수 정도로 조그맣고 동그란 모양의 성당이 하나 있으며, 그 입구에는 기념품 상점이 있었다. 기념품점을 지키는 여성이 한국어도 잘 하고 원주민 말도 하므로 나는 한국 사람인가 하고 생각했으나, 기사의 말로는 한국인이 경영하는 방직공장에 취직하여 왔다가 현지인과 결혼하여 눌러앉은 중국 여인이라고 했다. 지금은 쇠퇴했지만, 예전에는 이 섬에 한국인이 경영하는 커다란 방직공장이 있어 조선족을 비롯한 중국인들을 수천 명 고용하고 있었는데, 그들 대부분은 공장이 문을 닫은 후 귀국했지만, 일부는 현재까지도 남아 있다는 것이다.

아스팔트 포장도로를 따라 서남부의 찰란카노아 지구로 내려와, 비치로드를 따라 수수페 지구로 올라와서, 우리가 머무는 호텔 현관에서 다른 일행과 작별하였다.

오후 5시 10분 전쯤에 호텔 로비에서 가이드 김 씨를 만나 그가 운전하는 차로 비치로드와 미들로드를 경유하여 가라판 북쪽 Navy Hill 쯤에 있는 부두로 이동하였다. 어제 마나가하 섬으로 갈 때 배를 탔던 곳보다는 좀 아래쪽이었다. 아마도 사이판에서 가장 큰 부두인 모양이다. 선셋 크루즈를 위한 것이다. 마스트가 하나 달려 있는 유람선도 어제 탔던 배보다는 큰 것이었다. 먼저 1층 선실에 마련된 탁자에 자리를 배정받아 한국에서 맥주 안주로 흔히 나오는 강냉이 마카로니와 더불어 음료수를 마셨는데, 물·커피나 아이스티는 무료, 콜라와 사이다 및 주류는 두 개씩 제공받은 쿠폰으로 교환할 수 있는데, 세 개째부터는 유료였다.

얼마 후 船首의 갑판으로 나가 제리라는 이름의 중년 정도 되어 보이며 반팔 반바지에다 장발을 한 원주민이 기타 반주로 부르는 노래를 들으며 마나가하 섬 근처를 크루즈 하였다. 제리는 신명이 많고 한국어도 꽤 하며 한국 노래에 익숙하였다. 도중에 어린이들을 일으켜 세워 자기 음악에 맞추어 춤을 추게 하고, 그 보상으로서 목걸이 하나씩을 걸어주기도 하였다. 밝았던 주위가 점차 황혼에 물들어 가는데, 석양이 스러지기 시작할 무렵 식사가 제공되어 우리는 다시 선실로 들어가 서양 음식과 고기꼬치로 석식을 들었다. 석식을 마치고서 다시 갑판으로 나가보니 이미 석양은 거의 사라져 있었다. 제리는 다시 일행 중 한 중년 아주머니를 불러내어 신나게 춤을 추게 하였고, 직원 중 남자 두 명도 그 아주머니와 더불어 춤을 추며 흥을 돋우기도 하였다. 배가 되돌아와 부두에 닿은 이후에도 제리의 흥은 다하지 않아 얼마간 더 배 안에서 춤과 노래를 즐겼다.

돌아올 때는 우리처럼 월드 리조트로 가는 젊은 부부 및 세 명의 어린 아들과 더불어 한국인 젊은 여성이 운전하는 SUV 차량에 합승하여 밤 7시 남짓 되어 호텔에 도착하였다.

밤 여덟시 반에 다시 별빛투어를 떠났다. 원래는 내일로 예정되어 있었는데, 15일 만에 처음으로 날이 완전히 맑아졌고, 내일 날씨가 또 어떻게 될지 알 수 없으므로 하루를 앞당긴 것이다. 이런저런 호텔에서 모아온 13명이 한 차를 타고서 섬의 북쪽 끝 한국인추념탑으로 갔다. 우리보다 먼저 도착한 차들이 몇 대 있었고, 그 차들은 모두 우리가 도착한 지 얼마 후에 먼저 돌아갔다. 추념공원의 잔디밭에다 배부 받은 자리를 깔고 드러누워서 밤하늘의 별을 쳐다보았다. 꽤 초롱초롱하였고, 은하수도 희미하게 바라보였다. 우리를 태워간 기사가 아닌 다른 남자가 나와 빛이 하늘까지 직선으로 길게 뻗어나가는 플래시로 가리키며 별자리와 그것들에 얽힌 그리스 신화를 설명해 주었고, 끝나고서는 팀별로 기념사진도 촬영해주었다. 별들은 구름 상태에 따라 한동안 흐려지기도 하였다. 유성이 떨어지는 것을 두 번 보았다. 돌아와 샤워를 마치고서 밤 10시 40분 무렵 취침하였다.

■■■ 18 (수) 맑음

오전 8시 40분에 호텔 로비에서 가이드 김기영 씨를 만나 그로또 스노클링을, 아내는 9시 30분에 산악 오토바이로 출발하였다. 원주민 안전요원이 운전해 오는 포드 SUV 차량에 동승하였는데, 북쪽 산로케의 아쿠아 리조트클럽과 켄싱턴 호텔에 각각 주차하여 사람들을 더 태워 총 13명이 되었다. 기사가 하는 말로는 아쿠아 리조트클럽은 BTS가 머물렀던 곳이며 BTS도 우리처럼 그로또 스노클링을 했다고 하고, 켄싱턴 호텔은 5성급으로서 숙박비가 비싼데 신혼부부가 많이 이용한다는 것이었다. 그러고 보면 월드 리조트가 사이판에서 가장 고급 호텔은 아닌 것이다.

차는 마피에 있는 한국인추념탑과 그 바로 곁의 일본군 최후사령부를 지나 자살절벽 쪽으로 꺾어들었다가, 능선을 내려가 새섬 조금 못 미친 곳에서 다시 만의 위쪽 방향으로 접어들어 그로또 입구에 도착하였다. 기사가 하는 말로는, 일제시기에는 사이판에 사탕수수 농장이 있어 한국인들이 거기에 와서 많이 일했다는 것이었다. 김 씨가 카톡으로 보내준 옵션 홍보물에 의하면 "세계 2대 해저동굴에서 즐기실 수 있는 스노클링"이라는 것인데, 아무튼 나도 TV를 통해 이곳을 두어 번 본 바 있었기 때문에, 처음에는 좀 위험할까 싶어 그만두었다가 이번 기회가 아니면 언제 또 오랴 하는 생각이 들어 추가로 신청했던 것이다. 그러나 막상 가보니 규모는 생각했던 것보다 작았다.

수경과 구명조끼는 무료로 대여해주기로 되어 있지만, 아내는 다른 사람이 쓰던 물건은 전염병에 감염될 우려가 있다 하여 어제 조텐쇼핑센터에 들렀을 때 스노클이 딸린 내 수경을 하나 사 왔다. 가이드 김 씨로부터 현지에는 물건을 보관해둘 곳이 없다고 들었으므로, 젖어도 되는 수영복과 소매 없는 여름용 셔츠를 착용하고, 호텔에서 빌린 큰 수건 하나와 수경만 가지고 왔는데, 다른 사람들은 핸드폰이나 지갑 등 필요한 물건들을 가져온 이가 많았다. 스노클링에 필요치 않은 물건들은 모두 차 속에 두고 내렸다.

차에서 내린 후 기사로부터 약간의 교육을 받은 다음, 긴 계단을 따라 내려가서 동굴의 바닷물 속으로 뛰어 들었다. 물속에서 또 한참동안 기사와 다른 원주민 두어 명이 각 그룹의 사진들을 찍어주었다. 이쪽 바닷물은 태평양의 것인데, 필리핀 해의 것보다 세 배는 더 짜다고 했다. 동굴 바위 안쪽의 물밑에서 빛이 새어나오는 것으로 보아 그쪽은 바위 아래로 대양과 트여 있는 모양인데, 우리는 잠수하여 그리로 나아가지는 않고 동굴 안에서만 헤엄치며 놀았다. 물속에 작은 물고기들이 떼를 지어 노니는 것이 더러 보이고, 피라니아인가 하는 제법 큰 물고기도 보았다.

스노클링을 마치고서 차로 돌아온 후, 기사가 부어주는 물로 대충 몸을 씻고 음료수도 하나씩 들었다. 기사의 말로는 오늘 촬영한 사진의 일부를 무료로 카톡으로 받을 수 있고, $10 내고서 전체 사진을 이메일로 받을 수도 있다는 것이었다. 대부분 이메일로 받는 모양이고, 알려준 그의 카톡 번호는 아쿠아○○○이라는 것이었지만, 핸드폰을 가져오지 않아 기록해 둘 수 없을 뿐 아니라 기록해 두더라도 전화번호가 아닌 그것만으로 어떻게 카톡을 연결할 수 있는지 모르므로, 나는 처음 카톡으로 받겠다고 했다가 호텔로 돌아와 그에게 $10을 건네주고서 역시 이메일로 받기로 했다.

거의 같은 무렵인 12시 20분에 아내도 산악 오토바이에서 돌아왔다. 산과 바다의 두 가지 옵션이 있었는데 아내는 평지인 바다 쪽을 택했으며, 제일 잘 탄다는 칭찬을 받았다고 했다. 샤워를 한 후, 호텔 앞 도로 건너편으로 점심 들러 나갔는데, 코로나 때문에 문 닫은 식당들이 제법 있어 지난번처럼 줌 카페에 들러 황태탕과 양념치킨을 시켰다. 양이 많아 황태탕은 다 먹고 치킨은 대부분 남겨서 가져와, 어제 선셋 크루즈 때 받아온 스프라이트 캔 두 개와 더불어 호텔 방 베란다의 탁자에서 바다를 바라보며 석식으로 들었다. 식후에 여행 일기를 정리하여 가족과 지인들에게 이메일로 부친 후, 취침하여 밤 11시 30분까지 미리 잠을 좀 자두었다.

11시 50분에 호텔을 체크아웃 하여 로비에서 가이드 김 씨를 만난 다음, 그가 운전하는 노랑풍선 차를 타고서 일행과 함께 공항으로 떠났다. 자정 무렵에 손님을 배웅하는 것은 코로나 이후 처음이며, 앞으로는 더 많아질 것이라고 했다. 그리하여 올 때처럼 티웨이항공 TW308의 4A·4B석을 배정받았고, 출국수속을 거친 다음 탑승하기 위해 6번 게이트에서 대기 중이다. 우리는 03시 15분에 출발하여 06시 55분에 인천공항에 도착할 예정이다.

규슈 히코산·오호리공원·사라쿠라산

3월

■■■ 2023년 3월 25일 (토) 대체로 흐림

오후 3시까지 신안동의 진주공설운동장 1문 앞으로 나가 더조은사람들의 '일본 규슈 히코산 사라쿠라산 트레킹 & 벚꽃축제 & 온천욕'에 참가하였다. 3박4일 일정이지만, 첫날과 돌아오는 날은 배 안에서 보내므로, 일본 현지에서 보내는 시간은 사실상 1박2일인 셈이다. 대절버스 한 대에 진주의 공설운동장과 혁신도시에서 11명, 문산 팀 36명(그 중 4명은 부산에서 합류)이 탑승하여 총 47명이고, 광양에서 온 11명과 서울과 대전으로부터 온 38명은 부산항국제여객선터미널에서 합류한 사람들로서 총 97명이라고 한다. 이 팀들은 모두 대전에 본사를 둔 CS투어가 따로 모집하여 합친 것으로서, CS투어는 서울과 부산에 지점을 두고 있다. 이번 여행은 손님만 하더라도 참가인원이 거의 100명이므로, 일본에서는 대절버스 3대에 분승하여 움직일 것이다. 강 대장의 말에 의하면 CS투어의 대표는 하동군 진교 사람인데, 그는 평소 손님들과 행동을 같이 하지 않으므로 여행의 실제에 대해서는 잘 모른다고 한다. 일정표에 적힌 진주 팀 2호차의 가이드는 박주영이라는 여성인데, 1997년 고교 시절 이래로 일본에 거주하였다고 한다. 문산에서 탑승한 사람들은 좋은사람들이라는 산악회의 회원인데, 그 인솔자인 남자는 더조은사람들의 강종문 대장과 진주농전 동기동창으로서, 보험업에 종사하는 모양이다. 강 대장은 이후 경상대 농대의 대학원 석사과정을 졸업했으며, 현재 진주에서 아웃도어 점포 밀레를 꾸려가고 있다. 둘이 이끄는 산악회의 이름도 좋은사람들과 더조은사람들이니, 우연의 일치인지 어떤지 모르겠다.

부산항국제여객선터미널은 이번에 와 보니 예전과는 장소도 달라졌고,

건물도 완전히 새 것으로서 꽤 규모가 컸다. 그 건물 3층에서 출국수속을 하였는데, 그곳에서는 일본으로 향하는 모든 여객선들이 출발하고 있었다. 구체적으로는 下關으로 가는 한일고속해운 소속의 釜關페리 星希, 對馬·大阪·Busan One Night Cruise를 운영하는 PanStar의 PanStar Cruise, 일본의 Camelia Line과 한국의 高麗훼리주식회사가 공동으로 운영하는 福岡행 New Camelia, 對馬島로 가는 Starline의 NINA와 대아고속해운의 Ocean Flower, JR九州高速船이 운영하는 福岡 행 고속선 Queen Beetle 등이다. 규모가 한층 작은 예전의 터미널에서는 아마도 국내 여객선을 운행하는 것이 아닐까 싶다. 우리가 타는 부관페리는 1969년부터 운행해 왔다는데, 왕복 단체요금이 1인당 180,500원으로서 우리 일행은 12명이 1실을 사용하는 2등실에 들게 되지만, 우리 내외는 작은처남 황광이가 아내에게 준 칠순기념선물로서 왕복에 12만 원을 추가하여 1등실인 2인1실을 사용하게 되었다. 2층의 225호실이다.

부관페리는 18시 10분부터 18시 50분까지 수속하여 21시에 부산항을 출발하였다. 나는 진주를 출발할 때 깜박 잊고서 책상의 독서대에 놓아둔 손목시계를 차고 오지 않았다. 선실 안에서 SKT로 전화를 걸어 휴대폰의 데이터 로밍을 신청하였다. 29,000원으로 1주일간 baro 3GB와 T전화를 사용할 수 있게 된 것이다. 배의 객실은 3층으로 되어 있는데, 코로나19 때문에 선내의 식당이 영업을 하지 않아 내일 조식과 돌아오는 날 석식은 도시락으로 해결해야 한다. 우리 내외는 집에서 한 끼분의 음식물을 준비해 왔으므로, 탑승할 때 배부 받은 도시락으로는 개별식으로 되어 있는 오늘의 석식을 들었다. 식후에 배 안의 각층과 갑판을 한 바퀴 둘러보고, 1층의 24시간 CU 편의점에서 필요한 물건들을 좀 사서 선실로 돌아왔다.

■■■ 26 (일) 흐리고 부슬비 내리다가 오후 늦게 햇볕

우리가 탄 배는 오전 7시 무렵 일본 山口縣의 下關市에 도착하여 7시 45분부터 하선을 시작하였다. 그러나 입국 수속에 시간이 꽤 많이 걸려 우리의 순서를 기다리느라고 한참을 대기하였다. 그래도 작년 12월 초순에 비행기로 福岡에 도착했을 때보다는 절차가 많이 간단해져 이제 검역철차에서 입국 시 QR코드 등록은 필요 없게 되었으며, 코로나19 백신 3차 접종증명서로 가름하게 되었다. TV 뉴스에 의하면, 오늘부터 일본에서도 공공장소에서의 마스크 착용 의무가 해지되었다고 한다.

釜關페리의 전신인 關釜연락선은 경부선 개통(1905.1.1)에 맞추어 일본 철도원이 그 해 釜山-下關 간에 격일제 주간 연락선 壹岐丸을 취항(9.11)시킴으로서 시작되었다. 일본의 식민지배 당시 승객 중 한국인은 유학생과 노동자가 대부분이었다. 일본 유학생의 한 사람으로서 '사의 찬미'를 일본에서 레코드에 취입한 우리나라 최초의 여성 성악가 윤심덕과 목포 갑부의 아들로서 극작가인 그녀의 애인 김우진이 김우진 부모의 반대로 이루어질 수 없는 결혼을 한탄하다가 1926년 8월 4일 함께 연락선 德壽丸을 타고서 귀국하던 도중 현해탄에 투신하여 동반 자살한 이야기는 너무나 유명하다.

입국 수속을 마친 다음, 오늘은 트렁크를 2호차에 싣고 우리 팀 11명은 3호차에 탑승하게 되었다. 그래서 가이드도 전소영이라는 여성으로 바뀌었다. 우리 팀의 짐을 2호차에 실은 것은 아마도 3호차의 짐칸에다 일행의 점심 도시락을 싣기 때문이 아닌가 싶다. 버스가 출발하여 부두에서 얼마 떨어지지 않은 지점의 HM 入江店에서 예약해둔 도시락을 싣기 위해 도로가에 3호차가 꽤 오랫동안 정거해 있었는데, 여자 두 명이 탑승하지 않은 사실을 뒤늦게야 알고서 도시락 수속이 끝난 후 부두로 되돌아가는 해프닝이 있었다. 그들 중 한 명이 아마도 반입이 금지된 농산품을 짐 속에 가지고 있다가 적발되어 수속이 지체된 모양이다.

차 속에서 가이드가 한 말에 의하면, 현재 한국 돈과 일본 돈의 환율은 990대 100 정도로서 일본 돈의 가치가 과거에 비해 크게 낮아져 있는데, 구매력 기준의 실질소득은 한국이 더 높다고 한다. 페트병에 든 물이나 캔 커피의 가격 같은 것은 선내의 한국 편의점에 비해 일본 현지의 자동판매기 쪽이 반값 정도로 싸다는 것이다. 일본인의 한국에 대한 이미지도 최근 들어 놀라울 정도로 향상되었다고 한다.

1973년에 개통된 현수교인 關門橋를 통과하여 本州에서 九州로 넘어온 후, 고속도로인 E3 九州道를 따라 남하하다가 小倉南에서 322번 국도로 빠졌고, 香春(가와라) 부근에서 지방도로 접어들어 한 시간 반 정도 후인 11시 반쯤에 大分縣과 福岡縣의 경계지점에 위치한 오늘의 목적지 英彦山(히코산)에 이르렀다. 英彦山 꽃 공원을 운행하는 전차인 슬로프카의 출발지점 幸(보누루)驛 입구에 주차하였는데, 이 전차는 花(후루루)驛·花園(자르당후루루)驛을 거쳐 英彦山神宮의 本殿인 국가지정중요문화재 奉幣殿 부근의 神(디우)驛까지 올라가지만, 지금은 2월 20일부터 3월 하순까지 새 차량 도입 공사 때문에 운행이 중단되어 있다. 2005년에 완성한 것으로서 전체 길이는 849m인데, 일정표 상으로는 원하는 사람은 따로 1,000엔을 내고서 출발지점의 銅으로 만들어진 도리이(銅鳥居)에서 봉폐전까지 그것을 타는 것으로 되어 있지만, 이러한 사정으로 말미암아 모두 걸어서 올라가야 하게 되었다. 도착한 무렵에는 빗발이 제법 굵어졌고, 게다가 이미 정오에 가까워진지라 배부 받은 도시락으로 차 안에서 먼저 점심을 들었다.

식후에 봉폐전으로 올라가는 도중 코스를 잘못 잡아 길도 없는 엉뚱한 곳으로 접어들기도 했다가 도중에 다시 진입로를 만났다. 히코산은 높이가 1,200m 정도 밖에 되지 않지만 일본의 100명산 중 하나에 든다고 하며, 이곳 神宮은 일본의 산악신앙인 修驗道와 깊은 관련이 있다.

봉폐전에서부터는 자연석을 조금 다듬어 만든 돌계단이 정상 부근까지 계속 이어지는데, 경사가 가팔라 꽤 힘이 들었다. 아내는 얼마 가지 못해 포기하고서 되돌아갔고, 나는 강 대장과 더불어 中宮을 거쳐 정상 부근에 있는 上宮까지 계속 올랐다. 봉폐전 부근의 돌계단 좌우로 '英彦山三所大權現'이라고 쓰인 깃발들이 백 개 정도 죽 늘어서 있는데, 三所란 봉폐전과 중궁·상궁을 의미하는 것인지 그렇지 않으면 정상 부근 비슷한 높이의 세 봉우리를 의미하는지 알 수 없다. 상궁 조금 못 미친 지점에 상궁의 修復공사 실시로 말미암아 출입을 금한다는 팻말과 더불어 금줄이 쳐져 있었으나, 나를 포함한 우리 일행 일부는 그럼에도 불구하고 계속 올라갔다. 상궁에는 실제로 비스듬히 쓰러진 기둥도 있고, 공사를 위한 철 구조물들이 세워져있으며, 공사용 물자들을 실어 나르기 위한 것으로 짐작되는 모노레일도 설치되어 있었다.

히코산은 1950년에 부근의 耶馬溪·日田과 더불어 일본 최초의 국립공원으로 지정되었으며, 산은 수백만 년 전에 분출한 安山巖質의 溶巖地가 침식되어 깊은 계곡과 봉우리가 형성되었다. 그러나 오늘은 일기가 좋지 못해 멀리까지 조망할 수 없었다. 산꼭대기는 中岳(1188.2m)·南岳(1199.6m)·北岳(1192.0m)의 세 봉우리로 이루어져 있다. 上宮 바로 뒤편에 오벨리스크 모양으로 길쭉하게 세워진 히코산의 石製 정상비가 서 있는데, 표고 1,200m라 적힌 것으로 미루어 남악인 듯하다.

등산을 시작할 때 나는 방수복 상하의를 꺼내 입었다가 오르는 도중 덥기도 하고 비가 그친 듯도 하여 상의는 벗었는데, 내려올 때는 좀 한기를 느껴 도로 껴입었다. 오후 4시 무렵에 하산을 완료하였고, 걸음 수로 17,405보였다.

돌아올 때는 국도와 지방도를 따라 계속 남쪽으로 내려가 杷木(하키)에서 고속도로인 E34 大分道에 올라 지난번 후쿠오카에서 벳부 쪽으로 갔을 때와는 반대 방향인 서쪽으로 향하다가 太宰府에서 E3 九州道에 올라 다시 북상하였으며, 후쿠오카에 다다라 도시고속도로로 진입하였다. 일본의 관광버스에는 실내에 TV가 설치되어 있지 않고, 음악 같은 것도 틀어주지 않는 점이 한국과 다르다. 돌아올 때는 또 1호차로 바꿔 탑승했으므로 여성가이드 허주화 씨가 탔다.

후쿠오카에서는 작년 12월에 들렀던 WEST 맛의 거리 麥野本店에 다시 들렀다. 이곳에는 불고기·중화요리·우동과 카페 등 네 개의 점포가 있는데, 지난번에는 불고기집에서 점심을 들었으나, 오늘은 그 바로 옆집에서 우동과 텐돈이라고 하는 오징어튀김덮밥으로 석식을 들었다.

식후에 밤길을 달려 北九州市에 보다 가까운 福岡縣 宗像市 田野 1303에 있는 로열 호텔 宗像(무나가타)에 들러 1023호실을 배정받았다. 현해탄에 면해 있는 호텔인데, 2층에 玄海사츠키온천이라는 온천욕장이 있어 거기서 온천욕으로 샤워를 대신하였다. 호텔 본관은 13층으로서 구내가 꽤 넓어보였으며, 우리 내외는 그 중 10층에 든 것이다.

■■■ 27 (월) 맑았다가 오후 한 때 빗방울

오전 7시부터 1층 레스토랑이 문을 열므로, 그 시각에 내려가서 뷔페식 조식을 들고, 8시경에 출발하였다. 1호차는 연합 팀, 2호차는 진주 팀, 3호차는 광양 팀이라고 버스에 적혀 있다. 그러나 인원수가 적은 우리 진주 시내 팀 11명은 계속 이리저리로 탑승 차량이 바뀌었다. 연합 팀이라 함은 서울·대전 팀을 말함인데, 어제 오후에 이어 오늘도 우리는 그 1호차에 합승하게 되었다. 그 차의 내 옆 복도 건너편에 앉은 사람에게 물어보았더니, 그 팀도 서울의 산악회 회원들이 대부분이고, 대전에서 합류한 사람이 4명, 전주에서 온 사람이 2명 섞여 있다는 것이었다.

간밤에 어둠을 뚫고서 달려 왔던 길이리라고 짐작되는 코스를 따라 후쿠오카로 향하였다. 도착한 후 먼저 옛날 福岡城이 위치했던 자리에 들어선 大濠공원과 舞鶴공원을 둘러보며 벚꽃 구경을 하게 되었다. 임진왜란에 출정했던 黑田長政이 福岡의 성주로서 慶長(1596~1614) 연간에 이 城을 축조하였는데, 당시 강이 있었던 현재의 大濠(오호리)공원 일대를 바깥 해자로서 이용했다. 1927년 여기에서 열렸던 東亞勸業博覽會를 계기로 하여 造園공사가 진행되어 1929년에 縣에 속한 오호리공원으로서 개원했던 것이다. 총 면적이 약 40만㎡이며, 그 중 약 21만㎥가 연못으로 되어 있어, 전국에서 손꼽히는 水景공원인 셈이다. 중국의 西湖 모양을 본떴다고 한다. 마이즈루공원은 차도 건너편에 위치하며 오호리공원과 통로로써 서로 연결되어 있는데, 天守閣을 비롯하여 영빈관이었던 鴻瀘館 등 성의 핵심 시설들은 원래 그쪽에 위치했던 모양이지만, 면적으로는 오호리공원보다 작으며, 지금은 각종 운동장과 경기시설들이 들어서 체육공원을 이루고 있다. 성의 핵심 건물인 천수각은 현재 남아 있지 않다. 우리는 거기서 9시 20분부터 10시 10분까지 자유 시간을 가졌으나, 그것으로는 부족하여 우리 내외는 실제로 둘레 2km 정도 되는 오호리공원의 일부 밖에 둘러보지 못하였다. 시립미술관과 일본정원도 그 안에 있었으나 밖에서 바라보았을 따름이다. 성 안팎으로 1,000여 그루의 벚나무가 있어 九州의 벚꽃 명소 중 하나로 손꼽히며, 지금인 3월 25일 전후부터 4월 초까지가 벚꽃의 개화시기인 셈이지만, 한국에도 이 정도 규모의 벚꽃은 전국 도처에 널려 있으므로 크게 감동을 줄 정도는 아니었다.

후쿠오카 성터를 떠나, 다음 순서로 Japan Tourism Cooperation이 운영하는 면세점으로 가서 쇼핑을 하게 되었다. 예상했던 바와 같이 지난번에도 들렀던 적이 있는 博多港 제2터미널 부근의 灣岸(Bayside)시장에서 도로 건너편에 있는 한국관광객 상대의 후쿠오카면세점이었다. 오늘도 1호차의 여자 가이드는 거기에 도착할 때까지 계속 차 안에서 상품 홍보를 하고 있었다. 나는 거기서 검은색 볼펜 세트 하나를 샀다. 후쿠오카 시는 바다로 들어가는 강을 기준으로 하여 동쪽 편이 博多 서쪽이 福岡인데, 인구 180만 정도로서 규슈 최대의 도시이다. 廢藩置縣 전에는 비슷한 규모의 서로 독립된 藩이었다고 하나 지금은 하카타가 후쿠오카 시에 속한 區로 편입되어져 있으며, 항구는 하카타에 공항은 후쿠오카에 있다.

점심 들러 가는 도중에 우리가 탄 1호차가 갈림길에서 신호대기 하던 중 뒤에서 접근해 온 트럭과 접촉사고를 일으켜 경찰의 출동을 기다려야 하게 되었으므로, 시간 절약을 위해 우리는 손님을 점심 장소에 실어다 주고서 되돌아온 2호차로 바꿔 타게 되었다. 점심을 들게 된 곳은 뜻밖에도 후쿠오카 시의 상징물인 후쿠오카타워 1층 매표소 건물 안에 있는 그릴 煉瓦俱樂部였다. 거기서 일본 사람들이 스모를 보면서 먹는 일종의 도시락인 찬합 밥을 들었다. 한국영사관도 그 근처의 같은 모모치(百道) 구역에 있음을 비로소 알았다. 후쿠오카타워는 높이 234m로서 삼각형 구조인데, 바깥 면은 모두 강화유리로 되어 있다. 그 중 116·120·123m에 각각 위치한 세 층이 360도로 파노라마가 펼쳐지는 전망층이다.

식사를 마친 후 오후 1시에 주차장에 집합하여 九州道를 따라 한 시간 반 정도 북쪽으로 이동하여 규슈의 북쪽 끝에 위치한 北九州市에 도착하였다. 이는 政令에 의해 小倉·門司·八幡·戶畑·若松 등 다섯 개의 소규모 시들을 통합하여 백만 명 넘는 인구를 포괄하게 된 九州 제2의 도시이다. 오늘 우리가 방문할 사라쿠라산(皿倉山, 622m)은 八幡東區에 속해 있다. 야하타는 유명한 八幡제철소 즉 지금의 신일본제철소가 위치한 구역이다. 한국의 포항제

철은 이를 모델로 삼은 것이라고 알고 있다.

사라쿠라산은 帆柱(호하시라)자연공원의 일부인데, 이 자연공원은 최고 봉인 皿倉山을 비롯하여 權現山(617)·帆柱山(488)·花尾山(351) 등을 포괄하고 있다. 皿倉山·帆柱山이란 명칭은 모두 神功皇后가 三韓을 정벌할 때 이 산들에 올라 형세를 살폈다는 전설에서 유래했다고 전해 온다. 특히 사라쿠라산에서 바라보는 北九州市의 夜景은 '100억 달러의 야경'으로 불리고 있으며, 2003년에 '新日本三大夜景' 중 하나로 뽑힌 이래, 2022년에는 '日本新三大夜景都市' 중 1등으로 뽑힌 바 있다.

우리는 케이블카와 슬로프카를 번갈아 타고서 사라쿠라산의 정상 전망대에 올랐고, 내려올 때 진주 팀 11명은 강대장의 인솔 하에 皿倉表登山道 코스를 따라서 한 시간 반 정도 걸려 사라쿠라산 케이블카의 출발지점인 山麓驛까지 왔다. 다른 팀 사람들은 모두 올라갈 때와 마찬가지로 슬로프카와 케이블카를 번갈아 타고서 내려온 모양이었다. 바깥(表)등산도는 삼나무와 동백꽃이 만발한 고목들, 그리고 대나무 등의 숲이 울창하여 경치가 좋았는데, 지금은 산사태로 말미암은 보수공사 때문에 출입이 통제되어 있다. 그 길 도중의 여기저기에 1937년에 이 길의 완성을 기념하여 지역 어린이들이 선정하고 명명한 '帆柱十五景'을 표시하는 팻말들이 계속해 눈에 띄었다. 옛 풍경은 100년 가까운 세월이 흐르는 동안 많이 달라졌으므로, 지금은 이를 대신하여 '皿倉八景'이 제정되어져 있는데, 그것들은 사라쿠라산에 한정되지 않고 호하시라자연공원의 전역에 걸쳐 산재되어 있다. 오늘은 16,653보를 걸었다.

오후 4시 38분에 사라쿠라산을 출발하여 고속도로를 따라 북쪽으로 40~50분 정도 달려서 시모노세키에 도착하였다. 下關처럼 關자가 들어간 지명들은 대부분 옛날 세관이 설치되어졌던 장소라고 한다. 거기서 출국수속을 하고서 이번에는 일본 선적의 關釜페리 하마유우에 탑승하였다. 이 배는 시모노세키와 부산에서 각각 출발하는데, 시모노세키에서는 18시 30분에 승선이 시작되어 19시 45분에 출항하며, 부산에는 다음날 8시에 입항한다. 우리 내외는 이 배의 1등실인 211호실에 들었다. 2층 선실이다. 3층으로 된 여객선인데, 길이는 162m, 폭 23.6m, 여객 정원은 460명이며, 총 톤수는 16,187톤, 최고 속력은 20.49kn이다. 간밤의 호텔에서는 뜻밖에도 각 나라의 서로 다른 전압이나 소켓 모양에 맞추어 전자기기를 사용할 수 있게 하는 다용도단자 중 일본과 미국 등에서 사용하는 110볼트 단자에 꽂을 수 있는 장치 하나가 빠져 있음을 확인했으므로, 오늘 1층 프런트에서 돼지코라는 애칭으로 불리는 110 볼트용 단자 하나를 100엔 지불하고서 구입하였다.

■■■ 28 (화) 맑음

아침에 잠에서 깨어보니 배는 이미 부산항국제여객터미널에 정박해 있었다. 그럼에도 불구하고 몇 시간 지난 후인 오전 8시가 되어서야 비로소 하선할 수 있었다. 배 안에서는 카톡으로 사진을 전송할 수도 없었다.

입국수속을 마친 다음, 중구 충장대로5번길 52에 있는 楠宮이라는 식당으로 이동하여 흑돼지김치찌개(8,000원)로 조식을 든 다음, 다른 팀들과 헤어져 귀가 길에 올랐다. 문산 팀을 포함한 진주의 일행은 올 때와 마찬가지로 같은 버스로 돌아와 각자의 구역에서 차례로 하차하였다. 문산 팀 중 부산에서 합류한 몇 명은 같은 산악회원이 아니고 회원의 친구라고 했다.

우리 내외는 마지막 도착지인 신안동 공설운동장에서 하차하여 거기에 세워둔 승용차를 탔는데, 매주 화요일 오전은 파출부 아줌마가 와서 집안일을 돕는지라, 그녀의 일에 방해가 되지 않도록 외송으로 향했다.

진양호 호반 길을 취했는데, 벚꽃이 바야흐로 절정이었다. 원지의 타짜오리하우스에 들러 오리불고기와 들깨수제비로 점심을 들고 그 집 야채농장에서 생산한 달걀 두 통도 샀으며, 아내가 원지마트에 들러 장을 보는 동안 나는 그 앞의 현대원예사에서 자두농약과 톱 하나를 샀다. 둔철산과 정수산 사이 고갯마루의 척지마을을 통과하는 벚꽃 길을 둘러 외송 농장에 도착해서도 벚꽃과 수양벚꽃 그리고 자두 꽃 등이 화려하게 자태를 뽐내고 있었다. 1년 중 꽃의 절정기인 셈이다.

서재에서 여행 중의 일기를 따로 뽑아 하나의 파일로 만들고, 오후 5시까지 그 내용을 수정하였다. 들고양이 별이가 그 새 새끼를 낳았는지 배가 좀 들어갔고, 평소와 달리 먹이를 받아먹은 후 내게 다가와 애교를 부리지 않고서 근처를 서성거리다가 일찌감치 돌아갔다. 아내는 새끼를 돌보기 위함이라고 했으나 어쩐 일인지 모르겠다. 돌아올 때도 오미마을에서 시작되는 벚꽃 길을 경유하여 진양호공원을 둘러서 왔다.

베트남 나트랑·달랏

▄▄▄ 2023년 5월 15일 (월) 맑음

　오전 3시 반에 기상하여 승용차를 몰고서 아내와 함께 출발하여 남해고속도로를 경유하여 김해공항으로 향했다. 하나투어의 베트남 나트랑&달랏 5일 패키지여행에 참가하기 위해서이다. 부산 강서구 공항앞길 14-17에 있는 김해공항 덕두역 맞은편의 VIP주차장이 문을 여는 시간인 5시 10분경에 거기에 도착했다. 거기는 하나투어와 계약이 되어 있는 곳이므로, 19일까지 5일분의 주차비가 하루에 만 원씩 총 5만 원이지만, 하루 2천 원씩을 할인하여 4만 원으로 차를 맡겼다. 그곳 차에 탑승하여 김해공항으로 이동한 후, 3층의 하나투어 데스크를 찾아가서 출력된 스케줄을 받고 설명을 들었으며, 2층으로 내려와 비엣젯항공(Vietjet Air.com)의 카운트에서 체크인 수속을 밟고 출국장으로 들어갔다.

　집에서 준비해간 음식물로 간단한 조식을 든 후 6번 게이트에서 대기하다가, 07시 35분에 출발하는 VJ991편을 타고서 10시 15분에 나트랑에 도착하였다. 우리 내외의 좌석은 07-A,B였다. 베트남 시간은 한국보다 두 시간이 늦으며, 기장의 방송에 의하면 비행시간은 4시간 20분 정도라고 한다. 비행기 속에서는 간밤의 수면부족을 메우기 위해 좌석을 뒤로 젖히고서 주로 눈을 감고 지냈다. 비엣젯항공은 저가 항공사라 기내에서의 음식물이나 음료수는 모두 돈을 내고 사야 한다. 좌석의 칸이 좁았다.

　나트랑의 깜란공항은 2004년에 신설된 것이다. 베트남 문자로 Nha Trang이라 적고 현지에서는 냐짱이라고 발음하는 모양이지만, 월남전 당시에 이미 영어식으로 나트랑이라 불렀고, 한국의 여행사나 공항에서도 나트랑으로 적고 있다. 세계에서 칠레 다음으로 두 번째로 긴 나라인 베트남에서 남부에 속하며, 호치민에서 북동쪽으로 약 450km, 남중국해 연안에 펼쳐진 어업과 휴양의 도시이다. 8세기에는 베트남 중부 일대를 다스렸던 참파 왕국의 수도로서 번영을 누렸던 곳이다. 당시는 아시아 해상무역의 요충지였고, 중부에서 가장 큰 규모의 냐짱 항이 지금도 남아 있다. 한편 휴양지로서 문을 연 것은 19세기 말 프랑스의 식민통치 시대에 피서지로 개발하여 발전한 것이 현재에 이른다.

입국수속을 마치고서, 짐 찾는 장소 옆의 환전소에서 아내와 나는 각각 $50씩 환전하여 베트남 지폐 110만 동씩을 받았다. 1 USD가 22,000동이며, 한국 돈 1원은 15동이라고 한다. 짐을 찾아 밖으로 나오니 베트남 가이드 Son이 하나투어의 피켓을 들고 서 있고, 한국 가이드 전영주 씨도 얼마 후 나타났다. 손은 39세이며, 전 씨는 베트남에서 가이드 생활한 지 10년째인데, 북부의 하노이와 하롱베이 등지에서 주로 활동하다가 나트랑으로 온 지는 1년째라고 했다. 우리 팀은 여기서 처음으로 만났는데, 정*호님 외 4분/오*환님 외 1분/양*주님 외 1분/ 손*숙님 외 3분/ 남*욱님을 포함하여 총 14명이었다. 점심 때 옆 자리에 앉은 양*주 내외는 남원에서 왔으며 패키지는 처음이라고 했다. 대체로 제법 나이든 사람들이었다. 공항에서 40분 정도 이동하여 나트랑 시내 1A Viet Thu-Loc Tho에 있는 갈랑가1 식당으로 갔다.

갈랑가 레스토랑은 한국의 베틀트립 TV 프로에 소개되어 그 인기가 높아진 맛집이라는데, 상점의 명함에는 3호점까지 있다고 적혀 있으나 여행사의 스케줄에는 현재 2곳에 갈랑가가 있다고 되어 있다. 명함에 'Traditional Vietnamese & Street Food'라고 적혀 있고, 빈대떡 비슷한 모양이나 일종의 만두인 반쎄오와 분짜라고 하는 국물 없는 국수, 물에 적시지 않고서 쌈을 싸는 라이스페이퍼에다 여러 종류의 채소, 새우가 든 春卷, 그리고 모닝글로리라고 하는 시금치 비슷한 모양의 동남아에서 흔히 드는 반찬, 두 종류의 소스와 파인애플 열매 껍질 안에 담은 볶음밥이 나왔고, 후식으로서 수박과 잭프룻 과일이 나왔는데, 아내는 아주 맛있다고 했다.

식후에는 나트랑 시내에서 가장 북부에 위치한 포나가 사원으로 이동했다. 9세기에 세워진 참파왕국의 힌두교 사원으로서, 현존하는 참파 유적 중 가장 오래된 것의 하나라고 한다. 포나가란 10개의 팔을 가진 여신을 말하는데, 다산의 상징으로서 아이를 갖고 싶어 하는 사람들이 아들을 얻기 위해 참배하는 경우가 많다고 한다. 2001년에 다섯 개의 탑 복원 작업을 완료했다는데, 대체로 흙을 구워 만든 적갈색의 博塔이었다.

다음으로 롱손 사원을 방문하였다. 나트랑 최대 규모의 불교사원으로서 1889년에 지어진 것인데, 홍수로 말미암아 현재의 위치로 이건한 것이라고 한다. 평지에 커다란 사원이 있고, 152개의 계단을 따라 올라가다 보면 도중에 흰색의 커다란 와불을 볼 수 있고, 정상에는 24m 크기의 흰색 부처님 좌상이 위치해 있으며, 그 대좌 아래의 각 면에는 실존한 인물들인 일곱 명 스님들의 흉상이 화염 속에 배치되어 있다. 개중에는 가톨릭 신자인 고딘디엠 대통령의 불교탄압 정책에 항의하여 분신자살했던 틱꽝덕 스님도 있다고 한다. 그러고 보면 이들은 모두 구 사이공 정부에 항의하여 분신자살한 사람들이 아닌가 싶다. 그러나 절의 계단 부근 등 여기저기에 쓰레기가 아무렇게나 버려져 있어 지저분해 보였다.

끝으로 북부의 담 시장(쩌담)을 방문하였다. 나트랑 최대의 재래시장이라고 한다. 거대한 원형 건물 안에 여러 종류의 상점들이 배치되어 있는데, 식료품을 파는 곳이 많았다. 그러나 손님은 별로 없고 상점 주인들이 드러누워 있거나 낮잠을 자고 있는 경우가 많았다. 사고 싶은 물건은 별로 눈에 띄지 않았다. 건물 바깥에도 상점들이 늘어서 있는데, 그 중 진입로에 있는 한 상점에 모여 가이드가 사주는 망고주스 한 잔씩을 마셨다.

오후 3시 경에 오늘의 일정을 모두 마치고서 1/32 Tran Quang Khai, Loc Tho Ward에 있는 Green Beach Hotel로 가 우리 내외는 1405호실을 배정받았다. 나트랑 메인비치의 중심에서 시가 쪽으로 100m 정도 떨어진 곳이었다. 29층 빌딩의 14층인데, 5성급이었다. 가이드가 각 방마다에 망고·龍果·잭프룻의 내용물을 담은 것 한 케이스씩을 선물하였다. 그러나 화장실에는 욕조를 가리는 커튼이 없어 샤워한 물이 화장실 바닥으로 마구 흘러내리니, 내 나고 이런 웃기는 욕조는 처음 보았다.

이 상품의 가격은 499,000원에 불과하나, 기사/가이드 팁이라 하여 $40을 추가로 내게 되어 있고, 그 외에도 여러 가지 옵션에다 2회에 걸친 쇼핑까지 포함되어 있다. 스케줄에 적힌 일정이 이렇게 일찍 마치니 옵션을 택하지 않고서 호텔에만 머물러 있을 수도 없는 노릇이라 거의 강제적이라고 할 수 있겠다. 패키지여행은 다른 데 신경 쓸 필요가 없고 시간이 절약되어 편리하기는 하지만 이런 것이 늘 문제이다. 가이드는 여러 가지 옵션 중에서 자기가 임의로 골라 총 $240 어치를 $200로 할인해 주겠다는 것이다. 그러나 베트남의 소득 및 물가 수준에 비추어 보더라도 옵션 상품의 비용 중 실제로 업주에게 돌아가는 금액은 얼마 되지 않을 터이니, 나머지는 가이드와 여행사의 몫인 것이다. 우리 내외는 그 중 2시간에 걸친 마사지 2회를 제외하고서 나머지 것들만 받아들여 옵션은 $160로 끝내기로 하였고, 기사·가이드 팁 $40을 보태어 총 $200을 지불하였다. 기사·가이드 팁이라고 하지만, 이 금액은 사실상 대부분이 여행사로 들어가는 것이니 말하자면 상품 값의 일부인 셈이다.

내가 지난 3월 14일에 같은 아파트에 사는 세계항공여행사 및 모두투어 진주시청점의 대표 류청 씨에게 아내와 함께 할 나트랑·달랏 여행 상품을 소개해 달라고 했더니, 그는 바로 4월 3일에 출발하는 모두투어의 쇼핑 3회 알뜰특가 5일 상품과 4월 9일에 출발하는 쇼핑 1회 시그니처 5일 상품을 소개해 왔었다. 전자는 가격이 729,000원이고 후자는 1,049,000원이었다. 출발 날짜를 좀 늦추어 달라고 했더니, 4월 25일에 출발하는 같은 상품 두 개를 소개해 왔는데, 전자는 가격이 649,000원이고 후자는 999,000원이었다. 둘 다 비엣젯항공을 사용하는 것이고, 출국 및 귀국 날짜와 시간이 서로 같으며 상품 내용도 비슷한 것 같았다. 가격 차이의 원인을 물었더니 시그니처 상품에는 기사·가이드 팁과 옵션 비용 등이 모두 포함되어 있고, 전자는 그렇지 않으니 전자에 드는 추가 비용을 고려하면 사실상 가격 차이는 별로 없다는 것이었다. 그래서 후자를 선택했었는데 결국 그 상품은 모객이 되지 않았고, 그는 다시 4월 28일에 출발하는 하나투어의 5일 상품을 소개해 왔는데, 779,000원이었다. 역시 가격이 제법 높으므로, 나 자신이 직접 인터넷으로 하나투어에 접속하여 옵션이나 쇼핑 등은 모두 같은데 가격이 쌀 뿐 아니라 20시 30분에 출발하는 전자에 비해 출발 시간이 일러 오히려 베트남 일정이 사실상 하루 더 추가되는 셈인 이번 상품을 골라서 예약해 달라고 했던 것이었다.

베트남의 국토면적은 한반도의 1.5배 정도이고, 인구는 1억 명, 54개의 민족으로 구성되어 있는데, 그 중 대부분은 비엣 족이다. 나트랑의 인구는 30만 명, 달랏도 30만 명 정도인데, 내일 달랏까지 3시간 반을 차로 이동해야 한다. 나트랑은 해변에 위치한 휴양지이고, 달랏은 해발 1,600m 정도의 고원 지대에 위치한 산간 피서지이다. 나트랑 시내의 메인비치만 하더라도 모래사장의 길이가 6km에 이르며, 전쟁 전에는 러시아인의 최대 휴양지였다고 한다. 지금도 시내의 고층건물들은 대부분 리조트이며, 가이드 전 씨도 그러한 건물 중 하나에 거주하고 있다.

마사지를 받는 사람들은 오후 3시 40분까지 호텔 로비로 내려가고, 우리 내외는 5시 40분에 내려가 베트남 가이드 손 씨의 인도에 따라 대절버스를 타고서 STH 19, Lo 29 duong so 13, KDT Le hong Phong II, TP에 있는 Blue Spa로 이동하였다. 그 집은 바깥 간판에다 한글로 크게 '블루스파'라고 쓰고, 실내의 카운트에도 소형의 베트남 국기와 태극기를 서로 엇갈리게 세워 두었다. 알고 보니 비교적 젊은 한국인 내외가 경영하는 곳이었다. 일행 중 마사지를 받지 않은 사람은 우리 내외밖에 없었다.

그곳 홀에서 한국인 가이드 전 씨와 함께 얼마간 대기하다가, 우리 일행이 마사지를 마치고서 모두 나오기를 기다려 바로 부근인 Sth25, 26 duong so 13, ha quang 2(le hong phong 2)에 있는 한국음식점 Xin Chao로 걸어가서 주꾸미삼겹살로 석식을 들었다. 이 집도 바깥 간판에다 '씬짜오'라는 한글을 덧붙였고, 실내의 물수건이나 수저의 카버에도 한글로 '씬짜오'라고 크게 적었다. 씬짜오는 베트남 인사말로서 '안녕하세요'라는 뜻이다. 우리는 이번 여행 중 중식은 매일 현지식으로, 석식은 한식으로 들 예정이다.

석식을 마친 후 바로 호텔로 돌아왔다.

■■■■ 16 (화) 나트랑은 맑고, 달랏은 흐리거나 부슬비

오전 6시 30분 호텔 4층에 있는 레스토랑이 문을 여는 시각에 맞추어 내려가서 뷔페식 조식을 들고서, 식후에 나 혼자 걸어 메인비치로 나가보았다. 기나긴 모래사장을 따라서 양쪽으로 야자나무가 울창한 숲을 이루고 있고, 아침 일찍 해수욕 하는 사람들도 더러 보였으며, 야자나무 숲 광장에서는 배드민턴을 치는 사람들이 있었다. 7시 55분에 구자익 군으로부터 전화가 걸려왔다. 제자 및 제자의 친구들과 함께 또 한 번 식사모임을 가지고자 하는 것인데, 김경수 군은 술병인지 병원에 입원해 있다고 하며, 구자익 군의 어린 아들도 입원 중이라고 했다.

9시에 호텔을 출발하여 달랏으로 향했다. 나트랑에서 달랏으로 가는 길은 하노이에서 베트남 북부의 중국 국경지대인 사파로 가는 길과 느낌이 유사하였다. 평지에서 서서히 산지로 접어드는 것인데, 해발고도에 따라 植生이 확연하게 달라졌다. 도중에 십자가가 있는 공동묘지들이 더러 보였는데, 나트랑은 프랑스가 처음 진출해 온 곳이고, 달랏은 프랑스 식민시대에 개발된 휴양지로서, 1930년대에는 달랏 주민 중 프랑스인이 20% 정도를 차지하고 있었다고 하니, 이 지역에서는 가톨릭의 영향력이 큰 모양이다. 베트남에서 가톨릭 신자는 11%, 불교신자가 70%이며, 나머지는 대체로 토속신앙을 믿는 모양이다.

베트남은 국토의 70%가 산지이고, 해발 3,000m가 넘는 고봉도 30개 정도 된다고 한다. 달랏은 나트랑에서 남서 방향으로 120km, 호치민에서는 북동쪽으로 약 300km 떨어진 산 속의 고원지대인데, 평균기온은 18℃, 최고기온은 25℃ 정도 되는 곳으로서, 19세기 말에 프랑스인을 위한 휴양지로서 개발된 곳이다. 도시 중심에 있는 쑤언흐엉(Xuan Huong) 호수도 그 당시에 만들어진 인공호수이다. 현재는 신혼여행지로서 각광을 받는다고 하며, 매일 한두 시간 정도씩 스콜성 비가 내리는 모양이다.

'영원한 봄의 도시'라고 하는 달랏에 접어드니, 소나무를 비롯한 침엽수가 주종을 이루고, 비닐하우스가 많았다. 비닐하우스에서는 주로 딸기를 재배하고, 그 밖에 방울토마토, 후추, 아티소, 꽃 등도 키운다고 한다. 베트남의 비닐하우스는 한국처럼 지붕이 둥글지 않고 대부분 기와지붕처럼 서까래를 기준으로 양쪽으로 흘러내린 형태이다. 비닐하우스 바깥에서 재배하는 것은 대부분 커피나무인데, 브라질에 이어 세계 2위의 커피 생산국인 베트남에서도 달랏은 커피의 최대 생산지이다. 또한 꽃이 많은데, 그 중에서도 수국과 부겐빌레아가 특히 자주 눈에 띈다. 외송 집의 실내에도 화분에 심긴 부겐빌레아의 빨간 꽃이 지금도 피어 있는데, 나는 그 꽃이 바깥에서 이처럼 크게 그리고 무성하게 자라는 줄을 비로소 알았다. 베트남의 국화는 연꽃이고 국목은 대나무인데, 그것들은 주로 북부지방에서 자란다고 한다. 베트남은 또한 쌀 생산량이 세계 5위로서, 북부는 2모작, 남부에서는 3모작을 한다.

오랜 식민지배와 전쟁 때문에 여성인구의 비율이 높고, 또한 농사일을 비롯한 노동도 여성이 많이 하며, 가정에서의 의사결정권도 여성이 쥐고 있는 편이지만, 아직도 남아 선호 사상이 심하다. 대체로 여러 가지 면에서 30년 전의 한국 수준이며, 해마다 성장률이 6~8%에 달할 정도로 고도성장을 지속하고 있다.

베트남은 기원전 3세기 말 한 무제가 남비엣(南越)을 무력으로 정복하면서부터 10세기 전반 베트남이 독립할 때까지 천 년 이상 중국의 지배하에 있었으므로, 한자문화와 유교의 영향을 크게 받았고, 1800년대부터 약 100년간 프랑스의 식민 지배를 받았으며, 제2차 세계대전 기간 중 5년간 일본의 지배를 받았다. 프랑스 지배의 영향이 오늘날 건축양식과 제빵, 커피 등으로 남아 있으며, 일본의 지배는 혹독하여 그 기간 중 전체 인구의 약 20%가 감소하였다고 한다.

가이드 전 씨는 현재 33세이며 독신이라고 한다. 23세 때 군대에서 전역한 후 바로 베트남으로 들어왔으므로 대학교육을 받지 못했으며, 코로나19로 말미암아 가이드 생활을 계속할 수가 없어 2년간 한국에 들어가 있는 동안 체중이 25kg이나 늘었다고 한다.

東달랏의 어느 휴게소에 도착했을 때 부슬비가 내리기 시작하였는데, 휴게소 바깥 멀찍이 떨어진 곳에 '아빠를 찾아주세요'라고 적힌 한글 간판이 보이고, 거기에 그려진 하트 모양이 반쪽으로 깨어져 있었다. 이른바 베트남 전쟁의 소산인 라이따이한 즉 한국인 남성과 베트남 여성 사이에서 태어난 혼혈아의 문제를 제기한 모양이다. 전 씨의 설명에 의하면, 라이따이한의 라이는 '경멸', 따이한은 '한국'을 의미하는 것으로서, 한국인 혼혈아를 낮추어 부르는 말이라고 한다. 그들 중 한국 군인의 소생은 10%도 되지 않으며, 대부분은 한국인 노무자들의 자식이다. 그들은 전쟁의 종결로 말미암아 부득이 이산가족이 될 수밖에 없었다. 그러나 베트남 전쟁이 끝난 것은 1975년으로서, 그 이후에 출생한 인구의 비율이 이미 70% 이상이어서 라이따이한의 문제는 이미 30~40년 전의 일이 되었으므로 오늘날에는 그런 문제가 남아 있지 않으며, 베트남인이 세계에서 가장 좋아하며 또한 따르고자 하는 나라가 바로 한국이라는 것이다. 그것은 20년 전부터 불기 시작한 한류열풍의 영향이 70%이며, 박항서 감독의 영향이 30%라고 했다.

미국의 개입에 의해 북위 17도선을 경계로 남북으로 분단된 이후로도 베트남 전체에서 호치민의 지지율은 70% 이상으로서, 남부 베트남에서도 그를 지지하는 베트콩이 활발히 활동하여 적과 아군을 구분할 수 없는 상황이었으므로, 부득이 민간인 학살이 자행될 수밖에 없었다. 한국은 베트남 전쟁 중 11년 동안 총 32만 명의 군대를 파견하였고, 가장 많을 때는 3만 명의 한국군이 주둔하였다. 그 동안에 한국군에 의해 146개의 마을이 파괴되고 7천여 명이 학살되었는데, 그 기간 중에 출생한 라이따이한은 1~2천 명에 달했다고 한다. 전후 17년만인 1992년도부터 적국이었던 한국과 베트남 두 나라는 다시 수교하게 되었고, 현재 베트남의 투자 및 교역대상국 1위가 한국이며, 관광객도 한국인이 압도적으로 1위이다. 우리가 가는 곳 도처에서 한글을 볼 수 있었다.

달랏 시가지로 들어서니 2·3층 높이의 지붕 있는 건물들이 많았는데, 대체로 프랑스풍이라고 한다. 우리는 먼저 B15 Ly Nam De, Phuong 8. Tp. 에 있는 Song Chau라는 식당에 들러 달랏정식이라고 하는 음식으로 점심을 들었다. 상당히 큰 규모인 그 식당 부근의 도로가에는 대절버스가 장사진을 이루다시피 하고, 식당의 손님은 죄다 한국인이었다.

식사를 마친 후, 27 Nguyen Troi, Phuong 9에 있는 Cham Kem Bo라는 식당에 들러 껨보라고 하는 간식을 들었다. Kem은 아이스크림, Bo는 아보카도로서, 아이스크림과 아보카도를 섞은 것인데, 우리 내외는 거기에다 에스프레소 커피를 추가해 들었다. 내가 지금까지 본 아보카도는 대부분 둥글거나 타원형이었는데, 이곳의 것은 호박이나 오이처럼 길었다. Cham은 참족을 의미하는 것으로서, 이 지역은 고대에 참파 왕국의 영토였기 때문에 이런 이름이 붙은 것이라고 한다. 같은 이름의 점포가 달랏 시내에 두 군데 있는 모양이다.

껨보를 든 다음, 걸어서 그 앞에 있는 달랏 기차역으로 이동하였다. 1938년에 건설되어 베트남에서 가장 아름다운 기차역으로 손꼽히는 달랏 기차역은 1964년까지 기차가 운행되었으나, 베트남 전쟁으로 인해 철도가 파괴되어 운행이 중단되었다. 현재는 달랏 기차역에서 6km 정도의 거리를 운행하는 관광열차를 탈 수 있으며, 손님이 30명 이상일 때에 한하여 하루에 5회 정도 운행한다고 한다. 협궤열차였으며, 驛舍 구내에는 온통 부겐빌레아 꽃이 만발해 있었다.

오늘은 달랏 시내에서 남부 지역을 둘러보고 내일은 북부지역을 둘러보기로 하여, 다음으로는 케이블카를 타기 위해 그 터미널로 이동하였다. 그러나 천둥으로 말미암아 케이블카는 운행이 중지 되었다고 했다. 우리는 케이블카를 타고 해발 1,300m 위의 대규모 절인 죽림사원으로 올라가서 다딴라 폭포까지를 둘러보고, 선택관광으로서 다딴라 계곡의 레일바이크도 타볼 예정이었던 것이다. 달랏의 고도에 대해서는 내가 본 기록에서 1,500m라는 설이 많고, 가이드 전 씨는 계속 1,600m라고 한다. 그렇다면 죽림사원이 1,300m 높이의 풍황산 위에 위치해 있다는 스케줄의 설명은 맞지 않는 셈이다. 더구나 같은 스케줄 안에서 "달랏은 해발 1,400미터~1,500미터의 높은 고산지대에 위치해, 연평균 15도~20도의 쾌적한 기후를 자랑"한다고 해놓고서, 케이블카를 타고 올라가는 죽림사원의 위치가 1,300m라고 하는 것은 모순인 듯하다. 어쨌든 죽림사원 쪽에서는 지금 폭우가 내리는 모양이어서, 오늘은 그 일정을 접을 수밖에 없었다.

그래서 부득이 내일 일정으로 예정되었던 항응아(姮娥?) 크레이지 하우스에 들렀다. 동화 속 건물 같은 크레이지 하우스의 원래 이름은 달의 빌라(Hang Nga Villa)였다. 베트남의 가우디로 불리는 여성 건축가 당 비엣 응아(Dang Viet Nga)가 그녀의 상상력으로 설계하고 건축한 것인데, 기괴한 모양의 방들과 지붕 및 계단들이 서로 끊임없이 이어져 있어 달랏을 대표하는 관광명소 중 하나로 되어 있다. 그녀는 사이공 정부 2대 대통령의 딸이라고 하는데, 1959년부터 1965년까지 모스크바 건축대학을 졸업하였고, 1969년부터 1972년까지 박사과정을 밟은 후 하노이로 귀국하여 건축성과 문화성에서 근무하였으며, 1983년에 달랏으로 이주해 와 건축디자인연구소에서 일하였다. 이 건물은 1990년에서 2010년 사이에 지어진 것으로서, 특히 가우디의 영향을 많이 받은 모양이다. 지금은 호텔로도 사용된다.

그곳은 우리의 숙소 바로 근처에 위치해 있어, 그곳을 둘러본 다음 숙소로 가서 체크인 하고, 오후 4시 20분까지 한 시간 동안 휴식을 취하였다. 숙소는 01 Le Hong Phong Str.에 있는 Sammy Dalat Hotel인데, 여기서 내일까지 이틀간 숙박하며, 우리 내외는 309호실을 배정받았다. 4성급 호텔로서 5층 건물인데, 1층이 G층이므로 우리는 사실상 4층에 든 것이다. 창밖으로 달랏 시의 주택가가 바라보이고, 앤티크한 분위기가 있었다. 달랏의 호텔에는 에어컨이 없다고 하는데, 그 대신 실내에 이동식 환풍기가 설치되어 있었다.

호텔에서 잠시 휴식을 취한 다음, 바오다이 황제의 여름 별장으로 이동하였다. 응우옌 왕조의 마지막 왕인 바오다이의 별장이라고 한다. 팰리스 3이라고 불리기도 하는데, 가이드의 말에 의하면 그의 별장이 달랏에 세 개가 있었고, 그 중 가장 큰 것은 현재 호텔로 사용되고 있으며, 이것은 좀 작은 별장이라는 것이다. 그러나 우리가 보기에는 제법 상당한 규모이고, 바깥에는 넓은 터 위에 우거진 고목의 숲과 베르사이유 식으로 인공이 많이 가해진 기하학적 모양의 정원도 있었다. 여행사로부터 받은 스케줄에는 "세련된 프랑스풍의 25개의 방을 가졌으며, 원형 보존이 잘 되어 있어 지금은 보수공사를 통해 호텔로 사용되고 있"다고 하였으니, 나로서는 어느 설명이 맞는지

판단할 수 없다. 실내 여기저기에 양복을 입은 왕의 사진이 걸려 있는데, 꽤 젊은 모습이었다. 바오다이는 1945년 9월에 하노이의 바딘 광장에서 독립을 선언하여 호치민 정권이 성립하자 그와의 협상에서 황제 자리를 물러나 권력을 이양하기로 합의한 바 있었고, 이후 호치민은 왕과 그 부인에게 품위 유지비 조로 미화 $20,000씩을 주었으나, 부인은 그 전액을 자선단체에 기부한 반면 바오다이 자신은 그렇게 하지 않았을 뿐 아니라, 프랑스에서 83세까지 살다가 죽어 지금도 프랑스 땅에 묻혀 있다고 한다.

별장을 떠난 다음, So 04 duong dong da, phuong 3, thanh pho에 있는 사랑채라는 이름의 한식당으로 이동하여 순두부찌개로 석식을 들었다. 아래로 버스터미널이 내려다보이고 집들이 빽빽이 들어선 달랏 고원의 풍경이 널리 조망되는 장소였다. 식당 안에서 둘러보니 우리 일행 중 남자 손님은 6명이었다.

식당을 나온 다음, 쑤언흐엉 호수로 가서 30분 정도 산책하였는데, 산책 도중에 날이 어두워져 호수 주변의 불빛이 화려한 야경을 둘러볼 수 있었다. 호숫가에서 낚시하는 사람들과 방생하는 사람들도 보았고, 내일 우리가 옵션으로 들를 예정인 꾸란 민속마을의 축소판 모형도 늘어서 있었다.

■■■ 17 (수) 맑으나 오후는 부슬비 오고 흐림

오전 6시에 1층 식당으로 내려가 뷔페식으로 조식을 들었고, 8시 30분에 출발하여 20분쯤 이동하여 랑비앙 고원으로 향했다. 오늘 아침에 아내의 말을 듣고서 알았는데, 우리 말고 진주에서 온 부부가 또 한 팀 있었다. 나트랑에서 실족하여 발을 접질렀다고 들은 부인이 바로 그녀였는데, 지금은 괜찮다고 했다. 그들은 서울에 살 때 같은 동네 사람으로서 현재는 공주로 내려가 사는 친구 부부와 함께 공주 친구의 승용차에 동승하여 김해공항까지 왔다고 했다.

알고 보니 우리와 식사 때 늘 같은 테이블에 앉는 남원서 온 김오열 씨 내외도 대학의 동기동창으로서 내외가 다 직업을 가졌는데, 남편 김 씨는 경기도 안산시에서 23년간 입시학원을 경영하다가 귀촌하여 남원으로 내려와 영농조합에 근무하면서 친환경 쌀을 학교에다 납품하는 일을 13년째 해오고 있으며, 올해 보통나이 60세로서 퇴직하였지만 그래도 같은 일을 계속하는 모양이다. 남편은 휴일 없이 매일 직장에 나가 근무해 왔으므로, 부부가 함께 해외여행을 나온 것은 처음이라고 했다. 그래서 부인이 내게 해외에서는 주민등록증이 필요치 않으냐고 묻기도 했다. 부인은 150평 정도 되는 단독주택에서 여러 가지 꽃을 키우는 취미를 가졌고, 매일 두 시간 정도씩 맨발로 걷는 모양이다. 부산에서 온 중년 여성 한 명은 독방을 쓰고 있다.

랑비앙 고원의 전설에 의하면, 한 부족의 크랑이라는 청년과 다른 부족의 에비앙이라는 처녀가 사랑에 빠졌는데, 부족의 반대로 두 사람의 결혼이 성사될 수 없게 되자 이 산에서 함께 자살했으므로 산 이름이 랑비앙으로 되었다는 것이다. 말하자면 베트남 판 로미오와 줄리엣인 셈이다. 산등성이 제일 높은 곳에 두 사람이 한쪽 손을 맞잡고 있는 등신대 조각상이 있다. 정상은 2,167m로서 건너편에 따로 있다.

버스가 도착하는 종점에서 4인승 지프차로 갈아타고서 1,950m 지점의 산등성이까지 올라가 주위를 조망하고 내려오는 것인데, 스케줄에 의하면 랑비앙 고원은 일정에 들어 있고, 거기로 올라가는 지프차 투어는 옵션으로서 성인 1인당 $30로 되어 있다. 그러나 산등성이까지는 거리가 꽤 멀고 경사가 가파르며, 아스팔트 포장된 좁은 도로 가에 인도도 없어 사실상 걸어 올라갈 수는 없는 곳이다. 그러므로 "선택관광을 하지 않을 경우, 근처에서 자유시간을 드"린다고 했지만, 이는 사실상 선택을 강요한 것이다. 달랏 일대의 산들이 대부분 그렇듯이 이 산도 온통 소나무 일색이었다. 그러나 신기한 것은 꽤 높게 자란 소나무 숲 아래에 잡풀이 거의 없어 마치 잔디를 심어놓은 듯 매끈한 점이다. 이곳뿐만 아니라 달랏 일대의 산들이 대체로 그러했다.

산등성이 일대에 Langbiang이라고 적힌 글자 표지판이 몇 군데 있는데, 우리 내외도 그 중 한곳에서 기념사진을 찍고자 했으나 우리 팀의 여인네들이 서로 우선순위를 차지하여 계속 사진을 찍어대므로 기다리기 귀찮아서 포기하고 나오려다가 풀밭 속의 푹 꺼진 구덩이에 한쪽 발이 빠져 들어가 왼쪽 무릎에 찰과상이 생기고 말았다. 아내가 우선 반창고로 처치를 해주었으나, 밤에 호텔로 돌아와서야 가이드의 도움을 받아 약을 구입해 바르고 거즈를 대고서 테이프로 붙여두었다. 그곳 카페에서 가이드 전 씨가 일행에게 음료수를 대접하였는데, 나는 아이스 아메리카노, 아내는 오렌지주스를 들었다.

가이드의 말에 의하면, 한국 기업의 베트남 진출은 코로나19 이전에 비해 오히려 배가되어 현재 9천 개에 이르러 있다고 한다.

랑비앙을 떠난 다음, 반시간 정도 이동하여 꾸란마을로 향했다. 이 역시 $50의 옵션이다. 꾸란 마을(Cu Lan Village)는 소수민족 중 한 부족인 거허 부족이 거주하던 마을을 2011년에 복원하여 놀거리와 볼거리를 제공한 민속마을이다. 이 역시 입구에서 4인승 지프차로 갈아타고 10분 정도 들어가는 것인데, 그 길이 그야말로 오프로드여서 비포장인데다 물길 속을 달리는 것이라 걸어서는 도저히 들어갈 수 없는 곳이었다. 이번 여행을 떠날 무렵부터 나의 척추 상태가 점차 좋지 않아졌는데, 이 길을 달릴 무렵에는 상당한 불편이 있어 거의 치료 이전의 상태로 되돌아간 듯하다.

꾸란마을에 도착하니 마을은 나지막한 산등성이를 배경으로 하여 고즈넉이 펼쳐져 있고, 그 앞에 큰 운동장 같은 광장이 있어 잔디가 깔려 있었다. 마을의 건물들은 경사도에 따라 네 줄 정도로 늘어서 있는데, 매점이나 식당들도 있고 이 부족의 생활용품이나 일반 회화작품을 전시한 방들이 이어져 있으며, 제일 위쪽의 집들은 관광객을 위한 숙소로 쓰려는 모양인지 페인트 칠이 잘 되어 있고 방마다 번호가 붙어 있었다. 마당이나 사방이 트인 넓은 홀에서는 전통복장을 한 부족 사람들이 악기를 연주하기도 하고 놀이용품을 가지고서 놀면서 관광객의 참여를 유도하고 있었다. 이들은 현재 마을에 상주하지는 않고 출퇴근한다고 한다. 민속마을이라고 하지만, 어떤 곳은 출입문 위쪽에 대형 TV 화면이 설치되어 있는가 하면, 부족사람들도 오늘날은 스마트폰을 사용하는 모양이다. 이 마을에도 부겐빌레아 꽃들이 많았는데, 개중에는 둥치가 굵어 기둥만한 것도 있었다. 거기서 50분 정도 머물렀다가, 돌아올 때는 들어갈 때의 오프로드가 아닌 뒤쪽의 수월한 길을 따라 지프차 탄 곳으로 나왔다.

30분 정도 이동하여 39/3 Ngo Quyen, phuong 6에 있는 Nha Hang Chiva라는 식당에 들러 돼지장조림이나 돼지볶음 등으로 중식을 들었다. 시골 분위기가 나는 식당이었다.

거기서 다시 20분 정도 이동하여 Nguyen Tu Lue, P.8에 있는 Most Dalat이라는 커피 판매점에 들렀다. 두 번 있는 쇼핑 중 첫 번째 장소이다. 주인인 최진형 이사라는 사람이 나와 여러 가지 커피를 시음시켜 주며 설명을 했지만, 일행 중 거기서 물건을 구입한 사람은 부산에서 혼자 온 여인 한 명 뿐이었다. 그녀가 제법 많이 구입하여 그나마 미안함을 덜었다. 거기서 한국이 세계 2위의 커피 소비국이라는 말을 들었다.

다시 20분을 이동하여 어제 왔다가 헛걸음 한 Robin Hill 케이블카 탑승장에 이르렀다. 이 무렵부터 다시 날씨가 흐려지고 빗방울도 조금 떨어졌지만, 다행히 케이블카는 운행을 중지하지 않았다. 그곳에서 4인승 소형 케이블카에 탑승하여 발아래로 울창한 소나무 숲들을 내려다보며 竹林禪院까지 10분 정도 이동하는 것인데, 영문 팸플릿에 "Discover DA LAT from the height of 1517m"라고 적혀 있었다. 나는 이것을 타고 산을 오르는 줄로 알았으나, 케이블카는 산 같은 것을 하나 넘더니 거기서부터는 계속 내리막이었다.

죽림사는 건립한지 30년 밖에 되지 않았는데, 달랏 일대에서는 가장 큰 사찰로서, 1993년에 시공하여 1년 만에 완공되었다. 호치민의 아름다운 건축물인 통일궁(옛 대통령궁)을 설계한 응오 비엣 투에 의해 만들어졌다. 다낭의 롱손사에서도 그러했듯이 곳곳에 크고 작은 화분이 놓여 그 안에 여러 가지 꽃나무와 식물들이 심겨져 있는 것이 분재를 방불케 하였다. 전체적으로 보아 절이라기보다는 공원 같은 느낌을 주었다.

죽림사 근처에서 옵션인 다딴라계곡 레일바이크($30)를 타고, 시원하고 웅장한 정글의 경치를 보며 다딴라폭포로 이동하였다. 이 역시 다딴라 폭포는 일정에 포함되어 있고 레일바이크는 옵션인데, 걸어서는 갈 수 없는 곳이었다. 레일바이크라 하지만 발로 밟아서 가는 것이 아니라 꼬불꼬불한 경사레일 위를 내려가면서 손잡이로 속도를 조절하는 루지었다. 7~8분을 탑승하여 폭포에 다다르니 어느새 우리 내외가 탑승한 모습을 찍은 사진이 준비되어 있어 9만 동이라는 가격을 매겨두었다. 아내가 사라고 하므로 그 돈을 지불하고서 하나 구입하였는데, 9만 동을 공항에서 교환한 환율인 1:15로 계산하면 한국 돈 6,000원, 가이드 전 씨가 실제 환율이라고 한 1:20으로 계산하면 4,500원이 된다. 이 역시 베트남의 소득수준이나 물가를 고려하면 바가지요금이라 하지 않을 수 없다.

다딴라는 나뭇잎 또는 바위 아래 숨겨진 물이라는 뜻이라고 한다. 선녀들이 목욕 중인 모습을 숨기려고 주변 나뭇잎들을 물에 뿌렸다 하여 이런 명칭이 생겼다는 것이다. 우리에게 익숙한 나무꾼과 선녀 이야기가 전해오기도 한다. 거대한 2단 폭포인데, 그 기세가 자못 웅장하였다. 그곳 카페 2층에서 가이드가 또 커피와 음료수를 샀으므로 이번에는 오렌지주스를 들었다. 다시 루지를 타고서 이번에는 일체 속도를 조작함이 없이 편안하게 올라왔다.

호텔로 돌아와 오후 5시 20분까지 한 시간 정도 휴식을 취한 다음, 10분쯤 이동하여 256 Phu Dong Thien Vuong. P8의 행복식당으로 가서 삼겹살로 석식을 들었다. 오늘 점심과 저녁은 모두 무한리필이었다.

식후에 쑤언흐응 호수 가의 로터리 부근으로 이동하여 달랏 야시장 투어를 하였다. 이곳까지 대절버스로 태워다 주고 호텔로 데려가는 것뿐인데, 이것도 옵션($30)이었다. 시장 풍경이란 대개 비슷비슷한 법인데, 도로를 기준으로 하여 한쪽 편은 주로 먹거리, 다른 쪽은 의류를 판매하고 있었다. 반시간 동안 우리 내외는 큰길에서 굽어져 들어간 길의 끝까지 걸어가서 길고 커다란 건물을 만난 후 집합장소인 롯데리아로 되돌아왔다. 우리는 내일 나트랑에서도 야시장을 둘러볼 모양이다.

호텔로 돌아온 후 샤워를 마치고서 밤 9시에 일찌감치 취침하였다. 그동안 여행 준비와 일기 작성 때문에 수면이 부실했던 것이다.

■■■ 18 (목) 대체로 맑으나 오후 한 때 소나기

오전 9시 반쯤에 느지막하게 호텔을 체크아웃 해 출발하였다.

1층 로비에서 대기하다가 공주에서 출발하여 도중에 진주의 친구 부부를 태우고 온 부부 중 남편인 한덕호 씨와 좀 대화를 나누었다. 그는 66세로서 (사)한국백혈병소아암협회 제주지회의 자문위원인데, 몇 권의 시집을 낸 시인이자 화가이기도 했다. 그러나 얼굴색이 검고 생김새가 좀 우락부락한 편이어서 예술가 같지 않았다.

　　먼저 달랏 자수박물관 슈콴(繡館?)에 들렀다. 베트남 전통가옥을 들어가면 건축물과 정원이 가로로 길게 이어지는데, 미로 같은 집 구조를 따라 한참 동안 나아갔으며 2층도 있었다. 내부의 여기저기에서는 여인들이 한 땀 한 땀 비단실을 꿰매어 작품을 만들고 있었다. 그들의 작업을 방해하지 않기 위해 사진을 찍을 수 없고 큰소리를 내어서도 안 된다고 했다. 수많은 완성품이 전시되어져 있고, 아직 수를 놓지 않은 비단들이 포개져 걸려 있는 것도 보았는데, 작품 중 가장 비싼 것은 나무로 테두리를 하여 병풍 모양으로 만든 사각형의 4폭 가리개로서 1억7천만 원이라고 했다. 학을 수놓은 것으로서 자수의 바깥 양쪽은 유리로 덮어서 손으로 작품을 만지지 못하도록 되어 있다. 기가 차게 훌륭한 다른 작품들도 많으므로, 나로서는 유독 그 작품이 그토록 비싼 까닭을 알 수 없었다. 내가 농담 삼아 사주겠다고 했더니 아내가 아오자이 하나를 골라 가격을 물었는데, $3,000이라고 했다. 환율을 낮춰 잡아 1300 대 1로만 계산하더라도 한국 돈 390만 원에 해당하는 것이다. 더구나 아오자이 안에 입는 바지는 포함되지 않은 가격이니 좀 너무하지 않나 싶었다. 그곳 도로 가에 위치한 실내에서 전통 복장을 하고 머리에는 琉球왕국이나 베트남 전통왕조에서 볼 수 있는 베로 만든 여러 겹의 둥근 모자를 쓰고서 가야금 비슷하나 비교적 짧은 모양의 현악기를 계속 연주하고 있는 여인도 보았다.

　　아오자이의 아오는 상의, 자이는 길다는 뜻인데, 베트남 여성이 입는 옷으로서 그 역사는 그다지 오래 되지 않았다. 베트남이 통일된 1975년부터 아오자이는 착용이 금지되었다가 1986년에 도이모이 정책이 시행되면서부터 그것이 풀렸다. 여성도 공장 등에서 일하기에 편한 옷을 입도록 강요했기 때문이다. 아오자이에 대한 금지가 풀렸다고는 해도 한복이 그러한 것처럼 지금은 입는 사람이 거의 없어졌다.

　가옥도 정부가 일률적인 기준으로 지어서 배급했기 때문에 폭이 좁고 위로 올라갔으며, 옆면에 창이 없고 서로 다닥다닥 붙은 획일적인 것이었는데, 도이모이 이후 사유재산이 인정되면서 그러한 제한도 풀렸다. 그래서 부동산 가격이 천정부지로 뛰어오르고 있는 실정이다. 이제는 외국인도 아파트를 구입할 수 있게 되었지만, 토지만은 56개 省의 정책이 서로 다를 뿐 아니라 규제가 까다로워 외국인이 매입한다 해도 사고가 날 위험성이 많다고 한다.

　자수박물관을 나온 다음, 그 바로 근처에 있는 침향 매장으로 옮겨갔다. 두 번째 쇼핑인 셈이다. 우리 부부는 2017년 4월에 베트남 중부지방 여행을 갔을 때 호이안 來遠橋 옆의 개인박물관으로 되어 있고 사람 키만큼 큰 침향 기둥들이 많이 전시된 곳 안으로 들어가 보았고, 다낭에서는 한국인이 경영하는 침향 매점에 들른 적이 있었다. 오늘 우리가 들른 Agar Gold+라는 점포도 다낭에 본점을 두고 있다고 한다. Agar는 침향을 의미하는 영어이다, 이 매장의 주인은 베트남인인 모양인데, 한국인 중년남자가 나와서 설명을 하였다. 방문하는 손님 대부분이 한국인 관광객이라 정면 첫 방의 벽면에도 베트남 국기와 더불어 태극기가 큰 액자에 담겨 걸려 있었다. 한국인 점원은 간단히 말하겠다고 해두고는 꽤 오랫동안 장황하게 늘어놓아 자기 할 말은 다하였다. 그의 설명에 의하면, 자연산 침향은 그 대표적 생산지인 베트남에서도 이미 고갈되어 지금은 재배한 것만 판매되고 있다는 것이다. 침향과 침향나무는 엄연히 다른데, 침향은 나무에서 추출된 액체로서 그것만이 약효가 있으며, 침향나무는 가루로 만들어서 태우는 향으로 사용될 따름인데, 한국의 업체들은 약효도 없는 침향가루를 다른 약제들과 섞어서 고가로 판매하고 있으니 모두 사기행위라는 것이다. 그는 300만 원 이상 되는 물건을 그 절반 정도의 가격으로 할인하여 판다고 하였으나, 워낙 고가라 아무도 사는 사람이 없었다.

　다음으로 다시 차를 타고 1분도 안 되는 거리를 잠깐 이동하여, 우리가 처음 달랏에 도착했을 때 들렀던 식당인 Song Chau로 다시 가서 좀 이른 오전

11시 남짓에 점심을 들었다. 메뉴는 국물이 든 베트남 쌀국수와 파인애플 열매 안에 담긴 노란 볶음밥, 그리고 춘권과 모닝글로리, 김치와 생야채 등이었다. 음식물을 추가로 요구하면 그만한 돈을 지불해야 하는 것이 베트남에서도 관례이지만, 이 식당의 손님들 대부분이 한국인 관광객인지라 한국식으로 모든 음식물에 대해 무한리필이 가능했다.

이제 와 돌이켜 보면 달랏에는 고층 건물이 거의 없다. 아무리 높다 한들 10층을 넘지는 않는 듯하다. 오전 11시 남짓에 이른 점심을 든 후 달랏을 출발하여 다시 3시간 이상을 달려 나트랑으로 향했다. 올 때 들렀던 동달랏의 그 휴게소를 지나칠 때 보니 바깥마당뿐만 아니라 건물 입구의 지붕 밑에도 '아빠를 찾아주세요'라는 문자가 걸려 있었다. 도중 한 때 소나기가 내리더니, 좀 더 나아가니 비는 흔적도 없어졌다.

오후 3시 무렵 나트랑 시내의 20.21 duong 13 khu Ha Quang 2에 있는 Paradise Spa에 도착하였다. 이곳에서 일행은 다시금 2시간 마사지를 받게 되는데, 가이드 전 씨는 저번처럼 1인당 $5씩 팁을 주라고 말하고 있었다. 전신마사지 요금은 60분 코스가 1인당 $20, 90분 코스가 $30, 120분 코스가 $40인데, 절반으로 할인하여 2시간에 $20씩을 지불하는 것이다. 가이드가 총 $40을 할인해 준다는 것은 그런 뜻이다. 마사지를 받는 동안 우리 내외는 홀에서 쉬었고, 나는 오늘의 일기를 입력하였다.

일행이 사우나를 마치고 나오기를 기다려 100m 정도 걸어서 이동하여 STH 16.50-51 duong so 13, Ha Quang2에 있는 한식점 명가원으로 가서 불고기로 석식을 들었다.

식사를 마친 후 그 집 바로 앞에서 세 바퀴 자전거인 시클로를 탈 예정이었지만, 우리 차례가 돌아오려면 시간이 좀 걸린다 하여 다시 대절버스를 타고 야시장으로 먼저 갔다. 나이트 시티 투어라 하여 야시장·시클로·루이지애나 펍이 $50짜리 옵션으로 서로 묶여 있는 것이다.

야시장에 도착하고 보니, 그곳은 우리가 첫날 나트랑에서 묵었던 그린 비치 호텔 바로 근처였다. 시장은 호텔에서 메인비치 쪽으로 조금 나아가다가 왼쪽으로 한번 커브 돌아서 좀 더 나아가면 바로 거기인데, 커브 돈 길에서 비치 앞 도로까지였다. 달랏 야시장의 경우보다 거리는 짧으나 시장 안을 자동차나 오토바이가 통과하지 않아 안전하고 깨끗한 편이었다. 시장 골목을 걸으며 베트남군용 캡의 가격을 몇 군데 가게에다 물어보았더니 같은 물건인데도 불구하고 15만 동에서부터 4만 동까지 천차만별이었다. 얼마든지 흥정을 할 수 있을 듯하였지만, 상인이 부르는 가격을 믿을 수 없어 포기하였다. 그 대신 아내가 원하는 G7 믹스커피 大小 두 통을 20만 동, 망고 한 알을 3만 동에 구입하였다. 내가 공항에서 교환한 환율로 계산하면 각각 한국 돈 13,333원과 2천 원에 해당한다. 흥정을 하면 더 깎을 수도 있겠지만, 베트남 돈의 가치가 선뜻 파악되지 않고 한국 돈으로 환산해보면 얼마 되지 않을 터인지라 그 정도로 해두었고, 망고는 현장에서 깎아 나눠먹었다.

시장 입구에서 시클로를 타고 밤의 나트랑 번화가 일대를 15~20분 정도 이리저리 돌아다니면서 메인비치에 위치한 '루이지애나 펍'으로 이동하였다. 회옥이를 포함한 우리 가족 세 명은 2018년 1월 14일에 말레이시아의 말라카 시에서 트라이쇼라고 하는 세발자전거를 탄 적이 있었다. 그것은 운전자가 앉는 보통의 자전거 양옆에다 손님 두 명이 앉을 수 있는 좌석 부분을 달아 바퀴가 세 개로 된 것이다. 몸채에는 울긋불긋하게 깃털 장식 등을 하고 뒷부분 아래쪽에다 앰프를 달아 오디오의 구실도 하는 것인데, 기사가 직접 페달을 밟았으므로 오르막길이나 턱이 있는 곳에서는 속도가 현저히 떨어졌다. 그러나 시클로는 바퀴가 세 개인 것은 마찬가지이지만 앞부분에 손님 한 명만이 타고 기사가 페달을 밟지 않고 핸들을 잡고서 방향과 속도 조절만 하며, 자전거의 몸체에는 녹색 네온 장치를 달아 번쩍번쩍 빛이 난다. 그럼에도 불구하고 꽤 빨라서 시내의 교통 흐름에 맞출 수 있었다. 시클로에서 내린 후 가이드의 조언에 따라 기사에게 팁 $1씩을 주었다.

루이지애나 펍은 넓은 모래사장에 자리 잡아 수제맥주와 화덕피자를 들면서 분위기를 내는 곳인데, 그 규모가 엄청 크고 좌석 수가 상당하여 북적거리는 것이 마치 축제장에 온 듯하였다. 아내와 나는 생맥주 대신 망고주스를 들었다. 거기서 한 시간 정도 머물다가 공항으로 이동하였다.

공항 게이트 앞에서 가이드와 작별하고, 안으로 들어가 출국수속을 밟았다. 우리는 23시 50분에 출발하는 VJ990편을 타고서 내일 06시 30분에 김해공항에 도착하게 된다. 우리 내외의 좌석은 24-A,B이다. 3번 게이트 앞에 앉아 오늘의 일기 입력을 마쳤다. 게이트 앞에는 테이블 딸린 의자들이 있고, 그 테이블들에 충전단자도 설치되어져 있지만, 어찌된 셈인지 전력이 공급되지 않아 무용지물이었다.

대만

■■■ 2023년 8월 12일 (토) 맑음

아내와 함께 혜초여행사 부산지점(JM투어)의 '대만 청정고원과 짙푸른 바다~아리산/합환산/컨딩 트레킹 5일'에 참여하기 위해 오전 7시 35분쯤 진주의 집을 출발하여 승용차를 몰고서 김해공항으로 향했다. 남해고속도로를 경유하여 1시간 20분 정도 만에 부산 강서구 대저 공항로811번길 34에 있는 우현주차장에 도착하여 승용차를 맡기고, 그곳의 셔틀 차량에 탑승하여 김해국제공항 국제선 2층 4번 게이트 앞 집합장소로 이동하였다.

9시 30분까지 모이기로 되어 있는데, 인솔자인 김종민 대표 외에 17명이 참여하였다. 김 씨는 58년 개띠로서 과거에 8년 동안 국민은행 지점장을 하다가 승진할 무렵 울산 현대중공업 맞은편의 지점을 끝으로 2010년에 퇴사하여 자신의 여행사인 JM(Journey & Mountain, Jong Min)투어를 오픈한 지 13년째이다. 동래에 사무실이 있다. 여행을 진정으로 좋아하여 혼자서도 해외여행을 더러 하는 모양이다. 일행 중 13명은 울산의 아파트관리소장 모임이었고, 진주에서 온 우리 부부 외에 부산 남천동에 사는 부부 한 쌍이 따로 있다. 그 부부는 꽤 젊어 보이지만, 남편은 의외로 만 65세, 부인은 64세라고 하므로 놀랐다. 울산 팀은 이미 10년 이상 김종민 씨와 더불어 해마다 해외여행을 다니고 있다 한다.

4번 게이트에서 11시 40분에 Air Busan의 BX795편을 타고 출발하였다. 우리 내외는 15A·B석에 앉았다. 저가 항공이므로 기내식은 따로 주문해 둔 것이 나왔다. 2시간 45분을 비행하여 13시 25분에 臺灣 서남쪽의 高雄국제공항에 도착하였다. 대만 시간은 한국보다 한 시간이 늦다. 나로서는 20대의 젊은 시절인 1977년 9월 무렵부터 다음해 8월 무렵까지 약 1년간 臺灣

국립대학 대학원 철학과 석사과정에 1년간 유학했다가 일본 京都대학으로 건너간 이후 한국나이 75세가 되어 약 45년 만에 다시금 이 나라를 방문한 셈이다.

高雄은 한국으로 치자면 부산에 해당할 정도로 이 나라에서 두 번째 가는 도시이자 가장 큰 항구이다. 공항에는 林文旦이라는 이름의 중년 남성 가이드가 마중 나와 있었다. 그는 한국어가 꽤 유창한 편이지만, 발음이 중국식이어서 알아듣기 어려웠다. 璽珍여행사로부터 파견된 사람이었다. 한국의 서울에서 6년간 근무한 적이 있다고 하므로 무슨 일을 했느냐고 나중에 물어보았더니 뜻밖에도 외교관이었으나 지금은 퇴직했다는 대답이 돌아왔다. 그러면 대사관에 근무했느냐고 물었더니 그렇다고 했다. 광화문에서 근무했다고 하는데, 대만은 이제 한국과 정식 국교가 없으니 지금도 대사관이 있는지 어떤지는 모르겠다. 그는 만 54세로서 臺中 출신이고, 부모는 모두 대만 방언인 閩南話로 말하며 그 자신도 기사 등과 대화할 때 대부분 민남화를 사용하고 있었다. 과거에 공무원이었으므로 정치적으로는 국민당을 지지하고 있다고 한다.

高雄 시내를 통과하여 3번 고속도로에 올라 계속 북쪽으로 향했고, 도중에 關廟 및 東山 휴게소에 정거하여 휴식을 취한 후 다시 이동하여, 약 3시간 후에 오늘의 목적지인 阿里山國家森林遊樂區에서 멀지 않은 嘉義縣 中埔鄉 義仁村 樹頭埔 34-12號의 寶島饗宴會館에 이르러 석식을 들었다. 2층으로 된 꽤 큰 건물인데, 1층 전체가 식당이었다.

식사 후 다시 3시간가량 이동하여 꼬불꼬불한 산길로 2차선 18번 도로를 따라 계속 나아가 도중의 石棹라는 곳에서 잠시 편의점에 들렀다가 밤 8시 무렵 목적지에 도착하였다. 대만 유학 시절에는 中國靑年反共救國團이라는 단체가 유학생들을 초청하여 한 해에도 여러 차례 무료로 이 나라의 명승지들을 유람할 수 있게 해주었으며, 겨울 방학 중에는 시카고에서 온 미국인 유학생 및 臺中에 집이 있는 대만 여학생과 더불어 전국일주 자전거 여행을 한 적도 있었다. 그래서 이 나라의 유명한 곳은 대부분 가본 셈인데, 溪頭라고 하는 숲속의 휴양지에는 두어 번 가본 적이 있었으나 아리산에 왔던지 어

편지는 기억이 분명치 않다.

18번 도로는 省道인데, 이 나라에서는 고속도로를 국도로 부르기도 하기 때문에 한국으로 치자면 성도가 사실상 국도인 셈이다. 대만의 중앙에 위치한 아리산은 해발 2,200m 정도 되는 곳이라 반팔 차림으로는 좀 쌀쌀함을 느낄 정도였다. 이곳의 현재 기온은 섭씨 18도이고, 내일 새벽 일출을 보러 갈 즈음에는 14도쯤 될 것이라고 한다. 아리산을 올라오는 도중에 울창한 삼림 사이로 檳榔나무 숲과 그 아래로 바나나 숲이 펼쳐진 것을 많이 보았다. 이곳 아리산은 차와 더불어 아열대지방의 기호식품인 檳榔의 주된 생산지인 모양이다. 그러나 빈랑은 후두암의 원인이 된다 하여 지금은 좀 기피하는 경향이라고 한다.

우리가 탄 대절버스는 독일제 MAN으로서, 그 기사는 28세의 노랑머리 젊은이인데, 운전 경력이 이미 10년이나 되며, 버스는 자기 소유라고 한다. 여자 친구가 있으나 결혼은 생각하지 않고 있다.

동북아시아에서 가장 높은 玉山(3,982m)도 여기서 걸어 하루 혹은 이틀 만에 다녀올 수 있는 거리에 있다. 우리는 嘉義縣 阿里山鄕 中正村 阿里山 41호에 있는 高峰大飯店 登山別館에 들었고, 아내와 나는 307호실을 배정받았다. 2星級쯤 되는 5층 호텔인데, 이곳은 개발이 제한되어 있기 때문에 이 정도 수준 이상의 호텔은 없는 모양이다.

臺灣의 영토는 한국의 경상남북도를 합한 정도 넓이인데, 인구는 2,400만 명이니 한국보다도 인구밀도가 더 높은 편이며, 오토바이 보유 대수는 1,700만 대이다. 3,000m 이상 되는 고봉이 260개나 될 정도로 해양의 융기에 의한 산악지형이 국토의 대부분을 차지하고 있으며, 지금도 매월 0.1cm씩 상승할 정도로 융기는 계속되고 있다. 산업은 중소기업이 대부분이다. 전자산업 분야에서는 세계에서 가장 큰 부품 공급처이며, 반도체 업체인 TSMC는 현재 한국의 삼성전자를 능가하는 수준인데, 그 대신 이 나라에는 이렇다 할 브랜드 상품이 없는 점이 큰 단점이다. 변호사나 의사보다도 전자산업 종사자의 수입이 더 높을 정도라고 한다. 내가 유학해 있었을 때 국민소득이 한국보다 높았었는데, 한동안 한국이 추월해 있다가 근자에는 다시 대만이 한국을 좀 앞지르는 모양이다. 국민 대부분이 불교·도교·유교를 동시에 믿을 정도로 다신교가 성행하고 있다.

■■■ 13 (일) 비가 왔다 개었다 종일 변덕스러운 날씨

오전 4시에 기상하여 세계적으로 유명하다고 하는 아리산 일출을 보기 위해 호텔 부근의 아리산 역에서 4시 반에 출발하는 협궤 열차를 타고서 15분 정도 이동하여, 沼平 역을 경유하여 對高岳 역에서 하차하였다. 아리산 역의 새벽 기온은 16℃였다. 원래는 종점인 祝山 역까지 가게 되어 있는데, 현재 역 하나를 더 건설하기 위한 공사가 진행 중이라, 하나 앞 정거장에서 하차하여 다시 15분 정도를 걸어 축산 역 앞의 일출 관상대(2.451m)까지 올라간 것이다. 그곳에서는 바로 앞 玉山 능선에서 떠오르는 해를 바라볼 수 있는 것인데, 5시 40분에 있을 예정이었던 오늘의 일출은 아쉽게도 짙은 안개로 말미암아 무위로 끝나고 말았다.

5시 45분까지 다시 집합하여 20인승 소형 버스를 타고서 소평 역으로 이동하였다. 그곳 소평공원의 설명문에 의하면, "沼平은 예전에 '阿里山'으로 불리던 곳으로서, 1914년에 기차역이 설치되었는데, 원래는 하나의 벌목 촌락이었던 것이 아리산 최초로 개발된 여행 거점의 하나로 된 것이다. 1976년 초에 이 구역에서 큰 화재가 발생하였고, 이후 화재의 유적을 새롭게 기획하여 '소평공원'으로 만든 것이다."라고 하였다. 이로 보더라도 원래 아리산은 산 이름이 아니라 지명이었던 것이다. 지금은 꽤 넓은 범위에 걸친 '아리산 國家風景區'가 설치되어져 있고, 그 중에서 관광의 중심이 되는 구역을 '아리산 국가삼림유원지'라고 불러, 좁은 의미에서는 그것이 곧 아리산인 것이다.

소평 역에서부터 우리 일행은 아리산 트레킹을 시작하였다. 원래는 아리산閣 호텔 앞을 직진하여 姉妹潭 방향으로 나아가게 되어 있었으나 현재는 시공 관계로 그 길이 폐쇄되고 호텔 아래쪽으로 새 길이 나 있었다. 우리는 그 임시 便道를 따라 걸어서 자매담으로 나아갔다. 편백과 삼나무 숲이 울창하고, 알지 못하는 분홍색 야생화가 길가에 무성하게 피어 있었다. 아리산의 편백나무 고목들은 일본 식민지시기에 일인들에 의해 대부분 벌채되고 일인들이 그 후 새로 심은 나무가 오늘날 주종을 이루고 있다 한다. 그러니까 현재의 아리산 관광 구역에 있는 나무들은 인조림인 셈이다. 산책로 주변 여기저기에 편백나무 고목의 그루터기들이 널려 있었다. 자매담은 보다 작은 妹潭과 그 아래쪽 더 큰 姊潭의 두 연못으로 이루어져 있다. 木蘭園을 지나 도교 사원인 受鎭宮에 다다랐다. 수진궁은 현재 수리 중이었는데, 거기서 巨木群棧道·아리산神木遺跡·三代木·象鼻木 등을 한 바퀴 둘러서 다시 수진궁으로 돌아왔다. 나는 한문에 종종 나오는 檜木이 어떤 나무인지 정확히 알지는 못했었는데, 오늘 산책 도중에 마주친 설명문을 통하여 회목은 紅檜와 扁柏의 合稱으로서 결국 편백 종류임을 알았다. 도중에 香林國民小學이라는 이름의 초등학교를 지나쳤는데, 그 교문 옆에 '最高學府'라는 글씨가 있는 사각 기둥이 세워져 있고, 그 옆에 또 '해발 2195m'라고 적힌 사각 기둥이 하나 더 붙어 있었다. '巨木群棧道'는 아리산 지구에서 가장 오래된 檜木群으로서 총 길이가 1.1km에 달한다고 한다. 오늘 아침 우리는 해발 2,280m의 소평 역에서 고봉산장(2,196m)까지 2.5km 거리를 약 두 시간 동안 걸은 셈이다.

수진궁 앞에서 다시 소형 버스를 타고 우리가 묵은 호텔로 돌아와, 그 부근 상점가의 松閣식당에서 뷔페식 조식을 들었다.

9시 반에 호텔을 출발하여, 다시 대절버스를 타고서 3시간 정도 이동하여 보다 북쪽인 南投縣의 日月潭으로 향했다. 어제 嘉義를 출발하여 올라왔던 길과는 반대 방향으로 21번 성도를 따라 중앙산맥의 산악지형을 따라서 꼬불꼬불 나아갔다. 도중에 옥산의 북쪽 봉우리들을 바라볼 수 있었는데, 정상은 구름에 가려 있었으나 웅장한 모습에서 동북아시아의 최고봉다운 기백을 느낄 수 있었다. 남투현 信義鄕의 중심 마을에 다다라 잠시 휴식을 취했는데, 거기까지 못 미친 지점에 내가 젊은 시절 몇 번 들렀던 溪頭森林遊樂區가 있음을 지도상으로 확인하였고, 信義를 지나는 버스의 행선지 표시를 통해서도 그것을 알 수 있었다. 신의에서 울산 팀의 남자 하나가 빈랑을 사왔으므로, 나도 한 알 얻어 씹어보았다. 흰색인데 이는 자연 그대로의 맛이고, 여기에다 다른 물질을 첨가한 것이 홍색 빈랑으로서, 씹으면 벌건 물이 나오고 맛이 좋아 선호도가 높으나 후두암의 위험도 더 높다고 한다.

일월담에 도착한 다음, 南投縣 魚池鄉 日月潭 中山路 137號에 있는 松鶴園이라는 식당에 들러 점심을 들었다. 蔣介石이 좋아했다 하여 總統魚라는 이름이 붙은 찐 생선 요리도 나왔다. 식후에 다시 차를 타고서 '日月潭' 표지석이 서 있는 梅荷園 부근으로 이동한 다음, 그 위쪽 언덕에 기독교인인 장개석 부부를 위해 1971년에 건립했다는 예수당 교회를 바라보았고, 우리 부부는 울산 팀 세 명과 더불어 호반을 따라 조성된 1.5km의 산책로인 涵碧步道를 따라서 왕복 30분 정도를 걸었다. 장개석을 따라 대륙에서 대만 섬으로 건너온 사람들은 140만 명 정도였다고 하며, 장개석의 아들 蔣經國은 내가 유학해 있을 당시 제2대 총통이었으나, 그 이후로는 그의 후손들이 뚜렷한 관직을 차지하지 못하고 직업을 가져 스스로의 생계를 책임져야하게 되었다. 일월담은 자연호수인 日潭과 月潭 두 개의 호수를 합쳐 만든 인공호수로서, 대만에서 두 번째로 큰 것인데, 해발 750m에 위치해 있고, 깊이는 27m이며, 낙차가 300m 되는 양수발전소를 포함해 있다.

비가 내리는 가운데 다시 梅荷園으로 걸어 돌아와, 가이드의 인도에 따라 근처의 주차장으로 이동하여 대절버스를 타고서 文武廟로 갔다. 文의 孔子, 武의 關羽, 그리고 文武를 겸비한 岳飛를 모신 곳인데, 예전 유학 시절에 몇 번 와보았던 당시의 모습과 별로 달라지지 않았다. 다만 묘의 위쪽에 牌坊 모양의 대형 석조 건축물이 새로 들어서 있고, 거기에 기부한 사람들의 이름과 더불어 얼마를 내면 이름을 새겨준다고 붉은 종이에다 먹 글씨로 써 붙인 수많은 '待捐' 쪽지들을 보았다. 적게는 수백만 원에서 많게는 수억의 금액들이 적혀 있었다.

문무묘를 떠난 다음, 21번 성도를 따라 계속 북상하다가 埔里에서부터 14번 성도로 바꿔 타고서 오후 5시 11분에 南投縣 仁愛鄉 大同村 榮光巷 43號에 있는 오늘의 숙소 明琴淸境莊園에 도착하였다. 원래는 合歡山의 1,750m 지점에 위치한 淸境農場에서 묵을 예정이었으나, 그곳의 숙소도 별로 신통치 못해 시설이 보다 훌륭하고 주변 조망도 좋은 이곳으로 변경했다고 한다. A·B·C 세 개의 건물이 근처에 따로 배치되어 있어 우리 일행은 각각 나누어 들게 되었는데, 우리 내외는 A館 1201호실을 배정받았다. 3층 건물 중 2층이었다.

6시에 1층 식당에서 쇠고기 샤브샤브로 석식을 들었고, 밤 8시 반부터 식당 앞마당 베란다 모양의 다소 넓은 자리에서 다과 모임이 있었다. 야경이 좋고 별을 볼 수 있다 하여 나가 보았으나 날씨가 또 흐려져 별은커녕 주변 경관도 별로 없었으며, 울산 팀의 단독 모임 같은 느낌이었으므로 곧 방으로 돌아왔다.

■■■ 14 (월) 흐렸다 비 내렸다 반복하다가 저녁에는 개임

오전 8시에 20인승 정도의 작은 버스를 타고 숙소를 출발하여 1시간 반 정도 걸려 武陵(3,275m)으로 이동하였다. 合歡山 主峯(3,417m) 등반을 위해서였다. 14甲 省道를 따라갔는데, 대만 동부 해변의 花蓮까지 이어지는 그 길은 이곳 산악지대를 통과하는 유일한 도로라 노폭이 좁아서 대형버스가 지나갈 수 없기 때문이었다. 도중에 淸境농장을 통과하였는데, 이 농장은 蔣經國 총통 시절에 이루어진 것으로서, 재향군인들의 생계를 보장하기 위해 마련된 것이라고 한다. 양배추를 비롯한 고랭지 채소들과 사과·배 등의 과일, 烏龍茶 등을 생산하며, 양과 말 등의 목축도 하는 모양이다. 규모가 상당히 커서 커다란 마을을 이루고 있었다. 장경국 총통은 국민들로부터 높은 평가를 받고 있어서, 현재의 집권당인 民進黨이나 국민당 이외의 다른 야당도 그에 대해서는 비판을 하지 않는다고 한다.

도중에 밤에 별을 바라볼 수 있는 장소라고 하는 鳶峰의 合歡山國際暗空公園에 잠시 들렀는데, 부슬비가 내렸다가 말다가를 반복하였다. 그러므로 우비를 차려 입고 일행 중 여러 사람들은 우산까지 받쳐 들고서 산행을 시작하였다. 등산로 입구에서부터 정상인 주봉까지는 1.8km 거리이며 왕복에 두 시간 정도가 소요된다. 보도는 자갈을 섞은 시멘트로 포장되어 있고, 차량이 통과할 수 있을 정도로 넓었다. 원래는 군용도로였는데, 지금은 꼭대기 부근에 방송 안테나가 설치되어 있다. 대만 전체에서 가장 높은 군사기지가 위치했던 곳이라고 한다. 코스가 비교적 완만하여 걷기에 좋았으나 약간 어지럼증을 느꼈다. 고지대라 나무가 거의 자라지 않고, 길가에 대만 특유의 찔레꽃을 비롯한 야생화들이 많았다. 그러나 사방이 짙은 안개로 둘러싸여 있어 먼 곳의 풍광을 조망할 수는 없었다. 合歡山國家森林遊樂區로 지정되어 있는데, 화련의 太魯閣국가공원에 속해 있다. 대만에서 두 번째로 높은 雪山 主峯(3,886m)도 여기서 별로 멀지 않은 곳에 위치해 있으며, 합환산은 대만의 100명산에 속한다.

11시경에 하산을 완료하여 대절버스를 타고서 조금 이동하여 합환산 동봉 동쪽 3,150m 지점에 위치한 숙소 겸 뷔페식당인 4층 건물 松雪樓로 가서 점심을 들었다.

식후에는 송설루에서 가까운 곳에 위치한 石門山(3,236m)을 또 하나 올랐다. 송설루의 전광판에 표시된 오늘의 기온은 9~10℃였다. 석문산 등산로의 시작점에서부터 정상까지 거리는 784m이며, 왕복에 1시간 정도가 걸린다. 이 역시 100명산의 하나이니, 우리는 오늘 중에 대만의 100명산 두 개를 오르는 셈이다. 석문산에 오르는 등산로는 각목 계단 등이 설치된 좁은 길이며, 箭竹이라 부르는 키 작은 대나무가 온통 산을 뒤덮고 있었다. 그곳 역시 안개가 자욱하고 바람도 거칠어 주변 풍광을 감상할 수는 없었으나. 내려올 때 안개가 다소 걷혀 제법 시야를 확보할 수 있었다. 두 산을 오르고 나니 오늘의 걸음 수는 13,674보가 되었다.

오늘 우리의 등산에는 현지여행사의 남녀 직원 각 한 명씩이 동행하여 길을 안내하였는데, 다시 대절버스를 탈 때 그들은 승용차를 몰고서 돌아갔다. 돌아오는 길에 청경농장에 잠시 정거하였다. 목장 입구에서 입장료를 받고 있어 안으로 들어가 보지는 않았고, 도로 건너편의 절벽 위로는 철제의 긴 스카이워크가 설치되어 도로를 따라 이어져 있었다.

우리는 淸境農場遊客休閒中心에 이르러 어제 타고 왔던 큰 대절버스로 갈아탔고, 거기서 반시간 정도 시간을 보냈다. 돌아올 때는 14甲과 14번 성도를 따라서 埔里까지 되돌아온 다음 6번 고속도로에 올랐고, 南投 휴게소에 잠시 머문 다음 다시 3번 고속도로로 바꿔 타고서 嘉義市까지 내려와 엊그제 올라왔던 코스를 따라 계속 내려갔으며, 高雄市 북부에서 22번 성도에 잠시 오른 다음 1번 고속도로를 따라 高雄 시내로 들어왔다. 버스로 약 3시간을 이동하였다.

나는 高雄을 대만 제2의 도시이며 가장 큰 항구도시라고 인식하고 있었으나, 오늘 가이드의 설명에 의하면 현재는 전자 및 로봇 공업으로 크게 부상하고 있는 臺中市에게 2위 자리를 이미 내준 형편이라고 한다. 대만은 현재 전자산업 분야에서 전 세계의 부품 20% 정도를 생산하고 있으며, 臺中이 그 중심인 것이다. 高雄은 일본 식민지 시절에 日人들이 개발한 도시로서 이름 자체가 일본식이며, 도로가 바둑판처럼 정연한 계획도시인데, 지금은 친환경 산업에서 뒤쳐져 점차 밀리고 있는 형편이며, 매년 2만 명 정도씩 인구수도 감소하고 있다. 예전에는 세계의 항구 중 5위를 차지하였으나 지금은 18위 정도라고 한다. 그러나 가오슝에는 지하철 몇 개 노선이 있는 반면 타이중에는 아직 지하철이 없으며, 가오슝에 몇 개 있는 공항이 타이중에는 하나뿐인 점 등 상황은 유동적이다.

우리는 高雄市 苓雅區 光華1路 249號에 있는 頂鮮 臺南擔仔麵이라는 식당에 들러 이 집 특색의 담자면이 포함된 요리로 석식을 들었다. 담자란 중국인이 물건을 나를 때 한쪽 어깨에다 흔히 메는 대나무 막대기를 의미하는데, 그 막대기로 실어 나르면서 국수를 팔던 데서부터 시작하였다가 점차 점포를 마련하여 정착하고, 오늘날에는 전국 여러 곳에다 커다란 건물의 지점을 둘 정도로까지 발전한 것이다. 담자면은 일제시기 이전까지 대만의 수도였던 臺南에서 처음 시작했으므로 오늘날에도 대남이라는 명칭을 첫머리에 붙여두고 있다. 그 식당 앞에 예전 구멍가게 시절의 점포 모습을 재현해둔 장소가 있어 김종민 씨나 아내는 거기서 옛 상인의 모습을 흉내 내어 기념사진을 찍었다. 원래 오늘 저녁은 대남에서 麻辣火鍋를 먹기로 예정되어 있었으나, 김종민 씨는 어제 저녁에 먹은 샤브샤브가 바로 중국의 火鍋에 해당된다고 하면서 스케줄에 적힌 그 음식을 그냥 건너뛸 작정이다.

식사를 마친 후 대만의 3대 야시장 중 하나라고 하는 高雄市 六合國際觀光夜市를 둘러본 후, 苓雅區 四維三路 33號에 있는 숙소 寒軒國際大飯店으로

가 우리 내외는 3210호실을 배정받았다. 42층 빌딩의 32층인데 5성급이라고 들었다. 시청 맞은편에 위치해 있다. 우리는 이 호텔에서 돌아갈 때까지 이틀을 머물게 된다. 야시장에서 사온 釋迦 및 망고 한 케이스씩을 나눠들고서, 샤워를 하고 오늘의 일기를 입력한 다음, 다음날 오전 1시 반쯤에 취침하였다. 지금까지 들른 대만의 다른 곳들은 모두 110V만을 사용하였는데, 이 호텔에서는 110V와 220V를 함께 사용할 수 있어 편리하다.

■■■ 15 (화) 날씨는 千變萬化하다가 오후 늦게 개임

오전 8시 30분에 호텔을 출발하여 대만 최남단의 墾丁(컨딩)국가공원을 향해 출발하였다. 간밤에 대절버스는 우리를 육합야시장에다 내려준 후 시내를 배회하다가 가로수 가지에 부딪혀 차 앞면의 대형 유리창 오른쪽 모서리에 금이 갔으므로, 노랑머리 기사는 차를 수리하기 위해 가고 그 대신 다른 버스와 기사가 왔다.

墾丁은 대만 남쪽 끝 부분의 지명으로서, 그 지역에 대만의 국립공원으로서는 제1호가 생긴 것이라고 한다. 가오슝에서 거기까지는 보통 차로 2시간 10분 정도 걸리며, 왕복에는 4시간 이상 5시간 정도가 소요될 예정이라고 한다. 27번 성도를 따라서 동쪽의 屛東市 방향으로 나아가다가 3번 고속도로에 올라 남쪽 방향을 취했으며, 屛東縣 林邊 부근에서부터 계속 27번 성도를 타고 내려갔다. 오늘 우리가 통과하거나 둘러볼 지역은 모두 병동현에 속한다.

아래쪽으로 계속 내려가다 보니 길가에 '還島1號線'이라 적힌 팻말들이 자주 보였다. 이쪽은 고속도로가 없고 철로도 도중의 枋山까지에서 그치므로, 수도인 臺北을 비롯하여 다른 지역에서는 왕복에 시간이 너무 지체되어 좀처럼 오기가 어려운 것이다.

오늘 날씨는 비가 오다가 소나기로 되었다가 햇빛이 보였다가를 반복하여 도무지 종잡을 수 없었다. 호텔 입구에 비치된 빨간 우산 하나를 집어가 썼다 접었다 반복하였다. 도중의 휴게소에 잠시 들렀을 때 가이드 林 씨가 상점에서 오리 알 삶은 것을 사와 나눠주므로, 구운흙으로 감싼 껍질을 떼어

내고서 속의 검은 색 알맹이를 꺼내 먹었다. 젊은 시절 대만에서 공부할 때 자주 보았고 또한 먹어보기도 했었던 것이다. 林 씨는 다른 곳에서 또 차를 세우고는 양귀비가 좋아했다는 아열대 과일인 荔枝를 사와서 나눠주기도 했다. 컨딩에서는 잠시 152번 지방도를 탔다.

컨딩 국가공원에 도착한 다음 먼저 恒春 부근의 白沙灣海灘(Baisha Beach)에 들렀다. 백사만은 해양생물의 껍질부스러기로 이루어진 모래사장이 있고, 인도 소년 파이가 태평양에서 猛虎와 한 배를 타고 227일 동안 생존한 이야기를 다룬 영화 "Life of Pi"와 일본 영화 "Cape No.7"의 촬영지이기도 하다. 야자수가 무성한 숲 속에 캠핑촌 등의 시설물이 있었다.

소나기가 내리는 가운데 恒春鎭 山腳路 82號에 있는 山下人家라고 하는 가정요리(家常菜) 전문점에 들러 점심을 들었다. 시골 식당이라 별로 기대는 하지 않았는데, 맛집인지 의외로 음식물의 종류가 많고 맛깔스러웠다.

식후에 대만 최남단의 뾰족한 반도에 위치하였고 등대가 있는 鵝鑾鼻에 들렀다. 그 명칭은 아마도 거위 코처럼 생긴 언덕이라는 뜻이 아닌가 싶다. 淸末 同治 6년(1867)에 미국 상선이 이 부근의 바다에서 암초에 걸려 난파하여 선장 부부를 비롯한 선원들이 상륙했다가 원주민에 의해 살해되고, 琉球의 어민들도 여러 차례 이곳에서 난을 당하는 사건이 발생하자, 청 정부는 미국 및 일본 정부의 건의에 따라 光緒 원년(1875) 영국 왕립지리학회의 회원에게 위촉하여 등대 건설에 적합한 위치를 선정한 후, 광서 8년에 이 등대를 낙성하여 9년부터 사용하기 시작했던 것이다. 원주민의 침요에 대비하여 등대 아래에다 포대를 설치하고 등탑에는 총을 쏠 수 있는 여러 개의 창구를 뚫었고, 바깥으로는 해자도 설치하여 세계에서 보기 드문 무장 등대로 만들었으며, 현재까지도 대만에서 光力이 가장 강력한 등대로 되어 있다.

나는 대만대학 대학원 철학과 1학년에 재학 중 자전거로 대만을 한 바퀴 두르는 여행을 출발하여, 대만 섬의 남쪽 끝인 이곳에 도착한 바 있었다. 당시는 인적이 드물었고, 이 일대가 온통 나비 천지였었는데, 지금은 공원화되어 입구에 상점가가 형성되어 있고, 성인 1인당 60元의 입장료를 받고 있다. 등대 부근은 넓게 잔디를 깔아 그 위에서 2023년 2월 1일부터 8월 31일까지 康木祥이라는 조각가가 케이블카의 철선을 이용해 만든 태아의 조각상 세 개를 여기저기에 설치해 두고서 '生之旅島之遊'라는 주제의 전시회를 열고 있었다. 하얀 등대 옆의 하얀 건물 안에는 이곳의 역사를 설명하는 전시실도 마련되어 있었다. 그리고 머지않아 이 부근에 도교 사원도 들어설 계획인 모양이다.

등대를 나온 후 이동하여, 그 부근에 있는 '臺灣最南點' 탑이 건립되어져 있는 곳까지도 걸어가 보았다. 그리로 이동하는 도중의 步道에 나비 네 마리의 모양이 새겨진 블록들이 계속 깔려져 있었다. 가이드 林 씨에게 나비가 사라진 원인을 물었더니, 생태 환경의 변화 때문이라는 것이었다. 도로의 중간 지점쯤에 교통부 중앙기상국이 설치한 축구공 모양의 대형 레이더 탑이 있고, 거기서 조금 떨어진 위치의 다음 목적지인 龍盤공원으로 가는 도중에도 둥근 군용 레이더 세 개가 눈에 띄었다.

용반공원은 태평양 가에 위치한 광활한 草地로서, 산호초로 형성된 석회암 臺地가 물에 녹아 형성된 절벽 등이 펼쳐져 있고, 사방으로 시야가 탁 트여 바다와 함께 장관을 이루고 있었다. 일정표 상으로는 그 건너편 바닷가의 바람이 만든 모래사장인 風吹砂에까지도 가보는 것으로 되어 있지만, 그 부분은 생략하였다.

대절버스를 타고 돌아오는 도중에 恒春에 위치한 맥주박물관에 들렀다. 1인당 100元의 입장료를 내고서 들어가면, 1층의 펍에서는 3명 당 다섯 컵의 색깔과 맛이 서로 다른 맥주를 맛볼 수 있다. 드넓은 그 방의 벽면에는 세계 각국의 맥주 컵들을 가득 전시해 두었고, 안쪽 벽면에는 또한 세계 각국 맥주회사의 브랜드들을 모자이크 식으로 배열하여 만든 대형 모나리자 상이 있다. 2층은 세계 맥주의 문화와 역사를 이해할 수 있도록 각종 전시물들을 진열해 두었다. 아마도 그곳 맥주공장의 부속 시설인 듯하였다.

갈 때의 코스를 따라 高雄市로 돌아오는 도중에 아내가 가이드에게 돈을 주어 荔枝를 사서 일행에게 나눠주었고, 또한 가져간 크래커도 나눠 먹었다. 시내에서 러시아워를 만나 20분이면 통과할 수 있는 거리를 한 시간 이상 걸렸다. 돌아오는 도중 佳冬鄕 부근에서 길가에 드넓게 펼쳐진 파인애플 밭을

보았다. 병동현은 파인애플을 비롯한 아열대 과일의 생산지로서 유명한 곳
이다.

　高雄市에 도착한 후 西子灣 해수욕장에 들러 석양을 구경할 예정이었지
만, 도착시간이 늦어 이미 어두워졌으므로 이 역시 생략하였다. 高雄市의 일
몰 명소로는 첫째로 蓮池潭풍경구, 둘째로 西子灣, 셋째로 旗津 섬을 꼽는다
는데, 연지담은 내일 들를 것이고, 서자만은 교통이 불편하여 비교적 나이든
사람들이 찾는 곳이며, 기진은 젊은이들의 데이트 장소로서 가장 인기가 있
는 곳이라고 한다. 연자만 부근에 高雄을 대표하는 학부인 中山대학이 위치
해 있다.

　高雄市 左營區 明誠二路 408號之1에 위치한 한국 불고기집 '서울돼지'에
들러 늦은 석식을 들었다. 식사 때마다 늘 우리 내외와 같은 테이블에 앉는
부산서 온 부부 중 남편 되는 사람이 "부족한 것이 있으면 말씀하세요."라는
주인의 말을 무한 리필 해준다는 뜻으로 이해하고서, 좌석을 떠나 채소 접시
몇 개를 집어 왔다가 종업원으로부터 파는 물건을 함부로 가져간다고 핀잔
을 받아 무안을 당하는 에피소드가 있었다.

　식후에 七賢一路 466호에 있는 揚州泡脚會館 加賀屋(가가야)에 들러 발마
사지를 받았다. 한국인의 동남아 패키지여행에는 이처럼 마사지 코스가 빠
지지 않는데, 나로서는 별로 좋아하지 않으므로 처음 몇 번 외에는 선택하지
않는 편이지만, 이번에는 여행사 측이 제공하는 상품 안에 이미 포함되어 있
으므로 부득이 참여하였다. 내가 며칠 전 김종민 씨에게 팁을 얼마나 주면
될지 물어보았는데, 그는 30분의 짧은 행사이니 미화 1불이나 그에 해당하
는 대만 돈 40元 정도를 주면 될 것이며, 주지 않아도 무방하리라고 했다. 그
러므로 나는 $1과 50元짜리 대만 동전 하나를 준비해 두었는데, 차 안에서
가이드 林 씨가 하는 말로는 $2이나 한국 돈 2,000원을 주라는 것이었다. 그
러므로 아내에게서 2,000원을 빌렸는데, 일행 중 $2에 비해 2,000원은 환
율 상 적다고 말하는 사람이 있자, 林 씨가 이번에는 또 한국 돈은 환전하기
어려우니 가능한 달러로 하며, 대만 돈을 주려고 하면 100元 이상으로 하라
는 것이었다. 그래서 나는 역시 싫어져서 아내에게 발마사지를 받지 않겠다

고 말했으나, 이미 가격을 지불해 둔 것을 나 혼자만 빠지겠다고 하는 것도 무엇 하여 결국 남들처럼 마사지를 받고 팁 $2를 주었다. 나를 담당한 종업원은 목소리가 여자인 듯하고 젖가슴도 조금 튀어나왔는데, 머리를 짧게 깎았고 생김새도 좀 우락부락하여 남자 같은 느낌을 주었다. 원래 예정은 30분이었으나 서비스로 40분을 해준다고 하였고, 마친 후 우리 일행이 버스를 타고 돌아갈 때까지 안주인을 비롯한 마사지사들이 모두 현관 밖으로 나와 손을 흔들며 배웅하였다.

오늘 아침 컨딩으로 가는 도중에 가이드 林 씨가 설명한 바로는 전신마사지는 태국이 최고이지만 발마사지는 대만이 최고인데, 그 이유는 발 마사지 자체가 대만에서 개발되었기 때문이라는 것이었다. 천주교 선교 차 온 우로스라고 하는 스위스 신부가 독일 의학과 태국 마사지를 결합하여 만들어낸 것으로서, 그 신부는 95세의 나이로 현재도 臺東에 생존해 있다는 것이었다.

간밤의 수면부족으로 종일 피곤하고 차 안에서 하품이 계속 나왔으므로, 호텔로 돌아와 샤워를 마치고서 밤 10시경에 취침하였다.

■■■ 16 (수) 대만은 여전히 변덕스런 날씨, 한국은 맑음

어제처럼 오전 8시 반에 호텔을 출발하여 가오슝 북부에 위치한 舊城 및 그것과 연결된 蓮池潭 풍경구를 보러 갔다. 시의 서북쪽 끄트머리 左營大路 부근에 있는 것이다. 청대에 이곳 鳳山縣 일대를 통치하던 관아를 左營이라고 하는데, 海口에 위치했고 좌우로 龜山·蛇山의 두 산이 버티고 있어 형세가 험요한 곳이다. 이로 말미암아 明의 鄭成功 시기로부터 지금에 이르기까지 중요한 군사기지로서 사용되어 왔던 것이다. 청나라 康熙 22년(1683)에 청이 대만을 접수한 후 鳳山縣의 첫 治所는 지금 좌영이라고 불리는 興隆莊에 설치되어 있었다. 강희 61년(1722)에 처음 토성을 쌓았다가, 乾隆 53년(1788)에 林爽文을 위시한 원주민의 반란 사건 이후 치소를 지금의 鳳山市로 옮겼고, 道光 5년(1825)에 다시 흥륭장으로 옮겨오면서 石城으로 개축하였으며, 후에 치소는 또다시 다른 곳으로 옮겨졌다. 일제시기 이후 중화민국 시기에 이르기까지도 이곳은 군사요새로서 사용되었던 것이며, 2013년에 유적을 발굴 정비하였다.

일제 말기에는 주로 군사상의 필요에서 수도를 臺北에서 대만을 대표하는 항구도시인 高雄으로 옮겨오려는 계획을 세우고서 대대적인 도시정비 사업을 벌였던 것인데, 그로부터 몇 년 후 패전으로 말미암아 일본이 철수하면서 그러한 계획은 무산되었다. 가오슝의 도시계획이 정연한 것은 그런 까닭인 것이다.

구성의 일부에는 석성과 동문·북문·남문 및 동문 바깥의 해자가 뚜렷이 남아 있고, 내부는 정비하여 공원화 되었으며, 성벽의 일부는 민가의 담장 등으로 사용되고 있었다. 가오슝의 원래 지명은 打狗(따고우)로서 원주민 말로 '대나무 숲'이라는 뜻이라고 한다. 그것을 音借하여 일본인이 高雄(다카오)로 고쳤고, 현재는 중국 발음으로 가오슝이라 읽는 것이다.

龜山의 거북이 목 부분에 일제시기에 만들어진 도로가 관통하고 있어서 지금은 그 위로 구름다리를 만들어 두었다. 그 다리와 덱 길을 따라 거북의 머리 부분에 이르니 전망대가 있고, 그 앞쪽으로 연지담의 전체 모습이 눈에 들어왔다. 연지담은 원래 농사용 및 음료수 공급을 위해 만들어진 인공 호수였다고 하는데, 지금은 가오슝을 대표하는 관광지로 바뀌어져 있다. 드넓은 호수 위로 울긋불긋한 정자와 탑들 그리고 그곳으로 이어지는 다리가 만들어져 있고, 주위로 도로를 따라 도교 사원들이 즐비하였다. 근처에 공자묘도 있다고 하지만 가보지는 못했다. 길 건너편 도교사원인 慈濟宮(속칭 老祖廟)의 부속 건물로서 1976년에 콘크리트로 만들어진 龍虎塔이 유명한데, 현재는 수리 중이었다. 호수 가에 龍樹의 고목들이 많았다.

용호탑 부근 左營區 左營大路 4-11號에 있는 홍콩요리 전문점 桃子園餐廳에서 점심을 든 후 공항으로 이동하였다. 14시 25분에 가오슝을 출발하는 부산항공 BX796편을 타고서 18시 05분에 부산에 착륙하였다. 우리 내외는 15D·E석에 앉았다. 가오슝 공항에서의 탑승 대기 시간과 기내에서 나는 계속 어제의 일기를 입력하였다. 착륙 후 우현주차장에 맡겨둔 승용차를 몰고서 어두워질 무렵에 귀가하였다.

프랑스

▬▬ 2023년 10월 25일 (수) 맑음

    아내와 함께 노랑풍선여행사의 「프랑스 일주 11일 KE: 예술가들의 발자취를 따라서-남프랑스」 패키지여행에 참가하기 위해 오전 2시 반에 기상하여 택시를 타고 개양의 시외버스주차장으로 나갔다. 아내가 인터넷으로 예약해 둔 바에 따라 03시 15분에 진주를 경유하는 대성티앤이의 인천공항 제2터미널 행 심야고속버스를 탔다. 코로나19 이후 공항버스가 크게 줄었는데, 진주에서 인천공항까지는 현재 하루에 다섯 차례 버스가 왕복하고 있다. 예전에 비하면 아직도 절반 이하의 편수인 것이다.

    도중에 진안의 인삼랜드 휴게소에서 한 번 정거하였고, 버스 안에서 부족한 수면을 보충하기 위해 계속 눈을 감고 있었다. 날이 밝아진 후에 바깥을 바라보니 평택시흥고속도로를 통과하고 있었다. 머지않아 17번 국도로 접어들어 인천대교를 건너 07시 55분경에 도착하였다.

    먼저 제2터미널 3층 H 카운트에 있는 노랑풍선 테이블에 들러 여행안내 인쇄물 등을 받은 다음, D 카운트의 대한항공 코너로 가서 체크인 수속을 밟았다. 모처럼 인천공항에 와보니 여러모로 제법 많이 달라져, 예전처럼 카운트에서 직원이 항공권을 발급해 주고 탁송할 짐을 맡는 것이 아니라, 사전에 모바일로 구입한 휴대폰 속의 QR코드로 모든 수속이 이루어졌고, 여직원 한 명이 짐을 탁송하는 일을 도와주고 있었다. 고속버스를 탈 때도 출국장에서의 수속도 마찬가지였다.

    짐을 탁송한 다음, 일반동 4층 T2점에 있는 제주돔베곰탕에서 나는 돔배돼지곰탕 아내는 전복죽으로 조식을 들었고, 게이트로 입장한 다음 면세동 3층에 있는 12에어사이드 Coffee@Works에서 아메리카노 커피 한 잔과 생수 두 통을 샀다. 이 역시 키오스크에서 주문하여 호명되는 번호에 따라 받았다. 그리고 232게이트로 이동하여 탑승을 대기하는 동안 어제의 일기를 입력하였다.

전자항공권 발행확인서에 의하면, 우리는 11시 55분에 대한항공 KE901편을 타고서 출발하여 같은 날 18시 30분에 파리의 샤를드골공항 2E터미널에 도착하며, 비행시간은 13시간 35분이다. 프랑스 시간은 한국보다 7시간이 늦은 모양이다. 우리 내외는 인터넷으로 일반석 29A·B를 예약해 두었다. 그러나 실제로는 12시 34분에 이륙하였으며, 기장의 방송에 의하면 13시간 10분을 비행한다. 기종은 BOEING 747-8인 2층 비행기로서, 2층은 비즈니스석이고 1층이 일반석 즉 이코노미인 모양이다. 오늘 점심과 저녁은 기내식이었다.

기내에서 좌석 앞의 모니터로 항로를 보니, 우리 비행기는 요동반도와 중국 북부, 카스피 해와 흑해 상공을 거쳐 파리로 직행한다. 가지고 온 여행안내서 가운데서 『우리는 유럽으로 간다』(서울, 민서출판사, 1993) 중 프랑스 파리 부분을 좀 뒤적이다가, 좌석 앞의 모니터로 「벌거벗은 세계사」 '타고난 천재? 조기 교육의 산물? 모차르트의 두 얼굴'(서울대 음악학과 민은기 교수), '측천무후! 당 제국의 재앙 혹은 위대한 여황제?'(전남대 사학과 이성원 교수) 재방영, '똥밭 파리는 어떻게 낭만의 도시가 되었나?'(임승휘 교수), CJ ENM이 제작한 뮤지컬로서 안중근을 다룬 영화 「영웅」(120분), 키릴 페트렌코가 지휘하는 베를린 필하모니 관현악단이 금년 5월 1일 스페인 바르셀로나의 사그라다 파밀리아 성당에서 공연한 「2023 유로파 콘서트」(80분)를 시청하였다. 몇 달 전 부산에 갔던 김에 큰누나와 함께 사촌누이 귀옥이네 집을 방문하려다가 귀옥이가 오페라 「영웅」을 보러가기로 되어 있다고 하므로 무산된 적이 있었는데, 오늘 보니 오페라가 아니라 뮤지컬 영화였다.

우리는 18시 48분에 파리공항에 착륙하였다. 현지 기온은 17℃이고 비가 조금 내렸던 모양이다. 도착하여 세련된 스타일의 현지 가이드 이춘건 씨의 영접을 받았다. 그는 중년으로 보이는데, 꽤 오랜 기간 가이드 생활을 한 모양이고, 이 일이 좋아서 불러주는 한 계속할 생각이라고 했다. 공항에서 처음으로 만난 우리 일행은 가이드를 빼고 총 28명이라고 하는데, 여자가 대부분이고 남자는 서너 명 정도인 듯하다.

오늘은 다른 일정 없이 바로 공항 근처 3 Bis Rue De La Haye Roissypole/10008 95935 Roissy에 있는 Pullman Roissy CDG 호텔에 들었다. 지상 10층 지하 1층의 빌딩이 아닌가 싶다. 우리 내외는 647호실을 배정받았고, 내일까지 이틀간 이곳에 투숙한다. 노랑풍선 측의 안내문에 의하면, 우리는 이번 여행에서 주로 4성급 호텔을 사용하는 것으로 되어 있다. 실내로 들어가 보니 화장실과 욕실이 따로 있고, 카드 키가 하나뿐인 데다가, 침대 머리맡의 조명등도 특이하여 사용법을 알기 어려웠으며, 인터넷도 개방형이 아니어서 아직까지 그 사용법을 모르므로 휴대폰으로 와이파이에 접속하고 있다.

이번 여행은 아내의 칠순을 기념하여 내가 아내에게 선물한 것이다. 아내와 회옥이는 나의 칠순 때 카리브 해 크루즈를 선물하였으니 그 답례인 셈이다. 한 사람 당 비용은 492만4000원이었다.

■■■ 26 (목) 흐리고 때때로 비

오전 6시 30분부터 로비 층 레스토랑에서 시작된 호텔 조식 시간에 가이드 이춘건 씨가 기사/가이드 경비 및 선택 옵션 비용을 거두었다. 기사/가이드 경비는 110유로이고, 옵션은 파리 에펠탑 2층과 센 강 유람선 야간 110유로, 앙부아즈의 끌로뤼세(레오나르도 다빈치의 저택) 40유로, 니스의 샤갈미술관 30유로 등 총 180유로였다. 우리 내외는 2003년 8월 5일 서유럽 여행 차 처음 파리를 방문했을 때 이미 에펠탑 전망대와 센 강 유람선은 경험한 바 있었지만, 그 대신에 해볼 만한 다른 것도 별로 없어서 다시 신청하였다. 2017년 8월 샤모니에 머물면서 투르 드 몽블랑 트레킹 한 것을 포함하면 이번이 세 번째 프랑스 방문인 셈이다.

오늘 보니 우리 일행 중 남자는 총 4명인데, 모두 커플이었다. 사천에서 온 여성 두 명과 창원에서 온 여성 한 명 등 세 명으로 구성된 팀도 있었다.

식사를 마친 후 8시에 호텔을 출발하여 파리 중심가로 향했다. 도중에 교통 정체가 계속 있었다. 오늘 기온은 13~14℃였다. 가이드는 자녀가 셋인데, 한국과 미국에 각각 한 명씩 살고 있다고 한다. 아내의 말에 의하면, 그는 금년 연말에 미술관과 박물관 탐방에 관한 책을 출판할 예정이며, 이미 『살아보고 싶은 프랑스』라는 책을 저술한 모양이다.

오늘의 첫 순서는 오르세 미술관 방문인데, 오전 10시경부터 정오까지 두 시간 동안 둘러보게 되었다. 오르세는 19세기 미술품을 중심으로 전시하는 곳이고, 그 이전 것은 루브르박물관, 그 이후의 작품들은 퐁피두센터에 주로 전시되어 있는 모양이다. 도중에 마들레느 성당, 콩코드 광장, 국회의사당, 센 강, 에펠탑 등을 통과했다. 오늘 와보니 오르세는 센 강 하나를 사이에 두고서 루브르와 서로 마주보고 있었다.

가이드가 앞서 걸어가며 설명해 주는 내용을 각자가 귀에 꽂은 리시버로 청취하면서 진행하는 것인데, 도중의 1층에서 여직원이 다가와 사전에 허가 받지 않은 사람은 안내할 수 없다고 하며 저지하므로 뿔뿔이 흩어지게 되었다. 그러나 아내 등은 그 이후로도 가이드를 따라 다니며 설명을 듣는 모양인지라 나도 그리로 가서 합류하고자 했는데, 도무지 어디에 있는지 찾을 수가 없었다. 그들이 다음 순서로 고흐 작품을 보러 간다는 말을 리시버를 통해 얼핏 듣고서 2층에 있는 '오베르 쉬로아즈(Auvers-sur-Oise, 오아즈 강가의 오베르)에서의 반 고흐' 특별전 전시회장으로 들어갔더니, 거기는 사람들이 밀려들어 꼬불꼬불 줄을 서 있는지라 내 입장 순서가 될 때까지 반시간 이상을 지체하였다. 결국 거기를 보고 난 다음에야 아내를 만나 그들이 둘러본 전시실들을 번갯불에 콩 볶아먹기 식으로 대충 한 번 둘러보았다.

14, Rue des Lombards에 있는 La Table des Gourmets라는 식당에 들러 점심을 들었다. 옛 채플의 지하에 있는 돌로 된 고색창연한 방인데, 달팽이 전식과 돼지고기스테이크, 그리고 '흔들리는 배'라는 이름의 후식을 들었다. 식당으로 가는 도중 사르트르 등이 노닐던 생제르맹데프레 지구와 마리 앙투아네트가 처형되기 전 수감되었던 건물 옆의 구 대법원 등을 통과했다.

다음으로는 파리의 구 시가지인 마레 역사지구를 둘러보았다. 가이드는 도중에 각자 흩어져서 쇼핑 등 원하는 것을 하다가 파리 시청사 건물 옆의 광장에서 만나자고 했으나, 우리 내외는 끝까지 그를 따라다녔다. 도중에 퐁피두센터 부근을 지났고, 보즈 광장(Place des Vosges)에 접한 빅토르 위고의 옛 집 및 재상이었던 Sully의 저택, 들라크루아의 대형 그림 한 점이 걸려 있는 생폴생루이 성당, 생제르베생프로테 성당 등을 거쳐 오후 3시경 시청광장에 도착했다.

다음으로 콩코드 광장과 샹젤리제 거리 그리고 개선문을 둘러보았다. 이곳도 예전에 와보았었는데, 거기서 오후 5시까지 약 한 시간 반 동안 개선문에서 콩코드광장에 이르는 샹젤리제 거리를 산책하며 왕복하였다.

17 Avenue Emile Zola에 있는 사계절(Les Quatre Saisons)이라는 한식당에 들러 김치찌개로 석식을 들었다. 그곳은 아폴리네르의 시에 나오는 미라보다리 부근이므로 식당으로 들어가기 전 각자 미라보다리에서 한동안 자유 시간을 가졌다. 아내와 나는 자유의 여신상 동상이 서있는 건너편 다리와 에펠탑 등을 배경으로 기념사진을 찍었다.

석식을 마친 후 파리의 대표적 상징물인 에펠탑을 가장 아름답게 사진에 담을 수 있는 곳이라고 하는 트로카데로 광장에 잠시 들렀다가, 오늘 저녁 옵션에 참가하지 않을 사람들은 먼저 호텔로 돌아가고, 나머지는 몽파르나스 타워로 향했다. 옵션인 에펠탑 조망은 순서를 기다리는데 너무 시간이 오래 걸린다 하여 이곳으로 바꾼 것이다. 이는 210m 높이인 유럽 최고의 건물이라고 하는데, 59층까지 있었다. 우리는 엘리베이터를 타고 그 옥상으로 올라가 파리의 야경을 둘러본 다음, 아래층 카페에 들러 나는 커피 아내는 아이스크림을 들었다. 몽파르나스는 센 강 건너편 북쪽의 몽마르트르와 더불어 19세기 말 예술가들이 모여들던 유명한 거리인데, 모딜리아니와 샤갈 등이 거주했었다고 한다. 마지막으로 바떼 무셰 선착장으로 가서 같은 이름의 유람선을 탔다. 야간 조명이 된 에펠탑 부근까지 갔다가 되돌아오는 것인데, 바깥에는 비가 내리므로 우리 내외는 선실 안에서 넓은 유리창을 통해 밖을 바라보기만 했다.

호텔로 돌아와 밤 11시 무렵 취침했다.

■■■■ 27 (금) 맑으나 때때로 비

호텔 조식 후 오전 8시에 출발하여 노르망디의 초입에 있는 지베르니로 향했다. 오늘부터는 약간 잿빛이 도는 하늘색 벤츠 버스로 바뀌었고, 기사는 체코 출신의 조치 씨라고 한다. 그는 머리카락을 뒤로 묶었다. 앞으로는 우리가 한국으로 돌아갈 때까지 차와 기사가 바뀌지 않을 터이다. 가이드 이씨는 불문과 출신으로서 프랑스에 거주한 지 오래 되며, 과거에 방송 코디·기자 등의 일을 한 적도 있는 모양이다. 프랑스인과 한국인의 두 어머니를 두었다고 하는데 그분들은 오래 전에 이미 돌아가셨으며, 딸 둘 아들 하나가 있는데 딸 중 하나가 미국 뉴욕으로 시집가 있고, 아들은 병역 관계로 한국에 나가 있다. 농담과 역설을 즐기는 사람이다. 오늘 알았지만, 우리 일행 중에는 캐나다와 미국에서 온 여자도 있다고 한다. 캐나다의 밴쿠버에서 온 여자는 남편과 함께 수원에서 직장 생활을 하고 있다.

모처럼 프랑스 국내를 여행해 보는데, 예전에 TGV 기차를 타고 스위스의 베른에서 부르고뉴 광역도의 중심도시인 디종을 거쳐 파리에 도착하였고, 또 유로스타인가 하는 기차를 타고서 파리를 출발하여 칼레에서 도버 해협을 건너 영국으로 가기까지 동부의 끝에서 서북부 끝까지를 비스듬하게 횡단했을 때와 마찬가지로 가도 가도 끝없는 들판이었다. 작은 언덕들은 있으나 지평선이 바라보이는 풍요로운 들판이 계속 이어지는지라, 전체적인 느낌은 미국 중서부의 대평원 지대를 달리는 것과 비슷하다. 이처럼 농산물이 풍부하고, 국토의 서부와 남부 대부분은 바다에 접했으며, 동부에는 알프스 산맥이 종단하고 있으니 산과 들과 바다의 혜택을 고루 누리고 있어 프랑스에 요리가 발달하는 것은 자연스럽다고 하겠다. 가을이라 나무에 아름답게 물이 들어 있는 것이 많지만 프랑스 북부지방의 겨울 기온은 영상 5도 정도이므로 낙엽이 지지 않는 나무도 많다고 한다. 여행 중 식당이나 차내에서 물을 사먹는 경우가 대부분이었다. 작은 것은 하나에 1유로이고 큰 것은 더 받았다. 그리고 유로를 사용하는 나라에서 팁은 달러로 내라고 하는 것도 좀 이해하기 어려웠다.

루앙 방향으로 계속 나아가다가 도중에 길이 갈라져 아래쪽으로 내려가,

9시 반 무렵에 화가 클로드 모네(1840~1926)가 1883년부터 1826년까지 40여 년간 거주했던 주택 겸 정원이 있는 지베르니(Giverny)에 도착하였다. 베르농(Vernon)이라는 시골 마을 안의 작은 부락이었다. 거기서 11시까지 시간을 보냈는데, 넓은 정원과 나무로 만든 녹색의 일본식 무지개다리가 양쪽으로 두 군데 배치되어 있는 커다란 연못, 그리고 그가 거주하던 집의 내부를 둘러보았다. 이미 가을이 된 지금까지도 꽃들이 많이 피어 있고 아름다웠으나, 방문객이 많아 지금은 관광지라는 느낌이 들었다. 실내에는 일본 浮世繪가 미술관을 꾸며도 좋을 정도로 많이 걸려 있었다. 출구 근처에 있는 기념품점에서 어제 손잡이가 망가졌던 우산을 대신하여 접이식 새 우산 하나와 『지베르니의 모네』라는 제목의 일본어로 번역된 2015년판 서적 한 권을 샀다.(31유로)

지베르니를 떠난 다음, 노르망디 해변의 에트르타(Etretat)까지 1시간 50분 정도를 이동했다. 해안의 자갈밭 양쪽으로 모네의 그림 등에 나오는 코끼리가 바다를 향해 코를 내밀고 있는 팔레즈 다발과 다몽 언덕이 있는 곳이다. 인구 1,500명 정도 되는 북부 노르망디의 작은 마을인데, 백색의 설화석고로 이루어진 침식해안이 절경을 빚어내는 절벽으로 둘러싸여 있는 곳이다. 19세기 후반까지는 어부들이 사는 후미진 촌 동네일 따름이었는데, 이후 여러 예술가들이 찾거나 거주하여 유명해진 곳이다. 들라크로아, 코로, 모네, 쿠르베, 으젠 부뎅, 르노와르, 피사로, 마티스, 브라크 등의 화가, 모파상, 플로베르, 빅토르 위고, 앙드레 지드 등의 작가, 오펜바흐, 마스네, 라무네 등의 음악가들이 이곳을 찾았으며, 이 근처 큐베르빌에 앙드레 지드의 저택이 있다고 한다.

주차장에서 내려 해변을 향해 한참동안 마을 안을 걸어가는데, 내가 어린 시절 즐겨 읽었던 『怪盜 루팡(Arsene Lupin)』을 쓴 모리스 르블랑의 저택이 길가에 위치해 있었으므로, 돌아올 때 들러보았다. 트레뽀르에서 라에브 곳에 이르는 120km의 해안선이 기기묘묘한 절벽의 연속이라고 하는데, 개중에서도 이곳 에트르타가 특히 유명하여 수많은 문화인들이 찾아들었던 것이다. 해변에 있는 Le Homard Bleu라는 식당에서 해물 그라탕 전식과 생선 및 게살 요리로 이루어진 본식 그리고 애플파이와 아이스크림으로 후식을 들었다.

오후 3시 반 무렵에 출발하여 다음 목적지인 옹플뢰르(Honfleur)로 향했다. 남쪽 방향으로 약 50분을 이동하였는데, 이는 센 강 하구에 위치한 곳으로서, 하구의 북부에는 프랑스에서 마르세유 다음으로 크다는 항구인 르아브르(Le Havre)가 위치해 있고, 사장교인 노르망디 대교를 건너서 남쪽에 위치해 있다. 2012년 현재 인구는 7,913명이다. 마을 안으로 걸어 들어가 보면 도중에 캐나다의 퀘벡을 건설한 Samuel de Champlain의 두상이 아치형 문가의 붉은 벽돌 벽 가운데에 청동 조각상으로 눈에 띄었다. 1603년에 그들이 이 항구를 떠나 캐나다로 출항했던 모양이다. 마을 안쪽에는 프랑스에서 가장 오래된 최대 규모의 목조건물이라고 하는 생 카틀린 교회도 있다. 모네가 그린 이 교회의 모습이 광장에 있었다.

이 도시도 150년 전부터 화가들의 만남의 장소로서 유명했다고 한다. 옹플뢰르 파라고 불리는 그들 중에 귀스타브 쿠르베, 으젠 부뎅, 클로드 모네, 요한 종킨트 등이 있다. 이곳에서 후기 인상파 운동이 처음 일어났다는 것이다. 브라크, 프리즈, 뒤피(Raoul Dufy) 등은 이웃 도시 르아브르 출신이다.

옹플뢰르를 20분 정도 산책한 후, 오후 5시 10분에 그곳을 떠나 다시 1시간 정도 남쪽으로 이동하여 노르망디광역도의 수도라고 하는 캉(Caen)에 이르러, 오늘의 숙소인 Hotel Mercure Caen Cote de Nacre에 들었다. 주소는 2 Place Boston Cities 14200 Herouville Saint-Clair인데, 바로 옆으로 캉 대학과 접해 있다. 호텔은 2층으로 되어 있어 바깥에서 보기로는 호텔이라기보다 기숙사 같은 느낌인데, 우리 내외는 1층의 138호실을 배정받았다. 석식은 호텔 구내에서 닭고기 본식 등으로 들었다. 나는 평소 음식을 남기지 않는 편인데, 오늘은 아침 점심을 많이 먹어 배가 부르기도 하고 맛이 별로이기도 하여 제법 남겼다.

■■■ 28 (토) 흐렸다가 맑아졌으나 오후에는 비

노르망디의 수도라고 하는 캉의 모습을 구경하기 위해 아침에 대학 부근을 좀 산책해볼 생각이었으나, 오전 8시 출발 시간이 되어도 바깥은 캄캄하여 호텔 문을 나설 수가 없었다. 프랑스의 대학은 캠퍼스가 없고 건물 몇 개가 여기저기에 흩어져 있을 따름이라고 한다. 거의 9시 가까이 되어서야 비로소 밝아지기 시작했다. 지금이 우기이기도 하여 도착한 이후 비가 오지 않은 날이 없고 흐렸다 개었다 비가 왔다 하여 날씨가 매우 변덕스럽다. 그런 탓도 있겠지만 체감 기온은 한국보다 더 추워서 제법 두꺼운 옷을 입어야 한다. 남부는 북부보다도 2-3도 정도 기온이 높다고 한다.

캉에서 하룻밤을 자기만 한 후 출발하여 몽생미셸(Le Mont-Saint-Michel)까지 1시간 반 정도를 이동하여 9시 28분에 도착하였다. 오늘은 이곳 한 군데만 들르고 계속 이동하게 된다. 2017년 행정구역 개편에 의한 프랑스의 13개 광역도 중 몽생미셸은 노르망디광역도와 브르타뉴광역도의 경계를 이루는 쿠에농 강(le Couesnon)의 하구로서 라망쉬 도(Departement)에 속해 있으며, 바다 속 화강암 바위섬에 위치해 있고 하나의 독립된 행정구역인 코뮌이다. 수호천사 미카엘에게 바쳐진 섬이라 하여 '성 미카엘의 산'이라는 의미의 이름이 붙었는데, 베드로 성지인 로마의 바티칸, 야고보의 무덤이 있는 스페인의 산티아고와 더불어 천사장 미카엘의 성지로서 중세 서양 3대 순례지 중 하나이다. 주민은 43명인데, 프랑스 전국에서 파리 다음으로 많은 년 300만 명의 관광객이 찾아오는 곳이다.

유럽에서 간만의 차가 가장 큰 거대한 만의 중심에 서있으므로, 예전에는 간조 때만 들어갈 수 있었으나, 건너편 육지로부터 긴 다리가 이어진 현재에는 셔틀버스를 타고 다리 도중까지 가서 하차한 후, 다리 위를 좀 걸어서 도착하게 되어 있다. 오래 전부터 '무덤 산(Mont Tombe)'으로 불리던 작은 바위섬에 작은 성당이 건축되면서부터 세상에 알려지기 시작했다. 전설로는 메로베 왕조 말기에 대천사 미카엘이 아브랑쉬의 주교 생또베르(Saint Aubert)의 꿈에 세 차례 나타나 이곳에다 예배당을 세울 것을 명한 데서 유래했다고 한다. 그리하여 서기 709년에 첫 번째 교회가 세워졌는데, 이후 천년이 넘는 세월동안 계속 증축이 이루어지고 군사요새, 감옥 등 용도도 여러 번 바뀌었으며, 1979년부터 유네스코 인류문화유산으로 등재되어 오늘에 이르고 있다. 그러므로 건축 양식도 로마네스크, 고딕 등 여러 가지가 복합되어 있다.

미로처럼 얽힌 수도원 안을 가이드의 안내를 리시버로 들으면서 한 바퀴 돌아 나온 후, 기념품점에서 일본어로 된 안내서(제랄 다르마즈, 『몽생미셸』, 파리: Editions du patrimoine, Centre des monuments nationaux, 2008)를 한 권 사고(9유로), 카페에 들러 가이드 몫까지 포함해 커피 값을 지불하였다.(14+1.9유로)

정오까지 수도원 입구에 집합한 다음, 다시 셔틀버스를 타고 나와 첫 번째 정거장에서 내려 쿠에농 강에 놓인 다리를 잠시 산책한 다음, 그 근처의 La Digue라는 레스토랑에 들러 오블렛 등으로 중식을 들었다. 그런 다음 가이드의 인도에 따라 부근의 L'Atelier St Michel이라는 가게에 들러 초콜릿 두 종류와 가이드에게 추천을 부탁하여 비스킷 한 통을 샀다.(25.95유로)

다시 대절버스를 타고서 오늘의 숙박지인 투르(Tours)까지 약 3시간 30분을 이동하였다. 가는 도중 내내 비가 제법 많이 내렸다. 프랑스는 지금이 우기인지라 우리가 도착한 이후 비가 오지 않은 날이 하루도 없었지만, 투르에 도착한 이후로는 또 대체로 비가 그치는 등 날씨가 무척 변덕스럽다. 오후 6시 무렵 투르에 도착한 후 29 Rue Edouard Vaillant에 위치한 Mercure Tours Centre Gare Hotel에 도착하여 우리 내외는 206호실을 배정받았다. 9층 건물의 3층이다.

호텔 안에 짐을 옮겨두고서 트렁크를 열어본 다음에야 유럽 여행 가이드북 2권과 유럽 지도책 한 권을 넣어둔 배낭이 없어졌음을 비로소 알았다. 여행 중 필요할 때 참조해보려고 대절버스의 좌석 위 짐칸에다 올려두었던 것인데, 내릴 때 깜박 잊고서 그냥 하차했던 모양이다. 오늘 버스의 짐칸에서 발견하지 못했으니, 아마도 파리에서 놓고 내린 것이 아닐까 싶다. 지베르니와 몽생미셸에서 산 두 권의 일본어 서적도 눈에 띄지 않는다.

6시 30분에 호텔 로비로 집합하여 가이드를 따라 걸어서 식당으로 이동하였다. 투르 驛舍 안을 거쳐서 한참을 더 걸은 끝에 15, place jean-joures에 있는 Opalais라는 식당에 들러 연어 전식, 치킨 본식, 푸르츠 칵테일 후식으로 석식을 든 다음, 원하는 사람들은 가이드를 따라 투르 시내의 중심가를 한 바퀴 산책하였다. 프랑스에서 가장 긴 루아르 강변까지 걸었는데, 돌아오면서 고딕 양식의 투르 대성당 앞도 지났다. 프랑스에서는 루아르·센·가론느·론 강의 순서로 길다는데, 우리는 이번 여행에서 이 네 강을 모두 보게 된다. 투르는 루아르 강변에 위치하였으며, 프랑스 전국에서 중앙에 위치했다 하여 쌍트르광역도(Region Le Centre-Val de Loire)의 중심도시로 되어 있다. 인구는 13만 명이다. 철학자 데카르트와 소설가 발작이 이곳 출신으로서, 산책 도중에 그들의 동상이나 얼굴 모습이 눈에 띄기도 했다.

산책 도중 가이드 이춘건 씨에게 물어서 들었는데, 그는 고려대 불문과 출신으로서 프랑스 정부의 유학시험에 합격하여 1981년에 프랑스로 유학 온 이래 계속 눌러 살고 있다. 내후년이면 70세가 된다고 한다. 유학 온지 2년 후에 가이드 및 통역사 자격증을 취득하였고, 그 이후로 학업은 포기하고서 가이드 일에 종사한 지 40년이 넘었다. 은퇴할 나이가 지났지만, 코로나19 사태 이후로 가이드 인력이 부족하여 이 일을 계속하고 있다.

내일 밤 2시를 기하여 서머타임이 끝나므로, 한국과의 시차는 8시간으로 늘어나게 되었다.

■■■ 29 (일) 대체로 맑으나 오후에 비

프랑스에 온 이래 매일 아침 6시 30분에 조식을 든 후 8시에 출발하고 있다. 버스가 출발하기 전 우리 내외가 앉았던 좌석 주변의 선반을 샅샅이 살펴보았지만, 역시 유럽 여행 책자 세 권이 든 가방과 지베르니에서 산 서적은 눈에 띄지 않고 몽생미셸 책자 한 권만 찾았을 따름이다. 그렇다면 가방은 파리를 떠나기 전의 버스에다 남겨두었을 것이요, 지베르니의 책자는 갖고 내렸다가 사이즈가 커서 휴대용 메는 가방에 들어가지 않으므로 의자 뒤에 놓아두었다가 챙기지 못한 것이리라. 나와의 인연이 끝났으니 이제 와서 어찌하리오.

오늘은 약 30분 걸려 이동한 후 첫 번째로 루아르 지역에서의 옵션인 앙부아즈(Amboise)의 레오나르도 다 빈치 저택인 클로 뤼쎄 성(Chateau du

Clos Luce)을 방문하였다. 클로 뤼쎄는 '빛의 울타리'라는 뜻이라고 한다. 16-17세기의 고 가옥들이 늘어선 빅토르 위고 거리를 따라 올라가면 앙부아즈 왕궁에서 불과 4~500m 정도 떨어진 거리에 이 저택이 있다. 원래는 1471년에 완성된 저택으로서 15세기 건축양식에 따라 붉은 벽돌과 백토암으로 건설한 것인데, 1490년에 샤를 8세 국왕이 사들여 젊은 왕비 안느 드 브르타뉴를 위한 별궁으로 개조한 것이라고 한다. 1516년에 이 성의 새로운 주인이 나타났는데, 레오나르도 다 빈치(1452~1519)가 프랑스 왕 프랑스와 1세의 초대에 응하여 30여 명의 식솔을 이끌고 알프스를 넘어와 이곳에서 마지막 3년간을 보냈던 것이다. 그는 드넓은 이 성에 거주하면서 매년 금화 3.3 그램 700개를 지불받으며 당대 최고의 지성에 걸맞은 대우를 받았던 모양이다.

우리는 바깥에서 좀 기다렸다가 오전 9시의 개관 시간에 맞추어 입장하여, 가이드의 안내에 따라 먼저 실내를 차례로 둘러본 후 바깥으로 나가 정원을 한 바퀴 산책하였다. 실내에는 천재의 작업실과 그가 남긴 유물로서 이곳에서 작성된 작업노트 및 무기를 비롯한 각종 기구들의 모형, 그리고 생활용구들이 전시되어 있다. 바깥 정원의 숲속 여기저기에도 그가 제작한 기구의 모형들이 실물 크기로 전시되어 있었다. 그러므로 오늘날 이 성 전체는 레오나르도 다빈치 공원으로 꾸며져 있는 것이다.

10시에 탑승하여 여기서 얼마 떨어지지 않은 곳의 다음 목적지인 쉬농소 성(Chateau de Chenonceau)으로 향했다. 이 성을 소유하고 가꾼 이들은 왕비나 후궁을 비롯한 부르주아 부인들이 많아 '부인들(Dames)의 성'이라는 별칭을 가지고 있다. 내가 TV를 통해 여러 번 보았던 곳으로서, 1515년에 세워졌고 프랑스에서 가장 우아한 성으로 꼽히는 곳이다. 조금 전 그 근처에 들렀던 앙부아즈 성과 마찬가지로 이 성 역시 역대 프랑스 왕들이 거쳐 갔던 곳인데, '루아르의 고성들(les chateaux de la Loire)'이라 하여 프랑스 중부를 가로질러 흐르는 루아르 강의 계곡을 따라 오를레앙에서 투르 지방까지 200km 지역에 프랑스 왕성들과 귀족들의 저택이 몰려 있는 것이다. 당시에는 수도가 따로 정해져 있지 않고 왕이 거처하는 곳이 곧 수도였던 모양인데, 왕들은 수시로 거처를 바꾸었던 것이다.

높게 자란 플라타너스 숲길을 한참 동안 걸어 들어가면 시야가 트이면서 좌우로 기하학적 모양의 이태리식 정원이 펼쳐지고, 정면으로 루아르 강의 지류인 쉐르 강(le Cher)의 잔잔한 물길 위로 다섯 개의 아치형 교각과 그 위에 세워진 멋진 성이 나타난다. 이탈리아의 메디치 가문에서 시집 온 카트린 드 메디치도 이곳에 살았던 모양이다. 루이 14세의 살롱도 있었다. 이후 섭정 재상 등이 왕실재산을 매각하여 18세기 프랑스 대혁명 무렵이 되면 이 성은 이미 민간인 부르주아의 소유로 넘어가, 문예를 사랑했던 뒤팡 부인(Mme Dupin)이 거주하면서 지식 살롱을 후원하여 몽테스키외, 볼테르, 루소 같은 지식인들과 작가, 시인, 과학자, 철학자들을 주변에 두었는데, 장 자크 루소를 비서 겸 아들의 가정교사로 고용했다 하며 실내에 루소의 흉상도 눈에 띄었다. 그 가문의 후손 중에서 19세기 여류 문인 조르주 상드가 나왔다. 지하층에는 부엌과 육류 보관실 등이 있다.

우리 내외는 가이드를 따라 성 안 구경을 마친 후, 각자 바깥으로 나와 성의 앞뒤로 펼쳐진 드넓은 정원과 입구까지 이어지는 숲속을 거닐었다. 아내는 지금까지 함께 했던 해외여행 중 이번이 가장 좋다고 한다.

12시 30분까지 2시간 10분 동안 쉬농소 성을 구경한 다음, 성 앞마을 속에 있는 O'GB 레스토랑이라는 곳에서 점심을 들었다. 키슈 전식과 소고기 본식, 아이스크림과 케이크 후식이 나왔다.

식후에 오늘의 숙박지인 리모주(Limoges)까지 약 3시간을 이동하였다. 오늘도 이동 중 어김없이 비가 내렸다. 도중에 조르주 상드의 고향이라고 하는 아비오네르도 통과하였다. 리모주는 13개 광역도 중 보르도가 중심도시인 누벨 아키텐느에 속한 도시이다. 상트르 발 드 루아르 광역도의 서남쪽에 위치했는데, 남프랑스로 가기 위한 중간 기착지인 셈이다. 5시 5분에 오늘의 숙소인 2 Ave. D'Uzurart zi Nord에 있는 Hotel Novotel Limoges Le Lac에 도착했고, 우리 내외는 124호실을 배정받았다. 4층 건물의 1층이다.

5시 50분까지 로비에 모여 근처의 커다란 마트로 쇼핑을 나갈 예정이었으나 휴일로 말미암은 휴무라 취소되었고, 7시에 1층 구내식당에서 석식을 들었다. 녹두 전식, 치킨 본식, 초콜릿 크런치 후식이 나왔다.

가이드 이 씨는 프랑스 역사와 문화에 대한 지식이 해박하며, 한국이 프랑스보다 더 부유한 것 같다고 하였다.

프랑스에 온 이래로 드는 호텔마다 화장실과 욕실이 분리되어 있고, 조명 등 켜는 법도 제각각이며, 인터넷은 개방형이라고 하나 첫날은 안 되다가 다음날 아침에 켜보니 어쩌다 저절로 접속이 되었는데, 그 이후로 또 계속 안되어 휴대폰으로 인터넷을 이용하고 있다.

▬▬▬ 30 (월) 아침부터 비가 내리더니, 저녁 무렵 그침

호텔 조식 후 8시에 출발하여 약 2시간 걸려 남쪽의 작은 마을 로카마두르(Rocamadour)로 이동하였다. 이 이름 중 Roc은 바위라는 뜻이고 Amadour는 이곳에서 마리아 상을 만들고 교회를 연 성인의 이름이다. 그리로 가는 도중에 가이드는 우리들의 출국 장소인 밀라노의 말펜사 공항으로 가기 전에 점심 들 시간이 마땅치 않다면서 각자 점심을 해결하라고 1인당 20유로씩을 돌려주었다. 그는 『만나고 싶은 파리』 등 관광 관계 책자 6권을 이미 출판한 바 있으며, 내년에는 몇 권짜리의 미술 기행을 출판할 예정이라고 한다. 주로 한국에서 출판하는 모양이다.

가이드는 매일 다음 방문할 장소에 대한 정보를 우리 일행의 단톡방에다 올려준다. 그것에 의하면 로카마두르(현지 발음은 호카마두르에 가깝다)는 유럽 중세 이래 스페인의 산티아고로 가는 순례 길의 중요한 여정이었다. 아마두르 성인의 이름을 기리는 장소로서 유네스코 인류문화유산으로 등록된 종교 유적이다. 고속도로를 벗어나 2차선 도로를 따라서 가론느 강의 상류인 도르도뉴 강변을 한참 동안 나아가야 하는데, 도중에 프랑스에서 가장 아름다운 마을 중 하나로 뽑혔다는 마을을 지나쳤다. 가론느 강은 이후 다시 지롱드 강으로 이름이 바뀌게 된다.

10시경에 도착하였다. 비가 오는 가운데 우산을 받쳐 들고서 협곡 위쪽의 주차장에서부터 돌계단을 따라 차례로 내려가는데, 주차장 부근에 커다란 십자가가 서 있고, 돌계단이 시작되는 곳에는 골고다 언덕의 예수 무덤을 재현해 놓은 동굴이 있으며, 거기서부터 계단이 커브를 도는 곳 모서리마다에 이른바 '십자가의 길(Via Dolorosa)'을 의미하는 예수의 조각상들이 커다란 감실 속에 새겨져 있다. 150m 낭떠러지인 바위 절벽 위에서 내려다보면 계곡 아래에 강물을 따라 지은 마을의 집들과 그 위로 펼쳐진 교회의 풍경이 나타나는데, 석회암 바위가 거대한 절벽을 만들고 절벽 중턱쯤에 순례자교회인 노트르담 성당이 들어서 있는 것이다.

문을 들어서면, 절벽 바위의 중턱에 『롤랑의 노래』 주인공이 수백km 떨어진 롱스보 언덕에서 던졌다는 뒤랜달 검이 이곳까지 날아와 박혀 있고, 그 아래에 바위를 파서 만든 노트르담 성당과 아마두르 성인의 묘가 위치해 있다. 이곳에 모셔진 성모는 검은 색으로서 이른바 '검은 성모(Marie noir)'인데, 검은 성모는 11세기에서 14세기 사이에 등장하며 대부분 지중해 연안 지역의 로마네스크 양식 교회에서 발견된다고 한다. 이 검은 성모는 세월과 함께 나무가 검게 변색한 것으로서, 은둔한 수도사 아마두르 성인이 조각한 것이며 수많은 이적이 있었다고 한다. 1166년에 이미 수많은 순례자들의 방문이 있었으며, 지금은 년 150만 명이 찾는 관광지로 되었다.

마을로 내려와 기념품점에서 37.73유로 주고서 검은 색 방수 점퍼 하나를 샀다. 아내가 어제 고속도로 휴게소의 상점에서 노란색 방수 점퍼를 샀는데, 아주 좋다면서 권하므로 나도 하나를 같은 모양의 것으로 고르게 된 것이다. 한국에서 가져온 옷들이 이곳 기후에 비해 너무 얇아서 입기에 적당하지 않을 뿐 아니라 매일 비가 내리는 탓도 있다. 30% 세일 중이었다.

로카마두르의 L'Hospitalet라는 곳에 있는 Le Belvedere 식당에 들러 거위 간 전식과 양고기 본식, 푸딩 후식으로 점심을 들었다. 그 식당 바깥에 둥치가 굵은 마로니에 나무가 한 그루 눈에 띄었는데, 가이드에게 물어보니 마로니에는 잎이 일곱 개로 벌어졌다 하여 한국어로는 칠엽수라 한다는 것이다. 서울문리대 교정에 그 나무가 두어 그루 있어 문리대의 상징처럼 되었고 유행가 가사에도 나오는데, 프랑스에서는 도처에 있고 파리 등지에서 가로수로도 많이 심는다. 경상국립대 앞 대학로의 가로수나 근자에 진주의 우리 집 앞 1호 광장에 심어진 나무들도 마로니에가 아닌가 싶다. 올라올 때는 돌계단을 이용하지 않고 엘리베이터와 푸니쿨라를 번갈아 탔다. 이 식당이 그렇듯이 프랑스에서는 화장실이 대부분 남녀 공용인 점도 다른 나라와 크게 다르다. 또한 식당 옆 기념품점에 이 지역 특산물인 호두알을 싸 담은 망태기가 많았고, 산티아고에서 본 순례자용 지팡이도 눈에 띄었다.

중식 후 다시 길을 떠나 2시간 20분 정도 이동하였다. 15시 10분에 오늘의 숙박지인 툴루즈의 시청사 앞 카피톨 광장에 도착하였다. 툴루즈는 프랑스 정남쪽 Occitanie광역도의 수도이다. 이 나라의 행정구역은 광역도인 Region이 13개, 그 아래에 그냥 道인 departements이 100개 정도 있고, 다시 그 아래로는 수천 개의 코뮌으로 이루어져 있다. 수도인 파리 시도 하나의 코뮌이고, 인구가 수십 명에 불과한 몽생미셸도 마찬가지로 코뮌인 점이 또한 희한하다.

붉은 색 벽돌로 지은 집이 많다 하여 '붉은 도시' 혹은 '장밋빛 도시'라는 별칭으로 불리는 툴루즈에 도착한 다음, 카피톨 광장에서부터 가이드를 따라 걸어서 툴루즈를 대표하는 성당인 생 세르냥 교회로 가보았고, 다시 광장으로 되돌아와 반대편 방향에 있는 자코뱅수도원교회라는 곳을 방문하였다. 이곳에 토마스 아퀴나스의 무덤이 있다 하므로 크게 호기심이 일었는데, 아쉽게도 오늘은 수도원을 개방하는 날이 아니어서 닫힌 출입문 앞에서 그냥 발길을 돌렸다.

이후 자유 시간을 가지는 동안 우리 내외는 카피톨 광장에서 시내 투어 관광 트램을 탔다. 1인당 8유로에 40분 정도 걸리는 유람이었다. 리시버를 접속하면 10개 국어 중 원하는 것을 선택할 수 있는데, 나는 일본어로 된 설명을 들었다. 마치고 돌아온 다음, 가이드를 따라서 시청사 안으로 들어가 위층의 넓은 홀에 그려진 그림들을 감상하였다.

대절버스로 한참을 달려 61, route de Seysses에 있는 La Fleur de Mai라는 이름의 중국집에 들러 석식을 든 다음, 다시 중심가로 돌아와 8 Esplanade Compans Caffarelli에 있는 Mercure Toulouse Compans Caffarelli 호텔에 들었다. 7층 건물 중 207호실을 배정받았다. 이 호텔에서는 노트북 컴퓨터의 인터넷이 제대로 작동하였다. 이번 여행 중 아내는 한국에서 가져온 나무 수저를 식사 때마다 사용하고 있다.

희망자들은 8시까지 로비에 다시 모여 가이드를 따라서 과거 伯爵領이었던 툴루즈의 성벽을 지나 중심가 일대를 산책하였다. 가론느 강에 놓인 퐁느프 다리까지 갔다가, 돌아오는 길에 카피톨 광장에서 본젤라토 아이스크림을 사먹었다. 가이드 몫도 아내가 사주었다.

툴루즈라 하면 나는 화가 툴루즈 로트렉의 고향으로 알고 있었는데, 가이드에게 물었더니 로트렉의 고향은 알비라는 곳으로서 툴루즈에서 1시간 쯤 되는 거리에 있다고 한다. 로트렉도 귀족 가문 출신이니 툴루즈의 통치자였던 백작 가문과 무슨 관계가 있지 않나 싶다. 중세 시대에 툴루즈는 오늘날의 스페인 땅까지를 지배하던 고트 족의 수도였다가, 뒤이어 온 프랑크 족에 밀려 고트족은 수도를 지금의 스페인 톨레도로 옮겨갔었다고 한다.

■■■■ 31 (화) 아침에 약간 빗방울 듣은 후 종일 개임

아침 8시에 호텔을 출발하여 운하가 많은 툴루즈를 벗어나 프로방스알프코트다쥐르(Provence-Alps-Cote d'Azur)광역도에 있는 아를로 향했다. 이 광역도의 중심도시는 프랑스 제일의 항구인 마르세유다. 툴루즈에서 아를까지는 2시간 20분쯤 걸리는 거리이다. 도중에 툴루즈 외곽의 미디운하도 지났다.

어제 거리를 산책할 때 길가에서 동냥을 구하는 사람들을 더러 보았는데, 가이드의 말에 의하면 프랑스에서는 20만 명 정도 되는 사람들이 길거리에서 생활한다고 한다. 유럽이나 미국의 다른 나라들과 달리 이 나라에는 밤 문화가 발달해 있다. 치안이 좋은 편인지 밤에도 거리를 나다니는 사람들이 많고, 술집이나 카페 등은 늦게까지 영업을 하고 있다.

툴루즈에서 A61, A9고속도로를 탔다. A61 고속도로를 가는 도중에 왼쪽으로 '검은 산'이라 불리는 산맥이 이어지고 오른쪽으로는 저 멀리 피레네산맥이 바라보였다. '동화의 도시'라고 하는 카르카손느(Carcassonne)의 古城을 지났고, 지중해에 면한 A9 고속도로에 접어들어서는 베지에(Beziers)라는 곳의 휴게소에 잠시 들렀다. 거기서 아내와 더불어 아이스케이크를 사먹었다.(6유로) 프랑스 국토의 남쪽 끝으로 내려오니 기온이 많이(5℃ 정도?) 올라 지금까지 입었던 옷이 거추장스러워졌고, 이럴 경우에 대비하여 준비해 왔던 얇은 옷을 비로소 꺼내 입을 수 있게 되었다.

몽플리에(Montpellier)를 지나 님(Nimes)에서 A54고속도로로 접어들어 마침내 오늘의 첫 목적지 아를(Arles)에 다다랐다. 고흐의 도시이다. 노스트라다무스가 엑상프로방스대학을 졸업한 후 이곳 몽플리에의 대학에서 공부하기도 했다고 한다. 아를 부근에서부터 프로방스알프코트다쥐르광역도가 시작되는데, 이 부근에 접어드니 늪지대가 많아 도로가에 갈대숲이 이어지고 있었다. '작은 론' 강을 건넜다. 이 일대는 론 강의 삼각주 지대로서, 프랑스에서 유일하게 카마르그 자연농원에서 쌀을 생산하는 모양이다. 아를은 프랑스 전체에서 두 번째로 큰 코뮌이라고 한다. 집시가 많이 사는지 집시축제가 벌어지는 곳으로서도 알려져 있다.

아를에 도착한 후 1 rue Emile Fassin에 있는 Hotel Atrium의 Best Western 호텔 구내식당에서 프로방스 샐러드와 바스크 치킨, 과일 디저트로 점심을 들었다. 프랑스 각지에 흑인이 많고 식당 서비스 등의 업종에 종사하는 흑인이 특히 많았는데, 이 식당도 그러했다.

점심을 마친 후 가이드를 따라 시내구경을 나섰다. 먼저 양각으로 된 고흐의 두상이 있는 석비를 지나, 고대 극장의 외관을 바라보면서 로마 시대의 유적인 원형경기장으로 갔다. 로마의 콜로세움을 연상케 할 정도로 꽤 큰 규모의 이 경기장도 지금은 안으로 들어가 볼 수 없었다. 고흐는 이 경기장에서 투우를 본 그림을 그렸고 친구에게 그 소감을 적어 보낸 글을 남기고 있는데, 그 그림과 편지 내용이 경기장 바깥에 게시되어 있었다.

다음으로는 너무나도 유명한 '밤의 카페 테라스'라는 고흐 그림의 배경이 된 노란 카페(Le Cafe La Nuit)를 찾았다. 시청 뒤 작은 광장에 면한 것으로서 출입문 위에 검은 글씨로 Vincent Van Gogh라고 적혀 있었으나, 지금은 영업을 하고 있지 않았다. 가이드의 말로는 음식이 너무 맛이 없기 때문에 손님이 오지 않는 것이라고 한다.

다음으로 오벨리스크가 서있는 시청 앞 광장에서 오른쪽 옆길로 조금 들어간 곳에 있는 고흐가 입원해 있었던 정신병원을 방문하였다. 돌로 만든 입구의 위쪽에 'Hotel Dieu(神의 건물)'라고 적혀 있고, 출입문 벽에 반 고흐가 입원해 있었던 사실을 적어놓았다. 사방이 건물로 에워싸인 네모난 정원 가운데에 분수가 있고, 그것을 중심으로 사방으로 방사형 길이 나 있는데, 고흐의 그림에 나타나는 모습을 거의 그대로 유지하고 있었다.

이후 자유 시간에 우리 내외는 들어왔던 코스를 따라 노란카페로 되돌아가 그 옆에 있는 다른 카페에서 커피를 마셨다. 우리 팀의 한국인 내외가 우리 외에 두 쌍 더 그 집에 들렀는데, 계산을 하려니 종업원의 말로는 다른 사람이 이미 지불했다고 하는 듯하므로 할 수 없이 그냥 나왔다. 그러나 나중에 근처에 앉았던 다른 두 부부에게 물어보았더니 자기네는 우리 몫을 지불한 적이 없다는 것이다. 처음에는 종업원의 실수인가 했으나, 아마도 그 아가씨가 우리 테이블로 돌아가 있으면 결제하러 오겠다는 뜻으로 말했던 것이 아닌가 싶다.

오후 2시 45분까지 점심을 든 호텔 앞에 집결하여 1시간쯤 이동하여 오늘의 숙박지인 아비뇽(Avignon)으로 향했다. 피카소의 그림 '아비뇽의 여인들'도 있지만, 약 1세기 동안 로마로부터 옮겨 와 있었던 교황청(Palais de Papes)과 베네제 목사가 주민들에게 받은 헌금으로 일생을 바쳐 지었다고 하나 홍수로 일부가 무너진 이후 그대로 방치되어져 있는 생 배네제 다리가 유명한 곳이다. 교황청 안으로 들어가 보았고, 나와서는 론 강의 對岸으로 건너가 석양 속의 베네제 다리와 교황청 풍경을 바라보았다. 다리는 무너진 후 그대로 방치되어져 있는 셈인데, 강 아래쪽에 우리가 건너온 새 다리가 건설되었으니 복구할 필요도 없어진 셈이다. 호텔로 가면서 보니 교황청 주변으로 성벽이 꽤 길게 이어지고 있었다. 론 강을 끝으로 오늘 우리는 마침내 프랑스의 4대강을 모두 둘러본 셈이 된다.

오늘이 10월의 마지막 날이라 최규식 군이 동기 단톡방에다 "지금도 기억하고 있어요 10월의 마지막 밤을"이라는 가사가 들어있는 이용의 노래를 올렸다. 그것을 들어볼 시간이 잘 나지 않아 버스 속에서 스마트폰의 볼륨의 낮춰 나지막한 소리로 좀 듣다가 인터넷 사정이 좋지 않아 도중에 끊어졌다.

그런데 아내의 말에 의하면 복도 건너편 내 옆에 앉았던 아주머니가 가이드에게 내가 음악을 틀지 못하도록 하라고 요구했다는 것이었다.

2 Rue Mere Teresa에 있는 Mercure Avignon Gare TGV 호텔에 들어우리 내외는 103호실을 배정받았다. 프랑스의 호텔은 프런트가 있는 층이 대개 0층이므로 4층 건물의 2층인 셈인데, 이 호텔은 실내 구조가 아주 혁신적이었다. 우리는 이번 여행을 통해 지금까지 주로 Mercure 계열의 호텔을 숙소로 정하고 있다. 7시에 로비 층 구내식당에서 석식을 들었는데, 샐러드 전식과 돼지고기 본식, 요구르트 후식이 나왔다. 체코인 기사는 프랑스 말이 서툰지 가이드 이 씨와 계속 영어로 의사소통을 하고 있다.

아를의 시청 앞 광장 모퉁이에 있는 공중화장실에 들렀을 때 양치질을 한 기억이 있는데, 호텔에 도착해 보니 칫솔이 없었다. 나이 탓인지 이번 여행 중에는 이처럼 계속 물건을 잊어먹는다.

■■■ 2023년 11월 1일 (수) 대체로 맑으나 오후에 살짝 빗방울

오늘은 萬聖節 즉 핼러윈 데이이다.

8시에 호텔을 출발하여 레보드프로방스(Les Baux-de-Provence)로 가는 도중에 가이드가 우리를 일정표에 없는 생레미드프로방스(St. Remy-de-Provence)로 안내하였다. 둘 다 아비뇽과 아를 사이의 중간지점인데, 고속도로에서 벗어나 옆길로 한참 들어간 곳에 서로 인접해 있다. 생레미는 고흐가 옮겨간 정신병원이 있는 곳이다. 이곳은 11세기에 세워진 생 폴 수도원으로서 아를에 있는 정신병원보다도 규모가 훨씬 컸다. 고흐는 이곳에서도 풍경화를 비롯하여 유명한 창포 그림 등 여러 작품을 남겼는데, 수도원으로 들어가는 길의 도중 여기저기에 그러한 그림들이 게시되어 있었다. 또한 그곳은 Glanum 역사유적지구로서 아마도 고대 로마 시대의 것으로 보이는 석조건축물 두 개가 남아 있는 곳이었다. 작곡가 구노도 이 마을에 살았던 모양이다.

생레미를 반시간 정도 산책한 후 그곳을 떠나 레보로 이동해갔다. 이곳은 투표를 통해 전국에 36,000개 정도 있는 마을 중 150개로 선정된 '프랑스에서 가장 아름다운 마을' 중 하나인데, 바위가 많고 보크사이트 산지로서 유명했던 곳이라고 한다. 이 마을도 역사유적지구로서 과거에 모나코의 군주인 그리말디 후작 가문에 속해 있었던 곳이다. 성채 내의 인구는 380명이 전부인데, 매년 150만 명 정도의 관광객이 방문하고 있다. 우리는 먼저 마을 바깥에 의치한 '빛의 채석장'이라는 곳으로 걸어가 보았다. 그곳은 과거 채석장의 동굴 벽을 이용하여 동영상과 클래식 음악을 결합한 화려한 영상 쇼를 전개하는 곳인데, 지금은 베르메르에서 반 고흐까지에 이르는 네덜란드 화가들의 작품이 주제였고, 마지막으로 몽드리안의 그림도 2분 정도 방영되고 있었다.

'빛의 채석장'을 나온 이후, 마을 안으로 걸어 들어가 보았다. 높다란 바위 절벽 위에 비스듬하게 펼쳐진 마을로서 가옥들 대부분은 관광객을 위한 물건들을 팔고 있고, 인형 박물관이나 성당 같은 것도 있었다. 아내는 거기서 이 지역 특산물이라고 하는 향내 나는 비누들을 샀다. 프랑스 말로 비누를 사봉(Savon)이라고 하는데, 우리가 어렸을 때 비누를 사분이라고 한 것은 이에서 유래하는 것인가 싶다. 알퐁스 도데의 『월요 이야기』에 나오는 프로방스의 퐁비에이(Fontvielle) 마을 풍차간은 여기서 얼마 떨어지지 않은 곳에 있는 모양이다. 마을 안의 2 Rue Porte Mages에 있는 La Reine Jeanne라는 레스토랑에서 샐러드 전식과 송아지고기 본식, 초콜릿무스 후식으로 점심을 들었다. 이 마을에서 찍은 동영상과 사진들을 단톡방에다 올리고자 했으나 프랑스 전국이 대체로 그렇듯이 와이파이 사정이 좋지 않아 인터넷의 속도가 매우 느릴 뿐 아니라, 동영상 하나는 아무리 거듭해보아도 결국 못 보내고 말았다.

오후 1시에 레보 마을을 떠나, 다음으로는 동북 방향으로 한참을 더 이동하여 알프스 산맥의 한 지맥에 위치한 고르드(Gordes) 마을로 갔다. 도중에 아름드리 둥치의 플라타너스 가로수를 많이 보았다. 고르드 역시 '프랑스에서 가장 아름다운 마을' 중 하나로 선정된 곳이다. 절벽 위에 위치하며 르네상스 시대의 城을 간직한 주민 2천 명인 마을인데, 건너편으로 바라보이는 뤼베롱(Luberon) 산맥 너머의 루르마랭(Lourmarin)이라는 마을에 알베르 카뮈가 집필하던 집과 그의 무덤이 있다고 한다. 고르드 마을에는 특히 사이프러스 나무가 많았다.

고르드를 떠난 다음, A7 고속도로에 올라 살롱드프로방스(Salon-de-Provence)를 지나서 해안 길을 따라 오늘의 숙박지인 마르세유로 향했다. 살롱은 예언가 노스트라다무스의 출신지이다. 그 아래쪽 엑상프로방스(Aix-En-Provence)는 화가 세잔느의 고향으로서, 그가 평생을 통해 거듭해서 그렸던 생트 빅트와르 산이 A8 고속도로 상에서 바라보인다는데, 아쉽게도 우리는 도중의 갈림길에서 계속 A7 고속도로를 취했기 때문에 볼 수가 없었다. 고속도로 상에서 하얀 석회석으로 이루어진 언덕들을 계속 지나쳤는데, 이는 바다가 융기한 까닭에 생긴 것으로서 프랑스 국토 전체와 알프스 산맥이 해양의 융기에 의해 형성된 것이다.

프랑스 제일의 항구이며 두 번째 가는 대도시인 마르세유에 도착한 다음, 먼저 37 Boulevard des Dames에 있는 NH Collection Marseille 호텔에서 우리 내외는 116호실을 배정받았다. 호텔 방에다 짐을 둔 다음 가이드를 따라서 걸어 10분 정도 걸리는 거리에 있는 구 항구로 나아갔다. 거기서 다시 부근의 중심가를 산책하다가 항구 옆 1 Pl. aux Huiles에 있는 The Queen Victoria라는 술집에서 석식을 들었다. 프로방스 샐러드 전식에다 필레 미뇽이라는 돼지고기 본식, 샤벳 후식을 들었다. 프랑스의 식문화가 그렇듯이 음식이 아주 천천히 나오므로 오늘도 석식에 1시간 반 정도의 시간이 걸렸다. 식사에 너무 많은 시간이 소요되었기 때문에, 가이드가 원하는 사람들과 함께 다시 한 시간 정도 항구 일대를 산책한다는 것이었지만, 우리 내외는 걸어서 바로 호텔로 돌아왔다. 마르세유에서는 이슬람식 스카프인 히잡으로 머리를 감싼 여인들이 유난히 자주 눈에 띄었다.

■■■ 2 (목) 대체로 비

8시에 호텔을 떠나 1시간 20분 정도 걸려 생폴드방스(Saint-Paul-de-Vence)로 향했다. 간밤에 일행이 산책했다는 마르세유대성당과 지중해양박물관 일대를 지나 A8고속도로를 취했는데, 도중의 산비탈에서 수도교 모양의 긴 아치형 다리를 보았다. 엑상프로방스를 지나면서 어제 못 본 생트 빅트와르 산을 비로소 바라볼 수 있었다. 세잔은 이 산을 그린 그림이 무려 30여 점 있으며, 생의 마지막에도 여기에 올랐다가 감기에 걸려 죽었다고 한다. 산의 윗부분은 구름에 덮혀 있었으나 꽤 장중한 모습이었고, 하부는 경사가 완만하였다. 엑상프로방스는 '프로방스의 물이 있는 도시'라는 의미이며, 에밀 졸라도 여기서 태어나 세잔과 같은 학교에 다녔고, 같은 학년 같은 반이었다고 한다. 졸라는 가난한 집 태생이었고, 세잔은 모자 상인이었다가 후에 은행가로 된 아버지를 둔 덕분에 유복한 어린 시절을 보낸 모양이다.

파리와 마르세유가 프랑스의 양대 도시라고 하지만 한국 기준으로 보면 인구가 그다지 많지 않으며, 전국적으로 주민이 10만 명 이상 되는 도시가 50개 정도이고, 프랑스 사람들은 아파트로는 4층 이내 건물을 선호하고 단독주택을 더욱 좋아하는 모양이다. 그러므로 프로방스의 이러한 조그만 골짜기 동네들에도 유명인들과 얽힌 여러 가지 사연들이 있는 것이다.

도중에 에스트렐(Esterel) 휴게소에 잠시 정거하였다가 10시 10분에 다시 출발하였다. 영화제로 유명한 칸 부근을 지났는데, 이곳 고속도로의 북쪽에 화가 프라고나르(Fragonard)의 고향 그라스(Grass)가 있다. 그곳은 향수로 유명한 프랑스에서도 대표적인 향수 산지로서, 프라고나르라는 상호의 향수 매점은 우리가 가는 곳 여기저기서 눈에 띄었다. 또한 칸에서 니스 쪽으로 좀 더 나아간 곳의 바닷가에 피카소가 머물며 도자기 작업을 했던 앙티브(Antibes)가 있다. 그곳에 피카소의 도자기미술관이 있는 모양이다.

칸과 니스의 중간지점 정도에서 H326 도로로 빠져나와 북쪽 산길을 따라 20여 분 달려 생폴드방스로 향했다. 그 초입인 Cagnes-sur-Mer에 르노와르미술관이 있으며, 생폴드방스의 조금 위쪽 방스(Vence)에는 마티스가 내부에 그림을 그리고 실내장식을 한 교회가 있다고 한다. 이처럼 곳곳에 세계적인 미술가들의 발자취가 서려있는 것이다.

도착한 후 점심을 들기로 예약된 레스토랑 부근의 주차장에서 차를 내린 다음, 우산을 받쳐 들고서 제법 걸어 생폴드방스로 향했다. 해발 355m의 산줄기 중턱에 튀어나온 형상을 한 주민 2,800명 정도의 마을로서, 성곽으로 둘러싸여 있었다. 1388년 니스 백작령이 프로방스로부터 떨어져 나와 사브와(사보이)에 편입되면서 이곳이 국경마을로서 최전방의 요새가 되었는데, 성은 당시에 건설된 것이다. 1538년 프랑스와 1세가 스페인의 카를로스 5세의 군대에 대항하여 국경을 강화할 목적으로 전형적인 요새도시로 만들었으며, 드골 공원을 지나서 마을 입구에 이르러 보면 프랑스와 1세가 이탈리아 원정에서 얻은 전리품인 대포를 설치해 두었다.

1차 세계대전 직후인 1920년대에 들어와 유명한 화가들인 수틴과 뒤피 그리고 시냐크, 마티스, 샤갈, 피카소, 브라크, 레제, 폴롱, 모딜리아니 등이 이곳에서 작품 활동을 시작하였고, 여기서 19년을 살며 작품을 남겼던 샤갈이 마을 끝의 공동묘지에 묻혔다. 화가 외에 장 콕토, 스콧 피츠제럴드, 사르트르와 시몬 드 보브와르, 그레타 가르보, 소피아 로렌, 카트린 드뇌브, 레오나르도 디카프리오 등이 이곳에 머물다 갔고, 마을 안의 좁다란 중앙로를 따라 올라가 대분수 광장에서 오른쪽으로 좀 더 올라가면 시몬느 시뇨레와 이브 몽땅이 살던 집이 있다고 한다. 그러므로 지금은 이 마을이 유명 관광지로 되어 건물들 대부분이 갤러리나 상점들로 이루어져 있다.

마을 끝의 공동묘지에 이르니 입구 부근에 샤갈의 무덤이 있었다. 파출부로 시작하여 1952년에 재혼한 두 번째 아내 및 그녀의 남동생과 같은 무덤을 썼고, 석관 위 사방에는 조약돌이 덮여 있는 점이 특이하였다. 돌아오는 길에 성벽 안쪽 입구 부근에서 아내와 함께 본젤라토 아이스크림을 사먹었다.(13 유로) 12시 30분까지 La Terrasse sur Saint Paul이라는 식당에 도착하여 샐러드 전식, 큰 새우 중식, 히라무스 후식으로 점심을 들었다. 다들 맛집이라고 했다.

식후에 약 30분을 더 이동하여 니스에 도착하였다. 먼저 국립샤갈미술관에 들렀다. 그 일대는 니스의 역사지구로서 마티스미술관도 부근에 있고, 마티스의 무덤도 거기에 있는 모양이다. 니스와 칸 일대는 이탈리아 영토로서 니스는 니스 백작령이었는데, 오스트리아-헝가리제국을 견제하여 이탈리아의 통일을 돕는다는 조건으로 1856년 이후 프랑스령으로 편입되었다.

다음으로는 니스를 대표하는 최고급호텔들이 늘어선 바닷가의 널찍한 산책로인 프롬나드 데 장글레(Promnade des Anglais, 영국인의 산책로)에 이르러 비스듬히 세워진 하늘색 의자 조각이 있는 곳 부근의 공원 가에다 차를 세웠다. 가이드를 따라서 해변의 상부 쪽으로 걸어가 얼마 전까지만 하더라도 '# I Love Nice'라는 색색의 상징물 문자가 세워져 있었다고 하는 끄트머리 언덕까지 올라갔다가 조금 되돌아 나와, 빌딩들 사이의 니스에서 가장 오래 되었다는 시장골목을 지나 중심가에 있는 마세나 공원까지 산책하고서, 그곳 광장에서 뿔뿔이 흩어져 2시간 정도 자유 시간을 가졌다. 니스를 흔히 Nice Cote D'Azur라고 부르는 모양인데, 그 중 Nice는 그리스 신화에 나오는 승리의 여신 니케에서 유래한 말이고, 코트다쥬르는 '옥빛 해안'이라는 뜻으로서 칸에서 이탈리아 국경까지에 이르는 풍치 좋은 바닷가 즉 프렌치 리비에라를 가리키는 말이다. 기후가 온화한 지대인지라 거리에는 종려나 야자나무 가로수가 많았다.

산책을 마치고서 5시 30분에 집합하여 14 Rue Paganini에 있는 중국집 차이나타운(中國城大酒樓)에서 석식을 들었다. 그 부근에는 아시아 계열의 식당이나 상점들이 눈에 띄었다.

식후에 2-4, Parvis de l Europe에 있는 NH Nice 호텔에 들었다. 우리 내외는 225호실을 배정받았다. 8층 건물 중 3층이다. 일행 중 원하는 사람들은 가이드를 따라 Carrefour Nice라는 대형 슈퍼마켓으로 쇼핑을 간다지만 어젯밤처럼 우리는 그냥 호텔에 머물렀다.

■■■ 3 (금) 차고 강한 바람

갑자기 기온이 뚝 떨어지고, 모자가 날려갈 정도로 강한 바람이 불기 시작하였다. 도착 이후 늘 그러했듯이 오늘도 오전 8시에 호텔을 출발하여 약 30분 이동하여 첫 목적지인 에즈(Eze)로 가는데, 니스 건너 쪽 산의 윗부분에 하얀 눈이 쌓여 있는 것이 바라보였다. 어제처럼 A8 고속도로를 따라 계속 동쪽으로 이동하였다.

에즈는 인구 2,500명의 마을로서 해발 400m 높이의 절벽 위에 위치해 있다. 정상의 높이는 427m이다. 니스와 모나코의 중간지점에서 지중해를 한 눈에 내려다 볼 수 있는 경치 좋은 마을이다. 그리로 가는 도중에 니스에서 가까운 곳인 절벽 위 도로 가의 Villefranche-sur-Mer라는 곳에 정거하여 바다 풍경을 바라보기도 하였다. 이 일대의 바다가 모두 코트다쥐르 즉 프랜치 리비에라인데, 리비에라는 프랑스 남동부와 이탈리아 북서부의 지중해 연안지역을 일컫는 말이다. 특히 프랑스의 칸에서 이탈리아의 라 스페치아(La Spezia) 사이 해안을 일컫는데, 아름다운 경관과 좋은 기후로 유명하여 유럽 최고의 관광지 가운데 하나이다. 이탈리아 쪽은 가운데의 제노바를 경계로 하여 서쪽과 동쪽으로 나뉘는데, 우리는 오늘 그 중 서쪽인 리비에라디포넨테까지 계속 이 유명한 해안을 따라가게 되는 것이다.

에즈라는 이름은 고대 페니키아인들이 신전을 짓고 숭배했던 이집트의 사후세계를 관장하는 신 오시리스의 아내 이지스(Isis) 여신에서 유래했다는 설도 있고, 가문의 이름에서 유래했다고도 한다. 에즈 마을의 해변에서 꼭대기까지에 이르는 산책로는 1883년 이래 니체가 종종 머물면서 산책하였고, 이곳에서 『차라투스트라는 이렇게 말했다』의 제3부를 집필한 것으로 알려져 있다. 이 마을도 지금은 관광지로 변했는데, 그 꼭대기는 '이국적 정원(Jardin Exotic)'이라는 이름으로 알려진 곳으로서, 갖가지 선인장을 심은 정원을 이루어 놓았다. 돌아서 내려오는 길에 니체의 산책로라고 하는 곳을 중간쯤까지 걸어보았다.

에즈에서 모나코까지 다시 30분 정도를 이동하였다. 그곳에서 미국 여배우 그레이스 켈리와 레이니에 3세 대공이 결혼식을 올렸고 지금 그녀가 잠들어 있는 성 니콜라스 성당과 대공의 궁전을 둘러보았으며, 궁전 옆의 모나코 공국을 처음 수립했던 그리말디의 동상이 있는 곳 부근 전망대에서 사방 2㎢ 정도에 불과한 이 나라의 전경을 조망하였다. 모나코는 국토면적이 좁은 만큼 터널이 많고 도로가 꼬불꼬불한데, 처음 이 나라로 진입하는 지점의 샤를 3세 터널인가 하는 곳은 터널을 지나는 동안 영토의 소유권이 모나코에서 잠시 프랑스로 변했다가 다시 모나코로 바뀌었다. 도박장으로 유명한 몬테카를로는 이 영토의 4분 된 구역 중 하나이다. 모나코 영토에는 고층건물들이 많은 반면 그 건너편 프랑스 땅에는 낮은 집들이 대부분이고, 심지어는 산의 중턱 이하 부분만 모나코 영토로 되어 있기도 하다. 언어도 프랑스어를 사용하고 있다. 이런 좁은 나라에 컨트리클럽도 있었다.

1시간 동안 모나코를 둘러본 다음, 다시 대절버스를 타고서 약 4시간 40분을 이동하여 이탈리아 밀라노 시의 말펜사국제공항으로 향했다. 이탈리아 땅에 접어들고서부터 제노바까지는 고속도로가 A10으로 변했고, 제노바 이후로는 A26을 따라 북상했으며, 마지막으로 밀라노까지는 A4를 경유했다. A10을 가는 도중 칸초네 음악제로 유명한 산레모(Sanremo)를 지나쳤고, 소규모 독립국인 안도라(Andora) 부근을 지났으며, 사보나(Savona)도 지났다. 산레모는 화훼단지로서 유명한 모양이다. 콜럼버스의 출신지인 제노바를 바라보면서 A26으로 접어들었고, 멜레(Mele) 부근의 휴게소에서 기사의 휴식을 위해 45분간 정거하였는데, 아내와 나는 거기서 구입한 약간의 음식과 커피로 석식을 들었다. 이탈리아 말로 바람을 Vento라고 한다. 외송 집 부근의 카페 이름이 Heal Viento로서 '바람의 치유'라는 뜻이라고 하는데, Heal은 영어, Viento는 스페인어라고 들은 바 있다. 이를 통해서도 이탈리아어와 스페인어가 서로 아주 닮은 점을 알 수 있다.

A26으로 접어들고서부터 광대한 평원지대가 계속 이어지고 있었다. 우리나라처럼 산지가 대부분인 이탈리아에 이렇게 넓은 평원이 있다는 것은 뜻밖이다. 멀리에 눈을 이고 늘어서 있는 알프스 산맥의 연봉을 바라볼 수 있었을 따름이다. 이 일대는 이탈리아에서 가장 긴 포 강이 흘러가는 곳이므로 포 평원이라고도 하고, 젊은 시절 학교에서는 롬바르디아평원이라고 배운 바 있었다.

말펜사공항에 도착하여 체코인 기사 및 가이드 이 씨와 작별하였다. 이 씨는 여기서 비행기로 갈아타면 파리까지 1시간 정도에 도착할 수 있다고 한다. 말펜사공항의 대한항공 프런트에서는 과거의 경우처럼 데스크마다에 직원들이 앉아 부칠 짐을 맡고 탑승권을 발급해주고 있었다.

우리는 20시 05분에 대한항공 KE928기를 타고서 출발하였다. B58 게이트에서 대기하다가 19시 30분부터 탑승을 시작했는데, 48시간 전부터 인터넷으로 좌석 예약이 시작되는 것을 아내가 깜박 잊었다가 엊그제 예약을 다소 늦게 했기 때문에 아내는 50E, 나는 51E석으로서 앞뒤에 따로 앉게 되었다. 인터넷으로 하니 이처럼 조금만 늦게 접속해도 부부가 떨어져 앉아야 하는 불상사가 발생하는 것이다. 게이트에서 여행 일기를 입력하다가 탑승한 후, 좌석 앞의 모니터로 조너슨 톰프슨의 「세계 도시 탐험-제네바/퀘벡 시」(21분), BBC의 「지구 이야기-불의 지옥」(58분)을 시청한 후 눈을 붙여보았다.

■ 4 (토) 맑음

「세계에서 가장 경이로운 집」 일본 편(59분)을 시청하였다.

15시 30분에 인천공항 제2터미널에 도착하였다.

진주로 내려가는 공항버스의 편수가 크게 줄었기 때문에, 우리 내외는 제2터미널 로비에서 3시간쯤 대기하다가 18시 30분발 대성티엔이를 탈 수 밖에 없게 되었다.

나는 그동안 터미널의 의자 앉아서 어제와 오늘의 일기를 입력하였고, 완성한 후 여행기 파일을 만들어 가족과 지인들에게 발송하였다. A4용지 18쪽, 원고지 145.3장의 분량이었다. 우리 팀 중 사천에 사는 여성 두 명은 탑승시간 무렵에야 나타났다. 그 일행 3명 중 창원에 사는 여성 한 명은 김포에서 비행기를 타고 창원으로 내려갔고, 그녀 둘은 제2터미널의 지하 1층에 있는 다락휴라는 방에서 쉬고 샤워도 하며 시간을 보냈다는 것이었다. 그곳은 사전 예약이 필요하다는데, 아내의 말로는 우리도 예전에 이용한 적이 있었다고 한다.

이미 어두워진 후에 출발하였으므로 운행 도중 계속 눈을 감고 있었는데, 도중에 금산인삼랜드에서 잠시 정거했을 때 꽈배기와 도너츠를 사와 아내 및 그녀들과 나눠 들었다. 집에 도착하여 짐정리를 마치고, 그 동안의 밀린 신문과 우편물들을 잠시 훑어보고서 샤워까지 한 후 자정이 지나서 취침하였다.

2024년

2024년

와카야마 · 오사카 · 나라

▰▰▰ 2024년 1월 8일 (월) 맑음

진주시 남강로 673번길 16, 2층 202호(골든튤립에센셜 호텔)에 있는 미래투어의 오사카/나라/와카야마 3박4일 여행에 참가하기 위해 오전 4시에 기상하였다. 승용차를 몰아 아내와 함께 5시까지 진주 MBC 컨벤션센터의 주차장(혁신도시운동장)으로 가서 솔라티 15인승 차량에 탑승하였다. 인솔자인 류동훈 미래투어 이사를 제외하고서 총 11명이 참가하였다. 류 씨는 산악인 출신으로서 나와 함께 몇 차례 해외여행을 했던 사람인데, 1958년생이라고 하니 나보다 아홉 살이 적다. 우리 내외를 제외한 다른 사람들은 모두 동서지간인 부부로서 두 달에 한 번씩 이런 식의 친목모임을 가진다고 한다. 원래는 더 많은 사람들이 예약하였으나, 후에 동서 팀을 포함해 총 8명이 빠져 이렇게 되었다.

남해고속도로를 밤길로 달려 김해국제공항에 도착하여 노성영 스루가이드와 합류하였다. 키가 좀 작은 여성이었다. 그녀는 경북 청도 출신으로서, 부산의 부경대 행정학과를 졸업한 후 일본 東京으로 유학하여 1년간 어학연수를 한 적이 있었다고 한다. 지금은 결혼한 지 이미 20년 정도 되었다. 성격이 쾌활하고 친절하여 가이드 생활을 즐기는 듯했다. 어제 아내가 모바일로 항공권 좌석을 예약하고자 했으나, 유료인 경우를 제외하고서는 예약할 수 없다고 하더니, 스루가이드가 이미 예약을 마쳐둔 까닭인 듯하였다.

모바일 항공권으로 우리 내외는 제주항공 7C1352편 13A·B석에 탑승하게 되었다. 예약된 바로는 8시 30분에 김해공항을 출발하기로 되어 있었으나, 30분 연기되어 8시 30분에 탑승하여 9시쯤 이륙하였다. 출국수속을 마친 다음, 출국장의 우리가 탑승할 10A 게이트 가까이에 있는 본가스텔리에서 나는 김치찌개돈까스, 아내는 전복죽으로 조식을 들었고, 키오스크에서의 실수로 아메리카노 커피를 두 개 주문하였기 때문에 하나는 인솔자인 류 이사에게 주었다. 아내가 키오스크에서 자기 신용카드를 인식시키는데 실패하자 류 이사가 아내분의 식사비를 대납해 주었던 것이다.

10시 10분경에 大阪의 關西국제공항 제2터미널에 도착하였다. 이 공항은 1987년부터 바다의 매립공사를 시작하여 1994년에 개항한 인공 섬인데, 그 이후로도 확장공사가 계속되고 있는 모양이다. 2018년에 한 때 태풍 등으로 말미암아 육지로 연결하는 다리가 끊어져 큰 불편을 겪었는데 阿部 수상 때 복구를 완료하였고, 지금은 2025년 세계 엑스포를 大阪에 유치하기로 되어 있다. 關西라 함은 원래는 關所 즉 세관이 있었던 箱根을 기준으로 하여 동서로 나뉘었던 것인데, 지금은 名古屋을 기준으로 關東·關西로 구분한다고 한다.

關西국제공항에서 입국 수속을 마친 후, 28인승 중형버스에 탑승하였다. 좌석의 여유가 있으므로 우리 내외는 앞에서 두 번째 줄에 복도를 사이에 두고서 각각 따로 앉았다. 대형버스와 크기는 대충 같은데, 좌석의 앞뒤 폭이 좀 넓은 것이다. 이번 여행의 주된 목적지인 和歌山縣의 현재 인구는 92만4천 명 정도라고 한다. 일본의 국토면적은 38만㎢로서 남한의 4배, 남북한을 합한 한반도 전체의 1.7배 정도인데, 국토의 70% 정도가 산지이다. 와카야마 현은 大阪府의 남쪽에 위치하며 奈良縣·三重縣과도 경계를 접하고 있는데, 大阪府의 인구는 870만이라고 하니, 이에 비해 와카야마는 인구 면에서 보면 약소한 것이다. 그러나 廢藩置縣 이전까지만 하더라도 紀伊國으로 불리었고, 將軍을 배출하는 德川御三家의 하나였으며, 高野山·熊野三山 등 종교적 성지들을 포함하고 있다. 내가 이번 여행에 참여한 주된 목적은 역사적으로 유명한 순례지인 熊野古道를 걸어보기 위함이다. 이곳을 포함한 '紀伊山地의 靈場과 參詣道'는 2004년도부터 유네스코 세계문화유산으로 지정되어져 있다.

大阪府를 벗어나 고속도로인 阪和自動車道를 따라서 남하하여 현청 소재지인 和歌山市의 남쪽 끝 '和歌山마린시티'라는 인공 섬에 있는 해변 관광지 Porto Europa 부근의 黑潮시장에 도착하였다. 이곳에서 매일 오후 12시 반부터 개최되는 참치 해체 쇼를 보기 위함이다. 매일이라고 하지만, 실제로는 그렇지 않은 모양으로서 운이 좋아야 볼 수 있다는데, 다행히도 우리는 그 시각에 해체 쇼를 구경할 수 있었다. 쇼가 끝난 다음, 1층에 커다란 수산물시장이 들어 있는 그 건물의 2층에 있는 일본식 레스토랑 荒磯(아리소)에서 도미솥밥으로 점심을 들었다.

식후에 30분 정도 더 남쪽으로 이동하여 有田郡 湯淺町에 도착하였다. 고대로부터 熊野參詣에 나선 천황이나 귀족들이 도중에 체재하던 숙소가 있었던 곳이기도 하고, 平安시대 말기부터 세력을 뽐내던 토호인 湯淺 씨의 본거지이기도 했던 곳인데, 그래서 그런지 오래된 건물들이 많아 전통적건조물 보존지구로 지정되어져 있고, 무엇보다도 왜간장의 발상지로서 알려져 있는 곳이다. 규모가 그다지 크지는 않지만 마을 전체가 박물관 같은 분위기를 풍기는 곳으로서, 그 마을 안에서 우리는 角長(카도쵸)라고 하는 841년에 창립한 업소의 醬油자료관과 江戶시대로부터 1985년까지 영업을 계속했다는 공중목욕탕 甚風呂도 방문해 보았다. 둘 다 지금은 일종의 사설 박물관으로 변모되어 있었다. 甚風呂는 탕이 꽤 깊어 서서 入湯을 했다고 한다.

오늘이 일본의 공휴일 중 하나인 성년의 날이라고 한다. 일본은 1991년 이래 버블경제가 지속되면서 지금까지도 경제사정이 꽤 어려우므로, 예전

같으면 젊은이들이 이 날 새로 사 입었을 전통복장도 이제는 대부분 빌려서 입는다고 한다. 예전에는 20세부터 성인으로 간주했었으나, 2022년 4월부터 18세로 바뀌었다.

고속도로인 湯淺御坊도로와 阪和자동차도를 경유하여 서쪽 해변을 따라서 더 아래쪽으로 내려가 南紀의 중심지로서 공항도 있는 白濱에 도착하였다. 和歌山縣의 고속도로는 여기까지만 이어져 있는데, 시라하마는 온천지와 해수욕장으로 유명하여 와카야마 현의 해운대로 불릴만한 곳이라고 한다. 고속도로를 벗어나 국도를 따라서 좀 들어가다가, 도로 가에다 차를 세우고서 바다 속 작은 무인도로서 거대한 바위절벽 한가운데에 둥글고 커다란 구멍이 뚫린 圓月島를 바라보았고, 그로부터 얼마 후인 오후 4시쯤에 오늘의 숙소인 Hotel Seamore(Shirahama Key Terrace Hotel Seamore)에 도착하였다. 지상 6층 지하 1층인 건물인데, 관광지인 시라하마에서도 가장 유명한 호텔이라고 한다. 우리 내외는 220호실을 배정받았다. 방이 꽤 넓고 이 호텔도 욕실과 화장실이 분리되어 있었다. 和洋절충형으로서 바다를 면한 쪽 실내에는 다다미 모양의 휴식공간도 있다.

짐을 푼 다음, 일본식 浴衣와 덧저고리로 갈아입고서 지하 1층의 온천장으로 내려가 목욕을 했다. 높이에 따라 3단으로 구분된 온천인데, 제일 아랫단은 바다에 면한 노천온천이었다. 온천욕을 하면서 수평선 너머로 지는 해를 바라보았다. 오후 6시부터 1층의 뷔페레스토랑 by the ocean에서 석식을 들고서 방으로 올라왔다.

■■■ 9 (화) 화창함

새벽 5시에 기상하여, 다시 한 번 지하 1층으로 내려가 온천욕으로 세수를 대신했다.

원래는 오늘 오전 중에 시라하마 일대를 둘러보고서 와카야마 현의 남쪽 끝인 串本(쿠시모토)로 내려갔다가 잠은 동쪽 해안을 따라 더 올라간 지점에 있는 온천지 那智勝浦町의 浦島(우라시마)호텔에서 자기로 예정되어 있었던 것인데, 일기예보 상 내일 비가 올 확률이 크다고 하므로 순서를 바꾸어 내일로 예정되어 있었던 熊野三山의 하나인 熊野那智大社와 那智山靑岸渡寺 및 那智폭포를 먼저 둘러보기로 했다.

9시 30분에 호텔을 출발하여 먼저 三段壁으로 갔다. 나는 그 이름으로 미루어 3단으로 된 바위절벽이 아닐까 하고 짐작했었는데, 현장에 가보니 그렇지 않았다. 원래 어부들이 절벽 위로 올라가 어군을 탐지하던 장소로서 그 때문에 見壇(미단)이라 불리다가 후에 발음이 같은 三段(미단)으로 바뀌고 그것이 다시 뜻은 같으나 음이 다른 三段壁(산단베키)으로 불리게 되었다는 것이었다. 얕은 바다 밑이 융기하여 생긴 海岸段丘로서 높이 50m, 길이가 2km에 달하는 바다에 직립한 海蝕崖와 파도에 의해 깎인 해식동굴로 유명한 곳이다. 엘리베이터를 타고서 地底 36m의 동굴로 내려갔는데, 그곳은 옛날 熊野水軍이 배를 감추던 장소였다고 한다. 熊野수군은 源平合戰 때 승리를 거둔 源氏 측에 가담한 것으로 알려져 있는데, 해식동굴 안에 그 番所小屋도 재건되어져 있었다. 동굴 안에 牟婁大辯才天을 제사하는 신사가 있었다. 다시 엘리베이터를 타고 올라와 공원처럼 꾸며진 바위절벽의 끄트머리까지 산책해 보았다.

다음으로는 바로 그 부근에 있는 千疊敷(센조지키)로 가보았다. 비바람과 파도에 의해 깎인 砂巖 바위가 평평하게 펼쳐진 것이 마치 다다미 천 장을 깔아놓은 것 같다 하여 이런 이름이 붙었다. 센조지키를 끝으로 시라하마 일대의 吉野熊野국립공원 명승지 탐방을 마치고, 차를 타고서 좀 이동하여 토레토레시장이라는 이름의 어시장을 둘러보았다. 해산물뿐만이 아니라 여러 가지 생활용품도 파는 일종의 커다란 마트였다. 점심은 그 부근의 토레토레亭이라는 식당에서 뷔페로 들었다. 바이킹 점심은 어른 1인당 1,650円이었다.

점심을 마친 다음 2차선인 42번 국도를 따라 계속 남하하여 와카야마 현의 남쪽 끝 串本에 이르렀고, 거기서 다시 같은 국도를 타고서 동쪽 해안을 따라 북상하여 太子(타이지)町을 거쳐 熊野三山 중 하나인 熊野那地大社와 靑岸渡寺로 들어가는 45번 국도의 입구에 해당하는 那智勝浦町에 이르렀다. 太子町은 고래사냥의 전통을 지닌 곳으로서, 국제적인 비난에도 불구하고 지금까지도 공공연히 고래를 사냥 및 판매하고 있다고 한다.

　일본의 산에는 나무가 울창하지만, 지금 보이는 나무는 대부분 戰後에 인공적으로 식림한 것으로서 삼나무 편백나무 등이 주종을 이루고 있는데, 이러한 나무들은 유독 화분증을 심하게 유발하므로 현재의 수상인 岸田은 다시금 수종경신 및 벌목 계획을 발표하였다고 한다. 그리고 일본 사람들은 현금을 은행에 맡기지 않고 집에다 보관해 둔다고 하는데, 그 이유는 금리가 마이너스인 까닭도 있겠지만, 은행에 두면 그 금액이 투명하게 드러나서 장차 자손에게 물려주려고 할 때 엄청난 상속세를 물어야 하기 때문이라는 것이다. 또한 일본의 신사에는 神社라는 이름이 붙은 것도 있고 神宮이라는 이름이 붙은 것도 있는데, 신궁은 대체로 왕족과 유관한 곳이라고 한다.

　운전기사의 내비게이션에 문제가 있어 한 동안 1차선의 엉뚱한 마을 안을 꼬불꼬불 헤매다가 비로소 那智大社와 靑岸渡寺의 입구인 大門坂에 이르러 하차하여 40분 정도 걷기 시작했다. 돌로 된 가파른 계단이 1.2km나 이어지는 곳이다. 주변에 수령이 수백 년 된 굵은 나무들이 울창하게 늘어서 있어서 대낮에도 제법 어두컴컴하였다. 나는 떠나오기 전날에 남파랑길 20코스를 걷노라고 23,000여 보를 걸은 데다, 일기 입력과 새벽 4시의 기상 때문에 간밤에 수면도 5시간 정도 밖에 취하지 못한 터라 일본에 도착한 이후 계속 감기 기운이 있었는데, 여기서는 제법 한기까지 느꼈다. 熊野三山을 답파하고서 스탬프를 모두 찍은 사람에게는 기념품으로서 한국으로 치자면 三足烏에 해당하는 八咫烏(야타가라스) 彫刻을 준다고 들었는데, 신사 입구의 기념품점에서 그것을 팔고 있었으나, 신용카드는 받지 않는다고 하므로 사지 못했다.

　거의 다 올라간 지점의 길가에 비치된 대나무 지팡이를 짚고서 마침내 서로 이어져 있는 熊野那智大社와 那智山靑岸渡寺의 갈림길에 이르렀는데, 앞서간 일행은 별로 눈에 띄지 않고, 좀 멀찌감치 걷고 있는 사람들이 우리 일행인 듯하여 그들을 따라 삼층탑과 那智폭포 쪽으로 향했다. 일행 중 한 아주머니는 아내가 那智大社 쪽으로 갔다고 일러주었는데, 일행 중 그리로 간 사람들이 또 있느냐고 물어보니 잘 모르겠다고 하므로 그 말은 무시하였다. 그러나 앞서간 사람들을 뒤따라 가보니 우리 일행은 아무도 보이지 않았다. 높이 133m로 낙차가 일본제일인 那智폭포에 혼자서 이르니, 우리 차가 그 입구에서 대기하고 있었다. 얼마 후 우리 일행이 모두 폭포에 이르렀는데, 다들 大社와 그 옆의 절을 거쳐서 오는 것이므로, 그 경내로 들어가 보지 못한 사람은 나 하나뿐이었다.

熊野三山은 서로 제법 떨어져 있는 三社一寺의 총칭인데, 그 중 熊野速玉大社는 전세의 죄를 깨끗하게 하고, 熊野那智大社는 현세의 緣을 맺어주며, 熊野本宮大社는 내세를 구제한다고 하여, 이 삼산을 모두 순례하면 삼세의 안녕을 얻을 수 있다고 일러져 예로부터 위로는 천황으로부터 아래로 일반 평민에 이르기까지 많은 사람들이 순례 길에 나섰던 것이다. '개미의 熊野 참배'라는 말이 그래서 생겨났다. 삼산 순례의 총 거리는 307km이며, 7개 코스로 나뉘어져 있다.

대절버스를 타고서 那智勝浦町으로 돌아와 부두에서 호텔이 있는 浦島로 들어가는 작은 연락선을 탔다. 浦島호텔은 사실상 섬에 있는 것이 아닌데, 배를 타는 편이 빠르고 편리하므로 이렇게 가는 것이다. 호텔은 엄청나게 규모가 커서 본관 외에 日昇館·나기사(물가)館·山上館 등 네 개의 커다란 건물로 이루어져 있다. 7층 건물로 된 본관에 이르러 직원의 안내를 받아 복도 바닥에 그어진 분홍색 선을 따라 한참을 나아가 오늘 우리가 머물 8층 건물의 日昇館으로 향했다. 우리 내외는 6층의 8617호실을 배정받았다. 바다에 면한 것으로서 일본식 다다미방이었다.

2층의 선라이즈 레스토랑으로 내려가 석식을 든 다음, 가이드의 안내를 따라 다시 본관으로 가서 오늘 우리가 경험할 동굴온천 忘歸洞의 위치를 확인한 다음, 일승관으로 되돌아와 浴衣와 그 위에 덧입는 저고리 丹前으로 갈아입은 후 새로 망귀동으로 향했다. 호텔 浦島(우라시마)의 부지 면적은 東京돔의 약 4.5배에 달한다고 한다. 동굴온천 망귀동은 탕이 두 개 정도로서 노천탕이었다. 밤중이라 그런지 우리 일행 외에는 이용하는 손님이 거의 없었다. 온천욕을 마치고서 일승관의 방으로 돌아오는 도중 긴 로비 도중의 기념품점에서 3,850엔 주고서 신용카드로 八咫鳥를 하나 샀다. 경상대 윤리교육과의 손병욱 교수 같은 이는 삼족오가 우리 민족 신화에 고유한 것이라고 주장하고 있지만, 일본에서는 神武천황이 東征할 때 熊野에서부터 大和(야마토)의 橿原(카시와라)까지 길잡이를 한 새라 하여 길잡이의 신으로 신앙되고 있으며, 熊野三山에서는 熊野權現의 使者로서 숭앙을 받고 있다고 한다. 또한 일본축구협회의 심벌마크로도 사용되고 있는 것이다.

■■■ 10 (수) 흐림

어제처럼 오전 5시에 일어나 일승관 2층에 있는 동굴온천 玄武洞의 입구로 가서 계단을 따라 내려가 온천욕으로 세수를 대신하였다. 어제 갔던 망귀동과 비슷한 구조인데, 인솔자 류동훈 씨가 나보다 조금 먼저 와 혼자서 목욕을 하고 있었다. 7시경에 선라이즈 레스토랑에서 조식을 들고, 9시 20분에 다시 배를 타고 출발하였다. 우라시마 호텔은 방이 총 300여 개 있다는데, 그럼에도 불구하고 관광 시즌이면 방 잡기가 힘든 모양이다.

46번 국도와 42번 국도를 따라서 어제 지나온 코스를 반시간 정도 되돌아가서 串本海中公園으로 향했다. 거기서 별로 크지 않은 규모의 수족관을 둘러보고, 바깥 풀에서 커다란 바다거북들이 헤엄치며 노니는 모습도 구경하였으며, 철제 고가도로에 올라 바다 속에 세워진 海中전망탑까지 가서 계단을 따라 6.3m 내려간 다음, 원형 벽 여기저기에 뚫린 둥근 유리창을 통해 산호초 속에서 헤엄치고 있는 어종들을 360도로 돌아가며 관찰하였다. 쿠시모토 해중공원은 25년 전인 1999년에 일본 최초로 조성된 것으로서, 500종 정도의 어종을 5,000점정도 관찰할 수 있다고 한다.

조금 전에 지나왔던 길을 되돌아가 橋杭巖(하시구이이와)을 보러 가는 도중에 Sun Doria라는 식당 겸 카페에 들러 함박스테이크로 점심을 들었다. 쿠시모토町은 일본 本州의 최남단에 위치해 있는데, 하시구이이와는 橋脚처럼 생긴 거대한 바위가 폭 15m, 길이 약 850m 정도로 紀伊大島를 향해 바다 속에 1열로 늘어서 있는 것을 말함이다. 마그마가 만든 신기한 경관으로서, 일본의 원효대사라고 할 수 있는 弘法대사와 관련된 전설이 전해오고 있다.

橋杭岩을 끝으로 와카야마 현의 관광을 모두 마치고서 42번국도와 고속도로를 경유하여 3시간 정도 걸려 어제 지나왔던 코스를 따라서 大阪을 향해 되돌아갔다. 우리 일행 중 정씨네의 사위들 가운데 나보다 다섯 살 위인 44년생이 한 명 있다고 들었다. 법으로 정해진 기사의 휴식을 위해 도중에 紀川(기노가와)휴게소에 한 번 정차하였다. 노 씨는 가이드 생활을 20년 정도 했다고 하는데, 고등학생인 딸과 중학생인 아들이 있으며, 예전에 東京의 선술집에서 3개월 정도 아르바이트를 한 적이 있었고, 새로운 기회를 찾아 싱가포르도 여러 차례 단기 방문했었다고 한다.

오사카에 도착하여서는 대표적 번화가인 道頓堀(도톤보리)와 心齋橋(신사이바시) 일대를 두 시간 정도 산책하였다. 오사카는 '물의 수도'라고 하고 운하의 도시라고도 불리는데, 도톤보리도 그러한 운하 중 하나로서 야스이 도톤(安井道頓)이라는 사람이 慶長 17년(1612)에 사재를 들여 판 것이라 하여 이런 이름으로 불린다. 운하 바로 옆의 도톤보리 거리는 '처먹다가 쓰러진다'는 말이 있듯이 각종 음식점들이 즐비한 먹자 거리이고, 신사이바시는 아케이드 형 상가거리였다. 500m 정도 이어지는 도톤보리 거리의 거의 끝쯤에서 45도 각도로 꺾어져 일직선으로 계속 이어지는 心齋橋筋(신사이바시스지)을 되돌아가자는 아내의 재촉 때문에 다 걷지는 못한 듯한데, 오후 5시 50분인 집합시간에 맞추어 도톤보리 입구의 식당 건물 바깥벽에 커다란 게가 서서히 움직이고 있는 간판이 내걸린 가니도라쿠 본점 앞 집합장소로 되돌아왔다.

거기서 일행이 모두 모이기를 기다려 가이드를 따라 걸어서 大阪市 中央區 宗右衛門町 1丁目 22에 있는 한국음식점 韓日館으로 갔다. 2층으로 된 식당 내부가 꽤 넓었는데, 거기서 우리 일행은 김치찌개로 석식을 들었다. 가이드의 말로는 자기가 일본에서 가이드 생활을 하는 중에 한식점이 흥하고 망하는 모습을 무수히 보았는데, 이 집만은 그 20년 세월동안 한 결 같이 유지하고 있다는 것이었다.

식후에 차로 20분 가까이 이동하여 Osaka Bay Tower의 Art Hotel로 이동하였다. 이 빌딩은 무려 51층이나 되는 것으로서, 우리 내외는 그 중 32층인 3204호실을 배정받았다. 창밖으로 불빛이 휘황찬란한 오사카의 밤거리와 더불어 오른쪽 옆으로 꽤 큰 강들이 흘러가는 모습이 바라보였다. 가이드가 방이 비좁다고 하였으나, 그것은 지금까지 두 밤을 잔 시골의 호텔들에 비해 그렇다는 것이고, 트윈 베드가 있는 보통의 호텔 사이즈인 듯했다.

오늘의 총 걸음 수는 13,080보였다.

■■■■ 11 (목) 맑음

오전 6시 30분 무렵 호텔 꼭대기 51층에 있는 스카이뷔페51이란 이름의 레스토랑으로 올라가 조식을 들었다. 엘리베이터의 버턴에 표시된 바로는 지상 51층, 지하 1층이라고 되어 있는데, 30층 이하에서 빠진 층수가 많고 버턴은 총 30개였다. 가이드에게 물어보았더니, 버턴이 없는 층은 다른 회사들이 사용하는 것이며, 그리로 올라가는 엘리베이터는 따로 마련되어져 있다는 것이었다.

8시 30분에 호텔을 출발하여 먼저 시내에 있는 잡화면세점에 들렀다. 에스컬레이터를 타고서 3층의 '생활광장'이라는 곳에 들렀는데, 차 안에서부터 가이드는 그곳에서 살만한 물건들을 소개하더니 매점에 도착해서도 구매를 돕고 있었다. 5,500엔 어치 이상을 구입하면 상품가격에 포함된 10%의 소비세를 즉석에서 면제해준다는 것이다. 나는 예전에 일본의 이런 면세점에서 고도표시가 되는 손목시계를 하나 구입했다가 등산을 가서 화장실의 세면대에다 풀어두고서 챙기지 못해 잃어버렸으므로, 그런 식의 물건을 새로 하나 구입할 마음이 있었다. 3층에 일제 시계들이 달린 회전 걸이가 두 개 있었지만 거기서는 고도 표시가 되는 시계를 찾을 수 없었는데, 직원이 다가와 물으므로 내가 원하는 바를 말했더니 1층으로 내려가 보라는 것이었다. 1층의 손목시계 점포에는 세계 각지의 고급 손목시계들이 꽤 많았으나, 거기에도 역시 그런 물건은 없다는 것이었다.

9시 50분에 면세점을 출발하여 일본의 3대 名城 중 하나인 大阪城으로 향했다. 40여 년 전 유학시절에 여러 번 와보고서 그 규모에 감탄을 금하지 못했던 곳이다. 입장료를 내야 하는 天守閣에는 들어가지 않고서 아내와 함께 바깥 해자 주변을 천천히 산책해 보았다. 11시 20분에 오사카성을 출발하여

都島區 東野田町 4-2-26에 있는 日食샤부샤부 전문식당 카고노屋 京橋東野田店에 들러 스키야키로 점심을 들었다. 한국의 식당 같은 곳에서는 카운트에 명함을 비치해두고서 손님이 마음대로 집어가게 하는 것이 보통인데, 일본에서는 그런 곳이 드물고 물어보아도 명함이 없다고 하는 경우가 많으며, 이 집의 경우에도 내가 요청하여 비로소 한 장 얻었다.

점심을 든 후, 이번 여행의 마지막 목적지인 奈良까지 1시간 정도 이동하였다. 나라공원에 와본 적도 실로 오랜만인데, 지금은 스타벅스 커피 전문점이 들어서 있는 곳에 버스주차장이 있어 그곳에서 하차했으므로 처음에는 좀 어리둥절하였다. 가이드의 인솔에 따라 東大寺 방향으로 걸어서 이동하였다. 예전에 나라국립박물관에서 특별전을 할 때면 더러 와보곤 했었는데, 지금은 그곳 佛像館에서 金峯山寺 金剛力士立像 특별전을 하고 있었다.

가이드가 근자에 어떤 책자에서 읽은 바에 의하면, 나라공원 안에 방목되는 사슴 수는 총 1,105마리라고 한다. 우리는 東大寺 경내로 들어가 鎌倉幕府 시기의 名匠 雲慶·弁慶이 각각 만든 거대한 목조 金剛力士像 둘이 양쪽에 버티고 서있는 남대문을 지나 입장권을 사서 大佛殿 안으로 들어갔고, 대불전을 나온 다음에는 유홍준의 일본답사여행기에서 방문을 추천했다는 三月堂을 거쳐 二月堂으로 올라가 그곳 누대에서 나라시내의 전경을 바라보았다. 대불전 안에는 원래의 東大寺 모습이 1/50 크기로 축소 재현되어 있었다. 그것에 의하면 비로자나 대불전의 좌우로 높이 100m에 달하는 거대한 목조 쌍탑이 버티고 있었다. 대불전 건물은 물론이고 대불 자체도 몇 차례에 걸쳐 재건되었는데, 현재의 것은 높이 16m에 얼굴 길이만 하더라도 5m라고 한다. 아내를 포함한 다른 사람들은 二月堂까지만 둘러보고서 주차장으로 돌아갔으나, 나로서는 여기까지 와서 正倉院을 다시 한 번 찾아보지 않고 돌아가기가 실로 아쉬워 경내의 안내도를 참조해 가며 대불전 뒤편의 正倉院에까지 들렀다가 주차장으로 돌아갔다. 이때까지 오늘 걸은 것은 16,619보였다.

나라에서 關西국제공항 제2터미널까지는 1시간에서 1시간 30분 정도가 걸린다고 한다. 터미널에 도착하여 일본인 기사와 작별하고서 인솔자와 가이드를 포함한 우리 일행은 출국수속을 하였다. 가이드가 휴대폰으로 전달해준 모바일 탑승권 등에 위하면 우리 내외의 좌석은 11E·F이고, 18시 30분에 탑승하여 19시에 출발하며, 우리가 탈 제주항공 7C1353편은 20시 30분에 김해국제공항에 도착할 예정이었다. 그러나 면세점에 들러서 가이드가 추천했던 소화제와 감기약 여러 갑을 구입한 후, B게이트의 입구에서 대기하고 있으려니 비행기 탑승시간이 다소 지연되어 20시 50분부터 탑승한다는 방송이 나왔다. 우리들의 게이트는 B83이었다.

김해공항에 도착한 다음, 부산에 사는 가이드와 작별하고서 9시 20분에 올 때의 솔라티 차량에 탑승해서 김해를 출발하여 진주로 향했으며, 귀가한 후 짐 정리와 샤워, 밀린 신문 열람 등을 거쳐 11시 40분경에 취침하였다. 나흘간의 이번 여행은 실로 꽉 찬 일정이었다.

야쿠시마

■■■ 2024년 4월 6일 (토) 흐림

　더조은사람들의 '바다 위의 알프스 야쿠시마 미야노우라다케 트레킹(5일)'에 참가하기 위해 승용차를 몰고서 아내와 함께 신안동운동장 1문 앞으로 가서, 14시 30분 무렵 강종문 대장과 그 부인 장미랑 씨를 포함한 13명이 소형 리무진을 타고서 출발하여 김해국제공항으로 향했다. 남해고속도로를 경유하여 공항에 도착한 다음 출국수속을 하였다. 11번 게이트에서 17시 30분에 탑승하여 18시에 일본 福岡으로 출발하는 대한항공 KE2137편을 타게 되었고, 우리 내외는 31A·B석을 배정받았다. 약 1시간이 소요되는 짧은 거리라 샌드위치 하나와 작은 물 하나가 제공되는 외에는 기내식이 없으므로, 출국장의 7·8번 게이트 사이에 있는 본까스텔리 식당에서 불고기덮밥(12,500원)으로 석식을 들었다.

　19시 무렵 후쿠오카 공항에 도착하였다. 이번 여행에는 가이드가 동행하지 않으므로, 일행 중 일본어가 가능한 유일한 사람인 내가 사실상 통역의 역할을 맡게 되었다. 일행 중에는 여자가 여덟 명 남자가 다섯 명인데, 내가 가장 연장자이며 70대의 남자 두 명이 더 있다. 공항에서 지하철을 타고 博多驛으로 가서 9시의 新幹線 고속열차를 타고서 1시간 38분 걸려 종점인 鹿兒島중앙역까지 이동하기로 되어 있으나, 우리가 내린 후쿠오카 공항 국제선 터미널에는 지하철이 없고, 무료 셔틀버스를 타고 국내선 터미널로 이동해야 했으며, 거기 지하철역에서 또 한참을 기다리다가 하카타로 가는 지하철을 타고서 두 정거장 다음의 하카타에 도착한 다음에도 또 신간선 역까지 걸어서 이동해야 했다. 도중에 강 대장이 신간선 탑승장 부근에서 무슨 까닭인지 앞서 가는 나를 따라오지 않고서 한참을 서성이기도 하여, 가까스로 가고시마 행 기차에 오르자말자 열차가 이동하기 시작하는 지라, 하마터면 이미 표를 끊어둔 열차를 놓치고서 우리의 전체 일정이 엉망으로 될 번했다. 내가 일본에 유학해 있었던 1982년까지만 하더라도 신간선은 하카타 역까지만 이어져 있었다.

4호차를 타고서 가고시마중앙역에 도착한 다음에도 일정표 상으로는 오늘 아쿠픽 가고시마 호텔에서 숙박하는 걸로 되어 있으나 인터넷 주소 상으로는 Urbic 호텔로 보이고, 역의 직원에게 물어보니 어빅 호텔은 역에서 도보로 1·2분 정도 걸리는 거리에 있다는데 반해, 강 대장이 가지고 온 지도와 주소 상으로는 역에서 택시를 타고 제법 한참을 이동해야만 하는 곳인 鹿兒島市 大黑町 1-9(天文館·이즈로 모퉁이, http://www.or-izuro.jp)에 있는 오리엔탈이즈로 호텔로 되어 있어 혼란스럽기 짝이 없었다. 결국 택시 네 대를 대절하여 내일의 최종 목적지인 屋久島로 출발하는 페리 부두까지 걸어서 10분 정도 거리인 오리엔탈이즈로 호텔로 갔다. 강 대장의 말에 의하면 일정을 짠 여행사 측에서 처음 어빅 호텔로 정했다가 최종적으로는 항구 가까운 곳으로 변경했기 때문에 이런 혼동이 생긴 것이라고 한다. 예약해 둔 비즈니스호텔은 8층 건물의 2층에 프런트가 있고, 4층부터 7층까지가 객실이었다. 아내와 나는 707호실을 배정받았다. 불편한 점은 없으나 별 수로 따질 수 없는 莊級 수준이었다. 샤워를 마치고서 자정이 지나서야 취침하였다.

■■■ 7 (일) 흐리고 야쿠시마는 부슬비

6시 30분부터 호텔 2층 프런트 옆 식당 칸에서 식빵과 커피 및 요구르트로 가벼운 조식을 들고서, 7시 40분에 호텔 입구에 집합하여 걸어서 야쿠시마 행 페리 부두까지 이동하였다. 승선 수속을 마치고서 8시 30분에 출발하는 페리屋久島2를 탔다. 제법 큰 배였는데, 배정 받은 1층 구석방에는 배낭만 둔 채로 3층에 있는 Oceanview라는 이름의 카페 모양 전망 칸에 올라가서 소파에 걸터앉아 바깥 경치를 바라보며 시간을 보냈다.

4시간을 이동하여 12시 30분에 야쿠시마의 동북부에 있는 宮之浦港에 도착하였다. 섬에서 제일 큰 마을인 모양이다. 이 섬은 九州 최남단인 大隅반도에서 남남서쪽으로 약 60km 떨어져 있고, 면적은 울릉도의 세 배 정도로서 오각형 혹은 원형에 가깝다. 지각이 융기하여 이루어진 화강암 섬으로서, 1993년 白神山地와 더불어 일본에서 제일 먼저 유네스코 세계자연유산으로 등재되었다. 토양이 척박하여 나무의 성장이 느린데, 섬 전체의 면적 중 90%가 산으로서, 맨 가운데에 일본 100명산의 하나로서 규슈 최고봉인 宮之浦岳(1,936m)이 있고, 1,000m 이상 되는 산이 45개나 있다. 그러므로 '바다 위의 알프스'라 불리는 것이다. 이러한 이유로 바다에서 습한 공기가 높은 산을 타고 올라와 한국 강우량의 약 10배나 되는 많은 비를 뿌린다. 내가 일본 유학 시절에 TV의 명화극장을 통해 본 적이 있는 이곳을 배경으로 한 흑백영화 「浮雲」에 한 달이면 35일 비가 내린다는 말이 있는데, 이는 강수량이 그만큼 많다는 의미이다. 높이에 따라 아열대에서 아한대에 이르는 다양한 생태계를 이루고 있어, 일본 열도 전체의 생태를 이 섬에서 관찰할 수 있다고 한다. 산에는 특이식물이 많은데, 특히 수령이 수천 년 되는 삼나무들이 자라고 있다. 야쿠시마에는 현재 13,360명의 주민이 살고 있으며, 원숭이는 2만 마리, 사슴 2만 마리 이상이 있다고 한다.

우리는 상륙한 후 부슬비가 내리는 가운데 트렁크를 끌며 걸어서 숙소를 향해 계속 이동했는데, 도중에 宮之浦大橋 부근에서 차를 가지고 나온 숙소 주인을 만났다. 강 대장은 서울 성동구 마장로 194(왕십리우체국 2층)에 있는 ㈜마운틴 트랙에다 우리의 스케줄과 현지와의 연락을 맡긴 모양인데, 주인 말은 피켓을 들고 페리부두에서 우리를 기다렸다고 하나, 강 대장은 마운틴 트랙 측으로부터 사전에 그런 통지를 받지 못했다는 것이다. 아무튼 주인에게 우리 짐을 맡겨 근처에 있는 숙소로 옮겨두도록 하고서, 우리는 그와 그의 처가 운전하는 차량 두 대에 분승하여 투어버스가 출발하는 섬 동부의 야쿠시마 공항으로 이동하였다.

거기서 일본인 관광객들과 투어버스에 동승하게 되었는데, 차 안에서 베레모 같은 푸른색의 동그란 모자를 쓴 중년의 일본인 여자 가이드가 마이크를 들고 설명하면서 우리를 安房에서 15km 떨어진 해발 1,000~1,300m 되는 지점의 자연휴양림 야쿠스기랜드로 인솔해 갔고, 거기에 하차해서는

30~40분 정도 걸어서 천년 이상 된 삼나무 숲으로 안내하였다. 이 섬에서는 천 년 이상 된 삼나무를 야쿠스기(屋久杉)라 하고, 그 이하인 삼나무는 고스기(小杉)로 부른다고 한다. 면적 270헥타르의 드넓은 산림면적에 길고 짧은 다섯 가지 하이킹 코스가 있는데, 우리는 그 중 가장 짧은 30분 코스를 따라 한 바퀴 둘렀다. 섬 안 최고의 숲으로서, 1974년에 白谷雲水峽과 더불어 자연휴양림으로 지정된 곳이다.

야쿠스기랜드를 떠난 다음, 다시 거기서 차도를 따라 안쪽으로 5.7km 더 들어간 지점에 위치한 紀元杉으로 가서 수령 3천 년 정도 된다는 그 나무 주위를 데크 길을 따라 한 바퀴 돌았다. 가슴높이 둘레 8.1m, 나무 높이가 19.5m로서, 『일본서기』 등에 의하면 일본의 건국년도가 기원전 660년이라고 되어 있으므로 그 무렵부터 살아온 나무라는 뜻에서 이런 이름을 붙인 듯한데, 벼락을 맞아 지금은 나무의 위쪽 대부분이 사라져버렸다. 이 섬은 고도에 따라 현저한 식생의 차이가 있는데, 야쿠스기는 해발 천 미터 이상 되는 곳에 주로 서식한다고 하며 그 밖에도 세계에서 가장 키가 크다는 고사리 나무와 이끼 종류가 많았다. 이끼도 5~6백 종류나 되며, 일본에서 자라는 전체 이끼 종류의 2/3가 이 섬에서 보인다고 한다.

돌아오는 도중에 승객들의 숙소 위치에 따라 몇 군데에서 정차한 다음, 마침내 鹿兒島縣 熊毛郡 屋久島町 宮之浦 2373-2에 있는 우리들의 숙소 民宿 야쿠스기莊 부근에다 우리를 내려주었다. 우리 일행의 버스 값은 39,000엔이었다. 숙소는 宮之浦川 가에 위치한 오렌지색 기와지붕의 아담한 2층 집이었다. 우리 내외는 1층 101호실의 宮之浦岳 방을 배정받았다. 제법 널찍한 다다미방이었는데, 실내에 화장실이 있는 것이 아니라 복도 건너편에 공동 화장실이 있고, 대중탕 같은 욕실도 복도를 꺾어 돌면 나오는 별채에 따로 있었다. 화장실 변기는 비데식인데, 일본의 비데식 변기에는 세정 시간이 정해져 있지 않고 사용자가 멈춤 버튼을 눌러야 그치며, 건조 버턴은 없고 화장지로 물기를 닦도록 되어 있는 점이 한국과 다르다. 6시부터 석식이 제공되었다. 된장국 등이 딸린 전형적인 일본식 밥상이었다.

■■■■ 8 (월) 비

3시 40분에 기상하여 숙소 측이 마련해준 조식과 중식 두 도시락을 받은 후 4시 10분에 출발하였다. 어제 오후에 갔던 관광 코스를 다시 따라가 紀元 杉을 지난 후 安房林道재해복구공사 현장에서 하차한 다음, 포장도로를 따라 좀 더 걸어 올라가 05시 46분에 淀川登山口에서부터 등산을 시작하였다. 九州 최고봉인 宮之浦岳(1,936m)에 오르기 위함이다. 1,915m인 지리산 천왕봉보다 조금 더 높고 1,950m인 한라산보다는 조금 낮은데, 우리는 이미 해발 1,000m 이상 되는 지점에 올라와 등산을 시작하는 것이다. 사방이 좀 밝아져 헤드랜턴을 착용할 필요는 없었다.

등산구로부터 1.5km 떨어진 淀川산장에 이르러 조식을 들었다. 거기서부터 고원습지인 花之江河까지는 서북 방향으로 2.7km, 목적지인 宮之浦岳까지는 6.5km의 거리이다. 산장은 조그맣고 그 부근에 화장실이 하나 있는데, 그곳은 변을 본 후 자기 대변을 비닐봉지에 담아 가지고 가야하는 携帶화장실이었으므로 우리 일행 중 아무도 거기서 용무를 보는 사람은 없었다. 등산로는 대체로 능선을 따라 나 있으므로 경사가 그다지 가파르지는 않았다. 도중에 전망대도 몇 군데 있었으나 사방에 안개가 자욱하여 아무것도 보이는 것이 없으므로 다들 그냥 지나쳤다. 산장에서 2.7km 떨어진 고원습지 小花之江河를 지나 400m를 더 가면 花之江河에 이르는데, 일본 최남단에 위치한 泥炭습지라고 한다.

花之江河에서부터는 북쪽으로 코스를 잡았다. 등산로에는 나무를 깎아 미끄러지지 않도록 군데군데 일정한 간격으로 홈을 파놓은 나무판자를 두 개 정도씩 옆으로 나란히 붙여서 보도를 만들어두었다. 높이 올라가면 갈수록 이 섬의 가장 유명한 식물인 삼나무는 거의 보이지 않고, 잎은 철쭉 같으나 흰색의 작은 초롱처럼 생긴 꽃들이 밀집하여 피어 있는 것과 잎은 네팔국화인 랄리구라스 비슷하고 껍질 없는 줄기가 지면을 향해 마구 구부러져 뻗어있는 나무들이 많았다. 등산을 시작할 때는 비가 거의 내리지 않아 다행이라 여겼는데, 위로 올라갈수록 점점 빗발이 강해졌으며, 宮之浦岳 정상 다다랐을 때는 나무를 깎아 길쭉하게 세운 검은 색의 정상표지 기둥 외에는 사방에 안개가 자욱하여 조망이라고 할 것이 없었다.

정상에서 오늘의 숙소인 新高塚산장(1,500m)까지는 다시 동북 방향으로 3.5km를 더 나아가야 한다. 그쪽 길을 걸을 때는 거의 기진맥진이었고, 빗발은 점점 더 굵어져 방수복을 입었음에도 불구하고 속옷까지 다 젖었을 뿐 아니라 등산화 안에도 온통 물이 스며들었다. 新高塚산장은 야쿠시마의 상징인 繩文杉까지 1.9km를 남겨둔 지점에 위치해 있는데, 淀川산장보다는 훨씬 규모가 커서 바깥에서 보면 2층이고 내부는 트여져 나무 침대가 2층으로 되어 있을 따름이었다. 16시 07분에 그곳에 닿았는데, 오늘의 소요시간은 10시간 21분, 오르내림을 포함한 총 거리는 13.51km, 걸음수로는 17,531보였다.

도착하니 한기가 덮쳐왔다. 배낭을 열어보니 설상가상으로 갈아입을 옷가지도 꽤 젖어 있고, 심지어는 슬리핑백에도 약간 물기가 스며있었다. 깊은 산속이라 인터넷도 물론 안 된다. 산장은 避難小屋의 역할을 하는 곳이기 때문에 지키는 사람이 없을 뿐 아니라 전기는 물론 불도 없으므로, 어두워지면 헤드랜턴을 사용해야 한다.

강대장이 끓여주는 라면을 점심 겸 저녁으로 좀 먹고서 안으로 들어가 복도를 사이에 두고 양쪽으로 늘어선 나무 침대 중 2층 하나를 나 혼자 차지하고는 일찌감치 자리에 누웠다. 우리 일행 외에 다른 숙박인은 없었다. 좀 젖은 새 옷으로 갈아입은 채 슬리핑백 속으로 들어가 체온으로 말리는 수밖에 없었다. 밤새 창밖으로 소나기 퍼붓는 소리가 계속 들려오고, 침대의 목판 바닥으로부터도 한기가 스며드는 듯하여, 이리저리 뒤척이며 계속 자세를 바꾸면서 체온을 유지하고자 했다. 세수는 물론 하루 종일 양치질도 하지 않았고, 비가 내리는 지라 바깥으로 나가 숲속에서 용변을 볼 엄두조차 내지 못했다. 깊은 잠은 들지 못했지만 그래도 식사 하고서 일찌감치 누웠으니 지난 이틀간의 수면부족은 시간상으로 좀 보충된 듯하다.

■■■ 9 (화) 맑음

아침 5시 반 무렵 기상하여 강대장이 끓여준 누룽지와 집에서 가져온 반찬 등으로 조식을 든 후, 비가 그쳤으므로 밖으로 나가 잠시 양치질을 했다.

6시 10분 무렵 연장자인 내가 일행보다 한 발 앞서 출발하여 하산하기 시작했다. 1.7km 떨어진 곳에 高塚산장이 있고, 거기서 200m 더 내려가면 繩文杉이다. 조몬스기에 도착할 때까지 계속 혼자서 걸었다. 한국과 달리 일본의 산길에는 개인이나 산악회가 단 리본은 전혀 없고, 이 섬에는 屋久島 森林管理署에서 단 것으로 보이는 비닐로 된 핑크빛 끈이 여기저기에 매달려 있는데, 그것은 길 안내를 위한 것이다. 물론 산속에 쓰레기는 일체 눈에 띄지 않는다.

조몬스기는 높이 25.3m, 둘레 16.4m로서 확인되어 있는 것으로는 최대의 屋久杉이며, 한국의 TV를 통해서도 여러 번 본 바 있는 것이다. 1966년에 岩川貞次 씨의 소개에 의해 널리 알려진 것이라고 한다. 그 두께는 어른 열 명이 손을 연결해야 간신히 닿을 정도이다. 繩文이라 함은 일본 역사상 최초의 선사시기인 繩文토기시대를 의미하는 것으로서, 추정 수령이 7,200년이라는 설도 있지만 그것은 알 수 없는 바이다.

조몬스기에도 우리 일행이 제일 먼저 도착한 듯 했지만, 그 아래로 더 내려가다 보니 가파른 경사로를 따라 올라오는 일본인과 서양인들이 거의 줄을 잇다시피 했다. 등산로도 더 잘 정비되어 있었다. 도중에 일본인 젊은 여성 몇 명 팀을 만났는데, 그녀들은 高塚산장에서 일박했노라고 했다. 夫婦杉을 지났을 무렵 일본인 남자 몇 명이 멈춰 서서 경치 구경하고 있는 것을 만나 숲 사이로 바라보이는 두 봉우리가 무엇이냐고 물었더니, 바로 앞에 보이는 것은 翁岳(할아버지산)이고 그 오른편의 더 높은 봉우리는 宮之浦岳이라고 일러주었다. 어제 비와 안개 속에서 제대로 보지 못했던 정상의 풍경을 여기 와서 비로소 마주치게 되었는데, 얼마 후 정상은 다시 구름에 가려버렸다.

마침내 윌슨그루터기에 다다랐다. 둘레가 13.8m, 벌채 시기 추정 수령은 약 3,000년으로서, 1586년 豊臣秀吉이 薩摩藩(지금의 鹿兒島)의 영주인 島津씨에게 명하여, 京都 東山에 건립한 方廣寺 大佛殿의 用材로서 벌채하게 했던 나무의 그루터기 중 하나라는 설도 있다. 영국에서 태어난 미국 식물학자 윌슨에 의해 1914년 조사된 시기에 이런 이름이 붙여졌다. 미야노우라 항구의 여객 터미널 부근에 윌슨박사 현창비가 서 있다. 벌채 시기는 대체로 18세기로 전해지며, 屋久島에서 가장 오래된 그루터기이다. 내부에 조그만 神堂이 있고, 텅 빈 내부 공간 안에서 지하수가 솟아나 흐르고 있으며, 올려다보면 하트 모양의 하늘이 나타난다.

윌슨 그루터기에서 600m 더 내려오니 협궤열차의 선로에 다다랐다. 오늘 우리가 내려온 이 산길은 大株步道라고 불리는데, 이 역시 윌슨 그루터기(株)에서 유래한 이름일 것이다. 도중에 조몬스기를 비롯하여 수령 천 년이 넘는 야쿠스기의 거목들이 많았다. 선로가 시작되는 장소 끄트머리에 그냥 변을 볼 수 있는 화장실이 있었는데, 쪼그리고 앉기가 너무 불편하여 포기하고 말았다. 여기서부터 오늘 우리들의 최종 목적지인 白谷雲水峽까지는 7.7km이며 거기로 접어드는 楠川갈림길까지는 3.8km이다. 협궤선로는 安房川을 따라 이어져 있는데, 처음에는 강물이 까마득한 계곡 아래로 흐르다가 점차 선로와 가까워졌다. 도중에 바이오화장실이 하나 있어 이틀 만에 비로소 용무를 마칠 수 있었다.

협궤선로의 가운데에 나무 보도가 계속 깔려 있고, 침목 가에도 분홍색 끈이 여기저기 못으로 꽂혀 있었다. 곳곳에 동백꽃이 떨어져 있고, 하얀 철쭉도 눈에 띄었다. 엊그제 투어버스를 탔을 때는 길가에 원숭이 무리가 몇 차례 나타났고 사슴도 한 번쯤 나타났었는데, 어찌된 셈인지 이번 산행 중에는 그 흔하다는 원숭이나 사슴을 한 마리도 보지 못했다. 우리 일행 중 앞서 걷던 여성 팀은 원숭이를 보았다고 하나 우리 내외는 원숭이의 똥도 보지 못했다. 그리고 엊그제 야쿠스기랜드에 갔을 때 사과 같은 열매가 달린다고 하여 능금동백이라 불리는 동백나무가 여기저기 눈에 띄었는데, 철로 가의 동백나무에서는 그런 열매를 보지 못했다.

철로 도중에 '小杉谷·石塚集落과 小杉谷小中學校 흔적'이라는 안내판이 있어 거기서 일행이 다시 모여 얼마간 쉬다가 출발하였다. 그곳 설명문에 의하면, 이 마을은 1923년에 목재 반출을 위한 삼림궤도가 부설되자 국유림경영의 前線基地로서 탄생하였다. 1953년에는 마을에 전기가 들어오고, 전성기인 1960년에는 540인이 생활하는 임업마을이 되어 여러 가지 편의시설들이 들어섰으나, 1970년에 小杉谷사업소의 閉山과 더불어 반세기에 걸친 역사에 종지부를 찍었던 것이다. 그러나 지금도 이 선로에는 삼림관리를 위한 토로코 열차가 가끔씩 통행하는 모양이다. 철로의 이름은 安房森林軌道이다. 安房(안보)은 이 일대의 지명으로서, 屋久島에서 두 번째로 큰 행정구역이다. 屋久島는 가고시마현 본토에 있는 霧島국립공원과 함께 1964년에 霧島屋久국립공원으로 지정되었다가 2012년에 독립하여 屋久국립공원이 되었다지만, 산중의 안내판 등에서는 이 두 명칭을 지금도 다 볼 수 있다.

우리는 小杉谷사무소 흔적을 지나고서도 철로를 따라 한참 동안 계속 나아갔는데, 뜻밖에도 그 끝은 荒川登山口였다. 12시 58분에 산행을 마쳤고, 소요시간은 6시간 48분, 총 거리는 13.83km, 걸음 수로는 22,953보였다. 철로 중간 지점의 三代杉을 지난 후 小杉谷사무소 遺址에 이르기 한참 전에 楠川갈림길이 있고, 거기서 동쪽 방향인 이쪽으로 오는 대신 철길을 버리고서 북쪽 길로 계속 나아가면 한참 후에 목적지인 白谷雲水峽에 닿는 것인데, 그 갈림길을 그만 지나쳐버린 것이었다.

시라타니 운수협곡은 해발 600~1,050m, 면적은 424헥타르로서, 야쿠스기 삼나무 등의 원시적인 산림을 쉽게 감상할 수 있는 곳이다. 또한 숲 입구 근처를 흐르는 시라타니 강의 淸流, 겹겹이 쌓인 바위와 깎아지른 계곡을 가까이서 볼 수 있는 곳이기도 하다. 그리고 약 1시간에서 4시간에 걸치는 세 가지 하이킹 코스가 있는 산림 레크리에이션 지구로서, 야쿠스기랜드와 더불어 이 섬을 대표하는 자연휴양림으로 지정되어 있다. 미야노우라에서 10km, 자동차로 25분 거리이며, 미야노우라 항까지 노선버스를 이용할 수도 있는 것이다.

강 대장 내외는 10년 쯤 전에 당시 70대 초반이었던 지인 부부와 함께 3박 4일 일정으로 야쿠시마에 와 이번처럼 宮之浦岳과 繩文杉을 이어서 종단하지 않고 각각 왕복하는 코스로 등반한 바 있었다고 한다. 당시에 가이드 한 명을 고용하여 이곳 荒川登山口에서 繩文杉 방향으로 진행했으므로 이 코스가 익숙했던 셈이다. 또한 그 때는 협궤 선로 안에 나무보도가 깔려 있지 않아 걷기에 불편했다고 한다.

그러나 이곳 아라카와 登山口에서는 2시간 후인 오후 3시에야 비로소 동남쪽 방향인 屋久自然館으로 가는 버스가 있을 따름이었다. 그곳에서 일본인 젊은 등산객을 만나 그를 통해 宮之浦나 安房의 택시회사로 전화를 걸어보기도 했으나, 요금이 비쌀 뿐 아니라 세 군데 있는 택시회사에서 모두 13인분의 택시를 보내줄 수 없다는 응답을 받았다. 숙소인 야쿠스기莊으로 전화를 걸어보기도 했지만 차를 보내주겠다는 대답은 없었고, 버스를 타고서 자연관에 도착한 다음 거기서 택시를 부르거나 아니면 걸어서 바닷가까지 나가 노선버스를 타도록 하라는 것이었다. 실로 난처한 지경에 빠졌는데, 나중에 버스표 파는 사람에게 물어 마침내 야쿠스기자연관에서 110m 떨어진 위치의 버스정거장에 도착한 다음, 15시 48분 버스로 갈아타고 15시 53분에 牧野까지 가서 내려, 다시 16시 23분에 安房을 거쳐 宮之浦까지 가는 버스로 갈아타면 17시 09분에 宮之浦港에 도착할 수 있다는 것을 알았다.

그대로 하여 宮之浦소학교 앞에서 하차하여, 10분 정도 걸어서 어제의 숙소에 도착하였다. 도착한 다음 浴衣와 그 겉저고리인 푸른색 丹前으로 갈아입고서 먼저 욕실로 가 세수와 면도를 하였고, 욕탕에 잠시 몸을 담갔다가 6시 무렵 석식을 들었다.

■■■ 10 (수) 맑음

오전 7시에 조식을 들고서 가져온 캐리어들은 야쿠스기莊의 차량에다 맡기고, 우리 내외를 제외한 다른 일행들은 걸어서 미야노우라 항으로 향했다. 나는 어제 강대장이 9시에 출발한다고 했던 말을 믿고 방안에서 일기를 입력하고 있다가 뒤늦게야 밖으로 나와 한참을 기다린 후, 숙소 안주인이 운전하는 밴에 올라타 짐과 함께 항구로 이동하였다. 안주인은 노란색의 비교적 체구가 작은 개 한 마리를 늘 데리고 다니며, 차에서도 조수석에 태우고 있었다.

항구에서 우리는 올 때 4시간 걸렸던 대형 페리와는 달리 Rocket1이라고 하는 쾌속선 111편을 타고서 10시 40분에 출발하여 12시 30분까지 약 두 시간 걸려 가고시마에 도착하였다. 야쿠시마와 가고시마 사이에 種子島가 길게 위치해 있으며, 그 섬은 역사적으로 조총의 전래지일 뿐 아니라 현재 일본을 대표하는 우주센터가 위치해 있는 곳이기도 하여 내가 익히 아는 바이다. 올 때 페리에서 여러 섬이 바라보였으나 그 이름들을 알 수 없었는데, 돌아갈 때는 쾌속선의 우리 내외가 앉은 오른쪽 제일 앞자리에서 바다 외에 이렇다 할 섬을 보지는 못했다. 섬처럼 길쭉한 사타 곶을 지나 가고시마 항구에 접근하자 날씨가 맑아 올 때 능선 부분을 구름이 덮고 있었던 활화산 櫻島 전체가 선명하게 드러나 있었다. 이 화산은 지금도 가끔씩 큰 분화를 일으켜 매스컴에 등장하기도 하지만, 明治維新의 주역들 상당수를 배출한 가고시마의 상징이라 할 수 있다.

택시 네 대에 나눠 타고서 鹿兒島중앙역으로 향했다. 강 대장은 14시 17분에 출발하여 15시 43분에 博多에 도착하는 新大阪 행 九州新幹線의 열차표를 이미 예매해 있었는데, 출발 때까지 시간이 꽤 있으므로 신간선 티케팅 장소 부근의 西鹿兒島驛 구내식당 자본라멘이라는 곳에서 櫻島차슈라멘(1,100엔)과 차슈炒飯(600엔) 둘 중 하나를 선택하여 점심을 들기로 했다. 나는 라면, 아내는 볶음밥을 주문하였다.

신간선 사쿠라 560호의 7호차 2번 A·B석에 아내와 나란히 앉아 하카타로 향했고, 도착해서는 다시 택시 네 대에 분승하여 후쿠오카 공항 국제선 터미널로 향했다. 52A 게이트에서 대기하다가 20시에 출발하는 대한항공 KE2138편 52A·B석에 아내와 나란히 앉아 부산으로 향하게 되었다. 공항에 도착한 이후로도 네 시간 정도나 남으므로, 강 대장은 그 사이 우동으로 석식을 들자고 말했으나 그 가격이 예상보다 비쌌던 까닭인지 결국 매식은 하지 않았고, 기내에서 주는 연어 샌드위치 하나로 때웠다. 스케줄상으로는 첫날과 마지막 날의 석식은 기내식으로 되어 있는데, 첫날은 기내식이 없다고 하여 김해공항에서 사먹었던 것이지만 오늘처럼 샌드위치와 작은 식수 하나가 나왔던 것이다. 20시 55분 무렵 김해국제공항에 도착했는데, 기내의 방송에 의하면 실제 비행시간은 35분 정도라고 한다. 올 때는 40분이라고 했다.

김해공항에서 첫날 타고 왔던 소형 벤츠 리무진에 다시 올라 진주로 와,

운동장 안에 세워둔 승용차를 몰고서 집에 도착하였다. 짐 정리를 하고 샤워를 마친 후, 그 동안의 신문을 대충 훑고 나서 자정이 지난 시각에 취침하였다. 오늘이 22대 국회의원 선거 날인데 여당인 국민의당이 참패하였다.

영국·아일랜드

5월

■■■ 2024년 5월 21일 (화) 한국은 맑고 영국은 비

밤 12시 반에 기상하여 세수를 마친 다음 카카오택시를 불러 아내와 함께 개양의 나그네김밥 앞 시외버스정거장으로 향했다. 진주와 인천공항 사이의 버스는 이즈음 하루에 다섯 번씩 왕복하는데, 오전 8시 집합시간에 맞추기 위해 그 첫 차인 01시 25분 발 경원여객 우등고속버스를 탄 것이다. 정거장에 도착한 후에야 여권과 지갑, 노트북 컴퓨터 등이 든 배낭을 가져 오지 않은 사실을 깨닫고서 조금 전 우리를 내려준 카카오택시를 다시 불러 집으로 되돌아가서 새로 가져왔다. 아내는 처가의 가훈이 유비무환이라면서 매사에 시간을 서두르는 경향이 있는데, 그런 까닭에 버스가 도착하기까지는 아직 25분 정도가 남아 있어 이럭저럭 시간을 맞출 수 있었던 셈이다. 집에서는 2시간 반 정도 밖에 눈을 붙이지 못했으므로, 버스 속에서 계속 눈을 감고 있었고, 05시 55분쯤 인천국제공항 제2터미널에 도착했다.

시간이 꽤 남았는데, 아내가 인솔자인 롯데관광의 김병무 씨와 통화하여 집합장소인 H카운터 쪽으로 가지 않더라도 여권만 제시하면 대한항공 카운터에서 바로 출국수속을 할 수 있음을 알고서 D카운터의 대한항공 데스크로 가서 티켓을 받고 짐을 부친 다음, 다른 일행보다 먼저 출국장으로 들어갔다. 조식용으로 넣어둔 우리 부부 배낭 속의 두유 한 팩씩이 검색에 걸려 압수되었다. 254게이트에 도착한 다음 새로 사온 물과 두유 그리고 집에서 가져온 깍은 밤알 등으로 간단한 조식을 들었고, 10시 10분부터 탑승이 시작되었다. 우리 내외는 48B·C석을 배정받았는데, 창가의 48A석에 다른 승객이 타지 않았으므로 좌석을 좀 넓게 사용할 수 있었다.

우리가 탄 대한항공의 KE907편은 10시 50분에 출발하여 약 14시간 30

분을 비행한 끝에 17시 20분쯤 런던의 히드로(Heathrow) 공항 제4터미널에 도착하였다. 비행기 안에서도 한동안 눈을 붙이고 있다가 좌석 앞 모니터를 통해 이런저런 프로그램들을 시청하였다. 아이유의 노래, 런던의 「프롬스 2023」 라스트 나이트 콘서트, 「해리포터」에 나오는 형제 두 명을 포함한 중년 남자 세 명의 싱가포르 여행, 예전에 한 번 시청한 바 있었던 다큐영화 「어른 김장하」, 사카모토 류이치가 자신이 작곡한 작품들을 직접 야마하 피아노로 연주하는 흑백 음악 프로, 캐나다 토론토 시에 거주하는 한인교포 가족의 일상을 코믹하게 다룬 시리즈 「김 씨네 편의점」 1부에서 4부까지, 한국에서 이즈음 천만 관객을 모은다는 마동석 주연의 액션 영화 「범죄도시」의 2부 및 3부 일부 등을 시청하였다.

인천공항의 게이트 앞에서 인솔자 김병무 씨를 만나 스케줄 등을 받았는데, 그는 크루즈 투어를 인솔하여 출국했다가 귀국하자말자 다시 우리들의 영국 여행을 맡게 된 모양이다. 비교적 젊어 보이는 사람이었다. 히드로 공항에서는 블루진 바지를 입은 현지 가이드의 영접을 받았다. 우리 일행 중 손님은 총 27명이며, 그 외에 인솔자와 가이드 한 명씩이 동행하게 되는 셈이다. 27명 중에는 우리처럼 부부동반으로 온 사람들이 많은 듯하고, 승복을 입은 비구니 한 명도 포함되어 있었다.

히드로 공항에는 부슬비가 내리고 있었다. 불러온 대절버스를 타고서 15분쯤 이동하여 공항 근처 Great South West Road, Feltham TW14 0AW에 있는 Atrium Hotel Heathrow에 투숙하게 되었다. 우리 내외는 1220호실을 배정받았다. 지상 6층의 푸른색 건물인데, 영국에서는 관례상 카운터가 있는 1층이 G층이므로, 한국으로 치자면 사실상 2층인 셈이다. 영국과 한국의 시차는 9시간이나, 지금은 서머타임 기간이므로 영국 시간이 한국보다 8시간 빠르다.

이번 여행은 롯데관광의 '[KE] 영국 완전일주' 혹은 '셰익스피어에게 여행을 묻다' 라는 상품으로서, 8박10일 동안 잉글랜드/스코틀랜드/북아일랜드/웨일스/아일랜드를 일주하는 행사이다. 가격은 노 쇼핑 노 옵션으로 성인 1인당 669만 원이며, 전일정 공동경비라는 명목으로 가이드·기사 팁

100파운드가 별도로 있는데, 우리 내외는 일찍 예약했던 까닭인지 가이드·기사 팁 외에는 사실상 1인당 599만 원씩만 지불하여 70만 원 득을 본 셈이다. 첫날은 중식과 석식이 기내식으로 제공되었으며, 가이드 미팅 후 호텔로 이동하여 투숙 및 휴식하는 것이 전부이다. 현재의 영국 파운드 환율은 1,731.93원이다.

■■■ 22 (수) 비

8시에 출발할 예정이었으나, 이번 여행에 사용할 새 대절버스가 트래픽에 걸렸는지 늦게 도착하여 8시 40분에 출발하게 되었다. 현지 가이드의 이름은 하현호로서 아일랜드에 거주한다고 하며, 기사 이름은 Paul이다. M25고속도로를 따라 1시간 30분 정도 북상하여 옥스퍼드 시로 이동하였다. 대절버스는 VDL 제품으로서 Insight Vacations 회사 소속인데, 50인승이다.

영국은 크게 보아 브리튼 섬과 아일랜드 섬으로 이루어져 있는데, 잉글랜드·스코틀랜드·웨일스·북아일랜드의 네 개 나라로 구성되어 있으며, 독립국인 아일랜드공화국까지 합하면 이 두 개 섬에 다섯 개의 나라가 존재하는 셈이다. 두 섬은 북위 59~69도에 걸쳐 있어 캄차카와 비슷한 위도인데다, 사방이 바다로 둘러싸여 있어, 1년 중 250일 정도 비가 내리지만 총 강수량은 한국보다도 오히려 적다고 한다. 우리 내외는 운전석 다음의 가이드 자리 바로 뒤인 두 번째 줄 왼편에 앉았다.

영국의 차량은 한국과 반대로 운전석이 오른쪽에 위치해 있으며, 차량의 번호판도 앞은 파랑색, 뒤는 노란색으로서 서로 다르다. 우리는 오늘 중부의 끝이자 북부의 시작인 체스터까지 이동하며, 이번 여행 중 총 3,000km 이상을 달릴 예정이다. 우리 차는 도중에 M40 고속도로에 접어들기도 했다. 영국은 자동차를 매입할 때 고속도로 사용료에 해당하는 세금을 이미 납부하기 때문에 따로 고속도 사용료를 내지는 않으나, 군데군데 민간자본이 건설한 고속도로가 있어 그런 곳은 사용료를 내야 하지만, 그 근처의 휴게소에서 기사가 비용을 지불하고 음료수 등 어떤 물건을 구입한 증거를 제시하면 그 사용료조차 물지 않아도 된다고 한다. 영국의 도로 상에는 자국산 승용차가 거의 눈에 띄지 않는데, 가이드에게 물어보니 이 나라에서 생산하는 롤스로이스·랜드로버·재규어 같은 승용차는 모두 고급기종이며, 또한 영국인은 싸고 성능이 좋으면 그만이지 자국산 차에 대한 애착은 별로 없다고 한다. 운전석의 위치가 영국과 같은 일제 토요타가 가장 선호하는 제품인 모양이다.

옥스퍼드 시는 인구 40만 정도인데, 대학이 먼저 들어서고 또한 중심이 된 도시로서 이탈리아의 볼로냐대학 다음으로 세계에서 두 번째로 오래된 대학이다. 현재는 대학보다도 BMW 같은 운수산업의 공장이 이 도시의 경제를 지탱하고 있는 모양이다. 중세의 대학들이 대부분 그렇듯이 수도원이 중심이 되어 설립된 것이며, 캔터베리대주교가 역대 총장을 역임해 왔다. 케임브리지는 이 대학의 학생 중 살인사건을 일으켜 퇴학처분을 받아 근처의 다른 수도원 도시로 옮겨간 학생이 중심이 된 것으로서, 왕실대학의 성격을 지녔다고 한다. 튜터리얼이라 하여 학생과 교수가 1대 1로 대면하여 수업하는 것이 중심이며, 옥스퍼드에는 44개의 칼리지가 있는데, 칼리지라 함은 기숙사가 중심이 되어 있고 여러 면에서 독립적인 것이다. 마을과 대학의 경계가 없이 함께 섞여 있다. 이곳 칼리지 중 가장 큰 것이 우리가 오늘 그 내부를 둘러보는 크라이스트처치이며, 그 옆의 머튼 칼리지는 가장 오래된 것 중 하나이다. ox는 소, ford는 강이라는 뜻인데, 중국어로는 牛津이라 번역한다.

크라이스트처치 칼리지는 헨리 8세 시절의 추기경이었던 울시가 1525년에 추기경 양성을 위해 설립한 것으로서, 식당인 Great Hall은 영화 '해리포터'를 촬영한 장소로 유명한데, 식당 벽에 빙 둘러가며 초상화들이 즐비하게 걸려 있고, 그 중심에는 헨리8세의 전신상이 크게 부각되어 있다. 성당을 겸하고 있는 예배당은 규모는 그다지 크지 않지만 내부가 웅장하고 스테인드글라스와 천장화가 아름답다.

그 옆의 머튼 칼리지는 1264년 월터 드 머튼에 의해 창설된 것으로서, 작은 규모의 대학이기는 하지만 역사는 가장 오래된 것 중 하나이다. 『반지의 제왕』의 작가 톨킨이 교수를 지냈으며, 『나니아 연대기』의 작가도 이곳 출신이라 '판타지의 성지'라고 불리며, T. S. 엘리엇도 이곳에서 수학하였다.

옥스퍼드를 비롯하여 영국의 역사가 오래된 대학이나 역사적 건조물들은 코츠월드에서 생산되는 베이지색 돌로 건축된 것들이 대부분이다. 현재 이 대학의 학생 수는 만 명 정도 된다고 한다.

옥스퍼드 시를 떠나 북상하는 도중, 다음 목적지인 스트래트포드 어폰 에이번에서 가까운 위치에 있는 The Charlecote Pheasant Hotel의 부설식당이라는 곳에서 영국의 대표적 음식인 피시앤칩스로 점심을 들었다. 여행 중의 음식은 대부분 전식·본식·후식의 세 코스로 이루어지는데, 이곳의 전식은 샐러드와 빵, 후식은 아이스크림이 나왔다. 셰익스피어의 출생지이자 그가 만년을 보내다 죽은 장소인 스트래트포드 어폰 에이번은 번역하자면 '에이번 강 상류의 스트레트포드'라는 뜻이다. 인구는 5만 이하이나 1년에 관광객이 500만 명 정도 찾아든다고 한다. 우리는 이곳에서 셰익스피어가 태어나 소년기를 보낸 생가의 내부와 그가 다녔던 그래머 스쿨, 그의 가족이 말년인 1597년부터 1616년까지 살고 그가 거기서 죽었던 뉴 플레이스 등을 둘러보았다. 생가는 전형적인 튜더 양식 건물로서 뼈대는 16세기의 것이고, 19세기에 수리해서 깨끗하게 보존되어 있다. 그의 아버지 존은 마을의 가죽 세공업자로서 부유하게 살다가 길드의 선거에 거듭 출마하여 가산을 탕진하고 몰락하였으며, 그 때문에 아들 윌리엄은 학교를 중퇴하고서 15세에 런던으로 떠나 엘리자베스 1세 여왕 시절에 마침내 극작가로서 크게 성공을 거두게 되었던 것이다. 2층 건물의 내부는 당시의 모습대로 재현되어 있으며, 2층에 그가 태어난 방이 있다. 나는 그곳 기념품점에서 한국어판 셰익스피어 공식 안내서 한 권을 4파운드 주고서 샀다. 생가 앞의 거리에 그의 동상이 서 있었다. 1564년에 태어나 1616년에 죽은 그는 연상인 앤 해서웨이(약 1555~1623)와 결혼하여 3남매를 두었는데, 그 손자 대에 후손이 끊어졌으며, 그의 유산은 외손녀에게 상속되었다.

또한 미국 하버드 대학의 설립자 존 하버드의 외할아버지로서 유명한 도축업자였던 토마스 로저스가 1594년과 1595년의 대화재 이후 지은 3층 건물이 남아 있었는데, 그 집에 하버드 하우스라는 이름이 붙어 있었다.

스트레트포드 어폰 에이븐을 떠나 3시간 정도 북상하는 도중에

Stoke-on-Trent Stafford라는 곳을 지나쳤다. 그곳은 영국의 도자기 산업을 대표하는 곳으로서, 소의 뼈 성분을 섞어 흙으로 빚은 본차이나 제품을 탄생시킨 고장이며, 조슈아 웻지우드라는 사람이 그 산업을 대성하여 웻지우드가 영국 도자기를 대표하는 이름이 되었는데, 그 외손자가 찰스 다윈으로서 다윈이 갈라파고스 섬에서 3년간 머물며 진화론을 완성한 배경에는 외할아버지의 적극적인 경제적 뒷받침이 있었다고 한다.

일정표 상으로는 오늘 리버풀에서 1박하는 것으로 되어 있지만, 사실상 그 부근의 도시인 체스터의 Warrington Road, Chester Ch23PD에 있는 Doubletree by Hillton이라는 호텔에서 묵게 되었다. 이곳은 일정표 상으로는 제7일인 27일의 마지막 코스로서 들르기로 되어 있는 곳이다. ster라 함은 고대 영어로 요새라는 뜻으로서, 로마 시대의 성벽이 남아 있는 곳이다.

호텔은 3층 건물인데, 7시 30분에 0층 식당에서 석식을 들었다. 토마토 수프 전식과 소갈비 스테이크 본식, 케이크 후식이 나왔다. 이틀간의 여행 중 새삼 느끼게 된 것이지만, 잉글랜드도 프랑스처럼 평원지대가 많고, 가는 곳마다 숲은 프랑스보다도 더욱 울창하였다.

▰▰ 23 (목) 부슬비

여행 사흘째.

오전 6시 30분부터 조식을 들고서 8시에 출발하였다. 영국은 브렉시트 이후 외국인에게 비자 발급을 매우 까다롭게 하고 있다지만, 그래도 거리나 식당 등의 업소에 인도인 같은 유색인종이 적지 않게 눈에 띈다. 현재의 영국 총리 수낙 씨 또한 인도계의 인물인 것이다. 영국은 미국과 달리 대부분의 식당이나 숙소에서 팁을 주지 않아도 무방하다. 어쩌면 팁 문화란 미국 특유의 것인지도 모르겠다.

버스를 타고서 15~20분 정도 이동하여 먼저 체스터 시내를 둘러보았다. 체스터는 잉글랜드 서북부 체셔 주의 유서 깊은 도시로서 성벽으로 둘러싸여 있다. 2천 년 전 로마 군이 쌓은 성벽으로서 그 동쪽 문루에 1897이라 새겨진 높다란 시계탑이 있고, 그 위에 VR이라는 글자가 눈에 띈다. V는 빅토리아, R은 레지나 즉 빅토리아 여왕을 의미하는 이니셜이다. 영국의 각지에서 이처럼 왕을 의미하는 두 개의 글자 끝에는 늘 R자가 들어간다.

성벽 위를 걷는 산책에서 내려와 근처의 체스터 대성당에 들러보았다. 오랜 역사를 자랑하며 5백년의 세월 동안 건조된 것이라 여러 건축양식이 혼합되어 있다고 한다. 16세기 튜더 양식의 건물들은 흙과 나무로만 지었으므로 뒤틀림이 있기 마련인데, 시내에는 그 양식을 모방하였으나 돌과 철근으로 지어 반듯한 건물들이 많이 눈에 띄었다.

크로스라고 하는 시의 중심부 일대까지 걸어보았다. 길가에 서브웨이라는 문구가 몇 군데 눈에 띄어 이 정도 규모의 도시에 지하철이 있나 하고 의아하게 생각했었는데, 알고 보니 그것은 프랜차이즈 샌드위치 가게의 이름이라고 한다. 영국에서 지하철이 있는 도시는 런던과 버밍엄, 뉴캐슬의 세 개뿐이다. 로마 시대의 원형경기장 일부도 발굴되어 남아 있었는데, 그곳은 불독 개를 이용하여 말을 물도록 하는 스포츠인 불독 베이팅이 행해지던 곳이라고 한다.

체스터를 떠난 이후 50분 정도 이동하여 리버풀로 향했다. 잉글랜드 북서부 머지사이드 주의 도시로서 비틀즈와 축구로 알려진 곳이다. 산업혁명 당시 이웃한 도시 맨체스터에서 생산된 제품의 수출항이 이곳이었기 때문에 화려한 빅토리아 양식의 건물들이 많으며, 전성기에는 인구가 180만 명에 달하였으나, 맨체스터가 운하를 뚫어 이웃한 사우샘프턴으로 물자를 운반하게 되면서 1900년대에 경제가 몰락하여 현재의 인구는 80만 명 정도이다.

먼저 비틀즈의 거리라고 불리는 대표 관광명소 매튜 스트리트로 향했다. 거기서 초기에 비틀즈가 활동했던 캐번 클럽에 들렀다. 이곳에서 1961년부터 1963년까지 300번 가까운 공연을 통해 그들이 받은 공연의 입장료는 단돈 5파운드였다고 한다. 비틀즈는 존 레넌에서 비롯하여 폴 매카트니, 조지 해리슨이 차례로 가담하였으며, 초기에는 3인조 보컬 그룹이었는데 브라이언 앱스타인이라는 음반가게 주인이 그들의 매니저로 합세하면서부터 링고

스타가 드러머로서 추가되었다. 시작 당시 존 레넌과 폴 매카트니는 18세, 조지 해리슨은 17세로서 영국 법률상으로는 미성년자의 공연활동이 위법이었기 때문에 독일의 함부르크로 활동 무대를 옮겼다가 후에 다시 이리로 돌아왔던 것이다. 앱스타인의 가담 이후 그들은 세계적인 명성을 얻게 되었지만, 앱스타인의 약물중독과 돈 관리의 허술함으로 말미암아 그들의 실제 수입은 그다지 많지 않았으며, 그가 30대의 젊은 나이로 죽은 지 몇 년 후 그룹도 해체되었는데, 폴과 링고는 아직도 생존해 있다. 그곳 기념품점에서 앞이 납작한 모자 하나를 샀다. 존 레넌이 처음 활동했던 술집인 캐번 팝 앞에 그의 입상이 서 있고, 그 옆 명예의 벽과 거기에 새겨진 수많은 유명 인사들의 이름도 보았다.

이 도시는 머지 강을 사이에 두고서 두 개의 축구 구단이 존재하는데, 우리는 그 중 리버풀 FC의 암필드 축구장이 있는 곳으로 가 그 옆 기념품점에 들렀다. 지금 이 도시는 비틀즈보다도 오히려 축구로서 더 유명하다고 한다. 도시 안의 빅토리아풍 빌딩 꼭대기에 이 도시의 상징물인 피닉스의 모형이 눈에 띄었다.

리버풀을 떠난 다음 M6 고속도로를 따라 2시간 정도 북상하여 레이크 디스트릭트의 중심지인 윈더미어로 향했다. 이곳은 석탄의 일종인 토탄이 생산되어 맨체스터의 산업혁명에 주된 동력을 제공했는데, 그 당시 광산의 갱도는 폭이 아주 좁아 식민지였던 아일랜드의 어린이들이 들어가 채굴 작업을 주로 담당했었다고 한다. 잉글랜드의 국토는 대체로 평지이고, 도로 가의 나지막한 언덕에 잔디밭처럼 풀을 짧게 깎은 목초지가 도처에 널려 있으며, 거기서 간혹 양떼를 볼 수 있어 풍경이 뉴질랜드를 닮았다. 도착한 이래 계속 비가 내리므로 날씨는 꽤 쌀쌀하였다.

윈더미어에 도착한 다음, 마을 입구에 위치한 The Lamplighter라는 식당에 들러 점심을 들었다. 스프와 빵 전식, 컴블랜드 소시지 본식, 푸딩 후식이 나왔다. 컴블랜드 소시지는 소의 내장 등을 갈아 섞어서 만든 것인데, 전쟁 중 제대로 된 고기를 구하기 어려워 농촌 지역인 이곳 어머니들이 고안해 낸 음식물이라고 한다. 윈드미어로 들어가는 도중에 워즈워드가 결혼 후 이주해 살았던 계곡 마을인 캔달을 지나쳤고, 가장 잉글랜드다운 도로로 선정되었다는 길도 통과했다. 잉글랜드답다고 함은 들판의 나지막한 돌담들과 나무집, 그리고 완만한 구릉 등으로 이루어진 것을 의미하는 것이다. 호수지대에는 板石이 많아 돌담을 비롯한 건축물 대부분이 그것으로 이루어졌고, 산도 대부분 바위로 이루어져 기슭을 제외하고서 보다 높은 곳에는 나무가 전혀 자라지 않는 모양이다.

호수 지대는 잉글랜드 북부의 최대 휴양지로서, 그 중에서도 이곳 윈더미어 호수가 가장 큰 것이므로 우리는 여기서 반시간 남짓 유람선을 타게 되었다. 『피터 래빗』으로 유명한 동화작가 베아트릭스가 개발로 말미암아 이곳의 풍광이 훼손되는 것을 염려하여 저작권료로 받은 막대한 돈으로 이 지역의 건물들을 대부분 매입한 후 옛 주민들에게 그대로 거주하게 하였고, 지금은 내셔널 트러스트가 그것을 관리하고 있다.

선착장에서 오후 2시의 유람선을 탔는데, 선착장의 아이스크림이 유명하다기에 두 개를 사서 아내와 나눠먹었다, 이탈리아의 부온젤라토와 비슷한 것이었다. 유람선은 호수 중앙의 보우네스 부두를 출발하여 동쪽 끄트머리인 앰블사이드 부두까지 가서 내렸다. 나는 배를 탈 때면 늘 갑판으로 나가 주변 풍광을 둘러보곤 하는데, 객실 지붕 위의 갑판으로 나가 의자에 앉아서 풍경을 바라보기도 하였으나, 바람이 불고 기온이 차서 도로 선실로 내려왔다. 앰블사이드 부두에서 다시 대절버스를 타고 약 1시간 걸려 같은 호수 지역 안의 그라스미어로 이동하였다. 영국의 낭만파 계관시인 윌리엄 워즈워드의 유적을 방문하기 위함이다. 워즈워드는 호수지역 출신인데, 케임브리지대학을 졸업한 후 프랑스로 건너가 3년 정도 생활한 후 다시 이곳으로 돌아왔고, 누이동생 도로시의 권유에 따라 그라스미어의 도브코티지에 정착하여 1799년부터 1808년까지 거주하였으며, 누이동생의 친구와 결혼한 후 그 부인 및 부인의 여동생까지 누이동생에게 얹혀살다가 후에 캔달 지역으로 이주하였다. 도브라 함은 비둘기를 의미하는 줄로 짐작했으나 도로시의 애칭이라고 한다. 영국의 계관시인들은 런던의 웨스트민스터 사원 안에 묻히도록 되어 있으나, 도로시가 빅토리아 여왕에게 탄원하여 이곳 교회의 뒷

마당에 무덤이 마련되었고, 몇 년 후 그 근처에 도로시 자신의 무덤도 들어섰다. 도로시는 단순히 누이동생으로서만이 아니라 이성으로서도 오빠를 사랑했던 것이라고 한다. 이곳에 거주한 8년 동안 워즈워드는 근처의 우체국에 잠시 근무하기도 했으나 곧 그만 두었고, 그 부인의 누이동생이 요리에 재주가 있어 그녀가 개발했다는 생강이 들어간 빵을 무덤 근처에서 팔고 있었다. 무덤 옆에 워즈워드를 기념하는 수선화 공원이 있어 그 안을 산책해 보았다. 나는 학창시절 교과서에 나오는 워즈워드의 '수선화' 시를 매우 좋아하여 거의 외우고 있었던 것이다. 공원 안에 그 시의 일부가 새겨진 석판이 땅바닥에 깔려 있었다.

오후 3시 45분까지 주차장에 집결한 후 그 옆 유료화장실에 들렀는데, 신용카드로 50펜스를 내도록 되어 있으나 자꾸만 에라가 나서 결국 우리 가이드가 자기 카드로 결제하였으며, 나올 때도 출입구를 통과하는 방법을 알지 못해 결국 차단 봉을 뛰어넘고 말았다. 그라스미어를 떠나 약 3시간 걸려 스코틀랜드의 수도 에든버러로 향했다. 윈드미어·그라스미어의 미어는 호수라는 뜻이라고 하는데, 그라스미어로 들어가고 나오는 도로 가에도 꽤 큰 호수가 이어져 있었다.

잉글랜드를 지나 스코틀랜드로 진입하면 같은 고속도로의 이름이 M6에서 A74로 바뀌며, 머지않아 도로 가에 파란 바탕에 흰색 X자가 그려진 스코틀랜드 국기가 나타났다. 그리고 길가에 칼라일의 출생지를 알리는 안내판도 문득 눈에 띄었다가 곧 사라졌다. 스코틀랜드의 인구는 550만 정도인데, 수도인 에든버러는 50만으로서 두 번째로 큰 도시이고, 글라스고가 80만으로서 최대의 도시라고 한다. 스코틀랜드는 위스키의 본고장으로 알려져 있으나, 사실상 위스키가 처음 만들어진 곳은 5세기의 아일랜드로서 세인트 패트릭 성인 때 수도원의 전파와 더불어 위스키도 전파되었다. 잉글랜드의 술은 주로 셰리주였다. 아일랜드에서 전파된 위스키를 오크통에 3년간 숙성시켜 독특한 풍미와 색깔을 띠는 이른바 스카치위스키의 제조법을 스코틀랜드에서 만들어낸 것이며, 현재도 스카치위스키는 Wisky, 아일랜드 위스키는 Wiskey라 써서 구별한다. 스코틀랜드에는 켈트족이 들여온 검은 양이 존재하며, 흰 양은 후세에 호주에서 들여온 것이라고 한다. 에든버러로 가는 도중 가이드는 잉글랜드의 엘리자베스 1세에 의해 처형된 비운의 스코틀랜드 여왕 메리 스튜어트의 일대기를 들려주었다.

오늘의 숙소는 에든버러 진입로 가에 위치한 Delta Hotels by Marriott Edinburgh인데, 주소는 111 Glasgow Road Edinburgh EH12 8NF이다. 우리 내외는 2층의 154호실을 배정받았다. 호텔 1층 식당에서 늦은 석식을 들었는데, 샐러드 전식에다 닭 가슴살 본식, 그리고 후식으로는 케이크가 나왔다. 실내에 커다란 2인용 더블베드가 두 개 놓여 있다. 이 방에서 우리는 2박을 하게 된다.

■■■ 24 (금) 종일 비가 오락가락

아침 9시에 호텔을 출발하여 반시간 정도 대절버스를 타고서 이동하여 에든버러 시의 중심부로 나아갔다. 가는 도중 가이드가 조앤 K. 롤링과 그녀의 판타지 소설 『해리 포터』에 대해 설명해 주었다. 그녀는 포르투갈에서의 결혼 실패로 영국으로 귀국해서 여동생이 사는 에든버러에 정착하여 불후의 명작 『해리 포터』를 집필했던 것이다. 시내에는 조지안 양식의 건물들이 많은데, 조지안 양식이라 함은 조지 왕 시절에 유행하던 19세기 건축 양식을 말하는 것으로서 반지하층이 있고, 그 위에 2~3층, 그리고 꼭대기 층에 다락방이 있는 건물을 의미한다. 그리고 시내에는 칙칙한 검은 빛깔의 건축물이 대부분인데, 그것은 세월과 더불어 검은색으로 변해가는 사암으로 지어졌기 때문이다. 지금 이 도시 전체는 유네스코세계문화유산으로 지정되어져 있다. 시내에 제법 긴 트램들이 달리고, 2층 관광버스들이 많았다. 에든버러 시는 그리스 건축양식을 본뜬 내셔널 갤러리와 높다란 첨탑 형식의 월터 스코트 기념탑을 경계로 하여 신시가지와 구시가지로 구분된다.

우리는 먼저 시내를 한 눈에 조망할 수 있는 칼튼 힐에 올랐다. 별로 높지 않은 언덕 같은 곳인데, 그 정상에 천문대가 있고, 웰링턴 기념탑도 있으며, 정상에서 신·구시가지와 북해, 그리고 북해 건너편의 하일랜드와 그 아래의 로우랜드를 두루 조망할 수 있다. 이곳은 영국 최초의 공원 중 하나인데, 여기에다 시민의 건강과 오락을 위한 산책로를 건설할 것을 제안한 사람은 저 유명한 철학자 데이비드 흄(1711~76)이었다고 한다.

칼튼 힐을 내려온 다음, 걸어서 이동하여 로열마일까지 가서 성 자일스 대성당을 구경하였다. 로열마일이라 함은 바위언덕 꼭대기에 위치한 에든버러 성의 정문 앞에서부터 제임스 6세의 궁전인 홀리루드 궁(Palace of Holyroodhouse)이 있는 곳까지의 경사진 일직선 거리가 약 1마일 즉 1.2km 정도 뻗어 있는데서 유래한 것인데, 당시 이 길은 왕과 귀족들만 통행할 수 있었으므로, 평민이 다니다가 그들의 행차와 마주치면 사형에 처해졌기 때문에 평민들이 잠시 몸을 피할 수 있는 클로즈라는 이름의 샛길도 만들어져 있다.

성 자일스 대성당은 1124년에 창립된 것으로서, 원래는 가톨릭 대성당이었으나, 이 성당을 중심으로 종교개혁가인 존 녹스가 활동하여 장로교의 발상지가 된 곳이다. 후일 장로교는 사실상 스코틀랜드의 국교로 되었다고 한다. 교회 바로 근처에 존 녹스의 집으로 전해져 오는 건축물이 있고, 또한 애덤 스미스의 동상도 교회 뒤편 길거리에 자리 잡고 있다. 존 녹스는 신도들에게 매일 성경을 읽도록 강조하고 하루라도 읽지 않으면 태형을 가했으며, 이틀 동안 읽지 않으면 사형을 내렸다는데, 그 태형을 가하고 사형을 집행한 장소가 아직도 돌바닥에 표시되어져 있다.

자일스 대성당을 떠난 다음, 다시 걸어서 프린스 스트리트(Princes Street)에 있는 조니워커 익스피리언스로 향했다. 스카치위스키의 대표적 상품인 조니워커를 홍보하고 시음하며 판매도 하는 곳이다. 인원의 제한이 있어 우리 일행은 두 팀으로 나뉘었는데, 우리 내외는 두 번째 팀으로 배정되었음에도 불구하고 내가 실수로 첫 번째 팀에 끼어 들어갔고, 아내는 두 번째 팀에 남았다. 우리 내외는 술을 들지 않으므로 무알콜 음료인 하이볼을 시음하였다.

조니워커 익스피리언스를 나온 다음 프린스 스트리트의 내셔널 갤러리와 월터 스콧 기념탑 바로 근처에 있는 Mount Royal Hotel(Mercure) 2층 레스토랑으로 가서 점심을 들었다. 양과 소의 내장부위 살을 갈아서 얹은 하기스 전식과 돼지고기 및 쌀밥 본식, 그리고 스코틀랜드 디저트 후식을 들었다. 일행 중 유일한 비구니 스님과 옆자리에 앉게 되었으므로, 물어보았더니 대전에 있는 영천사 소속이라고 하며, 그 절에는 비구니가 네 명 있고, 자기는 여행을 좋아하여 20년 전부터 주로 롯데관광을 통해 세계 여러 나라를 다녔다는 것이었다. 스님은 육식을 하지 않으므로 특별히 베지테리언 식사를 따로 주문하여 들고 있다. 이곳은 신시가지의 중심거리라고 하며, 차를 타고 이동하는 도중 에든버러대학 건물도 지나쳤다. 이 대학은 생명공학으로 특히 유명하며 복제양 둘리를 최초로 만들어낸 것도 이 대학이었다고 한다.

식후에는 에든버러 성에 올라가 보았다. 15·16세기에 스튜어트 왕조의 왕과 여왕들이 거주하던 곳이며, 1566년에 앤 여왕이 제임스 6세를 낳은 곳이기도 하다. 앤 여왕의 즉위식에 사용된 왕관과 칼 등 왕가의 보물들이 전시된 건물도 있는데, 그런 곳은 내부 촬영을 금지하고 있었다. 성 안의 각 방들을 두루 둘러본 후 그 옆 건물에서 영국 귀족들의 사교문화를 느낄 수 있는 애프터눈 티타임을 가졌다. 커피와 홍차가 무한리필로 제공되고, 각자 앞에 하나씩 3단으로 된 접시에 각종 음식물도 담겨져 나왔는데, 조금 후에 석식을 들 것이므로 대부분 남겨두고 나왔다.

에든버러 성을 나온 다음 로열마일 도로를 따라 완만한 경사로를 내려오다가 아내는 집합 장소인 자일스 성당에 머물러 마침 그 안에서 공연된 The Piccadilly Sinfonietta의 클래식 음악을 감상하였고, 나는 로열마일을 끝까지 걸어 그 종착지점인 홀리루드 궁까지 바라보고서 대성당으로 되돌아 올라왔다. 홀리루드 궁은 버킹검·윈저 궁과 더불어 영국 국왕의 3대 공식 궁전 중 하나로서 주로 여름궁전으로 사용된다. 도중의 길거리에서 백파이프 공연이 행해지는 모습도 바라볼 수 있었다.

오후 5시 40분에 일행이 모이기를 기다려, 다시 걸어서 이동하여 30 Grindlay Street에 있는 차이나 레드(中國紅)라는 식당으로 가서 중화요리 뷔페로 석식을 들고서 호텔로 돌아왔다. 호텔 방은 우리가 나갈 때 그대로이고 전혀 정리정돈이 되어 있지 않았다. 타월 등이 필요하면 프런트에서 더 제공해 준다고 한다. 브렉시트로 말미암은 서비스 인력의 부족 때문인데, 내가 경험한 한도 안에서 이런 경우는 과거에 없었다. 오늘은 19,207보를 걸었다.

■■■ 25 (토) 맑음

오전 7시 15분에 호텔을 출발하였다. 아마도 북아일랜드로 건너가는 페리 시간이 맞추기 위한 것인가 싶다. 페리가 떠나는 케어라이언 항구까지는 약 2시간 30분이 소요된다고 한다. 도중에 스코틀랜드 최대의 도시인 글라스고를 지나쳤다.

차 안에서 가이드가 2015년 캐머런 총리 시절에 있었던 브렉시트에 대해 설명해 주었다. 영국은 처음부터 EU에 가입할 생각이 없었던 것인데, 미국의 권유로 결국 가입하기는 하였으나 영국 국왕의 초상화가 들어간 파운드 화폐만은 유로로 바꾸지 않는다는 조건 하에서였다. 그러다가 결국 EU 탈퇴 여부를 묻는 국민투표에 부치게 되었는데, 당시의 위정자들이나 국민들은 대부분 그것이 가결될 것이라고 예상하지 않았었는데 근소한 표차로 통과되고 말았으니 정말이지 준비되지 않은 결정이었으며, 다음 총리인 보리스 존슨 때 마침내 브렉시트가 확정되고 말았으니 그 후유증은 참으로 심각한 것이었다. 외국인에게 비자 발급을 적극적으로 막았으나 영국인은 그들이 하던 허드렛일에 종사할 생각이 없으므로 어제와 같은 호텔의 인력 부족 현상도 그 때문에 나타나게 된 것이다. 하물며 EU 탈퇴에 따른 6조원의 부담금 같은 것은 전혀 대비하지 않았으므로 몇 차례나 그 지불을 연기하였고, 내년에 마침내 약속한 최종 시기에 다다를 것이므로 정말이지 심각한 문제라고 하지 않을 수 없다.

영연방의 인구 6500만 중 잉글랜드 인이 5500만 정도인데, 영국은 조선업과 제조업 등 기반산업이 이미 붕괴되어 경제적으로 부담이 될 뿐인 북아일랜드를 독립시킬 생각이지만, 북아일랜드와 웨일스에는 자체적인 군대가 없는지라 재무장에 따른 군비 문제도 해결하기 어렵고, 북아일랜드와 아일랜드 간의 국경을 통과하는 비자 문제도 EU 회원국인 아일랜드 측은 양보할 생각이 없는지라 난제라고 하겠다. 800년에 걸친 오랜 기간 동안 잉글랜드의 식민지였고, 유럽의 가장 가난한 나라 중 하나였던 아일랜드는 현재 룩셈부르크·노르웨이에 이어 전 세계에서 GDP 3위의 부자 나라로 되어 있다. 그 주된 원인은 1997년 여성 대통령 때 법인세를 전액 면제하여 외국인의 투자를 용이하게 함으로써 세계 IT 업계의 최강자 여덟 개 기업이 모두 그 본사를 아일랜드에 두게 된 데 있다고 하겠지만, 그 외국 기업들은 발생한 수익을 자기나라로 가져가버리므로 아일랜드의 실제적인 경제 수준이 그 정도까지는 아니라고 한다. 에든버러 등에서 자주 눈에 띄던 기다란 트램도 EU가 제공해준 것인 모양이다. 우리 기사인 폴은 후리후리한 체격의 중년 남자인데, 웨일스 출신이라고 한다. 그는 운전 중 수시로 휘파람을 불고 있다.

글라스고를 지난 다음 A77 고속도로 가에서 로버트 번스(1759~1796)의 유적지를 알리는 팻말을 보았다. 그의 고향인 에리셔 부근이 아닌가 싶다. 그는 스코틀랜드의 국민시인으로 간주되는 사람으로서, 구한말 우리나라의 국가로 사용되었던 올드랭사인의 작곡자이기도 하다.

대절버스는 아일랜드와 브리튼 섬 사이의 아이리시 해에 닿은 다음, 해안선을 따라 계속 남하하였다. 이 길은 영국에서 드라이브하기 좋은 도로로 선정되었다고 하며, 도중에 동계올림픽 종목 중 하나인 컬링의 발상지라고 하는 알사 크레이그 섬을 바라보며 나아갔다.

스코틀랜드는 숙적인 잉글랜드와의 거듭된 전쟁에서 단 한 번도 점령당한 적은 없었으나 1707년에 마침내 잉글랜드와 합병하게 되었는데, 그렇게 된 배경에는 국민의 성금을 모아 추진했던 중미 파나마 지역의 식민지 획득이 말라리아로 말미암아 참전했던 수천 명의 군인들 대부분이 죽어 실패로 끝나고 만 다리엔 사건과 밀접한 관계가 있었다.

영국에 온 이후 오늘에야 처음으로 햇볕이 쬐는 화창한 날씨를 맞았다. 해안 가 도로에 노란 꽃이 피는 야생화가 계속 나타났고 더러는 집안의 정원에서도 그것이 보였는데, 혹시 에밀리 브론테의 소설 『폭풍의 언덕』에 나오는 히스가 아닌가 싶어 가이드에게 물었더니 아닌 게 아니라 그렇다는 것이었다. 다만 사진에서 보는 히스 꽃은 대부분 주홍색인데 비해 이는 노란색이고, 진달래 과의 식물이라고 하는데도 침엽수인 점이 여전히 미심쩍었으나,

가이드의 말로는 히스의 일종이라는 것이었다.

케어라이언 항구의 Loch Lyan 항에 도착하여 Stena Line이라는 페리를 탔다. 크루즈 선처럼 제법 큰 배로서 버스 채로 탑승하였고, 차에서 내린 다음 7층의 라운지를 겸한 식당 칸으로 올라가서 시간을 보냈다. 배는 11시 30분에 출항하여 오후 2시 20분에 북아일랜드의 벨파스트 항에 도착하였으니, 약 3시간 항해한 셈이다. 식당에서 우리 일행에게 점심으로서 음식 한 종류와 음료수 하나씩이 제공되었는데, 나는 피시앤칩스와 콜라를 주문하였다. 아내가 따로 3.5 파운드를 지불하고서 무한리필 되는 음료를 구입하여 커피 등을 마셨다. 나는 탑승하기 전 항구의 여객터미널에서도 3.5 파운드를 지불하고서 Flat White라는 이름의 생소한 커피 한 잔을 사마시기도 했었다.

북아일랜드에 도착한 후 다시 대절버스에 탑승하여 1시간 반 정도 이동하여 '거인의 뚝방길'(The Giant's Causeway)로 향했다. 해안가의 Bushmills라는 마을 근처에 있는데, 주상절리로 유명한 곳으로서 1986년에 유네스코자연유산으로 지정된 곳이다. 세계 7대 자연불가사의 중 하나라고 한다. 안내소에서 주상절리 지대까지 들어가는 셔틀버스가 있으나, 그것을 타기 위해서는 20분을 기다려야 한다고 하므로 그냥 셔틀버스가 통과하는 도로를 따라 걸어갔다. 그 일대는 바위 절벽으로 이루어진 해안선이 발달하여 우리 내외는 그 중 Red Trail이라는 이름의 절벽 위 트레킹 코스를 취해 오후 4시 55분쯤 안내소로 돌아왔다. 절벽 위의 코스에도 만발한 노란 히스 꽃이 연이어 있었다. 오늘의 걸음 수는 8,654보였다.

벨파스트로 가는 도중 자이언트 코즈웨이에서 그다지 멀지 않은 바닷가에 위치한 Ballycastle이라는 마을 1-3 North Street의 Marine Hotel 식당에 들러 석식을 들었다. 닭 가슴살이 섞인 샐러드 전식과 비프스튜 본식, 그리고 사과 크램블 후식이 나왔다. 식당에서 옆 자리에 앉은 나와 비슷한 연령으로 보이는 남자가 하는 말에 일본은 조만간 망하고 한국은 앞으로 더욱더 번영해나갈 것이라고 했다. 그 이유를 물었더니, 일본인은 전통을 지킬 뿐 변화를 두려워하며, 영어 능력이 한국보다 한참 뒤질 뿐 아니라, 여권을 소지한 사람 자체가 한국보다도 엄청 적다는 점을 들었다. 한 때 세계를 호령

했던 대영제국도 머지않아 과거의 식민지였던 인도에 잡아먹힐 것이라고 했다.

영국이 아일랜드를 지배한 것은 지금으로부터 약 800년 전인 1200년대의 헨리 2세 시기였다. 잉글랜드로부터 파견되었던 롱고 장군이 아일랜드에서 반란을 일으키자 그 토벌을 명목으로 한 것이었다. 그 후 북아일랜드와 아일랜드가 같은 섬 안에서 서로 분리하여 국가를 달리하게 된 것은 그 주된 원인이 종교 문제인데, 북아일랜드의 신교는 잉글랜드의 국교회가 아니고 스코틀랜드의 장로교이다. 아일랜드는 구교인 가톨릭 국가로서, 그러한 종교 분쟁 때문에 IRA(Irish Republic Army)와 같은 아일랜드 측의 끈질긴 저항세력이 일어났다. 그 뿌리는 앤 여왕의 아들로서 스코틀랜드에서는 제임스 6세로 불리나 잉글랜드에서는 제임스 1세로 불리며, 엘리자베스 1세 여왕을 뒤이어 전 영국을 통치하게 된 국왕이 1686년에 이 섬에다 스코틀랜드의 국교인 장로교를 도입 장려한 데서 비롯된다.

1시간 20분 정도 걸려서 북아일랜드의 중심도시 벨파스트에 도착하였다. 시내에서 NHW라는 글자가 적힌 두 대의 노란 크레인을 보았는데, 그곳이 문제의 호화 여객선 타이타닉 호가 건조된 장소라고 한다. 산업혁명 이래 이 도시는 조선업으로 크게 흥성하였으며, 같은 조선소에서 타이타닉 외에 빅토리아호와 브리튼호 등 세 척의 대형 여객선이 건조되었으나 공교롭게도 세 척 모두 불의의 사고로 침몰했다는 것이다. 지금의 크레인은 실제로 사용되는 것이 아니라 흥성했던 과거의 상징물로서 남겨둔 모양이다.

우리의 현지 가이드인 하현호 군은 나이에 비해 꽤 박식하므로 그의 가이드 경력이 얼마나 되는지를 물어보았다. 처음 한국에서 건너와 반 년 정도는 영어 연수를 받았고, 그 후 가이드 생활을 시작한 지 햇수로는 5년째이지만 그 동안 코로나19로 말미암아 가이드 일을 접고서 귀국해 있었던 시기가 있으므로 사실상은 3년 정도 된다는 것이었다. 지금도 꾸준히 공부하고 있는 모양이며, 나이 서른의 김해 총각으로서 미혼이라고 한다. 체격은 조금 살찐 편이다.

이 섬에서는 여행하는 곳곳마다 목초지에서 양이 풀을 뜯는 모습을 볼 수 있는데, 아일랜드 섬의 인구는 700만인데 비해 양의 수는 800만으로서, 세계에서 양의 수가 두 번째로 많다고 한다.

영국 돈 파운드로 환전을 좀 해오기는 했으나 대부분의 결제는 신용카드로 가능한지라 별로 쓸 일이 없었는데, 오늘 처음으로 대절 버스 안에서 음료수를 사느라고 5파운드를 사용하였다.

일정표 상으로 오늘 우리는 The Stormont Hotel에 묵는 걸로 되어 있으나, 실제로 도착한 곳은 3 Cromac Place에 있는 The Gastworks라는 호텔이었다. 우리 내외는 122호실을 배정받았다. 붉은 벽돌건물들과 넓은 잔디 정원으로 이루어져 있어 무슨 학교의 캠퍼스 같은 느낌을 주는 곳이다.

■■■ 26 (일) 종일 비가 오락가락

오전 9시에 호텔을 떠나 먼저 벨파스트 시청사와 벨파스트 성을 둘러보았다. 시청은 1800년대의 빅토리아 양식으로 지어진 호화로운 건축물이었으나, 무슨 축제를 하는지 그 앞마당에 천막 같은 여러 시설물들과 메리고라운드 등이 들어서 있어 을씨년스러운 분위기였다. 한국전쟁 참전 기념비도 눈에 띄었다. IRA가 활동할 적에는 쓰레기통 안에다 폭탄을 설치하여 테러 행위를 하므로 시내에서 쓰레기통을 찾아볼 수 없었다는데, 지금은 아일랜드 측과 聖금요일에 맺어진 협정으로 인해 다시 설치되어 있는 상태이다. 그러나 나라가 빚더미인지라 도시 전체가 과거의 화려했던 시절을 거의 기억해 내지 못할 정도로 유령도시화 해 있다. 벨파스트 성은 산 중턱에 위치해 있는데, 원래는 노르만 족의 침략을 막아내기 위한 군사요새로서 건설된 것이라고 하나, 지금은 그 일대가 공원화되어 있고 성채 건물은 호텔로 변해 있다. 성에서 벨파스트 항구를 내려다 볼 수 있었다.

벨파스트 관광을 마치고서 2시간 반 정도 남쪽으로 달려 아일랜드의 수도 더블린으로 향했다. 북아일랜드와 아일랜드 사이에는 아직도 EU 시절에 맺은 협정이 유효하여 어떠한 검문검색도 없이 자유로이 통과할 수 있다. 다만 국경을 통과하면 고속도로의 양쪽 가에 그어진 선이 북아일랜드 쪽에서는 하얀 색이었다가 아일랜드로 접어들면 노란 점선으로 바뀌는 점이 차이라고 할 수 있다.

　아일랜드의 인구는 500만 명 정도이며, 국토는 남한 면적의 80% 정도 되는 넓이이고, 대부분이 평야 지대라 가장 높은 산이라 할지라도 1,000m에 이르지 않는다. 政體는 대통령과 총리가 있고 의회는 양원제를 채택하고 있는데, 대통령은 외교권을 가질 따름이다. 공용어는 두 개로서 켈트 민족 고유의 언어인 게일어가 제1공용어이고 영어가 제2공용어인데, 게일어를 구사할 수 있는 사람은 전체 인구의 1%도 채 되지 않는다. 그래도 고속도로 상의 표지판 등에는 게일어를 먼저 쓴 다음 그 아래에다 영어를 적고 있으며, 공무원은 반드시 게일어를 배워야 하고, 게일어 단어들도 공식적으로 흔히 쓰이고 있다. 자동차 번호판은 영국과 달리 앞뒤 모두 같은 색깔을 사용하며, 도량형의 단위도 이를테면 마일 대신 km를 사용하고 있다. 섬 전체를 네 개 지방으로 나누고 32개의 카운티를 두고 있는데, 이러한 행정 단위는 엘리자베스 1세 여왕이 아일랜드를 통치하던 시기로부터 지금까지 이어져 내려오고 있다. 이 나라의 최고 명문대학인 트리니티 칼리지는 원래 성공회 신자를 교육하기 위해 설립된 것으로서 옥스퍼드대학에다 분교를 두고 있는데, 두 대학의 총장은 같은 사람이라고 한다.

　아일랜드인은 국내보다도 해외에 훨씬 더 많은 숫자가 분포되어 있어 교포의 총수는 7천만 명 정도이고, 그 중 절반 정도는 미국에 거주하고 있어서 숫자가 3천만 명 정도에 이르며, 역대 미국 대통령의 1/3이 아일랜드계 가톨릭이라고 한다. 해외에 이토록 많은 사람이 분포하게 된 것은 빅토리아 여왕 시절인 1845년부터 48년까지에 걸쳐 있었던 감자 전염병으로 말미암아 대기근을 맞았기 때문인데, 당시 300만 명이나 되는 인구가 감소하였으며, 그 중 절반은 살 길을 찾아 해외로 이주하였고, 나머지 절반 정도는 굶어죽었다. 그로부터 약 150년이 지나는 사이에 그 후손들로 말미암아 이토록 해외 거주자가 늘어난 것이다. 영어가 공용어로 된 것도 빅토리아 여왕 시기부터이다.

　고속도로 사정도 영국과 마찬가지로서 기본적으로는 무료이므로 톨게이트가 없으나, 민간자본에 의해 건설된 것인 경우에는 일정 기간 동안 통행료를 징수할 수 있고, 그 기간이 지나면 도로를 국가에 헌납해야 한다. 또한 이 나라는 문학계의 거장들을 다수 배출하여 노벨문학상 수상자가 네 명에 이른다.

더블린 시내는 니피 강을 경계로 하여 남북으로 나뉜다. 니피 강가를 차를 타고 지나가면서 사무엘베케트 다리를 바라보았다. 이 나라의 상징인 하프 모양을 본뜬 것으로서, 도개교라고 한다. 시내에 도착한 다음, Liffy Vally에 있는 Clayton 호텔에서 점심을 들었다. 샐러드 전식에다 국물이 있는 소고기 본식, 그리고 감자 케이크 후식을 들었다. 거리에 동성애자들의 깃발이 내걸려 있는 것이 눈에 띄었으며, 현 총리도 동성애자라고 한다.

식후에 먼저 Dame Street에 있는 Temple Bar에 들렀다. 대학총장을 지낸 바 있는 템플이라는 사람에 의해 1840년에 시작된 술집으로서, 펍의 도시로서 이름난 더블린에서도 그 원조격인 곳이다. 다음으로는 그 근처의 트리니티 칼리지에 들렀다. 1592년에 창설된 이 나라 최고의 학부로서, 옥스퍼드대에 그 분교를 두고 있는 것이다. 두 대학 모두 같은 사람이 총장직을 맡는다고 한다. 그 대학의 1500년대 말 1600년대 초에 설립된 구 도서관에 들러 '켈스의 書'라는 것을 구경하였다. 켈스 지역의 수도원에서 발견된 일종의 복음서로서, 1200년 전인 9세기에 바이킹의 침략을 막아 주기를 기원하는 내용을 담아 만들어진 책이라고 한다. 구 도서관 2층으로 올라가서 노아의 방주 모습을 본떴다고 하는 길쭉하고 천정이 타원형인 서고 건물과 브라이안 보루 대왕의 하프를 보았다. 구 도서관에서는 현재 고대 복음서를 스캔하는 작업이 진행 중이라 오래된 책들이 대부분 다른 곳으로 옮겨지고 서가는 거의 비어 있었다. 또한 그 건물 안에서 켈스의 책에 대한 홀로그램도 감상하였다. 이 대학은 외국인에 대해서는 학기당 3~4천만 원 정도의 등록금을 받지만 내국인에 대해서는 대학까지의 전체 교육이 무료라고 하며, 병원비도 무료이다.

트리니티 칼리지를 나온 다음, 그 부근에 위치한 버스킹의 성지라고 하는 그라프톤 거리를 걸어 보았고, 내친 김에 그 끄트머리에 위치한 성 스테판 녹색공원까지 걸어가 보았으며, 집합장소로 돌아오는 도중에 아내와 함께 예이츠나 제임스 조이스 등이 출입했다는 Bewley's Oriental Cafe에 들러 커피를 마셨다.

다시 대절버스를 타고서 성 패트릭 성당으로 이동하는 도중 오스카 와일드가 젊은 시절에 근무했다는 펍인 Kennedy's를 지날 때 그 문 앞 벤치에 와일드가 앉아 있는 모습을 한 동상이 있는 것을 비 내리는 차창 밖으로 바라보았고, 그런 다음 성 패트릭 대성당에 들렀다. 1220년 이래의 유서 깊은 대성당으로서, 5세기에 웨일스의 천민 출신인 성 패트릭이 계시를 받아 더블린 성 밖에다 세웠다고 하나, 현재의 건물은 16세기의 것이라고 한다. 원래는 가톨릭 성당이었지만, 16·17세기의 종교개혁 시기에 여러 번 교파를 바꾸다가 영국과 아일랜드의 국왕이었던 윌리엄 3세 때 결국 성공회로 바뀌어져 오늘에 이르고 있다. 아일랜드를 대표하는 유서 깊은 교회라고 할 수 있다. 1713년부터 1745년까지 이 교회의 사제를 지냈고 또한 이곳에 묻힌 『걸리버 여행기』의 저자 조나단 스위프트의 묘소와 그의 데드 마스크를 보았고, 헨델의 「메시아」 첫 공연 때 사용되었던 파이프 오르간과 「메시아」의 친필 악보도 보았다. 그 파이프 오르간은 안익태의 「코리아 판타지」 초연 때도 사용되었다고 한다.

마지막으로 새뮤얼 베케트 다리 부근에 위치한 한식당 크로플로 가서 소고기 전골과 된장찌개로 석식을 들었다. 더블린 시내에 한인은 천 명 가까이 살고 있는 모양이다. 이 도시는 1·2차 세계대전 때에도 폭격을 받지 않았으므로 옛 모습이 비교적 잘 보존되어 있으나, 또한 그 때문에 도로의 정비가 제대로 이루어지지 않아 교통 사정이 엉망이라고 한다. 더블린의 옛 성 안에 위치하여 귀족들이 주로 다니던 구 크라이스트처치도 비속에 지나치면서 바라보았는데, 그 교회에서는 동화 『톰과 제리』의 원형에 해당하는 고양이와 생쥐의 미라가 발굴되었다고 한다.

식후에 대절버스로 반시간 정도 이동하여 다시 Clayton 호텔로 와서 우리 내외는 6층 건물 중 3층에 있는 439호실을 배정받았다. 오늘도 일정표 상으로는 Louis Fitzgerald Hotel에 드는 걸로 되어 있으나 웬일인지 바뀌었다.

■■■■ 27 (월) 대체로 맑으나 오후 한 때 가랑비

오전 6시 30분에 호텔을 출발했다. 반시간 정도 이동하여 더블린 항에 도착한 후, 8시 15분에 출항하는 페리인 Stena Line을 다시 탔다. 페리 안 5층에 주차하고 8층의 식당 칸으로 올라가 창가에 자리를 잡았다. 호텔에서 도시락을 받아와 차속에서 이미 조식을 마쳤는데도 불구하고 배 안에서 다시 쿠폰으로 식사와 커피를 들었다.

아일랜드는 1921년 영국으로부터 독립할 때 투표에 의해 북아일랜드가 분리되어 영국 영토로 남았다. 민족은 같으나 종교가 신·구교로 서로 다른 것이 주된 원인이었다. 그 동안 IRA 등에 의한 무력적인 통일 시도가 있어 분쟁이 끊임없었으나, 이제 영국은 EU 탈퇴에 따른 국경 설치의 비용문제 등을 감당하기 어려워 경제적으로 낙후된 북아일랜드의 독립을 허용하려 하고 있다. 그것은 다시 말해 내년쯤 아일랜드 전체가 다시 하나의 나라로 통일될 수 있다는 것을 의미한다.

가이드의 설명에 따르면, 현재 아일랜드에 거주하는 한국 교포 약 1,000명 중 800명 정도가 수도인 더블린에 거주하고, 그 대부분은 학생으로서 영어학원에 다니거나 워킹 홀리데이에 참여한 사람이며, 서양인과 결혼한 한국 여자도 100명 정도 된다.

페리는 8시 15분에 출항한 후 약 3시간 반을 항해하여 영국 본토의 웨일스에 있는 곳인 홀리헤드 항에 도착하였다. 이곳은 원래 섬이었는데, 지금은 매립으로 말미암아 섬이라는 느낌이 들지 않게 되었다. 거기서 보다 큰 섬인 앵글시 섬으로 진입했다가 다시금 영국 본토인 브리튼 섬으로 건너갈 때, 영국의 국가 연주 때면 맨 처음 화면에 나타난다는 브리타니아 다리를 건너게 되며 그 아래쪽 만 속의 외딴 집 한 채가 눈에 띄게 되는데, 이곳 일대에서 늘 교통정체가 심한 것은 다리와 외딴 집을 사진으로 담으려는 사람들이 많기 때문이라고 한다.

웨일스에 들어서자 웨일스 고유어인 콘월어와 영어가 함께 적힌 안내판들이 계속 나타났다. 콘월어는 자음이 대부분이라 읽기 어려운데, 영어와는 전혀 다른 언어인 듯하였다. 현재 이 언어를 구사할 수 있는 사람은 웨일스

인구 300만 명 중 만 명도 되지 않으며, 콘월어의 사용이 법으로 규정되어 있는 것도 아니라고 한다.

웨일스는 13세기에 잉글랜드의 에드워드 1세에 의해 정복되어 현재까지 영연방의 하나로 남아있다. 합병 당시 에드워드 1세와의 합의에 의해 지금도 영국의 왕세자는 '프린스 오브 웨일스'로 불리게 되는 것이다. 합병된 지 오래되어 민족의 고유성을 상실한 정도가 심한 까닭인지 네 개 나라의 연합체임을 표시하는 영연방의 국기 유니언잭에 웨일스의 국기는 들어가 있지 않다. 그리고 네 개 나라 중 가장 늦게 1998년에야 비로소 웨일스의 지방의회가 구성되었다.

A55 도로를 따라서 오늘의 숙소인 잉글랜드의 글로스터(Gloucester)까지 4시간 반 정도를 나아가며 도중의 점심을 들 식당까지는 1시간 반 정도 걸리는데, 한동안 잉글랜드와 웨일스를 통틀어 가장 길다는 산맥을 오른쪽에 끼고서 왼편으로 바다를 바라보며 나아갔다. 이 산맥 전체에서 가장 높다는 스노든 산도 1,085m에 불과하니 영국 본토는 대부분 평야와 구릉지대로 이루어져 있는 셈이다. 도중의 목초지들에서 풀을 뜯는 양의 무리를 자주 보았다.

콘위에 있는 J. W. Lees Old Station Hotel의 식당에 들러 늦은 점심을 들었는데, 샐러드 전식과 질긴 돼지고기가 포함된 본식 그리고 아이스크림 후식이 나왔다. 앞자리에 앉은 부부 중 남편은 1939년생으로서 연세대 법학과를 정년퇴직한지 20년쯤 된다는 사람이었다. 독일의 프라이부르크대학에서 수학하고 튀빙겐대학에서 박사학위를 취득하였으며, 귀국하여 명지대학에서 잠시 근무한 적도 있었다고 했다. 우리 일행 중 아마도 최고령자가 아닌가 싶은데, 그렇게 보이지는 않았다.

식후에 오늘의 유일한 방문지인 콘위 성에 들렀다. 웨일스를 합병한 에드워드 1세가 짓기 시작하고 그 아들 에드워드 2세 때 완성된 것이라고 하는데, 꽤 웅장하고 보존상태가 거의 완벽했다. 요트가 많이 뜬 바닷가의 만에 위치해 있었다. 이 성에서는 단 한 번도 전투가 벌어진 적이 없었다고 하니, 그래서 이렇게 잘 보존된 것인지도 모르겠다.

콘위를 떠나 영국에서 런던 다음 두 번째로 큰 도시인 버밍엄 부근을 지나갔다. 영국의 지명 중 끝에 ford가 붙은 것은 강가에 위치해 있고, 오늘의 숙소처럼 ster가 붙은 곳은 원래 요새였던 곳이라고 한다. 17세기의 찰스 2세 때 영국에 茶가 처음 들어왔는데, 그 명품인 다질링은 재배에 성공했던 첼시 식물원의 박사 이름을 딴 것이고, 얼그레이 홍차는 그레이 백작을 의미하며, 포트넘앤메이슨도 찰스 2세 다음 군주인 앤 여왕이 좋아했던 차를 생산한 포트넘과 메이슨이라는 고유명사를 취한 것이다.

오후 7시 40분 무렵에야 Bondend Road, Upton St Leonards, Gloucester, GL4 8ED에 위치한 오늘의 숙소 Mercure Gloucester Bowden Hall Hotel에 도착했다. 우리 내외는 323호실을 배정받았다. 전원 속의 목가적 분위기를 지녔고 넓은 잔디밭을 가진 하얀색 3층 건물인데, 엘리베이터가 없어서 우리가 식사하러 1층으로 내려간 사이 직원이 방안까지 캐리어를 운반해주었다. 그럼에도 팁을 따로 주지는 않았다. 여행 중 식당이나 호텔 등에 명함이나 주소 등이 적힌 안내서가 전혀 없고 심지어는 요구해도 없다고 할 때가 많아 불편했었는데, 이 호텔에 오니 처음으로 책상 위에 주소가 포함된 간단한 안내서 한 장이 놓여 있다.

영국에 와보니 가는 곳마다 인도인이 많고, 공중 화장실의 출입문이 2중으로 되어 있는 점이 특이하다. 호텔에서의 오늘 석식에는 샐러드 전식, 파스타 본식, 아이스크림 후식이 나왔다. 연대 교수 부부와 또 같은 테이블에 앉아 좀 더 대화를 나누었다. 밤 10시 경에 취침하였다. 내일은 9시에 출발하여 40여 개 마을의 연합체인 코츠월드 중 하나인 마을 바이버리 등에 들리게 된다.

■■■ 28 (화) 비가 오락가락

오전 9시에 호텔을 출발하여 1시간 10분 거리에 있는 로마 시대의 온천지 바스로 향했다. 2천 년 전 로마 군이 브리튼 섬을 정벌하러 왔을 때 먼저 지금의 런던에다 론디니움이라는 요새를 세웠고, 이곳 바스와 우리가 둘째 날 숙박했던 체스터, 그리고 요크에다 각각 군사 기지를 두었다. 바스에는 영국에서 유일하게 온천이 있으므로 이곳에다 대형 목욕장을 만들었고, 지금의 목욕을 의미하는 영어 단어인 Bath도 그렇게 하여 이곳 지명에서 유래했다는 것이다.

바스로 가는 도중 가이드가 튜더, 스튜어트, 하노버, 윈저 왕조에 이르는 영국 역사에 대해 설명해 주었다. 그는 김해의 장유 출신이라고 한다. M5 고속도로를 경유하였다. 바스는 론디니움에 이어 두 번째로 설치된 로마군의 기지가 위치했던 곳이다. 인구는 20만 이하이나, 로마 시대의 온천욕장이 있기 때문에 1년에 700만 명 이상의 관광객이 몰려든다. 도시 안에 에이븐 강의 하류가 흐르고, 여기저기에 플라타너스 고목들이 눈에 띄었다.

먼저 로열 크레센트라고 불리는 반원형으로 기다랗게 펼쳐진 18세기 중반에 만들어진 귀족들의 공동 주거지를 방문하였다. 그 앞에 운동장처럼 드넓은 잔디밭이 경사지게 펼쳐져 있고, 건물 가운데 부분에는 지금 호텔이 들어서 있는데, 이곳의 집값은 2015년에 집 하나가 90억 원에 낙찰되었을 정도로서 엄청나게 비싸다고 한다. 조지안 양식 건물의 정수이다.

로마 목욕장으로 이동하는 도중 Old King Street의 보험회사 옆 건물에서 뜻밖에도 『오만과 편견』을 쓴 여류작가 제인 오스틴의 집과 마주쳤다. 지금은 The Jane Austen Centre라 하여 일종의 박물관으로 되어 있고, 카페를 겸하고 있는 모양이다. 3층으로 된 아파트인 모양인데, 1층 입구가 造花로 감싸여져 있고, 당시 복장을 한 여인의 등신대 조각상과 함께 실크햇을 쓴 정장 차림의 중년남자 하나가 서성이고 있었다. 제인 오스틴은 이 집에서 1775년부터 1817년까지 무려 42년간 거주하였고, 그녀의 대표작도 여기서 집필된 모양이다.

로마 욕장 옆에 입장료를 받는 유명한 대성당이 위치해 있었고, 순서를 기다려 욕장 안으로 들어가 보니 고대의 목욕장 건물이 그 규모도 엄청날 뿐아니라 보존상태가 양호함에 다시 한 번 놀랐다. 내부는 박물관으로 꾸며져 있고, 건물 가운데에 널따란 풀이 있으며, 작은 풀도 몇 개 더 있었다. 한 바퀴 둘러보고서 밖으로 나온 다음, 아직 출구 밖에서의 집합 때까지는 시간이 좀 남았으므로 제인 오스틴의 집까지 다시 찾아갔다가 되돌아왔다. 일행이 다 모이기를 기다려, 커다란 나무가 있는 공원 옆에 위치한 1-2 New King

Street, Kingsmead Square, Bath BA1 2AF에 있는 중국집 北京菜館 (Peking)에 들러 점심을 들었다.

식후에 주로 2차선인 도로를 1시간 20분쯤 달려 영국 최대의 솔즈베리대평원 한가운데에 위치한 스톤헨지로 향했다. 현대적 디자인을 한 박물관을 겸한 인포메이션 센터에 도착한 다음, 그 옆에서 셔틀버스를 타고 스톤헨지 근처로 이동하였다. 스톤헨지는 아직도 그 실체가 구명되지 않았는데, 대략 기원전 3,000년에서 기원전 1,000년 사이에 건설되었고, 가톨릭이 들어오기 전의 토속신앙이었던 드루이드교의 태양신 숭배를 위한 제단이라는 설과 하지와 동지를 정확히 알 수 있게 된 구조로 보아 계절을 추측하기 위한 시설물이라는 설이 유력한 모양이다. 아내와 함께 줄이 둘러쳐진 곳 바깥을 한 바퀴 돈 다음, 아내는 셔틀버스를 타고서 돌아가고 나는 대평원 속의 숲길을 걸어서 인포메이션 센터까지 되돌아왔다.

다시 1시간 40분 정도를 달려 옥스퍼드 근처의 40여 개 마을 공동체인 코츠월드 중 가장 유명한 마을인 바이버리(Bibury)로 향했다. 영국인이 은퇴 후 살고 싶어 하는 동네 1순위라고 한다. 가는 도중 돼지를 방목하는 목장을 지나쳤고, 가이드가 크롬웰 집권 당시에 반역죄로 처형된 찰스 1세의 머리를 10년간에 걸쳐 전국에 돌려 시위한 The King's Head Inn에 대해 설명해 주었다. 로마의 통치 당시에 각 요새들을 연결하는 도로를 건설하고서 도로마다 40마일 간격으로 역참을 설치하였는데, 그것이 오늘날 inn의 원형이 되었다고 한다. 도착 후 The Swan Hotel이라는 곳에서 스프와 대구구이 및 귀리 요구르트로 이루어진 석식을 든 후, 그 근처의 가장 인기 있는 산책로인 Arlington Row를 한 바퀴 두르는 코스를 걷기로 했는데, 아내가 차도를 따라 걷기를 좋아하지 않으므로 우리는 그 중 한 쪽 코스만을 걸은 다음, Awkward Hill과 Hawkers Hill을 연결하는 코스로 산책하였다. 그러나 시카고 교외 지역에서 자주 보던 마을 풍경과 별로 다름이 없는지라 대단한 감흥은 느끼지 못하였다. 잉글랜드 남서부에 위치한 전형적인 농촌 마을로서, 주민은 600명 정도라고 한다.

바이버리를 끝으로 오늘의 일정을 모두 마치고서 비가 내리는 가운데 2시간 반 정도 걸려 런던으로 귀환하였다. 런던의 시내 인구는 500만 정도이고, 교외 지역까지 포함하면 1300만 명 정도가 된다. 템즈 강변 북쪽의 부자들이 산다는 첼시 지구를 통과하여 대체로 링 로드를 따라서 시 동쪽의 Dockland Riverside에 위치한 DoubleTree By Hilton 호텔에 밤 9시 20분경 도착하였다. 템즈강을 끼고 있고, 예전에는 선박수리업체의 공장이었던 것을 호텔로 개조한 것이었다. 런던 시내의 센트럴 존에 진입하는 차량은 무조건 10파운드를 지불해야 하며, 그 요금은 밤 2시까지 유효하다고 한다. 런던에서는 지하철을 Underground로 부르고, 지상을 달리는 열차는 Overground라고 한다. 시내의 전 구간에는 시속 40마일의 제한속도가 있다. 우리 내외는 310호실을 배정받았다.

▬▬▬ 29 (수) 맑음

1층 레스토랑에서 조식을 들면서 창밖을 바라보니 우리 호텔은 템즈 강에 면해 있어 조망이 좋았다. 오전 9시에 호텔을 출발했다. 타워브리지를 통과하여 런던탑 입구 부근에 있는 유람선 선착장 근처에서 하차하였다. 런던탑은 요새와 처형대로서 사용된 것이다. 지금의 영국 왕은 버킹검 궁에 살지만 중세에는 윈저 캐슬이 국왕의 주된 거주지였다고 한다. 영어에서 팰리스 즉 궁은 임금의 거주지이지만, 캐슬은 요새의 성격이 짙다. 2003년 여름방학에 가족과 함께 서유럽 여행을 왔을 때 마지막 날인 8월 6일 밤부터 7일까지를 영국의 수도 런던에서 보낸 바 있었다. 이번 런던 여행 코스도 대부분 그때와 겹치지만, 당시 이 유람선은 타보지 못했었다.

10시 배를 타고서 30~40분 유람하여 국회의사당의 빅벤 부근 선착장에서 하선하였는데, 그 새 새로 들어선 것인지 승선하는 곳 부근에 더 샤드라고 하는 77층짜리 영국에서 가장 높은 빌딩이 눈에 띄었다. 꼭대기가 반듯하지 않고 들쑥날쑥 한 것이 특이하였다. 하선장 부근에 있는 St. Thomas 병원에서 나이팅게일이 운명하였다는 것도 이번에 새롭게 알게 된 사실이다. 빅벤은 엘리자베스 여왕의 즉위 70주년을 기념하여 명칭이 엘리자베스2세기념탑으로 정해졌다고 한다. 또한 국회의사당의 정식 명칭은 웨스트민스터 궁인데, 원래 귀족의 저택이었던 것을 나라에서 매입해 국회로 사용하게 되었으며, 그 이후 여러 건물들을 증축했다는 것이다.

국회의사당 부근 공원의 위인 동상들과 웨스트민스터 사원, 그리고 웨슬리가 창립한 감리교회 본부 건물 등도 다시 한 번 둘러보았다. 웨스트민스터 사원은 파리의 노트르담대성당과 더불어 중세 고딕 양식의 양대 사원으로 꼽히던 곳인데, 최근에 노트르담 사원이 화재로 거의 다 소실되었으므로, 이제 원형을 보존한 것으로는 유일한 건축물이 된 셈이다. 런던 시내에는 붉은색의 2층 버스가 많이 다니고 있는데, 영국에서는 2층 버스를 더블데커버스라고 한다. 버스와 코치의 차이점을 들자면 코치의 경우는 전세버스를 가리키는 것이다.

코치인 대절버스를 타고서 30분 정도 이동하여 대영박물관으로 향했다. 가는 도중 버킹검 궁 입구를 지키는 두 명의 기마병 주변에 사람들이 잔뜩 몰려 있는 것을 보았다. 아마도 근위병 교대식이 있는 것인가 싶었다. 대영박물관은 단체 손님이나 예약을 하지 않은 사람들을 뒷문으로 입장하게 하는 모양이라, 이번에 우리도 뒷문으로 들어가 앞문으로 나왔다. 대영박물관은 세계 3대 박물관 중 하나임에도 불구하고 무료인데, 박물관에 관한 국제적 규정 상 전시품의 80% 이상이 그 나라 것이 아니면 입장료를 받지 못하게 되어 있다고 한다. 이 박물관의 경우에는 영국 것이 80%가 아니라 8%에도 미치지 못하므로 당연한 것이지만, 소장품 대부분이 제국주의적 침략이나 수탈을 통해 수집한 물건들이니 일종의 贓物보관소라고 할 수 있겠다. 서기 2000년을 기념하여 밀레니엄 코트라 하여 건물과 건물 사이 빈 공간의 천정을 유리로 덮었다. 삼성의 후원으로 한국관에만 에어컨이 설치되어 있다고 한다. 많은 소장품을 짧은 시간 안에 다 둘러볼 수는 없으므로, 대표적인 것으로 로제타석과 파르테논 신전의 엘긴 수집품, 그리고 3층의 이집트 미라만을 골라서 보기로 했는데, 나는 아내를 따라 화장실을 다녀온 이후로 일행을 놓쳐버려 결국 이집트 미라는 보지 못했지만 과거에 이미 둘러본 바 있었고, 이집트 본국 및 다른 나라에서도 본 적이 있으므로 크게 아쉽지는 않다. 대영박물관도 원래는 몬테규 백작의 저택이었는데, 국가에서 매입하여 박물관으로 만든 이후 많이 증축했다고 한다.

12시 30분에 집합하여 제법 한참을 걸어서 31-32, Poland Street로 이동하여 아리랑이라는 한식점에서 김치찌개로 점심을 들었다. 런던에 우리 교민은 5만 명 정도가 거주하고 있으며, 코리아타운은 시내에서 한참 떨어진 히드로 공항 부근에 있다고 한다. 영국은 브렉시트 이후로 많은 어려움을 겪었으나, 코로나19 이후로는 유럽 여러 나라 가운데서 가장 안정적인 성장세를 유지하고 있는 모양이다.

식후에 또 한참을 걸어서 옥스퍼드 서커스까지 나아갔고, 거기서부터는 쇼핑 등을 위한 자유 시간을 가졌다가 오후 3시에 피카딜리 서커스에서 다시 모이기로 하였으나, 우리 내외는 가이드를 계속 따라다녔다. 튜더 양식의 건물인 런던에서 가장 오래 되었다는 리버티백화점을 지나, 1707년에 개업한 Fortnum & Mason까지 갔다가, 런던 최고의 번화가인 리전트 거리를 거쳐서 피카딜리 서커스에 이르렀고, 다시금 걸어서 트라팔가 광장까지 갔다가 뒷길로 히여 차이나타운 입구를 지나서 피카딜리 서커스로 되돌아왔다. 오늘의 걸음 수는 14,596보였다.

피카딜리 부근에서 다시 대절버스를 탄 후, 심각한 교통정체를 겪으면서 도심을 벗어나 1시간 30~40분 걸려서 첫날 우리가 착륙했던 히드로 공항 제4터미널로 이동했다, 거기서 현지가이드 하 군 및 기사 폴과 작별했다.

7번 터미널에서 대한항공 KE908편에 탑승하여 19시 35분에 이륙하였다. 우리 내외는 42B·C석을 배정받았는데, 이번에도 42A석에 승객이 없어 다소 넓게 공간을 이용할 수 있었다.

■■■ 30 (목) 맑음

16시 15분에 인천국제공항 제2터미널에 도착했다. 예약해둔 진주 개양행 공항버스 시간은 18시 30분이므로, 지하 1층의 지방행 버스 승차장 4번 게이트 앞에서 버스를 대기하며 오늘의 일기를 정리하고, 그 동안의 여행 기록을 발췌하여 따로 하나의 파일로 만들어서 가족과 지인들에게 이메일로 발송하였다. A4용지 17쪽, 원고지 152장의 분량이었다.

하코다테·아오모리

■■ 2024년 6월 3일 (월) 맑음

　아내와 함께 집에서 김밥 등으로 간단히 점심을 들고서, 카카오택시를 불러 장대동 시외버스터미널로 이동하여 12시 30분 발 부산서부터미널 행 우등시외버스를 탔다. 사상 터미널에 도착한 다음, 택시를 타고서 다시 이동하여 구덕터널과 영주동터널을 통과해 부산역 뒤편에 있는 부산항국제여객터미널로 향했다. 영주동터널을 지나 고가도로에 오르니 금방이었다. 이 고가도로는 젊은 시절 내가 부산에 살았을 때는 없었던 것이다. 6월 3일부터 8일까지 진행되는 일본 '하코다테/아오모리 크루즈 5박6일'에 참여하기 위함이다.

　3층 대합실에서 오후 4시 조금 전에 우리가 속한 코스타세레나 호 한일크루즈 26조의 인솔자 임선희 씨를 만나 목에 거는 명패를 받고서 탑승하였다. 2326호실을 배정받았다. Costa Serena 호는 이탈리아의 제노바에 본사를 둔 것으로서, 총 톤수 114,500GT, 선체 길이 290m, 객실 수 1,500개이며, 지하 2층, 지상은 0층부터 11층까지 있는 것인데, 한국의 PanStar 크루즈라는 회사가 용선한 것이다. 우리 객실은 그 중 2층이며, 창이 없는 안쪽 방으로서 규모는 비교적 작았다. 이 배의 최대 승객정원은 3,780명인데 오늘은 2,500명 정도가 탑승했다고 한다. 승무원 정원은 1,100명인데 식당이나 복도 등에서 눈에 띄는 사람은 대부분 피부가 까무잡잡한 유색인종이었고, 선내에서 통용되는 언어는 영어이나 이탈리아어도 섞여 있다. 배의 복도나 엘리베이터 층 벽 등은 그리스 로마 신화를 소재로 한 그림들로 도배되어 있다.

　오후 7시에 출항했다. 선실에는 'Oggi A Bordo'라는 이름의 선내 신문이 매일 배달되고, 선상의 결제는 신용카드를 등록하여 사용하며, 선상 팁이라 하여 만 18세 이상은 1인1박 당 $16이 자동 결제되는데, 스위트룸은 $19이다. WiFi는 따로 구입해야 하며, 다섯 가지 종류가 있다. 와이파이 요금은 하루당 $5에서 $45까지 다양하며 분당 $0.25로 계산되는 것도 있는데, 크루즈의 전체기간 동안 구매해야 한다. 그러므로 그 가격이 꽤 비싼 편이다. 우리 내외는 일본 현지에서 사용할 SKT의 T-roaming을 구입해 왔으므로, 따로 선상의 WiFi는 사용하지 않기로 했다.

승선 후 국제해양법에 따른 비상대피훈련을 하도록 되어 있으므로 객실 안에 비치된 구명조끼를 착용하고서 집합장소로 가보았으나, 형식 뿐으로서 그곳은 무슨 교육을 할 만한 공간이 따로 없었고, 승객들이 복도에 길게 줄을 서 대기하고 있었으나 아무 훈련도 없이 그냥 객실로 돌아가라고 할 따름이었다.

9층 뷔페식당에서 석식을 들고나니 이미 평소의 취침시간인 오후 9시에 가까워졌으므로, 오늘은 다른 프로그램에 참여하지 않고 바로 객실로 내려와 샤워하고서 잠자리에 들었다.

우리 내외는 2018년 11월에 Royal Caribbean 소속 Harmony of the Seas 호에 탑승하여 제11차 북미주 연세대 간호대학 동창 재상봉 행사에 참석하여 카리브 해를 유람한 바 있었으니, 본격적인 크루즈는 이번이 두 번째인 셈이다. 그 밖에도 과거 세계 여러 나라에서 크루즈라는 이름의 수상 행사에 참여한 적이 있었으나 그것들은 대부분 선상 유람 정도의 수준이었던 것이다.

■■■ 4 (화) 맑음

아침 일찍 3·5층에 비치된 24시간 신용카드 등록기를 통해 신용카드 등록을 한 다음, 배의 제일 꼭대기 층으로 올라가 船首의 갑판에서부터 船尾까지 걸어보았다. 선상 신문에 그날그날의 여러 가지 프로그램이 안내되어 있으나 나의 취미에는 별로 맞지 않으므로, 배를 타면 늘 그렇듯이 갑판에 올라가 온종일 바다를 바라보는 것도 좋겠지만, 바람이 꽤 강하고 추워서 오래 있을 수는 없었다.

아침과 점심은 9층의 뷔페 레스토랑 프로메테오에서 들었고, 종일 갑갑하게 방안에만 틀어박혀 있을 수도 없으므로, 아내와 함께 선상 신문에 적힌 프로그램 중에서 몇 가지를 골라 참여해 보았다. 오전에는 3층의 판테온 아트리움에서 열리는 아울렛 이벤트에 가보았다가, 오후에는 5층의 아폴로 그랜드 바에서 열리는 국내외 미술계 거장들의 작품 설명회 및 전시회인 '재미난 예술과 경매의 세계', 선수의 지오베 대극장에서 있은 남자 가수 지호와 미스트롯 3 Top 7인 정슬의 공연 'HB PAY 선상 콘서트', 5층 루나 라운지에서 The Asian Vibes Band가 펼치는 '인터내셔널 팝 라이브 뮤직', 오전에 우리 내외가 이탈리아 아이스크림을 사먹은 5층의 젤라떼리아 아마릴료에서 Julia가 연주하는 '바이올린 팝 라이브 뮤직', 5층 아폴로 그랜드 바에서 공연되는 Trio Fuori Orario의 '인터내셔널 이탈리안 팝 라이브 뮤직' 등이었다. '바이올린 팝 라이브 뮤직' 행사장에서 한 중년 부부의 금혼식 같은 것이 열려 공연이 도중에 중단된 채 그들의 축하곡 쪽으로 흘러가고 말았다. 한복에다 망건을 쓴 노인 남자 한 명도 그들의 일행인 듯 축하객 속에 포함되어 있었다.

석식은 3·4층 선수의 Vesta와 3층 선미의 Ceres 두 곳 정찬식당에서 정장 차림으로 진행된다고 알고 있으므로, 나는 회옥이 결혼식 때 입은 옷차림으로 19시 30분부터 세레스 2부의 조별로 진행되는 정찬(Dinner) 모임에 참여했던 것이지만, 어찌된 셈인지 나 외에 넥타이를 맨 남자 승객은 눈에 띄지 않았다. 그 뿐만 아니라 웨이터가 우리 내외가 주문한 음식들 중 메인인 소고기 요리(Roasted rib of beef, demi-glace sauce, potato wedges with flavors)를 같은 테이블의 옆 자리에 앉은 네 명 그룹에게다 날라주고서 우리에게는 주지 않았다. 똑같은 요리를 한 사람 당 하나씩 네 접시나 배달받은 그들은 처음에는 좀 의외인 눈치였지만, 자기들이 주문한 요리를 잘 기억하지 못하는지 별말 없이 먹기 시작했다. 인솔자를 통해 재촉했더니 얼마 후 디저트를 내왔으므로, 불쾌하여 한참 후에야 가져온 메인은 들지 않고서 자리를 떠버렸다.

그 뿐만 아니라 휴대폰에 다운로드 받아둔 선내 인터넷 와이파이 'Costa Serena' 앱이 전파가 약한지 전혀 작동하지 않을 뿐 아니라, 선실 간의 연락 전화는 방 번호만 누르면 된다고 하였으나 인솔자와 통화하기 위해 그녀의 방 번호를 몇 번이나 눌러봐도 도무지 불통이었다.

■■■ 5 (수) 대체로 맑으나 오전 한 때 빗방울

조식을 든 후 배의 꼭대기 층 갑판으로 올라가 산책하고 있으려니 10시 무렵 오늘의 목적지인 홋카이도(北海道)의 최남단에 위치한 하코다테(函館) 시에 접근하였다. 육지에 가까워지니 휴대폰의 인터넷이 터지고, 코스타 앱이 작동할 뿐 아니라 방끼리의 전화도 통하기 시작했다.

11시 무렵 9층 뷔페식당에서 다시 한 번 이른 점심을 들고서, 우리가 속한 26조는 12시 15분까지 5층 중앙의 그랜드 바에 집결하여 하선하기 시작했다. 인솔자로부터 여권 사본과 세관신고서를 나눠받아 그것으로 단체 입국 수속을 하였다. 조별로 Oriental Bus의 대절버스에 나눠 타고서 출발하였는데, 우리 조와 같은 목적지로 가는 버스는 여섯이나 일곱 대 정도 되는 듯했다. 개중에는 내가 일본에서 처음으로 보는 한국의 현대 제품 버스도 한 대 눈에 띄었다.

먼저 大沼國定公園에 들렀다. 해발 1,131m인 北海道고마가다케(駒岳)의 화산이 폭발하여 생긴 호수들을 중심으로 한 공원인데, 람사르조약에 등록된 습지였다. 明治 10년(1877) 무렵부터 그 풍광이 세상에 널리 알려져 1905년에 도립공원으로 지정되었다고 한다. 日本新三景의 하나로 꼽힌다고 하지만, 주어진 시간이 너무 짧아 오후 2시까지 건성으로 주차장에서 가까운 구역만을 대충 한 번 둘러보았을 따름이다.

다음으로 1859년 하코다테가 나가사키·요코하마와 더불어 일본 최초의 개항장이 되었을 때 그 중심적 역할을 담당했었던 모토마치(元町)를 방문하였다. 홋카이도는 19세기 중반 마츠우라 탐험대가 개척하기 전까지는 아이누 족이 주로 거주하던 곳으로서 에조치(蝦夷地)라고 불렸던 것인데, 이때를 계기로 하여 현재의 이름으로 바뀌었다. 남한 면적의 80%에 해당할 정도로 넓은 곳임에도 그 중 20%에만 사람이 거주하고 있다. 삿포로·하코다테·오타루 등 홋카이도의 지명중에는 아이누의 언어에서 音借한 것이 많다. 이 일대는 지금 모토마치공원으로 불리고 있는데, 그 입구에 일본과의 화친조약을 체결한 후 1854년 5월 17일 5척의 黑船을 거느리고서 하코다테 항에 들어온 미국의 페리제독을 기념하여 그의 동상과 기념비가 서 있고, 그 일대를 페리광장으로 명명해두고 있었다. 공원의 유형문화재로는 舊北海道廳函館支廳 청사, 舊開拓使函館支廳書籍庫 등이 남아 있고, 舊函館區公會堂, 구 영국영사관 등이 남아 있으며, 이 일대가 傳統的建造物群보존지구로 지정되어 있다. 箱館奉行所跡이라는 흰색 사각기둥도 서 있었는데, 하코다테의 행정관청인 봉행소는 후에 五陵郭으로 옮겨지기 전까지 이곳에 위치해 있었다. 北海道廳이 후일 삿포로로 세워지기 전까지는 이 하코다테봉행소가 홋카이도 전체의 행정도 담당했던 모양이다. 箱館은 音借인 函館의 옛 한자 표기인 것이다.

다음으로 그 아래쪽 해변의 金森적벽돌창고를 둘러보았다. 진입로 가에 1911년에 완성된 구 函館郵便局舍가 남아 있고, 예전에 가족과 함께 처음 홋카이도에 왔을 때 오타루 운하 주변에서 보았던 것과 같이 창고 건물들은 지금 관광객을 상대로 한 각종 상점으로 변모해 있었다. 도로 건너편 末廣町 14-17에 있는 건물 안의 럭키 피에로라는 가게에서 아내와 함께 홋카이도의 명물이라는 아이스크림을 두 개 사서 나눠먹었다. 현재의 창고 건물들은 1907년경 건축된 것이라고 한다.

이어서 五陵郭에 들렀다. 오릉곽은 막부 말기 箱館의 개항과 더불어 설치된 箱館奉行所의 방어시설로서, 중세 유럽에서 발달한 성채도시를 참고로 하여 설계된 서양식 土壘이다. 별 모양으로 끝이 뾰족한 오각형을 이루고 있으므로 이런 이름으로 불리는 것인데, 그 안에 箱館奉行所가 있어 이 지역의 정치적 중심지로 되었던 곳이다. 明治 원년(1868) 10월에 江戶灣에서 군함 8척과 더불어 탈주한 榎本武揚이 이끄는 舊幕府脫走軍이 점거하여 다음해 5월에 종결하는 箱館전쟁의 무대가 되었던 곳이다. 新撰組의 2인자였던 土

方歲三도 이 싸움에서 전사하였다. 오릉곽 타워에 올라가 그 전체 모습을 내려다 본 다음, 내려와서 해자를 건너 그 입구까지 걸어갔다가 시간관계로 버스로 돌아왔다.

函館市 中道 2丁目 52-8에 있는 一心亭이라는 식당에 들러 무한 리필 소불고기로 석식을 든 다음, 마지막으로 로프웨이를 타고서 모토마치 뒤편의 函館山으로 올라가 나폴리·홍콩과 더불어 세계 3대 夜景이라고 불리는 하코다테의 야경을 구경하였다. 작년 3월 사라쿠라 산에 올라 北九州市의 야경을 바라보았을 때도 2022년에 그곳이 '日本新三大夜景都市' 중 1등으로 뽑혔다는 것을 읽은 바 있었다.

밤 9시가 좀 지나서 배로 돌아왔다. 오늘 보니 우리 조는 총 38명인데, 그 중 성균관대학교 부산지역총동문회 회원들이 18명이었다.

■■■ 6 (목) 맑음

일어나 보니 배는 이미 일본 本州 섬의 북쪽 끄트머리 무츠 灣 안에 있는 青森港에 정박해 있었다. 아오모리에서 하코다테까지는 세이칸(青函)터널이라고 불리는 해저터널이 뚫려, 지금은 新幹線이 혼슈의 북쪽 끝에서 홋카이도의 남쪽 끝까지 직행할 수 있게 되었다. 예전에는 青函連絡船이 다니고 있어서 하코다테 시에 마슈마루(摩周丸)라고 하는 연락선 기념관이 있는 것이다.

우리 26조는 오전 9시에 5층 루나라운지에 집결하여 하선한 후, 어제처럼 아오모리 현지의 대절버스를 타고서 출발하였다. 이탈리아 선적의 Costa Serena 호는 한국의 팬스타 크루즈 측이 한 달간 전세 낸 것이라고 하며, 이번 크루즈는 한국의 최대 여행사인 하나투어·모두투어가 모객한 사람들과 일부 자유여행 팀으로 구성되어 있다. 총 52개 조와 자유여행 조 하나인데, 참가자들이 선택한 관광지의 옵션에 따라 팀이 구성되어, 조별로 이루어진 버스들은 서로 가는 방향을 달리하는 것이다.

우리 조가 탄 버스는 남쪽 방향으로 1시간 45분을 운행하여 첫 목적지인 토와다 호(十和田湖)로 향했다. 도중에 핫코다 산(八甲田山)을 지나가는데,

초여름인 지금까지도 산 위 여기저기에 눈이 남아 있었다. 1902년 겨울 군인 210명이 이 산에서 상관의 인솔 하에 훈련을 위한 행군을 하던 중에 길을 잃고서 그 중 199명이 사망한 것으로 유명한 산이다. 최고봉의 높이가 1,785m라고 하니 3,000m 이상의 산들이 즐비한 일본에서는 그다지 높다고 할 수 없으나, 여러 개의 봉우리가 여기저기에 흩어진 하나의 山群이라고 할 수 있다.

핫코다 산을 넘어가면 또한 유명한 오이라세(奧入瀨) 계류를 만나게 되며, 그 바로 옆길을 따라서 호수까지 나아가게 된다. 국도 103호선은 계류에 이르면서 차 두 대가 간신히 서로 비껴갈 수 있을 정도의 좁은 길로 변했다. 자연의 훼손을 최소한으로 하려는 배려인 것이다. 계류 주변의 울창한 숲은 너도밤나무가 주된 수종인 모양이다.

토와다 호는 둘레가 46km인 넓고도 청정한 호수인데, 물이 너무 맑아 물고기가 살지 않았으나 후에 인공적으로 서식하게 만든 모양이다. 나는 젊은 시절 교토에 유학하였으니 그 인근 시가 현(滋賀縣)에 있는 일본 최대 호수인 비와 호(琵琶湖)에 여러 번 가본 것은 물론이고, 당시 일본 여성과 결혼하기 직전에 인사차 그녀의 고향인 이와테 현(岩水縣) 모리오카 시(盛岡市)에 거주하는 그녀의 부모를 방문했다가 다 함께 아키타 현(秋田縣)의 다자와 호(田澤湖)로 드라이브하여 갔던 적이 있었다. 오늘은 그 북동쪽 아오모리 현의 토와다 호에까지 오게 되었으니 이로써 일본의 대표적인 호수들은 모두 섭렵한 셈이 된다. 코노구치(子口)라는 곳에서 第二八甲田이라는 유람선의 꼭대기인 3층에 타고서 때때로 바깥 갑판에 나가보기도 하면서 호수를 가로질러 반대편의 休屋이라는 마을에서 배를 내린 다음, 그 마을의 十和田市 大字奧瀨字 十和田湖畔 休屋 486에 있는 '단풍(카에데)'이라는 이름의 민박과 기념품점을 겸한 식당에서 바라구이정식으로 점심을 들었다. '바라'는 지방이 있는 돼지고기를 말함인데, 이 호수의 특산물인 듯한 작은 무지개송어(니지마스) 한 마리가 반찬으로 첨가되어 있었다.

우리 26조에 아마도 가장 연장자로 보이는 부부가 한 쌍 있는데, 남편은 86세라고 하니 나보다도 10세 연상이며, 성균관대 출신이나 성균관대 부산

동창회와는 별도로 참가하여 우연히 같은 조에 합류하게 된 것이라고 한다. 부인은 부산 출신으로서 서울대를 나왔는데, 남편이 젊은 시절 부산에 근무한 적이 있어 그 때 서로 만난 모양이다. 부인은 토와다 호에 20여 년 전부터 이번까지 세 번째로 오게 되었다고 하며, 니지마스를 무지개송어로 번역하는 것을 보니 일본어에도 꽤 능통한 모양이다. 아내의 말에 의하면, 부인은 여러 직원을 거느린 기업의 영수 같은 풍모라고 한다. 두 사람은 서울에서 왔다.

식당 앞에서 다시 대절버스를 타고 올 때의 코스를 경유하여 되돌아가는 도중, 오이라세 계류 가의 한 버스정거장에서 하차하여 그 부근의 계류를 따라 20분 정도 산책해 보았다. 고사리 과에 속하는 커다란 풀들이 좁다란 길가에 무성하게 우거져 있었다. 아내는 이곳을 파라다이스라고 하면서, 아침 일찍부터 와서 하루 종일 지내고 싶다고 했다. 이번 일본 여행 중 가장 인상 깊은 곳이라고 한다.

아오모리 시내로 돌아온 후, 먼저 무츠 호반의 安房1丁目 1番 1號에 있는 네부타 축제 전시관 '와라세'에 들렀다. 일본에서 유명한 여름 축제인 아오모리의 네부타 마츠리에 사용된 대형 燈籠들을 전시해 두고 있는 곳인데, 예전에는 등롱의 내부 조명을 위해 촛불을 사용했었으나 화재의 위험이 있어 지금은 LED 등을 쓴다고 한다. 이 축제는 국가지정 중요무형민족문화재로 지정되어 있다. 네부타 마츠리의 기원에는 여러 가지 설이 있지만, 단오절의 燈籠 띄우기와 '네무리나가시'의 풍습에서 유래되었다는 것이 일반적이다. 네무리나가시란 여름 농번기 때 농사의 방해가 되는 잠 귀신을 쫓기 위한 풍습으로서 전국 어디서나 볼 수 있는 것인데, 네부타는 네무리에서 소리가 변화한 것으로 여겨진다. 8월 2일부너 7일까지인 축제 기간 중 20대가 넘는 대형 네부타가 제작되어 웅장하게 시가지를 행진하며, 200만 명이 넘는 인파로 붐빈다고 한다.

다음으로는 근처에 있는 아오모리 역으로 가서 그 건물 1층의 &LOVINA라는 대형 마트에서 쇼핑을 하게 되었다. 나는 2층은 없고 1층과 3층만으로 이루어진 &LOVINA 쇼핑몰을 두루 한 번 둘러본 다음, 엘리베이터를 타고서 4층으로 올라가 아오모리의 繩文시대 문화를 소개하는 방 죠모죠모와 그 옆방의 아오모리시민미술전시관까지를 둘러보았다. 미술전시관에서는 판화가 關野準一郎의 '奧의 細道'와 '東海道五十三次' 작품들이 전시되어 있었다. 둘 다 일본 문학 및 회화의 고전을 소재로 한 것이다. 다시 1층으로 내려와 마트 안의 히스케라는 상점에서 35,000엔 주고서 만년필을 하나 구입하였다. 한국에서 이미 파카 만년필을 두 개 정도 사둔 바 있었지만, 웬일인지 신품임에도 불구하고 모두 잉크가 제대로 나오지 않아 사용을 포기한 지 이미 오랜 지라, 여기서 일제 만년필을 새로 하나 산 것이다. 쇼핑몰에는 아오모리의 특산품인 사과로 만든 막걸리 빛깔 주스 등 여러 가지 사과 제품들을 파는 코너도 있었다.

마지막으로 삼각형으로 된 기묘한 모양의 건물인 靑森縣觀光物産館 '아스팜'으로 가서 그 13층 전망대에 올라 아오모리 시가지와 무츠 만 그리고 저멀리 상부가 구름으로 덮인 핫코다 산 일대를 360도로 조망해보았다.

다시 크루즈 선으로 돌아와, 18시 45분부터 대극장에서 공연된 성인용 라이브 쇼 '글래머존'을 50분 정도 관람하다가, 19시 30분부터 세레스 2부로 있는 정찬에 참여하였다. 오늘은 넥타이를 매지 않았는데, 26조를 위해 지정된 좌석에는 웬일인지 12명밖에 참석하지 않아 빈자리가 많았다. 만찬을 마친 다음 9층의 리도 솔레에서 대형 모니터를 통해 방영되는 엘비스 프레슬리의 미국 순회공연 실황 'Elvis On Tour'의 후반부를 시청한 후 방으로 돌아왔다.

▬▬ 7 (금) 맑음

어제까지로서 인솔자 임선희 씨의 역할은 끝나고, 오늘부터는 26조가 아니라 각자의 캐리어에 매다는 태그의 색깔에 따라 승객이 분류된다고 한다. 선상 신문에 따르면 태그는 12가지로 분류되며, 그 아래에 적힌 만남의 시간과 장소에 따라 하선 절차가 진행되는 것이다. 오후 늦게 우리 내외에게는 그레이 색의 태그가 배달되었다.

임 씨는 중년 정도로 보이며, 별로 인물은 없으나 친절하고 상냥한 사람이었다. 남편이 IMF로 직장에서 쫓겨난 이후 가사를 돌보고 있고, 그 대신 자신이 직업전선에 뛰어들어 가계를 책임지고 있으며, 딸만 셋을 두었다고 한다. 코로나19 기간 중에는 일이 없었으므로 그 동안 영어를 공부하여 이제는 영어로 동남아 여행자들을 인솔하기도 한다는 것이다. 일본어가 꽤 능숙해 보이며 현지에서는 가이드의 역할도 맡는데, 일본에 대해 아는 것은 많으나 별로 정확한 지식은 아니었다. 어제의 여행 중에 남존여비에 대한 새로운 해석을 들려주었는데, '남자의 존재 이유는 여자의 비위를 맞추는데 있다'는 것이었다. 나는 평소 아내의 의견에 대해 별로 토를 달지 않고 대체로 따르고 있으며, 아내는 마님 자신은 머슴으로 자처하고 있으니, 그녀의 해석과 별로 다르지 않게 생활하고 있는 셈이다.

크루즈 선이 부산을 향해 온종일 망망대해를 항해하는지라 배 안에서만 지냈다. 9층 뷔페식당에서 아침을 들고 난 후, 아내와 함께 09시 15분부터 대극장에서 있은 환송모임에 참가하였다. 같은 식당에서 다시 함께 좀 이른 점심을 들고 나서는 배의 꼭대기 갑판을 한 바퀴 산책하면서 사진을 찍었고, 어제 엘비스 프레슬리의 콘서트 투어를 시청했던 9층의 리도 솔레에서 오늘은 비치 침대에 드러누워 이탈리아 출신 장님 테너 Andrea Bocelli의 비디오 콘서트 'One Night in Central Park'를 감상하다가, 14시부터 15시 30분까지 대극장에서 진행되는 '박강성과 함께 하는 7080 감성콘서트'에 참석하였다. 정성호의 사회로 가수 아우라·보나·김보성에 이어 제법 유명하다는 가수 박강성이 출연하는 쇼였다.

16시 30분부터 대극장에서 있은 칵테일 송별 파티, 18시 45분부터 3층의 판테온 아트리움에서 우아한 드레스를 입고 직원들과 함께 춤을 추는 골든 파티를 4층 난간에 기대어 내려다보다가, 마지막으로 19시 30분부터 한 시간 가량 대극장에서 있은 서커스 비슷한 춤과 노래의 쇼「Extra Live」에 참석하였다.

짐을 정리하여 내일 입지 않을 옷가지들은 모두 캐리어에 담아 그레이 태그를 붙여서 방문 앞에다 내놓은 후, 밤 9시 무렵에 취침하였다.

■■■ 8 (토) 비

오늘도 아내와 함께 9층 뷔페식당에서 조식을 든 후 꼭대기 갑판을 좀 산책하였다. 갑판에 올라가니 인터넷이 잠시 터지기도 했다가 다시 불통이 되었다가 했다. 우리는 11시 30분까지 방을 비워줘야 하므로 그보다 좀 이른 시각에 짐을 챙겨서 방을 나와 3층 프런트로 가서 정산서를 요청하였더니, 아내와 나는 모두 기본요금 수준인 $90로 나타났다. 3층 세레스 레스토랑으로 가서 뷔페로 점심을 든 후 아내와 헤어져 시간을 보낸다. 식후에 다시 갑판으로 나가보니 밖에는 비가 내리고 있었으므로, 그동안은 9층 리도 솔레에서 대형 모니터를 바라보며 시간을 보냈다.

13시에 대극장에서 아내를 다시 만나 함께 시간을 때우기 위해 'The Storied Life of A. J. Fikry'(105분)라는 영화를 한 편 보았다. 뉴욕의 엘리스 섬에서 서점을 경영하는 스탠포드 대학 출신의 독신 남자가 우연히 흑인 소녀를 입양하게 되고, 이어서 재혼을 하며, 암에 걸려 죽기까지를 다룬 일대기였다. 영화를 보고 있는 도중 배는 14시에 부산항에 도착하였고 인터넷도 터졌으므로, 가족과 지인들에게 카톡으로 어제의 사진들을 보낼 수 있었다. 회색 라벨의 승객들은 16시 45분 이곳 대극장 3층에 집결하여 하선하기로 되어 있는데, 시간이 당겨져서 4시경에 하선할 수 있게 되었다. 입국수속을 마친 후, 택시를 타고서 갈 때의 코스를 따라 사상에 있는 부산서부터미널에 도착하여 예약해둔 버스 시간을 17시40분으로 바꾸었다.

한 시간 가량 사상터미널 구내에서 기다리다가 시외버스를 타고 진주로 돌아와 개양에서 내려 택시를 탔다. 오후 7시 남짓에 귀가하였다.

대만 북부

7월

■■■ 2024년 7월 3일 (수) 한국은 아침부터 비, 대만은 맑음

아내와 함께 모두투어의 대만 북부 2박3일 패키지여행에 참가하기 위해 오전 6시 무렵 진주의 집을 출발하여 김해국제공항으로 향했다. 7시 37분 무렵 부산 강서구 공항로 811번길37-1(대저2동)의 우현주차장에다 차를 맡기고서, 그곳 셔틀 차량에 탑승하여 공항으로 이동하였다. 어제 아내가 인터넷으로 예약해둔 바에 따라 모바일 항공권으로 제주항공의 7C2651편에 탑승하기 위해 출국수속을 마치고서 12번 게이트로 갔다. 공항 국제선 격리대합실 2층 푸드코트의 플레이보6에어레일에서 나는 돈코츠라멘 아내는 전복죽으로 조식을 들었고, 엔제리너스에서 나는 너티아메리치노 아이스커피 아내는 과일을 들었으며, 그 후 아내가 따로 사 온 아이스바도 들었다.

원래 11시 05분에 10번 게이트 앞에서 출발하기로 예정되어 있었던 것이 11시 55분 12번 게이트로 한 차례 변경되더니, 다시 8번 게이트로 바뀐 다음 출발시간까지 또 한 차례 12시 20분으로 변경되었다. 항공기의 연결지연 때문이라고 한다. 탑승시간까지 게이트 앞에서 어제의 국내여행 일기를 퇴고하였다. 우리 내외의 좌석번호는 8B·C이다. 기장의 안내방송에 의하면, 臺北까지는 이륙 후 약 2시간이 소요된다고 한다. 대만 시간은 한국보다 한 시간이 늦고 일정표 상 우리는 타이베이 타오위안(臺北 桃園) 국제공항에 12시 50분에 도착할 예정이었으나, 40분 정도 늦게 닿았다고 한다.

공항에서 현지 가이드 金敬守 씨의 영접을 받았다. 1964년생 용띠로서 만 60세이고, 마산 출신이며, 고등학교를 졸업한 후 산업은행에서 10년 정도 근무한 다음 반도체 등을 취급하는 전자회사에 14년 정도 다니면서 중국 등지로 해외 출장을 많이 다니다가 지사장을 지내고서 은퇴하였으며, 코로나

19로 3년을 허송한 뒤 실제로 가이드 생활을 시작한 지는 2년 미만이라고 한다. 그래서 그런지 보통의 가이드보다 좀 더 친절하고 순수해 보였다. 코로나 이후 가이드 구하기가 어려워 그처럼 나이 많은 사람도 여행사들이 서로 끌어가려고 한다는 것이다. 그는 40대의 나이에 처음 중국어를 배웠고, 전자회사에 다니던 중 상해에서 5년을 살고 대만에서 지금까지 15년 정도를 살아오고 있어 한국말이 오히려 좀 어눌할 정도라고 한다. 그래도 대만에서 주로 사용되는 3대 언어인 國語·閩南話·客家話 중 중국 대륙에서는 普通話라고 부르는 표준말인 북경 지역의 말 즉 國語 밖에 구사하지 못한다고 한다.

우리 일행은 총 18명으로서 부산·울산·진주 등지에서 온 사람들인데, 아홉 개의 그룹으로 나뉘며, 그 중 우리 내외는 8조가 되었다. 우리 외에 진주에서 온 비교적 젊은 모녀가 한 쌍 더 있는데, 새 진주역 부근에 산다고 했다.

김경수 씨는 짐칸이 넓고도 높아 승객들의 좌석은 2층 비슷한 구조인 45인승 버스를 대절해 왔으며, 몇 가지 빵과 주스가 든 스낵 도시락 하나씩과 페트 물병 그리고 한국어로 된 대만 전국지역 가이드맵 하나씩을 나눠주었다.

수도권 부근의 광역시인 桃園市에 위치한 국제공항에서 우리는 1번 고속도로를 따라 우리나라로 치자면 경기도에 해당하는 광역시인 新北市를 거쳐 그 내부의 특별시에 해당하는 수도 臺北市로 이동하였다. 대만의 고속도로는 전국에 하이패스 시스템이 적용되고 있다고 한다. 고가도로로 된 곳이 많았다. 도중에 누렇게 벼가 익어가는 논을 바라보았는데, 대만의 북부 지방은 2모작, 남부지방은 3모작을 하고 있다. 가옥의 옥상에는 대부분 물탱크를 설치해 두고 있는데, 우리나라와는 달리 아열대의 고온을 견딜 수 있는 스테인리스스틸 제품을 사용한다.

고구마처럼 생긴 대만 섬은 1억5천만 년 전의 지각활동으로 말미암아 융기하여 생긴 것으로서, 면적은 남한의 1/3이 좀 넘고 대체로 경상남북도를 합한 정도에 해당한다. 국토의 중부 및 동부 지역은 대부분 산지로서 3,000m 이상 되는 고산이 260개 정도 되며, 가장 높은 玉山은 4,000m에 가깝다. 1년에 지진이 만 번 정도, 태풍은 15번 정도 오며, 비 오는 날이 250일 정도이다. 인구는 2300만 명 정도인데, 대부분이 평지인 북부 및 서부 연안 그리고 동부의 일부 지역에 거주한다. 수도인 臺北의 인구는 240만 정도이다. 대만 돈과 한국 돈의 환율은 50대 1 정도로서, 대만 돈 천원이 한국 돈 5만 원에 해당한다.

마침내 수량이 크게 줄어 있는 딴쉐이 강(淡水河)을 건너서 타이베이 시로 접어들었다. 53년간의 일본 식민지 시대에 총독부 건물이었고 지금은 대통령 집무처인 總統府를 지나, 제일 먼저 그 인근에 위치한 中正紀念堂에 들렀다. 일제 시기 육군 보병 52연대, 해방 후의 육군총사령부 자리에다 2대 총통 蔣經國 시기에 1975년에 작고한 그 부친 蔣介石 총통을 기념하기 위한 시설을 짓기로 결정해, 1976년에 착공하고 1980년 4월에 준공하여 정식으로 대외 개방한 것이다. 나는 장경국 시절인 1977년 여름부터 1978년 여름까지 1년간 대만대학 대학원 철학과 석사과정에 유학하고 있었으니 그 시절에는 아직 공사 중이었겠으나, 아마도 이곳을 방문한 적이 있었던 듯하다. 그 당시에는 중화민국 정부가 중국 대륙에서 대만으로 건너온 이래 이미 수십 년째 계엄령이 선포되어 있었고, 지금의 여당인 民進黨이 당시 야당으로서 민주화 운동을 벌이고 있던 시기였다.

수도 한복판의 25만㎡에 이르는 드넓은 부지에 자리 잡았고, 主堂 앞쪽 뜰의 왼편에 국립오페라홀인 國家戲劇院, 오른편에 국립뮤직홀인 國家音樂廳이 자리하고 있다. 이 두 건물의 사이가 민주광장이며 거기서 主堂에 이르는 도로가 民主大道인데, 中山南路 방향으로 난 정문에 해당하는 牌樓의 중앙문 위편에 민진당이 집권한 이후로 自由廣場이라고 고쳐서 적었다. 한 때 중정기념당 전체가 대만민주기념관으로 이름이 바뀌었던 적도 있었으나, 후에 원래의 명칭을 회복하였다.

우리는 우측의 信義路 쪽에 있는 大忠門으로 들어가 좌측의 愛國東路 쪽으로 난 大孝門으로 나왔는데, 그 사이에 15,000㎡의 부지에다 사면이 하얀 대리석 벽면으로 된 높이 70m의 본체에다 남색 유리기와를 덮은 8각형 2중 지붕을 가진 중정기념당의 主堂 즉 메모리얼 홀은 2층이 없는 1·3·4층으로만 구성되어 있고, 그 4층에 장개석 총통의 좌상이 중앙에 크게 안치되어 있다. 그 좌우로 흰색 제복에다 흰색 철모를 쓴 호위병 두 명이 마치 조각상인 듯 총을 잡은 부동자세로 기립해 있고, 매 시간마다 교대식이 펼쳐진다. 우리는 먼저 그 교대식을 관람한 후, 1층으로 내려가 검은색 방탄자동차 두 대 등 각 실내의 전시물들과 장 총통의 생애를 소개하는 벽면 사진들을 둘러보았다. 이 건물 정면에는 89단의 계단이 있는데, 장 총통의 생존 연령을 상징한 것이다.

그 부인인 宋美齡 여사는 장 총통의 세 번째 부인으로서 그들 사이에 자녀는 없었으며, 장경국 씨는 사별한 첫 번째 부인의 소생으로서, 젊은 시절 구소련에 유학하여 러시아인 부인을 맞았다. 송미령 씨는 장경국이 집권한 이래 미국으로 건너가 100세 정도 장수하였는데, 하루에 담배를 서너 갑씩 피울 정도로 애연가였다고 한다. 上海의 대재벌 딸로 태어난 그녀는 젊은 시절 미국에 유학하였고, 7~8개의 외국어를 구사했다고 하며, 외교가로서 뛰어난 능력을 발휘했다.

두 번째로는 臺北101 빌딩에 들렀다. 타이베이시 동남쪽의 시청사와 國父기념당 부근에 위치해 있는데, 총 높이 508m에 101층으로 된 초고층 빌딩으로서, 타이베이세계무역센터를 겸하고 있다. 가이드의 설명에 의하면 건립 당시 세계 2위의 초고층빌딩이었고, 지금은 세계에서 10번째라고 하는데, 건물 정면 출입구의 앞쪽 왼편에는 2004년부터 2010년까지 世界最高의 건축물이었다고 적혀 있다. 1층에서 5층까지는 백화점으로서 에스컬레이터를 타고 차례로 올라갔고, 5층부터 88층까지는 엘리베이터를 타고 올라가 89층 전망대까지 걸어갔는데, 5층 엘리베이터 옆에 2004년부터 2015년까지 세계 최고속 엘리베이터였다는 기네스 세계기록 증서가 흰색 금속판에 부착되어있었다. 이 엘리베이터는 일본 도시바(東芝)사가 만든 것이라고 한다. 88층에 내려서 DAMPER BABY라는 애칭으로 불리는 550cm 높이에 660톤 무게의 주름이 있는 노란 색 원형 물체를 내려다보았는데, 특수 금속으로 제작된 밧줄들이 지탱하는 이 원형 물체가 지진이 나면 그 반대 방향으로 흔들려 지진의 나라에서 이 건물의 안전을 보장해주는 것이다.

이번 여행에는 기사·가이드 팁이 $30이고, 이 빌딩 전망대의 관람료는 $35의 옵션이었다. 그러나 타이베이 최고의 번화가로서 보행자 거리인 西

門町은 입장료가 없는 데도 불구하고 옵션비가 $20이니, 여행사 측이 이러한 옵션들로 어느 정도의 이득을 취하고 있는지 미루어 알 수 있다.

전망대에서 건너편 방향으로 비교적 가까운 곳에 바라보이는 陽明山은 여러 개의 산들로 이루어진 총체를 지칭하는 것으로서, 절강성 餘姚 출신인 장개석 총통이 평소 존경하던 동향인 학자 왕양명에서 유래하는 명칭인 모양이다. 대만 전국에 600개 이상 널려 있는 온천 중 1·2위의 것이 이 산중에 있다는데, 나는 유학 초기에 거기로 가서 온천욕을 한 번 했던 적이 있었으나, 당시로서는 대중탕이 지저분하다는 느낌을 받아 이후 다시는 가지 않았던 것이다.

마지막으로 타이베이 시의 松山區에 위치한 시의 동쪽 끝에 있는 도교사원 慈祐宮과 그 옆의 야시장 饒河街觀光夜市에 들렀다. 대만 사람이 주로 믿는 종교는 도교인데, 廟 혹은 宮이라고 불리는 도교 사원은 전국 도처에 널려 있어서, 내가 유학 시절 겨울방학 때 미국인 남자 대학원생 한 명 및 대만인 여자 대학원생 한 명과 더불어 셋이서 대만을 한 바퀴 도는 자전거 여행을 떠났을 때, 가는 곳마다에서 마주치는 수많은 도교사원들에 들르면서 그러한 인상을 강하게 받았던 것이다. 도교는 각종 민속신앙을 포함한 습합종교로서 기복신앙의 형태를 띠고 있는데, 심지어 이 나라에서는 불교도 유교도 도교와 별로 차이가 없다는 느낌이 들었다. 자우궁은 재단법인으로 등록되어 있는데, 실제로 경내의 어떤 방에는 기부자들이 헌납한 수많은 작은 등불들이 모여 여러 개의 커다란 원통형 조명등을 이루고 있고, 큰돈을 헌금한 사람들의 명단이 돌 벽에 새겨져 있기도 하며, 사원 자체가 엄청난 재산을 소유하고 있다고 한다. 사원 안에서 기도를 올리고, 하현달 모양의 조그만 나무 조각 두 개를 집어서 바닥에다 떨어트리는 사람들을 보았는데, 그 나무 조각이 앞면과 뒷면으로 각각 다르게 엎어지고 또한 세 번 연속으로 그러한 결과가 나타나야만 소원이 이루어진다고 믿어, 그렇게 될 때까지 계속 던지는 것이라고 한다.

타이베이 시내에는 16개의 야시장이 존재한다는데, 이 나라 사람들이 집에서 음식을 짓지 않고 흔히 바깥에서 사먹는 풍습도 이러한 야시장의 성행에 한 원인을 제공하고 있는 것이다. 오후 7시 5분부터 9시까지 이 일대에서 자유 시간을 가지는 동안, 우리 내외는 긴 야시장 거리를 걸어서 왕복하며 삶은 옥수수며 양념하여 찐 홍게, 소고기 국수(紅燒牛肉麵), 양념한 오징어 구이, 불고기가 든 샌드위치, 얼린 두리안 알 등을 사먹고서 석식을 때웠다.

桃園市로 돌아오는 도중 타이베이시 土林에 위치한 최고급호텔인 圓山大飯店 부근을 지나쳤다. 젊은 시절에 자주 바라보았던 이 호텔이 송미령이 세운 것임은 오늘 가이드의 설명을 듣고서 비로소 알았다.

우리의 숙소는 도원시 도원구 부흥로 151호의 桃花園飯店(Tao Garden Hotel)으로서 4층이 빠진 12층 빌딩 전체와 지하 2층의 주차장으로 이루어져 있는데, 우리 내외는 7층의 717호실을 배정받았다. 그러나 방 번호가 방의 순서대로 배열되어 있지 않고 좀 뒤죽박죽이라 한동안 방을 찾느라고 혼란을 겪었다. 대만은 미국이나 일본처럼 110볼트 전기를 쓰는데, 방안에 우리에게 익숙한 220볼트용 단자를 꽂을 수 있는 소켓도 설치되어 있어서 편리하였다.

일행 중 부산 강서구에서 온 노년의 부부가 있는데, 그 중 나보다 한 살이 적은 남편 되는 사람은 도착한 직후부터 이곳 지인들과 여러 차례 전화로 연락하고 있더니, 결국 그의 대만인 지인들이 네 명이나 호텔로 찾아와 밤늦도록 함께 술을 마신 모양이다. 그들은 예전에 JC(Junior Chamber, 청년상공회의소) 회원들로서, 그는 44년 전인 1980년에 JCI(JC International) 즉 그 세계대회 참석차 대만을 방문한 적이 있었던 모양이고, 그런 까닭인지 중국말도 조금 알고 있었다.

■■■ 4 (목) 맑고 무더움

오전 6시에 호텔 5층에 있는 蝴蝶谷(Butterfly Vally)이라는 이름의 레스토랑으로 내려가 뷔페식 조식을 들고서, 9시에 출발하여 1번 고속도로를 따라 한 시간 반 정도 이동하여 대만 섬의 북쪽 끝에 있는 우리나라로 치자면 인천에 해당하는 항구도시이자 직할시인 基隆市 부근의 野柳지질공원으로 향했다. 도중에 타이베이의 松山공항을 지나갔다. 우리나라의 김포공항에 해당하는 곳으로서, 지금은 국내선 비행기만 운항하고 국제선은 모두 타오위안 공항을 경유한다.

도중에 가이드가 하는 말로는, 대만은 국민소득이 한국보다 조금 높으나 전반적으로 물가가 싸기 때문에 실제로는 소득수준이 아시아에서 최상급인 홍콩이나 싱가포르보다도 오히려 더욱 살기 좋으며, 의료 서비스의 수준도 한국이 세계 제일이라는 사람들이 많으나 사실은 대만이 더 낫다고 한다. 게다가 공기가 맑고, 사람들이 순박하고 친절하며, 치안도 뛰어나서 매우 안전한 나라라는 것이다. 다만 주력 산업이 반도체 일변도여서 그 방면에서는 세계 제일인 반면 그 밖의 고가 물건들은 대부분 수입에 의존하는 점이 한국과 크게 다르다. 거리의 자동차들은 일제가 대부분이고, 일본어로 된 일본 물건의 이름이나 상호가 자주 눈에 띄며, 국민들의 호감도도 일본이 최고여서, 대만이나 일본 중 한 나라를 선택하라고 한다면 일본을 택할 사람이 더 많으리라는 것이다.

이처럼 일본에 대한 호감도가 높은 이유는, 17세기에 이르기까지 이 섬은 원주민들만 거주하는 일종의 선사시대였다가, 스페인 배가 지금의 花蓮 부근을 지나면서 '아름다운 섬'이라는 뜻의 포르모사라는 이름을 부여하면서 서방에 비로소 알려졌으며, 스페인 이후 네덜란드·淸·미국·영국·오스트레일리아·일본·중화민국 등의 지배를 차례로 거치면서 오늘에 이르렀는데, 그 중 일본 지배 시절에 이 섬이 가장 발전했고 살기 좋았으므로 지금도 일본을 형님의 나라처럼 동경한다는 것이다.

스페인·미국·영국·오스트레일리아가 이 섬을 지배한 적이 있다는 것은 오늘 가이드로부터 처음 듣는 말이며, 일본이 여기를 식민통치하게 된 것은 청일전쟁에 승리하여 청나라로부터 양도받은 땅이었으므로, 고졸의 학력을 가진 그가 잘못 알고 있는 것이 아닐까 싶기도 한데, 그는 자기 말을 고집하면서 타이베이 시 서북쪽 淡水河口에 있는 淡水에 가면 실제로 옥스퍼드대학 등의 명칭을 가진 학교가 아직도 남아 있다는 것이다. 남북으로 420㎞인 이 나라의 날씨는 실로 변화무쌍하다는데, 지금은 여름철이라 아열대의 무더위에다 매우 드물게도 매일 맑은 날씨가 계속되고 있으며, 아직 태풍은 한 번도 오지 않았다고 한다. 이 나라에서 가장 좋은 날씨란 흐리면서도 비가 오지 않는 것이다.

일행 중 타이베이 시 북쪽 교외에 있는 故宮博物院의 옵션을 원하는 사람이 있어 희망자를 모집해보았더니 7명 정도에 불과하므로 그 안은 무산되었다. 그 옵션 비용도 $35인데, 나는 유학 시절 1년 동안 매주 일요일 오후를 대부분 이 박물관에서 보냈고, 당시 학생 할인 제도도 있어 입장료는 거의 무료에 가까웠다. 장개석 정부가 대륙에서 철수할 때 가져온 이 박물관의 소장품은 70만 점 정도로서 중국의 역사와 문화 전체를 커버하는 명품들인데, 그 중 5천 점 정도가 상설전시 되고 나머지는 3개월마다 교체 전시하고 있는 것이다.

基隆市 북쪽의 예류지질공원 부근 바다는 翡翠灣으로 불리며, 물 빛깔도 한국보다는 좀 더 푸르다. 이 일대는 양명산으로부터 뻗어 나온 나지막한 산맥이 이어져 유황온천이 많으며, 그 때문에 산에 숲이 별로 우거져 있지 않다. 이곳은 또한 대게의 생산지로서도 유명한 모양이다. 오늘 방문하는 세 곳의 관광지는 모두 지룽 직할시 권역에 속하는데, 행정구역상으로는 죄다 新北市에 속해 있는 것이다. 그러므로 수도권 바깥 지역을 포괄하고 있는 신베이 시의 인구는 타이베이 시보다도 오히려 더 많다고 한다.

사암으로 이루어져 돌 빛깔이 갈색을 띠며, 풍화작용으로 말미암아 기기묘묘한 형태를 이룬 바위들이 즐비한 예류지질공원은 내가 유학시절에 시외버스를 몇 번 갈아타고서 여러 차례 들렀고, 손님과 함께 머물기도 했었던 곳이다. 당시에는 거의 자연 상태 그대로 방치되어 있었던 것으로 기억하는데, 지금 와보니 대만 돈(新臺幣) 120원의 입장료를 징수하고 있고, 입구로 들어간 이후 한참동안 이어지는 도보 진입로도 잘 포장되고 정리되어 있으며, 안쪽 바닷가의 관광지는 크게 세 구역으로 나뉘는데, 제법 넓은 구역 안에 여러 가지 인공 시설물들이 조성되어 있으며, 방문객 수도 한층 더 많아졌다. 여름이라 그런지 엄청나게 뜨거워, 선크림을 바르고 우산을 받쳐 들었음에도 불구하고 견디기 어려울 정도로 햇살이 강렬하였다.

대부분의 관광객들과 마찬가지로 우리는 1·2구역만을 둘러보았고, 특히 그 중에서도 가장 인기가 있는 2구간의 이집트 여왕 두상을 닮은 '女王頭' 바위 부근에는 진입로인 덱 위에 기념사진을 찍기 위한 관광객들이 줄을 서서 기다리고 있었다. 돌아 나오면서 보니 입구와 출구가 갈라지는 지점 부근에 몇 종류의 '여왕 머리' 모조품 등도 진열해 두고 있었다. 출구를 나와 긴 아케이드 건물로 된 기념품 상가를 통과하다가, 가이드로부터 소개받은 바 있는 雨衣를 한 벌 샀다. 일회용이 아니고 계속해 입을 수 있는 비닐 우비인데, 단 돈 100원, 즉 한국 돈으로 5천 원밖에 하지 않는 것이다. 비오는 날 농장 안을 산책할 때 입으면 좋을 것 같다. 한 시간 정도로 관광을 마친 다음 매표소 부근의 냉방이 잘 되고 이곳을 소개하는 영상물을 방영하는 遊客中心(비지터 센터) 안에서 일행이 다 모이기를 기다려, 주차장 건너편 新北市 萬里區 野柳里 剛東路 162-15호에 위치한 해산물 식당 望海亭으로 이동하여 점심을 들었다.

식후에 다음 목적지인 지룽 시 남쪽 산중에 위치한 스펀(十分) 마을로 이동하였다. 도중에 環島1호선 도로를 따라가기도 하고 긴 터널을 통과하기도 하였는데, 이 터널이 없다면 14㎞를 둘러가야 한다. 스펀의 주소는 新北市 平溪區 十分인데, 일제시기에 벌목한 나무들을 실어 나르던 철로가 부설된 산골마을로서, 목재의 집산지 기능이 다하자 크게 쇠퇴해 있었던 것이 언제부터인지 아직도 기차가 통과하는 이 철로에서의 天燈 날리기로 유명해져 국내에서뿐만 아니라 외국에서도 사람들이 모여드는 관광명소로서 번성하게 되었다. 4면으로 이루어졌고 보통 키인 사람의 가슴 정도까지 올라오는 제법 커다란 비닐제 천등 하나의 가격이 대만 돈 200원으로서 하루에 천 개 정도가 띄워져 하늘로 올라간다고 하는데, 대만의 특이한 기후 때문에 아직까지 이로 말미암아 산불이 발생한 적은 없었고, 그것이 땅에 떨어져 쓰레기가 된 것은 지자체에서 수거하는 모양이다. 산중의 이 조그만 마을에도 한국 관광객이 와글와글하여, 마을에 들어서자 한국의 흘러간 유행가를 연주하는 악기 소리도 들려왔다. 우리는 네 명이 한 조를 이루어 천등의 네 면에다 붓과 먹을 사용하여 한글로 각자의 소망을 적고, 속에다 불을 지펴 철길 위에서 하늘로 날려 보냈는데, 나는 별로 적고 싶은 것이 없어 아내에게 두 면 다

적도록 했다.

스펀을 떠난 다음 다시금 긴 터널을 지나 북쪽 방향으로 40분 정도를 달려 해발 320m의 바다가 바라보이는 산동네인 지우펀(九份)에 이르렀다. 주소는 新北市 瑞芳區 九份인데, 일제시기에 이곳의 별로 높지 않은 基隆山(基山)에서 금광이 발견되어 탄광마을로서 번성했다가, 채굴이 끝나고 결국 폐광되자 광부였던 주민 대부분이 떠나가고 달랑 아홉 가구만 남아 그들의 생활물자를 외부로부터 조달했다고 하여 마을 이름이 아홉 가구분이라는 뜻의 九份으로 되었다는 것이다. 지우펀 입구에 위치한 황금박물관 부근을 지나갔다.

그렇게 쇠퇴했던 마을이 1989년 侯孝賢 감독에 梁朝偉가 주연을 맡은 홍콩 영화 '非情城市'의 배경이 되어 일약 유명해졌고, 그 이후 2008년에 한국의 TV 연속극 '온에어', 2021년에는 말레이시아 가수 黃明志의 MV '笑著回家'가 이곳에서 촬영되었으며, 미야자키 하야오(宮崎駿)가 감독과 원작, 각본을 맡은 2001년도 일본의 애니메이션 판타지 영화 '센(千)과 치히로(千尋)의 행방불명'도 이곳을 배경으로 했다는 설이 있는 등, 계속 떠서 이제는 대만의 유명한 관광지로 부상하게 되었다. 평소에 사람들이 구름처럼 몰려들어 매우 복잡하므로 지우펀이 아니라 지옥펀이라는 말이 생겨났을 정도이다.

우리는 마을 아래쪽 넓은 주차장에서 하차한 후, 대중버스를 타고서 한 정거장 더 올라가 입구에 '黃金山城 九份舊道'라는 팻말이 붙은 제법 긴 상가 거리를 통과해 걸은 다음, 콘크리트 계단을 따라서 주차장까지 걸어 내려왔다. 옛길 양쪽에 지금은 상점들이 빽빽이 들어서서 맛보기 음식물 같은 것으로 손님을 유인하고, 그 사이의 통로는 관광객들로 북적이는데, 여기에도 한국 관광객이 많아 개중의 大發이라는 상호를 내건 기념품점의 간판 옆에는 영어로 'DAEBAK'이라고 적혀 있었다. 돌아내려오는 계단 도중 昇平戲院이라는 이름의 新北市에서 가장 오래되었다는 극장 부근에 있는 조그만 광장이 이 마을에서 가장 유명한 장소인 모양이라, 가이드가 그곳 계단 위에 우리 일행 각 그룹을 세우고서 기념사진들을 찍어주었다. 예류 이외의 스펀이나

지우펀 등은 내가 유학해 있던 무렵에는 별로 알려져 있지 않아 나로서는 몰랐던 곳인데 이제야 유명해졌으므로, 타이베이101을 비롯하여 일찍이 가보지 못한 그곳들을 둘러보는 것이 이번 여행에 참가하게 된 주된 이유라 할 수 있다.

타이베이 시로 돌아온 다음, 일행 대부분은 中山區 農安街 15號에 있는 足享養生館이라는 곳에 들러 옵션으로 반시간 혹은 40분의 마사지를 받게 되었는데, 우리 내외는 마사지에 별로 흥미가 없으므로 그 시간 동안 아내는 에어컨이 시원한 그 건물 안에 머물고 나는 혼자서 農安街 일대를 산책해 보았다.

젊은 시절 타이베이에서 1년을 살았지만 이미 반세기가 지난 옛 일이 되었고, 그새 도시의 모습이 크게 바뀌어졌으므로, 어디가 어딘지 거의 기억이 나지 않는다. 거리가 비스듬히 내려오는 둑 같은 것으로 말미암아 세로로 차단된 지점에서 길의 반대편을 경유하여 돌아오는 도중 또 하나의 야시장 골목으로 들어가 보았고, 그 부근의 아케이드 형 상가 건물 안도 걸어보았다.

마사지 집을 나온 다음, 中山區 農安街 187호의 臺灣鍋라는 식당으로 이동하여 무한리필 샤브샤브로 석식을 들었다. 원래는 어제처럼 석식을 각자 알아서 해결하도록 되어 있었는데, 가이드의 권유로 말미암아 이곳으로 와 1인당 250원씩을 내고서 함께 저녁을 들게 된 것이다. 한 사람 당 하나씩 따로따로 상이 나왔다. 무한리필이라고 했으므로 나는 진주의 우리 집 부근에 있는 샤브샤브 식당처럼 고기도 포함되는 줄로 알고서 고기를 자꾸 탕 속으로 집어넣었는데, 알고 보니 고기를 리필하려면 한판 당 150원을 따로 지불해야 하므로 나 혼자서 좀 과용하게 되었다. 그래봤자 합해도 결국 한국 돈 2만 원 정도인 것이다.

오늘도 타오위안으로 돌아가 어제의 호텔에서 하루 더 묵게 되었다. 타오위안은 한국으로 치자면 수도 부근의 광역시에 해당하므로, 대만의 도시들 중 제법 비중이 있는지 지난 번 대선에서 그 시장을 지낸 사람이 출마하여 낙선한 바 있었다고 한다.

▬▬ 5 (금) 맑음

　오전 10시 반에 호텔을 체크아웃 하여 타오위안 국제공항으로 이동하였다. 이번 여행은 노 쇼핑으로 되어 있는데, 대절버스 안에서 가이드가 기사의 부탁이라고 하면서 승객의 양해를 구하고서 세 가지 종류의 상품을 팔았다. 금속제 효자손과 대나무 젓가락 묶음, 그리고 피부약 멘소래담(Mentholatum)이었다. 어느 것이나 모두 한국 돈 만원, 대만 돈으로는 250원씩인데, 시중 가격보다는 약간씩 비싸다고 한다. 아내는 2만 원 주고서 주머니에 든 대젓가락 묶음 두 개를 샀다.

　타이베이공항이기도 한 타오위안 국제공항은 제3터미널을 신축하고 있는 중이었다. 공항 안의 매점에서 펑리수(鳳梨酥)라는 파인애플 과자를 크고 작은 것으로 두 개 사서 그 중 작은 것 하나로 점심을 때운 다음, 어제 아내가 온라인으로 예약해 둔 모바일 티킷으로 출국수속을 시작해 가이드와 작별하고서 B2 게이트로 갔다. 14시 15분에 제주항공 7C2652편 6B·C석에 탑승하여 14시 45분에 출발한 후, 18시 30분 김해에 도착하였다. 기내의 안내방송에 의하면 소요시간은 1시간 50분 정도라고 한다.

　캐리어를 찾아 5번 게이트 앞에서 우현주차장으로 전화를 걸어 마중 나온 셔틀차량을 타고 가서 우리 차로 바꿔 탔고, 남해고속도로 상의 진영휴게소에 들러 승천냉면의 물비빔 및 비빔냉면을 한 그릇씩 주문하여 들고서 밤 8시 반쯤에 귀가하였다.

　짐정리와 샤워를 마친 다음, KBS 1채널의 밤 9시 뉴스 일부를 시청한 후, 사흘간의 밀린 신문을 대충 훑고서 취침하였다.

몽골 흡수골

■■■ 2024년 8월 20일 (화) 맑음

아내와 함께 혜초여행사의 '몽골 흡수골 테를지 자연기행 6일' 하이킹에 참가하기 위해 간밤 11시경 취침하여 오전 12시 반에 기상하였으며, 택시를 불러 개양의 나그네김밥 앞 인천공항 행 버스주차장으로 이동하였다. 뜻밖에도 주차장에서 외송의 이웃에 살던 호주 댁 김병오 씨 내외를 만났다. 김 씨가 미국 텍사스 주 댈러스로 출국하며 부인은 배웅하러 나온 모양이었다.

1시 25분쯤에 경원여객의 공항 행 우등버스가 도착하여 1·2번 좌석에 착석하여 출발하였다. 도중의 신탄진휴게소에서 한 번 정거하였는데, 버스 안에서는 시종 눈을 감고 잠을 청했다. 인천공항 제2터미널에 오전 5시 30분쯤 도착하였다.

나는 2016년 7월 28일부터 31일까지 4일 동안 지리산여행사를 따라 몽골로 가서 울란바토르와 복드칸 산 일대, 그리고 테를지 국립공원 등 수도와 그 근교 지역을 둘러본 바 있었으니, 이번이 두 번째 방문인 셈이다. 아내는 그 당시 동행하지 않았다.

버스표와 마찬가지로 비행기 탑승 수속도 아내가 미리 신청해둔 모바일 탑승권으로 진행하여 탑승구인 252게이트로 갔다. 이번에 비로소 알았지만, 대한항공의 스카이패스는 이제 카드 형태로 발급하지 않고 여권에 붙이는 쪽지로서 대신한다고 하므로, 기왕에 받아둔 카드는 폐기하고서 새로 발급받았고, 출국 수속 시에도 우리 내외는 고령자 우대를 받아 일반인이 아닌 장애인 진입로를 경유하였다. 배정받은 좌석은 40A·B였다.

간밤에 川原秀城 교수에게 보낸 이메일이 아직 전달되어 있지 않음을 발견하고서 03시 22분에 다시 한 번 발송하였고, 08시 04분에 회신을 받았다.

일정표 상으로는 우리가 탄 대한항공 KE197편은 08시 10분에 출발하여 약 3시간 40분 소요되어 10시 50분에 울란바토르의 신 칭기즈칸국제공항에 도착할 예정이다. 기내에서 조식이 제공되었다.

우리 일행 중 손님은 모두 18명인데 드물게도 남자들이 많으며, 인천공항에서부터 김유림이라는 이름의 비교적 젊은 여성이 인솔자로서 동행하였고, 몽골 현지에서는 바트뭉흐라고 하고 애칭이 빠기이며 한국 이름으로는 철수인 몽골인 남자가 현지 가이드로 나왔다. 김 씨는 작년에 혜초여행사로 입사하여 주로 일본 하이킹 팀을 맡고 있으며, 빠기는 38세로서 3남 1녀의 아버지이다. 18세 때부터 교제하여 21세에 첫 아들을 낳았는데, 그 아들이 지금 고3이다. 한국어가 유창하고 배가 좀 나와 있는데, 몽골에서는 주식이 고기이므로 이처럼 배가 나온 사람이 많다. 현지 시간은 한국보다 한 시간이 늦다. 칭기즈칸국제공항은 8년 전 왔을 때 내렸던 공항이 아니고 다른 곳에다 새로 지은 것인데, 규모는 상당한 듯하나, 뭔가 주변 환경이 황량하고 을씨년스러운 느낌이 들었다. 몽골에 도착하니 기온이 서늘하여, 한국으로 치자면 초가을 날씨였다.

우리는 45인승 현대차 버스를 타고서 약 2시간 걸려 오늘의 목적지인 유네스코 지정 세계자연유산 테를지 국립공원으로 이동했다. 도중에 Nomin이라는 이름의 슈퍼마켓(마트)에 들렀는데, 규모가 꽤 컸다. 아내는 거기서 사과 한 봉지를 샀다. 이 일대의 해발고도는 1,350m라고 한다. 몽골 돈은 그 액수를 절반으로 나누면 대체로 한국 돈의 가치에 해당한다는 것이었다. 350만 전체 인구 중 150만 정도가 수도인 울란바토르(울란바타르)에 살며, 가축 수는 8천만 두 정도라고 하는데, 방목을 하므로 사료를 줄 필요는 없다. 밀 이외에는 별로 농사를 짓지 않으므로 과일은 대부분 수입한다는 것이다. 국토 면적은 세계 18위이며, 한국으로 치자면 도에 해당하는 21개의 행정구역이 있고 그 안은 여러 개의 마을로 나뉜다. 1921년에 독립할 때까지 약 200년간 청나라의 지배를 받았다. 수도에서는 대부분 공동주택에 거주하며 벽 난방을 하는 모양이다.

테를지까지의 거리는 약 50km라고 하는데, 도중에 상당한 규모의 공동묘지를 여러 개 지나쳤다. 예전에는 사람이 죽으면 시체를 그냥 부근의 들판에다 방치했다고 하는데, 지금은 이처럼 매장을 하며 약 10년 전부터는 화장도 하기 시작했다. 짝수 날에 장례식을 치르는 모양이다.

테를지 입구에 있는 어워(성황당)에 도착했다. 예전에도 들렀던 곳인데, 그곳에 독수리 세 마리와 매 한 마리를 갖다 두고서 $3을 받고 관광객에게 기념사진을 촬영하게 하는 사람이 있었다. 조금 더 간 곳에서 토올(Tool) 강을 만났다. 지금은 옆에 철근콘크리트로 만든 다른 다리가 놓여 있어 그리로 차량이 통행하지만, 우리는 하차하여 걸으면서 중간 중간 구멍이 나 있는 긴 나무다리를 건너며 기념사진을 촬영하였다. 이 강은 길이가 700km로서, 여러 개의 지류가 모여 러시아의 바이칼 호수까지 흘러간다. 다리를 건너자 검문소 같은 곳이 있어 차가 잠시 멈추었는데, 국립공원 입장료를 받고 있었다.

우리의 숙소는 Glory Resort라는 곳이었다. 중간에 커다란 地球儀 모형이 설치되어 있는 진입로를 지나 더 올라가면 흰색 3층의 길쭉한 현대식 건물이 있고, 그 안에 숙소를 비롯하여 Caffe bene라는 이름의 카페와 2층에 Triple Taste Kitchen이라는 이름의 식당이 있다. 진입로 양측에는 몽골식 천막인 게르가 있어 그 한쪽편이 우리의 숙소인데, 우리 내외는 306호 게르를 배정받았다. 이곳을 비롯하여 오늘 테를지 일대에서 만난 관광객 대부분이 한국인이었다.

게르 안에는 실내의 둥그런 벽 쪽에 붙여 침대 세 개가 이어져 놓여 있고, 내부는 현대식 호텔 모양으로 꾸며져 있다. 화장실과 샤워장, 에어컨 및 온돌 역할을 겸하는 바닥도 갖춰져 있고, 커튼이 쳐져 있는 입구의 바깥에 발코니에 해당하는 둥근 탁자와 의자도 놓여 있다. 예전에 우리가 묵었던 게르와는 급이 달랐다. 그러나 아직도 인프라가 부족하여 전기와 수돗물의 공급이 여의치 않았다. 게르 안에 짐을 두고서 본부 건물 2층의 식당으로 가서 호박죽 스프와 닭고기 요리 및 고기가 든 납작한 군만두로 점심을 들었다. 대체로 양식인데, 오늘 저녁과 내일 조식도 이 식당에서 들게 된다.

오후 3시 30분에 다시 대절버스를 타고서 열트 산 하이킹을 떠났다. 테를지 국립공원은 예전과는 비교할 수 없을 정도로 각종 숙박시설이 많이 들어서 있었고, 유명한 거북바위 입구에는 5층 쯤 되어 보이는 아파트형 단지도 건설 중이었다. 긴 계곡의 양쪽이 화강암으로 된 산들로 둘러싸여 있는데, 열트 산은 예전에 올랐던 야마트 산과는 반대 방향에 있는 경사가 완만한 구릉 지대였다. 정상이 1,650m라고 하지만 출발 및 도착지점이 1,460m이므로 그리 높은 편은 아니었다. 우리 내외는 등산 스틱을 짚었다. 열트산 하이킹은 약 3시간 걸려 5.2km를 걷는 것인데, 도중의 돌로 만든 늑대 상과 나무를 세운 어워 세 개가 있는 능선에서 일부는 되돌아가고 남은 사람들만 계속 앞으로 나아갔다. 예전에 왔을 때 야마트 산 등산로 입구에 지천으로 널려 있었던 에델바이스 꽃은 이미 철이 지난 까닭인지 하나도 볼 수 없었고, 그 대신 들국화 모양의 키 작은 꽃들과 그 밖의 몇 가지 다른 꽃들이 등산로 도중에 많이 피어 있으며, 버섯이 무리를 지어 자라고 있는 곳들도 보았다. 하산할 때 우성재라는 이름의 아내와 나이가 같은 남자 하나와 대화를 나누어보았는데, 그는 시와 수필, 소설을 쓰는 작가이며 서정문학회 회장을 지낸 적도 있다고 했다. 오늘 여기까지 나는 17,375보를 걸었다.

산을 내려온 다음 다시 버스를 타고서 이동하여 거북바위를 방문하였고, 돌아오는 도중 유목민 게르에도 들어가 보았다. 이런 곳들은 예전에도 들렀던 것인데, 게르 안은 전통식대로라고 하나 관광객 접대를 위한 시설이다 보니 좀 사치스럽게 꾸몄고, 소녀 하나가 나와 탁자 위에 벌려둔 유제품 음식물과 과자들에 더하여 우유차를 대접하였다. 그 게르의 마당에는 관광객들의 승마 체험을 위한 말들이 우리 안에 가득하였는데, 돌아올 무렵에는 그 말들이 오늘의 임무를 마치고서 다시 방목되어 흩어지고 없었다. 몽골에는 초원이 넓은 데 비해 골프장은 울란바토르와 테를지에 각각 하나씩 있을 따름인데, 테를지의 칭기즈 골프클럽은 한국인이 운영한다고 한다.

리조트로 돌아와 오후 7시에 석식을 들었다. 샐러드와 소고기 스테이크가 나왔는데 고기가 좀 질겼으며, 후식은 없었다. 밤에 별을 볼 수 있을까 하여 잠옷 바람으로 게르 입구의 탁자에 나가 보았으나 별은 보이지 않았다.

■■■ 21 (수) 대체로 맑으나 저녁 늦게 빗방울

오전 7시에 식당으로 올라가 뷔페식 조식을 들었다. 10시에 출발하여 차로 40분쯤 걸리는 거리에 있는 투브 아이막(道)의 촌진볼독이라는 곳에 있는 칭기즈칸 기마 동상에 이르렀다. 거기로 가는 도중에 가이드로부터 들은 바로는, 몽골의 상품으로 유명한 캐시미어는 염소와 낙타의 털로 만드는데, 염소 털로 만든 것이 고급품이고 낙타털로 만든 것은 질이 떨어진다고 한다. 그리고 몽골의 마지막 황제는 티베트인이었다고 한다.

몽골의 종교로는 원래 샤머니즘이 성하였으나 원나라 때 이래로 라마불교가 도입되었고, 청나라의 지배를 받는 동안 정책적으로 라마불교가 장려되었다. 몽골 최고 귀족이자 칭기즈칸의 직계 후손이었던 사람이 몽골의 티베트 불교 제2대 수장을 맡아 있던 기간 중에 일어난 반란사건 이후로 건륭제는 그를 폐위시키고서 1758년에 칙령을 내려 이후 몽골의 모든 티베트 불교 수장은 티베트인이어야 한다고 선언했던 것이니, 이리하여 그를 다섯 살때 티베트로부터 데려왔던 것이다. 독립 후에는 종교를 부정하는 소련의 영향력이 커졌기 때문에, 라마불교의 승려들을 대대적으로 학살하였다. 현재까지도 몽골은 중국과 러시아로부터 받는 영향이 크다.

가이드는 2001년부터 3년 남짓 돈 벌러 가는 어머니를 따라서 한국으로 들어가 생활한 적이 있었고, 오늘날까지 한국어를 이 정도로 구사할 수 있게 된 것은, 주로 TV의 한국드라마 덕분이라는 것이다.

칭기즈칸 기마상은 2016년에 완공되었다고 하지만 5년에 걸친 공사 끝에 2018년 9월 26일 개막식이 이루어졌다고 하니, 내가 2016년에 왔을 때는 볼 수 없었던 것이다. 이곳은 칭기즈칸이 황금 채찍을 주웠던 장소라고 한다. 순수 동상의 높이는 40m이며 동상 밑 받침대에서부터는 50m 정도이다. 이 동상은 오랫동안 보존하기 위해 청동이 아닌 스테인리스스틸을 주자재로 사용했으며, 사용된 스테인리스의 양은 250톤에 달한다.

동상 내부에 1층에서 3층까지 올라가는 4·5인이 탈 수 있는 조그만 엘리베이터가 있고, 그 입구 벽면에 2016년 'The World's tallest equestrian statue(세계에서 가장 높은 기마상)'로 지정되었다고 하는 기네스 세계기록

표지가 붙어 있었다. 지하 1층에는 몽골제국박물관과 영사실 등이 있는 모양이지만, 모르고서 빠트렸다. 올라갈 때는 엘리베이터를 탔고 내려올 때는 좁은 계단을 이용했다. 1층 플로어에 칭기즈칸이 주웠다고 하는 황금채찍의 커다란 모형과 역대 몽골 칸들의 초상, 두터운 기둥처럼 거대한 몽골 전통 구두, 그리고 기념품점과 몽골 전통 의상을 대여해 주는 상점 등이 있었다. 머리 위 가운데가 뿔처럼 높이 솟아오른 몽골 귀족 여성의 전통 모자를 쓰고 전통 의상을 입은 아가씨가 한 명 서 있어서 기념 촬영의 모델이 되 주고 있었다. 3층의 기념품점에서 나는 몽골 남자가 씨름할 때 쓰는 꼭대기가 뾰족하게 튀어나온 모자 하나를 샀다.

주차장으로 내려올 때 요란한 엔진 폭음과 함께 수많은 오토바이들이 우르르 몰려들므로 폭주족인가 했으나, 알고 보니 몽골 대통령이 와서 경찰 오토바이들이 호위하러 몰려온 것이었다. 이 대통령 때 법을 개정하여 원래 4년이었던 대통령의 임기가 현재 6년으로 늘어나 있다. 대절버스를 타고 다시 출발했을 때 도중에 좀 교통 정체가 있었는데, 이 역시 대통령의 행차 때문에 통제가 되어 그런 것이라고 하며, 아까 본 오토바이들이 다시 나타나 우리의 길을 앞질러 통과하였는데, 대통령은 헬기를 타고서 이미 떠나갔다고 한다. 울란바토르 시내에서 눈에 띄는 승용차는 절대 다수가 토요타 등 일제이며, 한국 차로는 밴 종류가 인기 있다고 한다.

울란바토르 시내에 도착하니 도중의 한 장소에서 교통정체가 엄청 심하여 한참동안 차들이 도무지 나아가지를 않았는데, 그 일대에 시장과 대형 마트들이 모여 있어서 그렇다는 것이었다. 시내 중심가에 있는 Modern Nomads라는 레스토랑에 들러 닭고기 샤슬릭으로 점심을 들었다. 샐러드 전식과 우유 차 후식도 나왔다. 식당에서 음식을 기다리는 중에 둘러보니 우리 일행 중 여자는 부부동반 하여 온 다섯 명이 전부이며, 나머지는 모두 남자였다. 패키지 해외여행에서 이런 경우는 매우 드물며, 보통은 그 반대인 것이다.

식후에 식당에서 멀지않은 위치에 있는 베스트웨스턴 프리미엄 투신호텔로 가서 방을 배정받고, 오후 4시까지 두 시간 정도 휴식을 가졌다. 예전에 왔을 때도 바로 이 호텔에 투숙했었다. 25층 빌딩의 5성급 호텔로서, 그 때는 우리 방 창밖 바로 아래로 수흐바토르 광장이 바라보였으나, 오늘 배정받은 1003호실은 복도를 사이에 두고서 그 반대 방향에 위치해 있었다. 그렇지만 이 일대는 울란바토르 시의 가장 중심에 해당하는 곳으로서, 오후에 둘러볼 수흐바토르 광장과 국립박물관도 바로 근처에 위치해 있어 걸어갈 수 있는 거리 안에 있다.

오후 4시에 1층 로비에 집합하여 가이드의 안내에 따라 걸어서 바로 앞에 있는 수흐바토르 광장으로 향했다. 몽골의 혁명영웅 담디니 수흐바토로(1893~1923)가 중심이 되어 1921년 7월 11일 중국으로부터 독립해 몽골 인민정부를 수립한 것을 기념하여 만든 커다란 광장이다. 광장 중앙에 그의 기마동상이 서 있으며, 맞은편 끝에는 정부종합청사와 국회가 함께 들어가 있는 건물이 위치해 있다. 거대한 그 건물의 앞면 중앙에 칭기즈칸의 대형 좌상이 있고, 왼쪽 끝에는 오고타이, 오른쪽 끝에는 쿠빌라이의 좌상이 배치되어져 있다. 이 나라의 정치 1번지이기도 한 것이다. 광장에서는 내가 예전에 오른 바 있는 복드칸 산(일명 복드 산)도 바라보였다. 복드칸은 몽골 최후의 황제 이름이다.

울란바토르는 1778년 사람들이 현재의 위치에 정착하게 되면서 '이흐 후레'로 명명되었는데, 1911년에 '니스렐 후레'로 바뀌었고, 1924년 인민혁명이 달성된 이후 개최된 대인민회의에서 몽골인민공화국이 선포되었을 때 30세에 결핵으로 요절한 혁명영웅 수흐바토르를 기념하여 울란바토르로 다시 개명했던 것이다. 그 의미는 '붉은 영웅'인데, 이 혁명이 레닌이 영도하는 소련 볼셰비키 정부의 도움으로 성공할 수 있었기 때문이다. 그러므로 수도 이름 자체도 수흐바토르에서 유래하는 셈이니, 칭기즈칸 이후로 몽골 제2의 영웅인 셈이다. 이후 몽골은 공산주의 국가로 되어 내려오다가, 1990년 바로 이 광장에서 반공산주의 시위가 열렸고, 그 때부터 민주주의 시대가 도래한 것이다.

울란바토르는 면적이 1,358㎢로서 서울의 2.2배이다. 1995년 서울시와 자매결연을 맺었고, 1996년 7월에는 몽골의 독립기념일을 맞아 시내의 나트사그도르지 거리 1km 정도를 '서울의 거리'로 지정했다.

　다음으로는 수흐바토르 광장의 정부종합청사 건물 옆면에서 도로 맞은편에 위치해 있는 국립역사박물관에 들렀다. 정식 명칭은 몽골국립박물관이다. 1924년에 설립된 것으로서, 몽골의 역사와 문화를 알아볼 수 있는 6만 점 이상의 유물을 소장한 이 나라 최대의 박물관이다. 3층으로 된 그다지 크지 않은 건물인데, 예전에도 수흐바토르 광장과 함께 들른 바 있었고, 거기서 유명한 『몽골祕史』 영문판을 한 권 구입한 바도 있었다. 그 뒤편의 흰색 돔이 슬라브 지붕 위에 붙어 있는 예전의 자연사박물관이었던 건물도 2년 전부터 칭기즈칸 박물관으로 바뀌었다고 한다.

　1시간 동안 가이드의 인도에 따라 9개의 전시실을 두루 둘러보면서 설명을 들었다. 몽골의 역사가 흉노로부터 시작한다는 것은 오늘 비로소 알았다. 몽골은 해방 이후 자기나라 고유의 파스파 문자를 버리고서 러시아의 키릴 문자를 차용하여 쓰고 있지만, 러시아의 문자는 총 25개이나 몽골 문자는 35개라는 것도 처음 알았다. 가이드는 현재 중국의 자치구로 되어 있는 내몽골이 독립국가인 외몽골보다도 파스파 문자를 사용한다든가 하는 점에서 몽골 전통을 더 잘 보존하는 면이 있다고 했다.

　오늘의 일정을 모두 끝낸 다음, 한참을 더 걸어가 우리가 묵는 호텔의 내 방 바로 근처에 바라보이는 Bluemon Center라는 12층 빌딩의 3층에 있는 The Bull Hotpot Restaurant에 들러 샤브샤브로 석식을 들었다. 지난 번 왔을 때도 여기서 샤브샤브를 들었었다. 6인이 한 테이블에 앉았는데, 어제 인사를 나눈 우성재 씨 내외와도 같은 테이블을 사용하게 되었다. 샤브샤브는 몽골의 기마민족 전통에서 비롯된 음식이라고 알고 있다. 호텔로 돌아올 무렵 조금씩 빗방울이 듣기 시작했다.

■■■ 22 (목) 울란바토르는 부슬비, 흡수골은 대체로 맑으나 저녁부터 비

　오전 5시 45분까지 1층 로비에 모여 국내선 비행기의 무게 제한에 걸리지 않도록 짐 정리를 한 후, 6시에 3층 식당으로 가서 뷔페식 조식을 들고, 칭기즈칸국제공항으로 출발하였다. 1시간 정도 소요되었다. 국내선 20게이트에서 09시에 출발하는 Hunnu 항공의 무릉(Moron, Murun)행 비행기 MR131에 탑승하였다. Hunnu란 匈奴를 이름인 듯하다. 좌석은 36A·C였는데, B석이 없으므로 사실상 아내와 나란히 앉게 되었다.

약 1시간이 소요되어 몽골 서북쪽의 무릉 공항에 도착하였다. 9인승 밴 4대를 대절하였는데, 우리 내외는 1호차에 가이드를 포함한 5명이 함께 타게 되었다. 우리 뒷좌석에 앉은 남자 두 명 중 한 명은 56년생으로서 보통나이 69세이고 다른 한 명은 68세인데, 둘 다 김해의 장유에 거주하며 천주교 신자로서 서로 가깝게 지내는 사이다. 그런데 69세인 사람은 진주 평거동이 고향이고, 68세인 사람은 부산 거제리가 고향이지만 처가와 동서 한 명이 진주에 사는지라, 둘 다 진주와 인연이 깊고 진주에 대해 잘 알고 있었다.

무릉에서 마트에 들렀는데, 이곳 역시 규모가 꽤 컸다. 나는 거기서 콜라 한 병을, 아내는 사과와 밀감, 미니토마토 등 과일을 샀다. 11시까지 나오라고 했으므로, 나는 먼저 밖으로 나가 벤치에 앉아서 기다렸는데, 그 앞에 늘어선 밴들은 대부분 한국 차였다. 그리고 길에서 마주치는 1톤 트럭도 KIA 등 한국 차가 많은 듯하며, 관광버스도 눈에 띄는 것은 대부분 현대차였다.

수흐바토르 광장에서부턴가 한국 승복을 입은 남녀 스님의 무리를 오다가다 자주 마주쳤는데, 그 스님들이 우리와 같은 비행기를 타고 와서 이 마트에서도 보이며, 그 중 누비옷을 입은 제법 나이 들어 보이는 비구니 한 분이 벤치의 내 옆자리에 와서 앉았다. 스님들이 무슨 일로 몽골에 오셨느냐고 물었더니 그냥 여행 차 왔다는 것이었다. 알고 보니 그들은 승가대학 동창으로서 단톡방을 통해 서로 연락하여 종종 함께 해외나들이를 다닌다고 했다. 그리고 그 스님이 올해는 너무 많이 나다녔다고 하는 것으로 미루어 여행 마니아인 듯했다. 그들 일행은 스님이 10명, 처사와 보살이 7명이었다. 그 스님은 서울 관악구에 사는데, 남해군 삼동면이 고향으로서, 다섯 살 때 상경하여 이젠 서울 사람이 되었다.

무릉에서 다음 목적지인 하트갈까지 약 한 시간을 나아갔다. 가는 도중 또다시 검문소 같은 곳에서 잠시 정거하였다. 이 일대는 보호지역이라 테를지에서와 마찬가지로 여기서도 입장료를 받는 모양이다. A1101번 도로를 따라 동북 방향으로 올라갔는데, 포장된 길이었다. 가는 곳마다 잔디밭처럼 푸른 목초지가 드넓게 펼쳐져 있고, 양과 소 등 가축들이 많았다. 곳곳에서 야크 떼도 만났는데, 원래 야크는 해발 4,000~6,000m의 고산지대에서 서식하는 동물이지만, 이것들은 소와 교배한 것이라고 하니 해발 1,550m 정도인 이런 높이에서도 문제없이 자라는 모양이다.

오후 1시 남짓에 하트갈에 도착하여 단층의 슈퍼마켓을 겸한 식당 건물로 들어가 중식을 들었다. 소고기 국에 이어서 햄처럼 얇고 둥글게 썬 소고기 요리가 밥 및 채소와 함께 하나의 쟁반에 담겨져 나왔다. 몽골에서도 청나라가 지배하던 시절에는 젓가락을 썼다는데, 해방 후 소련의 영향을 받아 음식과 식사도구가 모두 서구화되었다.

식후에 다시 차를 타고서 15분쯤 이동하여 아쉬하이 캠프가 있는 곳에서 하차하여 하이킹을 시작하였다. 오는 도중에도 멀리 호수를 바라본 적이 있었으나 그것은 이 일대에 호수가 많기 때문이고, 흡수골(Khuvsgul, Hovsgol) 호수는 여기서부터 시작된다. 총 길이 136km에 가장 넓은 곳의 폭이 40km 정도이며, 몽골에서 제일 깊은 담수호이자 바이칼 호수의 상류 지이기도 하다. 몽골 최대의 이 호수는 경상도 정도 크기인데, 바다가 없는 몽골에서는 '어머니의 바다'로 불리고 있다. 세계에서 14번째로 큰 민물호수이다.

평상 시 호수 물은 수영을 할 수 없을 만치 엄청 차갑다고 하나, 돌아올 때 손을 담가 보니 보통의 호수 물과 별로 다르지 않았다. 물고기가 살지만 그 종류는 많지 않다. 때로는 파도도 친다. 생성된 지 200만 년 정도 된다고 한다. 흡수골 호수 주변에 캠프들이 많은데, 개인이 텐트를 치고서 야영하는 것이 아니라, 건물이나 게르 또는 인디언 천막 같은 고정된 집들을 지어두고서 숙박하는 손님을 받아 영업하는 곳을 캠프라고 한다. 겨울이 되면 호수가 꽁꽁 얼어 사람이 그 위를 걸어서 통행할 수 있으며, 얼음 축제를 열기도 한다.

우리는 침엽수림이 우거진 숲속을 통과하여 습기가 있는 이끼를 밟으면서 앞으로 나아갔다. 나무가 수령이 꽤 되었다고 하는데도 그다지 굵지는 않앉다. 약 2시간 동안 2.7km를 왕복하였다. 군데군데 제법 커다란 버섯들이 자라고 있었다. 도중에 말을 타고서 산을 내려오는 사람들을 만나기도 하였는데, 캠프의 손님들이 아닌가 싶다. 조그만 바위 절벽을 지나 나무로 된 어워가 서있는 높은 절벽 위의 능선으로 올라가 호수의 풍광을 조망하였다. 돌아올 때는 호반을 경유하면서 호수 표면에다 조약돌 던지는 놀이를 하기도 하였다. 캠프 입구에는 캐시미어 제품을 파는 아주머니들이 전을 벌리고서 앉아 있었다.

다시 밴에 올라 우리들의 캠프까지 한참을 더 이동하였다. 도중부터는 비포장 길이 되었는데, 비가 내리기 시작하니 도로 위로 빗물이 콸콸 쏟아져 흘렀다. 길가에 캠프들이 많았으나, 우리가 도착한 곳은 도로를 벗어나 옆길로 제법 들어간 곳 끝의 호수 가로서 Toilogt Camp라는 곳인데, 1991년부터 시작되었다고 한다. 한적하고 주변 경치가 빼어난 곳이었다. 우리 내외는 4호 게르를 배정받았는데, 일행 중 일부는 인디언 천막 같은 곳을 배정받은 사람도 있는 모양이다. 화장실과 샤워실은 따로 떨어져 독립된 건물 안에 있다.

저녁 7시에 식당 건물로 가서 석식을 들었다. 거기에 가보니 우리 외에 대만에서 온 패키지 팀이 있고, 무릉에서 만났던 스님 팀도 이곳에 와 있었다. 스님들은 게르가 아닌 캠프 안쪽의 통나무집에 머무는 모양이다. 식당에서 우성재 씨 및 같은 1호차를 타고 온 남자 두 명 그리고 조금 전 샤워장에서 내게 치약을 빌렸던 남자 팀 두 명과 한 테이블에 앉았다. 일행 중 비교적 나이가 든 사람들이고, 그 중에서도 내가 가장 연장자인 모양이다. 그들은 몽골 산 보드카를 한 병 사서 나눠 마셨다. 이 식당에서는 커피를 무료로 제공하지 않고 팔고 있었다. 우 씨의 부인은 오지 않았는데, 무슨 까닭인지 테를지에서 하루 밤 자고 나서부터 양쪽 뺨이 부어올라 방안에서 컵라면을 끓여 저녁식사를 때웠다고 한다. 우 씨는 녹십자사에 근무하다가 퇴직 후 개인 사업을 하였고, 부인은 수원의 초등학교 교장으로서 정년퇴직한 사람이었다. 그들은 수원에 산다. 그들 내외는 금년 3월에 자유여행으로 28일간 파타고니아 등 남미 일대를 둘러보았다고 한다.

캠프 앞에 Cashmere House라는 별도의 단층 건물이 한 채 서있고, 식사를 마치고 나오니 캐시미어 제품을 파는 아주머니들이 이곳에도 와서 그 부근에 전을 벌이고 있었다. 가이드의 말에 의하면 아주머니들이 파는 물건들은 믿을 수 없는 것이고 흥정을 해야 하며, 캐시미어 하우스에서는 정품을 팔며 정찰제라고 한다. 그러나 하우스는 우리가 머무는 동안 계속 닫혀 있는 듯했다. 호수의 갈매기들이 캠프 안뜰과 건물 지붕 여기저기에 내려앉아 서성거리고 있으며, 문을 열어놓으면 게르 안까지 들어오기도 한다. 고양이가 들어온 경우도 있었다.

이곳에 도착하니 저녁 날씨가 제법 쌀쌀하여 나는 여름용 조끼를 벗고서 준비해 온 패딩을 꺼내 입었다. 방안 벽에 라디에이터가 붙어있는데도 불구하고 캠프의 여자 직원이 와서 어두워질 무렵 실내의 스토브에다 장작불을 피워주었다. 그러나 별로 추울 정도의 날씨는 아니었다. 게르 안에 침대가 네 개 놓여 있는 것으로 보아 4인실인 모양이다.

오늘은 13,085보를 걸었다.

▄▄▄ 23 (금) 쾌청

8시에 조식을 들고, 10시 무렵 캠프 부근의 숲속으로 하이킹을 떠났다. 캠프 오른쪽 호수 가에서 숲속의 오솔길을 따라 한참 걸어 들어갔는데, 경사가 아주 완만하여 스틱이 필요치 않을 정도였다. 숲의 나무들은 거의가 어제 본 것과 같은 단일종인데, 가이드의 말에 의하면 이 일대의 나무는 낙엽송과 소나무 잣나무뿐이라고 하니 아마도 낙엽송인 듯하다. 숲길이 한없이 이어지므로 도중의 어느 지점에서 갔던 길로 되돌아왔다. 약 2시간 동안 2.8km를 걸은 셈이다.

이곳도 숲길 가에 버섯이 많으나, 길이 어제처럼 습하지 않고 이끼도 별로 많지 않았다. 흰색의 들국화 비슷한 야생화도 피어 있었고, 곳에 따라 나비인지 나방인지 모를 작은 생물체가 공중에 많이 날아다니고 있었다. 어제 저녁 세면장에서 내게 치약을 빌렸던 중년 남자에게 어디서 왔는지 물었더니, 자녀 교육 때문에 인천 송도에 산다는 것이었다. 같이 온 사람은 그보다 연장자이며, 서울 대치동인가에 있는 카이스트의 MBA 과정 분교에서 같이 수업했던 사이라고 했다. 그 중 연장자인 이청대 씨는 중국 上海와 威海에서 반도체 관계 기업을 하고 있으며, 인천에 사는 사람은 김포와 연천에서 알루미늄 관계 공장을 경영하는 모양이다. 그의 말로는 작은 울산중공업이라고 했다. 이 씨는 예전에는 중국에 자주 드나들었으나, 지금은 사업에 틀이 잡혔고, 현지에 대리인을 한 명 두고 있으며, 한국에서도 스마트폰으로 대부분의 업무를 처리할 수 있기 때문에 이제는 별로 가지 않는다고 했다. 돌아오는 길에 앞서 가면서 인천 사람과 대화를 나누고 있었던 아내의 말에 의하면, 그의 본집은 서울 아현동이라는 것이었다.

가이드의 말에 의하면 오늘 숲속의 기온은 14℃라고 하니, 초가을 수준이다. 우리가 돌아갈 무렵이면 한국도 제법 시원해져 있을 것이라고 했더니, 김해에서 온 진주 남자의 대꾸로는 일기예보 상으로는 그렇지 않고 8월 말까지 30℃ 정도의 날씨가 계속된다는 것이었다.

오후 1시에 함박스테이크로 점심을 들었다.

4시에는 캠프 부근의 호수 가로 나가 보트 투어를 했다. 아내도 함께 갔지만, 큰 유람선이 아니라 모터로 추동하는 조그만 보트 두 대에 나눠 타 다들 안전조끼를 착용하는 것을 보고서 겁이 많은 아내는 안 타겠다고 하며 혼자 남았다. 보트는 속력을 내어 흡수골 호수를 비스듬히 가로질러 건너편의 對岸으로 나아갔는데, 조그만 배가 파도에 부딪쳐 계속 크게 요동칠 뿐 아니라 보트 뱃머리에 부딪친 파도의 일부가 더러 안쪽까지 날아오는지라, 나는 혹시나 척추를 다칠까 싶어 걱정 되고 꽤 고생스러웠다.

보트는 제법 먼 거리에 있는 조그만 바위 곶 옆의 선착장에 가 닿았는데, 곶의 능선 위에 '소원의 바위'라고 부르는 어워가 있어 거기다 빌면 소원을 이룰 수 있다는 것이었다. 스님 팀은 우리보다 조금 먼저 이미 도착해 있었다. 갈매기들이 어워 위에 내려앉아 사람을 두려워하지 않고서 서성이고 있었다.

되돌아 올 때는 속도를 좀 늦춘 까닭인지 그런대로 견딜 만 하였다. 처음 보트를 탔던 곳에 도착한 다음, 나는 그 부근의 호숫가 숲속으로 한 바퀴 돌러 산책하면서 사진들을 찍어 단톡방의 고정된 네 곳에다 보냈다. 아내는 캠프로 돌아가 고양이와 함께 시간을 보낸 모양이었다.

샤워를 한 후, 오후 6시 반에 식당으로 가서 몽골 전통 음식인 허르헉으로 석식을 들었다. 허르헉이란 양고기를 조리하여 뜨겁게 데운 돌 위에다 얹어서 뚜껑을 덮고 그 열기로 익힌 것인데, 과거에 왔을 때도 테를지에서 한 번 먹어본 적이 있었다. 그러나 오늘은 배가 불러 고기만 뜯어먹고 나머지는 대부분 남겼다. 다들 한국 밑반찬을 많이 가지고 와서 곁들여 먹었으니, 순전히 몽골식은 아니라고 하겠다. 오늘도 비교적 연장자들이 앉은 우리 탁자에서는 몽골산 칭기즈칸 보드카를 한 병 사서 나누어 마셨고, 인솔자도 테이블별로 같은 보드카를 가지고 다니면서 권하였다. 젊은 사람들 테이블에는 오늘이 생일인 남자가 있어 기계 반주에 맞추어 다 같이 생일축하 노래를 부르고, 어제 인솔자가 무릉의 마트에서 사 온 케이크도 잘랐다.

밤 아홉시에 호수가로 나가 캠파이어를 하였다. 미리 설치해둔 달집 모양으로 세운 나뭇단에다 불을 붙이고서, 여행사 측이 준비한 맥주와 음료수, 땅콩 과자 등을 들며 금방 쓰러진 달집의 불꽃을 지켜보았는데, 가이드가 바깥부분 한가운데가 빛이 나면서 둥글게 돌아가는 오디오를 어깨에 메고서 한국 유행가를 틀어놓고 춤을 추면서 흥을 돋우었다. 그러나 우리 내외는 조금 자리를 지키다가 방으로 돌아와 내일 새벽 6시에 이곳을 떠나야 하는 일정을 고려하여 일찌감치 취침하였다.

오늘의 총 걸음 수는 16,946보였다.

■■■ 24 (토) 맑음

오전 6시에 캠프를 출발하여 무릉으로 향했다. 스님 팀과 대만 팀도 우리와 거의 같은 시간에 캠프를 떠나는 모양이다. 올 때와 마찬가지로 1번 밴을 타고 같은 자리에 앉아서 2시간 반정도 걸려 무릉 공항에 도착했다. 도중의 도로 중 비포장 부분은 군데군데 짧게 시멘트 포장이 된 곳도 있고, 때로는 도로 같지도 않은 여러 개의 갈림길들을 이리저리 접어들어 나아가기도 하였다.

공항 건물은 실로 조그마한 것인데, 일정표에 09:30이라 적힌 것과는 달리 10시 반에야 울란바토르 행 비행기가 출발하는지라 두 시간 정도 대합실에서 대기해야 했다. 그 동안 여행사 측이 준비한 샌드위치 하나와 페트병의 물 한 통, 그리고 종이컵에 든 커피 하나씩으로 조식을 때웠다. Hunnu Air MR132편의 우리 좌석은 29D·F이다. 대합실에서 옆에 앉은 대만 사람 부부(?)에게 울란바토르에 도착한 다음 어디로 가느냐고 물어보았더니 러시아의 시베리아라고 했다.

착륙할 때 보니 새 칭기즈칸국제공항도 그다지 큰 규모는 아닌 듯했다. 공항에서 울란바토르 시내로 들어온 다음 또다시 상당한 교통정체를 겪었다. 이번에는 부근에 옷가게가 많아서라는 것이지만, 울란바토르에서는 이런 일이 일상적인 모양이다.

시내에 도착한 다음 세종이라는 이름의 한국음식점에 들러 소꼬리찜과 해물된장으로 점심을 들었다. 아내는 육식을 피하여 소꼬리찜에는 거의 손을 대지 않았다. 시내 여기저기에서 한국음식점이 자주 눈에 띄었다. 한국에서 흔히 보던 24시간 편의점 CU와 E마트 등도 여러 곳에 보이는데, 나는 이것들이 한국 기업인 줄로만 알았기 때문에 웬일인가 싶었다. 길 가에 제주 올레의 심벌인 철제 말 표지도 눈에 띄었다.

먼저 간등사에 들렀다. 17세기에 건립된 간등사의 정식 명칭은 '간등테그친르 히드(Gandantegchinlen Khild)'이며, 완전한 즐거움을 주는 위대한 사원이라는 뜻이다. 울란바토르의 이름이 이흐 후레였던 시기에는 이곳이 도시의 중심지였다고 한다. 지금도 울란바토르에서 가장 크고 오랜 역사를 자랑하는 대표 사원이다.

20세기 동안 사회주의 정부는 종교를 억압하고 사찰을 폐쇄하는 등 종교 활동에 제약을 가했다. 한 때 칸이 티베트 불교의 최고 수장이었던 탓에 불교는 봉건 잔재의 일환으로 여겨져 특히 심하게 탄압을 받았던 것이다. 1930년대 말에는 처이발상 총리가 700여개에 달하는 불교 사찰들을 폐쇄시켰으며, 최소 3만이 넘는 사람들을 살해하기도 했는데, 이들 중 18,000명이 승려였다. 이러한 탄압으로 말미암아 1924년에 10만 명이 넘었던 승려 수는

1990년에 110명으로 급감했던 것이다. 그러나 1991년 사회주의 정권이 무너지자 몽골에서도 다시 종교의 자유가 허락되었고, 얼마 지나지 않아 티베트 불교가 다시 떠올라 국가 최대의 종교로 발전하는 데에 이르렀다. 현재는 인구의 60~70%가 티베트 불교를 믿는다고 한다.

이 절도 면적은 꽤 넓으나 새로 지은 건물들이 대부분이었다. 9개 중 5개의 법당이 파괴되었지만, 끝까지 살아남은 유일한 사원인 것이다. 현재는 10개의 법당에서 900명의 승려가 수행중이다. 한국으로 치자면 대웅보전에 해당하는 중앙의 건물 안으로 들어가니 관세음보살인 듯한 거대한 부처의 입상이 법당 한가운데에 버티고 서 있는데, 이 불상도 원래는 은을 입혔던 것이었으나 지금은 도금을 했다. 스님들이 일상적으로 예배를 보는 한 건물 안에도 들어가 보았는데, 이곳 스님들은 사찰 바깥에 각자의 가정이 있어 출퇴근을 하고 있으며, 마침 퇴근 무렵이라 문이 닫혀 있는 것을 두드려서 들어갈 수 있었다. 그러나 내부 촬영은 금지되었다.

절을 나와 대절버스에 도착한 다음, 우리 일행 중 진주 출신의 김해 사람이 가이드에게 부탁하여 기념품점을 찾아가므로 나도 화장실 가는 줄로 알고서 따라가 보았다. 거기서 티베트 불교의 聖畫인 액자에 든 탕카 하나를 사려고 여행자 카드를 내주었더니 웬일인지 기계가 인식하지 못했고, 새로 발급받은 농협의 마스터카드로도 마찬가지였으므로 포기하였다.

절에서 나와 다음 목적지로 향하는 도중 '서울의 거리'를 지나쳤다. 길가에 한글 제목이 적힌 표지가 있었다. 가이드는 내일 우리를 공항으로 전송해 준 다음, 오후에 아들을 데리고 北京으로 갈 것이라고 했다. 내년에 장남이 고등학교를 졸업하면 중국의 대학에 유학시킬 생각인 것이다. 중국에서는 장학금을 받기가 쉬운 모양이다.

다음으로 들른 곳은 복드칸 궁전박물관인데, 보통 복드칸 겨울궁전이라고 부른다. 복드칸(Bogd Khan)(1870-1924)이 거주하던 곳이다. 앞부분은 라마불교의 사원으로 되어 있고, 뒤쪽 옆문으로 들어가니 러시아식 2층 양옥 건물이 나타났는데, 이는 러시아 황제가 선물한 것으로서 복드칸과 그 황후가 겨울 기간 동안 20년 넘게 거주하던 곳이라고 한다. 황제의 거처치고는 그다지 크다는 느낌이 들지 않았다. 실내 곳곳에 스팀으로 벽 난방을 하는 배관들이 눈에 띄었다.

건물 바깥의 설명문에서는 두 군데에 걸쳐 그를 'The 8th BogdJavzandamba'로 호칭하고 있었다. Javzandamba는 Jebtsundamba Khutughtu 또는 Khalka Jetsuen Dampa Rinpoche라고도 하는데, 몽골 겔룩파 티베트 불교의 정신적 수장에게 주어진 호칭이며, Bogd Gegeen이라는 최고위 라마를 일컫는 칭호도 있다. 그는 그 제8대로서 본명이 따로 있기는 하지만 1911년 외몽골이 청으로부터의 독립을 선언한 이후 神政정치의 수장으로 추대되었으므로 Bogd Khan이라고 불렸던 것이다.

건물 자체는 러시아 양식이지만, 그 지붕 꼭대기와 건물 앞면에 불교 장식이 있는데, 이는 청나라 황제가 이교 양식의 건물임을 비판했기 때문이라고 한다. 바깥 사원의 건물들 안에는 불교 유물이, 그리고 이 궁전 내부에는 황제 부부와 관련된 물건들이 전시되어 있어 양쪽 모두가 이제는 박물관이 되었다. 황제가 동물 박제를 좋아하여 독일로부터 150점 정도를 수입했다는 것은 의외였다.

지난번에 묵었던 호텔로 돌아와 이번에는 906호실을 배정받았다. 역시 수흐바토르 광장과는 반대쪽 방향이었다. 방안에서 잠시 휴식을 취한 다음, 오후 5시 20분에 다시 1층 로비로 내려가 대절버스를 타고서 이동하여 鐵道宮(간 잠 팔라스)이라는 곳으로 가 민속공연을 보았다. 울란바토르 철도국에서 운영하는 것이기 때문에 이런 이름이 붙었다. 8년 전에 왔을 때도 마지막 순서로서 민속공연을 관람한 바 있었는데, 이런 공연을 하는 장소는 여러 곳인 모양이다. 'Normadic Legend(유목민족 傳奇)'라는 주제로서 1시간 20분 동안 계속되었는데, 몽골의 춤과 민요, 그리고 훔미(Khuumii)라고 하는 한 사람이 동시에 높고 낮은 여러 가지 목소리를 내는 독특한 찬가와 여성 한 명의 서커스 비슷한 비틀기 춤이 공연되었다. 馬頭琴 등 몽골 전통 악기들과 서양 타악기가 혼성된 오케스트라를 국립오케스트라가 연주하였는데, 마지막에 한국민요 '아리랑'과 '경기병 서곡'이 나왔다. 그러고 보니 관중 다수가 한국인인 모양이다.

마지막으로 Bluefin이라는 이름의 양식당으로 가서 소고기 스테이크로 석식을 들었다. 아내는 여기서도 고기를 먹지 않고 따로 야채스파게티를 주문하여 들었다. 포도주를 비롯한 각종 술 한 잔씩도 나왔는데 나는 콜라를 시켰고, 소고기는 오랜만에 가장 덜 익힌 레어로 했다. 나는 맛을 잘 모르지만, 아내는 스파게티와 후식으로 나온 티라미슈가 모두 맛있었다고 했다.

밤 9시 무렵 호텔로 돌아왔다. 오늘은 10,141보를 걸었다. 과로 때문인지 어제 몸살 기운이 있더니, 오늘은 설사가 나왔다.

■■■ 25 (일) 맑음

아직도 설사가 계속되므로, 아내가 인솔자의 소개에 따라 사둔 일제 新세르베르 細粒 위장약을 조식 후에 한 포 복용했다가, 뒤이어 가이드로부터 설사약을 얻어 다시 복용하였다.

오전 9시 30분까지 1층 로비에 집합하여 귀국을 위해 공항으로 출발했다. 도중에 '평화의 다리'라는 이름을 가진 긴 다리를 지나쳤다. 공항으로 오가며 늘 지나다녔던 다리라고 하는데, 철로 위를 가로지르는 것이다. 울란바토르는 분지이기 때문에 대기오염이 심한 편이며, 난방 등을 대부분 석탄에 의지하니 더욱 그럴 것이다. 길거리에서 눈에 띄는 승용차는 일제 일색인데, 중고차를 수입한 것으로서 연식과 상태에 따라 차이가 있기는 하나 대략 한국 돈 500만 원에서 1,200만 원 사이로 살 수 있다고 한다.

매년 씨름·활쏘기·말타기 경기로 이루어지는 몽골의 대표적 축제 나담은 근자에 생긴 것이 아니라 칭기즈칸 시대 이래로 전해 내려오는 것이라고 한다. 그래서 그런지 일본 스모의 챔피언인 요코즈나(橫綱)도 몽골 출신들이 꽉 잡고 있는 모양이다. 옛 칭기즈칸국제공항은 시내에서 비교적 가까운 곳에 위치해 있었으나, 코로나가 끝난 무렵부터 한 시간 정도 걸리는 거리에 있는 현재의 신공항이 오픈하였다. 2층 건물이다.

공항에 도착하여 현지 가이드 및 기사와 작별하고서 대한항공 카운터로 가서 출국 수속을 밟았다. 대한항공에다 미리 모바일로 왕복표를 신청해두었으나 어찌된 셈인지 아내와 나의 휴대폰에 돌아가는 표가 보내져오지 않앉으므로, 줄을 서 카운터로 가서 종이 항공권을 발급받았다. 우리는 6번 게이트에서 대기하다가 KE196편 31G·H석에 앉아 13시에 출발하며, 약 3시간 10분이 소요되어 17시 10분 인천공항에 도착하는 것으로 되어 있다.

이번 몽골 여행에서 달러를 좀 준비해오기는 하였으나 별로 필요를 느끼지 않아 몽골 돈으로 환전하지 않았다. 돌아오는 비행기 안에서 리들리 스콧 감독의 157분짜리 영화 「나폴레옹」을 조세핀과의 이혼 대목까지 감상하였다.

인천공항 제2터미널에 도착하여 입국수속을 마친 다음 짐을 찾고, 17시 40분쯤 진주(개양)행 공항버스가 출발하는 4번 승강장에 도착하였다. 아내와 함께 아이스크림 바를 하나씩 사먹은 후 저녁식사는 거르자고 했다. 배가 고프지 않고 식욕도 없기 때문이다. 기내식도 반쯤 먹고 남겼던 것이다. 마지막 버스인 18시 30분 발 23시 10분 착 대성티앤이의 우등고속 1·2번 좌석 모바일 버스표를 이미 예매해 두었다.

내려오는 도중 충북 청주시의 죽암휴게소에 20분간 정거했을 때, 식당가라는 매장에서 라면 둘을 사서 아내와 함께 허급지급 들었다. 예정보다 이른 11시 무렵에 귀가하여 샤워와 짐정리를 마친 후, 그동안 도착한 우편물과 신문들을 대충 훑어보고서 다음날 12시 반 무렵에 취침하였다.

코타키나발루

2024년 9월 15일 (일) 맑음

노랑풍선여행사의 東말레이시아 코타키나발루 3박5일 여행에 참가하기 위해 아내와 함께 택시를 타고서 개양의 시외버스주차장으로 나가 08시 50분에 진주를 경유하는 경원여객의 인천공항 행 우등고속버스에 올랐다. 우리 좌석은 제일 뒤의 25·26번이었다. 통영대전·경부고속도로를 경유하여 도중의 신탄진휴게소에서 15분간 정거한 다음, 동탄JC에서 400번 수도권제2순환고속도로에 접어들었고, 17번 평택파주고속도로를 거쳐, 동시흥TG에서 330번 지방도로로 빠진 다음, 77번 국도를 따라서 인천 송도에 이르러 인천대교에 올랐다. 13시 30분 무렵 인천공항 제2터미널에 도착하였다.

먼저 3층 K카운터 부근에 있는 노랑풍선여행사의 테이블에 들렀다가, 진에어 카운터를 찾아가 짐을 맡겼고, 공항 내의 국민은행지점에 들러 아내는 말레이시아 돈 150링깃, 나는 100링깃을 환전하였다. 환율은 346.55였고, 원화금액으로는 34,656원이었다. 우리 가족 3명은 2018년 1월에 7일 동안 동·서 말레이시아를 여행한 적이 있었는데, 나에게는 그 때 쓰고 남은 돈이 조금 있는 것이다. 그런 다음, SKT 사무소에 들러 국제로밍을 신청하였고, 출국수속을 하여 264게이트에 도착하였다.

오는 도중 버스 안에서 아내가 가져온 캔 커피와 사과 두 쪽, 그리고 파는 누룽지로 조금 요기를 하였으므로 그걸로 점심을 때울까 했으나, 시간 여유가 있으므로 게이트 부근의 Paris Croissant에 들러 샌드위치와 주스, 그리고 카페 라테 등을 또 조금 들었다. 우리 팀의 일행은 총 26명인데, 아마도 여러 여행사에서 모객한 손님들을 합친 모양이다.

일정표 상으로는 우리는 진에어의 LJ131편으로 17시 15분에 출발하여 총 5시간 10분을 비행한 끝에 21시 35분에 말레이시아 사바 주의 주도인 코타키나발루에 도착할 예정이다. 좌석번호는 28D·E이다. 그러나 기장의 방송에 의하면 실제 비행시간은 4시간 40분이라고 한다. 말레이시아 시간은 한국보다 한 시간이 늦다고 하니 지난달에 다녀온 몽골과 같다. 말레이시아에 머무는 사흘 동안 샹그릴라 탄중아루 리조트 스파에 머물 예정인데, 코타키나발루 남쪽 8km 지점의 바닷가 휴양지인 탄중아루에 있는 샹그릴라 계열의 호텔이다. 탄중아루는 비치 리조트로서, 푸른 바다와 백사장이 약 5km에 걸쳐 이어지는 해변이다. 샹그릴라 탄중아루 리조트는 이곳을 대표하는 고급스런 숙소로서, 총 498개의 객실을 보유하고 있다. 주소는 Shangri-la Tanjung Aru, Kota Kinabalu, No.20 Jalan Aru, Tanjung Aru, 88100 Kota Kinabalu, Sabah, Malaysia이다. 현지 가이드 백승남(현지 이름 KAI) 씨는 코타키나발루 공항에서 만났다.

우리 팀 사람들은 네 개의 호텔에 분산 수용되는데, 백 씨를 돕는 남자 가이드가 한 사람 대절버스에 탑승하여 우리를 차례로 호텔로 안내해 주었다. 탄중아루는 그 중 첫 번째로서 공항에서 10분 거리였다. 우리 내외는 노랑풍선으로 온 젊은 여성 2인 그룹과 함께 네 명이 내렸고, 9419호실을 배정받았다. 9는 방향표시라고 하며 우리 방은 7층 건물의 4층인데, 오른쪽 끝 건물의 마지막 부근이었다. 더블베드나 침대가 넓어 별로 불편한 줄은 모르겠다. 실내에 Nespresso 커피와 커피머신도 비치되어 있다. 호텔에 체크인할 때 프런트에서 23년 1월 1일 기준 말레이시아 관광세 3박 기준 30링깃(1객실 당 한화 약 9,000원 상당)을 지불해야 한다고 일정표에 적혀 있으나, 우리는 가이드로부터 이미 룸 키를 배부 받았으므로 낼 필요가 없다고 한다. 1인당 전 일정의 가이드 및 기사 경비가 따로 $40씩 있다. 샤워를 마친 후 자정 무렵에 취침하였다.

나는 이번 여행에서 모바일 왕복 고속버스 표와 모바일 항공권 예약, 디지털 말레이시아 입국카드 작성 등을 모두 아내에게 맡겨두었다. 아내는 게다가 중국 廣州에서 생산된 百鹿王이라는 상표의 방수 배낭 하나와 기내의 비즈니스 좌석 및 기내 석식을 선물하였는데, 이 모두가 12월에 있을 내 생일 선물을 앞당긴 것이라고 한다.

■■■ 16 (월) 맑음

새벽 6시에 기상하여 노트북 컴퓨터를 가지고서 호텔 와이파이로 인터넷에 접속하려고 하니 자꾸만 Dosirak이라는 한국어 메뉴만 뜨면서 패스워드를 입력하라고 하므로, 프런트에다 전화를 걸어 물었더니 샹그릴라 메뉴를 클릭하면 패스워드 없이 자동으로 연결된다는 것이었다. 그러나 나는 몇 번을 시도해 봐도 샹그릴라가 아닌 같은 한국 이름의 메뉴가 뜨면서 계속 패스워드를 입력하라는 것이다. 다시 프런트로 전화를 걸어보니 담당 직원을 보내주었는데, 그들도 몇 번이나 와서도 문제를 해결하지 못하더니, 마침내 STAR1이라는 Portable wifi 기계를 빌려주어 그걸로 인터넷에 접속할 수 있게 되었다.

날이 밝아져 우리 방 커튼을 여니, 베란다 바깥으로 바다와 해변 풍경이 넓게 펼쳐지고 호텔의 잔디 정원에 야자수들이 우거져 있어 보기 좋았다.

6시 30분 무렵 프런트 부근의 1층 식당으로 내려가 뷔페식 조식을 들었다. 9시 40분에 호텔 프런트 앞 로비에서 현지 가이드 백 씨를 만났는데, 그는 30-40대 정도로 보이는 사람이었다. 대절버스 안에 멜로디라는 이름의 더욱 젊은 현지인 여성 가이드 한 명도 타 있었다. 그들을 따라 Sutera Harbour라는 곳으로 이동하여 툰구압둘라만 해양공원으로 가는 배를 탔다. 말레이시아 초대 총리인 툰구 압둘 라만의 이름을 딴 것으로서, 코타키나발루에서 약 5~8km 떨어진 근해에 떠 있는 가야, 마누칸, 사피, 술룩, 마무틱, 5개의 섬으로 이루어진 해양국립공원이다. 우리가 가는 마무틱 섬은 그 중 가장 작은 것이다. 선착장에 요트들이 제법 많이·정박해 있었는데, 가이드의 말에 의하면 그 중 비싼 것은 200억에서 100억 원 정도 하며, 정박료만도 월 3,000만 원이라는 것이었다.

해양공원은 선착장에서 바로 바라보일 정도로 별로 멀지 않은 곳인데, 가는 도중 배가 파도에 심하게 요동을 쳤다. 오늘은 파도가 제법 있으나 화창하여 이상적인 날씨라고 한다. 섬에 도착한 후 그곳의 커다란 텐트 아래에 놓여 있는 여러 테이블 중 몇 개를 배정받아 그 위에다 각자가 가져온 짐들을 올려두고 호텔에서 가져온 타월로 덮어두었다. 그리고는 근처의 화장실로 가서 수영복으로 갈아입었고, 구명조끼와 스노클링 도구도 무료로 배부 받았다. 한국에서 스노클링 도구를 가져왔으나 여기서도 무료로 배부하므로 사용할 필요가 없어 호텔의 짐 속에 넣어두고 왔다. 그러나 아내가 물속으로 들어가기를 싫어하고 나도 별로 생각이 없으므로, 함께 선착장 주변의 해안을 산책하며 시간을 보냈다. 우리 테이블 주변에서 지네를 잡아먹고 있는 열대성 도마뱀과 개보다도 훨씬 큰 또 한 마리의 도마뱀이 어슬렁거리는 것을 보았다.

정오 무렵 그곳에서 제공하는 점심을 들고서, 오후에는 혼자 바닷물 속으로 들어가 한동안 스노클링을 해보았다. 해수욕장처럼 많은 사람들이 우글거릴 뿐 얕은 바다 밑은 산호초로 보이는 울퉁불퉁한 돌들이 온통 널려있고, 물고기는 별로 없었다. 예전에 멕시코의 칸쿤 등지에서 스노클링을 했을 때 그야말로 물 반 고기 반이었던 것과는 크게 대조적이었다. 여기서 옵션으로 여러 가지 해양 액티비티를 할 수도 있으나, 오늘은 파도가 좀 있어 파라세일링($35)만 가능하다는 것이었다. 스노클링을 마친 후 야자열매 두 개를 30링깃에 사서 아내와 더불어 그 주스를 나눠먹었다.

오후 2시 경에 섬을 떠난 다음, 일행 중 일부는 마사지를 받으러 갔으나 우리 내외는 그냥 호텔로 돌아왔다. 육지의 선착장 부근에 아파트가 몇 채 있는데, 가이드는 그 가격이 28평짜리가 7억 정도라고 했다. 바닷가의 조망 좋은 곳이라는 점을 감안할지라도 꽤 비싼 편이다. 이곳 물가는 일반적으로 한국에 비해 별로 싸지 않으며, 특히 공산품 가격이 크게 비싸다고 한다. 그러나 산유국이라 기름 값은 아주 싸다.

호텔에 도착하여 룸에서 다시 샤워를 하고 속옷을 갈아입은 다음, 오후 4시 30분에 호텔 앞에서 다시 대절버스를 타고 이동하여 탄중아루 비치 워터프런트로 선셋 나이트투어($60)를 떠났다. 세계 3대 석양이라고 하는 것을 감상한 후 씨푸드 식사를 맛보고 또한 나이트 마켓도 둘러보는 프로그램이다.

　오늘이 말레이시아 데이라고 하여 160년 정도 영국 식민지로 있다가 독립하여 싱가포르를 포함한 말레이시아의 14개 주가 처음으로 합쳐진 날이자 사바 주의 독립기념일이기도 한데, 그래서 그런지 시내 곳곳에 말레이시아 국기와 사바 주의 기가 나란히 보이고, 국경일로서 내일까지 이틀 동안 연휴라고 한다. 이 나라의 자동차는 운전식이 오른쪽에 있는데, 영국의 영향을 받은 것이다. 오랜 동안 영국의 식민 통치를 받았으나 영국에 대한 적대감은 별로 없다고 한다. 승용차의 번호판 처음에 P자가 들어간 것은 Practice의 약자로서 초보운전자라는 뜻인데, 이러한 번호판을 단 차들은 여러 면에서 보호를 받는다고 한다. 이 역시 영국식이 아닌가 싶다.

　그래서 그런지 거리에 보이는 승용차들은 절대 다수가 운전석의 위치가 영국과 같은 일본차이며, 다른 유럽이나 미국 차는 물론 한국 차도 전혀 라고 할 수 있을 정도로 거의 보이지 않는다. 가는 곳마다 시내의 교통체증이 장난이 아니었다. 말레이시아는 자동차도 생산하는 모양인데, 거리에 국산으로 보이는 낯선 로고의 차들이 두 종류 있어 일본 차 다음으로 자주 보인다. 동말레이시아 최대 도시인 코타키나발루의 인구는 가이드북에 30만이라고 적혀 있으나 가이드의 말에 의하면 지금은 오히려 줄어 20만 명 정도라고 한다. 우리 내외가 사는 진주시보다도 훨씬 적은 셈인데, 도대체 무엇 때문에 이렇게 차가 밀리는지 알 수 없다. 길거리에서 교통체증 때문에 소비하는 시간이 적지 않으며, 이 때문에 이동에 소요되는 시간도 어림잡을 수가 없다.

　말레이시아 국기는 미국의 성조기를 쏙 빼닮았는데, 다만 미국의 독립 당시 13개 주를 상징하는 희고 붉은 작대기가 이 나라는 후에 독립한 주인 싱가포르를 포함하여 14개이며, 현재의 미국 50개주를 상징하는 별들이 들어가는 파란 박스 안에는 해바라기 모양의 태양과 이슬람교를 상징하는 초승달이 나란히 그려져 있는 점만이 다르다. 사바 주기에는 파랑, 흰색, 붉은 색의 가로로 놓인 세 개의 굵은 작대기 옆에 키나발루 산을 상징하는 듯한 산이 하나 그려져 있다. 코타키나발루란 키나발루 산이 있는 도시라는 의미이며, 키나발루란 중국미망인을 뜻한다고 한다.

우리가 석양을 보러 간 탄중아루 해변은 우리 호텔까지 걸어서 4시간 정도 걸리는 거리라고 한다. 야자수 등의 숲이 우거진 긴 해변에 석양을 보러 나온 듯한 사람들이 꽤 많았다. 이곳 바다에는 독이 있는 해파리들이 서식하고 있기 때문에 수영을 해서는 안 된다고 한다. 석양은 처음 한 동안 제법 볼 만하여 가이드가 광선을 조정해 준 휴대폰으로 사진을 여러 장 찍기도 했으나 얼마 후 구름에 가려 더 이상 볼 가망이 없어졌으므로, 그쯤 해서 해변을 떠났다.

다음 순서로는 No.911, Batu 2, Jin Tuaran, Lrg Burung, Kelepuin에 있는 RIYANA SEAFOOD RETAURANT(錢塘府海鮮餐廳)으로 가서 세트 메뉴의 석식을 들었다. 다금바리 튀김이라는 것도 나왔고, 큰 새우 및 게 요리 등이 포함되어 있었다. 그리고는 다시 Unit No.A-G07, Ground Floor, Block A, Lorong Lebuh Sutera, Sutera Avenue, Sembulan에 있는 Hangook Mart로 가서 쇼핑을 하였다. 보통의 한국 슈퍼마켓 정도 크기인데, 거기서 우리 내외는 페트병에 든 물 네 통과 아몬드 초콜릿 한 통, 망고 젤리 캔디 한 주머니, 얼린 망고 초콜릿 한 갑을 샀다. 그 마트 옆에 두리안을 파는 가게가 있어 껍질을 제거하고서 알만 담은 두리안 세트 두 개를 30링깃에 사서 가게 옆 의자에 앉아 허겁지겁 먹었다. 씨가 너무 굵어 살은 많지 않았다. 마트에 들른 사이 스콜인 듯한 소나기가 쏟아져 내렸으므로 야시장 구경은 하지 않기로 하였고, 그 대신 가이드와 손님 일부가 야시장으로 가서 망고 알과 망고스틴 손질한 것을 사왔다. 우리 내외는 망고 1kg 값 20링깃, 망고스틴 2kg 값 40링깃을 가이드에게 맡겼는데, 망고스틴은 1kg에 7링깃이더라 하여 잔액 6링깃을 우선 돌려주고서 나머지 20링깃은 나중에 줄 것이라고 했다.

야시장을 끝으로 오늘 일정을 모두 마쳤는데, 대절버스로 시내에서부터 차례차례로 일행의 숙소까지 바래다주고 나서 마지막으로 샹그릴라 탄중아루 리조트에서 하차한 사람이 오늘은 총 11명이었다. 이상하여 첫날 같이 내렸던 아가씨 두 명에게 물었더니, 아마도 우리와 같은 비행기를 타지 않고서 후에 다른 비행기를 타고 온 사람들인 듯하다는 것이었다. 그리고 보면 어제

백 씨는 공항에 남고 우리 호텔까지 다른 가이드가 바래다 준 것도 이해가
된다.

밤 11시 25분 무렵 취침하였다.

■■■ 17 (수) 대체로 비, 추석

어제는 일정 중 석식이 포함되지 않았었는데, 오늘은 전일 자유 시간에다
중식과 석식을 제공하지 않는지라, 아내와 함께 옵션으로 키나발루 국립공
원($70) 투어를 신청해 두었다. 동남아시아 최고봉인 해발 4095.2m의 키
나발루 산과 탄바유콘 산을 포함하는 745㎢에 이르는 키나발루 국립공원은
2000년에 말레이시아 최초로 세계자연유산에 등록된 곳이다. 예전부터 한
번 오르고 싶었지만, 나는 해발 4000m 이상에서는 고산증세가 남보다 심한
지라, 아프리카 탄자니아의 킬리만자로 산과 더불어 일찌감치 등반을 포기
하고 있었던 것이다.

아침 6시 반에 1층 뷔페식당으로 내려갔더니 우리 가이드 백승남 씨가 거
기로 찾아왔다. 50분 경 호텔 앞에 도착한 밴을 타고서 그와 작별하여 출발
하니 얼마 후 현지인 남자 가이드가 탑승하였고, 코타키나발루 시내의 몇 개
호텔을 경유하여 총 10명의 손님을 태웠다. 백 씨는 그 새 마지막 호텔로 이
동해 와서 다른 한국인 모녀 두 명을 전송하였다.

나중에 알고 보니, 우리 일행은 창원에서 온 어머니와 서울에서 일하는 딸
로 구성된 이들 모녀 외에, 중국 福建省 福州에서 온 장발을 한 젊은 남자와
그의 여성 파트너, 일본 東京과 沖繩 출신의 여성 친구 그룹 두 명, 아일랜드
에서 온 서양인 젊은 커플로 이루어져 있었고, 운전석 옆의 조수석에 앉은
가이드는 차 속에 있는 동안 뒤돌아보면서 영어로 설명하였다. 그의 영어에
는 'guys'라는 말이 입버릇처럼 되풀이되었다. 우리가 탄 녹색과 흰색 도장
을 한 밴은 일제 닛산 스틱이었다. 후에 내가 그들 모두와 그네들 나라의 말
로 대화를 하니 다들 놀라워하였다. 東京에서 온 일본 여성은 말레이시아의
수도 쿠알라룸푸르에서 직장생활을 한지 2년째이나, 그동안 별로 여행을 하
지 못했으며 동 말레이시아에는 처음 온다고 했고, 오키나와에서 온 그녀의

친구는 부모가 모두 오키나와 본토 사람이라고 했다. 가이드의 말로는 코타 키나발루에서 키나발루국립공원까지 1시간 30~40분 정도 걸린다고 했다.

9시 무렵 키나발루 산 전망대 마을에 다다라 30분간 정거했는데, 오늘은 종일 비가 오다말다 하는 날이라 가이드 백 씨가 호텔에서 우리 내외에게 녹색의 큰 우산 두 개를 빌려다 주었다. 우리도 접는 휴대용 우산과 더불어 등산 스틱까지 준비해 왔지만 쓸 일은 없었다. 전망대 마을에 도착해서도 키나발루 산의 중턱 이상은 구름에 가려져있어 정상을 조망할 수는 없었다. 거기서 우리 내외는 1링깃 주고서 화장실을 이용하였고, 간밤에 이어 다시금 30링깃으로 두리안의 깐 열매 두 통을 사서 통나무 벤치에 걸터앉아 키나발루 산 쪽을 바라보면서 나눠 들었다. 오늘 것은 한 통은 노란색 다른 하나는 흰색 열매로서, 살이 제법 많고 맛이 있었다. 말레이시아에는 가는 곳마다 열대과일의 왕이라고 하는 두리안을 파는 상점들이 많다.

거기서 한참을 더 나아가 거대한 라플레시아 꽃을 볼 수 있는 농원에 도착하였다. 인도네시아와 말레이시아 지역에 서식하는 열대 꽃인 라플레시아에는 여러 종류가 있는데, 인도네시아에서 자라는 꽃이 가장 크고 말레이시아 것은 조금 작은 종류라고 한다. 다 자라면 7일 정도 개화하며, 악취가 나므로 시체꽃으로 불리기도 한다. 이 농장에서는 옆면과 위쪽 대부분을 막아 좀 어둡게 해두고서 재배하고 있었는데, 거기서 이제 자라나고 있는 것들 몇 개와 이미 개화한 꽃 두 송이를 보았다. 그밖에도 부겐빌레아나 이 나라 국화인 히비스커스 등 다른 꽃들과 두리안·잭프루트·망고스틴 등 열매를 맺는 키 큰 나무들도 보았다.

한참을 더 나아가, 마침내 오늘의 목적지인 키나발루국립공원 동남쪽에 위치한 라나우 지구 포링의 포링온천 출입구에 다다랐다. 거기서 입장권을 사 조금 들어가면 산록의 노천 유황천인 포링 온천장이 길 좌우로 펼쳐져 있으며, 포링온천에서 가파른 비탈길 계단을 25분 정도 꼬불꼬불 올라가면 열대우림 속에 지상 41m, 길이 157m의 몇 차례 꺾어지는 흔들다리인 캐노피 워크가 나타난다. 양쪽이 망으로 둘러져 있고, 바닥에 깔린 좁다란 나무판자를 밟고서 식은땀이 나는 코스를 흔들흔들 아슬아슬 나아가게 되는데, 아내는 이런 위험한 곳에 오르기를 무서워하므로 올라왔던 계단 길을 따라서 도로 내려갔다.

나는 혼자서 캐노피를 다 건넌 다음, 하산 길에 창원에서 온 모녀와 함께 온천욕장에 들러 족욕을 하였다. 이 산에 오르는 등산객 중에는 전 세계에서 모여든 식물 연구가나 자연 애호가가 많다고 한다.

오후 1시 30분까지 온천장 입구 앞의 도로변에 있는 세자티 레스토랑이라는 곳에 모여 점심을 들었다. 식사 때 일본에서 온 여성 둘과 한국사람 넷이 같은 테이블에 앉아 대화를 나누어보았다.

돌아오는 길에 쿤다상이라는 곳에 있는 Desa Cattle이라는 이름의 산중턱 소목장에 들렀다. 그러나 한참 동안 차를 달려왔음에도 불구하고 그곳에 도착했을 때는 비가 제법 많이 내릴 뿐 아니라 날씨도 다소 추워졌으므로, 바깥을 둘러볼 엄두조차 내지 못하고서 주차장 옆에 있는 카페에 들러 아내와 나는 Black Coffee와 Hot Tea를 한 잔씩 들었고, 옆자리에 앉은 창원 사람 모녀로부터 젤라토 아이스크림을 조금 나눠받아 들었을 따름이다. 그들 모녀에게 패키지 요금으로 얼마를 냈느냐고 물어보았더니, 처음에는 노랑풍선을 신청하려 했으나 이미 마감되었으므로, 다른 여행사의 땡처리 상품을 1인당 80여만 원에 구입했다는 것이었다. 두 사람에 2,198,000 원인 우리 내외의 가격에 비해 상당히 싼 편이나, 동일한 상품을 노랑풍선에서는 299,000원의 가격대부터 판매하고 있는 것이다.

오후 4시 30분에 소목장을 출발하여, 계속 비가 내리는 가운데 계속 운행하여 어두워질 무렵 코타키나발루에 도착해서는 각 사람들이 묵는 호텔에다 차례차례로 내려주고서, 우리 내외는 가이드도 없이 제일 마지막으로 하차하여 7시 10분 무렵 귀환하였다. 어제 사 둔 과일과 오늘 아침 식당에서 가져온 사과 두 알로 석식을 때우고 샤워를 한 다음, 어제의 일기를 마저 입력하고서 밤 11시 무렵 취침하였다.

■■■ 18 (수) 맑음

조식을 든 후 아내와 함께 호텔 바깥의 정원을 한 바퀴 둘러보았다. 경내가 퍽 넓고 경치가 좋았다. 여러 채의 건물들이 여기저기에 널려 있으므로, 우리 방 번호 앞의 9는 9동을 가리키는 것이 아닐까 싶었다. 어제 바람이 심하게 불어 구내의 편의점 유리창이 파손되었고, 쓰러진 나무들도 제법 있다고 들었다.

10시에 호텔을 체크아웃 하여, 코타키나발루 시내의 그란디스·시타딘 호텔 등에 차례로 멈추어 거기에 투숙한 일행들과 가이드 등을 만났다. 오늘은 어제의 멜로디 양과는 다른 또 한 명의 현지인 여자 가이드가 나와 백 씨의 일을 돕고 있었다. 오늘 우리 팀의 총수는 31명이고, 그 중 남자는 8명이라고 한다. 이들은 한국의 여러 여행사가 모객한 사람들로서 진에어, 아시아나, 티웨이 등 서로 다른 비행기를 타고 왔다. 일행 중 남편이 나보다 5세 연상으로서 1944년생인 노부부 한 쌍도 있었다.

차 안에서 가이드에게 코타키나발루 시의 교통 정체 원인을 물었더니, 영국의 식민통치 시절 도로가 지금까지 그대로 남아 있으며, 차량 구입비를 20년간 무이자 할부로 해주는 경우가 있고 기름 값도 싸서 자동차 보급률이 아주 높다는 것이었다. 말레이시아는 1957년에 영국으로부터 독립했고, 한국 면적의 2/3 정도인 사바 주는 1963년에 독립했다. 국민소득은 한국의 1/3 정도 수준이나, 그리고 보니 동남아에서 흔한 오토바이를 타는 사람이 별로 없으며, 버스나 택시 등 대중교통 수단도 발달해 있지 않다. 일본차가 독점적 지위를 누리는 이유는 자동차 제조기술 이전 등에 있어서 일본의 기여도가 크며, 지금도 국산 차의 대부분은 일본 미츠비시 회사의 엔진을 장착해 있다는 것이었다.

오늘 쇼핑이 세 번 있는데, 먼저 Lot 1,2,3,5 & 7, 1st floor, Likas Square Shopping Complex에 있는 GM(Good Morning) Latex에 들렀다. 거기에 도착하기 전의 차 안과 도착 후 홍보물들이 게시된 계단에서 가이드 백 씨가 열심히 상품 홍보를 하고 있었고, 실내로 들어간 이후에도 그곳 한국인 판매원의 설명을 돕고 있었다. 브라질이 원산지인 라텍스 즉 고무는 식민 당국인 영국인들에 의해 이 나라로 도입하여 상품화되었다. 손님들을 방안에 가두어 두고서 한참 동안 제품 설명을 하고 나서, 옆방으로 옮겨 라텍스 이불과 베개를 사용한 침대에 또 한참동안 드러누워 쉬게 하면서, 그 동안에 접근하여 1 대 1로 구입을 권유하는 모양이 실로 교묘하였다. 나는 침대에 눕기를 사절하였지만, 아내의 말에 의하면 워낙 고가품이라 결국 아무도 사는 사람이 없었다고 한다.

나중에 백 씨가 차 속에서 흘린 말에 의하면, 그가 가이드 일로써 여행사 측으로부터 받는 보수는 없고, 옵션이나 쇼핑 후의 리베이트로 생계를 유지하는 모양이다. 그러면서도 그는 마사지의 리베이트는 자선단체에다 기부하고 있다는 것이다. 그는 현재 40대의 나이로서, 일찍이 조선설계·레크레이션 등의 일을 하다가 가이드 업을 시작한 지는 10년 정도라고 한다. 전라도 출신인 그는 한국의 제주도에서 가이드를 하다가 2016년에 말레이시아로 건너왔으며, 아직 미혼이고, 말레이어·영어·중국어·일본어·한국어를 필요에 따라 어느 정도 구사할 수 있는 수준인 모양이다. 그러면서 곧 다시 인도네시아의 발리·아이슬란드·라오스 등지를 배낭여행할 것이라고 하니, 여행 마니아인 모양이다. 그는 코타키나발루 시내의 24평 형 4억 원짜리 아파트에 사글세로 살고 있는데, 그 근처를 지나갈 때 자기가 살고 있는 건물을 가리켜 보여주었다.

라텍스 매장을 나온 후, 오늘의 코타키나발루 시내 관광 및 나이트 투어 일정 중 영국인 최초의 상륙지로서 코타키나발루의 첫 번째 선착장인 제셜턴 포인트(Jesselton Point)는 별로 볼 것이 없다 하여 생략하고, 코타키나발루 시티 모스크인 이슬람 사원 블루 모스크(리카스 마스지드)는 도로 건너편에서 바라본 데서 그쳤고, 사바 주내의 최고층 빌딩이자 독특한 외관으로 유명한 사바 주의 新청사 또한 제법 떨어진 거리의 공원 안에서 바라보았다. 구청사 바로 근처에 위치해 있었다. 시내를 오고 가는 도중에 주립인 골드 모스크(Masjid Negeri Sabah)도 차 속에서 바라본 바 있다.

이 나라의 무슬림 인구는 60% 정도 된다고 한다. 히잡을 쓴 여성들은 도처에서 눈에 띄며, 그것 외에도 여성의 복장은 얼굴이나 신체를 가린 정도에 따라 차도르·리캅·부르카 등이 있는데, 여성의 외모를 가족 이외의 남자에게 보여주는 것을 금지하는데 주안점을 둔 이런 복장을 착용할지 말지는 가장인 남성이 결정한다고 한다. 또한 이 나라는 다른 회교 국가들과 마찬가지로 남성이 네 명까지의 아내를 두는 일부다처제를 시행하고 있는데, 이는 한국의 축첩과는 다르고 전쟁 등에 대비한 사회보험제도의 성격을 지니고 있다 한다. 가이드의 말에 의하면 코타키나발루 시에 거주하는 한국 교민은 천명 정도이며, 그 중 절반은 가이드라고 한다.

시티투어를 마친 후, Oceanus Waterfront Mall 2층(1층은 G층이므로 실제로는 3층)에 있는 The Han Cook Korean Restaurant으로 가서 일종의 샤브샤브인 스팀봇 해산물로 점심을 들었다. 같은 팀이라도 손님들이 선택한 여행사에 따라 다른 한식을 드는 사람도 있는 모양이다. 이 식당에서 가이드는 손님 각자가 선택한 옵션 등에 따라 정산을 하였는데, 우리 내외는 가이드로부터 어젯밤의 망고스틴 값 남은 것 20링깃을 돌려받는 것이 아니라 그가 대납한 관광세 30링깃 중 부족분 10링깃을 오히려 그에게 주었고, 옵션 비용으로서 1인당 $240씩을 내었다.

그는 관광세를 손님들이 머문 호텔에 따라 자신이 낸 경우도 있고, 손님에게 부담하게 한 경우도 있다고 말했으므로, 나는 여행비를 좀 더 많이 낸 팀에게는 관광세를 대납하여 실제로는 면제해준 걸로 알고 있었다. 또한 나중에 내가 정산해 보니 옵션 비용은 선셋 나이트투어 $60, 키나발루 국립공원 $70, 그리고 오늘 밤의 까왕 반딧불 투어 $60을 합하면 총 $230이므로, 우리 내외는 그에게 $20을 더 준 셈이 되었다. 계산착오인지 아니면 고의로 속인 것인지는 알 수 없으나, 내가 그에게 다가가서 그 점을 밝히려 하니 아내는 무급으로 일하는 불쌍한 사람에게 그 정도의 돈은 팁으로 얹어주는 편이 낫다 하여 한사코 만류하므로 결국 아내의 뜻을 받아들이기로 했다. 나중에 아내가 가이드에게 살짝 물어본 바에 의하면 반딧불 투어가 $40이 아니고 $50이라고 하더라는 것인데, 그가 직접 배부한 복사된 팸플릿에는 그 비용이 $60로 적혀 있으니 그것은 더더욱 말이 안 되는 소리이다.

점심 후 두 번째 쇼핑 장소인 잡화점에 들렀는데, 도착해 보니 역시 한국인이 운영하는 SW(Smooth Wave) Shop이라는 곳으로서 사실상 노니 제품 판매장이었고, 그 옆의 다른 방에서 키나발루 산의 석청 등 잡화도 팔고 있었다.

일정표 상으로는 오늘 야시장(Night Market) 구경을 하는 것으로 되어 있으나, 훤한 대낮에 바닷가의 신수란 시장 건물 안을 건성으로 둘러보는 데서 그쳤다. 그 입구에서 5링깃짜리 코코넛 주스를 플라스틱 컵에 담아 무료로 제공하고 있었다.

마지막 세 번째 쇼핑으로서 Cocoa Kingdom이라는 초콜릿 숍에 들렀다. 초콜릿의 생산과정을 보여주는 공장이기도 한데, 현지인이 운영하는 제법 규모가 큰 곳이었다. 여러 가지 초콜릿 제품들을 무료로 시식하게 했는데, 나는 거기서 아내가 고른 두리안 초콜릿 다섯 박스를 트레블 체크카드로 결제하여 아내에게 선물했다. 120링깃, 한국 돈으로 37,601원이 들었다.

그리고는 마지막 옵션인 까왕 반딧불 투어를 떠났다. 공항에서 반시간 쯤 떨어진 곳이라고 한다. 현지의 식당 건물 앞에 'I ♡ Dinawan Firefly'라고 적힌 커다란 문자 메시지가 눈에 띄었는데, Dinawan을 현지에서는 까왕이라고 발음하는 것인지 모르겠다. 식당 건물 안에서 잠시 대기하다가 보트를 타고서 양쪽에 맹그로브 숲이 우거진 강의 물길을 따라 하구로 나가 바다의 석양을 구경하였다. 엊그제 보았던 것과 마찬가지로 처음 한동안은 석양이 보이는 듯하다가 역시 또 구름에 가려져 별로 볼 것이 없게 되었다. 한국에서도 흔히 볼 수 있는 수준으로서, 세계 3대 석양 운운은 터무니없는 말이라는 느낌이었다. 여러 척의 배를 타고 와 바닷가 모래사장에 내린 이백 명 이상은 족히 되어 보이는 무리들이 모두가 한국 사람인 듯하였다.

식당으로 돌아와 석식을 들었는데, 접시 하나와 종지 하나에 담긴 몇 가지 음식 중에도 배추김치·오이김치·시래기 국 등 한국음식이 포함되어 있었다. 일정표 상 오늘은 삼식을 모두 제공하는 것으로 되어 있으나, 사실상 손님 전원이 여행사 측이 강하게 권유한 반딧불 투어 옵션을 선택한 듯하므로, 옵션에 포함된 석식으로써 대체하게 된 것이다.

우리 내외는 어제 키나발루 산 투어를 함께 했던 창원 사람 모녀와 같은 테이블에 앉았다. 그 딸은 앳돼 보이는 외모와는 달리 이미 30대 초반이라고 하며, 서울에서 프리랜서로 드라마 배우나 가수들의 메이크업 해주는 일을 10년째 해오고 있다는 것이었다. 건국대 앞 화양동에 거주하고 있으며, 원하는 모든 것을 쉽게 손에 넣을 수 있고, 치안이 좋아 밤 11시 무렵까지도 한강변을 거닐 수 있는 서울생활이 너무 마음에 들어 떠나고 싶지 않다고 했다.

식후에 다시 배를 타고서 강의 상류 쪽으로 거슬러 올라가 반딧불을 구경하였다. 가이드 백 씨가 뱃머리에 서서 레이저 손전등을 흔들며 반딧불을 유혹하니 그것들이 숲을 떠나 배 안으로까지 날아 들어오고 손으로 잡아볼 수도 있었다. 오늘밤 옵션은 제법 돈 값을 하였다.

까왕을 떠나 공항으로 향하였다. 가이드 백 씨와 거기서 작별하고 우리 내외는 진에어 카운터에서 체크인하여 B4 게이트로 가 22시 55분에 출발하는 LJ132편을 탔다. 좌석번호는 비즈니스석인 29A·B이다. 간밤에 아내가 호텔에서 밤늦도록 모바일 티킷 좌석을 예약하려 했으나 웬일인지 끝내 실패하였는데, 오늘 알고 보니 이곳에서는 아직도 모바일 티킷 발급이 불가하다는 것이었다.

▬ 19 (목) 맑음

말레이시아 시간으로 오전 3시(한국시간 4시) 남짓에 아내가 나를 위해 주문해둔 함박스테이크를 조식으로 들었다. 05시 10분에 인천공항 제2터미널에 도착하였다. 아내는 공항 매점에서 죽을 하나 사서 들었다.

08시 30분에 출발하는 경원여객의 첫 번째 우등공항버스 4·5번 좌석에 타고서 내려오는 도중 금산인삼랜드 휴게소에서 핫바 하나와 아메리카노 커피 한 잔을 사서 들고 점심을 때웠다. 공항 안의 시외버스 제4 터미널과 차 안에서는 계속 어제의 일기를 입력하였다.

13시 10분 무렵 진주 개양에 하차하니 불볕더위로 후끈하였다. 적도 하보르네오 섬 북단의 말레이시아 날씨보다도 더 뜨거웠다. 택시를 타고 귀가하면서 기사에게 들은 말로는 추석 날 진주 날씨가 38℃이었다는 것이다. 그날 이곳에 태풍이 지나간다는 일기예보를 휴대폰으로 읽은 바 있었지만, 다른 나라로 비껴간 모양이다. 오늘 김해와 양산의 날씨가 38℃ 대였다. 이상 기온으로 말미암아 한국에서 재배된 두리안을 먹을 날도 멀지 않은 모양이다. 석식도 토마토 썬 것 몇 개와 치즈 하나로 때웠다.